红楼梦公开课

（四）

镜像六钗

欧丽娟 著

图书在版编目(CIP)数据

欧丽娟红楼梦公开课. 四，镜像六钗 / 欧丽娟著. ——北京 ：北京大学出版社, 2025.7. -- ISBN 978-7-301-36320-1

Ⅰ.I207.411

中国国家版本馆CIP数据核字第20253W80W8号

书　　　名	欧丽娟红楼梦公开课（四）：镜像六钗 OU LIJUAN HONGLOUMENG GONGKAIKE（SI）：JINGXIANG LIU CHAI
著作责任者	欧丽娟　著
责 任 编 辑	吴　敏
标 准 书 号	ISBN 978-7-301-36320-1
出 版 发 行	北京大学出版社
地　　　址	北京市海淀区成府路205 号　100871
网　　　址	http://www.pup.cn　新浪微博:@北京大学出版社
电 子 邮 箱	编辑部 wsz@pup.cn　总编室 zpup@pup.cn
电　　　话	邮购部 010-62752015　发行部 010-62750672 编辑部 010-62752022
印 刷 者	北京中科印刷有限公司
经 销 者	新华书店 720毫米×1020毫米　16开本　39.75印张　487千字 2025年7月第1版　2025年7月第1次印刷
定　　　价	128.00元

未经许可，不得以任何方式复制或抄袭本书之部分或全部内容。
版权所有，侵权必究
举报电话: 010-62752024　电子邮箱: fd@pup.cn
图书如有印装质量问题，请与出版部联系，电话: 010-62756370

序

　　这套书的出版，真是始料未及的浩大工程。原来从逐字稿到书面文章，等于是脱胎换骨，重新炼造。

　　自最初于2019年春天开始动工，迄今已达五年，仅完成了前四卷，共约160万字。其间的工序耗时费力，首先是兆泳帮忙录音的转档，接着是北京大学出版社的实习生进行初步梳理，再由责编吴敏女士大致调整结构，删冗去复之处并添加小标，以利于读者分节把握要点，说来简单，其实是付出两三倍于其他书种的编辑精力；最主要是我的逐句定稿，四册便总计投入二千多个小时，终而在付梓前由编审做最后巡礼，挑出若干漏网之鱼。唯到了台版的排版稿，我又全部修订一次，耗时逾月，至此，才算是符合理想的样貌，说是字斟句酌，实不为过。

　　此外，必须特别致谢的还有联经出版公司，副总编逸华先生慨允支付部分助理费，第三卷、第四卷始得以聘请菁菁同学帮忙将初稿书面化，让我的定稿可以省下一半的时间心力，否则我的总工时势必再暴增七百多个钟点，超过三千之数，那更是不堪设想。为了呈现出最佳质量，两岸出版社的同仁多方赞助，至所铭感，唯其大大延宕了我个人的研究规划，让身心负担雪上加霜，这也是后续的工程难以为继的原因。倘若已完成的书稿能够有所贡献，也差堪告慰。

一路行来，百感交集。人生被时间推进，回首仅余雪泥鸿爪，现代科技重新定义了存在的形态，固然有拟真再现的临场感，但就文明的承载而言，影音传输终究不比文字刻记。若说言声犹如流动的水，则书籍便似稳固的山。定稿工作漫长而辛苦，过程中却也重温一直以来的知识关怀，偶尔进行若干修补，更正了两三个说法，表示自己仍在继续成长，尤其是从字里行间再度瞥见当年授课时的灵光乍现，那绝非学术论著所能产生，也不是一般讨论所能激发。课堂确实是一个独特的空间，不仅让讲者进入百分之百的专注状态，同时又可以灵动地挥洒延伸，从而出现创造性的联结，包括融入人生的体悟，因之既有纯粹的知识性，并且焕发心智的活力，别具一格。

这应该也是此一系列套书还值得面世的价值所在。学术未必生涩，尤以探索人文现象为主的文学领域更是引人入胜，何况学者做研究的目的本来就是对知识的追求，而知识乃是心智提升、社会进步的指标，则将象牙塔中的学术进展推广到社会上，使一般文学爱好者得以在浅层的个人感悟之外看到学问的重要乃至必要，更是当今世俗化当道之下的一大课题。诚如《红楼梦》中最好的一段话，即曹雪芹借薛宝钗之口所言："学问中便是正事。此刻于小事上用学问一提，那小事越发作高一层了。不拿学问提着，便都流入市俗去了。"确实，曹雪芹远不只是在书写一般的青春与爱情，他洞视人情事理的复杂纠葛、人性的深沉奥妙，往往已经达到现代最前沿的专业等级，所以经得起哲学、心理学、人类学、社会学、文学批评等各种理论的检验，这才是他在令人惊叹的传统文化集大成之外，真正超时代的地方。

若问曹雪芹的创作宗旨，答案非关政治意图，更绝未反对构成其人生精华与存在核心的贵族礼教，而是如钱穆先生以六朝为例所指引的，实乃刻画出"当时门第中人之生活实况，及其内心想象"，那正体现出一个民族经过两三千年的文化努力所缔造出来的大传统（Great tradition），精致而优雅，截然不同于一般读者所置身的小传统（little tradition），日常而世俗。重新了解《红楼梦》，为的是让眼界作高一层，窥见曹雪芹笔下的美丽与深沉，也开启另一种存在样式的可能，原来天外有天，一个人的视野可以如此宏大辽阔，通过学问而发现到世界是那等深不可测。

欧丽娟

2023 年 11 月

目录

第一章　王熙凤 / 1

　　凤辣子 / 2

　　从小被当男孩子来养 / 9

　　"流入市俗去了" / 12

　　太虚幻境判词 / 19

　　裙钗一二可齐家 / 21

　　对财货的贪婪 / 23

　　对原欲的陷溺 / 26

　　对于"权"的欲望 / 30

　　"逸才逾蹈"的其他例证 / 35

　　违反女德的"负面教材" / 40

　　权力从不是单向行使的 / 46

　　平儿：公认的好人 / 47

　　来自平儿的视角 / 52

　　凤姐、平儿姐妹情深 / 56

　　凤姐处处受节制 / 59

　　王夫人：真正的理家权力者 / 61

　　来自夫权的辖制 / 64

刁奴环伺 / 66

关于张金哥殒命 / 70

贾瑞"命案" / 73

张华事件 / 75

尤二姐之死 / 78

记得尤二姐忌日 / 83

凤姐实有真情意 / 87

生前心已碎 / 90

第二章　李纨 / 101

青春丧偶，心如止水 / 102

一姓一名皆具精意 / 105

"闺人理纨素" / 110

能以理自守 / 112

"若有一个守得住，我倒有个膀臂" / 115

生命因逝去的爱而更加丰满 / 118

第一个善德人 / 122

李纨代表花——老梅 / 124

安身立命之所——稻香村 / 127

诨号"大菩萨" / 128

不事妆扮 / 129

"我们奶奶不顽" / 131

作为类型人物 / 136

几百株杏花，如喷火蒸霞 / 139

生命的活火山不死 / 142

诗社掌坛者 / 144

明清文人诗社活动 / 150

"善作"与"善看" / 153

艺术家不是被人聆听，而是被人偷听的 / 156

"你就评阅优劣，我们都服的" / 158

诗与梅：李纨的精神向度 / 160

大观园里的"守财奴" / 164

对金钱异常敏感 / 172

以谑代骂王熙凤？ / 179

无意识投射心理 / 185

可厌妙玉为人，我不理他 / 188

道德建构中的怨恨 / 194

到头谁似一盆兰 / 199

李纨的一生变化 / 205

第三章 妙玉 / 211

李纨之"镜像"？ / 212

红梅：青春少女的心怀 / 219

回到妙玉的文本地基 / 223

并非一般的出家人 / 225

黛玉的翻版 / 228

闺塾师妙玉 / 236

叫停中秋夜联诗 / 239

"翻转"凄楚之句 / 244

柔软的君子心性 / 249

尼姑与名流的悖反统一 / 252

精致优雅的名流日常 / 256

对宝玉的幽微情愫 / 260

"读书仕宦之家" / 264

炫耀式消费 / 266

尊贵者的义务 / 268

文化品味造就阶层区隔 / 271

别号"槛外人" / 274

"天生成孤癖人皆罕" / 280

孤高:妙玉的主动选择 / 284

生命史四阶段 / 288

如何看待妙玉的兀傲性格 / 293

欲洁何曾洁,云空未必空 / 296

"屈从枯骨":人生第五阶段 / 299

"率其天真"新解 / 305

第四章 秦可卿 / 309

才情与情色兼具 / 310

代表花:海棠? / 314

可卿初登场 / 318

回归文本研究 / 322

养生堂弃婴 / 324

掩人耳目的私生女 / 329

五品官秦业 / 332

身为正册金钗 / 339

好模样与好人缘 / 342

重孙媳中第一个得意之人 / 346

"不犯"原则 / 350

王熙凤真正的密友 / 352

临终托梦 / 355

十二金钗里排行最末 / 363

宁府纲纪松散 / 366

香艳骀荡的欲望空间 / 370

红娘抱过的鸳枕 / 372

红娘面面观 / 377

"艳极,淫极"的卧房摆设 / 384

可卿的性格投射 / 386

"情种"之反讽 / 393

与宝玉清白无瑕 / 398

若隐若现的爬灰事件 / 405

贾珍逼奸说 / 409

"情既相逢必主淫" / 412

"张太医论病细穷源" / 419

第十三回少去四五页 / 426

遗簪和更衣 / 428

天香楼：幽会地点 / 432

　　瑞珠之死 / 434

　　暧昧的死亡 / 439

　　可卿乃是自尽而亡 / 443

　　正册十二钗之尾 / 451

　　"有了一个'淫'字，凭他有甚好处也不算了" / 454

　　"叹世人不识情字" / 458

　　爱情作为一种文化构建 / 463

　　小结秦可卿 / 470

第五章　香菱 / 473

　　谐音"真应怜" / 474

　　苏州望族出身 / 478

　　"差不多的主子姑娘也跟他不上" / 481

　　"东府里蓉大奶奶的品格儿" / 486

　　落入薛蟠"魔爪"？ / 489

　　"明堂正道的与他作了妾" / 493

　　在薛家的待遇 / 501

　　香菱与薛蟠关系之真相 / 507

　　夫妻蕙 / 509

　　斯德哥尔摩征候群 / 514

　　薛蟠的优点 / 520

　　薛蟠样貌如何 / 521

　　世家子弟的"堕落" / 526

先读诗，再学写字 / 533
新诗的先天缺陷 / 536
在泥泞中活出优雅 / 540
跟闺塾师林黛玉学诗 / 542
为什么如此喜爱诗 / 549

第六章 **史湘云** / 553
金陵史家千金 / 554
本家的"孤儿" / 559
"霁月光风"的形象 / 565
"偏是咬舌子爱说话" / 569
"事无不可对人言" / 573
唯一一次的真正动怒 / 576
麒麟姻缘 / 579
所谓"表里如一" / 581
湘云的待友之道 / 586
黛玉的多心，湘云的"宽心" / 589
"一半风流一半娇" / 592
出格而不失格 / 599
"醉眠芍药裀" / 603
文学史上的关联 / 607
"诗疯子" / 611
一种真正的主体自由 / 618

第一章

王熙凤

欧丽娟红楼梦公开课（四）：镜像六钗

　　王熙凤是一位精彩万分的人物，甚至有读者与研究者认为，她比林黛玉、贾宝玉还更富魅力、更吸引人，这并不是没有道理的。而何以她会如此夺人眼目，如此重要非凡？

　　先参考学者们统计出来的数据。暂且不去管后四十回，因为续书存在着很多问题，不应该一概而论。以前八十回来说，王熙凤出现的场景便多达五十二回，约略是六成五，比例之高并不亚于黛玉和宝玉，即使稍微少一点，也相差无几，所以挪威红学家艾皓德还主张，除了贾宝玉之外，王熙凤是支撑《红楼梦》叙事不可或缺的另一大支柱。乍听之下很奇怪，因为我们总习惯于把宝、黛的爱情当作小说的主轴，黛玉稳居宝玉之下的第二名，但倘若从不同的角度来看问题，其实就会有不一样的认知，一旦不把自己的看法当作唯一的真理，往往便会发现其他人的说法也有道理。姑且不论王熙凤在整体叙事中的重要性，单单以贾府内部的维系而言，作为一个庞大家族的支柱，承担起这般的重责大任，上自贾母下至所有丫鬟仆役，大小事务巨细靡遗，都在她的责任范围之内，却处理得稳当周全，让家务平稳运行，总之这位女性非常能干、十分精彩，绝对是独一无二的秀出之辈，此一事实毋庸置疑。

凤辣子

　　前面第一卷在分析小说人物的一字定评时，曾推断王熙凤的部分是"辣"字。她岂非浑名"凤辣子"吗？当第三回王熙凤第一次出现的时候，贾母便对黛玉介绍道："他是我们这里有名的一个泼皮破落户儿，南省俗谓作'辣子'，你只叫他'凤辣子'就是了。"这个"辣"字真的是画龙点睛，吕启祥《"凤辣子"辣味辨——关于凤姐性格的文化反思》一文里，有一段话非常精彩，简洁扼要地概括了王熙凤最吸引人的地方：

> 凤姐之辣，绝不是通常所谓厉害、泼辣、狠毒、奸险之类可以穷尽的。读者可以从不同的角度去体味，比方说它包含着杀伐决断的威严、穿心透肺的识力、不留后路的决绝、出奇制胜的谐谑等等。

的确，"厉害、泼辣、狠毒、奸险"之类的形容词都太单薄、太通俗，也太想当然耳，其实对于凤姐之辣，"读者可以从不同的角度去体味"，而"它包含着杀伐决断的威严、穿心透肺的识力、不留后路的决绝、出奇制胜的谐谑"，这四句箴言简直把王熙凤最重要的人格特质、最关键的叙事重量皆涵盖了，四个面向均能够切入此一人物最精彩的核心。该文继续描述凤姐道：

> 有时辣得使人可怖，毛骨悚然；有时辣得令人叫绝，痛快淋漓。凤姐这个人，不论她干坏事还是干好事，还是好坏参半的事，都脱不了辣的特色。凤姐的辣，永远给人以新鲜感和动态感。

这段话诚然是一道绝佳的引路指标，而其中"杀伐决断的威严"的"杀伐决断"一词，乃出自秦可卿亡故后必须筹办丧礼之际，贾珍特地前来荣国府拜望王夫人商借王熙凤这位宝玉所推荐的人选，以协理宁国府，在求允的过程中，他特别强调"从小儿大妹妹顽笑着就有杀伐决断"，显示凤姐的性格比较刚强，甚至可以说是强悍，并且从小就有这般的威势，说一不二、令出必行，这是她天性中与生俱来的一种特质，"如今出了阁，又在那府里办事，越发历练老成了"，难怪贾珍断定请她过来帮忙治丧绝对没有问题。另外，当下人们犯了错，到了王熙凤面前几乎都是震颤股栗、惶恐不安，因为不晓得她会使出何等狠毒的手段加以惩罚，正是被杀伐之气所威胁。

可想而知，"杀伐决断"是王熙凤从小即显露出来的性格主轴之一，当然如果只有杀伐决断，这个人便实在并不可爱，而且不够立体，也不会有让人感到可以共鸣、体谅，甚至值得喝彩以及同情的部分。所以除了"杀伐决断的威严"之外，王熙凤还具有"穿心透肺的识力"，"识力"就是认识力，"穿心透肺"更表示其认识力已达到高度的洞察力，别人在她面前根本无所遁形，心里打什么算盘、转什么脑筋，甚至动什么歪主意，在她的一双锐利眼光之下均是无所遮掩。这位金钗对于人性、当前每一个人背后复杂的人际关系，以及所有的利害纠葛，她都十分了解而掌握得清清楚楚，足以迅速地探察到对方的动机和盘算，所说的话是不是经过美化装饰，还是有别的委屈不敢说全，她很快便判断得极其精准。这一点我们真是难以望其项背，事实上一般人最缺乏的正是这一点。

在"穿心透肺的识力"之范畴里，《红楼梦》提供了一个绝佳的案例。第四十五回中，那些开诗社的成员们钱不够花用了，便一齐前来向凤姐这位荣国府的"财政大臣"要求补助。探春等人说了一篇冠冕堂皇的理由,指出诗社才刚成立,可是还没有立下规矩即有脱滑的情况出现,以后诗社恐怕会很难运作,于是想请铁面无私的凤姐担任监社御史。这话说得很好听,其实是要诓骗她进来,充当"进钱的铜商"。王熙凤立刻笑着说:"你们别哄我,我猜着了,那里是请我作监社御史!分明是叫我作个进钱的铜商。"其实只要出钱,人来不来监社都无所谓,接着她又挑明说:"你们弄什么社,必是要轮流作东道的。你们的月钱不够花了,想出这个法子来拗了我去,好和我要钱。可是这个主意?"一席话说得众人都笑起来。

此时李纨笑道:"真真你是个水晶心肝玻璃人。"这句话正是说明王熙凤具有穿心透肺的识力。水晶和玻璃的共同特色都是透明的,可以清楚穿透,这个比喻并非形容王熙凤本身玲珑剔透没有杂质,而是赞美她的心思眼力能够映照得别人无所遁形。就此一比喻而言,可以说,"穿心透肺的识力"乃是王熙凤人格特质中最卓越的一项,而它之所以值得大书特书,正是因为识人很难,以至于诸如"人心隔肚皮""知人知面不知心"之类的谚语太多了,我们在日常生活里也不断地感叹,明明认识很久的人或者是当下觉得对方十分诚恳可靠,可是一旦到最后狐狸尾巴露出来时才恍然大悟,原来一切皆是要引诱你进入他所设的陷阱中,因而悔恨莫及,心灵也饱受打击。

原本我们都很愿意相信别人,但是太多的例子给出了严正的提醒,要相信别人之前首先必须具备识人之明的智慧,固然古人说"君子可欺之以方",但其实真正的君子并不是容易受骗的,孔子便是一个证明。很多人常常误以为君子等于笨蛋、傻子,其实这是大错特错的看法。倘若把"穿心透肺的识力"孤立来看,此乃王熙凤人格特质中非常精彩而且正面的一项能力，有了难得的人格天赋再加上后来各方面的利益链，让她对人性锻炼出超乎一般的犀利又细腻的掌握。此外，当凤姐杀伐决断的时候，也往往会搭配"不留后路的决绝"，以致难免做得过度，确实有些做法可以不必那样极端，但到底这类的"过度"算不算是一种悖德甚至罪恶，还必须谨慎地进行个案检讨，不可以一概而论。

再来是"出奇制胜的谐谑"。"谐谑"其实很不容易做到，比如说，有些人是不能开玩笑的，和这种人相处时真是辛苦，一不小心就冒犯到他，落得不欢而散。另外，大部分的人也根本不懂得如何幽默地开玩笑，即使努力说笑，却发现都没什么回应，那是非常尴尬的场面，所以开玩笑除了要有天赋，后天还必须加以训练。最重要的是，笑话要说得动听，其本身有趣与否只是一个必要的条件而已，还得巧妙地触及在场众人所共有的某一个笑点，才会产生绝佳的效果。如此一来，又必须对现场中各方人等的生活背景、目前的心理状态有非常精确及微妙的掌握，因此也必得有"穿心透肺的识力"的协助才可行。

就此可以举一个很好的例子。基于时代与文化的不同，有些笑话贾府人听起来会笑得人仰马翻，但是我们便不知道哪里好笑。当第四十回刘姥姥逛大观园的时候，在用餐前一本正经地说了几句饭前祈祷词，她鼓着腮帮子说："老刘，老刘，食量大似牛，吃一个老母猪不抬头。"结果贾家在场的女眷先是愣住了，因为从来没听过这种话，然后突然之间就爆笑起来，那一场欢乐的盛宴是在刘姥姥的点燃之下才到达空前的高潮，不只空前而且绝后。刘姥姥的几句话让大家笑到东倒西歪，那些矜持的、优雅的、娇贵的小姐们何止笑到人仰马翻，不但口中的茶喷了旁边的人一裙子，手上的饭碗翻倒了，合在邻近者的身上，还有笑到离开座位的，因为肚子痛要揉一揉肠子。她们从来没有这般失控过，笑到形象完全走样。那几句话真的是一个绝佳的燃点，引爆了整个家庭中从来没有过的欢乐。然而，刘姥姥的餐前祷词到底好笑在哪里呢？大家第一次读到这一段的时候觉得好笑吗？应该都没感觉吧！因此便莫名所以地草草带过。而我们与贾府成员的反应何以会如此地南辕北辙？原来关键在于我们全系平民出身，早已习惯了那一类粗鄙的语言，见怪不怪，所以才难以明白那到底有什么好笑。可见该段情节会产生巨大效果的原因，真的已经不存在于我们的时代视野里，以至于无法理解其中的妙处。

由此可见，一个人能够表现出"出奇制胜的谐谑"，确实非得要有"穿心透肺的识力"不可，而除了凤姐之外，刘姥姥当然也具备同等的能力。她来到贾府，尤其是第二次时，作者很慷慨地给了她三回多的篇幅，让她尽情去进行表演，这其实是很大的空间，整个过程中有多少次的见风转舵、多少次的投其所好，皆是当场要"穿心透肺"，拿捏那些老太太、太太、小姐们的需求，才足以发挥急智编出正中心坎的各种故事，或者粗鄙的笑话，或者新鲜的趣闻，都必须有聪明伶俐的天赋、即席的临场反应才能够办到。所以说，"杀伐决断的威严""穿心透肺的识力""不留后路的决绝""出奇制胜的谐谑"四者之间有时候是互为条件，彼此强化，好比"出奇制胜的谐谑"必须要有"穿心透肺的识力"才可达成，而单单只有"穿心透肺的识力"还不足以出奇制胜。

以"出奇制胜的谐谑"来看，贾母之所以很喜欢王熙凤，事实上有很多原因，其中极重要的一个就是凤姐很会说话，无论在任何时候听到她说的话都非常受用,并且很中肯,第三十五回贾母便坦言:"凤儿嘴乖,怎么怨得人疼他。"接着宝玉也笑道:"若是单是会说话的可疼,这些姊妹里头也只是凤姐姐和林妹妹可疼了。"尤其王府的生活非常严肃,因此难免呆板乏味,有人很会说笑话,对大家而言是多么大的一个开心果,所以贾母又当众对凤姐说:"明儿叫你日夜跟着我,我倒常笑笑觉的开心,不许回家去。"(第三十八回)一般说来,人只要觉得受用即容易会有一点偏向私情,而失去公正客观,但贾母并不是这种人,换言之,凤姐的言谈表现确实不但得体大方,又能够让每一个人的心里感到舒坦,最重要的是她很懂得适时说笑,令人开怀。王熙凤的这一项特质正是让她获得长辈喜爱的绝佳条件,对此,第五十四回有一段十分精彩的情节可以充分加以印证。当天过元宵节,府内非常热闹,不仅请了女先儿说书,还有击鼓传花说笑话的娱乐,此时贾母笑道:

> "若到谁手里住了,吃一杯,也要说个什么才好。"凤姐儿笑道:"依我说,谁像老祖宗要什么有什么呢。我们这不会的,岂不没意思。依我说也要雅俗共赏,不如谁输了谁说个笑话罢。"众人听了,都知道他素日善说笑话,最是他肚里有无限的新鲜趣谈。今儿如此说,不但在席的诸人喜欢,连地下伏侍的老小人等无不欢喜。那小丫头子们都忙出去,找姐唤妹的告诉他们:"快来听,二奶奶又说笑话儿了。"

只因为想要听王熙凤说笑话,大家呼朋引伴唯恐错过,"众丫头子们便挤了一屋子",笑话能说到这种程度还真的是出神入化,也唯有凤姐才有如此的功力。

以上是用一种代数式的方法，先切入构成王熙凤性格主轴的四个要项。当然，如此来谈一个人是不够的，想要真正认识一个人，更必须看他的出身背景和成长过程，因为这决定了现在的状貌。我们和别人相处的时候，往往只看到他目前的样态，然而那只不过是其人格中所折射出来的一副短暂的面貌，远远不是全部，更何况这副短暂的面貌背后有哪些源远流长的复杂因素在交互作用，事实上爬梳起来也都可以引人寻幽探胜，从中领悟到人性的奥妙。

从小被当男孩子来养

进一步来看，王熙凤具有"杀伐决断的威严""穿心透肺的识力""出奇制胜的谐谑"以及"不留后路的决绝"等四个性格要点，显然与我们一般概念中的闺秀小姐非常不同，通常女孩子很少具备这几项特质。而王熙凤之所以会有如此令人惊艳的表现，事实上和她自幼接受的教育有着密切关系。对于讲究贞静的世府千金而言，必然经历了很特殊的、罕见的教育才会形成这般模样，只用天性来解释她的性格特质，真的是太粗浅也太片面。

首先，王熙凤是比照男儿教养长大的，也即从小被当作男孩子施予教育，因此和别的女孩子有了不同的起点，性格塑造也因而走向了不同的方向。在《红楼梦》中，从小以男儿教育的女性不单是王熙凤，还有林黛玉。第二回提到，黛玉的父母因为膝下无子，只有这么一个掌上明珠，所以"爱如珍宝，且又见他聪明清秀，便也欲使他读书识得几个字,不过假充养子之意,聊解膝下荒凉之叹",显然是以退而求其次的心态姑且把她当作儿子来教导,以满足父母亲想要有男系传人的补偿心理。在此要特别提醒的是,黛玉之所以在进入贾府时一开始会有那么强烈的礼教素养表现,过了不久之后却又以率性任真的性格作为最鲜明的特征,和李纨、宝钗那种温顺的女孩子大不相同,这也和男儿教养是脱离不了关系的。可以说,"男儿教养"是作者为那些性格不同于一般闺秀的女性们所提供的一个后天因素的解释,同时他也很深刻地觉察到童年教育对人格塑造的重要性。就这一点来看,曹雪芹简直可以和今天的社会学家、教育心理学家相提并论了,虽然囿于叙事的需要而不宜以一套理论系统来表达,但是通过小说人物的塑造,表明他很深入并且很精确地认识到这一点。

除了黛玉之外,另外一位以男儿教养的女性正是王熙凤,在第三回黛玉来到贾府的情节中,顺便对王熙凤做了一番交待,说她"自幼假充男儿教养的,学名王熙凤",可见"王熙凤"是凤姐的学名。所谓的学名是十分正式的名字,通常男孩子在上私塾时就要取学名。这便是最奇怪的地方,王熙凤不但和黛玉一样是男儿教养出身,而且还另外取了学名,意指她是非常正式地被当作男孩子来教育的,和只有乳名的黛玉比较不同。黛玉的男儿教养有点"代打"的意味,父母不算很认真地拿她当男孩子给予指导,从这个层次而言,可见这两个人幼时的男儿教养还是相异有别。推敲王熙凤何以从小"顽笑着就有杀伐决断",事实上除了天赋之外,还有后天的教育在帮助她发展天性中的这一面。如此一来,我们又会发现王熙凤身上存在着一个非常奇怪的事实,那便是她分明是以男儿教养,却又没有读书识字。一般而言，有学名之后即开始正式接受教育，诗书礼法都要学习，但是偏偏她又不会书写，只认识一些日常用字，正统书籍则一本也没有读过，令人不禁疑惑作者的用心在哪里？相较之下，两人同样是远离妇德女教，皆出身于书香世家，黛玉在父母的教育下是读书识字的，而王熙凤竟然付诸阙如，单单这一点便导致了双方的重大差异。

而这样的差异性即体现于宝钗所说的一段话，也是我重复提过很多次的"学问中便是正事"，因为它实在太重要了，一针见血地指出真正最重要的道理必须经由学问才看得出来，所谓"此刻于小事上用学问一提，那小事越发作高一层了"，通过学问一个人的眼光能够小中见大，可以见微知著，这便是读书以后所带来的一种升华。黛玉在学问知识上的教养，使得她不至于落入小家子气、只会盘算现实的小家碧玉。古人说得好："腹有诗书气自华。"一个人能不能由内而外散发出一种光辉，一种温润的色泽，完全是与内在的学养有关的。王熙凤未曾受到诗书的陶养，以致趋于市俗化的现实世界，朝向比较物质性的层面去发展，也因为缺乏诗书陶养所带来的那种温润，因此这个人再精明干练，再光芒逼人，有时候便会显得过分刺眼，变成了泼辣的"破落户"。

孟子早已说过一句至理良言，《孟子·尽心下》曰："充实而有光辉之谓大。"意指一个人的内在若很充实，自然而然地会往外散发出一种很独特的、无法形容的，但是在接触中会让人感受到的光芒，好比一个人提到他由衷喜欢的事物时眼睛会发亮，便属于这种情况。诚所谓"充实而有光辉之谓大"，真正的"大"是这样来的，并非虚张声势、耀武扬威，用钱势地位来支撑者，那种"大"只是撑不了多久的纸老虎，财富权力一旦消失便萎缩不振了，真正的内在力量是来自

"充实而有光辉"。而王熙凤固然有光辉,甚至可以说是光芒万丈,但都太过于炽烈火辣,太过于不假涵养修炼,以至于有时候难免会灼伤别人,这是必须承认的一个缺点。

总而言之,没有读书对人的影响实在太大了,纵然再聪明、再有智慧,可就是没有办法提升到另外一个更高的层次。我遇过一些人,真的为他们感慨,也为自己庆幸。他们事实上拥有很不错的天赋,也很好学,即使没有受过良好的教育,却依然孜孜矻矻,一直努力要让自己进步,想事情时也非常良善正直,而且是愿意动脑思考的,然而他们用了一辈子去努力,却还是只能够停留在某一个较低的层次上,多么令人惋惜!所以,现在大家都有机会能够充分受教育,实在应该要懂得感恩,好好珍惜。

"流入市俗去了"

既然王熙凤不可能有学问来"提着",以至于多少便"流入市俗去了",这一点非常重要,与《红楼梦》全书的原则相一致。试看即使凤姐拥有"出奇制胜的谐谑",非常会说笑,有许多吸引人的新鲜趣谈,却也只不过是市俗取笑而已。何况再好笑的谐谑都要有所节制,这就是为什么在第四十二回中,黛玉只取笑刘姥姥为"母蝗虫",那可是点到为止的嘲讽,因为母蝗虫是很粗俗的比喻,所以不宜多说,再多说便会落入刻薄的小家碧玉了。黛玉虽然很鄙视刘姥姥,可是也只用一个形象、三个字来点到为止,并且连偶然要涉及市俗的粗话,也得是针对一名乡下老妪,这和她大家闺秀的教养是有关

的。至于冰山下面她没有说出来的那些更丰富的含义,便由宝钗进一步充分地掘发出来,宝钗说:

> 世上的话,到了凤丫头嘴里也就尽了。幸而凤丫头不认得字,不大通,不过一概是市俗取笑。更有颦儿这促狭嘴,他用"春秋"的法子,将市俗的粗话,撮其要,删其繁,再加润色比方出来,一句是一句。

凤姐实在太会说话,太聪明伶俐,但她并不识字,所以只能够让一般人听起来很好笑,大雅君子恐怕就会觉得粗鄙,而反倒弄巧成拙。

那么,何谓"春秋"的法子?这是受过正统经书教育的人才会明白的。"春秋"一词来自孔子所编的史书名称,长期下来当然发展出很多种意思,在此处的上下文里,则是指只要一句话甚至几个字即非常精准有力,不用多说便足以达到最好的效果,让大家都能够心领神会,所以宝钗说"这'母蝗虫'三字,把昨儿那些形景都现出来了。亏他想的倒也快"。由这幅场景可以看出,王熙凤和黛玉这两个人(当然还应该算上宝钗)皆很有"穿心透肺的识力",也均有"出奇制胜的谐谑",但是一个没有读书,以致落入市俗取笑、市井粗话;另一位则把市俗的粗话加以提炼而画龙点睛,三个字便能够把所有的形景都传神地展现出来,这当然是非比寻常的才能;再一个宝钗则是做出总结性的阐释,其境界正如众人听了以后,都笑道:"你这一注解,也就不在他两个以下。"总而言之,这段情节很清楚地让我们看到,王熙凤和黛玉两人在一个有效的比较之下,凸显出各自不同的特点。

另外还有一点非常重要,读书教育当然并不是为了让人更会说笑话，真正的读书教育是让一个人看得更深、更高、更远，才不会短视近利，流于表面。王熙凤绝非井底之蛙，她也很清楚地知道自己的缺陷在哪里，这样的人才是真正"穿心透肺"的，如果一个人总是自鸣得意，那就注定永远只是停留在某一种限度下的草包，也不用期望他会继续进步，可王熙凤并非如此，她拥有高度的自知之明。

第五十五回中，作者又举出另一位少女的例子和王熙凤做比较。探春在这一回开始上台理家以后，"新官上任"有了一鸣惊人的绝佳表现，王熙凤私下对平儿说：探春"虽是姑娘家，心里却事事明白，不过是言语谨慎"。所谓"事事明白"，即所有的情况都看在眼里，这也展现出"穿心透肺的识力"，然而，何以探春要"言语谨慎"？因为她是大家闺秀，话不能说得太过，不能说得太明，必须含蓄蕴藉，这与上文提到的黛玉所言仅止于"母蝗虫"三个字，全是出于同一种道理。而王熙凤却是个"破落户"，只有破落户才会那般长篇大论地说市俗笑话，这与她没有受读书教育也是有关的。

最重要的是，除了看清探春心里"事事明白"之外，王熙凤还指出："他又比我知书识字，更厉害一层了"，所谓的"更厉害一层"并不是说手段更灵巧，做事更干练，而是指探春对事务掌握得更深刻、更全面，更从本质上思考，因此更加高瞻远瞩，所谓的"更厉害"绝对不是技术层面的高超，而是在本质范畴的深入把握。值得我们反省的是，连没受过教育的王熙凤都洞悉自己的局限，而大多数的人非但没有"穿心透肺的识力"，还常常缺乏自知之明，有了三分的学问就自以为是大师，这种情况很是普遍常见，连落入世俗的凤姐都完全比不上，岂非等而下之，令人警惕！而探春又更胜凤姐一筹，原来读书识字可以让一个人的才干提升到更高的境界，换句话说，读书识字会使人从政客变成政治家。政治家的政策手段不一定比政客来得高明，但是他的格局和视野，看事情的轻重缓急，以及对整个局势的长远掌握，对未来的判断预测，那便不是政客所能企及。就这一点而言，必须说王熙凤确实是政客，但探春则上升为真正有为的政治家。

王熙凤的例子告诉我们，一个人若没有读书识字，即使是出身于有着深厚家学熏陶的世府大族，依然会落入市俗小家的人格特性，这是第四十五回中李纨也提到过的事实，虽然她说的话有一点过分。在众人前来索讨诗社的赞助时，王熙凤当场打了一大堆算盘，指责李纨吝啬不肯负责，其实于情于理都非常精确，一点也没有冤枉李纨，然而在李纨看来，说那些论斤秤两的话还叫作大家闺秀吗？所以她便回击道："你们听听，我说了一句，他就疯了，说了两车的无赖泥腿市俗专会打细算盘分斤拨两的话出来。"在此，李纨很罕见地口出这么长、这么重的话语，可见她真是气疯了，但是，姑且不论她会如此生气有其私人原因（请参见李纨专章的说明），那番话的内容八九成还是很客观的。她用了"无赖""泥腿"来描述王熙凤这般的精打细算，简直相当于在泥土里讨生活的乡巴佬，才会这等计较种种的金钱数字，在市场上讨价还价，而口说"专会打细算盘分斤拨两的话"，于是下面"市俗"一词又出现了。显然对世家小姐而言，这是非常低等的一种行为表现，完全不符合她们的身份。

接下来，李纨又说得更难听了："这东西亏他托生在诗书大宦名门之家做小姐，出了嫁又是这样，他还是这么着；若是生在贫寒小户人家，作个小子，还不知怎么下作贫嘴恶舌的呢！天下人都被你算计了去！"对于这段话，一般读者往往只留意到"天下人都被你算计去"一句,然后极力渲染王熙凤很会用心机占尽便宜,很会谋求自己的利益,但那一段话的重点事实上并不在这里。经过许多遍的阅读,研究了很久,我才得以体会到其中的关键,乃是在说明王熙凤之所以会形成这种"无赖泥腿世俗专会打细算盘"之性格的原因。台词当然是李纨说的,可背后所隐含的是作者的洞察,他认为有两个要素构成了王熙凤现在的这等个性,第一个是出身的阶级背景。如果是诗书大宦名门之家出身,则会有一种雍容的气度,那是他们从小就培养出来的,纵使内在的品格道德不一定比较高,可是整个人体现出来的即为一种超然大方的风范,相反的便属于贫寒小户人家,因为环境的压力而令人更容易变得下作贫嘴恶舌。此处很清楚地告诉我们,人格的塑造和家庭背景、阶级环境是密切相关的。

　　构成王熙凤性格的第二个要素是性别。所谓"若是生在贫寒小户人家,作个小子,还不知怎么下作贫嘴恶舌的呢",其中除了家庭环境,还提到"小子",即男孩子,可见男女的教育是不一样的,也会带来不同的影响。其实性别本来就是后天的社会建构,并非与生俱来,一般说女孩子比较温顺柔和、比较委曲求全、愿意牺牲自我,这当然也是后天的教育所造成;同样地,如果是男孩子的话则会比较积极主动,因为他们本来即被鼓励要向外去扩张,因而具有开拓性乃至侵略性,在这般的情况下,出身贫寒小户人家的男性便更容易变得"下作贫嘴恶舌"。这种逻辑当然并不一定绝对,李纨只是做一种原则性的说明,于是才批评道:这就奇怪了,凤姐分明出身于诗书大宦名门之家,又是经过各方面调教陶冶的闺秀千金,照理而言,不应该是"无赖泥腿世俗专会打细算盘"的人,可居然还是这等模样,换成是生在贫寒小户人家的男孩子,则天下人全会被她算计了去。所以说，李纨的这段话清楚表明了阶级、性别以及相应的不同教育所带来的影响。

如此一来，也呼应我们前面所提醒的，王熙凤虽然是"托生在诗书大宦名门之家做小姐"，可接受的是男儿的教育，很明显缺少了闺秀应有的优雅涵养，这就突破了诗书大宦名门之家所应该带给她的闺阁气质；何况她并没有真正受过正规的教育，又不会写字，因此注定流入市俗。可想而知，王熙凤吃了多大的亏，明明天赋资质包括学习能力、吸收能力、表现能力样样都比别人强，但是因为不会写字，没有能力读到真正高深有学问的书籍，导致整个人生其实大大受限，因此而提升不了。

书中有一段情节，很清楚地反映出王熙凤并不会写字。第二十八回描述宝玉吃了茶，想要去找黛玉，他出来以后"一直往西院来。可巧走到凤姐儿院门前，只见凤姐蹬着门槛子拿耳挖子剔牙"，这真的是贫户小家的小子才会有的举止，而和她是男儿教养且没有读书识字密切相关。我们绝对无法想象黛玉、宝钗、湘云会出现这种画面，即使同样是男儿教养的黛玉最多也只有"蹬着门槛子"（见第二十八回），却绝对不会"拿耳挖子剔牙"，那简直匪夷所思，只有放在王熙凤身上才合理，且此一合理性并非来自她平常泼辣无比，而是和她的教育情况相吻合。当时王熙凤看着十来个小厮们挪花盆，亲自监督这些琐碎的家务事，见到宝玉来了，便笑道："你来的好。进来，进来，替我写几个字儿。"显然她不会写字，刚好逮到一名公差，趁便叫宝玉来帮忙。宝玉只得跟了进来，到了房里，凤姐命人取过笔砚纸来，向宝玉指示道："大红妆缎四十匹，蟒缎四十匹，上用纱各色一百匹，金项圈四个。"宝玉听了便忍不住抗议说："这算什么？又不是账，又不是礼物，怎么个写法？"

由此看来，宝玉之类的世家子弟从小便对这一套家务仪轨非常娴熟，所以一看就知道那并不是账本的写法，另外，礼物单子也不是如此的形式，于是疑窦丛生，不禁发问说究竟要怎么写啊，完全没有规格可循。但凤姐根本不理他，催促说："你只管写上，横竖我自己明白就罢了。"当事人表示，无论怎么写她都知道意思，所以不合规格也没关系，而宝玉既然不知道那到底是什么，只得照她说的落墨，结果成了一笔只有当事人才知道的糊涂账。从这一段情节可以清楚地看到王熙凤不会写字，所以她得依赖其他人帮忙。

由此也可见，不会写字并不等于看不懂字，那其实是不同范畴的两回事，《红楼梦》里还可以找到两个例子。在此只举其一为证，第七十四回抄检大观园时，一路进展到最后搜查迎春的房内，竟然在司棋的箱柜里找到了违禁品，而刚好她就是唆使并负责抄检的王善保家的外孙女，结果搜出一双男人的鞋袜还有帖子，上面还有字，作者便提及："凤姐因当家理事，每每看开帖并账目，也颇识得几个字了。"而这种情况非常合理，我也确实认识有人并不会写字，却真的看得懂报纸，若探究其中的原因，关键即在于：认字相当于辨识图形，大致看得懂并不难；可是写字还必须拿笔练习，才能掌握一笔一画的顺序以及整体结构，所以没有经过训练是写不来的。只因一般入学后的情况是读书、写字同时进行，导致我们误以为认字、写字是一样的能力。由此看来，《红楼梦》是非常写实的，而且全面地掌握并反映出人生经验中各种复杂细腻的小地方。

太虚幻境判词

　　王熙凤既没有受过教育，又以男儿教养，最后便流于"有才而无志"。所谓的"有才无志"出自第五回王熙凤的图谶，乃宝玉神游太虚幻境时所看到的判词，其言曰："凡鸟偏从末世来，都知爱慕此生才。"王熙凤的"才"是毋庸置疑的，因此受到人人的爱慕赞赏，如同第二回冷子兴所说的"上下无一人不称颂"，然而判词中却没有提到"志"。"才"和"志"的兼备是在探春的判词上呈现出来的，所谓"才自精明志自高"，可见探春之才并不亚于王熙凤，王熙凤甚至称许探春"他又比我知书识字，更利害一层了"，此外探春还比王熙凤多了"志自高"，"志"即理想、心志，一份高远的志向。

　　将这两首判词对照来看，二人的对比便更清楚了：探春有才有志，堪称是女中豪杰，而王熙凤有才无志，在男儿教养的文盲情况下不免落入市俗。探春读书识字因此比王熙凤"更利害一层"，那并不是指在技术层面、人为技巧上的"利害"，而是指在人格、境界、层次上的"利害"，是向上的精神升华。王熙凤"有才无志"则让她流于所谓的"泥腿市俗专打细算盘"，参照第五回《红楼梦曲》中，有关王熙凤的一首《聪明累》，意指聪明反而造成她的负累，也就是"聪明反被聪明误"的意思，正因为这份聪明没有得到"志"的提升，缺乏诗书教育的熏陶改造，以至于落入市俗层次，终究受困其中，受到拖累。

　　《聪明累》所说的"机关算尽太聪明，反算了卿卿性命"，这两句因为太知名了，大家都习惯单独拿出来直接发挥，但如此一来，也往往以偏概全甚至断章取义，而落入误解。王熙凤确实"机关算尽太聪明，反算了卿卿性命"，然而这并非指她的聪明是罪恶的，因此反遭其害，事实上完全不是如此。我们面对文本的时候必须完整地阅读，千万不要只停留在一两句话上望文生义，《聪明累》中明明紧跟着写的是"生前心已碎，死后性空灵"，意谓她生前是心碎的，可见当她机关算尽时主要并不是出于个人的利益，实际上是为了家族而过分操心劳累，这当然不是替她自己所打的算盘，也才导致后来灰心绝望，于是判词下面接着补充说"枉费了，意悬悬半世心；好一似，荡悠悠三更梦"，深深叹息她的绝顶聪明及机关算尽还是无法挽救贾家"忽喇喇似大厦倾，昏惨惨似灯将尽"的悲剧结局。原来作者是在为凤姐无限感慨，她是如此地牺牲奉献，想方设法机关算尽，为贾家付出半生的心血，却葬送了自己的一条宝贵性命；又感慨如果她读书识字，就能够像探春般看得深、看得远，不会让贾家如大厦倾倒、似灯枯而尽，至少可以让家族葆有一线生机，得到东山再起的机会，不至于一败涂地，以致"枉费了，意悬悬半世心"，半世的操心沦为枉费。

让我们进一步设想：如果王熙凤从小读书识字，给自己一种资质的提升，则她在面对家族的困境时会采取哪一些做法，而不只是挖东墙补西墙？这个问题的答案应该就是秦可卿临终前的托梦所言。必须说，秦可卿死前的梦中献策真的是贾家仅存的生机，是将来东山再起的唯一希望，可惜王熙凤固然当下感到十分敬佩，却并没有真正听进去，后来便没有加以落实执行。如果受到嘱托的人是和她一样聪明而有才又有志的贾探春，则贾家是否即不至于"树倒猢狲散"？这也是脂砚斋深深感慨的，第二十二回的批语中，他写道："使此人不远去，将来事败，诸子孙不至流散也，悲哉伤哉。"当家族的败落时刻来临，如果有探春在的话，她一定有办法团结族众，让他们有一个聚合的根据地，子孙有一定的根基，贾家便可以重新开始。可惜啊，王熙凤终究还是被眼前这个肤浅的世界所限，"一场欢喜忽悲辛。叹人世，终难定！"可见人没有两全其美的，探春有探春的地狱，王熙凤有王熙凤的残缺，这也是人生充满遗憾的无奈。

裙钗一二可齐家

关于王熙凤的整体形象，现在都已经大致熟悉了，接着可以再补充一段文本，即第二回冷子兴演说荣国府时介绍了贾家的几位重要人物，其中提及贾琏是"亲上作亲，娶的就是政老爹夫人王氏之内侄女，今已娶了二年。……谁知自娶了他令夫人之后，倒上下无一人不称颂他夫人的，琏爷倒退了一射之地：说模样又极标致，言谈又爽利，心机又极深细，竟是个男人万不及一的。"明揭凤姐具有了不起的绝世才干。

事实上，作者对凤姐也是赞佩多于苛责，这一点充分显示在第十三回回末的两句诗中。此种回末诗很类似史书列传对于人物的总结，传统史家每写完一篇传记之后都有一段"史臣曰""史臣赞"，由司马迁写《史记》时的"太史公曰"所开创，颇有盖棺定论的意味，而此处曹雪芹写道："金紫万千谁治国，裙钗一二可齐家。"其耐人寻味之处颇值得细想，"金紫"为最高等级的朝廷服色，代指高官厚禄、大权在握又饱读诗书的男性，前一句简直骂遍天下衣冠男子，控诉那些为数众多、成千上万的朝臣命官享尽了各种资源，却没有用心经世济民，戮力治理国家。

反观"裙钗一二可齐家",只不过一两位女流之辈而已,就能够把整个家整饬得如此安稳有序,这实在是最高的赞美。因为对古人来说,一名知识分子的人生价值实践即是起于修身、齐家,然后治国、平天下,既然女性出于性别的限制,出不了家门,无法达到治国、平天下的层次,因此一生最大的成就便是齐家,也所以齐家是对"裙钗"的绝高赞誉。而此处的"裙钗一二"指的是谁呢?必须说,王熙凤必定是其中之一,因为第十三回的一大主轴即在于弘扬"王熙凤协理宁国府"之轰轰烈烈的精彩表现,至于另外的那个"二"似乎很难有确切的定论,但是我想探春事实上足以位列其中,因为第五十五回王熙凤病倒之后,便是探春接替她继续理家的,虽然只局限于大观园内,但功绩却更为卓著,连王熙凤都自认不如。当然还可以考虑别人,但那是十分难得的才能,确实屈指可数的只有一二人。王熙凤和探春,两人非常尽心尽力,虽然有各自的限制,然而大体上瑕不掩瑜。就这一点来说,所谓"上下无一人不称颂他夫人的",的确也是客观的事实,可惜一般读者太过强调王熙凤负面的那一部分,又过于断章取义,所以现在得要从平衡的全局角度还给她客观的公道。

再看第六回刘姥姥第一次来到荣国府时,听说现在当家的是王熙凤之后,虽然也很吃惊,却又觉得顺理成章,何以如此?她说道:"原来是他!怪道呢,我当日就说他不错呢。""这凤姑娘今年大还不过二十岁罢了,就这等有本事,当这样的家,可是难得的。"周瑞家的一听,立刻大大发挥说:"我的姥姥,告诉不得你呢。这位凤姑娘年纪虽小,行事却比世人都大呢。如今出挑的美人一样的模样儿,少说些有一万个心眼子。再要赌口齿,十个会说话的男人也说他不过。"凤姐至少有"一万个心眼子",这正是冷子兴所说的"心机又极深细",至于所谓的"再要赌口齿,十个会说话的男人也说他不过",恰恰对应于冷子兴形容的"言谈又爽利"。可见周瑞家的和冷子兴的说法如出一辙,而且更精细、更传神,只不过周瑞家的同时还提到凤姐的缺点,即对待下人太过于严格,所谓"就只一件,待下人未免太严些个"。但是对此必须澄清一点,事实上当家者非如此不可,因为不严就少有人会服从,例如宁国府的女主人尤氏便是待下人很宽,结果下人不把她放在眼里,导致整个家族脱轨失序,根本治理不来,以至于一片混乱,终究使整个家族的伦理秩序几乎崩溃,而伦理秩序的崩溃正是被曹雪芹视为贾府衰败的最大关键。

总结来说,从第二回、第六回通过他人之口,都一致地指出王熙凤的各种人格特征,包括口才伶俐、心机深细,又才干非凡,可以管理上上下下如此复杂的大家族,这些全是我们必须承认的重大优点。而王熙凤因为有才无志,加上没有"拿学问提着"以致"流入市俗",此一"流入市俗"其实有很具体的面向,下文便一一加以详谈。

对财货的贪婪

究竟如何才算是"流入市俗"?以下把王熙凤的"流入市俗"分为三个层面——事实上不只这些,不过应该大致不脱全面了。

首先是对金钱的贪婪。这一点众所周知,只不过事实并非那么简单,王熙凤固然是贪财的,我也没有要否定该客观事实,但问题在于应该怎样去认识这个客观事实?毕竟造成此一事实的原因有很多种,而我们仔细检视过王熙凤到底是属于哪一种吗?其实王熙凤有她的无奈，是迫不得已非贪财不可的，这才是我所体会到的真相。为人处世实在太难了，表面上她当这个家当得精彩万分，然而背后却有着我们看不到的地狱，这一点希望读者先放在心里，下文会有相关补充。

就表面的现象而言，王熙凤对于财货的贪婪，第一桩是出现于第十五回的包揽讼事，当时长安守备和张大财主因为儿女的婚事而兴讼告官，张家这一方希望可以迫使对方屈服，便想到来找荣国府，以国公府的权势借力打力，其实也是居心不良。原本王熙凤根本不想管，但由于居间牵线的净虚老尼采用了激将法，正中弱点的王熙凤便被怂恿了，她发了兴头对老尼说："你叫他拿三千银子来，我就替他出这口气。"后来这场官司果然也照他们的愿望处理了，而第十六回补充说："这里凤姐却坐享了三千两，王夫人等连一点消息也不知道。"整个过程中，凤姐有一些欺上瞒下的意味，确实也算不上正道君子之所为，这一点当然我们都同意，最有意思的是，作者继续描述道："自此凤姐胆识愈壮，以后有了这样的事，便恣意的作为起来，也不消多记。"显然这只是第一次，而有了第一次就会有后续的第二次、好几次，只不过小说中不再多写，让人举一反三地自行类推。

之所以出现这种情况，是因为作者常常运用"不犯"的笔法。所谓"不犯"，意指有些事情只要一次写得很详细便足够了，其他类似的情况即不再重复，这是整部《红楼梦》常常采取的策略。举例来说，作者极尽所能地铺陈秦可卿的丧礼，不只是丧礼本身，就连叙写的笔调也非常细腻翔实。可是，贾敬的辈分地位比秦可卿更高，第六十四回中对于他的丧礼却简单带过，我们却不应该因此推论出贾敬的地位不如秦可卿，那明显不合逻辑；倘若因为这个现象而断定秦可卿是皇家的出身背景，此一推论便更过度了，形同另外虚构一段故事

第一章　王熙凤

而改写了原著，乃是不了解小说里"不犯"的笔法所致。作者的实际设计是：秦可卿的丧礼已经铺张到那般程度，读者看了便了解贾府的繁文缛节，而仪式过程都是差不多的，贾敬的丧礼因为发生在后面，即不必再重复叙写，只要重点带到即可。同样的道理，作者虽不再提及王熙凤类似的做法，但是事实上她一直都有收受贿赂的行为。

此外，凤姐对于财货的贪婪似乎也更显示在放高利贷上，主要的情节出现于第三十九回，另外第七十二回也提到过。第三十九回中，袭人问平儿："这个月的月钱，连老太太和太太还没放呢，是为什么？"平儿吓了一跳，赶快走近袭人跟前，左顾右盼确定四周无人，才悄悄告诉她："这个月的月钱，我们奶奶早已支了，放给人使呢。"所谓"放给人使"就是把钱拿出去放贷收利息。接着平儿继续说："等别处的利钱收了来，凑齐了才放呢。"最后又特别嘱咐袭人道："因为是你，我才告诉你，你可不许告诉一个人去。"确实袭人并不会告诉任何人，她的性格是知轻重、懂分寸、能负责，所以一定会守口如瓶。

袭人听了才知道原来月钱迟发的原因，便笑说："难道他还短钱使，还没个足厌？何苦还操这心。"可见放高利贷也是很麻烦的，要操心哪些地方放出多少钱，何时该收利银，甚至还有可能收不回借贷金，反倒造成损失，其实都得付出代价。袭人便质疑凤姐都已经那么富有了，并不缺用，何必如此？平儿笑说："何曾不是呢。这几年拿着这一项银子，翻出有几百来了。他的公费月例又使不着，十两八两零碎攒了放出去，只他这梯己利钱，一年不到，上千的银子呢。"在此必须仔细体会平儿和袭人的互动及其情绪反应，这样才比较容易正确判断她们对话内容的意义在哪里。如今我们把高利贷当成洪水猛兽，然而袭人始终没有说那是罪大恶极，话语中毫无谴责之意，整部

《红楼梦》的态度也是如此，显然和我们现代人的情况并不相同。请回顾一下，我之前提到皇室内务府也开设当铺，甚至公主出嫁时皇帝都可以恩赏当铺，显然开当铺并不算什么重大的过错，放贷的意义也大约类似。因此袭人在此既没有苛责，也没有谩骂，只是笑说："拿着我们的钱，你们主子奴才赚利钱，哄的我们呆呆的等着。"她的重点只在于月钱过期，以致带来一点困扰而已。

对原欲的陷溺

接着看第二项，凤姐的"流入市俗"除了很容易走向金钱物质的这一面，此外也会落入人性原欲中另一面的陷溺。生命的原欲，无非"食、色，性也"。只不过在饮食方面，贾府的主子们几乎是处于节食的状态，每个人都只拣取喜欢的吃一两口，凤姐亦然。试看第六回述及凤姐用餐，"桌上碗盘森列，仍是满满的鱼肉在内，不过略动了几样"，到了第四十回中，刘姥姥和王熙凤、鸳鸯一道吃饭，吃完之后发表了感想，说："我看你们这些人都只吃这一点儿就完了，亏你们也不饿。怪只道风儿都吹的倒。"所以，"风儿都吹的倒"可不是黛玉一个人的专利，其实也是贾府千金小姐们共同的体态，因为她们一定吃得少，金寄水《王府生活实录》一书里便提到府中有限量而食的规矩，而这是所谓的 leisure class 举世皆然的共通情况。

Leisure class，一般翻译成"有闲阶级"，其思想意识、生活方式可供一整套非常有意思的社会学分析。1899 年时，美国学者托斯丹凡勃伦（Thorstein Veblen）出版了一本经典专著讨论"有闲阶级"，其中即指出这种家族出身的小姐不太容易有胖妞,体态大多非常纤细,这是该等阶级的文化特质所使然,她们的饮食当然极为精致丰富,然而绝对不会狼吞虎咽,用吃来发泄。

原欲部分的情色是身体本能上的另一种陷溺,书中至少有两处提到王熙凤的闺房之事。第一处是第七回,回目上"送宫花贾琏戏熙凤"中的"戏",可不只是单纯指游戏玩笑而已,其实就是男女之间的调戏、嬉戏,这要配合文本才能看得出来。当周瑞家的到处去送宫花,依序来到王熙凤的住房时,文中描述道:

> 走至堂屋,只见小丫头丰儿坐在凤姐房中门槛上,见周瑞家的来了,连忙摆手儿叫他往东屋里去。周瑞家的会意,忙蹑手蹑足往东边房里来,只见奶子正拍着大姐儿睡觉呢。周瑞家的悄问奶子道:"姐儿睡中觉呢?也该清醒了。"奶子摇头儿。正说着,只听那边一阵笑声,却有贾琏的声音。接着房门响处,平儿拿着大铜盆出来,叫丰儿舀水进去。平儿便到这边来,一见了周瑞家的便问:"你老人家又跑了来作什么?"周瑞家的忙起身,拿匣子与他,说送花儿一事。平儿听了,便打开匣子,拿了四枝,转身去了。半刻工夫,手里拿出两枝来,先叫彩明吩咐道:"送到那边府里给小蓉大奶奶戴去。"次后方命周瑞家的回去道谢。

记得最初一路读来,我根本看不懂这一段在说什么,但也不管它了,因为初级读者通常只关心宝、黛的恋情发展,所以其他琐碎的情节都自动跳过去。然而现在我们知道《红楼梦》并不只是一部爱情小说,所有的细节全部必须认真研究,均要一一顾及,才能领略到它的博大精深。原来这一段情节写的是贾琏和王熙凤在卧室中行房,文雅的说法称为"敦伦",指合法的夫妻性爱。值得注意的是,贾琏夫妻在行房时,是"平儿拿着大铜盆出来,叫丰儿舀水进去",而《金瓶梅》也有类似的情况,学者针对明清时期的风月小说与一些相关文献、插画、图版进行爬梳之后,发现这种大户人家夫妻的行房,丫鬟常常要在旁边侍候着,所以平儿拿大铜盆出来舀水,应该便是事后清理用的。于此,脂砚斋也提示道:

> 妙文奇想,阿凤之为人岂有不着意于风月二字之理哉。若直以明笔写之,不但唐突阿凤声价,亦且无妙文可赏。若不写之,又万万不可。故只用"柳藏鹦鹉语方知"之法,略一皴染,不独文字有隐微,亦且不至污渎阿凤之英风俊骨。所谓此书无一不妙。

意即通过隐晦的笔法暗中透露凤姐的性格倾向,既不会带来丑化的问题,又可以增添文章的趣味,因此脂砚斋给予极大的赞赏。

除了第七回之外,第二十三回又再出现了一次。当时夫妻二人在餐桌上讨论如何分派肥差,王熙凤坚持她要用的人选,不让贾琏介入,希望对方最好顺着她。可是突然话锋一转,贾琏说:

> "果这样也罢了。只是昨儿晚上,我不过是要改个样儿,你就扭手扭脚的。"凤姐儿听了,嗤的一声笑了,向贾琏啐了一口,低下头便吃饭。

作者将这个画面描写得很生动，脂砚斋的批语则挑明说："写凤姐风月之文如此，总不脱漏。"显然其中所谈的，又是他们昨天晚上的闺房春宵了。

当然，这两处情节都是在夫妻的合法关系里发生的，大家可能觉得并没有什么过错可言，不能算是失德。不过真的是这样吗？此处有两个思考点：第一，《红楼梦》中有夫妻关系的伴侣皆没有涉及这一面，何以单单在王熙凤身上便写了两次？就此而言，作者还是隐隐约约地透露出她有比较强烈的身体欲望，这当然不能算她的错，毕竟以古人来说，如果丈夫很好色，做妻子的也没有办法拒绝。第二，相关作为真的完全不存在违反道德的问题吗？事实上其中还是有值得非议的地方，要注意"送宫花贾琏戏熙凤"是发生在白天，否则周瑞家的不会来送宫花，而这就是它的问题所在。

学者李楯在《性与法》一书中提及，在不同的文化里都有一些性禁忌，无形中制约着这个环境下的成员，包括一项"白日性交的禁忌"。对古人来说，性行为是有罪恶感的，是一种见不得人的欢愉，因此在传统社会里，"性"是必须禁光的，一般人只习惯于黑夜中进行。受到传统观念影响的人们，对于日间的性行为多少存在着一些心理忌讳，但此处却出现了违禁现象。贾琏的好色固然不用多说，第二十一回便指出："那个贾琏，只离了凤姐便要寻事，独寝了两夜，便十分难熬。"第四十四回贾母更批评他道："成日家偷鸡摸狗，脏的臭的，都拉了你屋里去。"然而王熙凤在这一点上恐怕也不遑多让，至少表现得乐于接受，只是绝对没有出轨而已，作者对于凤姐落入市俗的那一面并没有过于掩盖。

对于"权"的欲望

此外,王熙凤的"流入市俗"还有另一个很重要的层面,也是大家都看得到的,即对于"权"的欲望,而有权的人往往会耀武扬威、得意忘形,王熙凤事实上也有这一面。以下把小说中王熙凤在"权"这方面的欲望表现做一番整理。

首先是第十三回关于秦可卿的丧礼,事实上她也有意愿出面来承揽整个丧礼的操办,文中描述道:"那凤姐素日最喜揽事办,好卖弄才干,虽然当家妥当,也因未办过婚丧大事,恐人还不伏,巴不得遇见这事。今见贾珍如此一来,他心中早已欢喜。"果然她办得有条不紊,整个宁国府经过她的整顿之后确实脱胎换骨,恢复了清明的秩序,所以"凤姐儿见自己威重令行,心中十分得意"。

再看第六十五回,兴儿向尤二姐介绍他们家的小姐太太们,提及王熙凤时也用到四个字:多事逞才。兴儿的话不全都客观公允,但这四个字则完全合乎事实,因为凤姐本来就好卖弄才干,"逞才"也是她自我实现的一种特别的方式。对古代的女性而言,能够当家理事是很难得的机会,把家当好,确实也是一种自我肯定,何况传统社会并没有给栋梁大材的王熙凤去发展事业的机会,她只好在家庭中尽其所能把事务处理得有条不紊,就这一点来说,算是值得体谅的。但是她也有非君子的那一面,所谓"权力使人腐化",权力的快感是很令人迷醉的,所以甚至有人说权力是最好的春药。尤其王熙凤并非一个才志兼备的人,她的心更不免受到影响而摇摆偏颇,以至于权力很容易动荡她的心智,我们在得志小人身上所看得到的得意忘形、耀武扬威

第一章　王熙凤

等,于王熙凤身上也不乏相关的印迹。

参照第六十二回里,黛玉曾经对探春的理家给出很中肯的评论,她向宝玉说道:"你家三丫头倒是个乖人。"此处所谓的"乖人"其实是中规中矩的意思,即遵循法理,合乎中道,因此黛玉接着说"虽然叫他管些事,倒也一步儿不肯多走",这一点诚属《尚书·洪范》所言,君子"有猷,有为,有守"中"有守"的那一面,所以掌握了权力的探春不会滥权,不会得意忘形。相较之下,没有君子节操的一般人便守不住了,所以黛玉又继续说:"差不多的人就早作起威福来了。"确实,"作起威福"是很容易在一般人身上看到的权力张扬,而"差不多的人"也包含了王熙凤,难怪第五十六回探春即批评凤姐是"素日当家使出来的好撒野的人"。只是王熙凤的作威作福确实有真才实干作为根底,不比一般人,只不过是抢到了一点权力就自以为英雄,王熙凤绝对没有落入如此浅薄甚至卑鄙的地步。

脂砚斋对王熙凤的这一点也有一句非常精准的说明,在探春理家之后,脂砚斋便以协助者宝钗的表现作为对照组,于第五十六回指出王熙凤是所谓的"逸才逾蹈","逸"即超过界线的意思,相当于脱逸、逸出、散逸,带有不在轨道内的意味。诚然王熙凤的才干很大,大到寻常世界的一般规范无法约制她,所以施展"逸才"时就会"逾蹈",即跨得太远而逾越了分际。王熙凤的"作起威福"便来自"逸才逾蹈",这个人实在才干太高,"十个男人也说他不过",更达到"裙钗一二可齐家"的境界,此所以秦可卿在托梦时也赞美她是"脂粉队里的英雄",所谓"脂粉队"即裙钗之辈,如果她被放在国家庙堂之上,很可能会有另一番宏大的表现。只可惜凤姐受困于女儿身,只能够在一个世家大族中施展才华,实在是太委屈她了,以至于她的

"逸才"导致"逾蹈"的后果，加上没有学问作为中心根底，所以君子的种种自我要求也不容易在她身上发生，于是"逸才逾蹈"的情况自然而然更会出现。就这一点来说，王熙凤确实不无可议之处。由此可见，解读一段情节时不能只看表面，我所诠释的固然不一定是唯一的真理，但是希望提供大家没有注意到的部分，一般人只看到若干常常被引述出来的段落，却又不够仔细，于是往往穿凿附会，其实只有好好把全文读过，并认真推敲，才能面面俱到，不失于偏颇。

关于王熙凤的"多事逞才"，还有几段情节可供印证。包括第十五回中宁府大殡，凤姐一行人到了庙庵里，准备要休息一下，净虚老尼看四下无人，只有几个贴身伺候的丫鬟，便乘虚而入，提出了一个违法悖德的请求，她想借重王熙凤来压制两方争婚的纷扰，逼使一方退婚。一开始王熙凤根本不想管，她觉得贾家属于有名望的世家大族，自己也不在乎那一点好处，何必降格去理会这种纷争。老尼被拒绝以后感到十分挫败，也一筹莫展，但她因为受人之托，也不想让人家看不起——她大概已经对人家夸耀说自己和荣、宁二府多么熟稔，这件事情托给她来办绝对没有问题，然而夸了海口之后却无法向人家交代，自己面子上也过不去，所以转换策略，改用了激将法。

净虚老尼有意无意地感叹道："虽如此说，张家已知我来求府里，如今不管这事，张家不知道没工夫管这事，不希罕他的谢礼，倒像府里连这点子手段也没有的一般。"意即虽然对贾府而言那是不屑一顾的小事，可是对方不会这样想，他们只会认为原来以宁、荣二府这般的威势，也都没有本领把如此小事处理掉，而误会贾府只是虚张声势而已，没有什么真才实权。必须说，对付王熙凤这种好胜之人，激将法是最有效的，果然王熙凤听了这段话之后便"发了兴头"，觉得既然你瞧不起我，那我就证明给你看，所以才说出一番有点过度的话，她说：

> 你是素日知道我的，从来不信什么是阴司地狱报应的，凭是什么事，我说要行就行。你叫他拿三千银子来，我就替他出这口气。

作者将这一回的回目拟为"王凤姐弄权铁槛寺"，从回目上可以清楚地看到"弄权"两个字，证明是作者对王熙凤这般作为的一个定论。凤姐确实是在弄权，所以我把此一事件放在"权"的条目下，然而其中包括很多细节和层次，其意义并不是用"弄权"二字便可以一概而论。事实上，王熙凤原先根本不想占人家的便宜，也无意利用贾府的威势去凌压别人，乃至从中牟利，这是首先必须明确厘清的。

还有，凤姐说"凭是什么事，我说要行就行"，固然这也是一句过分自信的话，但我们不能断章取义，而应该将各种会影响表达方式的因素都考虑进来，因为人在特殊的对话脉络下，往往会因为对方的身份、当下的情境以及议题的属性而影响了话语的表达。一个人在某个状况下会夸夸其谈，但在另外一种情境里则可能变得自卑退缩，有时换个处境却突然表现得很可爱、会撒娇，这些都是因应于特定情境所出现的若干变异，我们必须把变异的情况以个案来处理，不能单独抽离出来作为对他所有行为处事的普遍论断。如若脱离当时的情境脉络来判断一个人的整体行事原则，便会落入非常危险的以偏概全与过度诠释。

此处便是一个案例：王熙凤所谓"凭是什么事，我说要行就行"，乃是被激将之后所反激出来的两句过分夸大的话语，但不见得她惯常的处事信念都是如此这般，否则她也不会在探春理家之后，庆幸可以从箭靶上暂时脱身，对平儿说道：

> 若按私心藏奸上论，我也太行毒了，也该抽头退步，回头看看了，再要穷追苦克，人恨极了，暗地里笑里藏刀，咱们两个才四个眼睛，两个心，一时不防，倒弄坏了。趁着紧溜之中，他出头一料理，众人就把往日恨咱们的恨暂可解了。（第五十五回）

仔细推敲，其中实在充满了如临深渊、如履薄冰的戒慎恐惧，又何尝有"凭是什么事，我要说行就行"的霸气！再举例来看，李白于《将进酒》里非常自信地高歌"千金散尽还复来"，可是在另外的诗篇中他又感叹"我本不弃世，世人自弃我""世人见我恒殊调，闻余大言皆冷笑"，由昂扬自信的状态转为被边缘化、被众人所鄙视的极端挫折感。故而，很多事物一定要观察它所处的特定之具体情境，在上下文的情绪脉络、所涉及的相关人等与其彼此的互相牵动中去进行评估，才能得到客观的判断。据此而言，凤姐的那番话其实是对净虚老尼的一种强烈回应，不等于是她内心所秉持的整体及普遍的信念。

再看王熙凤说"叫他拿三千银子来"，其用意也未必真的完全要中饱私囊。试想：处理这样的事情她是不可能亲自出面的，一定得要派下人去办理，那都必须支付额外的跑腿补贴，还有打点各个关节的费用，实在并不是那么简单的一桩事务。因此凤姐清楚地说："我比不得他们扯蓬拉纤的图银子。这三千银子，不过是给打发说去的小厮做盘缠，使他赚几个辛苦钱，我一个钱也不要他的。"可见这三千两银子是供下面办事的人去分的，属于给人家的跑腿费、工本费以及疏通费——当然她还是会从中获得一些好处，但既然主要是她出了力、卖了面子，又不是在做慈善事业，那也算是人情之常。

"逸才逾蹈"的其他例证

至于凤姐的耀武扬威、"逸才逾蹈"，确实在很多地方都被其他相关人等从各式各样的角度、于不同的情境给予印证。例如第四十四回，王熙凤于过生日的中途，因为酒喝得太猛，想要回房去休息一下，却刚好撞见丈夫趁机偷腥，于是闹得天翻地覆，贾琏也很生气，便借机装疯，拔出刀来要砍要杀，那真是满屋子鸡飞狗跳。夫妻两人闹到了贾母跟前，贾母一方面维护了王熙凤，一方面也说出一个客观事实，她对贾琏啐道："下流东西，灌了黄汤，不说安分守己的挺尸去，倒打起老婆来了！凤丫头成日家说嘴，霸王似的一个人，昨儿唬得可怜。要不是我，你要伤了他的命，这会子怎么样？"当然贾琏也一肚子委屈，因为事实上王熙凤挺泼辣的，对一个丈夫来说，实在是有损尊严，导致贾琏也被激怒到反应过度，但是所有的委屈在贾母那里并没有得到应有的抚慰，他根本不敢分辩，只能自认不是，反正贾母的话就是圣旨，所以也没什么好说。而在这段话里，特别可以注意一个观念：打老婆在注重优雅礼仪、自我控制的世家大族中，真是一种非礼的行为，必须指控严责。

更应该注意到，贾母并没有瞎了眼睛，也未曾被蒙蔽，她对王熙凤的评价是十分客观中肯的，所以才说"凤丫头成日家说嘴，霸王似的一个人"，显然她看得很清楚。至于为什么贾母会放任王熙凤去称霸，对她的"逸才逾蹈"睁一只眼闭一只眼？这并不是没有原因的，如果因此很粗糙地推论贾母就是一个昏庸之辈，被只手遮天的凤姐蒙在鼓里，以至于贾家完全由着王熙凤叱咤风云率意操弄，这都是很错误的推论，下文会有详述。

王熙凤"霸王似的"张扬表现还出现在第四十三回。当时贾母出面为凤姐举办生日宴，全府动员，上上下下均得出资捧场，共襄盛举，她当然获得了足够大的面子。贾母还说凤姐既然是寿星，当然要好好享受一天，不应该再操心劳碌，所以把生日宴的操办事务托给了尤氏。尤氏便私下对凤姐开玩笑说："出了钱不算，还要我来操心，你怎么谢我？"王熙凤说："你别扯臊，我又没叫你来，谢你什么！你怕操心？你这会子就回老太太去，再派一个就是了。"真是一副讨了便宜还卖乖的刁蛮模样。尤氏便笑着说："你瞧他兴的这样儿！我劝你收着些儿好。太满了就泼出来了。"此处的奥妙颇为耐人寻味，原来她们妯娌之间其实是很亲近的，互动上往往无须顾忌，因此有些话说得很直接，甚至互相调侃嘲笑，那并不是彼此对立的针锋相对，所以尤氏依然尽心尽力地帮王熙凤筹办生日宴，只不过她的话里确实也给这位好姐妹一点提醒："太满了就泼出来了。"意指不要把所获得的这些荣耀及特权太视为理所当然，甚至过分张狂，而应该韬光养晦收敛着些。客观地说，王熙凤确实不免过度放纵，有的时候太满了便泼出来了，以至于她和贾琏之间发生非常严重的夫妻勃溪，继任接管家务的探春也对她表示出不满。

第五十五回探春理家之后"新官上任三把火"，第一个开刀的对象正是王熙凤,从政治手腕来说,这也是必要的做法,不可以只打苍蝇,而是要先打老虎,如此才能够让上上下下心服口服。正是在该段情节中,探春说了很多关于王熙凤的负面评论,但这同样不足以证明二人之间存有心结。其实世间常见的情况是,某个人知道你有什么缺点,偶尔也会批评你,但不见得等于不喜欢你甚至讨厌你,这是两回事,然而大多数人都无法分清这一点,于是反应过度的现象到处可见,往往只因为无关紧要的一两句话便导致势同水火,真是最令人感到无奈的地方。相较之下,凤姐与探春的情况并没有落入市俗,在第五十六回中,探春指着平儿说:"我早起一肚子气,听他来了,忽然想起他主子来,素日当家使出来的好撒野的人,我见了他便生了气。"平儿的主子正是王熙凤,探春所谓"素日当家使出来的好撒野的人"也说得很中肯。此刻探春处在理家的位置,必须要树立威信,当所有人都等着看笑话、准备墙倒众人推的时候,不得不用强硬的方式行事,而既然她把王熙凤列为第一个弹压的对象,所说的话当然会特别重。探春说王熙凤是"素日当家使出来的好撒野的人",此乃客观事实,王熙凤诚然有这一面,但是探春之所以做出如此强硬的表述,主要是为了树立起新管理者的威信。虽说探春和王熙凤之间确实在某些地方存有隐微的冲突,但总体而言她们还是一家人,彼此的关系以互助为主,因此凤姐对于探春的强硬作风非但不以为忤,还百分之百地配合,认为"正该和他协同,大家做个膀臂",这一点必须提醒特别留意。

再看第六十五回,贾琏偷娶尤二姐之后,便拨派他的心腹兴儿去侍候,兴儿对尤二姐一一介绍了他们家的太太小姐们,其中当然涉及王熙凤,那话也说得非常难听。但我们应该知道,在管理非常严格的

欧丽娟红楼梦公开课（四）：镜像六钗

长官麾下工作的人，对主管通常都不会有好话，这实在是人性之常，然而也是人们不好好自我要求时很容易犯的错误，只因为长官施加要求，就觉得不开心，却没有替长官想过他得担多少责任。还有，很值得注意的常见现象是，当一个人在背后谈起另一个人的时候，所说的往往会是坏话，兴儿也是，并且我们不能忽略他所处的情境脉络，即他想要讨好新奶奶，将来尤二姐如果当家了，他也会有好处的，于是此时更难免"抑彼扬此"——贬抑王熙凤那一方以弘扬尤二姐这一边。所以兴儿的一番话固然有事实根据，但未必是百分之百的客观事实，他说：

> 提起我们奶奶来，心里歹毒，口里尖快。我们二爷也算是个好的，那里见得他。……如今合家大小除了老太太、太太两个人，没有不恨他的，只不过面子情儿怕他。皆因他一时看的人都不及他，只一味哄着老太太、太太两个人喜欢。

就这几句话来看，已经显示兴儿的偏颇与片面，事实上王熙凤是非如此不可，并不是她刻意要巴结讨好权贵，因为"哄着老太太、太太两个人喜欢"本来即属她该承担的责任，是为人子孙对长辈尽孝的伦理范畴。兴儿接下去说："他说一是一，说二是二，没人敢拦他。又恨不得把银子钱省下来堆成山，好叫老太太、太太说他会过日子，殊不知苦了下人，他讨好儿。"这段话也很有问题，凤姐真的苦了下人吗？未必，大多数的下人事实上过得很好，甚至宁可留在贾家而不要自由，因为贾家以宽柔待下为门风；至于凤姐之所以拼命省钱更是迫于无奈，若非如此，贾家的破败会来得更快，大家提早同归于尽！兴

第一章 王熙凤

儿继续批评凤姐说：

> 估着有好事，他就不等别人去说，他先抓尖儿；或有了不好事或他自己错了，他便一缩头推到别人身上来，他还在旁边拨火儿。如今连他正经婆婆大太太都嫌了他，说他"雀儿拣着旺处飞，黑母鸡一窝儿，自家的事不管，倒替人家去瞎张罗"。

这段话事实上很不公道：首先，争功诿过根本是很普遍的人性常态，到处可见，连兴儿自己都是！凤姐并不特别罪恶。其次，邢夫人自己人品不好，所以她很多时候都是基于自己的私利而对人产生不满，其嫌恶之言未必是客观的指控。再者，王熙凤去照管荣国府上上下下的事情，这是老太太和王夫人的指派授权，所处理的仍然是贾府的家务事，怎么可以说她"自家的事不管，倒替人家去瞎张罗"呢？难道只有邢夫人这一房才算是"自家"吗？这未免私心太过。由此可见王熙凤真的很辛苦，也确实得罪了很多人，才导致她孤立无援。

兴儿继续说王熙凤的坏话，指责她："嘴甜心苦，两面三刀；上头一脸笑，脚下使绊子；明是一盆火，暗是一把刀：都占全了。"王熙凤确实有这些面，但是绝不仅止于这些面，而且每一面都还涉及程度或层次的问题，不能一概而论。比如说，有的人是君子，可不见得在每个地方全是百分之百的磊落之举；有的人是小人，却也未必每个行为均是那么恶劣，因此不应该笼统地来看待那些描述。倒是下面的话却是事实："人家是醋罐子，他是醋缸醋瓮。凡丫头们二爷多看一眼，他有本事当着爷打个烂羊头。"这真的是强悍的泼妇行为，就此而言，王熙凤确实教养不够，也与她没有受到良好的教育是直接相关的。

违反女德的"负面教材"

以传统社会的标准来看,王熙凤诚然是个违反妇德女教的"负面教材"。明代吕坤的《闺戒》中,一共用了三十七首《望江南》词牌,把各式各样不良的女性类型加以讽刺与鞭挞,其中可以找到非常吻合王熙凤的几种,先看第一类"泼恶妇",她们"一味性刚强,抬头撞脑凶如虎,拏刀弄杖狠如狼,动辄哭一场"。这便活生生体现于第六十八回的"酸凤姐大闹宁国府",那段足足两三页的大篇幅描写堪称万分精彩的个人演出,我们只选其中的一段,算是精华中的精华,且看凤姐如何撒泼:

> 凤姐儿滚到尤氏怀里,嚎天动地,大放悲声……说了又哭,哭了又骂,后来放声大哭起祖宗爹妈来,又要寻死撞头。把个尤氏揉搓成一个面团,衣服上全是眼泪鼻涕。

这种连赵姨娘都没有过的刁蛮作风,显示凤姐真是把她所有的泼辣本事全部使出来,所以才有如此夸张的呈现。

第二类是"残刻妇",她们"心狠似豺狼,打人恶打人头脸,骂人先骂他爷娘,第一不贤良"。想想看,打人时就打头打脸,直接给一巴掌,夹头夹脑地打,这真是极恐怖的行凶行为,肢体动作非常残暴,再加上一开骂便先骂人家的父母祖宗,从行为到言语都十分残忍刻薄。参照兴儿提到过的,只要贾琏多看丫头几眼,凤姐便当着爷儿的面把对方打成个"烂羊头",看来凤姐真的是"打人恶打人头脸",就此至少还有两段情节可以印证,包括第二十九回贾府女眷到清虚观打醮一事。当时整个队伍很长,导致鸳鸯没跟上贾母的轿子,王熙凤估量着鸳鸯来不及去搀扶下轿的贾母,所以她赶快先下轿,忙着上来搀贾母,刚好有一个十二三岁的小道士拿着剪筒,照管剪各处的蜡花,看到大队人马也急着要躲出去,但由于没有见过那等阵仗,内心非常惊慌,没想到一不小心却刚好撞进人群里。此刻贾府的女眷被围得风雨不透,是不允许闲杂人等闯进来的,偏偏他又一头恰巧撞在王熙凤的怀里。而王熙凤的第一个反应,确实也让人觉得非常惊悚,她竟然不假思索,"一扬手,照脸一下,把那小孩子打了一个筋斗",还骂出很难听的话,说他是"野牛肏的",果然是"打人恶打人头脸,骂人先骂他爷娘"。

第二个例子是第四十四回,凤姐在生日宴中要暂时回房去歇歇,途中遇到一个形迹可疑的丫鬟,鬼鬼祟祟、探头探脑的,其实是受命为贾琏站哨把风,以掩盖他的偷情。因此凤姐越叫她,她却越跑越远,后来平儿终于把她喝住,叫过来问在这边干什么,她却一直瞎扯,不肯说出事实——请注意这段原委,王熙凤之所以会那般凶狠,也是当时的情境脉络使然,且看文本叙述道:

> 凤姐儿越发起了疑心,忙和平儿进了穿堂,叫那小丫头子也进来,把槅扇关了,凤姐儿坐在小院子的台阶上,命那丫头子跪了,喝命平儿:"叫两个二门上的小厮来,拿绳子鞭子,把那眼睛里没主子的小蹄子打烂了!"

这话说得很狠,可是凤姐之所以会如此生气,原因正是小丫头子故意闪躲又一直不肯吐实,所谓的"眼睛里没主子",意思是说主子在叫你,你明明听到却越跑越远,这已经很不合主仆之间的规矩了。作者接着生动地描述凤姐逼供的情况:

> 那小丫头子已经唬的魂飞魄散,哭着只管碰头求饶。凤姐儿问道:"我又不是鬼,你见了我,不说规规矩矩站住,怎么倒往前跑?"小丫头子哭道:"我原没看见奶奶来。我又记挂着房里无人,所以跑了。"凤姐儿道:"房里既没人,谁叫你来的?你便没看见我,我和平儿在后头扯着脖子叫了你十来声,越叫越跑。离的又不远,你聋了不成?你还和我强嘴!"说着便扬手一掌打在脸上,打的那小丫头一栽;这边脸上又一下,登时小丫头子两腮紫胀起来。平儿忙劝:"奶奶仔细手疼。"凤姐便说:"你再打着问他跑什么。他再不说,把嘴撕烂了他的!"那小丫头子先还强嘴,后来听见凤姐儿要烧了红烙铁来烙嘴,方哭道:"二爷在家里,打发我来这里瞧着奶奶的,若见奶奶散了,先叫我送信儿去的。不承望奶奶这会子就来了。"凤姐儿见话中有文章,"叫你瞧着我作什么?难道怕我家去不成?必有别的原故,快告诉我,我从此以后疼你。你若不细说,立刻拿刀子来割你的肉。"说着,回头向头上拔下一根簪子来,向那丫头嘴上乱戳,唬的那丫头一行躲,一行哭求道:"我告诉奶奶,可别说我说的。"

读完了这一段,且让我们设身处地地思考:如果王熙凤不用如此狠毒的方式逼问她,小丫头会说实话吗?不会!很明显,小丫头是因为凤姐用上了酷刑，她才肯哭着说出实情。足见当家的人很辛苦，一旦所使唤的手下是刁奴，对他们晓之以理、动之以情是没用的，凤姐的狠毒在一定程度上也有被迫的因素。然而无论如何，这段情节描述中的王熙凤确实非常符合吕坤所说的"残刻妇"形象。

第三类是"强悍妇"，她们"性儿好纵横，不拘甚事他张主，就是男儿敢硬争，谁家父母生"，意指这种妇人性格非常强悍，喜欢事事做主，权力欲或者领袖欲很旺盛，所以努力地争取主导权。对古人来说，这当然违背男强女弱的性别原则，女人如果太有权力欲，总想要当家作主，便会直接威胁男权，而被称为牝鸡司晨。关于这一点，上文中已经提到王熙凤的许多好权表现，此处无须再赘述。

第四类是"险毒妇"，她们"一味蛇蝎心，气他旺相嫌他有，坏他声名破你亲，暗剑会杀人"，兴儿所说的"心里歹毒，口里尖快"大概就是这般情况，而主要在她与尤二姐那一场"大红灯笼高高挂"的妻妾纷争上显示出来。当时凤姐借刀杀人，利用秋桐来除掉尤二姐这根芒刺，此外还有一系列的手段，包括向贾母进谗言，导致尤二姐失宠落入"冷宫"，确属"坏他声名""暗剑杀人"之举。

接下来的一类叫"彰精妇"，吕坤的描述很清楚："一世好失番，唬鬼瞒神通外手，偷东摸西放私钱，吃亏不敢言。"其中主要强调的是这种女人竟然暗藏私房钱。对古人来说，藏私房钱便形同于对夫家的偷窃，因为一旦嫁到夫家，妇女的一切即属于夫家所有，而为人媳妇竟然有私房钱，也就等于是侵害了家族的整体利益，这是传统夫权的逻辑模式，以至于存私房钱成为当时女性的一种有亏妇德之举。也因此，古人用以休妻的"七出之条"里有一"出"正是窃盗，那倒不是说真的去窃取人家的财物，毋宁意指偷藏私房钱。而凤姐的放高利贷、有私房钱也众人皆知，不用再多说。

第六类是"嫉妒妇"，她们"生就没良心，眼热怎能合婢妾，性专那管绝儿孙，嚷闹碜杀人"，意指眼里容不下别的妾室，她要独占夫君，这对古人来说当然也不对，因为家族要延续下去便一定得有血脉传承，若想发达壮大的话更必须人丁兴旺，所以多子多孙才好，然而正妻却想一个人独占夫君，则整个家族势必单薄无力。对传统社会而言，妇人的嫉妒之心会动摇到家族的传承发展，而攸关整体亲众的兴亡，所以他们非常厌恶这一点。所谓"性专那管绝儿孙"即是说"嫉妒妇"没有考虑到整体家族的延续，只因个人的嫉妒而不容婢妾，便属于没良心的恶行。

以上的论断是古时候对于女性的不公平之处，现代人很容易意识到这一点，然而不同的时代本来就有不同的价值观，也随之产生不同的社会运作方式，以曹雪芹所处时代的价值观来说，莫忘某一个和贾府有联姻关系的家族即为前车之鉴，该家族过去是袭过四代列侯的，还出了位钦差大臣，后来却因人丁单薄导致无以为继，那便是林如海一家，所以出身荣华富贵的黛玉才会变成一个孤女，她也常常为自己缺乏父母手足而感伤落泪，对未来充满了不安全感，我由此慢慢了解到何以古人会有多子多孙多福气的想法。是故对此种大家族而言，正配夫人竟然不许她的夫婿纳妾，为之充满了嫉妒心理与排斥防范之举，那真的是应该要铲除的一种家族之恶。很明显，王熙凤是个超大容量的"醋缸醋瓮"，却又只有一个女儿，而在那个时代中女儿是要嫁出去的，如果不让贾琏纳妾生子，这一房便得绝后；倘若贾宝玉也没有后代，荣国府势必落在贾环手里，不幸贾环再没有后代的话，整个家族便完全绝嗣了。对该等百年世家大族而言，这才是他们最致命的生存危机。

以上吕坤所提到的几种负面的妇女类型，于王熙凤身上皆有体现，所以在传统文化中，她确实是一个负面的样板，但曹雪芹未必是全用这等角度来看待她。他一方面清楚看到王熙凤的种种负面，但是对于负面之下的委屈、辛酸、难堪和不得已，他事实上也是了若指掌，所以在小说里处处都有所反映。

此外，脂砚斋对于王熙凤同样有很多批评，很正统地反映出类似的集体共识，例如他在第十六回评点道：

> 一段收拾过阿凤心机胆量，真与雨村是一对乱世之奸雄。后文不必细写其事，则知其平生之作为。回首时，无怪乎其惨痛之态，使天下痴心人同来一警，或可期共入于恬淡自得之乡矣。

如果说有才有志的探春是"治世之能臣"，相对地，王熙凤则是"乱世的枭雄"，和贾雨村的"奸雄"刚好互相对应。在她身上我们确确实实可以看到前车之鉴，可以给盲昧痴心的世人提供莫大的警示，以促成早日回头，所以脂砚斋说"或可期共入于恬淡自得之乡矣"，换句话说，他也认为王熙凤的缺点就是太好权、太张扬，太逾越了当时的性别分际，所以不能够恬淡自得，无法安分守己，以至于"逸才逾蹈"，而对家族造成一些不利的影响。

然而，王熙凤还有作者所注意到的太多无奈、辛酸、委屈与不得已，其实读者只要足够细心，便可以发现对她单单只作负面的批评，乃是非常不公道的，下面就来看看凤姐另外的面向。

权力从不是单向行使的

一般总说王熙凤是个爱好权势之人，叱咤风云、大权在握，"凭是什么事，我说要行就行"，以致嚣张跋扈。但是相关论断都完全忽略了权力的本质，亦即权力绝对不是单向的行使，它也不是一个固定的东西，任何人只要拿到这个固定物就可以任意使用。

对于权力之本质的认识，必须借重法国哲学家福柯（Michel Foucault, 1926—1984）的阐释，他的理论近几十年来在学术界也非常流行，所以大家对它并不陌生。福柯对权力的洞察完全刷新了我们的观念，他提出所谓的"权力多向论"，指出"权力"其实是无所不在的，并不限定于那些表面上握有权力的人。例如读者总以为平儿这个丫头非常可怜，全然受主子的辖制和剥削，但此一理解完完全全不适用于贾府这般的贵族世家。当我们以为那些主子一定都是践踏下位者的剥削阶级，那真的是大错特错；倘若又以为一个人没有权力的话，便注定会很无助，只能任人宰割，那也是大错特错。福柯发现到，一个在某处失去了权力的人，通常会在另一处重建权力的优势，所以人和人之间的权力关系是十分错综复杂的。

以处于社会弱势的女性而言，美国汉学界近几十年来的相关研究成果，让我们重新去思考女性的权力问题，因为除了非常优秀的女性学者的投入，此外还有男性学者的参与，而显得更有说服力。根据他们所提出来的看法，五四时期所以为的妇女史即等同于女性的被压迫史，这事实上并不符合中国历史的真相。学者们进行了很多考察，尤其以明清的历史文化作为研究对象，所得到的认识是：女性也拥有其他的权力。纵然是精英阶层的寡妇，当时她们确实被期待做未亡人，放弃再婚的权利，但同时却拥有在另外一处重建权力的优势，包括一种"道德的权威感"（moral prestige）。

　　学者们找到非常多的例子，显示出其实有不少丧偶的女性是以寡妇身份为荣的，因为守节证明了她们具备很高的道德节操，并由此受到整个家族与社会的承认和尊敬，对她们来说，那是一种比再婚或再找伴侣更重要的价值，何况还有其他实质的补贴，所以她们宁可选择守寡终身。大家可以仔细揣摩一下，一名女性虽然成为守贞的寡妇，却能得到全家族甚至整个社会的尊敬，并获取其他的优待，这难道不会促进一种自我的肯定感吗？李纨正是一个好例子。第四十九回提到，贾母、王夫人"素喜李纨贤惠，且年轻守节，令人敬伏"，可见连长辈都对她十分敬重，而第四十五回则说明李纨领到的月钱总共有二十两，乃是凤姐的四倍，其他未婚者的十倍，年终分红的时候也分得最多，还有园子地的租金可以收取，所以实质上她得到了额外更多的补偿，以至于成为孙辈中的大财主，详参李纨那一章的论证。再说，从武则天、慈禧太后到贾母，不都是因为成为寡妇才能如此位高权重吗？由此可见，无论是一桩事件、一种社会制度或风俗，都不应该用很简单的单一面向去看待，即使所看到的那个面向是对的，没有人说错，然而只强调该面向并以偏概全，那便是错误的做法。

平儿：公认的好人

　　王熙凤也一样，若以为她是大权在握的人，对所有人都可以予取予求，其他人只能任由宰割，那就错了。此处先从一个比较特殊的角度来切入探讨。首先，这位被视为奸雄、枭雄的贵妇，尤其又是不惜严刑峻罚的长官，真的不容易找到真心对她好的人，可却有一个人是由衷服侍她的。而那个人之所以赤胆忠心地服侍王熙凤，真的只是因为乡愿或者愚昧吗？如果只是一般泛泛地说，确实不排除可能有这个成分。比如狗狗为什么常常被人骂笨？明明有些人对自己的狗很不好，包括没有能力照顾以致它挨饿受冻甚至遭虐，它却还是一直跟着主人，不离不弃、生死不渝，说狗是愚忠我也同意，但狗的愚忠不也正是它的可爱之处吗？至于那位赤胆忠心侍候王熙凤的人，究竟是不是属于狗狗式的单纯愚忠，我们得要重新仔细地检验才能断定。她就是平儿。

平儿时时刻刻关心王熙凤的福祉，例如第四十四回凤姐在打骂丫头的时候，平儿只担心她的手会疼。然而，我们可以因此就判定平儿是为虎作伥之流，与王熙凤属于同一个共犯结构吗？当然不能，首先必须注意一个道理，即《三国志》所记载古人的真知灼见：

欲知其君，观其所使，见其下之明明，知其上之赫赫。

意思是，如果想要好好地了解一个人，却没有机会，那就可以观察他所任用的人是什么模样，多少便可以把握到那位长官是何等的人品，如果见到下位者明亮耀眼，也即可以推知其长官必然也是赫赫光辉的人。

凤姐所用的最得力的助手是平儿，而她正是"明明"之人。平儿为什么叫作"平"？这当然是作者刻意安排的具有深意的名字，喻指平儿的为人情理平衡,如同天平一样。当王熙凤太过的时候她便帮忙弥补,加以转圜矫正,所以她绝对不是一个瞎了眼睛、为虎作伥的帮凶,对于主子的所作所为尤其是过当之处都了若指掌,并没有一味地维护,而是反倒私底下去做一些平衡。可想而知,平儿之所以得名"平"字,乃因为她是厚道又温平的人。一个人只有"平"才能够"和",即所谓的平和,平和可以说是很高度的人格境界。这样的人绝不是平庸盲目的愚者,平儿完完全全知道王熙凤的缺点在哪里,但是既然如此,又何以赤胆忠心地与她情同姊妹呢?合理的推测是,她真的认识到王熙凤其实并没有那么坏,凤姐之所以又严酷又嫉妒又强悍,其中都有可以理解甚至值得同情的原因,甚至根本就是一个正派的人,否则平儿不会和她如此要好。

第六十五回中,兴儿在介绍他们家的姑娘小姐时,说了王熙凤一番难听的坏话,接着又道:"倒是跟前的平姑娘为人很好,虽然和奶奶一气,他倒背着奶奶常作些个好事。"可见平儿确实是好人,也确实和王熙凤是一气的,因此第二十一回连贾琏都很不是滋味地对平儿抱怨道:"你两个一口贼气。"但是这两人并不属于共犯结构,平儿常常私下做好事,却不大敢让王熙凤知道,显然她还是洞悉王熙凤的缺点。而这正是此处所要强调的,明明知道王熙凤有缺点,为什么还和她一气?其实这个现象并不矛盾,只是不构成矛盾的原因究竟在哪里,读者诚然应该仔细地去思考、去揣摩了解,而不是囫囵吞枣很粗略地讨论。

事实上,平儿不但背着王熙凤常做些好事,而且她对下人们很厚道,且听兴儿继续说:

> 小的们凡有了不是，奶奶是容不过的，只求求他去就完了。……这平儿是他自幼的丫头，陪了过来一共四个，……强逼着平姑娘作了房里人。那平姑娘又是个正经人，从不把这一件事放在心上，也不会挑妻窝夫的，倒一味忠心赤胆服侍他，才容下了。

平儿不放在心上的"这一件事"，指的即是做妾，她不把妾室的身份放在心上，意指她不会爱慕权位、仗势欺人。当时的姨娘事实上也拥有一些特权，那可算是做丫头最好的出路了，否则大家不会都想要当姨娘，第四十六回说得很清楚，贾赦有意纳鸳鸯为妾，邢夫人替他出面帮忙劝服鸳鸯时，便对她说这是"又体面，又尊贵"的难得际遇，而鸳鸯的嫂嫂"成日家羡慕人家女儿作了小老婆，一家子都仗着他横行霸道的"，对此也称"是天大的喜事"。难怪有一个姨娘成天表现出这种心态，她时时刻刻记得自己是姨娘，常常以这个身份要好处、逞威风，该妾妇即赵姨娘。

然而平儿的性格和赵姨娘完全不同，她是个正经人，从来不以姨娘身份自恃优越，非但不把这样的地位放在心上，更不曾想要借此贪求其他的好处，所以也不会"挑妻窝夫"，即对主子夫妻挑拨离间，或者抓尖争强，她根本不是这一种人，因而对王熙凤"倒一味忠心赤胆服侍他，才容下了"。从这一点来说，平姑娘是个很温厚的人，又是品行端良的正经人，毫无私心与权力欲，所以没有必要为虎作伥，企图通过王熙凤去拿到特权或各种好处，平儿根本不是这等个性。

相反地，如此的一个正经人很懂得去体贴、善待弱势者，她事

第一章 王熙凤

实上等于代替凤姐去疼顾下人，最具代表性的例证便是她对尤二姐的态度。当"苦尤娘赚入大观园"之后，尤二姐一直在吃苦受罪，第六十九回描述道：丫头们因为顺着王熙凤的心意而跟着作践她，不仅不给饮食吃，还给她剩东剩西，外加酸言酸语，让二姐苦不堪言，可平儿是慈悲善良的正人君子，于是常常私底下照顾受苦的尤二姐。尤二姐由衷地感激，她拉着平儿哭道："姐姐，我从到了这里，多亏姐姐照应。为我，姐姐也不知受了多少闲气。"确实，王熙凤偶然发现平儿竟然去照顾尤二姐时，也很生气，不留情面地把平儿骂了一顿，说："人家养猫拿耗子，我的猫只倒咬鸡。"意思是说，你是我的人，不但不站在我这一边还反而造成我的损失，这话也实在难听。既然如此，何以平儿还一直赤胆忠心服侍这样刻薄的王熙凤，此中绝对大有文章，并非一般人所以为的一味愚忠那么简单。

尤二姐对平儿感恩戴德，但她也知道自己的命运已经是没有挽回的余地，于是说："为我，姐姐也不知受了多少闲气。我若逃的出命来，我必答报姐姐的恩德；只怕我逃不出命来，也只好等来生罢。"平儿听了也很难过，不禁滴泪道："想来都是我坑了你。我原是一片痴心，从没瞒他的话。既听见你在外头，岂有不告诉他的。谁知生出这些个事来。"原来当初平儿听到了风言风语，提到贾琏在外面偷娶，便立刻把这件事情告诉了凤姐，才导致尤二姐被赚入大观园遭受作践折磨的悲剧。平儿明明会背着凤姐做一些好事，也清楚知道王熙凤的手段可能是很狠毒的，然而一遇到任何重要的事情，她绝对会向王熙凤赤诚坦白，一五一十地报告，那正是因为彼此情同姊妹，肝胆相照，所以才会从来没有隐瞒。

在尤二姐自尽之后，办丧时凤姐存心克扣费用，贾琏只好把尤二姐仅存的一点折簪烂花并几件半新不旧的绸绢衣裳，用个包袱一起包了，也不命小厮丫鬟来拿，便自己提着来烧。这事实上是很好笑的行为，但因为尤二姐已经被榨干到这种程度，贾琏心酸到顾不得那些礼仪了，再加上凤姐克扣没有给丧葬费，所以他更是难过，无心去理会礼数。看到贾琏已经完全脱了格，平儿一方面是伤心，一方面又是好笑，"忙将二百两一包的碎银子偷了出来，到厢房拉住贾琏，悄递与他说：'你只别作声才好，你要哭，外头多少哭不得，又跑了这里来点眼。'""点眼"即刺眼、提醒别人注意，你哭给人家看，王熙凤知道以后不是更生气吗？而平儿偷出两百两银子的做法，简直就像可爱的罗宾汉，一名无私地劫富济贫的义贼。由此可见，平儿真的是照顾弱势、体贴那些受苦的人，她为此也不惜违背王熙凤，所以并不是不问是非，也并没有权力欲，而是懂得怜悯，懂得去平衡强弱的人。

来自平儿的视角

然则问题来了，何以她和王熙凤如此要好？如果不是一般人的物以类聚、一丘之貉，又可能是出于何故？在解释个中原因时，我会补充一些情节，虽然很多读者都耳熟能详，但是其中的小小细节却往往在匆忙的阅读中囫囵吞枣，而被严重地忽略了。所以必须特别加以提醒，并指出其中的重要意义。

回到第四十四回，当时因为贾琏偷腥，导致凤姐泼醋，两口子不

第一章 王熙凤

好对打，于是都以平儿为出气筒，平儿既无辜挨打，又被贾琏骂了一顿，因此她十分委屈，哭到哽咽不已。贾母知道之后，便命凤姐儿来安慰她，可见贾母也是非常宽厚、疼顾下人的贵族妇女，认为平儿虽然是个下人，可是受了委屈，也就叫主子来向她赔罪。而平儿又是非常懂规矩的人，那固然是王熙凤夫妻的错，然而她作为一名贴心的丫头，还是表现出非常重伦理、顾大局的心胸，所以也不让王熙凤向自己道歉，反倒立刻走过来给凤姐磕头，说："奶奶的千秋，我惹了奶奶生气，是我该死。"她把过错揽在自己身上，不让主子向下人道歉，也是希望能够周全王熙凤的颜面，不想让王熙凤受到那等的难堪，这是她十分善良的一个出发点。

至于王熙凤，她只是当时气疯了，才迁怒打了平儿，一旦她气过了之后，恢复理智，"正自愧悔昨日酒吃多了，不念素日之情，浮躁起来，为听了旁人的话，无故给平儿没脸"，她事实上是非常后悔的，也很不舍平儿受到那般的委屈，这就是平儿会和王熙凤情同姊妹的原因。当王熙凤又看到平儿如此顾大局地保全她的体面，她"又是惭愧，又是心酸，忙一把拉起来，落下泪来"，这确实是真情流露，令人动容！可见王熙凤绝对不是一味地狠毒苛刻，一味地张牙舞爪，她是真把平儿当作自己的姊妹一般来爱惜，也为自己的鲁莽而感到十分歉疚。难怪平儿说："我服侍了奶奶这么几年，也没弹我一指甲。"这完全是客观事实，王熙凤对平儿的确是非常亲厚的。其实也是出于这个原因，平儿才敢背着王熙凤做那些好事，包括偷出两百两银子来作为尤二姐的丧葬费，因为她知道即使被王熙凤发现，顶多只会被骂几句，所以算得上是有恃无恐。

接着平儿对凤姐说："就是昨儿打我，我也不怨奶奶，都是那淫妇治的，怨不得奶奶生气。"说着，也滴下泪来，由此足见双方的姊妹感情有多么深厚。其实平儿所言也是正确的，完全说中凤姐的心，正是因为听到鲍二家的那些批评，凤姐才气疯了，可是又不好发泄在贾琏身上，毕竟那是她的丈夫，有着"夫为妻纲"的伦理要求，只好另找一个人来迁怒，以致殃及池鱼，让平儿白白受过。归根究底，根源还是在那个淫妇身上，足见平儿真的是识大体，不肯归罪于凤姐，而且深知她这位奶奶会那么生气是有源有本的，并不是针对她，所以也愿意体谅。

再看第五十五回，当探春理家之后擘画了种种改革，平儿回来向王熙凤报告情况，在两人之间的对话和举止等小细节里，都藏着很重要的信息。首先王熙凤表示，既然探春有这般整顿改革的意图，"正该和他协同，大家做个膀臂，我也不孤不独了"，换句话说，王熙凤自己也深深知道，为了治理这个家族，她真的是得罪了所有的人，陷入孤军无援的处境，只有平儿和她站在一起并肩作战，所以下面接着说道："咱们两个才四个眼睛，两个心。"足见主仆二人真的是彼此肝胆相照、赤诚无碍。由此可见，王熙凤也很了解她的个人处境，并且绝对不是像贾雨村那样的人，得到权力之后便开始嚣张，所以她说：

> 按正理，天理良心上论，咱们有他这个人帮着，咱们也省些心，于太太的事也有些益。

所谓"咱们也省些心"的"咱们"，无疑是指王熙凤和平儿，而这个说法是大有文章的。从一般的常理来看，它证明了王熙凤确实把平儿当作自己人，没有主奴之分，但更重要的是，在《红楼梦》的贵族伦理中，主子和丫头之间在称谓上是非常讲究的，下位的人不可以称上位者为"你"或"他"，这种第二人称、第三人称的代名词都是对上位者的不敬，尤其更不可以说"我们"，此一平起平坐的口吻也是逾越分际，混乱了尊卑秩序。例如第三十一回里，袭人一片好意，想要平息晴雯激怒宝玉之后所引起的纷争，于是对咄咄逼人的晴雯忍气吞声地说："原是我们的不是。"而晴雯听她用"我们"两个字，自然是指她和宝玉了，不觉又添了酸意，冷笑几声，讽刺道："明公正道，连个姑娘还没挣上去呢，也不过和我似的，那里就称上'我们'了！"晴雯抓到了语病，果然让说错话的袭人羞得脸都紫涨起来。这一类的例子在《红楼梦》中还有很多，可见王熙凤真的没有把平儿当作下人，反倒视之为平起平坐的姊妹，所以私底下一体并称为"咱们"。

另外，王熙凤于理家的过程中，真的都只是在享受权力快感、中饱私囊吗？请特别注意，当她说要与探春同心协力、互为臂膀的时候，有一个很重要的诉求，即"于太太的事也有些益"。"太太"指的是王夫人，因为凤姐的理家大权是王夫人授予的，所以必须全力帮王夫人做事，把整个家整顿好，才对得起王夫人对她的看重，可见凤姐的用权其实并不是图谋自己的私利，而主要还是为了家族，想要争取探春也是希望对家族做出更大的贡献，完全不是出于拉帮结派的目的，难怪她会用到"正理""天理良心"这般的字眼。换言之，以平儿的个性来说，正因为知道凤姐并非为自己谋私利，所以才愿意和她站在一起，所谓的"于太太的事也有些益"是我们不可以忽略掉的一句很重要的话。

平儿之所以赤胆忠心地服侍王熙凤，帮她做很多的事务，便是因为知道王熙凤基本上是为大局着想，所以即使有些手段特别严酷，有些情况下的处置特别苛刻，那甚至都是不得不然，事实上情有可原。可见对于王熙凤的理家，单单用权力欲来解释是不恰当、不完整的，她是真的希望能够把家务打理好，对太太负责，这也是责任感的一种表现。再者，王熙凤也非常了解自己何以会有今天的这般处境，她说"若按私心藏奸上论，我也太行毒了"，由此显示凤姐完全有自知之明，并且承认自己的缺点。而世界上真正了解自己缺点的人实在太少了，多少人总是一味合理化自己的作为，不肯反省认错？又哪里会把"正理""天理良心"当作准则，用以批评自己做得太过？所以必须说，王熙凤真是一个很了不起的人，她知道自己的限度以及问题所在，并且全然没有隐蔽自欺，在反省的时候能够切切实实地面对，这实在非常难能可贵，也是一般人都做不到的。

凤姐、平儿姐妹情深

面对探春打老虎的治家策略时，凤姐特别嘱咐平儿说："还有一件，我虽知你极明白，恐怕你心里挽不过来，如今嘱咐你：……倘或他要驳我的事，你可别分辩，你只越恭敬，越说驳的是才好。千万别想着怕我没脸，和他一犟，就不好了。"这段话实在太有趣了，显然在王熙凤的认知里，平儿是一心向着她的，因此才会担心一旦平儿太向着她而心里转不过来，恐怕将抵触新官上任的探春，一味护主的结果反倒把大事搞砸，那就适得其反，产生负面效应。

只是平儿实在太聪明了，更不会因私害公，早已采取最正确的反应，于是不等凤姐说完，便插嘴道："你太把人看糊涂了。我才已经行在先，这会子又反嘱咐我。"显然她很介意自己的能力被低估，而王熙凤对这般直率的抗辩也不以为意，笑说："我是恐怕你心里眼里只有了我，一概没有别人之故，不得不嘱咐。既已行在先，更比我明白了。你又急了，满口里'你''我'起来。"于此再度可见，下人称主子时是不许用"你"的，一定要称"奶奶"，王熙凤当然知道平儿此举不合规矩，所以必须提醒她，可是并没有生气。

　　这时平儿居然特别有个性，倔强地说："偏说'你'！你不依，这不是嘴巴子，再打一顿。难道这脸上还没尝过的不成！"看来平儿对先前无辜被打的事还是有点含冤记恨，所以趁机赌气道：你之前不是打我一嘴巴吗？你现在看不得我说错了，那就再打一嘴巴吧！但其实她也知道王熙凤根本不会下手，所以有点恃宠耍泼、表达抗议的意味。果然凤姐笑说："你这小蹄子，要掂多少过子才罢。看我病的这样，还来怄我。"这话既点出平儿的记恨心理，却又以自己正在生病而讨饶，希望平儿不要再追究她的错误，此刻哪里有一点主子的架势？说是变相的道歉还比较接近呢。

　　下面的一段情节也很值得特别注意，若不了解世家大族的生活规矩，便不会明白其中所描述之场面的重要性。前文我们看到平儿说错话，可王熙凤并不追究，反而有点自惭自悔的意味，她接着又对平儿说：

　　　　"过来坐下，横竖没人来，咱们一处吃饭是正经。"说着，丰儿等三四个小丫头子进来放小炕桌。……丰儿便将平儿的四样分例菜端至桌上，与平儿盛了饭来。平儿屈一膝于炕沿之上，半身犹立于炕下，陪着凤姐儿吃了饭，服侍漱盂。

这段描写的深意在哪里呢？要知道，主仆之间座位的差异是很严明的，怎么可以一桌用餐！因此一旦有外人的时候，相关礼数绝对不得违错，必须中规中矩，但是现在既然没有人来，那就恢复姊妹的情谊，可以一处吃饭。原来她们根本觉得在私底下不用固守主仆之礼，王熙凤的内心也并没有拿平儿当下人看待，这便是何以平儿会如此向着王熙凤的原因之一。当然也不可因为主子宽了，就真的完全不理会礼数，所以平儿接下来打发王熙凤吃饭时，仍然没有失了规矩。此处的"打发"是很严肃的字眼，不是我们今天所用的随便敷衍的意思，而是王府的用语。

试看平儿打发王熙凤用餐时，她虽然也在炕上和王熙凤一起同桌进食，但肢体动作却是"屈一膝于炕沿之上"，其实是一只脚弯曲起来跪在炕上，另一只脚则还是站着，等于是半坐半跪半站。这种情况意味着：一方面领受主子对自己的深厚情谊，但是也不可以因此便完全平起平坐。一旦如此为之，那就是没眼色了，也不值得人家对她好。可叹一般人往往会得寸进尺，因为人家对自己好即随便起来，恃宠而骄，到最后一定会破坏既有的正面关系，因此我们切莫因为太亲密而生狎近，不要因为人家对自己很宽容，态度很和善，以至于掉以轻心，失去了分寸，造成别人的不悦；也不可因为对方很好说话，而常把话说过头或者语气太随便，这些都是不应该的行为。足见平儿值得王熙凤对她好，也正是因为她实在很懂得分寸，绝不无礼。

第一章　王熙凤

凤姐处处受节制

　　从这两位主仆的情感关系再回到权力的问题来看，什么叫作权力是多向的？难道大家真的以为王熙凤的权力施展是不受节制，可以任意行使？平心而论绝非如此，她上有老太太和王夫人，因此必须要有所节制，诚如第六十八回王熙凤企图把尤二姐赚入大观园的时候，她向情敌说了一番话，那番道理实际上是非常中肯的，她指出："若我实有不好之处，上头三层公婆，中有无数姊妹妯娌，况贾府世代名家，岂容我到今日。"这是十足的客观事实，贾府是世代名家，不可能让一个女流之辈如此嚣张，所以王熙凤在很多地方都要照顾到公婆姊妹妯娌的各种规矩，遵守贾府世代所留下的复杂礼数，她事实上是深受制约，只有在这些制约之下才可以找到若干施展权力的空间。

　　因此王熙凤是处处守礼的。第三十八回有一段非常有意思的情节，当时贾府的女眷们在设于藕香榭的螃蟹宴上聊天，贾母说道：

　　我先小时，家里也有这么一个亭子，叫做什么"枕霞阁"。我那时也只像他们这么大年纪，同姊妹们天天顽去。那日谁知我失了脚掉下去，几乎没淹死，好容易救了上来，到底被那木钉把头碰破了。如今这鬓角上那指头顶大一块窝儿就是那残破了。众人都怕经了水，又怕冒了风，都说活不得了，谁知竟好了。

王熙凤一听便借题发挥，表现出"出奇制胜的谐谑"，她笑道：

"那时要活不得，如今这大福可叫谁享呢！可知老祖宗从小儿的福寿就不小，神差鬼使碰出那个窝儿来，好盛福寿的。寿星老儿头上原是一个窝儿，因为万福万寿盛满了，所以倒凸高出些来了。"未及说完，贾母与众人都笑软了。贾母笑道："这猴儿惯的了不得了，只管拿我取笑起来，恨的我撕你那油嘴。"

其实贾母是笑着说要撕她那油嘴的，所以带有宠溺的口气，凤姐就笑说："回来吃螃蟹，恐积了冷在心里，讨老祖宗笑一笑开开心，一高兴多吃两个就无妨了。"贾母听了很高兴，又笑说："明儿叫你日夜跟着我，我倒常笑笑觉的开心，不许回家去。"王夫人担心凤姐被惯坏了，这时便出面说话了："老太太因为喜欢他，才惯的他这样。还这样说，他明儿越发无礼了。"试想，在黛玉刚来到荣国府的时候，目睹王熙凤先声夺人的放诞无礼，我们便以为她一直都是那么无礼，但其实根本不是，她只有在可以无礼的时候才敢无礼，如同贾母所说的："他又不是那不知高低的孩子。"可见贾母之所以会惯得王熙凤"猴儿一般的油嘴"，正是因为知道王熙凤很懂分寸，不会逾越分际。参照第五十六回贾母针对宝玉所说的："若一味他只管没里没外，不与大人争光，凭他生的怎样，也是该打死的。"在贾府这般的家族里，不可能有人真的可以为所欲为，凤姐之所以有的时候看似失了礼数，有一点点放诞无礼，那其实是在这个家族之容忍范围内的没里没外。

第一章　王熙凤

王夫人：真正的理家权力者

　　贾府真正的理家权力其实是在王夫人的手中，但是由于她非常忙碌，要随着贾政出门进行非常多的应酬活动，各种红白大礼并非付钱就了事的，种种人来人往的贺吊往还，都是非常烦琐的礼仪，耗神又费时，因此才需要把理家的权力下放给王熙凤。王熙凤一方面是她王姓自家的内侄女，另一方面也确实非常能干，是故王夫人把权力下放之后，自己便可以稍微获得一些喘息的空间，如同第七十四回她对凤姐所说的："我天天坐在井里，拿你当个细心人，所以我才偷个空儿。"王熙凤虽然担当这个重责大任，然而只要发生任何状况，王夫人一旦追究起来，她就得负百分之百的责任，并不是可以为所欲为的。例如第三十六回中，王夫人只不过随口问了一下赵姨娘、周姨娘的月钱，说："可都按数给他们？"王熙凤一听便觉得不对劲了，忙道："怎么不按数给！"王夫人说："前儿我恍惚听见有人抱怨，说短了一吊钱，是什么原故？"于是王熙凤解释了一番长篇大论的缘由，被薛姨妈笑道："只听凤丫头的嘴，倒像倒了核桃车子的，只听他的帐也清楚，理也公道。"试看王夫人只是随便问一两句，王熙凤就得把所有的来龙去脉据实以告，不可以头脑不清楚，也不允许蒙混搪塞过去，足见她虽然享有权力，可也必须向王夫人负上彻底的责任。

　　接下来再举一个经典的例子，证明一旦发生大事的时候，实际上王夫人完全唯王熙凤是问，所有的成败都要由她承担。当绣春囊在大观园内出现之后，到了第七十四回，王夫人通过邢夫人拿到了绣春囊，便直接来找王熙凤兴师问罪。王夫人是很少动怒的，但是这个情况真的让她大动肝火,喝命平儿出去,居然连平儿都得要回避,即表示这个光景非常罕见,罕见到连平儿都吓慌了,不知到底发生了什么天大的事情,忙应了一声,带着众小丫头一起出去,在房门外站住,自己也坐到台矶上把守,所有的人一概不许进去。王熙凤也着了慌,不知道有何等事故,因为她的这位婶娘从来没有对她这般疾言厉色过,此时王夫人不只是盛怒,而简直就是悲愤,她"含着泪,从袖内掷出一个香袋子来"。

　　大家不要忘记,"掷"这个动作在她们这种世府大族的大家闺秀身上是非常少有的,正显示出王夫人的愤怒,而凤姐"忙拾起一看",她得弯腰蹲下来伸手去捡,那是多么卑微的姿势啊,所以切莫以为这"霸王似的一个人"谁都不买账,凤姐此时真的是极其谦恭卑微。等捡起来一看,竟是个十锦春意香袋,根据第七十三回所描述,上面绣的是两个人赤条条地盘踞相抱,相当不堪入目,因此她也吓了一大跳,便问太太是从哪里得来的。王夫人见问,越发泪如雨下。试想,发现一个绣春囊何以会到让人泪如雨下的程度呢?显然这和我们现代人几乎是完全不同的观念,现在情欲解放已经走到了匪夷所思的地步,可以公开谈自己的情欲经验,以致现代人常常对传统时代简直不能理解,捡到这样一个东西到底有什么好惊慌又悲愤的,还盛怒到此等程度?这些问题立刻有了答案。王夫人颤声说:

　　　　我从那里得来!我天天坐在井里,拿你当个细心人,所以我才偷个空儿。谁知你也和我一样。这样的东西,大天白日明摆在园里山石上,被老太太的丫头拾着,不亏你婆婆遇见,早已送到老太太跟前去了。……不然有那小丫头们捡着,出去说

第一章　王熙凤

是园内拣着的,外人知道,这性命脸面要也不要?

连讲话的声音都发颤,便可知那真的是又生气又悲痛,又担心又恐惧,是一种非常强烈的情绪反应。原来这件事情的意义与现代的情况完全不同,当时只要发现有该种物件便代表整座大观园都不干净,则园中的小姐们也会连性命、脸面都保不住。很多读者误以为那些人只是爱惜面子的虚荣,其实不是。因为这等人家的小姐,住在森严管理的闺房内,却被发现其中出现情色物品,那就一定会被视为淫荡而身败名裂,从而无法在所属的文化阶层立足,所以这是会致命的性丑闻!读者切勿总是轻率地以为此等人家只是爱面子而已,其实那涉及一整套攸关性命及颜面的意识形态,所以王夫人才会那么生气,那么惊慌,甚至可以说是那么恐惧!

王熙凤也深刻感觉到这件事情的严重性,再听王夫人一口咬定是她所遗落的,便"又急又愧,登时紫涨了面皮",可见反应有多么强烈,然后她"依炕沿双膝跪下",也含泪说了一番道理,从各种角度来证明东西绝对不是她的。而王夫人之所以会对王熙凤生气,一方面是认定她理家不慎,一方面也是误以为那是她不小心掉落的,因为整个贾府算起来只有她和贾琏是年轻夫妻,才可能有这类的物件,如今身为当家者居然疏忽到这等程度,所以王夫人才会如此愤怒。那绣春囊当然不是王熙凤的,凤姐为自己辩护说,她再没有概念,也不至于会带着这样的东西到园子里去,毕竟姊妹们那么要好,互相拉拉扯扯,万一被人家看见,可也是很丢脸的。她从多方面提出好几个理由说明自己的清白之后,王夫人一听也觉得很有道理,对王熙凤的愤怒才平息下来。可想而知,如果这件事情真正坐实了是王熙凤不小心掉在园内的,她也势必大祸临头,接下来恐怕她的理家权力也会被剥夺。

从这段情节来看,可见表面上凤姐虽然当家了,但上面还有辖制控管的"太上皇",必须对很多层的上级负责,并非完全可以操之在我,如果做得不好,也没有办法为自己回护,那就等着摘掉乌纱帽吧。

来自夫权的辖制

至于可以辖制凤姐的人,除了贾母、王夫人、邢夫人等"三层公婆"之外,还有一位父系社会里夫权的所有者,即贾琏。很多人对于王熙凤的权力都大大误会了,以为既然是所谓的"女主内",女眷就是家族里的当权者,然而,在男女性别不平等以及男外女内的性别分工之下,女眷实际上还是受到夫权的辖制。

在第二十二回中,有一段情节便很清楚地说明这一点,当时贾母表示,希望在宝钗十五岁生日时帮她庆祝。既然连老祖宗都出面了,这个庆生宴必然要办得比较盛大,但是值得注意的是,王熙凤竟然得事先向贾琏报告,并征询他的意见,而不是直接自做主张。她先问贾琏道:"二十一是薛妹妹的生日,你到底怎么样呢?"贾琏被询问之后,便回答说:"我知道怎么样!你连多少大生日都料理过了,这会子倒没了主意?""你今儿糊涂了。现有比例,那林妹妹就是例。往年怎么给林妹妹过的,如今也照依给薛妹妹过就是了。"经验丰富的王熙凤当然知道这个原则,于是说明道:"我原也这么想定了。但昨儿听见老太太说，问起大家的年纪生日来，听见薛大妹妹今年十五岁，虽不是整生日，也算得将笄之年。老太太说要替他作生日。想来若果真替他作，自然比往年与林妹妹的不同了。"然后她才说："我若私自添了东西，你又怪我不告诉明白你了。"可想而知，只要例行规矩有所变动，不属于常态做法，都需要经过当家的男主人同意，否则事后是可以被怪罪的。

由此可见，王夫人和王熙凤只不过是性别分工下的闺内代理人，所以当王熙凤想要给宝钗生日多添一点贺仪的时候，便必须先对贾琏说清楚，取得同意。换句话说，只要男性家长产生疑议，或持不同的看法，他就可以否决或事后追究，如此一来，真正的理家大权其实还是掌握在男性家长手中。这段情节很多人都没有注意到，可是它非常具有代表性地显示出当男性家长在位的情况下，实际上女家长仍然是次等的，是低一层的，而且基本上只是一个代理人而已。所以王熙凤不能私自变更规范，连给宝钗庆生要多添加点东西，都得向贾琏报备，则可想而知，其他的很多事务更不是她能够随心所欲地为所欲为的。

再看第三类可以辖制王熙凤的人。请回顾王熙凤对尤二姐所说的一番话里提到的，"若我实有不好之处，上头三层公婆，中有无数姊妹妯娌"，原来除了邢夫人等三层公婆可以当众责骂她之外，还有"无数姊妹妯娌"是可以监督她的。在汉人的文化系统下，读者可能会觉得这段话很奇怪，因为忽略了作者的文化脉络，即固然曹雪芹的血统是汉人，然而在文化上、生活上以及意识形态上，他其实属于所谓的旗人贵族。《红楼梦》确实反映了很多的旗俗，如果不是身处该等好几代的旗人生活中，并且有高度的认同甚至根本合而为一的情况下,绝对无法这般细腻入微地反映出来。清末民初有一大套书名为《清稗类钞》,洋洋洒洒地收集各式各样的文化习俗等,其中有一段提到,在旗俗里,未出嫁的小姑于家族内的地位要尊于嫁过来的媳妇。《红楼梦》也果然如此,因之常常出现的一种情况是:当大家聚在一起吃饭时,众姊妹是坐在椅子上,而王熙凤、李纨还有宁国府的尤氏几乎都是站着到处侍候,甚至还要帮忙剥螃蟹壳,剥好了再奉呈给贾母、薛姨妈、宝玉等人享用。有关贾家这种世家大族的座位伦理,因为先前的单元已谈论过,此处便不再赘述。

刁奴环伺

一路考察到这里,已经可以清楚发现王熙凤实在是很辛苦的,她要对那么多的上级负责,平时必须侍候各方人等,已经足以显示当家有多么不容易,因此对于当家的人,我们千万不要用局外人隔岸观火的眼光,只出一张嘴任意批评。单单上面有三层公婆还有无数妯娌,王熙凤实际上已经受到很多委屈,然而还不只如此,就连表面上没有人身自由也没有法律地位的仆人,都会趁机给王熙凤制造很多难题,以下来看几段重要的描述。第七十一回里,聪慧又公道的鸳鸯中肯地帮王熙凤说出了她的艰困:

罢哟,还提凤丫头虎丫头呢,他也可怜见儿的。虽然这几年没有在老太太、太太跟前有个错缝儿,暗里也不知得罪了多少人。总而言之,为人是难作的:若太老实了没有个机变,公

第一章 王熙凤

> 婆又嫌太老实了,家里人也不怕;若有些机变,未免又治一经损一经。

其中所谓"治一经损一经",用的是经学概念,意指专攻经学的人固然是某一部经书的专家,然而对其他的经书便难以兼顾,此即庄子所说的"有成有毁",在某处有所成就,到了别的地方就有所不足。换句话说,凤姐固然以其伶俐机变获得了上位者的宠信,可是在其他方面便不免得罪了人,而必须付出代价。但如果太老实了,"家里人也不怕","家里人"指的是家里的奴仆,他们才不是读者所以为的都是乖顺的绵羊,只等着被欺负、压榨和剥削。事实上,在此种世家大族内,由于诗书教养、祖宗家法的规范,对待下人都要非常宽厚,以至于有一些刁奴就是在这样的情况下养成并坐大。果然鸳鸯接下来又说:

> 如今咱们家里更好,新出来的这些底下奴字号的奶奶们,一个个心满意足,都不知要怎么样才好,稍有不得意,不是背地里咬舌根,就是挑三窝四的。我怕老太太生气,一点儿也不肯说。不然我告诉出来,大家别过太平日子。

那些"奴字号的奶奶们"意指资深的女仆,虽然是奴辈却可以被尊称为"奶奶",显示她们已经嚣张到何等程度,恐怕连贾母都会震怒,却因为怕老太太生气,鸳鸯都不肯说,王熙凤更不敢说,所以她得忍耐,那真的是打落牙齿和血吞!

在尤氏身上也发生过一段刁奴欺主的情节。第七十五回中,尤氏到了稻香村，要重新梳洗整理一下。她们梳洗的方式不是坐在椅子上对着梳妆台，而是王府女眷特有的，即盘膝坐在炕沿上，然后卸除手上戴的首饰，再用一大袱手巾盖在下截，以免将衣裳沾湿弄脏。这时"小丫鬟炒豆儿捧了一大盆温水走至尤氏跟前，只弯腰捧着"，按理说，她得跪着捧盥洗的水盆，所以连浑名"大菩萨"的李纨都看不下去，批评道："怎么这样没规矩。"她只是点了一下，并没有说破，而跟随着尤氏的一个很好的丫头银蝶看不下去了，便挑明了说："说一个个没机变的，说一个葫芦就是一个瓢。奶奶不过待咱们宽些，在家里不管怎样罢了，你就得了意，不管在家出外，当着亲戚也只随着便了。"可想而知，尤氏待下人很宽松，但是太宽松的结果就是下人们不把她放在眼里。尤氏实在是太宽了，宽到整个宁国府落入混乱的局面，才会出现那么多的肮脏事，"除了那两个石头狮子干净，只怕连猫儿狗儿都不干净"，这是尤氏身为当家女主人所不能开脱的责任。然而连小丫头的随便都已经到这种程度了，此刻尤氏居然还说："你随他去罢，横竖洗了就完事了。"那还有药可救吗？

比起小丫头的随便，那些更资深、更滑头的刁奴们，则如鸳鸯所说的"一个个心满意足，都不知要怎么样才好"，意思是说，有了特权还要更多的特权，不知要怎样才能知足。实际上她们的刁滑还不只是贪心，第十六回凤姐对贾琏说的一番话，那也是写实的客观描述，凤姐道：

你是知道的，咱们家所有的这些管家奶奶们，那一位是好缠的？错一点儿他们就笑话打趣，偏一点儿他们就指桑说槐的报怨。"坐山观虎斗"，"借剑杀人"，"引风吹火"，"站干岸儿"，"推倒油瓶不扶"，都是全挂子的武艺。况且我年纪轻,头等不压众,怨不得不放我在眼里。

于此,凤姐并没有长他人之威风,灭自己之锐气,相反地,她如实道出那些刁奴的厉害程度,而借此更恰恰衬托出凤姐自己的高明。其实,第五十五回探春刚刚上任理家的时候,不也是被恶意欺负吗?且看作者如何描述当时的情形:"彼时来回话者不少,都打听他二人办事如何:若办得妥当,大家则安个畏惧之心;若少有嫌隙不当之处,不但不畏伏,出二门还要编出许多笑话来取笑。"好比吴新登的媳妇,她正是藐视李纨老实,又藐视探春是个青年的姑娘,所以只很简略地回话,不肯尽心尽力提供建议,发挥她作为幕僚的全部责任,和在凤姐跟前当差的情况截然不同,目的就是要测试她们二人,如果新主管办得不好或者存着私心,以后她们便可任意加以欺负了。由此可见,下人不见得都是好人,甚至有很多刁奴,所以主子如果不能够镇压住她们,简直就没有办法理家了。

因此,同样在第五十五回,当探春理家之初发生那么混乱的重大场面以后,平儿悄悄地对众婆娘坦言道:

> 你们素日那眼里没人,心术利害,我这几年难道还不知道?二奶奶若是略差一点儿的,早被你们这些奶奶治倒了。饶这么着,得一点空儿,还要难他一难,好几次没落了你们的口声。……众人都道他利害,你们都怕他,惟我知道他心里也就不算不怕你们呢。

平儿日夜跟在王熙凤身边,所有大大小小的事情、里里外外的交际互动，以及那些明争暗斗的幽微心思，她全部都看在眼里，所以深知王熙凤真的是非常辛苦，只要稍微有一点差错，以那些底下的奶奶们个个心术利害的手段，一定不会给她好结局。因此王熙凤非要精明能干不可，非要密不透风不可，而这得有多大的才干、多大的心机才能办到！当很多读者批评凤姐"机关算尽太聪明"，并讽刺她"反算了卿卿性命"时，其实真相恰恰相反，她是为了整个家心碎而死的。许多下面的人正虎视眈眈地要见缝插针，只要稍有不慎，很可能就会被侵害得土崩瓦解，她若不时时刻刻机关算尽，如何能够当家当得下去？作者写那两句曲文，根本不是用以批判或讽刺，而是心存同情与怜悯，这也是第十三回回末会用"裙钗一二可齐家"来赞美她的原因。

关于张金哥殒命

在王熙凤的身上，有几件事故必须特别加以澄清，我们必须尽量设身处地，以她的处境及所面对的各式各样的束缚出发，了解其所为难以及非战之罪的地方在哪里，这并非刻意为她说好话。尤其是通常被放在凤姐身上的几项人命官司，到底她该不该负责任，更是应该理性推敲的。

有很多人说，王熙凤的狠毒除了贪财、当司法黄牛、放高利贷之外，还有谋财害命。但在使用这些语词的时候应该认真想一想，各个用语精不精确？例如读者总是描述黛玉寄人篱下，事实上"寄人篱下"这个成语根本是用错的，岂有寄人篱下者可以在别人家里呼风唤雨的？按照同样的原则，我们必须厘清一下王熙凤到底有没

第一章 王熙凤

有谋财害命,那几条人命到底该不该算在她的头上。再者,那些人命案件之所以会发生,是否出于王熙凤有心谋害的动机,这也是层次完全不同的问题。如果想要审判一个人,好歹应该像个训练有素的法官,把方方面面都考虑清楚以后再去下定论。下面便一一仔细地考察。

首先是第十五回张金哥的命案。当秦可卿出丧的大殡队伍浩浩荡荡地来到铁槛寺,王熙凤选择另外单独在水月庵休息,净虚老尼趁着四下无人的时候,向王熙凤提到了一桩婚姻官司,说:"我正有一事,要到府里求太太,先请奶奶一个示下。"凤姐便问何事,老尼道:

> 阿弥陀佛!只因当日我先在长安县内善才庵内出家的时节,那时有个施主姓张,是大财主。他有个女儿小名金哥,那年都往我庙里来进香,不想遇见了长安府府太爷的小舅子李衙内。那李衙内一心看上,要娶金哥,打发人来求亲,不想金哥已受了原任长安守备的公子的聘定。张家若退亲,又怕守备不依,因此说已有了人家。谁知李公子执意不依,定要娶他女儿,张家正无计策,两处为难。不想守备家听了此信,也不管青红皂白,便来作践辱骂,说一个女儿许几家,偏不许退定礼,就打官司告状起来。那张家急了,只得着人上京来寻门路,赌气偏要退定礼。我想如今长安节度云老爷与府上最契,可以求太太与老爷说声,打发一封书去,求云老爷和那守备说一声,不怕那守备不依。若是肯行,张家连倾家孝顺也都情愿。

凤姐听了,最初是根本不想管,答道:"这事倒不大,只是太太再不管这样的事。"这等于是推托掉了,但老尼不放弃,继续说道:"太太不管,奶奶也可以主张了。"而凤姐听说之后则是笑道:"我也不等银子使,也不做这样的事。"可见她并没有贪财,更没有为了贪财而存心害命,所以一再拒绝。只不过净虚接着用了激将法,说凤姐如果不管的话,张家不会知道是贾家没工夫管、不屑管,也不稀罕他的谢礼,而是会误以为贾府连这点子手段也没有,王熙凤听了这话"便发了兴头",因为说她无能岂可忍耐!后来果然就出面了,张家也给了三千两谢礼。但是请注意,后来的人命官司到底和王熙凤有没有直接关系?王熙凤知不知道当她介入的时候,除了得到三千两的好处之外,有可能会伤害人命?这些问题都是我们应该要仔细检验的。

整起事件的结果见诸第十六回所交代的:"谁知那张家父母如此爱势贪财,却养了一个知义多情的女儿,闻得父母退了前夫,他便一条麻绳悄悄的自缢了。"对他们这种阶层的人来说,最高的道德标准是只要许了婚,便应该从一而终,甚至只是订过婚,却不幸未婚夫生病死了,未嫁的那个女孩子还是执意要嫁过去,为他守寡一辈子,在明清时代即有很多类似的例子,当然她们会被整个社会所褒奖。对此必须再次声明,我根本不认为这样做是值得鼓励的,然而我们一定要注意,由于时空环境以及阶级背景都和现代不同,当时他们所谓的恩义、贞节观念是到那等程度的,少女们通常心甘情愿。或许现代读者会认为她们被洗脑了,但换个角度来看,现代人也同样是被洗脑,只是被洗进脑子里的内容不同而已。不同的时代环境本来就会有不同的价值观,现今读者之所以会批评她们,原因在于不是当事人,不了解她们身在怎样的处境里,内心的状态是什么。而这位"知义多情"的张金哥,她觉得自己既然已经订了婚,有了终身的归属,就应该要从一而终,因此自缢了。"那守备之子闻得金哥自缢,他也是个极多情的,遂也投河而死,不负妻义。"

必须说,这实在是十分罕见的案例,出乎大家的意料,所以作者用了"谁知"一词,否则当初双方家长也不会那般用强,罔顾子女的宝贵性命,王熙凤更不可能会事先知道因为她的介入而导致两条人命丧失,最后"张李两家没趣,真是人财两空。这里凤姐却坐享了三千两"。从道义上来看,当然可以说王熙凤是有点"我不杀伯仁,伯仁因我而死",然而在那个时空脉络下,就动机及当时的人情事理来看,都不能判定王熙凤是谋财害命,因为那两条命并不是她害的,她不可能会想到此举会导致当事人自杀,连双方的父母都没有想到,毕竟世上"知义多情"的人很少,尤其连男方也一起自尽,这样的自杀状况事实上极为罕见,超出一般情理,也因此没有被主事者考虑在内。

贾瑞"命案"

第二件人命官司是第十二回贾瑞的"命案"。实际上,王熙凤从头到尾唯一的可议之处,顶多只能说她没有用堂堂正正的君子式言辞对贾瑞加以严拒,而是用一种欲擒故纵的方式,但她的目的却也不是为了要害他的命,而是为了要惩罚他,只是惩罚的方式可能稍微过了一些。但是对贾瑞这种家伙,如果再严一点也还是可以的,因为此人实在是太过分了,年纪轻轻十几岁,却完全地逾越分际,连好脾气的平儿都气愤地说："癞蛤蟆想天鹅肉吃，没人伦的混账东西，起这个念头，叫他不得好死！"可见死有余辜。再比较一下第四十七回"呆霸王调情遭苦打"一段类似的情节，薛蟠对柳湘莲的好色之举都没有贾瑞那等严重，至少没有乱伦的问题，柳湘莲却已经气到把薛蟠狠狠毒打一顿，害他很久一段时日出不了门，则凤姐又何以应该要当圣人？她的所作所为还比不上柳湘莲的残酷程度呢。何况贾瑞一而再、再而三，彻底到了欲令智昏的程度，接下来所发生的死亡事件，根本是自己造成的，因为他已经陷在那样的欲壑深渊之中不能自拔，以致生病了半年，这可和凤姐一点儿关系都没有。

再者，当最后道士赶来救他，贾瑞却连这一条救命绳索都没有好好抓住，道士明明交代只能看反面的骷髅，不能看正面的凤姐，他偏偏要看正面，然后不断沉溺其中，最终等于是精尽而亡。死得如此难看，堪称完全是咎由自取，凤姐可没有答应要把自己的影像放在镜子中吧？相由心生，贾瑞自己创造出来的幻象，又怎能怪别人呢？总不能说因为王熙凤生得太美了，太风骚了，才会害得贾瑞这般陷入其中，所以就是凤姐的错吧？这种荒谬的逻辑如同说某个赌徒倾家荡产，居然反而去怪骰子一样，因果之间不能够用如此粗糙的方式去连接。必须说，贾瑞之死也不应该归咎于王熙凤。

再说，贾瑞临死之前的生病期间，他的祖父向贾府讨人参来做药吃，王熙凤不肯给，只凑一些渣末应付了事。但这个做法有错吗？当然没错，或至少不算什么大错，凭什么要把昂贵的人参浪费在那种人渣身上？他自作孽沦落至此，还要人家用昂贵的药材来帮他延续生命，这是没有道理的事情。何况，难道贾府的人参是源源不断，像聚宝盆般随时可以抽长很多枝出来吗？事实上到了第七十七回，连王夫人的房里都只能够找出零散的人参须了，只得另外花钱再买，可见窘迫。固然在写贾瑞故事的第十二回时，贾家还未步入山穷水尽的程度，可是已经入不敷出，"内囊却也尽上来了"（第二回），凤姐凭什么要大手笔帮助一个不成材的家伙呢？而且以贾瑞的性格来看，那真的只能用四个字来描述，即"无药可救"，他一路下来始终都是执迷不悟，给他人参简直是完全的浪费，等于直接丢到水里！

张华事件

第三桩有关人命的事件，当事人是张华，事实上并没有造成任何不良的后果，然而在此一事件上，王熙凤倒是确确实实绽露了杀机，这一点是不能够为她避讳的，只不过其中还是有一些小地方必须要仔细推敲，而那才是决定性的关键。虽然我们都不是正式的法官，但是在分析人性事理的时候，应该要养成一种明察秋毫的思想习惯，这种习惯永远可以更精进、更严谨、更细腻入微，从而做出更正确的判断。

第六十九回张华的事件和尤二姐有关，因为张华是尤二姐原聘的前夫，后来贾琏偷娶了尤二姐，便付钱给他退婚了事。王熙凤在当时讲究三从四德、允许一妻多妾的社会规制下，实际上并没有反对的余地，于是只好用借刀杀人的曲折方式来对付情敌。在这等的情况下，想想看，如此好强的一个人，偏偏只能够忍气吞声，绝对会造成心理上很大的压力，但即使如此，她刚开始的做法也并不是杀人，而是先想尽办法寻找一个合理的理由，不让尤二姐真正进到贾府里安身立命。

从一步又一步的策划过程来看,多少可以看得出来王熙凤这个人到底是不是真的十恶不赦。第六十八回描述道,凤姐把尤二姐赚入大观园以后,同时展开了调查,发现原来尤二姐之前订过亲,这就是一个绝佳的理由,于是她怂恿尤二姐原先订亲的张华坚持婚约,如此一来尤二姐便不能再嫁给贾琏,而可以名正言顺地扫除掉这个障碍。只是凤姐努力了半天,张华确实也愿意来告官,强迫尤二姐执行之前所许诺的婚约,没想到又因为贾家这边的一些运作而没有告成,主要是贾蓉认为开什么玩笑,琏二叔都把人娶进来了,虽然是偷娶,但如果她的前夫通过官司把尤二姐再要回去,那成何体统!贾蓉在这桩官司上当然不肯出力,反倒私下劝退张华,让他回到原籍去了。此时凤姐听了,心中一想:"若必定着张华带回二姐去,未免贾琏回来再花几个钱包占住,不怕张华不依。"届时还是一样没有办法根除情敌。所以王熙凤便想到不如另起炉灶,有一个更根本的解决之道,亦即让尤二姐不必回家去,干脆继续留在大观园里,那就逃不出她的手掌心,可以完全由她来操控,所谓:"还是二姐不去,自己相伴着还妥当,且再作道理。"

但是,如此一来又会产生一个很严重的问题,想想看,之前已经先和张华说好双方一起共谋计策,结果事情发展成这般模样,无形中实在是落人把柄,所以王熙凤便很为难了:"只是张华此去不知何往,他倘或再将此事告诉了别人,或日后再寻出这由头来翻案,岂不是自己害了自己。原先不该如此将刀靶付与外人去的。"如今平白给别人一个把柄,让自己寝食难安,而且终其一生都会有一道阴影随时徘徊在身边,这绝对是重大的失误,因此王熙凤非常后悔自己做事不够周全。

第一章 王熙凤

在这种状况下,她才又想出一条主意出来,即杀人灭口。从一般的人性逻辑来说,这是很容易会导出的做法,因为那个祸患留在外面,如同一颗未爆的地雷,什么时候要爆炸都不知道,心理压力之大,以致往往会用除之而后快的方式来解决。她果然暗中安排,"悄命旺儿遣人寻着了他,或讹他作贼,和他打官司将他治死,或暗中使人算计,务将张华治死,方剪草除根,保住自己的名誉",反正只要到了官府,以贾府的权势总可以买通官员,让命案不了了之。张华事件反映出王熙凤的心确实有狠毒的那一面,不过"狠毒"这个词汇太过粗糙、太过简单了,很容易模糊其中许多不同的层次。

以张华这一事件而言,凤姐一开始没有想要杀人,只是在事件发展过程中突然发现自己的疏漏,竟然给自己制造了一颗那么大的未爆弹,只得亡羊补牢,以致出此下策。实际上这般的解决方式算是情势所逼,当初走错一步即导致了步步错,从第一步的失误便几乎决定了后续的骑虎难下,最后非得走上杀人灭口不可,这是她整个计策在逻辑上必然导致的结果。虽然原先凤姐并没有存心要杀害无辜的人,但是当她一开始采取那种方法的时候,很快地而且几乎是必然地就会走上杀人灭口的道路。这一案例很值得我们好好反省,为什么儒家会说"君子慎独"或者防微杜渐,那都是要告诉我们,很多小事实际上背后会牵动到很本质、很普遍的问题,因此会像滚雪球般越滚越大。只要一开始的动机不纯,不是采用正道的方式,并且顺着该方向发展下去,便很可能会变成一个大坏人,虽然一开始可能连小奸小恶都谈不上,但是只要动机不正,心思不纯,方法不当,最后很容易会导致身败名裂的下场。王熙凤在此即给了我们一个很好的启示。

张华很幸运地逃过一劫,因为奉命去执行任务的旺儿觉得无此必要,何必为了一点细故杀害无辜,因此他在外躲了几日,回来向王熙凤谎报说,在找到张华之前,便听说他已经被盗贼给杀了,所以也不必再动手了。王熙凤的反应是根本不相信旺儿的话,如此精明能干的人怎么会相信天下有这等巧合的事情?自己不用动手,老天就替你"除害",人世间没有这样的如意算盘。然而她虽然不相信,却也并没有追究,只是对旺儿撂下狠话:"你要扯谎,我再使人打听出来敲你的牙。"但事实上她也根本没有后续行动,未曾再派人去打听。由她听到谎报之后的心理反应与实际做法,也可以看得出来这个人并不是十恶不赦,她并没有非要置人于死地,到了不见尸体就不算数的地步。总而言之,虽然在某一环节上有了失误,王熙凤等于是在骑虎难下的情况下产生了杀机,可是这个杀机并没有那么强烈,也没有一定要穷究到底,所以张华可以保全性命,逍遥在外,从结果而言,事实上王熙凤并不该背负害命的罪责。

尤二姐之死

第四项人命案件即尤二姐之死。尤二姐被赚入大观园之后当然是饱受折磨,可是希望读者注意一下,她是受到了怎样的折磨,而这个折磨是否真的以一种有意害命的方式在进行,种种情况都需要仔细分辨。严格说来,王熙凤采用的方式只是让尤二姐过得很痛苦,让她挨饿吃不饱,生活上非常不方便,并且受到一些冷言冷语,这当然是很厉害的精神折磨,但还是不足以认定王熙凤有害命之心。

尤二姐的殒命,秋桐事实上发挥更大的作用,固然可以说王熙凤确有借刀杀人之意,但问题在于她并没有亲自操刀,何况秋桐恬不知耻、豁泼出去的那一种卖乖谩骂,恐怕王熙凤也不一定出得了口。当然,如果别人能够帮王熙凤扫除障碍,她也很高兴,自己不用动手,却可以除掉心头祸患,这确实有道德上的一种自我开脱,说实在的,对当事人而言会是最完美的方法。所以她不但没有制止秋桐,甚至有一点添油加醋、继续挑拨离间的意味,从这方面来看,王熙凤确实是要负一半以上的责任。然而尤二姐毕竟不是被谋害的,她是自杀的,因此也不能够说王熙凤就是杀人犯。

更何况,我们还得考虑到是尤二姐本身把自己逼上这条绝路,不能完全归罪于他人。尤氏姊妹刚出场的时候,事实上真的是所谓的狂花浪蝶、水性杨花,两人与贾珍、贾蓉他们还有聚麀之诮。"麀"念作yōu,"聚麀"一词在《红楼梦》里出现过,正是用来说明二尤的淫荡的。而何谓"聚麀"?这个词汇非常古老,用文言文解释会比较文雅一点,意指"两牡共乘一牝"。牡在性别上是指雄性,牝指雌性,"两牡共乘一牝"是非常难听的话,何况这组男女之间又存在乱伦的问题,对古人来说是最淫滥、最肮脏、最可耻的一种性关系。莫忘秦可卿也是如此,而《红楼梦》中凡是出现乱伦之事,皆有一个共同的结果,即女方当事者都是以死了结,没有例外。但是男方不仅逍遥法外,甚至不用负上任何道义责任,更没有受到舆论的谴责,无不如实地反映出传统社会中性别待遇的不公平,算是一个客观的历史现象。

回到尤氏两姊妹的情况来看,她们一开始确实妇德不修,有很多可议的地方,如果没有后来大幅翻转的情节发展,这两名女性大概就单纯只是负面的荡妇型人物。然而,作者实在是胸次浩然,把握到人的内在心灵还是有很多种复杂的可能性，因此对于尤氏姊妹性格中还留存的另外一面，他确实是欣赏的，甚至给予一种深深的惋惜，但这并不等于他赞成尤氏姊妹原来的作为。

尤氏姊妹后来都发生了很大的转变，以尤二姐来说，当她被贾琏纳为二房的时候，心性发生了很大的变化，或者更准确地说，她心性中的某一面开始占上风，变成了人生的主宰，而这一面在过去的人格结构里其实是隐没不彰的，此即贞洁的一面。自从她和贾琏在一起以后，便认定他为终身之主，一心一意地和这个男人过日子，也一心一意想要进入贾府，获得名正言顺的归宿，换句话说，一旦有了从良的机会，她完全愿意做一位遵照传统妇德行事的贤淑女性。

只不过，尤二姐贞洁的一面在她遇到贾琏之前隐而不显，我们可以看到她和贾蓉调情，做出很多事实上与娼妓并没有太大差别的举止，这也是不可讳言的客观事实；而尤三姐更有过之，她可以浪荡到那样的层次，如第六十五回所说的"这等无耻老辣"，以致"竟真是他嫖了男人，并非男人淫了他"，这实在是非常夸张，要是没有那种风骚无比的性格特质，大概也做不到如此程度。而直到心里认定了一个人之后，她们的行为才都回归到正道。必须说，在确定有一个可以相守终生的对象之前，尤二姐与尤三姐乃是不受妇德女教所规范的，以至于她们全得去背负刻着红字的十字架，而这副十字架后来果然也把她们葬送到地狱去了。

所以，真的不要以为脱掉的衣服都可以一件一件地穿回来，并赢得别人的尊重，这只有今天的电影圈才做得到。在古代的传统世界里，作者于第六十五回描写得非常清楚，当尤二姐认定贾琏为终身之主的时候，情况是如此地令人惋惜：

第一章 王熙凤

> 若论起温柔和顺，凡事必商必议，不敢恃才自专，实较凤姐高十倍；若论标致，言谈行事，也胜五分。虽然如今改过，但已经失了脚，有了一个"淫"字，凭他有甚好处也不算了。

可见作者并没有忽略现实因素，纵使尤二姐的性格中仍有贞洁的一面，而且后来在命运的帮助下遇见了一个愿意托付终身的男人，以至于贞洁的一面逐渐显现出来，成为现在的人格主调，但是以往的所作所为不可能一笔抹杀，过去的历史终究要跟随人一辈子。因此，在已经"失了脚，有了一个'淫'字，凭他有甚好处也不算了"的情况下，尤二姐、尤三姐便注定要背负这般的淫荡罪名，最终付出惨烈的代价。

我们必须清楚了解到，一个人即便改邪归正，身心双方面彻彻底底都有了重大的变化，但是仍然无权要求这个世界重新加以接纳，因为世界有其长期形成的惯例，有它自己的节奏，以及已经在运作的法则，并不会因为个人而改变。所以，当一个人在社会中希望得到别人的重新评价时，就必须坦然接受过去所烙下来的不可磨灭的印记，以及荒诞行为所带来的后果，而只能更坚强、更努力。因此，最好是一开始便不要走错路，留下无法抹除的前科，毕竟改邪归正是很困难的，有很多的更生人找不到工作，以至于只好又回头到老路上去了，这并不能完全怪罪社会无情，毕竟凭什么要不认识的陌生人相信他们真的改邪归正了呢？如果又故态复发，岂不是让别人再受到伤害？类似这些问题都很复杂，并不是那么简单就可以解决的。

最后我要再讨论一个问题，亦即在尤氏这对姊妹的人生中，无论是命运的发展或是性格的变化，都如出一辙地发生了由淫而贞的改变。一个人怎么可能前后之间有如此巨大的落差呢？特别是尤三姐，她在五年前心中便有了柳湘莲，但实际上她的行为依然故我，则可想而知，原来这位女子的身心是可以各自运作而矛盾并存的。等到她获取现实的订婚保证，也就是作为聘礼的那把鸳鸯剑，允诺她可以回归到正常的伦理世界里，得到一个正式归属的时候，她才做出行为上彻底的转变。就这一点而言，又给了我们何种的启示呢？难道婚姻真的只是爱情的坟墓，是对人性的钳制，是违反人性的社会恶法吗？到底婚姻是在帮助我们更深化爱情，更了解到原来爱情是必须通过很多的反省甚至痛苦、磨难才能够得到深化，还是说爱情只能够是甜蜜的糖果，不容许有其他的成分？我们对于婚姻与爱情的关系及其意义，恐怕都还需要做更多的思考。

总而言之，关于尤二姐的这条人命官司便简单先交代到此，重点在于尤二姐并非王熙凤所害，虽则她确实是由于受到精神折磨而自尽，但这也不能够直接等同于凤姐害命。再者，令尤二姐萌生死意的一个关键事件乃是她的流产，而之所以导致流产是因为胡庸医下错了药，很多人乃推测那名庸医应该是王熙凤买通的等等之类。从一般道理泛泛来看，这种揣测并非没有可能，但也正因为任何可能都会存在，以至于这桩事件本身究竟是不是适用这个可能性，就得要仔细地寻找证据。而我对《红楼梦》中的相关情节看了太多遍，却找不出其证据所在，所以只能够说，胡庸医事件应该就算是尤二姐命该绝了，她的命真的不好，以至于纵然想要改邪归正，努力从良向善，但在"失了脚，有了一个'淫'字，凭他有甚好处也不算了"的社会处境下，她的努力注定只能完全付诸东流。这种悲剧是整个现实逻辑所造成的，并非单纯而抽象地根据一个人的品德问题便能够得到判定，所以对于尤二姐的这起事件，也不应该用王熙凤意欲除尤二姐而后快，因此坏心害命如此简单的论述来涵括。

记得尤二姐忌日

关于王熙凤，除了应该澄清一般常见的误解之外，还必须进一步指出：前面说了那么多，似乎她就是一个技巧高明、机关算尽的人，但那只是王熙凤的一部分，这位女性有时候会让我们觉得很可爱，有时候虽然辣却不会让人很讨厌，反而觉得有种痛快，更重要的是，敷陈于这个人的性格底层之下，其实自然地涌动着某一些非常真切的情感，只因她在打理上千人头绪万端的家族事务，故而不得不用一种不论情面的方式去解决问题，也因此造就了铁面无私甚至冷酷无情的形象。

实在必须说，这类真情是真正流动于她的人格底层，被掩盖在泼辣形象下面的珍贵本质，所以接着要来谈一谈王熙凤的真情。

例如第七十二回中，贾琏夫妻一起商讨家计时，两人为钱吵起架来，王熙凤被贾琏逼急了，翻身起来说："我有三千五万，不是赚的你的。如今里里外外上上下下背着我嚼说我的不少，就差你来说了，可知没家亲引不出外鬼来。我们王家可那里来的钱，都是你们贾家赚的。别叫我恶心了！……现有对证：把太太和我的嫁妆细看看，比一比你们的，那一样是配不上你们的。"贾琏笑着说："说句顽话就急了。这有什么这样的，要使一二百两银子值什么，多的没有，这还有，先拿进来，你使了再说，如何？"值得注意的是，此处反而有点在讨好妻子的意味了，但王熙凤接下来说了一句更重的话："我又不等着衔口垫背，忙了什么。"意思是说，我又不是快要死了，所以急着用这笔钱办丧事。贾琏一听其实也很不忍，就劝她说："何苦来，不犯着这样肝火盛。"凤姐听了便笑起来，她因为贾琏之前有一点过度进逼，因此才奋力反击，但现在感觉到他已经后退了，姿态放软甚至示好，所以她也放松了，又笑起来说：

> 不是我着急，你说的话戳人的心。我因为我想着后日是尤二姐的周年，我们好了一场，虽不能别的，到底给他上个坟烧张纸，也是姊妹一场。他虽没留下个男女，也要"前人撒土迷了后人的眼"才是。

一语倒把贾琏说没了话。原来平儿提醒王熙凤要过来的那一二百两银子谢礼，是为了给尤二姐上坟，用来置办祭品等相关费用的，贾琏刚开始还误以为王熙凤很贪心，要克扣下来中饱私囊，所以才会把王熙凤激怒到说出那些重话。这时他自觉理亏而没了话说，事实上心里也对尤二姐感到很亏欠，于是低头打算了半晌才说："难为你想的周全，我竟忘了。既是后日才用，若明日得了这个，你随便使多少就是了。"

原来尤二姐已经死了一年，但又有谁记得她的忌日，而且要尽心尽力地为她上坟祭奠？其实才不是贾琏，真正的答案是王熙凤。想当初，尤二姐刚死的时候，贾琏是又恨又气又伤心，而且还发誓说"我替你报仇"，然而没几天就什么都抛诸脑后。连贾琏都忘了尤二姐的忌日，那对别人还有什么好期待的！反过来看，一个人都已经死了，老实说也不成为对手了，处于根本不必再忌讳她的状况下，凤姐竟然还记得尤二姐的忌日，甚至更在经济窘况中腾挪出银两来祭奠她，以致为了这笔开支而如此东挪西凑，导致财务紧张的夫妻两人发生那样的一场争执。假设尤二姐不在王熙凤的心上，她还会记得尤二姐的周年祭吗？这如果不叫真情，应该也相距不远吧。

当然，如果要用阴谋论来解释也大有人在，亦即王熙凤本来便很会收买人心，她机关算尽，谁的生日、谁的忌日、谁的祖宗八代都了如指掌，什么时候需要就用上一笔来达到她的现实目的，所以此刻她只不过是利用尤二姐的忌日来堵住贾琏的口，以占尽那一二百两银子的便宜。如此解释也不是不可以，关于王熙凤到底怎么想，这确实只能由读者来诠释。

然而对于这样的阴谋论，我总感到有一点点的不安，原因在于道理上除非有很明确的证据，否则千万不要从负面去设想一个人，即便此人有恶行、有坏心，我们也得先保留一下，尽量了解背后还有哪些可能的误会、怎样的动机、多少的无可奈何，然后再去做判断。阴谋论的运用最好都是放在最后一步，已经到了事实确然如此的阶段再拿出来操作，倘若没有完成前面那些步骤，就直接用阴谋论来论断一个人，这是让我很不安的轻率做法。我之所以不愿采取阴谋论的第二个原因，是发现王熙凤并不是那样的人，她要不是到了骑虎难下、被逼到不行的时候，很少会动用到如此严重的手段。何况最关键的是，再回到尤二姐的忌日这件事仔细地查验，我们可以注意到其实王熙凤早已在准备尤二姐的忌日，只是后来刚好遇到贾琏说要给谢礼，平儿才替她顺道开口的，足见毫无阴谋可言。当时贾琏向鸳鸯央求要典当贾母的私人物件，以应付迫在眉睫的经济难关，事后希望王熙凤再推一把，那就十拿九稳了，贾琏笑道：

"好人，你若说定了，我谢你如何？"凤姐笑道："你说，谢我什么？"贾琏笑道："你说要什么就给你什么。"平儿一旁笑道："奶奶倒不要谢的。昨儿正说，要作一件什么事，恰少一二百银子使，不如借了来，奶奶拿一二百银子，岂不两全其美。"凤姐笑道："幸亏提起我来，就是这样也罢。"

由此可见，其实凤姐昨天就在盘算这件事，只是缺一笔款项，眼下贾琏既然要给谢礼，平儿便出了索取这笔谢款的主意，同时解决了凤姐的难题。可见凤姐不但始终都没有用到心机，更没有想要占贾琏的便宜，若非贴心的平儿提醒她需要一笔钱，眼前刚好可以派上用场，恐怕凤姐也不见得会这么做。所以说，只要认真看待整个过程的前因后果，事实上我们就会发现真相，即凤姐此刻是真心惦记着二姐的！

另外，或许还可以从另一个角度推敲，即有可能是凤姐感到愧对尤二姐，为了弥补对她生前的亏欠，才会心虚地做一场仪式。但纵使如此，不也表示凤姐确实是很有良心的吗？真正冷酷无情的人又岂会对别人感到愧疚！所以说，无论从任何的面向来看，凤姐对尤二姐都不是只有视如寇仇的狠毒，而是存在着更深层的情感，只是在对方死后才凸显出来，因之表现得温暖深厚，令人动容。

第一章　王熙凤

凤姐实有真情意

再举另外一个例子来说明，凤姐纵然在那些机关算尽、面面俱到的各种策略的应用中，事实上也都还是有真情作为支持，她的做法是让人既佩服又感动。当然如果和她是对立者的话，大概也会感到有点畏惧，这就是凤姐此人极为复杂也异常丰富的原因。

在《红楼梦》里处处可以看到王熙凤很真心地替别人着想，而且确实算得上是体贴入微。有一个最典型的例子，完全不涉及家族运作的体面问题，也无关个人利害，所以是最中肯、最能看出王熙凤人品的一段情节。第四十九回中，邢岫烟还有其他的几个姊妹一齐来到了大观园，除了岫烟之外，别的姊妹皆有自己的一份家底作为依靠，但岫烟的婶婶邢夫人连对自己的兄弟都要吝啬克扣，哪里还会照顾到晚辈，所以岫烟很可怜，进入大观园的紫菱洲内住着，那些作为下人的婆子丫鬟都敢欺负她，居然被逼到还得典当自己的棉袄才能应付。在这个过程中，王熙凤发挥了管家者的洞察眼力，即所谓"穿心透肺的识力"，而看出这位少女的温厚可疼，并因此额外给予帮助：

> 从此后若邢岫烟家去住的日期不算，若在大观园住到一个月上，凤姐儿亦照迎春的分例送一分与岫烟。凤姐儿冷眼敁敠岫烟心性为人，竟不像邢夫人及他的父母一样，却是温厚可疼的人。因此凤姐儿又怜他家贫命苦，比别的姊妹多疼他些。

必须说，金钱的意义与影响非常重要，而没有金钱概念的读者往往会读不通《红楼梦》，因此这里补充说明一下：那些主子辈年轻未婚的少爷和小姐，他们每个月领取的月钱是二两银子，既然凤姐"照迎春的分例"给岫烟，则她每个月也有二两。但是很不幸地，这笔银两被邢夫人以及迎春房内那些厉害贪心的下人们给讹诈了，所以她只得去当衣度冬。而凤姐能够发现岫烟是"温厚可疼"的人，并且"怜他家贫命苦"，还比对别的姊妹更多疼她一些，都是必得有一种非常慈悲的心性才有办法做到，哪里有丝毫的势利眼！相反地，凤姐在此所表现的，根本就是济弱扶倾的侠义心肠。何况挪出来给岫烟的这笔钱，要么巧立名目，要么得挪用别的项目，再不然便只好自己贴补，无论如何都必须多花费一番心思，甚至要多付出一份牺牲，在没有现实好处的考虑下，一般人并不会做这种损己利人的事。所以就此一情节来说，王熙凤也真是不容易啊。

　　王熙凤对岫烟都已经做到这等程度了，对于自家的妯娌姊妹们更是设想周到。第五十一回时，季候已经要入冬了，天气很冷，王熙凤主动提出一个建议，对王夫人说："天又短又冷，不如以后大嫂子带着姑娘们在园子里吃饭一样。等天长暖和了，再来回的跑也不妨。"从这段话来看，显然大观园中的小姐姑娘们也是天天奔波，不仅三餐都得到贾母那边去陪她吃饭，这是他们大家族的基本规矩，再加上晨昏定省之类的繁文缛节，天天都必须出房门，来来回回地出入大观园，天气一冷，路上风寒刺骨，姑娘们个个纤细，皆是那么娇生惯养、弱不禁风，如何得了！

　　所以凤姐的考虑是："就便多费些事，小姑娘们冷风朔气的，别人还可，第一林妹妹如何禁得住？就连宝兄弟也禁不住，何况众位姑

第一章　王熙凤

娘。"值得注意的是，她第一个考虑到的是林妹妹，而众人都知道黛玉身体不好，所以仆众私底下称她为"多病西施"，倘若连宝玉这种健康又越发发福的大家子弟都禁不住，相较之下娇贵的千金小姐更承受不了，别的姊妹当然也不行。同样值得注意的是，对于这项提议，王夫人不但首肯，并且还进一步提出一大篇面面俱到的具体方式，那就可想而知，王夫人显然对这个策略早已经放在心里想过了，所以一旦王熙凤提出来，她便立刻补充非常具体的措施。而贾母看到王熙凤能够考虑得如此周到，也给了一番赞美："今儿我才说这话，素日我不说，一则怕逗了凤丫头的脸，二则众人不服。"贾母懂得不要让王熙凤太得意，因为她已经是霸王似的一个人，不宜再锦上添花，以免忘形失控，所以平常是不多赞美她的。而且平常若这般赞美王熙凤，可能很多人也会不以为然，产生心理的嫉妒，反倒为她制造祸端。可见如果没有站在贾母的位置上设身处地去看的话，一般读者真的很容易有所误会。

贾母对各种状况以及王熙凤的处境，事实上全然心知肚明，所以她才说："今日你们都在这里，都是经过妯娌姑嫂的，还有他这样想的到的没有？"答案是没有，没有一个人真正对自己的妯娌姑嫂有那般体贴入微的周到设想。于是薛姨妈、尤氏等皆一起笑说："真个少有。别人不过是礼上面子情儿，实在他是真疼小叔子小姑子。就是老太太跟前，也是真孝顺。"当然也有人会质疑，这些话等于是顺势讨好贾母的奉承之言，不能当真。不过，固然未尝没有此一可能，但其中还是有三分甚至五分的事实，不应该因为可能带有顺势讨好的意味，就否定其中内含的五分真情。

当然，凤姐对平儿的真情已经不用说了，由于这两个人坦诚相待才能够刚柔并济，而形成一个命运共同体。没有王熙凤的这种真情、这种厚道、这种牺牲付出，平儿大概也不会被引发出一片赤胆忠心。人与人之间的关系是相对的、互动的，不只是你对我好，我也对你好就行，如果对方的人品值得敬重，则我会更加对你好，这是一种非常有意思的良性循环。凤姐与平儿这一对名为主仆、实则情同姊妹的妻妾，启发了我们对人性或者人际关系很多不一样的思考。

生前心已碎

最后，终究要回到王熙凤的下场。她做了这么多的努力，受了这么多的委屈，也给了贾家这么大的贡献，有如第十三回回末诗所说的"裙钗一二可齐家"，那是曹雪芹对她真心的至高赞美，王熙凤是生于末世的一位"脂粉队里的英雄"，贾府如果没有她，那表面的富贵繁华也不可能多延续这么几年。必须说，包括宝玉、黛玉这些人，当然贾母、王夫人等长辈更不用说，能够如此过着几年无忧无虑的乐园生活、太平岁月，事实上都必须感谢王熙凤，如果不是她的努力，贾家的败落会提前得更早。

下面有一段说明，一方面是对前面的议题加以补充，另一方面也是进行总结。书中第五十一回提到，袭人要回家探望病重的母亲，却由于性格朴实无华，乃凤姐口中所谓"是个省事的"，于是凤姐拿出自己的衣物给她穿戴打扮，包括那件石青刻丝八团天马皮褂子、一个玉色绸里的哆罗呢的包袱、一件雪褂子，都等于是白白赠送，因此在旁的众人才会说：王熙凤"成年家大手大脚的，替太太不知背地里赔

第一章 王熙凤

垫了多少东西,真真的赔的是说不出来,那里又和太太算去?"这一类暗暗吃亏的情况确实有许多的案例,请看下文的说明,此外还可以再参考第七十二回所提供的证据,当凤姐与贾琏为了家计而发生争执时,她很感慨地说:你们都批评我放高利贷,我爱钱,可是我真的是在白费心计。这般的感慨确属不平则鸣,比照第五回的《红楼梦曲·聪明累》说她"生前心已碎",此处的"心"是"痴心",并非为了个人的私心私利,更正确地说,其实是为了整个贾家劳心劳力,所以她觉得自己很笨,为何要做那么多的付出和努力,吃力却不讨好,于是她才说"我也是一场痴心白使了""我真个的还等钱作什么"。

在此,还必须再做一个补充,即事实上凤姐本身非常富有,那并不是来自包揽讼事所得到的贿赂之类的外快,第十五回王熙凤曾说道:"我一个钱也不要他的。便是三万两,我此刻也拿的出来。"这话是对净虚老尼而言的,表明她才不是为了贿赂的好处而去介入人家的官司,因为她自己的私房钱就有三万两,根本不缺钱。这笔数额在第七十二回中和贾琏争执的那段话里也提到过,当时贾琏央请凤姐帮忙和鸳鸯说定,私运贾母的藏品去典当以应付难关,并表示要给予谢礼,然后平儿便提醒王熙凤要一两百两的谢款,贾琏笑道:"你们太也狠了。你们这会子别说一千两的当头,就是现银子要三五千,只怕也难不倒。我不和你们借就罢了。这会子烦你说一句话,还要个利钱,真真了不得。"王熙凤因此很生气,翻身起来说:

> 我有三千五万,不是赚的你的。如今里里外外上上下下背着我嚼说我的不少,就差你来说了,可知没家亲引不出外鬼

来。我们王家可那里来的钱,都是你们贾家赚的。别叫我恶心了。你们看着你家什么石崇邓通。把我王家的地缝子扫一扫,就够你们过一辈子呢。说出来的话也不怕臊!现有对证:把太太和我的嫁妆细看看,比一比你们的,那一样是配不上你们的。

王熙凤的意思是说,我虽然有钱,但不代表就得全数拿出来贡献给贾家,难道你以为钱都是你们贾家的,我们王家都是没钱的?而在此,我要补充说明凤姐的财富是从哪里来的。过去的传统社会里,女性在法律上并没有娘家的财产继承权,可是她毕竟在娘家生活了十多年,有着骨肉亲情和恩义,为了补偿她,所以父母会用嫁妆的方式等同于让她分一点家产。当然,那些嫁妆的厚薄多寡与家族的荣枯盛衰有关,与她和父母的感情程度有关,也和家庭状况有关。而这种嫁妆基本都是动产型,比如说金银珠宝,甚至银两或者是一些昂贵的家具、衣饰等,但是不包括房地产。房地产对传统社会而言属于"恒产",那必须由自己的家族代代相传下去,所以是只给儿子,不给女儿的。这份嫁妆基本上便等于是娘家给她的补贴,也算是一部分的分产,当然这份分产并不能和儿子所分到的相比。在该等注重门当户对的阶层环境里,往往为了让女儿到了夫家之后不被看轻,保障她在那个家族有比较幸福的新生活,所以嫁妆更会给得多一点。因此王熙凤说:"现有对证:把太太和我的嫁妆细看看,比一比你们的,那一样是配不上你们的。"这话若仔细推敲起来,其实让人非常心酸,因为如果她的嫁妆配不上贾家的话,显然贾琏会更嚣张。

《红楼梦》是一部建立在现实逻辑上的虚构作品,由于符合现实逻辑,因此它绝对没有忽略在复杂的社会脉络与生活环境中,人性所面临的种种问题。在过去的那个时代里,王熙凤的这份私房钱,除了以上的那两层用意之外,从某个意义来说,也算是父母给出嫁女儿的生活保障,这份嫁妆原则上即属于女儿个人的私有财产,可以不被夫家任意使用。当然实际上的运作常常不是如此,原因是人都嫁到对方家里去了,变成同一家庭的一份子,如果和家人之间感情很好,甚至只要大家给予压力,当夫家有需要的时候,通常就会把嫁妆拿出来用,所以往往到后来,那份嫁妆便以各种各样的形式"充公"了。

就此,从王熙凤的这段话也可以推敲出来,由于贾家也是世代贵族,本身财力雄厚,所以并没有动用到由王家嫁进来的媳妇的私房钱,难怪她会说"我也不等银子使""便是三万两,我此刻也拿的出来"。据此更可以证明,凤姐绝不是为了钱才去做那些小门小户克扣营利的事,赚那些锱铢精算的银两。

而此处要再提出的一个问题是:当贾家已经面临了经济困难的时候,王熙凤应该把她的嫁妆捐献出来吗?固然这是见仁见智的问题,每个答案都可以很有道理,而我个人的想法是:不必捐出来,没有道理让一名女子或任何一个人把自己唯一剩下来的依靠全部无条件地奉献出去。除非这个家对她很好,大家都是互助合作、共存共亡的一家人,则期望她去做这样的牺牲还有点道理,但即使如此,也实在不应该要求一个人用牺牲自己本有权益的方式去帮助别人,那真是强人所难的道德绑架。

例如,我曾经在某一个论坛上看过网友提出质疑,说奥黛丽·赫本晚年从事慈善事业，担任联合国的儿童大使，呼吁世人注意索马里亚、利比亚那些可怜的儿童，召唤大家共同帮助贫困饥馁的小孩子，而奥黛丽·赫本作为举世知名的电影明星，本身是那么富裕，何以她不把财产全部捐出来，救助那些非洲的难民呢？当我看到这个质疑时，第一个浮现出来的感觉是：好奇怪，你怎么可以那样要求别人？岂有倾家荡产去帮助别人的道理，何况你自己也没有要这样做呀！以同样的逻辑，要求王熙凤把她的嫁妆奉献出来，去填补贾家这艘简直已经漏洞百出的泰坦尼克号，这种想法合不合理？我的答案是：不合理。王熙凤保留这份私房的嫁妆是天经地义的，正如其他的贾家人也都是如此，第七十二回中，旺儿媳妇便笑道："那一位太太奶奶的头面衣服折变了不够过一辈子的，只是不肯罢了。"可见凤姐一点儿也没有亏欠，更谈不上自私。在贾家这种入不敷出的情况下，凤姐还那般辛苦地千挪万凑、挖东墙补西墙，已经是仁至义尽，委实不应该在她的这一份私房嫁妆上动脑筋、打主意。

同样于第七十二回，凤姐说"我真个的还等钱作什么"，她有三五万两的私房钱，其实后半辈子是够用的了，在了解这一点之后，我们对于王熙凤放高利贷或者是和钱财有关的那些行为，恐怕就不能采取个人的贪婪欲望来给予解释了，而是必须考虑到现实中的若干难题。果然她说："不过为的是日用出的多，进的少。"贾家确实是入不敷出，而她与贾琏作为管家的一对夫妻，贾琏承担外务，王熙凤负责里面，不能治理到这个家过不了生活甚至没饭吃，所以她想尽办法，甚至连自己的月钱都捐出来了，如她所言："这屋里有的没的，我和你姑爷一个月的月钱，再连上四个丫头的月钱，通共一二十两银子，还不够三五天的使用呢。"

第一章　王熙凤

让我们考察一下，贾琏和王熙凤的月钱是多少？第四十五回中，王熙凤对李纨说道："你一个月十两银子的月钱，比我们多两倍银子。"可见王熙凤的月钱是五两，因为她是已婚的媳妇，比未婚小姐的二两多一点。而李纨是寡妇，一个月十两银子，等于是连已逝丈夫的那一份也一并给她，由此可以确认贾琏和王熙凤两个人的月钱加起来是十两。至于平儿的月钱则应该是二两，因为她算是妾了，其他的大丫头每个月大概是一两左右，此乃有的时候不采取一两银子，而是用一吊钱，在《红楼梦》里，一吊钱等于一两银子，不过通常来说，即使在兑换上它们是等值的，白银的价值总是高于铜钱，二者实际上的价值会有落差。按照如此的算法，两夫妇连上四个丫头的月钱，加总起来确实正是一二十两银子，即十几两，但这并非现在所要谈的重点，重点是"通共一二十两银子，还不够三五天的使用呢"。

这代表什么意义？代表贾家开销很大，一二十两不用三五天就用光了。而参照刘姥姥第二次来到荣国府时，那一顿螃蟹宴便花了二十多两，当然那笔钱是宝钗出资的，然而据此也大约可以推算，假如要置办那般的盛宴，则一天的开支即远不只一二十两，何况还有很多其他的开销。凤姐"还不够三五天的使用呢"这段话又同时显示出她把自己一房主仆们的月钱全部都捐献出来，用在整个家族"出的多，进的少"所造成的财务缺口上，也证明了凤姐真的是"成年家大手大脚的，替太太不知背地里赔垫了多少东西"，而赔垫的不只是东西，还包括她的月钱，却没有看到任何人一起帮忙或分担，所以凤姐已经很辛苦地在支撑了，我们实在不应该再苛责她。

凤姐接下来又说：

> 这不是样儿：前儿老太太生日，太太急了两个月，想不出法儿来，还是我提了一句，后楼上现有些没要紧的大铜锡家伙四五箱子，拿去弄了三百银子，才把太太遮羞礼儿搪过去了。我是你们知道的，那一个金自鸣钟卖了五百六十两银子。没有半个月，大事小事倒有十来件，白填在里头。

所谓的"白填在里头"，是指在日常使用都已经不够时又冒出一些额外的事情来，结果没半个月，该笔卖掉金自鸣钟所得到的五百六十两银子又完全地白费了，可想而知，那是多么恐怖的一个财务缺口，而破洞越来越大，便只能够望洞兴叹了。王熙凤实在很辛苦，试看她卖掉的是她的自鸣钟，之前也拿过她的金项圈去典当，并且把她这一房所有人员的月钱都捐出来使用，包括身上、屋内有价值的东西开始被拿去典当或者卖掉了，她自己费心劳神破财，做出万般牺牲，却没有别门别房和她同样地付出，读者凭什么再去苛责她呢？王熙凤说得对："若不是我千凑万挪的，早不知道到什么破窑里去了。"确实若非王熙凤努力腾挪补贴，贾府的表面太平早就终结了，曹雪芹之所以赞美王熙凤是"裙钗一二可齐家"，原因正在这里。

但即使如此，她还要受到众人暗中施加的恶言批评，所谓"如今里里外外上上下下背着我嚼说我的不少"，以至于最后非常悲愤地说：

> 如今倒落了一个放账破落户的名儿。既这样，我就收了回

第一章　王熙凤

来。我比谁不会花钱？咱们以后就坐着花，到多早晚是多早晚。

没有如此地苦心努力过，同时遭受冷嘲热讽、被百般打击过还依然坚持敬业的人，便不知道这样的话已经代表是灰心、绝望、悲愤到极点，那真的是要到同归于尽的地步。确实，"我比谁不会花钱"，王熙凤又不是不懂享乐，况且她还有三五万两的私房钱，何必那么辛苦？而其他人个个安富尊荣，非但不表示感谢，还要说三道四用难听话将她孤立，使她陷入四面楚歌，久而久之，换做任何人，谁不会灰心，不会放弃呢？难怪最后她会说：好！那我就放手，天塌下来大家自己去承受，这叫作"共业"！我当然知道这艘船若是沉没了，我也得跟着一起灭顶，可是凭什么只有我一个人那么辛苦掌舵，你们却自顾自地享受太平岁月，然后还要咒骂我，这岂不是太不公平了吗？好啊，"咱们以后就坐着花，到多早晚是多早晚"，时间一到，大家同归于尽，谁也救不了谁，谁也怪不了谁。凤姐现在就是这种心情！

在第七十二回凤姐表达出悲愤和绝望之后，她果然便放手了。第七十四回王熙凤对平儿说：

> 刚才又出来了一件事：有人来告柳二媳妇和他妹子通同开局，凡妹子所为，都是他作主。我想，你素日肯劝我"多一事不如省一事"，就可闲一时心，自己保养保养也是好的。我因听不进去，果然应了些，先把太太得罪了，而且自己反赚了一场病。如今我也看破了，随他们闹去罢，横竖还有许多人呢。我白操一会子心，倒惹的万人咒骂。我且养

病要紧；便是好了，我也作个好好先生，得乐且乐，得笑且笑，一概是非都凭他们去罢。所以我只答应着知道了，白不在我心上。

王熙凤费尽心力操持家务，导致短短几年便严重耗损了身体，先是流产，失掉了唯一的儿子，还从此得了不足之症，然后又惹得万人咒骂，真的是何苦来哉？一点儿也没有必要，所以最后她也不管了。而放手以后的结果会是什么？那便是混乱，从家族内部开始崩解。试看第十四回需要料理秦可卿的丧事，但由于宁国府的主子待下太宽，而导致一片混乱，于是才请出王熙凤这样铁面无私的人来治理。当时有一个宁府的管家即笑说："论理，我们里面也须得他来整治整治，都忒不像了。"由此看来，宁国府的失序已经非常不堪了，如同第五回秦可卿的判词中有一句说道："造衅开端实在宁。"而如此不堪的宁国府在凤姐的整治下，那段时间的情况便大为改观：

众人领了去，也都有了投奔，不似先时只拣便宜的做，剩下的苦差没个招揽。各房中也不能趁乱失迷东西。便是人来客往，也都安静了，不比先前一个正摆茶，又去端饭，正陪举哀，又顾接客。如这些无头绪、荒乱、推托、偷闲、窃取等弊，次日一概都蠲了。

可见只要有王熙凤在，大致可以确保维系太平的局面，但是连这位女强人都被逼到灰心丧气，则可想而知，贾家实在对她太不公了。而荣

第一章　王熙凤

国府一旦没有王熙凤这等的刻苦操心、尽力维持，便注定要步上宁国府的后尘，那也就是真正的世界末日了。

至于贾府的世界末日，是由抄家所彻底引致的，这一点书中提供了一些征兆，主要是第七十五回中，作为贾府世交的甄家已经先一步遭到厄运，尤氏说道："昨日听见你爷说，看邸报甄家犯了罪，现今抄没家私，调取进京治罪。怎么又有人来？"老嬷嬷道："正是呢。才来了几个女人，气色不成气色，慌慌张张的，想必有什么瞒人的事情。"既然甄、贾两家也属于第四回门子所谓："这四家皆连络有亲，一损皆损，一荣皆荣，扶持遮饰，俱有照应的。"则贾府势必无法脱身，况且值此极其敏感的时刻，"甄家的几个人来，还有些东西，不知是作什么机密事"，私下收受藏匿被抄没者之物件，更是一条大罪，由此可以确认贾府的败灭确实无法挽救。至于同样连络有亲的王家当然也无法置身事外，所谓覆巢之下无完卵，根据第五回凤姐之判词所说的"一从二令三人木"，则可以合理推测，凤姐最后的命运是先面临被休弃的难堪，在第一段的顺从尊长、第二阶段受到重用而得以号令全府的得志之后，到了第三阶段乃是"人木"，即"休"字的拆解暗示，可见凤姐得到一纸休书，落实了第六十八回《酸凤姐大闹宁国府》一段中，她对尤氏撒泼所一再提及的"回来咱们公同请了合族中人，大家觌面说个明白。给我休书，我就走路。""只给我一纸休书，我即刻就走。"一位如此争胜好强的脂粉英雄遭遇到莫大的重挫，至此整个人生等于被彻底否定，一辈子的努力付诸东流，何止是饱受打击，颜面无光。不仅如此，接着连王家这个最后的依靠也破灭了，当落魄的凤姐狼狈回到金陵的娘家时，却发现更大的灾难，所谓"哭向金陵事更哀"，意即没想到王家也被抄没，她居然彻彻底底无所容身于天地之间，这便是她自己的世界末日。

则凤姐的终局乃是从失败到死亡，对比于早前的威风八面、辉煌灿烂，其惨烈委实难以言喻。而凤姐独一无二的悲剧也为《红楼梦》更添一声哀叹，令人不胜唏嘘。

第二章 李纨

青春丧偶，心如止水

现在，要开始进入完全属于李纨个人的人物专题。

一般而言，李纨这种毫无璀璨火光、欠缺生活热情的角色，相较于细腻动人、曲折变化的宝黛之恋，其存在感淡薄许多，因此几乎都被大家匆匆忽略，对她的印象往往只停留于槁木死灰的扁平形象上。但倘若我们在李纨身边停下仓促的步伐，深入探究她的成长背景、婚姻状况与思想感受，便可以发现李纨实际上也是一位充满意趣的立体人物，而非仅是平平无奇、心如止水的贵族寡妇。作者于第四回开端就以言简意赅的几句话描述了李纨的婚姻情况：

> 原来这李氏即贾珠之妻。珠虽夭亡，幸存一子，取名贾兰，今方五岁，已入学攻书。

由此可见，李纨的丈夫贾珠虽然英年早逝，但两人育有一子，名唤贾兰。世家子弟从小即须接受严格的教育，贾兰身为贾家草字辈的一员，同时也是这一代贾氏子孙里唯一可以寄托希望的嫡裔，所以年仅五岁便"入学攻书"。而传统文献中提及的年纪乃是虚岁，所谓五岁即如今的四岁，换句话说，当我们尚在幼儿园恣意玩耍、吃喝嬉闹的阶段，贾兰已经开始苦读诗书、背诵文章。不同于平日耽溺于温柔乡而对学业怠惰懒

第二章 李纨

散的宝玉，贾兰从小就表现出很值得信赖的人格特质，譬如第二十六回宝玉漫步闲逛到了沁芳溪附近，偶然遇见正在追猎小鹿的贾兰，于是责怪他"淘气"，而贾兰却笑道："这会子不念书，闲着作什么？所以演习演习骑射。"显而易见，贾兰日常不仅勤于学习，还兼习骑射，反映出旗人风尚，可谓文武兼顾、奋发努力的佳子弟。

当然，贾兰的出色也少不了母亲李纨的教导有方，既然如此，李纨本身又有怎样的成长背景呢？作者这般描述道：

> 这李氏亦系金陵名宦之女，父名李守中，曾为国子监祭酒，族中男女无有不诵诗读书者。至李守中承继以来，便说"女子无才便有德"，故生了李氏时，便不十分令其读书，只不过将些《女四书》《列女传》《贤媛集》等三四种书，使他认得几个字，记得前朝这几个贤女便罢了，却只以纺绩井臼为要，因取名为李纨，字宫裁。

众所皆知，上层阶级的精英家庭往往互相联姻，婚配对象必须是门当户对的同等成员，而李纨出身于金陵名宦，所以才能够和簪缨世族的贾家结亲，她那看似一副苍白、扁平的模样和平淡的性格，实际上与从小接受的基本教育直接相关。她的父亲李守中"曾为国子监祭酒"，属于执掌国家级教育机构的最高负责人，可见学问必定极为渊博，望重士林，绝非一般寒门苦读出身的科举士人所能够企及，既然他的才学、地位如此崇高，这便意味着李纨出身非凡。其"族中男女无有不诵诗读书者"反映出大户人家甚为注重诗书教养，即使是女性也可以获得一般人所缺乏的教育资源，只不过女性因为性别差异的缘故，所受的教育难免还是有所局限。

到了李纨的父亲当家之际，情况更加倾斜，因为李守中采用了明清时期广泛流行的"女子无才便有德"的观念，于是对女儿"便不十分令其读书"，以至于李纨主要的学习内容都是围绕着《女四书》《列女传》《贤媛集》等强调女子必须三从四德的女教书籍，并专注于"纺绩井臼"的"妇功"之上。所谓"纺绩井臼"意即操持家务，属于维持日常生活顺利运作的家庭琐事。虽然该类事务也非常重要，然而对当事人来说却很难获取突出的成就感，于是诸般琐杂细务便派给女性去负担，并透过妇德的陶冶内化使得她们接受这般的性别分工。

值得注意的是，当作者介绍了李纨的成长教育背景之后，便以"因"字作为承接，继而点明李守中为女儿取名李纨的缘由。"因"字表示一种因果逻辑关系，意指正因为李守中的价值观认为女儿必须以贤媛妇德作为最高的人生境界，所以才会为她取名为"纨"。因此，"纨"这个名字并非随意选用的，作为李守中之价值信念的象征符号，其中不仅蕴含着他对女儿恪守传统礼教的期待，同时也回应了传统对于女性的价值要求。

接下来，作者对李纨婚后守寡的情境描述道：

> 因此这李纨虽青春丧偶，居家处膏粱锦绣之中，竟如槁木死灰一般，一概无见无闻，惟知侍亲养子，外则陪侍小姑等针黹诵读而已。

耐人寻味的是，这段内容里又出现"因此"二字，用以衔接父亲李守中"不十分令其读书"的李纨婚前时期与"青春丧偶"的婚后状况，很显然，作者一再借由此一表示因果逻辑的语词来说明李纨婚前所受的教育对其性格发挥关键性的影响，并解释了她在守寡以后能够"居家处膏粱锦绣之中，竟如槁木死灰一般，一概无见无闻"的原因。试想：李纨初登场时应该才二十岁出头，而儿子刚出生四年，如此年纪轻轻的少妇理应青春焕发，洋溢着活力，可即便处于"膏粱锦绣"，即各式物质的高度诱惑之中，她依旧如"槁木死灰"般无动于衷，对身边的一切"无见无闻"，换作如今的眼光来看，那似乎与行将就木之人无异。

李纨何以会如此这般呢？显然曹雪芹认为，李纨的该等模样不一定不好，那只是人类生命进展的一种方式。其实，李纨在青春丧偶之后成为一位只知三从四德的"完美寡妇"，而非精通诗书文章的才媛，追根究底，无疑是源于家庭教育的深刻熏陶和培养，并构成其内在性情的一部分。

不过就事论事，这种情况并不意味着李纨所接触的《女四书》《列女传》《贤媛集》之类的女性典范书籍乃礼教吃人的证明，毕竟李纨自幼所耳濡目染的教育观念，便是以前朝贤女作为为人处世的模范，她理所当然会依据该类的女性形象作为个性塑造、发展自我的标准。其实后天教育与先天的本能、天性一样，均系建构一个人的人格所不可或缺的关键元素和核心力量，而片面强调生物本能、天赋性灵却忽略个体的环境背景者，都属于一偏之见。

一姓一名皆具精意

荷兰学者米克·巴尔（Mieke Bal, 1945—）在《叙述学：叙事理论导论》里指出："当人物被赋予名字时，这就不仅确定其性别（作为一条规则），而且还有其社会地位、籍贯，以及其他更多的东西。名字也可以是有目的的（motivated），可以与人物的某些特征发生联系。"换言之，单单名字便隐含了一个人的许多信息，可惜的是，米克·巴尔注意到一般读者大多是匆匆浏览故事内容，而导致对于人物的首次描写只留下比较淡薄的印象，所以小说家在叙述过程中必须不断地给予重复，以加强人物在第一次描述中所出现的特征。

作为娴熟掌握小说技巧而于笔下充分寄托对于人情事理之认识的小说家，曹雪芹当然很擅长运用命名艺术以焕发其所创作的人物特色，这一点在李纨身上也同样明显。清朝评点家洪秋蕃《红楼梦抉隐》一书便对曹雪芹匠心独运的命名艺术作出了评价，其中有些是真知灼见，颇值得引述，当然也有一些难免是囿于个人或当时的成见，我们必须仔细甄辨，只取其可供参考的地方来看，他曾经以总括的方式说道：

> 《红楼》妙处，又莫如命名之切。他书姓名皆随笔杂凑，间有一二有意义者，非失之浅率，即不能周详，岂若《红楼》一姓一名皆具精意，惟囫囵读之，则不觉耳。

换句话说，其他书籍中的角色偶尔有一两个别具意义的命名，但是其寓意都难免过于肤浅，不足以全面而深刻地与人物的内在性格产生关联，这就和《红楼梦》里每一个姓名多深具精妙含义的层次截然不同。很多读者之所以对此浑然不觉，只因他们"囫囵读之"，或者缺乏深厚的文化底蕴与认知，才会忽略了人物姓名所隐含的寓意。但是就评点家而言，他们于此往往深造有得，能够发现《红楼梦》内的姓名皆出自精心结撰的设计,且诸般非常特殊的设计遍布全书。

在洪秋蕃批评为"皆随笔杂凑,间有一二有意义者"的作品中,以才子佳人小说居多,譬如《平山冷燕》之书名,是从主要人物——平如衡、山黛、冷绛雪、燕白颔四者各摘取其姓氏加以拼凑而成,这种做法其实又来自著名的艳情小说《金瓶梅》,其题称也是从书中三个角色,即潘金莲、李瓶儿、庞春梅的名字里各选出一字组合所得。固然这类的做法大致与小说人物本身被随笔赋名的情况略有区别,但基本上同样都带着率意命称的性质。

《红楼梦》则展现出完全不同的局面,有一位稍早于洪秋蕃的评点家周春在《阅红楼梦随笔》中也说道:

> 看《红楼梦》有不可缺者二,就二者之中,通官话京腔尚易,谙文献典故尤难。倘十二钗册、十三灯谜、中秋即景联句,及一切从姓氏上着想处,全不理会,非但辜负作者之苦心,且何以异于市井之看小说者乎?

这段话说明了阅读《红楼梦》时必须特别注意两点:一是应该理解书中的"官话京腔"即北京话,而这一点相对容易;二是要熟谙文献典故,那便困难得多,毕竟《红楼梦》的内容海纳百川,包含了各式各样的文化现象与历史典故,一般不具有相应之知识储备的读者要能够熟悉并正确理解,显然并非易事。

关于《红楼梦》里的官话京腔,学术界已经从文字、语法、词汇等方面做出了一些研究,确实,北京话的语法句型在小说中出现过多次,比如把"朝向""朝往"说成"照"便是一例。先看第三十回,金钏儿和宝玉以为眼前的王夫人睡着了，于是彼此打情骂俏的那一段，实际上当时阖着眼睛的王夫人是醒着的，听了两人的对话之后便勃然大怒：

> 只见王夫人翻身起来，照金钏儿脸上就打了个嘴巴子。

除此之外，第四十六回贾赦想要纳鸳鸯为妾，但是鸳鸯坚决不从，她的嫂嫂便前来说尽好话加以劝进，巴不得鸳鸯成了贾赦的妾室之后全家随着鸡犬升天，作者如此写道：

> 鸳鸯听说，立起身来，照他嫂子脸上下死劲啐了一口。

上述无论是"照金钏儿脸上就打了个嘴巴子"，或是"照他嫂子脸上下死劲啐了一口"，两句中的"照"皆为"朝向"的意思，倘若换成其他非北京话的表达方式，这两个句子分别会说成"朝她脸上打了一巴掌"，或者"向她脸上吐了一口唾沫"。

"照"的这个用法最令我印象深刻的是，许多年前曾经流行一个叫作古小兔（可能是她的艺名）的小女孩说书讲故事，当时她的录音经常在公车上或商场里播送。虽然小女孩所讲述的都是一些耳熟能详的童话，可是她那稚嫩的声音却清脆好听，说起话来又非常顺溜，所以风行一时，犹记得她在讲述大野狼和小红帽的故事时说了一句："照着它的脸儿就是一爪子！"其语法简直与那句"照金钏儿脸上就打了个嘴巴子"别无二致。

实际上除了京腔之外，《红楼梦》还吸收了南方语言的特征，所以小说中偶尔也会出现一些苏州话,例如第二十七回林黛玉《葬花吟》一诗道:"尔今死去侬收葬,未卜侬身何日丧?侬今葬花人笑痴,他年葬侬知是谁?"其中的"侬"即属吴语。总括而言,《红楼梦》是一部集大成的经典作品,它不仅包含了大江南北的用词、发音、语法,还蕴含着各式各样的文化典故。

最关键的是,周春所提及的"十二钗册、十三灯谜、中秋即景联句"等都涉及中国历史里源远流长、丰富浩瀚的文学典籍,如果没有沉浸在此一文化知识的汪洋里,便不会发现其中的奥妙。以第五十回贾宝玉所制的灯谜诗为例:

> 天上人间两渺茫,琅玕节过谨堤防。鸾音鹤信须凝睇,好把唏嘘答上苍。

这首灯谜诗加上宝钗、黛玉的手笔总共三首,在小说中均没有揭晓谜底,因此成为《红楼梦》的研究者非常热衷去猜谜解题的焦点之一,人们也会寻根探源,意图找出各种诗语的来历。其实,首句的"天上人间两渺茫"与晚唐曹唐《大游仙诗·玉女杜兰香下嫁于张硕》的"天上人间两渺茫"一字不差,但一般人受限于现代的简单知识,而误以为该句是由李煜《浪淘沙》的"流水落花春去也,天上人间"以及白居易《长恨歌》的"一别音容两渺茫"两句各截一半所拼凑出来的,可事实却不然。何以我会如此确信宝玉所写的"天上人间两渺茫"乃源自曹唐呢?那是因为同时把握到《红楼梦》本身所蕴含的内证,请看第七十五回的中秋夜宴里,贾政评价宝玉和贾环两兄弟的作诗风格都流于邪派,并比喻道:"哥哥是公然以温飞卿自居,如今兄弟又自为曹唐再世了。"由此可见，曹雪芹对晚唐诗人非常熟悉，还通过小说人物之口罕见地提及曹唐这位现代读者皆陌生不闻的诗人，据此便更加证明"天上人间两渺茫"这一句确实是来自曹唐。

值得注意的是，除了"十二钗册、十三灯谜、中秋即景联句"之外，周春还指出"一切从姓氏上着想处"也属于读者常常会忽略的至关重要的部分。譬如作者为何安排刘姥姥这一人物冠姓为"刘"，而非称作林姥姥、李姥姥、郑姥姥、王姥姥，其中绝对隐含了小说家精妙的用意，只要我们仔细探究和分析小说内容的蛛丝马迹，便可以发现人物的名字实际上与其人生经历、性格特质乃至于情节结构密切相关。因此，一旦读者对《红楼梦》所蕴藏的深意不求甚解，只把它视为闲暇之际消磨时间的读物，从中获取最粗浅的心理快感，那岂非落入周春所感慨的"非但辜负作者之苦心，且何以异于市井之看小说者"吗？唯有借由坚持不懈的研究，我们才能够充分抉发书中丰富精妙的内涵，否则一部经典小说只会沦为读者自我心理补偿和感性满足的工具，其真正的价值将永远被掩埋不彰。

"闺人理纨素"

不过，欲探索曹雪芹对李纨之姓名的苦心设计，首先必须回到她的父亲李守中以取得破解的切入点，因为"李纨"此名是由其父亲所命定，也就必然与他的价值观和信念密切相关。在第四回的"父名李守中"一语旁脂砚斋批道：

第二章 李纨

妙，盖云人能以理自守，安得为情所陷哉！

"盖"字于古文里是一种发语词，表示有所申论的语气，在此之后便会进行解释说明，也就是说，脂砚斋认为"李守中"这个名字取得很高妙，意味着他是一位"以理自守"之人，而"理"字指客观公正的道理，和他名字内的"中"相当于同义互文的关系，意谓他能够以"理"自守、以"中"自守。简而言之，守住中道的李守中不会被出于感性蒙昧的"情私"所干扰，具有超脱偏私、秉持公正的坚毅，因此他不会以私害公，抑或按照个人的好恶、本能来为人处事。

在这种"以理自守"的家庭背景下生长的李纨，自幼所受到的教育准则就是"女子无才便有德"，因此更着重于贤淑妇德之发展，无怪乎李纨的名字上会出现与针黹女红相关的"纨"字，显然其中不仅寄托了父亲李守中对她恪遵传统女性价值的期望，也暗示着她"只以纺绩井臼为要"的生活形态。

至于"李纨"一名的来历，也有学者提供了深入的考证。金启孮之本姓即爱新觉罗，乃乾隆直系的第八代子孙，他对于清皇室和贵族的上流阶层有着亲身的第一手经验与接触，曾撰写有关北京旗人、满族文化的书籍。这一类满族的贵族出身当然即属于所谓的旗人，而在旗人的圈子里，满、汉的血统之别其实并不大，更不可能具有敌对关系，该种敌对关系乃是现代人凭空想象出来的莫须有，尤其到了民国以后，某些意识形态所创造出来的"满汉隔阂"之说表现得更为明显。事实上就他们本身而言，满、汉其实是一体的，彼此交融乃形成了"旗人"此一特殊群体，是故直到晚清民初时，北京地区还流传着"不分满汉，但问民旗"之俗谚。

根据金启琮的考察,"李纨"之名出自李白《拟古诗十二首》之一的"闺人理纨素","闺人"二字表现出女性身处闺阁的生活环境,属于行动受到限制的幽闭隔绝空间,所以妇女唯有埋首于"理纨素",即纺织刺绣、打理布帛织品等女红。这句诗确实完全符合李纨的身份性别、人格特质以及生活形态,并且还具有谐音关系,因此主张"李纨"之名典出李白诗中的"闺人理纨素"是合乎逻辑和情理的推论,可以成立。

总的来说,后天的教育绝对是协同天赋一起共构而形成人格的不可或缺的力量。《红楼梦》中对这一点也提供了系统化、哲理性的解释,曹雪芹认为,单单只靠天赋并不足以成就一个人目前的状态,家庭环境更起了决定性的作用。此一深刻认识完全符合现代心理学、社会学的研究成果,所以我们切莫只用本能、性灵、真性来解释一个人的外在样貌或内在价值,这种思维必定带有严重的偏失,忽略掉人性塑造过程的复杂性。

能以理自守

李守中"女子无才便有德"的教育理念确实成为建构李纨"能以理自守,安得为情所陷"之性格的关键力量,使得她即使年纪轻轻而丧偶守寡,只与年幼稚子相依为命,却依然能够不为世间的爱恨情仇所动摇。对于李纨坚贞自守的可贵情操,脂砚斋于第四回的夹批中便感叹道:

第二章 李纨

> 此时处此境，最能越理生事，彼竟不然，实罕见者。

参照在此之前，脂砚斋已针对"李守中"之名评曰"能以理自守"，这里的一段话又出现了"理"字，显然是要通过李纨的处境与她父亲的名字相互呼应，以凸显出父女之间一脉相承的血缘关系和教育熏陶。所谓"此时处此境，最能越理生事"是指李纨正处于青春洋溢、风采动人的时刻，却生活在空闺寡居的境态中，就一般人来说，本来最容易跨越界限，做出一些逾矩之事，结果"彼竟不然"，"彼"即李纨，她竟然没有"越理生事"，自始至终都贯彻着"以理自守"的道德信念。由此可见，她拥有非常坚定的人格品德，不被普通的人性本能所驱动，所以脂砚斋才会赞叹"实罕见者"。

李纨贞定不移的高尚情操确实在社会上难得一见，至于她的这般表现是否为一般人所主张的，乃受到传统礼教压迫所导致的呢？必须说，事实并非如此简单。自五四以来，不少的中国传统文化莫名地被冠上迂腐落后、残害人性等负面批判，而寡妇守节一事更被视为礼教吃人的有力证明。其实，这样的观念不仅过于抽象空泛和概念化，并且还落入一概而论的粗略状况中，被根深蒂固的偏见所桎梏。海外汉学界在近几十年来开始深刻反思：由五四时期所设定的性别观是否已经蒙蔽了传统社会的丰富性，以至于我们误失了历史的真相？寡妇的存在是否即意味着她们被残害、被压抑，从而被礼法所吞噬？又或者事情的真相还具有其他的可能性？从脂砚斋的批语来看，寡妇贞洁守节的现象理应并非历史的常态，李纨的案例才是属于凤毛麟角的特殊状况。换言之，也许历史的真相恰好与我们的一般认知相反，很多寡妇其实是不用守节的，所以少数守节的才会被凸显出来加以宣扬！如此一来，我们又怎么可以单就传统的家族制度和女性地位与现代有所不同，便一味抨击礼教吃人呢？

其实，古代妇女的待遇存在着各种复杂多元的状况，我们凡事皆应该就事论事，而非在毫无细致的考究分析之前便一概而论。学者通过比较不同时代的婚姻情况，发现明清时期寡妇守节的现象比例颇高，尤其清代朝廷会运用官方力量，以各种实质的奖赏来鼓励寡妇守节，譬如只要守寡超过一定年限，朝廷便会给予津贴以表彰她们的高尚品德。在如此背景之下，寡妇守节的比例自然而然会更高于以前的时代，毕竟丈夫的离世等同于失去家庭的经济支柱，所以有的时候某些妇女是为了津贴才守节的。不过，这也情有可原，毕竟每个人的处境截然不同，谋生本非易事，我们不应该以相同的标准来衡量是非、判断对错。

此外，固然传统的汉人非常鄙夷那些统治中原的外族，但不可否认，满人的汉化程度很深，他们对于儒家的思想教育、伦理观念，尤其是礼法孝道的遵从程度甚至比一般汉族血统者还要严格，因此便造成旗人妇女履行贞节的比例相较于汉人显得更高。可想而知，指控清末之前"中华文化吃掉女性"之类的说法均系无稽之谈，是没有根据的、任意投射的想象。一旦没有以实事求是的态度先做好历史考察，在面对具有特定时空背景的文字作品时，注定会常常产生一些抽象的穿凿附会，导致我们对于传统中国的认识停留在自己莫名其妙的偏见里，始终固步自封但却毫不自知。

事实上，五四时期对于中国传统礼教的猛烈抨击，乃是基于当时革命立新的需要，而如今在时代环境转换之后，有了足够的距离可以看得更清楚，我们理应尽量客观地回到历史现场，然后给予相对公正而深刻的理解。

通过以上的新认识,反观李纨年纪轻轻即寡居却没有"越理生事",已经超越了一般女性的贞定意志,则与其固执地断定李纨乃礼教压迫下的受害者,不如说事实上恰好相反,她的守节根本就是自主的选择,属于自我追求的一种方式。第四十九回提及:

> 贾母王夫人因素喜李纨贤惠,且年轻守节,令人敬服,今见他寡婶来了,便不肯令他外头去住。那李婶虽十分不肯,无奈贾母执意不从,只得带着李纹李绮在稻香村住下来。

从"李纨贤惠,且年轻守节,令人敬服"之说,更清楚证明了其守节确实出于自愿而非受到礼法的胁迫,也正是因为她的贤惠德性,才使之深得家族上下包括贾母、王夫人两代女性大家长的欣赏与敬服。但李纨毕竟青春丧偶,纵使与姐妹们一起住在大观园里,还是难免孤独寂寞,因此贾母便坚持要留下远道而来的李家女眷住进稻香村,让李纨享受与娘家人团聚的温暖,同时李纹、李绮陪伴左右也可以稍解她平日的孤单,可谓一举两得。总的来说,贾母对李纨的额外照顾与体贴完全是因为她本身"以理自守"的品德所挣得的善意与尊重。

"若有一个守得住,我倒有个膀臂"

李纨在常年独守空闺的情况下,仍然秉持着坚定不移的意志,除了受到教育背景的深刻影响之外,是否还存在着其他的因素?整体来看，小说中对于李纨的情感描述并不多，也许作者是要刻意营造李纨"妾心井中水"（孟郊《列女操》）的淡泊形象，即心境如同古井之水一般平静稳定、毫无波澜，但第三十九回的一段情节却很值得我们细细地品味，作者描写道：

> 平儿一面和宝钗湘云等吃喝，一面回头笑道："奶奶，别只摸的我怪痒的。"李氏道："嗳哟！这硬的是什么？"平儿道："钥匙。"李氏道："什么钥匙？要紧梯己东西怕人偷了去，却带在身上。我成日家和人说笑，有个唐僧取经，就有个白马来驮他；有个刘智远打天下，就有个瓜精来送盔甲；有个凤丫头，就有个你。你就是你奶奶的一把总钥匙，还要这钥匙作什么。"平儿笑道："奶奶吃了酒，又拿了我来打趣着取笑了。"

当时平儿因为替凤姐匆匆忙忙到处办事，所以总是随身携带着钥匙，李纨便打趣说平儿何必带着这东西，她本身就是王熙凤的钥匙，只要有她一个人便足够了，显然李纨是在赞美平儿乃极其优秀的人才，故而深受凤姐倚重。确实，凤姐和平儿不仅是主仆，两人亦属妻妾关系，作为凤姐陪房的平儿被贾琏收为妾室之后，彼此更是情同姐妹，而对于这种相辅相成的姐妹关系，李纨可是颇为羡慕的，她对平儿说道：

> "你倒是有造化的。凤丫头也是有造化的。想当初你珠大爷在日，何曾也没两个人。你们看我还是那容不下人的？天天只见他两个不自在。所以你珠大爷一没了，趁年轻我都打发

第二章 李纨

了。若有一个守得住，我倒有个膀臂。"说着滴下泪来。

所谓"有造化"是指很幸运，仿佛天上掉下来的额外礼物，不仅罕见且难得。李纨话语中的"珠大爷"即其丈夫贾珠，而当时也有的"两个人"乃是指相当于平儿身份地位的妾室，素来心胸宽厚、容得下人的李纨如今身边却"没两个人"，原因并非对妾室心生嫉妒，或者抱有"卧榻之侧岂容他人酣睡"的泼醋心态，而是基于"天天只见他两个不自在"，换言之，贾珠所纳的侍妾恐怕均非安分守己的女子，会算计、想争夺、不甘寂寞，属于守不住贞节的轻薄之辈，连贾珠还在世的时候就已经天天显露出"不自在"，何况守寡！所以在贾珠英年早逝之后，为了避免将来后患无穷，李纨才会趁她们还年轻之际便都打发出去，让她们自寻人生的前途。如此一来，徒留李纨自己一人独守空闺，无人交流分享、互助陪伴，无怪乎她会羡慕彼此扶持的凤姐和平儿，并发出"若有一个守得住，我倒有个膀臂"的感慨。

从这段话中，我们可以发现两个重点：其一，身为贾珠的正妻，李纨为人宽宏大量，容得下其他侍妾，在古代父权中心制之下堪称恪守妇德的典范。由于中国传统社会以一妻多妾为合理的婚姻状态，作为正室嫡妻的女性为人宽和大度才是有利于家族绵延的表现；其二，妻妾之间并非只有势不两立的斗争关系，也有相互扶持的情感样态，换言之，一件事情总会有多面的可能性，譬如宋朝诗人苏轼深爱着妻子，并在对方去世多年以后，还为她写下了非常动人的《江城子》：

十年生死两茫茫，不思量，自难忘。千里孤坟，无处话凄凉。纵使相逢应不识，尘满面，鬓如霜。　　夜来幽梦忽还乡，小轩窗，正梳妆。相顾无言，惟有泪千行。料得年年肠断处，明月夜，短松冈。

其中所表露的真挚深情毋庸置疑，但另一方面，其实苏轼身边还有不只一名的妾室，包括与他感情甚笃、相知甚深的王朝云，难道可以据此而推论他对于妻子的悼念都是虚伪的吗？当然万万不可，因为在不同的社会结构之下，人便有可能便会产生各异的表现，却无碍于情之真、意之切。因此我们必须回到那个时代环境中，切莫用今天所持的独一无二、一夫一妻观去理解古人的心情和思想感受。原来对她们来说，妻妾的关系不只是角力和竞争，并非全如电影《大红灯笼高高挂》里上演的那般，事情不是如此简单。李纨所说的"若有一个守得住，我倒有个膀臂"便展露出妻妾之间的相处也可以是彼此谈心、互相抚慰的，假若贾珠的侍妾皆能够像平儿一样人品优良、做事周全干练，李纨也不必把她们都打发出去，便有如多了几个姐妹作伴而不至于这等孤独。

由此可见，每件事情均是具有多面性的，在李纨所处的时代中，妻与妾只要人品良好，反倒可以扩充她们的情感对象，使心灵状态和闺阁生活更加丰富而温暖，王熙凤和平儿的关系便提供了最佳的例证。因此李纨面对平儿才会有感而发，感慨自己没有这样的一只膀臂，没有这样的知心好姐妹，以至于人生后半部陷入了孤立无援的处境。

生命因逝去的爱而更加丰满

为此，李纨甚至还忍不住落下泪来，一方面是因没有好姐妹相伴而感伤，另一方面则是为贾珠的早逝深感遗憾。所有的读者都没有注意到，除了外在的礼教规矩以及内在的品格节操之外，李纨之所以能够秉持着"以理自守"的性情，实际上更包括她对丈夫怀有深厚的爱。

试看第三十三回描述宝玉挨打，生母王夫人为此心痛不已：

> 王夫人连忙抱住哭道："老爷虽然应当管教儿子，也要看夫妻分上。我如今已将五十岁的人，只有这个孽障，必定苦苦的以他为法，我也不敢深劝。今日越发要他死，岂不是有意绝我。既要勒死他，快拿绳子来先勒死我，再勒死他。我们娘儿们不敢含怨，到底在阴司里得个依靠。"说毕，爬在宝玉身上大哭起来。贾政听了此话，不觉长叹一声，向椅上坐了，泪如雨下。王夫人抱着宝玉，只见他面白气弱，底下穿着一条绿纱小衣皆是血渍，禁不住解下汗巾看，由臂至胫，或青或紫，或整或破，竟无一点好处，不觉失声大哭起来，"苦命的儿吓！"因哭出"苦命儿"来，忽又想起贾珠来，便叫着贾珠哭道："若有你活着，便死一百个我也不管了。"此时里面的人闻得王夫人出来，那李宫裁王熙凤与迎春姊妹早已出来了。王夫人哭着贾珠的名字，别人还可，**惟有宫裁禁不住也放声哭了**。贾政听了，那泪珠更似滚瓜一般滚了下来。

从中可以看出，王夫人对于无子绝后的可能性充满了焦虑感，她只剩下宝玉一个独子，倘若有何三长两短，她的晚年人生必将无依无靠，而这份焦灼不安的情绪也勾起了她早年丧子之痛的回忆，因而忍不住痛哭起来。

值得注意的是，在场的众人中除了贾政同样感伤落泪之外，唯独李纨一人凄怆哽咽、悲泣难言。固然在古代的父母之命、媒妁之言下，我们无从得知贾珠和李纨之间是否存有深厚的爱情，小说里也一无涉及，但是单就李纨听到王夫人提及死去的丈夫时即悲不可抑，放声大哭，其中除了失掉人生依靠的孤独之悲以外，必然也有对于丈夫的无限怀念，为对方的早逝而悲痛万分。就这一点来说，我们便应该放下固有的成见，以更加客观公正的角度去重新审视传统社会里寡妇守贞的现象，原来她们之所以如此这般而为，并不一定是出于礼教对女性的压抑，毕竟由父母之命、媒妁之言所缔结的婚姻也可能会产生真正的爱情，不亚于现今的自由择偶。由此足见真正的实情具有许多种诠释的面向，我们实在不应该一概而论。

在此，我想引述印度诗人泰戈尔《漂鸟集》(*Stray Birds*，Stray 乃"漂泊飘荡"之意，一般译成《飞鸟集》不够正确)里的诗句，以说明李纨的守节实际上乃是爱情最高境界的表现：

生命因逝去的爱而更加丰满。

贞洁是一种财富，因着丰沛的爱而来。

(Life has become richer by the love that has been lost.

Charity is a wealth that comes from abundance of love.)

第二章 李纨

正因为李纨对贾珠怀有"丰沛的爱",任何人都无法取代他在自己内心的地位,所以李纨才会永远不忘记他,能够坚定地守住孤独的婚姻并拒绝再嫁。倘若李纨单单只是为了后半辈子失去依靠而辛酸无奈,应该不至于伤心痛哭到那般椎心泣血,毕竟贾家已经给予她足够一生衣食无忧的优渥待遇。所以,对于如此真挚深刻而令人动容的爱情导致了终身守贞的选择,我们应该给予赞美和欣赏,因为它是人格中非常美妙的财富,倘若一味地用"礼教吃人"裹挟此种情感表现,这种硬套意识形态的做法非但偏离了实事求是的原则,也只会让我们对于人性的认识越来越狭隘。

至于李纨的生命是否"因逝去的爱而更加丰满",我认为答案还是肯定的。有别于有夫之妇王熙凤,身为寡妇的李纨能够入居大观园,乃是因为大观园属于一片孤雌纯坤的女儿乐土,只有符合丧失丈夫的这项条件,或者根本还没有迈入婚姻大门的少女才有进住的机会,从而获得清闲诗意的优雅生活。换言之,上帝为李纨关闭了一扇门,却又替她打开了一扇窗,虽则门和窗的大小不可相提并论,但都可以通风透光,既然有的人选择出门到外面的世界闯荡,同样也会有人喜欢经由窗户欣赏外面的天光云影,各具意趣,何况每个人的所需所求各有不同,我们不应该一味偏执地否定另一种可能性。因此,李纨的生命确实有一个层面是因为逝去的爱而变得更加丰满。

若问这样的丰满是否足以弥补丧夫所带来的重大损失和人生缺陷呢?确实必须说,当然不能。不过任何事情本来皆是有得有失,得与失不一定得画上等号才算平衡无缺,所以不应该因为承受了重大的失落而去否定之后所获得的一点小丰满,毕竟那是生命的另外一种机会。但愿读者能够努力地做到凡事实事求是,而避免抽象地设想问题，如此一来，也许便可以看到迥然不同的层面，而扩大自己的见识。

如前所言，于第四回起始，作者便以言简意赅的一段叙述勾勒出李纨的整体形象，其中的相关特征包含了姓名来源、成长教育、人格特质等，而李纨之所以年轻丧偶却没有"越理生事"，即使身处锦绣膏粱之中也是过着"槁木死灰一般，一概无见无闻"的清静生活，乃是因为她所接受的教育理念与对死去丈夫深厚的爱而得以坚持守节。必须说，这种情况并不应该归咎于礼教对于人性的抹杀，更何况，虽然"槁木死灰"确实是中国传统社会文化对于守节女性的要求，但那主要是世家大族才会讲究的一种伦理规范，源自诸多复杂的因素，不能简单地归因于礼教的压抑。倘若李纨是嫁给一般百姓庶民，比如三房两厅的几口之家，则她的生活方式势必会迥异于书中所呈现出来的样态。

第一个善德人

关于李纨的性格特质，根据第六十五回兴儿向尤二姐介绍贾府中的奶奶姑娘们所言，可以得知一二，他说道：

> 我们家这位寡妇奶奶，他的浑名叫作"大菩萨"，第一个善德人。我们家的规矩又大，寡妇奶奶们不管事，只宜清净守节。妙在姑娘又多，只把姑娘们交给他，看书写字，学针线，学道理，这是他的责任。除此问事不知，说事不管。

由此可见，李纨善良宽厚，深得下人喜爱，而所谓"我们家的规矩又大"，是指世家大族上千成员在人际生活的调节过程中所形成的大规矩，身为寡妇的李纨并不负责管事，只应该清净守节。这种家规门风正好与李纨自小受到"尚德不尚才"的教育相互一致，所以李纨"清净守节"的表现不仅基于她自身品德高尚，也同时是在适应家族生活的基本要求。换言之，既然家族内已经定下一个大规矩，寡妇便不应该出现逾越分际的积极作为，否则就会扰乱家族秩序的稳定，因此李纨的不问家务世事乃是身处此等环境下的最合宜之举。

当然，身为贾府的长孙媳妇不可能完全无所事事，李纨作为迎春等姊妹的长嫂，仍然肩负着陪伴姑娘们"看书写字，学针线，学道理"的责任，这便与第四回所说的"惟知侍亲养子，外则陪侍小姑等针黹诵读"相呼应。曹雪芹从第四回到第六十五回之间不断针对李纨的这一特点进行反复强化，除上述的段落之外，还包括：

- 黛玉……指着李纨道："这是叫你带着我们作针线教道理呢，你反招我们来大顽大笑的。"（第四十二回）
- 凤姐儿笑道："亏你是个大嫂子呢！把姑娘们原交给你带着念书学规矩针线的，他们不好，你要劝。"（第四十五回）

据之便说明了在贾家此等簪缨世族里，作为贾珠明媒正娶的嫡妻兼众姑娘的长嫂，李纨的一言一行都必须为少女们起到良好的示范作用，不仅要督促她们学习女红针线，还得引导她们成为优雅端庄的大家闺秀。倘若姊妹们出现任何逾越规矩之事，李纨更是必须及时给予规劝，换言之，她相当于姑娘们的闺塾师，若自身没有实践寡妇清净守节的准则，便无法为其他少女树立典范，进而会扰乱整个家族的运作。因此除了与妇德女红相关的事务，此外李纨均是"问事不知，说事不管"，无不反映出"槁木死灰"的一面，在从小耳濡目染的教育所带来的影响之外，李纨后半辈子的归宿即嫁入贾府以后，也恰好因丧偶而提供了相应的生活形态，所以她的性格图像才能够始终一贯。

李纨代表花——老梅

当然必须注意的是，每一个人的处境都会随着时间的推移而产生变化，其内在性格也必然包含着多面性，所以我们切勿仅按照一个人以往的表现来推测其十年后的模样。前文一再强调，对于李纨来说，她之所以能够一直以理自守，主要是因为她自幼的良好教养所致，加上贾府"规矩又大"，使得"守节"成为她丧偶之后自然心性的实践，并非迫于外力的礼教压制而不得不从。原来李纨是入境从俗，带着她从小到大的良好教养融入贾府这般的家族文化内，从第六十三回众人掣花签的描述中可以看出，李纨乃是由衷认可自己的伦理规范和生活形态，作者描写道：

> 李氏摇了一摇，掣出一根来一看，笑道："好极。你们瞧瞧，这劳什子竟有些意思。"众人瞧那签上，画着一枝老梅，是写着"霜晓寒姿"四字，那一面旧诗是：
> 竹篱茅舍自甘心。

注云:"自饮一杯,下家掷骰。"

李纨笑道:"真有趣,你们掷去罢。我只自吃一杯,不问你们的废与兴。"说着,便吃酒,将骰过与黛玉。

"霜晓寒姿"正是李纨的代表花——梅花所蕴含的形象特质,因为梅花在结霜凝雪的冰寒之中,度过了数百个破晓,经历各种严酷的考验以后,依然能够在白茫茫的大地上屹立不摇、灼灼盛放,这便反映了李纨的自觉和自决心态。所谓"自觉"即自我觉察,李纨深刻知道自己身在怎样的处境;而"自决"则是指李纨具有自己的意识和意志,并不是一个任由别人宰制、被礼教所吃掉的可怜寡妇,从小说里作者所提供的各种线索可以看出,李纨的守寡绝非由外在力量所逼迫而成,她之所以过着清净守节的日子,完全源于其个人的抉择,是她自己选择过上如今的人生,因此她是幸福的。最重要的是,梅花遗世独立的隐逸姿态带有高贵气节的象征,也与李纨的为人性格与生活形态相互呼应。

值得注意的是,除了"霜晓寒姿"之类的四字成语之外,每一支花签上同时还题写着唐宋诗句,而李纨之签上所节录的"竹篱茅舍自甘心"一句,乃源自宋朝王淇的《梅》诗:

不受尘埃半点侵,竹篱茅舍自甘心。只因误识林和靖,惹得诗人说到今。

此诗将梅花拟人化,意思是指:我已经拒绝入世以避免涉及世间的纷纷扰扰,所以人世间的荣枯起伏对我而言也如同天涯海角般遥不可及，那些尘俗的追求都不在我的关怀范围之内了，一心恬然自足于竹篱茅舍中过着平淡简朴的生活。曹雪芹安排李纨抽到这句花签诗，显然是别有用意的，李纨不仅从身份、地位到性格上均是最适合梅花的人物，她本人也确实住在形同"竹篱茅舍"的稻香村。而且李纨是以"自甘心"的态度来看待自己入住稻香村的安排，对于当下的生活形态并未产生任何不满，她由衷相信和喜爱自己不幸丧夫之后所被规范的生活。最关键的是，当李纨看到该句诗的时候还笑说"真有趣"，换言之，她感受到命运之中隐隐然的高明巧合，偶然抽到的花签和上面的诗句竟精准切中她的心境并显露出其内在的隐衷，使得她不禁感慨此签"真有趣"。接下来李纨那一番"只自吃一杯，不问你们的废与兴"的说辞也正反映了她"一概无见无闻"（第四回）的行事作风。

其实，李纨这番作为所隐含的心态，即意味着她独自在角落里心安理得、自在圆满，能够尽情享受属于自己的那一杯酒便已心满意足，其他人的喜怒哀乐、起伏动荡自然是由他们本身去承受，也都与她毫无关系，毕竟每个人皆有属于自己的缘法，而这种心如止水的沉寂静默便是李纨的生活情态。就花签、签诗、签义均围绕着梅花这一点来看，恰恰对应于清朝文人高士奇在《自题嗅香园》一诗里所描述的"静中只捻梅花嗅，不问人间是与非"，而后一句的含义正与李纨所说的"不问你们的废与兴"别无二致。可见曹雪芹撷取传统文化在梅花的植物特性上已经赋予的深刻、特定的人文内涵，用以塑造李纨的独特形象，即在沉静中仍然可以品味到梅花的芳香，并带有一种安然的自足。

不过，李纨并不是一座离群索居的孤岛，同样在第六十三回众人掣花名签的一段情节内,还展现出她与姑娘们吃酒玩乐的欢快一面,显然她既在沉静中仍葆有生命力的流动,也在无见无闻里留存着一份安然自得,所以我们不能单纯以现代的眼光去审视李纨的性格,仅用"礼教吃人"四字来概括李纨的生平未免过于想当然耳。

安身立命之所——稻香村

李纨这株老梅的安身立命之所,正是如"竹篱茅舍"般朴素单调的稻香村,从第十七回可以得知,其住处坐落于一片乡野田园之中:

> 倏尔青山斜阻。转过山怀中,隐隐露出一带黄泥筑就矮墙,墙头皆用稻茎掩护。有几百株杏花,如喷火蒸霞一般。里面数楹茅屋。外面却是桑、榆、槿、柘,各色树稚新条,随其曲折,编就两溜青篱。篱外山坡之下,有一土井,旁有桔槔辘轳之属。下面分畦列亩,佳蔬菜花,漫然无际。

作者仅用寥寥数行便勾勒出一幅美好的田野风光,当贾政领着众人游赏大观园,在各个要地一一品题的时候,宝玉唯独对稻香村提出一番质疑。那篇长篇大论是非常罕见甚至空前绝后的,毕竟宝玉从来不敢在父亲面前如此大放厥词,他慷慨陈辞道:

> 远无邻村,近不负郭,背山山无脉,临水水无源,高无隐寺之塔,下无通市之桥,峭然孤出,似非大观。

其中的"临水水无源"一句便凸显出稻香村的整体设计是一滩死水，流经大观园各处的沁芳溪有如青春之泉般跃动着生机，来到稻香村以后却反而失去了源头活水，这种情况正是李纨心境上波澜不兴的具体呈现。

诨号"大菩萨"

关于李纨的德行，第六十五回中兴儿所说的诨号"大菩萨"便说明了她素日待人宽和温厚，甚至比菩萨还要慈悲为怀，则不言可喻，从某个意义而言已经到了几乎毫无要求的地步。因此，当王熙凤小月即流产以后，失去膀臂的王夫人找来李纨——贾家的另一位媳妇作为协治家务的代理者，此外还让待字闺中的探春共同承担主管之职，这堪称绝妙的人事安排，毕竟李纨的性格正如作者所指出的：

李纨是个尚德不尚才的，未免逞纵了下人。

贾家乃是一个具有上千成员的大家族，倘若众多的仆众没有安分守己、各尽其责，那么贾府不出三天必然会闹出大乱子，李纨"未免逞纵了下人"的宽厚行为是要不得的，所以王夫人才会任命才干特出的探春与李纨一起处理家务。当然，李纨的存在并非可有可无的门面，因为探春毕竟是未出阁的少女，不便亲自处理一些关于男女风月的事况，唯有李纨这位名正言顺的长嫂出面，才可以让家务的治理达到面面俱到的最佳效果。

不事妆扮

事实上，李纨的人生价值更加偏向于对德行的追求，这与她从小所受的教育密切相关，也由于只熟读《贤媛集》《列女传》之类的书籍，加上缺乏诗歌文艺上的天赋，她的创作表现确实无法与黛玉、宝钗相提并论。不过，每个人都有其长处，李纨必然也有她独特的一面，我们唯有深入掌握她生活中的某些细节，才足以真正品察到此一人物内在生动传神的灵魂。

从书中点点滴滴的小细节可以发现，李纨确实是一位绝对不虚矫作态的女性，她令人敬服的守节程度还体现于日常不化妆的朴素作风上。第七十五回中，宁府的尤氏因为与小姑惜春闹得不愉快，赌气离开以后便来到了稻香村，随身的丫鬟媳妇们问道：

> "奶奶今日中晌尚未洗脸，这会子趁便可净一净好？"尤氏点头。李纨忙命素云来取自己妆奁。素云一面取来，一面将自己的胭粉拿来，笑道："我们奶奶就少这个。奶奶不嫌脏，这是我的，能着用些。"

尤氏先前因处理惜春赶走其贴身丫鬟入画一事而忙得来不及梳洗，所以才在来到此处歇口气时趁机净脸上妆。虽然李纨连忙吩咐丫鬟素云取来自己的妆奁，但是从素云一面拿出胭粉，一面又说"我们奶奶就少这个"，显然李纨的妆奁内欠缺胭脂香粉之类的化妆品，所以素云才会拿出她自己的作为替代。换言之，李纨的妆奁徒具外壳，大概只装着梳子、镜子以及清洁面部的必需品，仅供基本梳理而无法用以装饰美化，由此可见李纨在丧夫之后便放弃了四德中的"妇容"，毕竟寡妇如果经常打扮得花枝招展，未免会落人口舌，惹人闲言碎语。而对于素云的便宜之举，李纨却责备说：

"我虽没有，你就该往姑娘们那里取去。怎么公然拿出你的来。幸而是他，若是别人，岂不恼呢。"尤氏笑道："这又何妨。自来我凡过来，谁的没使过，今日忽然又嫌脏了？"

素云的身份是丫鬟，而尤氏则为主子，彼此存在着上下尊卑之别，因此素云拿自己的东西来给主子将就使用，是很不合规矩的，甚至还显得无礼犯上，连素云自己都意识到这种做法会被嫌脏。不过正如李纨所说的"幸而是他，若是别人，岂不恼呢"，尤氏因为不计较贵贱高低，也并非拿腔作势之人，所以才毫不介意，否则换作生性高傲骄慢，会到处显摆权威的主子，以及恪守规范仪节不肯紊乱伦序的尊长，素云如此的做法必然遭殃。

从这段情节可证李纨确实没有化妆品，缺乏用以显色的口红唇膏、胭脂蜜粉之类，她的妆奁应该只是一个简单的盒子，内附一面镜子、一把梳子可以方便自己梳理，让头发整齐、脸面干净，顶多加一点滋润性质的护肤品，就是这般最基本的梳理而已，谈不上妆扮。

"我们奶奶不顽"

除了不化妆之外,李纨在日常生活中也爱好清净,平常绝不会大玩大笑。第七十回有一段描写即说明这一点,当时是清晨时分,宝玉才刚刚醒来,便听到外间房内传来咭咭呱呱的笑声,袭人笑说:"你快出去解救,晴雯和麝月两个人按住温都里那膈肢呢。"导致被呵痒的芳官笑得喘不过气来。温都里那即同一段后面紧接着提到的耶律雄奴,二者皆是芳官的别名。芳官身为一名女伶,当初于第十八回是为了元妃省亲而采买进来,到了第五十八回又因宫中的老太妃薨逝而要被蠲免遣发,只是她和其他几个同伴却都情愿留在贾家,所以被拨入大观园内,每天过着游戏逍遥的生活,分配到怡红院的她后来被宝玉改名为"耶律雄奴",又再换称"温都里那",后者即金星玻璃的法文。这也呼应了贾家拥有一些珍奇的洋货,并且对西方的某些语词是有接触的,此处的"温都里那"便是最早期的翻译。此时袭人让宝玉去制止她们的玩闹,宝玉连忙出来一瞧,只见:

> 他三人被褥尚未叠起,大衣也未穿。那晴雯只穿着葱绿院绸小袄,红小衣红睡鞋,披着头发,骑在雄奴身上。麝月是红绫抹胸,披着一身旧衣,在那里抓雄奴的肋肢。雄奴却仰在炕上,穿着撒花紧身儿,红裤绿袜,两脚乱蹬,笑的喘不过气来。

这就是欢乐笑声的来源。在此补充一下,其中提到的"红睡鞋"一词颇为有趣,涉及裹脚的问题。数十年前于一场关于《红楼梦》的国际会议上,学者们曾经热烈讨论书中的女性究竟有没有裹小脚,而"红睡鞋"便成为主张少女们裹脚的主要证据。"睡鞋"意指睡觉时还穿着的鞋子,这显然非常奇怪,学者便推论睡鞋即裹小脚的人所穿的,因为裹脚使得脚掌萎缩且畸形,长时间卧床睡眠时也需要保护,导致这些女性必须穿上特制的鞋子。于是从红睡鞋引发出《红楼梦》的小姐们有没有裹脚的问题,而这个问题又变成红学的一个议题。

但是这个推断基本上是无法成立的,试想,晴雯有没有可能裹小脚呢?根据第七十七回的一段描写:

> 这晴雯当日系赖大家用银子买的,那时晴雯才得十岁,尚未留头。因常跟赖嬷嬷进来,贾母见他生得伶俐标致,十分喜爱。故此赖嬷嬷就孝敬了贾母使唤,后来所以到了宝玉房里。

由此可见,晴雯初入贾府时乃是无父无母的十岁少女,一个对童年往事都毫无记忆而流落在外的孤儿,又怎么可能裹小脚呢?事实上,裹脚乃是大户千金地位尊贵的象征,可以养尊处优无须劳动,而晴雯只是一名来历不明的丫鬟,自幼缺乏相关条件,纵使后来幸运地安身于怡红院备受娇宠,但她始终处于社会底层,是个必须伏侍主子的丫鬟,如此一来,裹小脚更会成为日常行动的极大阻碍,她又怎么可能再去裹小脚来徒增自己的麻烦呢?也不可能有人家会雇买裹脚的丫鬟吧,那简直是白花钱!针对晴雯的个人情况,无论从她的年龄、处境、身份等各方面来分析,晴雯都不可能裹小脚。

至于曹雪芹何以会提及"睡鞋",这确实是一个值得思考的疑问，但是我们不应该在对旗人的文化缺乏掌握之前，单凭一个语词就被误导而做出错误的推论。最关键之处在于，《红楼梦》乃是旗人文化的产物，而清代的旗人妇女皆是天足，再细究小说的内容也会发现，实际上身为贵族千金的林黛玉、薛宝钗均未曾反映出汉人裹小脚习俗的影响。所以，关于睡鞋会出现在书中的原因，答案应该往别处去找，而清朝末代睿亲王之子金寄水在回忆王府的生活时提及，他们这些贵族血脉的孩子，从小便接受极为严格的教育，即使睡觉也得要穿着袜子。如此说来，或许晴雯穿着红睡鞋也带有类似的意义，展现出她虽为丫鬟却极端娇生惯养的特殊待遇，可以说是一种很巧妙的安排。

言归正传，这一玩闹嬉笑的片段勾勒出怡红院司空见惯的日常写真，其中却隐含了不少信息，再看以下的描述：

> 宝玉忙上前笑说："两个大的欺负一个小的，等我助力。"说着，也上床来膈肢晴雯。晴雯触痒，笑的忙丢下雄奴，和宝玉对抓。雄奴趁势又将晴雯按倒，向他肋下抓动。袭人笑说："仔细冻着了。"看他四人裹在一处倒好笑。

从中可见，晴雯、麝月与芳官的三人嬉闹，更进一步得到了闻声而来的宝玉随后参与，变成"四人裹在一处"，而一向贤惠稳重的袭人只是在旁边看着，不但觉得很有趣，还不忘笑着叮咛他们说"仔细冻着了"，毕竟大家在清冷的早晨里只穿着贴身的单薄内衣，稍微不慎便会着凉感冒，由此即展露出袭人对宝玉等人的关爱。

更值得注意的是，在这场呵痒的笑闹中，晴雯和麝月两人是站在同一阵线的,共同联手"欺负"芳官,而小说里确实还有不少地方描写到麝月为晴雯拔刀相助,有如姐妹般护卫解围的情境,换句话说,晴雯和麝月之间并不存在所谓的"明争暗斗"。那些声称麝月是袭人调教出来的分身,而晴雯素来与袭人有着"竞争关系",所以麝月必然也与晴雯对立不和的主张,纯属一般读者粗疏的固有成见,乃不拿学问提着而流入市俗的无稽之谈。试想:很少有人不曾与兄弟姊妹相互拌嘴甚至吵闹打架吧?当然大部分人都会,可一般却并不影响彼此之间的感情,尤其当手足一致对外的时候,彼此团结的力量就会变得更加强大。此外,当袭人看着晴雯、麝月等人裹在一处时也没有任何负面反应,反倒只有欣赏与纵容,并且由衷关切她们的身体状况,显然其中并不存在任何嫉妒或猜忌的情绪。

关于怡红院丫鬟们的相处实况,香港学者宋淇认为,她们平常主要多以互帮互助、和乐融融的和谐方式生活在一起,这是很正确的看法。倘若一味地以角力斗争、争取姨娘地位等阴谋论来看待她们之间的关系,诚然落入了投射太过的窠臼,不但忽略了文本所隐含的真正寓意,还会陷入轻率以偏概全的结果。

接下来的描述则是作者通过碧月之口,让我们了解到李纨对于寡妇应有的节操乃实践得相当彻底。当时李纨打发丫鬟碧月过来寻找日前丢失的手帕,碧月躬逢其盛,眼见宝玉四人滚作一团,便心生羡慕,笑道:

"倒是这里热闹,大清早起就咭咭呱呱的顽到一处。"宝玉笑道:"你们那里人也不少,怎么不顽?"碧月道:"我们奶奶不顽,把两个姨娘和琴姑娘也宾住了。如今琴姑娘又跟了老太太前头去了，更寂寞了。两个姨娘今年过了，到明年冬天都去了，又更寂寞呢。你瞧宝姑娘那里，出去了一个香菱，就冷清了多少，把个云姑娘落了单。"

纵观整部小说，可知李纨的两名丫头分别叫作素云和碧月，明显不同于林黛玉的丫鬟取名十分文艺腔，一个从本家带来的称为雪雁，在雪花纷飞中的孤雁，很美却又极哀苦；另外一个由贾家拨给的是紫鹃，啼血哀鸣，紫色羽毛又十分华贵，都具备美丽又悲哀的特质。还有一个帮她晾手帕的小丫头，名叫春纤，纤细的春天，书中只提到过两次，也均是惊鸿一瞥，显然并不重要，所以没有任何情节戏份。以上无不反映出林黛玉残缺的、脆弱的审美取向，连给丫头们取名皆是如此楚楚可怜，一看名字便自然引发我见犹怜之感。足见丫鬟们的姓名也和其主人的审美情趣、人格特质直接关联。

既然身为主子的李纨比较严肃，丝毫不肯放肆取乐，丫鬟们自然也无法像晴雯她们那样玩闹嬉戏，而是要表现得矜持稳重。这种生活氛围同样影响到与她住在一起的李纹、李绮、薛宝琴，她们也不得不忍住好玩的心性，维持客人身份的拘束谨慎，不敢宾至如归。李纨绝不会如同淘气的小孩般玩乐，因为这和她的身份处境不符，而她也始终把"以理自守"的生命形态贯彻到底，所以碧月才会忧心一旦李纹、李绮离开稻香村之后，那里只会变得更加寂寞。

总括而言，李纨的这些形象和她的人格特质、性情特征全部汇整为她的代表花——老梅，所呈现的是一种"竹篱茅舍自甘心"的世局旁观者，情愿陷落在竹篱茅舍的一滩死水中，由此也传达出她的自我觉察以及自我抉择。然而，人的生命是立体多面并且时时刻刻在变化流动的，即使表面上平静无波亦然。李纨作为十二金钗中的重要角色，小说家当然不会让她沦为一般简化的扁平人物，只要我们仔细考察小说的全部内容，便会发掘出李纨潜在的、不为人知的那一面，那可是专属于她的生命图景，独一无二。学者米克·巴尔指出：人物形象的塑造除了以重复的方式进行累积之外，还有一种手法，即对照。通过对照来看待李纨的变化，更可以展示出她许多重要的其他面向。

作为类型人物

根据叙事学的理论，关于李纨这种"类型人物"的塑造，除了运用重复的方式不断强化已经形成的鲜明印象，并且让人非常容易地据以判断或推衍其人格内涵，此外还可以通过对照的手法，即把该人物与其他人物的关系进行比较，以发掘他/她的变化。在进入此一主题之前，必须先了解何以李纨会被我划分为"类型人物"，而她在曹雪芹这位伟大小说家的笔下又呈现出何等巧妙多元的形象突破。

荷兰文艺理论学者米克·巴尔指出："类型（genre）在人物的可预测性上也起到作用。"之前性格特征一以贯之的李纨，确实可以让读者在接触到后面的情节时，便依据以往的印象进行相关推演，此即所谓的"可预测性"。正如米克·巴尔所说的："类型所常发生的变化受到展示、满足与期待落空之间相互作用的影响。"换言之，在情节不断发展的过程中，一方面小说家会不断强调该类型人物的性格特征，以满足读者的心理预期，但另一方面，有的时候，读者也会在这种类型人物的身上感受到期待的落空，因为他们的表现出乎读者的意料之外，如此一来便呈现出人物的多样性，令人感到惊奇而大开眼界。

单就"可预测之类型人物"的刻板印象来看，它形成了一个主要的参考架构，乃是我们根据该人物在以往的故事情节中的表现逐步累积、强化所致，并以此预测其未来的发展情况。当一个人物的可预测性越强，由他所涉及的预测结果，亦即是要实现这种确定性还是要加以突破，随之而产生的张力便会越大。换言之，一个确定性越高的人物，他在后来的发展中究竟是加强或实现先前的确定性，还是改变我们脑海中已经形成的固定形象，这两者之间会随着情节发展的挑战程度而呈现出越大的张力。不过，这种"可预测性"的效果皆有赖于读者阅读小说的态度，如果没有精准掌握到人物的各种信息，那么即便人物的性格表现有所变化，我们也无法真正感受到人物突破了确定性所带来的强大张力，所以，米克·巴尔才会表示"人物的可预测性与读者的参照系密切相连"。换句话说，身为读者的我们也必须参与到人物变化的发现过程里。毕竟小说家在描述人性的复杂动态上固然已经面面俱到，把所有的细节均提供出来，但读者是否能够全盘掌握，却往往是一大考验，米克·巴尔便针对读者阅读小说的不同态度，通过对比的方式提出了一连串的疑问：

他是强烈地倾向于加以"填补"，还是任凭故事所左右？
他是迅速地浏览，还是常常中断阅读以停下来思考一番？

其实，这些状况都深刻地挑战着读者的主体能动性，越是伟大的经典，它需要读者的贡献也就越多。倘若是一名积极主动的勤奋读者，便能够把小说家所开拓展示的人物复杂性与丰富性更大程度地挖掘出来；可如果是一个消极被动的怠惰读者，只单凭之前所形成的类型刻板印象主导自己对于某位人物的认识，如此一来，人物的"可预测性"或者"确定性"当然就构成了百分之百，因为他任由成见左右，从不思考，在匆促的浏览中自动用刻板印象去理解此一角色的方方面面，该人物也必然变得单一而薄弱。

最重要的是，米克·巴尔还特别指出："关于人物可预测性的信息只对其潜在的确定性提供线索。"毕竟真正的可预测性不可能完全被证实。要知道，一名优秀小说家笔下人物的可预测性通常不可能达到百分之百，因为立体的小说人物与现实中活生生的人一样，他的行为举止并非一直在固定的逻辑之下机械式运行，有的时候会出现读者意想不到的情况。在没有所谓百分之百的可预测性的情况下，如果我们是好的读者，即懂得常常中断阅读，然后对字里行间一些与以往的可预测性有所出入的信息认真思考一番，并加以填补，这样一来，便会动摇人物的可预测性，使其形象变得更加生动丰满，并展现出和固有印象截然不同的性格面向。

因此，我们务必努力做好的读者，而好的读者实际上即是好的倾听者。无论是对于身边的朋友，抑或对于自己所不了解却又感到好奇的世界，我们都应该先缩小自己的存在，然后开阔自己的胸襟，以便让对象能够更全面且深刻地展现出各种信息，这才是任何一个良好的倾听者和研究者所必须具备的重要条件。事实上，读者阅读小说的态度同时反映了他为人处事的风格，迅速浏览并任由情节片段左右自己的思想与判断的读者，在日常生活里也非常容易人云亦云、道听途说，甚至为谣言添油加醋，以至于以讹传讹、助纣为虐；但是好的读者则会相对理性客观，对于各种信息都会保持开放、有弹性的态度，并且懂得去判别是非对错，加以正确地取舍，最终建构出较为全面的真相。

之所以特别引述叙事学的理论来加以说明，正是因为在众金钗中，李纨的可预测性是最强的，毕竟相较于林黛玉、薛宝钗、袭人这些要角，李纨的出场机会比较少，所以表现自我多样性的幅度也不够宽广，这就导致她的可预测性相对较高。但是，倘若连李纨这种可预测性程度颇高的角色都能够突破其寡妇形象既有的类型特征，并展示出迥然不同的诸多面向，从而让读者感到期望落空，由此形成对这个人物认识的一种巨大张力，那更意味着《红楼梦》对人物的塑造确实是精彩万分。

几百株杏花，如喷火蒸霞

试看第十七回贾政带领众人在进入稻香村之前，整个情况是：

> 一面走，一面说，倏尔青山斜阻。转过山怀中，隐隐露出一带黄泥筑就矮墙，墙头皆用稻茎掩护。有几百株杏花，如喷火蒸霞一般。里面数楹茅屋。

首先映入眼帘的是一道"青山斜阻"，唯有"转过山怀中"才能看见"隐隐露出一带黄泥筑就矮墙"，显然这般的村居设计形成了一种与世隔绝的围困意味，反映出李纨在传统礼教的要求下已然成为绮罗世界万艳丛中的一点死灰，可谓繁华场所里的一片空白。当然，这在精致华贵的大观园内不免显得奇特且突兀，堪称与整座园林的设计风格背道而驰，而作者之所以安排"背山山无脉，临水水无源"的稻香村作为李纨的住处，其目的便在于凸显李纨"槁木死灰"此一类型特征。

值得注意的是，就在这样一座大观园里，在青春之泉脉脉流动的桃花源中，独独像一滩死水的稻香村却有一个让读者感到期望落空并形成矛盾的反差安排，即在如此朴素无华的地方，于富贵气象洗尽、充满泥黄色调的乡野景致上，竟然很突兀地"有几百株杏花，如喷火蒸霞一般"灿烂盛开着，犹如死灰中的一丛红艳，空白里的一片繁华，和稻香村的主体设计大异其趣，恰恰属于反向的设计。而此一视觉上极其抢眼并形成强烈对比效果的景象，显然隐藏着十分耐人寻味的象征意义。须知杏花有红、白两种颜色，视觉效果乃至象征意义都大不相同，而曹雪芹不但刻意选择醒目奔放的红杏，还不吝惜笔墨，以"几百株"这一巨大的数量词以及"喷火蒸霞"这等夸张的形容词，把稻香村渲染成宛如被熊熊烈火所吞噬的艳红杏花林，则可想而知，他显然是要暗示读者，青春丧偶的女性并非必然对整个人生彻底灰心丧志，她们在一片灰烬中依然闪烁着独特的光辉。

李纨之所以活得如"槁木死灰"般规规矩矩，既系与生俱来的先天禀赋之故，也源自后天受到的妇德教育，但这并不代表她是一个完全呆板无趣的女子。因为人只要活着，七情六欲必定时时刻刻存在于人的内在本质之中，关键在于它们怎样被调节控制，因此其表现状况会因人而异，毕竟各种性格特质会因为不同个体的自我要求而有所差别，但实际上那些七情六欲都是根深蒂固的必然存在，李纨也不例外。这便是在稻香村的死灰和空白里，那一丛红艳与一片繁华的炫目耀眼所暗寓的象征意义。

"杏花"在中华文化的积淀里乃是意涵相当丰富的文学象征，尤其红杏更与热烈奔放的青春密切相关，而在曹雪芹的设计下，如此明艳四射的花卉被种植在朴素的稻香村内，可谓匠心独运的巧妙手法。他用来描述红杏的"喷火蒸霞"一词也并非其个人之独创，那原本是对桃花的形容，最初见诸唐代诗人韩愈《桃源图》一诗：

种桃处处惟开花，川原近远蒸红霞。

"喷火蒸霞"的"蒸霞"二字正是源于此处。桃花本来就给人一种充满青春气息的印象，川原上红艳动人的桃花把周遭环境蒸腾成一片红色霞光，仿佛遍地燃烧，简直是一幅绚丽至极的图景，宋代的诗评家许顗在其《彦周诗话》中，还以"状花卉之盛，古今无人道此语"来赞美韩愈这两句诗的杰出无人能比，意即到了宋代，再无第二人能够把花卉之美描述得如此淋漓尽致。再者，桃花本又与婚恋爱情有所关联，则我们可以合理推测，曹雪芹将"喷火蒸霞"此一用来形容桃花盛开的形容词刻意挪置于红杏上，正是为了反映出李纨这株"竹篱茅舍自甘心"的老梅，其内心实际上仍然保留着尚未全然枯竭的热情和生机。

必须注意的是，对于传统知识分子来说，"杏花"乃诗词中经常用以点染春色的象征物，譬如宋代词人宋祁《玉楼春·春景》所写的：

东城渐觉风光好。縠皱波纹迎客棹。绿杨烟外晓寒轻，**红杏枝头春意闹。** 浮生长恨欢娱少，肯爱千金轻一笑。为君持酒劝斜阳，且向花间留晚照。

词家以"闹"字形容春意的活泼，让人感觉到红杏似乎即将突破藩篱的约束，挥洒出令整个世界为之喧腾的缤纷活力。另外，宋代诗人叶绍翁的《游园不值》写道：

应怜屐齿印苍苔，小扣柴扉久不开。**春色满园关不住，一枝红杏出墙来。**

后两句乃是与红杏有关的名句，显然红杏以其鲜艳的色彩、繁茂的蕊瓣给人一种春意盎然的生命气息，而其缤纷奔放的姿态则是具有撩拨性的，仿佛会鼓动人们从内在产生不当的越界念想，甚至连人为的围墙篱栅都不足以困住它汹涌而出的丰沛生命力，换言之，红杏代表着内心不安其分、意欲突破的某种本能。因此，曹雪芹把韩愈用来描写桃花的"蒸霞"与红杏原本的意涵相结合，便呈现出扑面袭来、让人难以逼视的炫目效果。

生命的活火山不死

作者将红艳绚丽的杏花与稻香村素黄枯淡的色调相互对照，形成了"死灰中的一丛红艳"之景观，乃暗示着此处于槁木死灰的残余灰烬里,在表面看不到的幽暗底层内,其实仍然腾冒着夺目耀眼的红光余热。只要稍微拨开灰烬,潜藏的火花就会透显出来,所以即使妇德女教的信念深植于李纨脑海中,但是她追寻春天的热情并未消失。生命的活火山是不死的,它只是变成长久沉眠的休火山,而李纨的生活状态正是如此,虽然表面上已经看不到生命的迹象,但偶尔仍然会喷发一下,宣告自己并未消亡的春心。

其实,"红杏"正是李纨在表面上平静如同槁木死灰的稻香村中,所泄露出来的躁动的内在灵魂。在这样的认知之下,我们便能够更加精准地理解小说里那些不符合类型预期的相关描写,而发现李纨确实隐藏着其他令人意外、吃惊的性格面向。可惜读者太过粗心,没有好好捕捉到作者在一些较匆促的笔调下隐隐然显露出来的信息,因而一直没有将那些面向与她联结在一起。

当然,关于红杏所蕴含的象征意义,我们并不应该言过其实,把广义的"春心"狭隘化为"春情"。学术界有几篇论文涉及稻香村的红杏,但相关诠释却实在离谱太甚,因为它们认为红杏暗指李纨内心深处涌动着情欲,隐约存在着红杏出墙的可能性,而她之所以坚持守寡,都是基于礼教的逼迫和压抑。可是,这种说法未免想当然耳,并且忽略了李纨的性格特质与成长教育环境为她的抉择所带来的影响,尤其小说中并未表露出李纨对于改嫁或情欲有着任何丝毫的念想,则在缺乏根据的情况下,读者岂可随意推断李纨具有红杏出墙的倾向?难道寡妇非得要追求情欲解放才表示她还活着?这种把情欲视为人性核心的本质主义未免把人类给严重降格了,因而过于轻视李纨的道德节操,也忽略她对于丈夫贾珠的深厚情感,甚至完全破坏了此一人物的独特内涵。单就这几点来说,足以相信李纨纵使是在潜意识里,也不可能对情欲存有越过伦理界限的需求,遑论出轨的企图或想法,那些过火的无稽之谈实在严重损害了这位闺秀的优美。

总括而言,既然小说里没有任何关于李纨红杏出墙的证据,读者便不应该过度揣测而穿凿附会,只应该说,红杏意味着人类本性中原本即不可能根除的一些贪、嗔、痴,以此进行解释也更为符合李纨的性格本质。最重要的是,我们不必每当遇到女性的相关议题时都牵扯到"情欲"上,而是应该摒弃毫无凭据的主观臆测,以更全面的客观视角去剖析问题,否则不仅会对人物的性格与心理动机作出错误的判断,自身在研究领域上也无法得到成长。

既然李纨的竹篱茅舍旁边绽放着几百株"喷火蒸霞"的红杏,那便意味着李纨的类型框架已经稍稍松动,不再是读者先前所以为的平铺直叙的平面人物肖像画。但是,李纨这一幅平面肖像画上所铺设的立体阴影,究竟要如何挖掘出来呢?其实,对于这位金钗独特的传神写照,作者已经用画龙点睛之笔加以描绘了,只要我们细心地从文本的地基挖掘出埋藏其中的信息,便可以发现到李纨的内心依然波澜起伏,而种种玄机都必须根据情节里的蛛丝马迹逐一建构。

诗社掌坛者

人只要活在世上,必然有所追求:有的希望建功立业、施展抱负,有的极力探索知识、累积学问,有的渴望家庭温馨美满、亲友和乐融融。无论是宏伟的成就,还是微小的愿望,对当事人而言,其目标势必带有正面的意义,在各种追求的过程中也一定会感受到精神与心灵上的满足。而稻香村里种植的"红杏"既然是李纨内心波澜跃动的具体象征,便意味着这位活得如槁木死灰般平淡朴实的寡妇,实则心头仍然闪烁着余热红光,这一点最主要是展现于诗歌的高妙品味和雅兴上。

一般来看,李纨基于慈和宽柔的态度而在下人中获得"大菩萨"的诨名,但正因为如此,只要是由她负责执掌的仆众都难免出现松懈无序的状况,其领导、管理的能力显然大大不及行事果决的凤姐和才志兼备的探春,所以读者往往自然而然地认为她只是个平庸无趣的寡妇。可事实上,李纨却是大观园诗社的核心人物,她完全具备了成为诗社盟主的资格与才能,甚至可以毫不夸张地说,纵观园内诸位闺秀,再也找不到第二个能够胜任此一职责的合适人选。而众所皆知,"诗社"乃是《红楼梦》里非常重要的舞台,它不仅凝聚了金钗,让她们所禀赋的钟灵毓秀之气充分得到彰显,而且通过众姝笔下诗词的艺术点染,也更为优美的大观园增添了灵魂。倘若没有诗社,大观园必将失色几分。

由第三十七回探春写给宝玉的花笺内容可知,探春确实是大观园诗社的发起人,她在书信上写道:

娣探谨奉

二兄文几:前夕新霁,月色如洗,因惜清景难逢,讵忍就卧。时漏已三转,犹徘徊于桐槛之下,未防风露所欺,致获采薪之患。昨蒙亲劳抚嘱,复又数遣侍儿问切,兼以鲜荔并真卿墨迹见赐,何痌瘝惠爱之深哉!今因伏几凭床处默之时,因思及历来古人中处名攻利敌之场，犹置一些山滴水之区，远招近揖，投辖攀辕，务结二三同志盘桓于其中，或竖词坛，或开吟社，虽一时之偶兴，遂成千古之佳谈。娣虽不才，窃同叨栖处于泉石之间，而兼慕薛林之技。风庭月榭，惜未宴集诗人；帘杏溪桃，或可醉飞吟盏。孰谓莲社之雄才，独许须眉；直以东山之雅会，让余脂粉。若蒙棹雪而来，娣则扫花以待，此谨奉。

探春想到，历来古人处在"名攻利敌"的场域里追求名利，身陷于尔虞我诈、彼此较劲而尖锐竞争的环境中，但仍然希望留给自己休生养息的片刻与缝隙，所以会规划出一个小小的庭园，内部安放一些错落的山石，有几道涓涓细流或一小片池塘，就在这般的"些山滴水之区"里优游闲适，还"远招近揖，投辖攀辕，务结二三同志盘桓于其中"，与几位同好吟风赏月。意指文士们即使避不开"名攻利敌之场"的羁縻，却还是努力开辟出风雅的场域，号召志同道合的文友们"或竖词坛，或开吟社，虽一时之偶兴，遂成千古之佳谈"，纵然大家只是一时之间偶然产生的雅兴，然而拟写出来的作品却是那么动人，如此的赏心乐事也形成了传诵千古的佳话。探春认为，古人都有这类斑斑记载于史册上的千古美谈，则我辈也应该当仁不让，积极效慕，所以接着之所言便很有一种巾帼不让须眉的气魄。

宝玉看了信笺之后兴致大发，于是赶往秋爽斋与探春商议，随后聚集到秋爽斋的众姐妹对于创立诗社这一提议也纷纷欣然赞同，大家决定拣日不如撞日，当下即刻成立诗社，由探春就地取材，为诗社起

第二章 李纨

名为"海棠社",并开始写诗。由此看来,探春毋庸置疑是诗社的第一位发起人,但如果再把相关情节从头到尾仔细地推敲、梳理一番,将会发现,实际上率先酝酿了这番构想者另有其人,亦即李纨。当李纨也得到通知,脚步才一踏进秋爽斋时,便笑道:

> 雅的紧!要起诗社,我自荐我掌坛。**前儿春天我原有这个意思的**。我想了一想,我又不会作诗,瞎乱些什么,因而也忘了,就没有说得。既是三妹妹高兴,我就帮你作兴起来。

其中的"前儿春天我原有这个意思的"一句,说明李纨比探春更早产生了起诗社的念头,由此反映出李纨并非只是谨守妇德,致力于照顾独子贾兰,除此之外便万事不理的槁木死灰,原来她对于优美的生活情趣也是有所追求的,否则也不会闪现出与探春一样的风雅意念。只不过她顾虑到自己"又不会作诗,瞎乱些什么",所以才按捺下来,始终没有开口与姐妹们提及一二。

由李纨自承的"我又不会作诗",可见她的个性、才华相比于黛玉、宝钗等人固然显得平淡无奇,但是却极富自知之明,也能坦然面对自己的不足,诚属难得。最重要的是,纵使李纨缺乏诗才,但这并不影响她对于诗歌的欣赏和喜爱,所以当探春表示要起诗社时,她便自荐掌坛,可见李纨非常积极地参与诗社活动,其主动性相当强烈,绝非一般的随波逐流或附庸风雅。而李纨是否有资格毛遂自荐成为诗社的掌坛者呢?答案确实是肯定的。

毕竟,"诗社"乃是聚集众人组合而成的诗人团体,为了保证运作顺畅及成员之间的协调,必然要有主宾之分,以避免群龙无首而导

致团体溃散,于是李纨便自觉地以长嫂的伦理优势自我推荐,向诸钗说道:

> 序齿我大,你们都要依我的主意,管情说了大家合意。我们七个人起社,我和二姑娘四姑娘都不会作诗,须得让出我们三个人去。我们三个各分一件事。

除了"潜在发起人"这一身份之外,以年龄与辈分来说,李纨是七人之中最长的,即所谓"序齿我大",便理所当然地以此自许为诗社的社长。当然,李纨此举绝非倚老卖老,最主要的是她非常肯定地向宝玉等人保证,自己所作出的任何评比或论断都一定能够让众人满意,而这等信念并非源自她身为长嫂的权威,关键更在于她确知自己鉴别诗歌的能力可以取得大家的共识,并且符合客观公平的标准。

所谓"我们七个人起社",即包括宝玉、黛玉、宝钗、迎春、探春、惜春和李纨等七名社员,由于李纨和二姑娘迎春、四姑娘惜春皆不太擅长作诗,所以主要参与创作竞赛的人乃宝玉、黛玉、宝钗与探春四位。而李纨、迎春和惜春则分头负责其他的工作,正如李纨所规划的:

> 立定了社,再定罚约。我那里地方大,竟在我那里作社。我虽不能作诗,这些诗人竟不厌俗客,我作个东道主人,我自然也清雅起来了。若是要推我作社长,我一个社长自然不够,必要再请两位副社长,就请菱洲藕榭二位学究来,一位出题限韵,一位誊录监场。亦不可拘定了我们三个人不作,若遇见容

易些的题目韵脚,我们也随便作一首。你们四个却是要限定的。若如此便起,若不依我,我也不敢附骥了。

从这番话可知,身为社长的李纨不仅必须维持诗社秩序以及立定罚约,还得提供活动场地,毕竟唯有定下固定的聚集场所才更有利于凝聚社员,避免他们四处转徙,最终导致诗社不了了之,而她自己的住处稻香村"地方大",足以容纳多人会聚的集体活动,所以成为最佳的选项。迎春和惜春则一起担任副社长,分别主管出题限韵以及誊录监场,而李纨以"学究"来称呼这两位少女,恰恰反映了她们比较偏向一板一眼、照章行事的学究思维,缺乏灵动飘逸的创作心性。

不过,李纨并未断绝她们三人的作诗机会,"若遇见容易些的题目韵脚,我们也随便作一首",只是为了保证竞赛水平,作品不会总是优劣悬殊,善于作诗的宝玉等四人"却是要限定的"。由此可见,李纨确实具有"知人者智,自知者明"(《道德经》第三十三章)的思想品质,既对自身的优缺点了若指掌,不刻意回避"不会作诗"的短处,也给自己保留些许发挥的空间,同时又根据众人的能力订立合适的规矩,不鼓励争强好胜,勉强进行实力悬殊的竞赛,那必定会让若干成员因为不断的挫败而感到乏味,失去了参与的兴致。单就这点来看,李纨能够客观公允地看待人事,既"自知"又"知人",堪称为深具智慧的女子,如此一来,又岂可认定李纨只是个对任何事情都装聋作哑、一概无见无闻的平庸之辈?

纵观整部小说,可以证明李纨确实是一位非常称职的诗社社长,她不仅主管开社日期,提供活动场地——稻香村,还负责选择创作格式、品第评论,甚至护卫群钗,一旦零用钱不足便"直捣黄龙",向手握荣国府经济大权的王熙凤争取财源（详见第四十五回），显示李纨诚为诗社中当之无愧的正宗"盟主"。

明清文人诗社活动

根据学者欧阳光《宋元诗社研究丛稿》一书的研究，从宋代开始逐渐形成的文人聚会，至明清时期发展为鼎盛的诗社，相关活动具有几个共通的特色或条件，一旦借以衡量大观园海棠诗社的运作情况，清楚可见那是闺秀才女热衷于模仿文人之文学实践的一种反映：

首先，诗社活动一定有发起人或者组织者，这个人被称为主盟，即一般所说的盟主，抑或谓之"社头""社首"，大多数是在文学上或政治上具有成就和影响力的人物，而且深受社员的敬仰与信赖，其领导能力得以服众。

其次，诗社的主盟大多具有自觉的盟主意识，因此他们会自发地维系群体的秩序，以便诗歌的品评符合更客观的标准。另一方面，诗社的参加者也具有比较自觉的对盟主的尊崇意识和服膺意识，换言之，主宾双方各司其职、各尽其责，由衷地执行自己应尽的任务，使得群体产生更强大的凝聚力。

复次，整个诗社通过唱和、品第、标榜等常见的活动形式，进一步强化社员之间的凝聚性并发挥社团的影响力，因为"唱和"必然离不开人多势众的基础，相互"标榜"可以彼此抬高身价，而"品第"诗词的优劣则能够彰显诗社的创作成果。文人墨客越是处于群雄并起的竞争环境，就越发能够激发出优秀的作品，如此一来，比起闭门独自作诗，他们会更加倾向于参与诗社，以便通过竞赛观摩的方式提高自身的艺术水平。

"唱和"作为诗社活动的基本形式，即社员之间你唱我和乃至同题共作，然后大家互相品评。在这般的诗歌艺术交流和相互切磋之下，很容易使彼此的美学主张达到一致并形成共同的风格，海棠诗社的运作也是如此，尤其体现于联句上。"联句"指大家联手创作五言的排律，而排律即是不断使用对偶句铺排而成的长篇律诗，其最关键的特点在于不同的参与者都必须采取统一的风格，否则一首诗就会变成杂乱堆砌的怪异大拼盘。《红楼梦》里总共出现了两次联句，分别是第五十回的芦雪庵即景联句以及第七十六回的中秋夜凹晶馆联诗。只要读者仔细琢磨便会发现，黛玉的联诗即使有特别新鲜的几句，也并没有格外凸显她与众不同的残缺美学，而是大体上与其他姐妹的联句风格相差无几。这正是诗社"唱和"所必备的基本结构，每一个人不需要也不应该一味追求自己的独特性，反倒是以这种创作方式学会配合别人，适时地让位给群体的共性，不外乎也是另外一种群体和谐的表现。

此外，诗社最常见的活动形式即"品第"，主要是诗社盟主衡量社员作品的优劣高下，此乃盟主权威的具体体现，同时也是对盟主权威的进一步强化。这便说明了身为社长的李纨对于社员表现的裁判具有至高无上的权威，她的评比属于终极的标准。当然，盟主并不应该滥用权力，以个人的主观喜好作为依归来进行评断，而李纨之所以被众人接受为掌坛者，不仅是因为她序齿最大，最重要的是她的品评客观公正，深得姐妹们心悦诚服，这也反映出李纨将盟主的任务做得有声有色。由此可见，真正的好盟主绝非把权威建立在个人的好恶上,而是能够公平地以合乎众人共识的客观标准给予定夺。

再者,社员之间互相"标榜",即彼此称许夸耀,也是诗社的活动形式之一,这不仅可以提升社员的赏析能力,还能够调节诗社内部的人际关系,促进彼此的和谐,譬如第七十六回中秋夜联句时,黛玉便夸赞湘云"对的比我的却好",当黛玉以"冷月葬花魂"对湘云的"寒塘渡鹤影"时,湘云也拍手称赞"果然好极"。这些细节的描写实际上都是文人聚会联诗的缩影,而作者正是借由大观园内金钗们的互动将之展现了出来。

根据诗社的三项运作特色来衡量,基于海棠诗社并非真正的文人聚会,而是闺阁中的文艺小团体,所以盟主的担任资格即不在于文学或政治上具有建树。从李纨自荐的理由,所谓"序齿我大,你们都要依我的主意",乍看之下似乎比起学养、诗艺、才思等内在品质,年龄辈分的外在条件才是担任盟主的关键,因此序齿最大且身为长嫂的李纨乃当仁不让,自荐为诗社盟主。不过,如果结合下一句"管情说了大家合意"来看,便会发现事实并非如此,她之所以保证自己担任盟主能够让众人满意,自然是有她的过人之处,毕竟人各有才,一个人唯有好好了解自己,既不妄自菲薄,也不妄自尊大,并将能力付诸实践,始不会埋没了自身的特殊禀赋。

诚然,论写诗之创作才华,李纨自不如黛玉、宝钗远矣,在第十八回元妃的省亲大典中,众金钗因为元妃的谕令应制作诗,李纨便只是"勉强凑成一律",但是却从不羡慕或嫉妒她们的才能,足见她不仅在道德上有很高的境界,更重要的是她能够以平等的心胸看待所有人,包含自己,而这种"平等"并非齐头式的平等,乃是真正了解人各有所长，每个人在各自所长的地方认真努力，有机会时便加以把握，好好表现，不加辜负即可。

"善作"与"善看"

尤其是，才华平庸并不意味着李纨与"诗词"无缘。多数人都忽略了，其实"诗才"并不仅限于创作能力，还包括了评论鉴赏的分析能力，而李纨正是拥有这种才能之人。倘若凡事不经过思辨推敲，过于坚持想当然耳的固有常识，混淆不同的范畴一概而论，这是非常要不得的思维模式，譬如创作经验丰富的人，并不等于他的分析能力也很专业；评论鉴赏能力出众之辈，也不代表他的创作才华鹤立鸡群。

本质上，"善作"与"善看"本来就是两种不同性质的能力，并且一般来说，二者甚至是互斥而难以兼具的。换言之，一个很会创作的人，其实在批评诠释分析上往往是庸弱的；反过来，在诠释上理性分析能力很高的人，创作上则通常没有什么表现。清代诗论家吴乔《围炉诗话》一书中便清楚解释道：

> 读诗与作诗，用心各别。读诗心须细，密察作者用意如何，布局如何，措词如何，如织者机梭，一丝不紊，而后有得。于古人只取好句，无益也。作诗须将古今人诗，一帚扫却，空旷其心，于茫然中忽得一意，而后成篇，定有可观。

由此可见,"读者/分析家"与"作者"所动用到的心智能力是有所不同的。读者在分析时必须心思细腻,掌握全局,对于作者的用意、布局、措辞进行严谨的抽丝剥茧,才能够精准地掌握到作品所蕴含的真正寓意。倘若阅读一篇作品只是单取片段,包括所谓的"经典名句""经典场面",则其观照的重点将会大大受局限,流于以偏概全,而这般断章取义的方式只会埋没了整部作品的丰富内涵与独特魅力,所以好的读者对于一部作品的掌握必须是全面的。不仅是古人的诗歌如此,所有的经典杰作亦然,《红楼梦》的好处得要从整体来看,并且细密观察作者用意如何,布局如何,措辞如何,应该关照到这等精细的地步,倘若只抓住其中一两个令人焕发眼目的好句或场面,实在是买椟还珠,错过了整部作品真正的优点。

相比之下,创作者不能过于依傍前人的作品,而是应该"将古今人诗,一帚扫却,空旷其心,于茫然中忽得一意,而后成篇,定有可观",意思是说,创作者有的时候反而要挣脱出前人的阴影,否则就会缚手缚脚,施展不开。当然灵感不可能会凭空出现,因此仍然必须经过长年累月的积累,提供充足的涵养,才得以创作出一部好的作品。这样一来,创作者即需要从前人经典中汲取材料并融会贯通,让种种资源相互碰撞激荡,产生化学作用,进而成为自身内在的庞大支援系统,最终便迸发出创作灵感。

除此之外,另外一位清代诗评家陈仅借由观察往昔古人在创作与批评上所形成的成果,更进一步归纳出"鉴赏"与"创作"这两种能力非但彼此性质不同,甚且具有排挤互斥的关系。他认为,一个人往往难以兼具善作与善看的才性,并以南朝著名的文学批评家钟嵘为例,在其《竹林答问》里借友人的提问指出:

> 问：钟嵘《诗品》为千古评诗之祖，而记室之诗不传，岂善评诗者反不能诗乎？

固然钟嵘评诗的理论体系尚存可以商榷之处，并非百分之百地完善，但是毋庸置疑，他所撰述的《诗品》在文学批评史上是具有开创性的重要经典，作为一名诗评家，钟嵘绝对是数一数二的佼佼者。值得注意的是，钟嵘却没有留下任何流传后世的诗作，即使翻查由逯钦立所辑校的《先秦汉魏晋南北朝诗》，该书基本上收录了相关朝代的所有作品，可是仍然无法从中找到由钟嵘所写的只字词组。同样地，著有《文心雕龙》的伟大文学批评家刘勰，也没有一首诗传世，这个现象简直是有趣极了，发人深省。

何以这些善评诗者反倒不能够作诗呢？陈仅所给予的回答，便为"创作"和"评论"这两种不同层次的能力做出了精确的厘清：

> 答：非特善评者不能诗，即善吟诗者多不能评诗。……因知人各有能不能也。

也就是说，我们不应该把"创作"与"评论"两者混为一谈，而吴乔与陈仅的说法都为鉴赏分析的独立性和专业性提供了可贵的认知。每一个人乃各有所长，一名了不起的诗人与一位伟大的批评家并没有所谓的高下之分，毕竟他们的能力在性质上截然不同，无法进行对等的比较。所以说，每个人尽己所能，将自己的长处发挥到极致，不把精力耗费在与人攀比上，才是理应遵循的人生路标。

艺术家不是被人聆听，而是被人偷听的

其实有很多学者认为，文学批评本身非但具有独立性，而且甚至高过于创作。加拿大的文学理论家诺思洛普·弗莱（Northrop Frye, 1912—1991）便有一段非常发人深省的见解："正如约翰·斯图亚特·密尔（John Stuart Mill）在一段精彩的具有洞察力的评论中所说的那样，艺术家不是被人聆听，而是被人偷听的。批评的要义是，诗人不是不知道他要说什么，而是他不能说他所知道的。"换言之，身为创作者的诗人，只应该把作品所欲表达的寓意或想法隐含于感性的陈述中，让读者或评论家自行领略其中的含义，而非在内容本身就清清楚楚地加以表明。

倘若一位创作者如诗人、小说家，在作品里直截了当地将其用意展现在读者面前，这般做法将会摧毁整个情境或叙事层面的圆满自足，容易使之成为一部失败的作品。有一位经常被读者拿来与金庸相提并论的武侠小说家古龙便常常在自己的作品里扮演解说者，于叙述过程中忽然介入情节而提出评论，宣称"女人，这就是女人""友情，这就是伟大的友情"之类的，仿佛把读者当作无知小儿般需要提醒，纵使他的作品其实非常精彩，但却往往在此处流于败笔。最重要的是，甚至即使在文本之外，作家亲自"现身说法"，为读者解释某段情节所蕴含的意义，其实他所提供的说明也近乎一般读者的平庸层次，而无法与真正训练有素的优秀批评家相比。

诺思洛普·弗莱进一步指出：

> 为了从根本上维护批评的存在权,就要假定批评是一种思想和知识的结构,自有其存在的理由,就其所讨论的艺术而言有某种程度的独立性。诗人当然可以有他自己的某种批评能力,因而可以谈论他自己的作品。但是但丁为自己的《天堂》的第一章写评论的时候,他只不过是许多但丁批评家中的一员。但丁的评论自然有其特别的价值,但却没有特别的权威性。人们普遍接受的一个说法是,对于确定一首诗的价值,批评家是比诗的创造者更好的法官。

实际上,文学批评者对文本的阐释权比起创作者本身来得更高,因为文学分析的能力不仅要求评论者必须具有广博的学识,思想更得经过严格的锻炼,以便在阐释文本之际保持理性客观,并深入挖掘,而不是仅仅停留在由成见所主导的感性抒发或主观褒贬。这番说法里的"诗人"可以借指所有的创作者,当然弗莱并未否认作家本身也拥有某种批评权利,他们也能够去谈论自己的作品,但应该注意的是,当一名创作者在说明自己作品的时候,他的诠释地位与其他读者、评论家是同等的,并不因为其创作者的身份而使得他的批评具备更高的价值。

弗莱以意大利诗人但丁评论自己的作品《天堂》为例,强调作家对于自身创作成果的解说并不具有特别的权威性。当但丁为自己所写的《天堂》第一章给予评论的时候,他也只不过是许多但丁批评家之中的一员而已,意思是说,他的评论层次与其他批评者完全一样,并非一定会更加深刻或更具有启发性。虽然如此,但丁的评论自然有其独特的价值,譬如他的创作素材来自何处,这类传记性质的信息便可以满足许多读者的好奇心。但是必须要注意，关键在于但丁的评论，包括对他自己作品的评论，虽有其特别的地方，但是并没有特别的权威性。所以弗莱说，人们普遍接受的一个说法是，对于确定一首诗的价值，批评家是比诗的创造者更好的法官。

总括而言，训练有素的批评家与创作者相比，更能够以完整、精密的知识结构展现出作品的意义，从这个角度来看，李纨可谓诗社真正的灵魂人物，她不仅最了解诗歌的优劣，也最具有诗歌鉴赏所需的"思想和知识的结构"，因此我们绝不可以因为李纨创作才能的平庸，便减损她"善看"的价值。事实刚好相反，李纨对于众诗家所给予的评论包括优劣等第，会比作出好诗的那些少女包含林黛玉、薛宝钗，具有更中肯、更客观也因此更公平的价值。如此一来，李纨成为社长的确是实至名归，而且她也非常尽责，可以说是一位很称职的诗社盟主。

"你就评阅优劣，我们都服的"

宝玉正是看清了李纨的这一优点，所以才说道：

> 稻香老农虽不善作却善看，又最公道，你就评阅优劣，我们都服的。

随后众人皆应和道："自然。"显然李纨品评诗词的眼光与客观公正的态度深受大家一致的认可，所以他们也对李纨这位盟主表现出尊崇

和服膺,这便符合她所保证的"管情说了大家合意"。由宝玉的一段话可以得出两个重点:

其一,李纨固然不擅长作诗,但是却"善看",即看得出诗歌的高下优劣,如前所述,"善作"与"善看"属于两种不同范畴的文学能力而大相径庭,一名优秀的诗人并不代表他自动是一位好的文学批评家,反之亦然。颇为吊诡的是,擅于创作的人可能少有客观评断的能力,而精于分析批评的人则容易缺乏凭空虚构的想象,换言之,"善作"和"善看"或许会互相妨碍和抵消,一个人往往只能够专长于其中一种,鲜少出现两者兼备的情况,由此可见,宝玉所谓的"稻香老农虽不善作却善看"确实是与客观事实相吻合的陈述。

其二,李纨不仅是一流的文学品鉴者,为人处事也最为公道。这是李纨得以服众的重要品质,倘若她存有私心,则即使具备了分辨高下的精准眼力,但必然会有所偏袒而无法对社员的成果做出公正的裁判,如此一来,诗社的竞赛模式便形同虚设,甚至毫无意义可言。关于这一点,很有趣的是第三十七回中恰恰有一段描写可以作为对照,当时适逢初结诗社之际,才刚刚举办第一场竞咏白海棠的创社活动,黛玉的诗被李纨评为第二,探春也认同道:"这评的有理,潇湘妃子当居第二。"但是宝玉对于这个判定结果却提出异议,希望能够翻案,显然心中偏袒黛玉的宝玉很容易被私情所蒙蔽,而失去超然的立场,所以并不适合担任盟主。在此一对比之下,便更加凸显出李纨具备了公正无私的专业坚持。

总结而言,虽然相比于多愁善感的黛玉、敏智过人的探春、精明干练的王熙凤等人,李纨显得平平无奇,但如果和一般人较量,则已经属于非常优秀的一流人物,毕竟她也位列十二金钗,非同等闲。对书中点点滴滴的细节分析，清楚证明了李纨不仅善于把握自己与他人的优缺点，同时也拥有广博的知识以及公正的品德，所以其盟主身份才会获得宝玉等所有人的认同，并显示出李纨品第的眼光和客观公正的态度，其实早在过去的相处里便已经受到大家的公认了，也因此当她开口自荐的时候，立刻就赢取威服众人、一言九鼎的权威。可想而知，李纨性格内涵中所存有的一面就是公道，不会被私心所蒙蔽，而她对于文学审美方面的判断力也非常高明，这正是一般读者经常忽略的一大人格魅力。

诗与梅：李纨的精神向度

学者季学原在《诗与梅：李纨的精神向度》一文里对李纨的人格表现做出了极佳的总结：

其一，李纨绝非槁木死灰、一潭死水，她对于诗社的成立表现出热衷、支持和带动。其二，在第一次诗社活动的时候，李纨能够给予全方位的考虑，不仅要监场誊录、出题限韵、立定罚约等等，还让不大会作诗的迎春、惜春担任副社长，负责行政工作，避免她们因为参与兴致不大而感到被冷落，可谓谨慎周全、面面俱到，最重要的是她客观公正，不理会宝玉的私心抗议，坚定地评宝钗为第一。其三，通过评论各金钗所写的诗，曹雪芹也深刻地展现了李纨思想性格的丰厚内蕴，尤其第五十一回宝钗对宝琴的两首怀古诗公然要求抹倒时，李纨再次表现出盟主的才能。当时宝琴写出十首怀古绝句，前八篇涉及的赤壁、交趾、钟山、淮阴、广陵、桃叶渡、青冢、马嵬坡都是历史上有凭有据、实际存在的古迹,宝钗对此并无异见。她之所以否定最后的两首,乃是因为诗中所咏的"蒲东寺"和"梅花观"分别源自戏曲小说,即《西厢记》与《牡丹亭》,属于虚构的故事地点,然而虚构也非真正的问题所在,关键在于其中涉及未婚男女的非礼教关系。在此我要特别补充解释的是,其实对于贾府而言,这两部戏曲在舞台上以折子戏的方式演出时并无任何违礼犯禁的疑虑,毕竟他们是以欣赏戏子伶人的唱腔身段为主,与歌词内容无关,只有文字版的案头小说才是重大的闺阁禁忌,少女是绝对不可以阅读的。而宝琴采用了这两个故事地点,令性格比较谨慎的宝钗觉得不大妥当,于是以"后二首却无考,我们也不大懂得"为理由要求另作,想要彻底撇除嫌疑。

值得注意的是,当下黛玉第一个表示反对,她认为,既然凡听过唱戏的人包括三岁小孩都知晓"蒲东寺"和"梅花观"这两处地名,如果刻意避开不写,反倒带有此地无银三百两的意味,因此连忙拦道:

> 这宝姐姐也忒"胶柱鼓瑟",矫揉造作了。这两首虽于史鉴上无考,咱们虽不曾看这些外传,不知底里,难道咱们连两本戏也没有见过不成?那三岁孩子也知道,何况咱们?

而在场的探春也随之表示认同:"这话正是了。"接下来李纨的长篇议论则是整段情节的画龙点睛之处,她解释道:

> 况且他原是到过这个地方的。这两件事虽无考,古往今来,以讹传讹,好事者竟故意的弄出这古迹来以愚人。比如那

年上京的时节，单是关夫子的坟，倒见了三四处。关夫子一生事业，皆是有据的，如何又有许多的坟？自然是后来人敬爱他生前为人，只怕从这敬爱上穿凿出来，也是有的。及至看《广舆记》上，不止关夫子的坟多，自古来有些名望的人，坟就不少，无考的古迹更多。如今这两首虽无考，凡说书唱戏，甚至于求的签上皆有注批，老小男女，俗语口头，人人皆知皆说的。况且又并不是看了"西厢""牡丹"的词曲，怕看了邪书。这竟无妨，只管留着。

从中可见，身为社长的李纨并没有把问题给简单化，而是通过有理有据的论证加以裁决。她以关羽为例，指出史上只有一位关夫子，他逝世后也必然唯有一处安葬之地，然而因为受到百姓的敬爱，以至于"那年上京的时节"竟然看到了三四处关夫子的坟墓，这便说明了自古以来具有名望的人往往身后会无端产生不少虚设的坟墓，同样的道理，即使是无可稽考、子虚乌有的地方，但出于种种人情事理的关系，也可能因此被穿凿附会出来，甚至还广为人知。既然如此，宝琴从家喻户晓的虚构戏曲里寻找作诗的材料实际上也无可厚非，只要并非私下偷偷阅读对男女情事细节描写详尽的文字书本，则那两个题目是可以保留的。宝钗听完李纨这一番滴水不漏的权衡仲裁之后，也不再坚持原来的看法，由此反映出李纨的最终结论确实强而有力，否则宝钗也不会毫无反驳，只得作罢。从某种程度来说，李纨这位年轻寡妇充分地体现了长嫂兼社长的那种非权力的权威风范。

不过，必须在此郑重澄清的重大迷思是，对于这一场小小的意见"冲突"，一般总以为那代表了《红楼梦》是支持《牡丹亭》《西厢记》的,黛玉则是反礼教的信徒,所以与宝钗针锋相对,然而此一常见的说法却完全落入了误解。历来的读者们都忽略了,黛玉根本没有提出所谓的反礼教主张,恰恰相反,她所持的立场事实上与宝钗完全相同,所谓的"咱们虽不曾看这些外传,不知底里",不仅完全撇清了先前与宝玉共读《西厢》的往事,形同不实的谎言,与宝钗所宣称的"后二首却无考,我们也不大懂得"也殊无二致,又有何"反礼教"可言?差别只在于黛玉另外采取了舞台表演的开放传播渠道,以"咱们连两本戏也没有见过不成?那三岁孩子也知道,何况咱们"来加以合理化,显然彼此之间并不具备价值观的对立,更谈不上冲突,所以立刻得到了探春的赞同。

同样地,随后李纨也采取了同一个论述角度,即通过"说书唱戏"等场上剧的歌舞演出而获悉相关的知识,这便是合法的来源,但如果是阅读文字版的案上剧本,也即所谓的"邪书",则属于重大违禁。所以说,关于宝琴这两首怀古题材的争论,实际上薛宝钗跟林黛玉之间并没有所谓礼教观念或文艺思想的冲突问题,而是双方完全立场一致,这一点务必要区分清楚,不宜再囫囵吞枣、以讹传讹。

另外,还有学者认为"李纨论诗,依孔门诗教,主张温柔敦厚",所以宝钗具有含蓄浑厚风格的诗歌才会常常被评为第一,季学原则指出此论乃是对李纨的错误成见,该说法不见得很全面。其实从李纨的诗评里,已经足以显示出她是一位知识相当广博而且内蕴丰富的少妇,堪称在社会活动上具有潜在大能量的女子。此言甚是。

总括而言,李纨的生活状态之所以给人一种宛如一潭死水般毫无波澜的感觉,只是出于家庭伦理的限制以及社会对寡妇的要求,使得她不得不压抑自己,但是通过诗社活动的种种表现可以看出,李纨的性格实际上是相当丰富的。更令人赞叹的是,曹雪芹还发掘了李纨性格中的另外一种奇光异彩,即对于自然界的美景具有高层次的审美眼光,而这一特点也激活了李纨不可抑制的精神活力,使得她青春的生命力再次荡漾起波澜。作者借由描绘雪中赏梅、诗兴勃发的场景,把李纨对于自然美的赏爱展现得淋漓尽致,让读者不禁对这位金钗另眼相看。

大观园里的"守财奴"

当然,在李纨如止水之心房上掀起波澜迹象者,不仅是先前所述的那些值得欣赏和鼓励的正面事物,譬如知识广博、艺术审美、善体人意、论证严谨等等,"如喷火蒸霞一般"的红杏花所泄露的,还包含其他无意识里来自善恶辩证的内在冲突。要知道,小说人物的立体化并非仅限于平面的延伸,也包括了立体的纵深,必须通过三度空间,亦即立体塑像所特有的阴影,在字里行间延伸、于明暗之间拉锯变化的性格层次才会显现出来。所以突破了刻板类型框架的李纨,她立体化的多面性当然不只展现于正面的事物上,还涉及一些人性中不可避免的、难登大雅的面向。

曹雪芹究竟是如何在李纨的形象拼图上增加更多的线条与色彩,并且扩大她的人物图像版面呢?从《红楼梦》点点滴滴的琐碎情节可以发现,李纨并非对任何事物一概无见无闻,所谓"不问你们的废与兴"(第六十三回),实际上她对"金钱"相关的物事皆非常敏锐。固然稻香村朴实无华、简单平凡,其"富贵气象一洗皆尽"(第十七

第二章 李纨

回）的建筑装设更恐怕连宵小窃贼都不屑光顾，但事实上院落内却藏富良多，将之类喻为一座矿脉也不为过，绝非其他金钗所能够相比，换言之，李纨才是大观园中沉默的大财主，表面看似简朴，实则内在非常殷实。

李纨这位寡妇虽然过着"清净守节"的生活，心性也达到"竹篱茅舍自甘心"的境界，但是她依然不能免除人性中根深蒂固的爱憎之情，其中的"爱"还表现在对于金钱的敏感与吝啬上，宛如一股暗潮汹涌的潜流汇入心灵的幽暗水域。而此一特点可见诸第四十五回的一段情节：大观园起了诗社之后不久，李纨便带领众姐妹前往凤姐处商量相关事宜，表面上是请求凤姐做个铁面无私的"监社御史"，以便诗社的运作可以上轨道。可是素有穿心透肺之识别力的王熙凤，一听便立刻犀利地洞察到姐妹们的真正意图，于是笑道：

> 你们别哄我，我猜着了，那里是请我作监社御史！分明是叫我作个进钱的铜商。你们弄什么社，必是要轮流作东道的。你们的月钱不够花了，想出这个法子来拗了我去，好和我要钱。可是这个主意？

此番言辞说明了凤姐已经猜中李纨等人的心思，即希望她掏钱出来赞助诗社，所谓的"监社御史"只不过是个幌子，姐妹们其实只想要一位赞助商，她是否参与诗社活动倒在其次。因此，这一席话惹得众人都笑了起来，而李纨则是笑道："真真你是个水晶心肝玻璃人。"这便无异于承认"求财"才是真正的目的，结果她随即成了凤姐加以奚落的对象：

亏你是个大嫂子呢！把姑娘们原交给你带着念书学规矩针线的，他们不好，你要劝。这会子他们起诗社，能用几个钱，你就不管了？老太太、太太罢了，原是老封君。你一个月十两银子的月钱，比我们多两倍银子。老太太、太太还说你寡妇失业的，可怜，不够用，又有个小子，足的又添了十两，和老太太、太太平等。又给你园子地，各人取租子。年终分年例，你又是上上分儿。你娘儿们，主子奴才共总没十个人，吃的穿的仍旧是官中的。一年通共算起来，也有四五百银子。

王熙凤之所以不愿意花钱赞助诗社，并非为人心性吝啬克扣或一毛不拔，她所持的理由完全合情合理，主要有三点：

其一，在中国传统文化里，古人尤为注重"长幼有序"的伦理制度，家族内以父母为至高无上的尊长，他们拥有最高的权威，而父母之下即是长兄，因为受到家族比较早的照顾，在成长过程中获得更丰富的资源，具备更多的知识，所以就得负起照护弟弟妹妹的责任和义务，甚至于结婚之后，其妻子也必须一同分担这项重责，一旦父母不在的话，他们在家族中便是身为"长兄如父，长嫂如母"的重要支柱。以伦理制度而言，李纨身为众姐妹的"大嫂子"，不只是在身份地位上占据优势而已，更应该承担起长嫂所附带的责任，换言之，既然贾家把照管姐妹的任务托付给她，则她们无论是在感情生活或经济消费方面遇到困难，李纨都务必给予资助，所以诗社运作所需要的花费本来就应该由她掏钱解决。

其二，从收入差异来说，李纨这位长嫂"十两银子的月钱"显然比众姐妹更有能力去支付诗社活动的开销。根据第五十六回探春所

第二章 李纨

说"我们一月有二两月银",证明贾家的未婚少爷和金钗们的月钱为二两银子,而已婚的家族成员又可以领取多少额度呢?答案是一个月五两,以王熙凤为例,她作为已婚媳妇,与丈夫贾琏各自领取五两月钱,所以这一房夫妻总共拥有十两。李纨的月钱之所以倍增为"十两银子",正是接收丈夫贾珠的那一份,贾珠的分例并未因为本人夭亡而被取消,因此其遗孀所得的月钱总额也成了十两。即便是备受贾母疼爱的宝玉、黛玉,身为尚未婚娶的少爷小姐,按照贾家的分例规矩,他们一个月只有二两,与李纨的收入相比,那可是悬殊到了 1:5 的地步,如此一来,李纨于情于理都应该承担起诗社所需的开销。最重要的是,即使李纨的月钱与姐妹们一样,她作为大嫂子也理应付出更多,毕竟根据传统的伦理制度,这本来就是她必须承担的义务。

要知道,王熙凤乃是一个"帐也清楚,理也公道"(第三十六回)的精明女子,她还进一步指出李纨之财力远比我们所想象的更雄厚,其各项收入分为三类:

一、额外的月钱补贴。李纨因为寡妇守节而受到贾母、王夫人的敬重和怜惜,于是月银又加了一倍,最终所得总共二十两银子,与老太太、太太同等。这已经称得上是一笔可观的巨款了,宝玉等人的月银根本无法企及,再加上闺阁小姐们的小玩意儿也不需要太高的花费,可是李纨竟然不愿掏钱协助诗社的用度,所以无怪乎凤姐会觉得李纨过于吝啬。

二、园子地取租。第七十二回贾琏向鸳鸯道:"这两日因老太太的千秋,所有的几千两银子都使了。几处房租地税通在九月才得,这会子竟接不上。"由此反映出房租地税数额可能达到几千两之多,所以才足以填补贾母生日所耗尽的空缺,如此一来,手上握有几处园子收租的李纨必然也有相当可观的收入。值得注意的是，这种从顺治元年（1644）开始的圈地设庄的社会体系，乃王公贵族主要的经济来源之一，贾家把一部分庄园特别拨给李纨，皆说明了李纨在贾府里是深受敬伏和优待的。

三、年终分年例。这就类似现今的年终奖金之类，虽然人人皆有，可是李纨却是众人里的"上上分儿"，属于最为优厚的等级，其他姐妹难以望其项背。上述种种收入加总来看，"一年通共算起来，也有四五百银子"，较诸众姐妹的一般所得堪称达到了霄壤之别的地步。而李纨的四五百两银子又可以花用多久呢？如果以刘姥姥所提供的当时平民经济规模作为参照，根据第三十九回刘姥姥进大观园以后，见到螃蟹宴时所发出的惊叹，所谓："一共倒有二十多两银子。阿弥陀佛！这一顿的钱够我们庄家人过一年了。"便说明了四五百两的银子足以充当庄家人二十年的生活用度，遑论李纨嫁入贾府已经有不少时日，年复一年的累积肯定形成了一笔庞大的金额。

再从生活中的消费用度而言，诚如凤姐所说"主子奴才共总没十个人，吃的穿的仍旧是官中的"，既然日常吃穿皆属于公家开销，则李纨便不必自掏腰包，而稻香村不比丫鬟众多的怡红院，人丁比较单薄，再加上李纨本人又不会花钱购置漂亮衣饰和化妆品，如此一来，李纨的"四五百银子"大部分都属于净收入，可谓进得多又出得少，甚至只进不出，积攒下来的财富足以保证她未来的一生衣食无忧。然而，其他少女们则是进得少、出得多，譬如探春便经常拿出积攒的"十来吊钱"委托外出的宝玉帮忙购买各种有趣轻巧的玩意儿（详见第二十七回），换言之，她们有限的收入还得用在各种物品的购置上，有时甚至入不敷出，所以相较之下，李纨进账丰厚，又完全没有

第二章 李纨

和别人相同的支出,其中差距之悬殊才会令王熙凤看不下去,所谓:

> 这会子你就每年拿出一二百两银子来陪他们顽顽,能几年的限?他们各人出了阁,难道还要你赔不成?这会子你怕花钱,调唆他们来闹我,我乐得去吃一个河涸海干,我还通不知道呢!

毕竟贾府的姑娘们不久以后都会纷纷出嫁,诗社也存在不了几年的光景,则所花费的用度其实很有限,即使她们出嫁之际所需的开销也动用不到李纨的钱财,既然如此,李纨何不拿出一二百两银子陪姊妹们游艺取乐呢?凤姐这番话简直是句句在理,并一针见血地点出李纨害怕花钱的吝啬心态。

其中,凤姐之前所说的"这会子他们起诗社,能用几个钱"并不是局外人事不关己的信口胡诌,根据第四十九回宝琴、岫烟诸钗来到了大观园,大家准备凑社接风顺便赏雪联诗,于是社长李纨出面做东,当时所说的一段话便提供了证明,她指挥众人:

> "你们每人一两银子就够了,送到我这里来。"指着香菱、宝琴、李纹、李绮、岫烟道,"他们五个不算外,咱们里头二丫头病了不算,四丫头告了假也不算,你们四分子送了来,我包总**五六两银子**也尽够了。"

此番话语中的"你们四分子"即是指宝玉、宝钗、黛玉、探春四人,每个人一两,则总共有四两,既然"包总五六两银子也尽够了",而香菱等五位客人以及没有参与活动的迎春、惜春都不必出钱，显然剩下的财务缺口便是由李纨填补。那么李纨需要补上多少银子呢？仅仅一二两而已，与其他社员所支应的数额基本相当。不过，李纨一个月的收入可是人家的十倍，年收入更多达二十倍，却竟然与其他姐妹们付出的金额差不多，那确实是太过吝啬小气了。

试想，这次参与诗社活动的人数大约十人，如此热闹欢聚、成员众多，可是仅仅花费五六两便绰绰有余，以此为基准，倘若众人平均分配支出，则一个人只需 0.5 两即足矣，可想而知，诗社的用度诚然所费无多，凤姐确实所言不假。当然，可能有读者会认为，于第三十八回中，由宝钗帮忙初入诗社的湘云代办螃蟹宴还席时，便用了二十多两银子，不过必须厘清的是，该笔款项是包括了贾母、王夫人、薛姨妈，还有各级的丫鬟婆子在内上上下下都分一杯羹的，属于非常态的特例，不能够与一般的诗社运作规格一概而论。

另外，大观园中的诗社常常因为各种外力的影响，以至于因故迁延甚至取消，尤其到了第七十回，湘云即抱怨道："咱们的诗社散了一年，也没有人作兴。"因此建议黛玉重建桃花社，但随后又恰逢贾政要返家回来，黛玉深怕宝玉为了诗社活动而不能够专心完成功课，所以"自己只装作不耐烦，把诗社便不起"。由此清楚反映出诗社的举办并不具备强制性，属于可有可无的闺阁娱乐。如此仔细盘算下来，一年里进行诗社活动的次数必然不多，一次统共也只需至多五六两的活动费，对收入丰厚的李纨而言，简直少得不足挂齿，难怪会落入王熙凤的口实。就这一点来说，李纨对金钱只进不出、滴水不漏的态度堪称是守财奴的典型表现。

王熙凤反讽意味甚浓的一番话虽然击中李纨的要害，她却依然不

第二章 李纨

为所动,反倒以更激烈的言辞进行反驳,宛如一滩死水忽然掀起波澜,并产生了一场大海啸,她笑道:

> 你们听听,我说了一句,他就疯了,说了两车的无赖泥腿市俗专会打细算盘分斤拨两的话出来。这东西亏他托生在诗书大宦名门之家做小姐,出了嫁又是这样,他还是这么着;若是生在贫寒小户人家,作个小子,还不知怎么下作贫嘴恶舌的呢!天下人都被你算计了去!昨儿还打平儿呢,亏你伸的出手来!那黄汤难道灌丧了狗肚子里去了?气的我只要给平儿打报不平儿。忖夺了半日,好容易"狗长尾巴尖儿"的好日子,又怕老太太心里不受用,因此没来,究竟气还未平。你今儿又招我来了。给平儿拾鞋也不要,你们两个只该换一个过子才是。

从中可见,下人们视作"菩萨"般温和的李纨也有"怒"的一面,而且反击之态势丝毫不亚于素来伶牙俐齿的凤姐,为了守住自己的地下金库,她甚至还扯开话题,用凤姐因迁怒而打了平儿来说事,致使对方心生愧疚,在这一种逻辑不通却发挥奇效的做法上,李纨可谓展现了出人意料之外的性格深沉面。有趣的是,明明以诗社经费一事而言,凤姐对李纨的质疑完全是合情合理的,并且分析得头头是道,李纨却反过来以"天下人都被你算计了去"来指控凤姐,最终凤姐只能服软认输,答应给诗社五十两银子,简直是非颠倒。

当然,我们并不需要强烈批评李纨的该种性格,毕竟这也是她的人格特色,但是单单以诗社支出来看,那些每个月只有二两的姐妹们,一两的社费便用掉了月银的一半,而李纨的月钱却有二十两,社费仅仅占去二十分之一，如此不对等、不符合比例原则的付出确实难免小气之嫌。试想：当校友聚会的时候，自己和多数同窗都是月薪五千，唯独一人却是月薪五万，而其所出之餐费与其他薪资低少者相同，当下是否也不免会觉得心里不平？甚至还可能会产生一种相对被剥夺感，似乎自己的薪水不足以支撑既有的生活，更不可能有未来的展望。因此，倘若我们能够设身处地将心比心，便会发现李纨向凤姐争取诗社财源之举实属不妥。

对金钱异常敏感

不仅如此，第五十六回《敏探春兴利除宿弊》一段更反映出李纨对于金钱的敏感。当时探春计划把大观园整顿成为一个具有生产价值的农圃，将其中的一草一木加以经营兴利，她先问代表凤姐出席的平儿道：

"……第二件，年里往赖大家去，你也去的，你看他那小园子比咱们这个如何？"平儿笑道："还没有咱们这一半大，树木花草也少多了。"探春道："我因和他家女儿说闲话儿，谁知那么个园子，除他们带的花、吃的笋菜鱼虾之外，一年还有人包了去，年终足有二百两银子剩。从那日我才知道，一个破荷叶，一根枯草根子，都是值钱的。"

值得注意的是，探春这般的千金小姐又是如何获悉园内的"一个破荷叶,一根枯草根子"都是值钱的?原来她是与贾府大管家之女聊天后才得知的。赖大总管的母亲即赖嬷嬷,他们原本皆是家生奴才,必须世世代代服侍贾家,但因为贾府对奴才非常宽容体恤,尤其对年长资深的嬷嬷更是礼遇有加,加上赖家两代均把人生贡献于贾府,所以到了第三代便被开恩放了出去,由此解除奴隶契约,变成正常良民,甚至有足够的家底飞黄腾达,如赖嬷嬷对那位幸运儿所言:"一落娘胎胞,主子恩典,放你出来,上托着主子的洪福,下托着你老子娘,也是公子哥儿似的读书认字,也是丫头、老婆、奶子捧凤凰似的,长了这么大。"(第四十五回)可见赖家的第三代子孙,即赖嬷嬷之孙、赖大总管之子,自幼便能够读书识字,还托赖贾府的关系捐了官,担任地方知县,而他们家新建的花园就是一个缩小版的大观园。

探春协理家务之后,当然希望尽己所能地填补贾家的财务缺口,既然"还没有咱们这一半大"的赖家花园能够通过天然的物产换得一年几百两的收入,聪明的探春立刻意识到,贾府也可以借由经管大观园的林庭水塘来营利,只要这些小钱都涓滴不弃,便能够逐渐累积成一笔可观的金额。

由此,我们可以侧面得知,一般而言,真正的千金小姐完全不了解府外的世界,因为她们从小即不必理会那些用度之事,并且基于闺阁女子不可外出的性别规范,一切生活用品皆是由小厮购置妥当,不劳费心,既然不出门自然就不花钱,不花钱便不知晓物品的真正价格。

关于这一点,有一个真实的案例颇富异曲同工之妙,可以参考。犹记得多年以前有一名记者获得允可,到办公室贴身采访企业家王永在,对方既然身为开创企业的第一代,必然每天都披星戴月地忙碌，好不容易才挤出一小段时间与记者对谈。有趣的是，这位记者在等待的过程中因为感到无聊，便把最近刚发行的新钞拿出来赏玩，恰好王永在进来了，一见到这一幕，即随口询问说："这是哪一国的钞票？"显然他对新钞毫无概念。毕竟对他来说，倘若有任何购物之类的需要，只要交代下属去办理即可，甚至一切皆早已由专人安排妥当，他根本没时间也没必要亲自花钱消费，又哪里会接触到钞票，当然连换了新钞也不知道。既然现代的企业家都尚且如此，更何况是贾府之类世代贵族的闺秀千金？

果然，第五十七回描述邢岫烟受到婶母邢夫人和下人们的欺压，不得不典衣度日，而遗失的当票恰巧被史湘云拾获，作者道：

> 忽见湘云走来，手里拿着一张当票，口内笑道："这是个账篇子？"黛玉瞧了，也不认得。地下婆子们都笑道："这可是一件奇货，这个乖可不是白教人的。"宝钗忙一把接了，看时，就是岫烟才说的当票，忙折了起来。薛姨妈忙说："那必定是那个妈妈的当票子失落了，回来急的他们找。那里得的？"湘云道："什么是当票子？"众人都笑道："真真是个呆子，连个当票子也不知道。"薛姨妈叹道："怨不得他，真真是侯门千金，而且又小，那里知道这个？那里去有这个？便是家下人有这个，他如何得见？别笑他呆子，若给你们家的小姐们看了，也都成了呆子。"众婆子笑道："林姑娘方才也不认得，别说姑娘们。此刻宝玉他倒是外头常走出去的，只怕也还没见过呢。"

从这番对话可以得知，湘云、黛玉、宝玉等人均对当票毫无概念、茫然不识，捡到当票的湘云也才会拿着当票到处询问，而使得薛姨妈忍不住感慨"真真是侯门千金，而且又小，那里知道这个"。此言触及两个关键，说明了何以湘云、黛玉等人会不认得当票：第一，她们的身份是侯门千金，平常不会接触到这种东西；第二，她们的年纪小，也没有接触现实层面的可能性。

那么，何以宝钗却晓得湘云手上所拿的就是当票呢？这是因为薛家属于诗书世家兼皇商身份的贵族，"皇商"可是与皇室相关的国际性超级商人，手上经营的各种铺面自然不在少数，其中便包括了当铺，所以身为薛氏女儿的宝钗当然对当票并不陌生。必须特别说明的是，根据清代旗人文化以及内务府与皇室直接相关的历史背景，薛家的当铺其实属于合法的营运，并非一般人所认为的黑暗行当，所以读者千万不可因为这一点而对宝钗产生负面的成见甚至加以诋毁。

除此之外，第五十一回也有一段记载反映出宝玉和婢女麝月都对戥子一知半解的情况，"戥子"乃是一种计量金银、药材、香料等贵重物品的精细秤具，用现金交易时不可或缺。当时晴雯生病，由于不想惊动贾家的长辈们，如贾母、王夫人等，以免被她们以"沾带主人"为由把晴雯迁挪出去，所以宝玉便绕过常规，私下请了一位陌生的胡大夫来诊视。当大夫开了药方准备离开时，宝玉被一旁的老婆子提醒应该支付费用，但因为从未遇过这种状况，只好询问要给多少，婆子建议一两的轿马钱最合乎礼数。于是宝玉命麝月去取银子，这时候却犯难了，作者描述道：

麝月便拿了一块银子，提起戥子来问宝玉："那是一两的星儿？"宝玉笑道："你问我？有趣，你倒成了才来的了。"麝月也笑了，又要去问人。宝玉道："拣那大的给他一块就是了。又不作买卖，算这些做什么！"麝月听了，便放下戥子，拣了一块掂了一掂，笑道："这一块只怕是一两了。宁可多些好，别少了，叫那穷小子笑话，不说咱们不识戥子，倒说咱们有心小器似的。"

麝月所说的"星儿"即戥子上划定银子重量的刻度单位，而让人不禁莞尔失笑的是，身为婢女的麝月居然反问对称斤论两更属于门外汉级别的少爷，所以宝玉也忍不住打趣麝月，说："你问我？有趣，你倒成了才来的了。"在主仆两人皆一头雾水的情况下，麝月唯有放弃使用戥子，直接选了一块比较大的银子，宁可多付而不要少给，以免失礼。这时站在外头台矶上的婆子委实看不下去了，便插口笑道：

"那是五两的锭子夹了半边，这一块至少还有二两呢！这会子又没夹剪，姑娘收了这块，再拣一块小些的罢。"麝月早掩了柜子出来，笑道："谁又找去！多了些你拿了去罢。"

既然连身为奴才的麝月都搞不清楚银钱相关之事物，遑论宝玉这位娇生惯养的贵族少爷？虽然两人的行为在现代人眼中看来颇为可笑，可是我们不应该只停留在事情的表面，而须继续思考何以贵族少爷小姐们会有这样的表现，并回归到他们的生活形态中进行推理，才能够更好地了解他们的性格。值得注意的是，正因为麝月懒得再翻找柜子，重新拣一块小些的锭子，才会说扣除付给大夫的轿马费，剩余的便分给办事的婆子吧。可见底层跑腿的人也很有机会赚得一些外快,据此不得不说,在世家大族里当差,实际上也常常有天上掉下来的礼物,那些宽厚大方的主子身边便存在着人人想要争取的肥缺。

以上种种现象,正合乎第六十一回中厨娘柳家的对小丫鬟莲花儿所说的:

> 你们深宅大院,水来伸手,饭来张口,只知鸡蛋是平常物件,那里知道外头买卖的行市呢。

将此说对应于探春、湘云、黛玉乃至宝玉和他的丫头麝月,充分证明了他们连生活必需品的货利价值均是一知半解甚至一无所知,遑论其他与金钱相关的事物,这确实完全符合侯门似海的生活形态所培养出来的闺秀表现。

不过,探春在规划大观园各处之经营项目并拣选相关的负责人时,与李纨展开的一段对话却颇为耐人寻味:

> 探春又笑道:"可惜,蘅芜苑和怡红院这两处大地方竟没有出利息之物。"李纨忙笑道:"蘅芜苑更利害。如今香料铺并大市大庙卖的各处香料香草儿,都不是这些东西?算起来比别的利息更大。怡红院别说别的,单只说春夏天一季玫瑰花,共下多少花?还有一带篱笆上蔷薇、月季、宝相、金银藤,单这没要紧的草花干了,卖到茶叶铺药铺去,也值几个钱。"探春笑道:"原来如此。只是弄香草的没有在行的人。"

虽然探春在参观赖家花园之后，开始了解到大观园中若干植物的经济价值，可是她却只知其一、不知其二，只分擘菜蔬稻稗之类的农作物，而误认为蘅芜苑和怡红院内的香花香草等非必需品并不具备市场价值。出人意料的是，素来不问世间兴废的寡妇，"如槁木死灰一般，一概无见无闻"的李纨，却清楚知道那些香花香草非但很有用处，而且"算起来比别的利息更大"。不仅如此，李纨还对大观园外的香料铺、茶叶铺、药铺，甚至是大市大庙各处的买卖行情都了若指掌，完全颠覆了我们对深闺寡妇的一般认知。

李纨生活在锦衣玉食、不虞匮乏的豪门之中，不必去操劳一切柴米油盐的生活琐事，她又是如何得知大观园外香草香花的市场行情？其实，倘若以传统女性教育来解释的话，李纨作为一名出嫁的妇女，对于各种买卖行市的把握也不见得突兀。毕竟在传统社会中，母亲会在女儿出嫁前夕传授各种相关知识，譬如妇德女红、闺房之事等等，以便女儿在成为主妇之后能够顺利进入实务的运作状况。可是，这些女子所要学习的事物是如此之多，李纨真的有办法在短时间内对各种买卖行情都一清二楚吗？即使李纨再博闻强记、记忆力超群，恐怕也难以面面俱到，换句话说，李纨之所以熟知那些东西的市场价值，最关键的因素应该还是在于她对金钱具有特定的敏感度，所以才会在生活中持续关注、处处留心，并累积了各种与财货相关的知识。

单就这点而言，李纨确实是个很有意思的人物，当然我们并不能够因此便抨击她是名贪财之徒，毕竟那是非战之罪。大家切莫忘记，李纨是位寡妇，年纪轻轻便失去了丈夫这一重大依靠，还得抚养年幼的儿子，难免会对未来产生惶然无措的不安全感，因此不得不多储存些金银钱财以让自己安心。纵使眼前贾府所给的优待再多，可是却也并非终生保障，正所谓"靠人人跑，靠山山倒"，何况世事无常、变幻莫测，李纨未雨绸缪的心态确实是情有可原，合乎人性情理。

总括而言，我们通过仔细分析作者在小说中的种种描述，更加准确地掌握到李纨的性格特点，并且了解到她何以会有这般的面向。其实，李纨"如喷火蒸霞一般"的热烈爱憎表现，还可以借由精密的心理学进行分析，而更加让人省思，这点将在下一节加以探讨。

以谑代骂王熙凤？

关于李纨的性格形象，曹雪芹一开始所提供的信息为"如槁木死灰一般，一概无见无闻"，除了侍亲养子、陪伴姑娘们做些针线女红之外，便宛如一潭静止的死水，内心毫无波澜，所以一旦李纨展现出强烈的嗔怒或轻微的妒忌反应时，多数读者未免会感到比较突兀。然而，这种刻板形象的突破恰恰是作者匠心独运的体证，李纨内心中残余的灰烬依然会偶尔蹿出炫目的火光，显示她实际上也和一般人无异，拥有嗔怒、嫉妒等常见的人性表现，甚至在种种情绪背后还潜藏着连她自己都未曾意识到的心理幽微之处，即所谓的人性阴暗面。我们唯有精准地掌握李纨潜意识的心理运作，才得以更加全面地了解到作者究竟是如何塑造如此立体化的人物。

第四十五回中，李纨与王熙凤之间针锋相对的一番对话，便十分罕见地展露其嗔怒的模样，可能连她都并未察觉到自己称斤论两的一面,实际上与凤姐精打细算的性格有着异曲同工之"妙"。就此来说,李纨这种性格表现的背后原因,可以引用荣格心理学中所提出的"投射心理"理论给予诠释。当王熙凤以滴水不漏、面面俱到的一番道理揭露李纨"怕花钱"的心病时,李纨当下为自己辩护的话语不仅算不得高明,而且还显得格外刻薄粗鄙,显然已经到了气急败坏、口不择言的程度。

李纨的这番说辞大概是她在《红楼梦》里篇幅最长的一段,其中与市井粗话无异的詈骂言语简直和一般的贵族世家女性相去甚远,可谓极为有趣的现象。要知道,王熙凤奚落李纨所说的"这会子你怕花钱,调唆他们来闹我"并非推托、卸责之辞,毕竟李纨一年的收入高达四五百两之多,其他姐妹包括凤姐在内皆难以望其项背,加上李纨以长嫂的身份承担了诗社东道主的责任,但是她却吝于拿出一些银两作为大观园诗社的花费用度,也难怪凤姐会当场暴露其财务隐私。最重要的是,素来"帐也清楚,理也公道"(第三十六回)的凤姐,她列出的李纨钱财入账状况都是毫无错漏的,而且句句在理,虽然最终因为李纨猛烈的言辞攻势只好以和软的姿态求饶认输,但是只要仔细品味李纨的反击之辞,便会发现她的辩解完全不占理,根本属于气急败坏之下的恶言相向。

首先,所谓"无赖泥腿市俗""下作贫嘴恶舌""黄汤难道灌丧了狗肚子里去"之类的詈词非但不堪入耳,还涉及人身攻击,都有违贵宦世家小姐的基本教养,与她身为闺阁千金的成长背景完全不相吻合,堪称极大地颠覆了李纨以往安静木讷的宽厚形象。值得深思的是,纵使李纨把凤姐劈头盖脑地骂了一顿,可是她始终都没有提出强而有力的理据反驳或是推翻王熙凤的说法,因此反倒落入非理性的情

第二章 李纨

绪发泄，完全沦为恼羞成怒之下的口不择言。

从"昨儿还打平儿呢，亏你伸的出手来"这两句话可以看出，李纨显然是把焦点转移至"为平儿吐气"上，那么她何以要如此为之呢？为平儿打抱不平又和诗社的消费用度有何关联？当然，这两件事情根本是风马牛不相及，李纨之所以对自己的财务状况避而不谈，并扯上"平儿挨打"一事，看似头脑思路夹缠不清，实际上则是借着模糊焦点、声东击西的犀利策略来瓦解凤姐堂堂正正的气势。所谓"射人先射马，擒贼先擒王"，在双方对战的时候，想要制住对方，往往无须采取针对性的攻击，反倒是直接去抓住对方的要害更可以轻易将之击溃，而王熙凤的软肋即是平儿。众所周知，王熙凤为人非常霸气，甚至时而会得理不饶人，尤其在第四十四回贾琏偷情被撞破的情节中特别明显，当时凤姐因为不能够把怒气泼洒到贾琏身上，便转而迁怒于无辜的平儿，打了她两下。虽然凤姐此举并未对平儿造成实质上的伤害，但是却使之受尽委屈，心理上的哀苦无以复加，以致素性抓尖要强的王熙凤由衷觉得亏欠万分，无论如何都无法弥补这次因一时冲动所犯下的过错，所以平儿就成为她的弱点。

而李纨正是洞察到凤姐这位强悍对手的唯一心病，因此便利用这一点挫减对方穿心透肺的气焰，并借以逆转情势，使得心虚理亏的凤姐不得不放弃之前胜券在握的战场。从策略运用而言，李纨这番夹缠不清的辩驳话语，实质上就是一个相当高明的攻心为上的策略，毕竟王熙凤乃是一名"帐也清楚，理也公道"的精明女子，李纨在道理上肯定赢不过她，既然如此，李纨便选择从"人情"上着手，利用前几天平儿无辜挨打之殃来弱化对方的气势，果然对平儿心存愧疚的凤姐只得服软，应允了资助诗社一事。

在传统评论者的眼光中,李纨的反击一般都被视为是女强人的表现,而且与王熙凤相比完全不屈居下风,她也因此受到高度的赞扬,例如清代的评点家提及:

> 以谑代骂,令人胸中一快,不特为平儿吐气也,真抵得骆临川讨武后一檄。此日李纨独豪爽,凤姐独和软,皆为仅见。(《八家评批红楼梦》第四十五回眉批)

不过,必须注意的是,李纨对凤姐的反击真的可以称为"谑"吗?单凭感觉来看,众姊妹都因为平儿枉受委屈而为她感到不值,宝玉甚至还代替哥哥贾琏和嫂嫂王熙凤对平儿做小伏低,百般侍候她重新装扮,恢复气色,以弥补平儿所受的冤苦,因此当李纨在"为平儿吐气"一事上对凤姐疾言厉色的时候,便被评点家视为锄强扶弱的侠义行为,并将之等同于"骆临川讨武后一檄",即骆宾王《讨武曌檄》(收入《古文观止》)。

在唐代以前并没有"曌"字,由于武则天认为,自己以女性的身份成为皇帝乃空前绝后的伟大创举,所以绝对不可以降格援用平常通俗的、已经被定义的文字符号,为了凸显自我的独一无二,便创造了"曌"这个字作为匹配。"曌"属于会意字,具有日月当空普照天下的意思,换句话说,武则天以此字为名便是暗喻自己乃一切生命的来源,全世界都得臣服于她的脚下,可谓气势非凡。于是,唐朝将军徐敬业起兵声讨武则天,而骆宾王为他撰述了一篇大义凛然的《讨武曌檄》,并把这篇指控对方累累罪状的檄文传布天下,可惜的是,纵使这篇文章写得非常精彩,最终徐敬业的讨伐军还是被剿灭了。

第二章 李纨

那么,清代评点家以《讨武曌檄》比喻李纨和王熙凤之间一来一往的针锋相对,究竟是否合理呢?学者季学原在《诗与梅:李纨的精神向度》一文里,也用赞赏的语气来谈论李纨向凤姐索取资助时的表现,认为她们已经"形成一种英雄与英雄交手、强女人与强女人对话的阵势。……原来纨凤都是'脂粉队里的英雄'!人们既欣赏凤姐的绝顶聪明、狡黠,又欣赏李纨的柔中带刚,刚时直如狮子搏兔,雄风飙起,势不可当"。仅仅就此一现象而言,李纨的性格确实闪现出令人眼前一亮的奇光异彩,但这只是针对李纨与凤姐交手之际,她那种足以与对方分庭抗礼的能力和气魄,然而她是否真正达到与凤姐势均力敌的态势,又是否称得上英雄式的大义凛然,则有待仔细斟酌和重新商榷。

必须说,固然李纨成功地让原本占尽上风的王熙凤鸣金收兵、坦承失败,并乖乖交出五十两战败的"罚款",单从结果而言确实是非常值得赞赏,但是我们并不应该光凭双方一来一往的表面形式便做出判断,倘若注意到李纨在对垒的过程中,她所展现的强烈复杂的情绪纠葛和严重错榫的思考理路,便会发现,实际上她还是远逊于思路清晰、一针见血的王熙凤。李纨的急中生智只是确保自己在辩论过程里获胜,至于论事的方式是否合乎逻辑和道理倒在其次,然而这种仅仅专注于以气势压倒对方即可,丝毫不管逻辑、论据的说话策略,岂非和现在辩论赛一味追求获胜的结果论并无二致?

其实,李纨那"狮子搏兔,雄风飙起"般的强悍之气并非来自英雄无畏的至大至刚,而是来自情急之下奋力反扑的蛮横无理,也形同一种强词夺理,根本不足以与除强惩恶的大义凛然相提并论。最关键的是,王熙凤在整个过程中并没有犯任何错误,她指出李纨"怕花钱"的心态也是客观的事实，据此而言，如果把李纨打倒王熙凤称为"铲奸除恶"，未免言之过甚。脂砚斋对此一情节的评价反倒更为中肯，他在第四十五回批云：

> 心直口拙之人急了，恨不得将万句话来并成一句，说死那人。

由此可见，脂砚斋也认为李纨的反击是出于恼羞成怒的意气用事，心思直率、口才不佳的她在情急之下无法组织出理路清晰的话语，唯有把杂乱无章的"万句话来并成一句"，只求"说死那人"。这样一来，清代评点家把李纨的疾言厉色比喻为《讨武曌檄》，不仅是言过其实，最重要的是忽略了王熙凤并没有犯错，完全不具备被声讨的定义：第一，以辈分来说，李纨身为长嫂确实有承担诗社开销的义务；第二，以财力而言，李纨更是众姊妹里收入最高的。既然事实如此，李纨在这件事情上以"天下人都被你算计了去"来指责凤姐，根本就是出言不逊，因此用《讨武曌檄》来比喻李纨的说辞并不准确。据此回到前面的提问：李纨对凤姐的反击真的可以称为"谑"吗？答案显然是否定的。

另外可以厘清的是，我经常看到一些文章或报导上误用成语，写作"戏而不谑"，但是这种用语是诡异不通的，因为"戏"和"谑"属于同义字，"戏而不谑"的说法形同自我否定，就好比说"英而不俊""聪而不明""美而不丽"，简直是自相矛盾，乃一知半解之下所创造出来的"新成语"。原本正确的成语作"谑而不虐"，意思是指虽然可以开玩笑，即"谑"字的戏谑之义，但是必须要有分寸、节制，不可以过分至"虐"的苛刻地步，这种用法不但语意完善，同时又带有两个同音字，创造了修辞上的趣味，呈现出汉文之妙。那么，李纨的表现是否算得上是"以谑代骂"呢？非也，读者切莫忽略她所说的话是多么粗俗难听，已经不是仅止于"谑"的诙谐嘲弄，而是近乎"虐"的攻击性质了。再者，李纨以"无赖泥腿市俗""下作贫嘴恶舌"之类的市井粗话来回应凤姐，这也称不上"豪爽"，倘若撤除李纨为平儿打抱不平的这个成分，纯粹就事论事，反倒会发现李纨的表现与蛮横不讲理的人殊无二致。

无意识投射心理

则进一步追问，何以李纨会产生如此的过度反应呢？我认为，李纨这般的过度反应实际上乃是来自无意识投射的心理作用，当一个人不在理性状态的时候，最容易呈现出其内心深处不为人知的面向。"心理投射"乃分析心理学家荣格的理论之一，他的门人弟子冯·弗兰兹（Marie-Louise von Franz）对此作出说明道："投射是一种在他人身上所看到的行为的独特性和行为方式的倾向性，我们自己同样表现出这些独特性和行为方式，但我们却没有意识到。……（它）是把我们自身某些潜意识的东西不自觉地转移到一个外部物体上去。"也就是说，投射心理即人们把自身某些潜意识底下的负面特性不自觉地转移到一个外部物体上，而这个"外部物体"通常都是"他人"，我们会在别人身上看到自己的缺点，然而我们并不知道自己实际上也是那般模样，或者是内心并不愿意承认，以至于身为投射者的我们向该对象展露出强烈的情绪言语或是行为反应，此即所谓的投射现象。

为了更加清楚了解心理投射的运作机制，还可以再参考另一位学者所提供的说明：

> 如果人们在他人身上看到自己没意识到的倾向，那就是"投射"。……投射是一种无意识的心理机制，每当我们的某个与意识无关的人格特征被激活之际，投射心理便趁势登场。在无意识投射的作用之下，我们往往从他人身上看到这个未被承认的个人特征，并作出反应。我们在他人身上看到的某些东西，事实上也存在于我们身上，然而我们却没有察觉自己身上也有。

打个比方，某个人的身上有着自己很不喜欢的人格特征，例如小气、敏感、刻薄、自以为是等缺点，但是却不愿意承认自己是不完美的人，所以这些负面特征就会被压抑到无意识里，结果在日常生活中却被另一个人激发出来，而当事者又对此一人格特征的显现极度抗拒，于是把它转移到对方身上，变成对方的缺点，因此便对那一个被投射之人产生强烈的情绪反应。这就是投射心理最微妙的地方。

有趣的是，当我们没有受过相关学理的训练时，即使注意到这种现象也只会感到奇怪而已，对其背后的心理运作却是一无所知，唯有在理解这套理论之后，我们才会意识到自己之所以对某个人反应强烈，往往正是因为在对方身上发现了不愿意承认的"自己"，而"投射心理"只是借由转移目标的方式让我们把情绪发泄出来。倘若把这种非常有意思的现象放在日常生活中自我检验，便会赫然发现原来自己亦然，如此一来，我们在面对别人的过度反应之际就可以更为宽容,因为对方或许正在纠结他内心的问题而不自知。因此有的时候,我们在面对某人出现了强烈的情绪反应时,无论他是针对何人,都不必被其情绪所影响并感到生气,因为他事实上也许正在讨厌他自己,而他本身则毫不知情。换言之,人心是非常复杂奥妙的,A 在批评 B 的时候并不一定意味着 A 讨厌 B,有可能那只不过是 A 讨厌自己的表现,而 A 自己却不知道。

试想:自己是否在面对某个特定的对象时,很容易会忍不住暴跳如雷?如果有的话,便应该好好反省,之所以对他格外容易产生强烈的情绪反应,很可能是因为他身上似乎也有一个与自己相同的缺陷,因此才会借由他间接转移了对自己的不满。另外,掌握"心理投射"理论的建设性帮助之一,即是让我们成为更加宽容的人,纵使突然面对别人莫名其妙的恶意,我们也能够坦然处之,因为对方或许只是个借由情绪发泄来舒缓心理纠结的可怜人。当然,所谓"可怜之人必有可恨之处",其可恨仍然是不可原谅的过错,但如何面对那些过错的态度却是我们可以选择的。"人"确实既微妙又复杂,所以我们更应该对人文多下一点功夫。

总括而言,关于李纨对王熙凤的出言不逊,尤其是她的市井粗话如同倒了核桃车子似的滔滔不绝,实际上正反映出其内在人格里也存有王熙凤的面向。无论是对金钱的敏感程度,还是连珠炮般的流利骂语,皆证明了李纨也有与王熙凤相近的性格特征。李纨之所以在生活中表现出"槁木死灰"的常态,而非王熙凤那种"机关算尽太聪明"的精明干练,关键在于她自幼被教导"女子无才便有德"的缘故,所以通常并不清楚呈现出来,只是偶尔在非理性的无意识作用之下才开始登场。不得不承认,李纨的这一番反击非常值得我们思考,甚至对于如何看待自己以及周遭的是非纷扰都提供了很大的帮助。

可厌妙玉为人，我不理他

人只要活着，便不可能完全根除人性中根深蒂固的爱憎之情，无论是爱与被爱的拉锯、爱而不得的憾恨，抑或相形见绌的沮丧或嫉妒等等，都是难以避免的情绪本能。但是，这当然并不意味着人们就可以堂而皇之地纵容它们的存在，因此我们必须先加以认识，然后采取正确的方式善加处理。

李纨这位"一概无见无闻""不问废与兴""问事不知，说事不管"的寡居女子，其犹如止水之心灵不仅包含了对金钱的斤斤计较，实际上还隐藏着对妙玉的厌恶。有趣的是，纵观整部《红楼梦》，居然唯独李纨一人当着众人面前公开表露出对妙玉的负面观感，大大违反了一般的性情常态，则其中必有超乎寻常的人性奥妙。事件发生在第五十回，彼时众人于芦雪庵联诗之后，因为宝玉又落了第，身为诗社盟主的李纨便决定要给予处分，于是出了一道很有意思的罚则，她对宝玉笑道：

> 也没有社社担待你的。又说韵险了，又整误了，又不会联句了，今日必罚你。我才看见栊翠庵的红梅有趣，我要折一枝来插瓶。**可厌妙玉为人，我不理他**。如今罚你去取一枝来。

既然李纨对宝玉的处罚是"折取栊翠庵的红梅"，则她大可纯粹指示

第二章 李纨

这道罚则即可,然而她却又当众附带表示"可厌妙玉为人,我不理他",十分罕见地表现出厌恶的心态。相较之下,即使与王熙凤针锋相对的那一番对话,李纨也只是基于对方暴露了她"怕花钱"的吝啬性格才作出反击,并未主动发出攻势,整体而言,李纨几乎没有对任何其他人进行臧否褒贬,这也确实与她的人格定调相符合。

然而,为什么李纨的内心会突然平地起波澜?何以她会特别针对某个人产生强烈的情绪?又是否可以再次运用"心理投射"理论来诠释李纨对妙玉的嫌恶呢?答案是:当然不可以,因为李纨此时并未脱口说出非常情绪化的言语或表露出激烈的态度反应,她只是在众姊妹面前如实地表达自己对妙玉的不喜。

如此一来,我们必须先分析李纨之所以讨厌妙玉的根本原因,以及她对妙玉的厌恶究竟属于哪种层次。值得注意的是,固然妙玉为人孤僻冷傲,但是贾府上下却依然对她采取了礼遇和包容的态度,人前人后都不置一词,所以李纨的反应才会显得格外特殊,也非常值得我们深入思考。

首先,关于贾府对妙玉的礼遇,在第十八回王夫人下帖子邀请一段即可见一斑。当时管家林之孝家的向王夫人反映,妙玉之所以拒绝到贾府,是因为她认为"侯门公府,必以贵势压人,我再不去的",而王夫人听了之后也未曾恼怒,反倒笑说"他既是官宦小姐,自然骄傲些,就下个帖子请他何妨",于是王夫人便以当家女主人的身份亲自邀请妙玉,甚至还让她住进大观园内的栊翠庵。有意思的是,在第十八回元妃省亲的情节里,作者特别叙述元春到大观园内的各个建筑景点,诸如潇湘馆、怡红院、稻香村、蘅芜苑等处盘桓临幸,却略过一个地方并未莅临,或者虽至而未写,此即栊翠庵。这是因为元春乃地位至高的皇妃，纵使妙玉为人高傲，仍然也得对元妃毕恭毕敬，但如此一来，势必有损她的性格和形象，所以作者为了维护妙玉的人格特质，便刻意回避元妃到栊翠庵的情节而未加以描写，以避免涉及妙玉在权贵压顶之下不得不屈尊的情况。

但"避免涉及"绝不等于子虚乌有。妙玉寄居在贾府中接受十分优渥的礼遇，从人情世故来说，必然总有面对主家上位者的时刻，而在元妃省亲时被略过的场面便补述于第四十一回，当时贾母等人带着刘姥姥一行人逛至栊翠庵，面对老祖宗的驾临，妙玉乃是笑着往里让，贾母说道：

我们才都吃了酒肉，你这里头有菩萨，冲了罪过。我们这里坐坐，把你的好茶拿来，我们吃一杯就去了。

从中可见贾母对妙玉非常客气，即因她是庙宇的主人，沾了菩萨的光而受到众人的尊重，贾母也并未以大家长的姿态凌驾妙玉这位寄居者。最后贾母在庵里喝完了茶便起身回去，妙玉亦不甚留，而是送出山门，回身便将门闭了，毫无一丝殷勤挽留的表示。再者，当黛玉询问妙玉泡茶所用的水是否为"旧年的雨水"时，还被她当面冷笑呛道："你这么个人，竟是大俗人，连水也尝不出来。"不过，黛玉竟然不以为忤，丝毫不见平日的多愁善感和尖锐反击，只是"知他天性怪僻，不好多话，亦不好多坐，吃完茶，便约着宝钗走了出来"。

由以上的种种细节可以得知，贾府的人对待妙玉基本上均系礼遇、包容、尊重，甚至是回护、纵容的。此外，丫鬟们对她也都是不甚在意、漠不关心，很具代表性的一段见诸第六十三回，彼时大家在

第二章 李纨

怡红院私下为宝玉庆生,率性纵情之下皆醉得天昏地暗,梦醒之后便发生了一段"发现妙玉送来生日贺卡"的事件:

> 这里宝玉梳洗了正吃茶,忽然一眼看见砚台底下压着一张纸,因说道:"你们这随便混压东西也不好。"袭人晴雯等忙问:"又怎么了,谁又有了不是了?"宝玉指道:"砚台下是什么?一定又是那位的样子忘记了收的。"晴雯忙启砚拿了出来,却是一张字帖儿,递与宝玉看时,原来是一张粉笺子,上面写着"槛外人妙玉恭肃遥叩芳辰"。宝玉看毕,直跳了起来,忙问:"这是谁接了来的?也不告诉。"袭人晴雯等见了这般,不知当是那个要紧的人来的帖子,忙一齐问:"昨儿谁接下了一个帖子?"四儿忙飞跑进来,笑说:"**昨儿妙玉并没亲来,只打发个妈妈送来。我就搁在那里,谁知一顿酒就忘了。**"众人听了,道:"我当谁的,这样大惊小怪。这也不值的。"

显然不仅第一手接收帖子的四儿随处一放,过后即忘,连其他因为宝玉的惊慌而跟着一同紧张,害怕把贵事耽搁了的丫鬟们,一旦知道对方是妙玉的时候,心情也都立刻放松下来,并且觉得这件事情不值得宝玉大惊小怪。当然,这一方面可以说是大家对妙玉并无任何好感,所以认为不必把此帖看作一件大事来慎重处理;而另一方面则可以看出,众婢对于妙玉基本上是秉持着井水不犯河水的态度,大家互不干涉。

妙玉性格之放诞诡僻,贾府里可以说是无人不知、无人不晓,但值得注意的是,无论是礼遇、包容甚至纵容,还是敬而远之、漠不关心,大家都未曾对妙玉流露出强烈的否定态度,而唯独平常号称"一概无见无闻""不问你们的废与兴"的李纨却一反常态，以坦率的态度和尖锐的措辞对妙玉表达厌恶之意。倘若进一步探究其原因，李纨应该是对身为同类的妙玉产生了不满，毕竟前者是礼教下的寡妇，后者是宗教下的尼姑，均属于断绝尘俗的身份，加上两人皆以梅花为代表花，具有高洁出世的象征，所以可同归一类。可是，虽然同样是梅花，李纨这株老梅乃是活得宛如槁木死灰一般，而妙玉却任性地发展其怪诞孤傲的个性，譬如在给宝玉的花笺上写着"槛外人妙玉恭肃遥叩芳辰"，便让宝玉非常为难，因为他从来没有见过如此落款的拜帖，所以也不知道如何回帖。要知道，回帖必须和主人的用意能够相称，也有其正式的书写规格，然而妙玉的手笔却是宝玉完全意想不到的，也难怪他找不到相应的回复方式。

于是，宝玉便想到可以去征询个性有时也不太合乎正轨的黛玉，竟意外地在途中遇到了邢岫烟，两人遂聊起妙玉：

> 宝玉忙问："姐姐那里去？"岫烟笑道："我找妙玉说话。"宝玉听了诧异，说道："他为人孤癖，不合时宜，万人不入他目。原来他推重姐姐，竟知姐姐不是我们一流的俗人。"

虽然宝玉颇为欣赏而宽容妙玉的性格，可是并没有失去客观的判断，在他的心中，妙玉的孤僻程度比目无下尘的黛玉更甚，已经达到了"不合时宜"的地步，堪称相当极端，因此当他得知岫烟与妙玉有所联系时，不免感到惊讶，毕竟"万人不入他目"的妙玉竟然对岫烟青睐有加，所以他才会说"原来他推重姐姐，竟知姐姐不是我们一流的

第二章 李纨

俗人"。如此一来,两人便有了以下的一番对话:

岫烟笑道:"他也未必真心重我,但我和他做过十年的邻居,只一墙之隔。他在蟠香寺修炼,我家原寒素,赁房居住,赁的是他庙里的房子,住了十年,无事到他庙里去作伴。我所认的字都是承他所授。我和他又是贫贱之交,又有半师之分。因我们投亲去了,闻得他因不合时宜,权势不容,竟投到这里来。如今又天缘凑合,我们得遇,旧情竟未易。承他青目,更胜当日。"宝玉听了,恍如听了焦雷一般,喜的笑道:"怪道姐姐举止言谈,超然如野鹤闲云,原来有本而来。正因他的一件事我为难,要请教别人去。如今遇见姐姐,真是天缘巧合,求姐姐指教。"说着,便将拜帖取与岫烟看。岫烟笑道:"**他这脾气竟不能改,竟是生成这等放诞诡僻了**。从来没见拜帖上下别号的,这可是俗语说的'**僧不僧,俗不俗,女不女,男不男**',成个什么道理。"

岫烟也这般评价妙玉,即明确反映出妙玉并非一名安分守己的女子,她既然是身处宗教出世圣地的尼姑,理应远离俗世的生活情趣,但是她却打破了宗教所给予的正当制约,而出现"僧不僧,俗不俗"的身份逾越以及"女不女,男不男"的性别越界。岫烟比宝玉等人更早结识妙玉,可以说是妙玉整段生命史的见证者,所以熟知对方过去的脾性,当她了解宝玉为妙玉赠帖一事感到十分为难的来龙去脉之后,便断言妙玉孤僻至不合时宜的性格非但没有改变,甚至变本加厉地演变成"放诞诡僻"的地步。这显然也说明了贾府确实非常纵容妙玉,致使她那等讨人厌的个性发展到极端,因此才会出现在拜帖上下别号的诡异做法。

英国人类学家玛丽·道格拉斯女爵士(Dame Mary Douglas, 1921—2007)在其著作《洁净与危险》(*Purity and Danger*)一书中,提出了由人类所划分出来的"干净"和"肮脏"的概念,这种"干净"与"肮脏"并非客观事实的反映,而是某样事物因为超越了社会所设立的事物之间的界限(boundaries),故被定义为"肮脏"的"异常物"(abnormalities)。我打个比方,将脱下的鞋子摆进玄关或鞋柜里,这是非常正常的做法,倘若回到家时却发现有一双球鞋放在餐桌上,并非处于它原本应该置放的位置,纵使以客观眼光来看那双球鞋确实是一样"干净"的,但一定会让人引起一种"肮脏"的感觉,甚至被大大触怒。那么,何以会引发这种判断和情绪反应呢?原因在于它逾越了一般的分类标准,唯有该样事物位于大家都认为合理的位置,它才是属于"干净"的。换言之,有的人会被整个社会所排斥、厌恶,并不是因为他毫无优点,而是因为不符合社会对他的要求。

道德建构中的怨恨

而妙玉之所以会引发李纨的强烈反感,可能便是因为她"僧不僧,俗不俗,女不女,男不男"的作风违背了原本的分类界限,打破了大家所认可的正常秩序。就这点来说,妙玉并未做出任何有违法律道德的举止,只是她的若干姿态不免会引起他人的反感:虽然身为尼姑,可却过着名流的生活,所使用的皆属故宫博物院典藏级别的器具,日常饮用的茶水还包括"收的梅花上的雪"(第四十一回),完全与宗教世界所追求的平等心与简朴生活背道而驰,换言之,妙玉的行事做派和生活方式均逾越了社会所设立的界限。

然而,这只能够解释李纨讨厌妙玉的部分原因,既然贾府里的其他人都未曾表现出类似的反感,则李纨的反应显然是特殊的,属于个人性的,所以我们必须回到李纨的认知上去挖掘她之所以反应与众不同的特别因素。那便是同类意识之下所产生的价值攀比。

要知道,嫉妒怨恨的情绪并非偶然发生的,哪一些人、哪一类人会引起某个人的嫉妒,都是具有特定条件的。譬如:你会嫉妒爱因斯坦的聪明吗?你会嫉恨李白的才气吗?你会嫉恨某位优秀的哈佛学生吗?不会,但是你却有可能对成绩比自己好的同学,或家境比自己富裕、才能比自己突出的同事心怀不满,而自己或许并未察觉。所以,嫉妒的产生关键在于"对象"是否为"同类",彼此之间具有相似的身份条件或是处于同一个圈子领域,因进行比较乃至生出竞争的心理。并且"嫉妒"在产生的时候,当事人是不会同意也不会承认的,毕竟承认就等于同意自己不如人,所以嫉妒者便会转而去丑化对方,如此一来,自己谩骂他、讽刺他、践踏他的行为都可以变得冠冕堂皇。

德国哲学家舍勒(Max Scheler, 1874—1928)在《道德建构中的怨恨》一书中便指出:"怨恨的根源都与一种特殊的、把自身与别人进行价值攀比的方式有关。"虽然他所观察的是"怨恨",但是因为竞争、攀比心态而产生的"嫉妒"非常容易变成"怨恨",所以其道理也可与"嫉妒"相通。根据舍勒的研究,"怨恨"是从人的共在关系的价值评论系统里产生出来的,而这被称为"价值伦理学"。该理论告诉我们,人是社会化的生命样式,所谓"社会化"即我们与别人同时存在并彼此发生互动，通过自身价值和他人价值的伦理比较来理解自己与他人。人之所以会产生怨恨，便是源于自己与他人处于共在的共同关系中并进行价值的比较，一旦自己有所不如，就会涌现出嫉妒和怨恨的负面情绪。

当然，比较者的理解方式各有不同，有的会引发嫉妒和怨恨，但有的却不然，依照舍勒的分类，可划分为"高雅者"和"流俗者"，而两者的价值比较方式恰恰相反。高雅者在价值比较之前即已先清楚了解自己的价值何在，所以不会把价值比较作为了解自身价值和他人价值的根据。换言之，高雅者拥有一种质朴的指向存在本身的自我价值感，因此他不会进行无谓的比较，并且可以自由地承认并吸纳别人的优点，也就是说，因为他的价值不是从比较的过程中获得的，即使后来在与别人比较之下相形见绌，也能够欣然接受和赞赏他人的优点，而不损害自身既有的价值感。

但不幸的是，这种高雅者非常罕见，反倒流俗者却占了世界的99%。流俗者是通过价值比较来把握价值的，换句话说，这类人是借由赢过他人来获取价值感，譬如自己使用的名牌包为三万块，那就是比别人三千块的更有价值。倘若流俗者不进行比较，他在自己与别人身上便把握不住任何价值。舍勒认为，流俗者的价值比较方式还可以细分为两种类型，即强者的奋求型和弱者的怨恨型。强者会积极上进、努力奋斗，倘若自己技不如人，则赶紧精进才能或技艺；如果自己不比他人富有，即辛勤打拼、工作赚钱。而弱者却是以怨恨的方式来表达，他们的心态是：我本来应该和你一样风光，可是却没有机会像你那样得意，怨恨者因此自惭形秽，但是他又缺乏能力去获取被比较者所具有的价值，于是被比较者的存在便对他造成了一种生存性的压抑，最终怨恨者就处在一种生存性的紧张形态中。

为了消除这种价值比较所带来的紧张，怨恨者会贬低被比较者的价值，把一个已经被承认的价值降低到实际上所能够欲求的水平，此时他们的心态则转变为：对方并没有那么好，只因为好运连连，才会遇到各种好事，甚至还蓄意贬低对方，无中生有地诬蔑对方是因为走后门、送好礼才得以名成利遂。舍勒又进一步分析：产生怨恨是要有社会条件的，因为"怨恨"产生于个体或群体的人的共在关系中，当我们都处在同一个时空、同一个群体甚至同一个生活圈子里时，此种共在关系便会促使我们去进行价值比较。

在舍勒看来，这种比较也必然与具体的社会制度相关。他指出，"在这样的历史时期，上帝或天命给予的'位置'使每个人都觉得自己的位置是'安置好的'，他必须在给自己安定的位置上履行自己的特别义务，这类观念处处支配着所有的生活关系。他的自我价值感和他的要求都只是在这一位置的价值的内部打转"。虽然舍勒的研究是针对欧洲文化中至高无上的上帝，不过其逻辑本质上也适用于中国传统社会里的思想权威代表——儒家，毕竟两者对人的规划皆具有天经地义的力量。在李纨身处的传统社会中，这种价值攀比往往是在等级内进行的。如此看来，妙玉"僧不僧，俗不俗，女不女，男不男"的怪诞行径便显得格外不安分守己了。

在李纨眼中，妙玉根本不去履行被分配到的规定义务，没有清静地做一名尼姑，反而为人放诞诡僻、处处越界，简直是刺眼难当。这也正合乎舍勒所说的，当个体与群体的身份、社会角色的认同、他所在的社会既定秩序中的定位不相符合的时候，即他在自己所处时代的文化、经济、法律上该有的规范里并没有好好扮演其既定的角色，一且比较者在攀比过程中发现如此这般,便会对被比较者引发道德建构上的怨恨。

李纨"竹篱茅舍自甘心"的生活状态本来是与妙玉的生存处境最为接近的,正如之前所言,她们属于社会规范之下的同类,前者是寡妇,后者是尼姑,都被划归于理应清心寡欲的身份,所以李纨对妙玉的嫉妒情绪正是基于两人是同类才会发动的。人们绝不会莫名其妙地去嫉妒一个不存在于自己生活里的人,该种心态的产生,关键在于那个对象是否与自己存有共在关系。总的来说,李纨之所以会不喜欢妙玉,对于她的放诞诡僻特别表达出"可厌妙玉为人,我不理他"的不满,归根究底,乃是在等级社会之下的价值攀比所导致,是在进行伦理比较的时候所产生的心理反应。

试想:李纨和妙玉的代表花是什么?都是梅花,然而两者的花卉色彩却截然不同,李纨的是褪尽风华的老梅、白梅,而栊翠庵中却有"十数株红梅如胭脂一般"(第四十九回)盛开着,仿佛妙玉在赤裸裸地宣告自己美丽的青春、性情的张扬。在嫉妒心的作祟之下,李纨不免会感到自己本来应该也可以过得如妙玉那般恣意风光,但是她却又不敢或不愿如同妙玉一样率意越界,于是最终唯有以嫌恶的言辞发泄其负面的情绪。

当然,人性是复杂多变且具有多种可能性的,我们所做的学理解释都是为了更加深化小说情节背后的意义,而其中的意义并非只有一种解释。正是因为人性的矿脉是那么深不可测又炫目多彩,令人寻幽访胜而处处有惊喜,所以《红楼梦》确确实实是一部伟大的经典,它经得起我们用许多深刻的学理来进一步认识它。同时,这也可以让我们对书中的人物,甚至是对自己都有更多的了解。最重要的是,固然因为竞争攀比而产生的嫉妒心在所难免，但是我们应该努力成为奋求上进的强者、能够掌握自我价值的高雅者，而不是放任自己不自觉地堕落，成为只会怨恨他人的弱者、流俗者。虽然李纨对妙玉的厌恶显得她此刻并不高雅，但是我们不必为此而苛责她，反倒应该引以为戒，让"成为高雅者"变成一种对自我的要求。

到头谁似一盆兰

从李纨与妙玉的同类比较中，可以观察到李纨对妙玉存有着莫名的心结，她既钟爱栊翠庵内如胭脂般艳丽的红梅，但又厌恶孤傲冷僻的妙玉，爱憎之情交杂混糅，李纨的形象也因此显得更为立体而丰富。那么，这般的人物在小说家的笔下究竟会有怎样的未来安排呢？

早在第五回宝玉神游太虚幻境时所目睹的人物判词，其中便已经预告了李纨的终场，关于她的图谶是画着一盆茂兰，旁边有一位凤冠霞帔的美人，相应的判词云：

> 桃李春风结子完，到头谁似一盆兰。如冰水好空相妒，枉与他人作笑谈。

判词的第一句"桃李春风结子完"，其中运用了"李"和"完"的谐音，既点出"李纨"这位人物，还借由生态界中特定植物的生命循环变化来双关李纨的命运发展，暗示她在结婚生子之后不久便丧夫寡居的不幸遭遇。其实，"桃李春风"从先秦《诗经·桃夭》一篇以来即带有"于归之喜"的含义,与女子出嫁密切相关;而"结子"则意指结胎生子。但是,在"春风"的婚姻幸福和"结子"的生命完满之后,李纨的人生却基本上已经步入终结,因为成为寡妇的她,不仅此后的人生状态宛如槁木死灰一般,还得被限定在"富贵气象一洗皆尽"(第十七回)的稻香村内过着一概无见无闻的生活。就这点而言,李纨的自然情性未免会遭到压抑,不过换个角度来说,当然那也是对其人格的一种升华。

固然李纨衷心服膺于这种被规范、约束的生活,甘愿扮演一种局外人的角色,但是无论如何,她的人生已经注定与花花绿绿的锦绣绮罗无缘。自一般人的眼光以观之,芳龄二十左右的女子,本来是应该尝尽喜怒哀乐的滋味,感受各种心理的起伏跌宕,过着多彩多姿的生活,然而李纨却无法拥有这些经历,换句话说,即便她的生命并未终结,但她的人生确实已经走到尽头。

第二句"到头谁似一盆兰"正和图谶上画的"一盆茂兰"相互呼应,指的是李纨的独子贾兰。所谓"到头谁似一盆兰"意指贾府的子孙们没有哪一个比得上贾兰那般优秀,贾兰是可以担负复兴家业的"佳子弟",而他的人品才学堪称为贾家一代不如一代的子孙里唯一能够告慰祖先者。虽然宁、荣二公嘱托警幻仙姑带领宝玉神游太虚幻境,以便令他获得启悟的契机,因为两位始祖"遗之子孙虽多,竟无可以继业。其中惟嫡孙宝玉一人,禀性乖张,性情怪谲,虽聪明灵慧,略可望成",但实际上二公考虑得并不周全,他们忽略了草字辈的这一代子孙。

值得注意的是,幼小的贾兰在贾家子弟中的确颇为独特,他既受到来自母亲李纨的良好教育,本身也具有优异的学习天赋,使得他能够在家族败落之后仍然有办法找出一条生路。要知道,贾府这种诗礼簪缨之族的世袭爵位是随代降等的，仅仅三世即告终绝，倘若要延续家业，便唯有通过科举的方式让家族起死回生。因此，贾政之所以对宝玉非常严苛可谓其来有自，因为宝玉肩负着贾府上上下下一大家子的命运和未来，他的责任之重大，绝非如今更为重视个人自由与幸福的我们所能够想象。不过可惜的是，宝玉最终并未完成这项重任，所以说，《红楼梦》根本是一部忏悔录，是一个不肖子孙即曹雪芹将自己投射在贾宝玉身上，向着他的祖先进行泣血忏悔的记录，这是因为铭刻在他心底的是无止尽的惭愧和内疚，他不仅无法把整个家族延续下去，甚至还让它彻彻底底地毁灭。当然，在"落了片白茫茫大地真干净"的荒凉中，依然闪耀着一束希望的微光，那束微光便是贾兰。固然贾兰出场的机会并不多，但是我们从文本的蛛丝马迹里也能够掌握到这名小男孩的形象。

故事来到第二十六回，当时的宝玉大约十二三岁，而贾兰则应该不到十岁，他不仅跟随着母亲李纨认真读书，并且在闲暇之际也毫不松懈，所谓：

> 宝玉……晃出了房门，在回廊上调弄了一回雀儿；出至院外，顺着沁芳溪看了一回金鱼。只见那边山坡上两只小鹿箭也似的跑来，宝玉不解其意。正自纳闷，只见贾兰在后面拿着一张小弓追了下来，一见宝玉在前面，便站住了，笑道："二叔叔在家里呢，我只当出门去了。"宝玉道："你又淘气了。好好的射他作什么？"贾兰笑道："这会子不念书，闲着作什么？**所以演习演习骑射。**"宝玉道："把牙栽了，那时才不演呢。"

由此可见，贾兰不同于悠哉游哉的宝玉，他在不念书的时候便主动练习骑马射箭，虽然这只是一幅一闪而逝的小片段，但是却反映出两个重点：

第一，骑射乃旗人特有的社会文化和家庭风俗。对旗人而言，他们更为注重培养文武全才的后代子孙，所以不同于汉人只偏向文字知识的教育模式，武事训练如骑马、射箭的重要程度并不亚于诵诗读书。其实，《红楼梦》里也有几处提及旗人"骑射"的习尚，譬如第七十五回贾珍因为父亲贾敬去世而必须守丧，这令他"每不得游顽旷朗，又不得观优闻乐作遣"，所以便想出一个破闷之法，即表面上邀请各世家弟兄、诸富贵亲友相互比试射箭技术，实则是去天香楼下箭道内立了鹄子私自赌博，但是这套习射演练的理由非常冠冕堂皇，因而把不明就里的贾赦、贾政等长辈给蒙蔽了，"反说这才是正理，文既误矣，武事当亦该习，况在武荫之属"，甚至还令宝玉、贾环、贾兰等人一起跟着贾珍习射，殊不知，贾珍、贾蓉这些不肖子孙已经偷梁换柱，以习射之名行赌博之实。可想而知，贾珍等人之所以能够蒙混得了贾赦、贾政，正说明了这项活动对他们家族子弟的教育来说是非常重要的训练，以至于贾珍在居丧期间邀众射箭，还受到父辈们的鼓励和赞美。另外，第二十六回也提到神武将军之公子冯紫英的脸上出现青伤，是因为"前日打围，在铁网山教兔鹘捎一翅膀"所致，这显然也反映出满人的重武风习。

第二，贾兰是个非常上进、懂事的孩子。虽然他比宝玉更为年幼，但是对学习从不懈怠，他认为在不念书之际，随意闲晃也是浪费时间，还不如去做些锻炼筋骨、增进技艺的活动，因此便去练习射箭。只不过，贾兰拿着弓箭在大观园内追杀小鹿的做法，实际上与大观园和平慈悲、充满对生命的礼赞氛围是相互冲突的，所以小说家才会安排宝玉撞见这一幕并加以制止，最终这场带有杀戮的紧张和残酷性的情节只是昙花一现，这正是大观园的乐园属性所决定的。

自古以来，所有的传统大家族都必须面对几个共同课题，除了以门当户对的联姻确保并扩大家族利益、平衡官场中的权力纵横之外，他们最为关注的便是培养"佳子弟"。"佳子弟"一词源自东晋的王谢家族，对他们此等的名门望族而言，即使目前家族的位势和财力何其壮大，倘若没有优异的子孙能够继续扛起家业，将之绵延传承下去，这个家族在未来肯定还是免不了衰败，因此所谓的"佳子弟"就是具有足以兴振家业之能力的优秀子孙。从这一段情节来看，贾兰的心向和志气最为合乎"佳子弟"的标准。

毋庸置疑，佳子弟在玉字辈这一代严重失落，所以年幼的贾兰是多么难得的希望，他必须付出更大的努力，以便能够成为一个背负起贾家未来之重责大任的优秀子孙。再看第二十二回元宵节猜灯谜的描述，贾政好不容易也在家，与亲人一起庆祝佳节，结果他发现贾兰并不在场，便问道：

"怎么不见兰哥？"地下婆娘忙进里间问李氏，李氏起身笑着回道："他说方才老爷并没去叫他，他不肯来。"婆娘回复了贾政。众人都笑说："天生的牛心古怪。"贾政忙遣贾环与两个婆娘将贾兰唤来。

所谓"天生的牛心古怪"意即贾兰虽是小孩，却一身傲骨，当没有人叫他参与元宵聚会时，他便不肯主动前去当个不速之客，大有一种"你们既然没有注意到我，我又何必自己一厢情愿地钻营机会去露脸占位，我可不屑如此为之"的意味，最关键的是，幼龄小孩子竟然有这般的傲骨，实属罕见。他不愿意虚夸地凸显自我，也不露才扬己，但又具有强烈的自尊心，小小年纪便能够挺直腰杆面对长辈，可见他从小就以家族最高的教育目标来要求自己。因此，李纨判词中的"到头谁似一盆兰"实际上暗示着她的儿子会是贾府起死回生的关键，他将来会重振家业，为贾家做出贡献。

奇特的是，仍然有一些说法质疑贾兰的人品，其所持的根据是第五回中，关于王熙凤之女儿巧姐的判词写道：

留余庆，留余庆，忽遇恩人；幸娘亲，幸娘亲，积得阴功。劝人生，济困扶穷，休似俺那爱银钱忘骨肉的**狠舅奸兄**！正是乘除加减，上有苍穹。

那些对贾兰的质疑之词便是源于此处。"狠舅"自然是指凤姐的哥哥——王仁，他的名字与"忘仁"谐音，意即忘了仁义道德的狠心之人，而"奸兄"究竟是指谁呢？"兄"既可以指称自己的哥哥，也可以是堂哥、表哥，甚或那些与巧姐同辈却比她年长的男子，而贾兰恰恰是与巧姐同辈的兄长，因此有人认为该判词中的"奸兄"是暗指贾兰。其实，这般的无端揣测都是读者在自己的成见之下所产生的妄断，只要了解贾兰这名人物，便能够知道他绝不是会在落入困境时拐卖至亲牟利自肥的恶质之辈，此等凉薄行径根本与他的性格不相符合。

第二章　李纨

李纨的一生变化

李纨的判词与接着上演的《红楼梦曲·晚韶华》相互对照，完全道出了李纨的一生变化：

> 镜里恩情，更那堪梦里功名！那美韶华去之何迅！再休提绣帐鸳衾。只这带珠冠，披凤袄，也抵不了无常性命。虽说是，人生莫受老来贫，也须要阴骘积儿孙。气昂昂头戴簪缨，气昂昂头戴簪缨；光灿灿胸悬金印；威赫赫爵禄高登，威赫赫爵禄高登；昏惨惨黄泉路近。问古来将相可还存？也只是虚名儿与后人钦敬。

从中可见，判词里的"到头谁似一盆兰"显然是指贾兰将来会进士及第，然后"威赫赫爵禄高登"，使得李纨在贾家败落之后不至于落入"老来贫"的悲惨境地。

曲子开头的"镜里恩情"意谓李纨与贾珠之间的夫妻恩爱犹似镜花水月般虚幻短暂，因为贾珠英年早逝，李纨年纪轻轻便成为寡妇，唯有感慨"那美韶华去之何迅"，此后"再休提绣帐鸳衾"，以免徒增感伤。"更那堪梦里功名"应该是指贾珠既然早死，根本来不及得到功名富贵，年少夫妻对未来的憧憬乃沦为梦幻泡影；又或是指贾兰长大以后功成名就，身为母亲的李纨"带珠冠，披凤袄"地按品大妆，如同朝廷官员依照品级穿戴服色各异的礼袍，因为儿子拥有高官厚禄之后，母亲也会受到朝廷的封赏而成为诰命夫人。无论是"气昂昂头戴簪缨"的气势昂扬、春风得意，还是"光灿灿胸悬金印"象征朝廷所赋予的无上权威和富贵，抑或"威赫赫爵禄高登"反映了身份地位的登峰造极，都展现出贾兰最终加官晋爵、飞黄腾达的人生写照，而李纨自此也母以子贵、扬眉吐气，避免沦落至"老来贫"的不幸下场。可惜的是，李纨终究"抵不了无常性命"的作弄，享受不了几年子孙回馈的福报便与世长辞。因此，贾兰的功名成就对李纨来说也不过是一场梦幻，虽然曾经存在，却非常短暂，在这个美梦破灭之后，再度回首也只是徒留一片空虚。

所谓"问古来将相可还存？也只是虚名儿与后人钦敬"，意指古代的将相即便地位再高、身份再尊贵，死后也只是化为荒冢一堆，如同第一回跛足道人《好了歌》所言的"古今将相在何方？荒冢一堆草没了"，最终他们的名声威望都只不过是虚名，是一个个在史书中被记录下来的空洞符号而已，而他们真实的生命早已经荡然无存。就当事人来说，他的人生彻底进入无穷无尽的黑洞里，再也不能够领受到生命的丰盈与美好了。虽然此乃任何人均无法避免的宿命，但是李纨的宿命却来得太早，毕竟她苦守一生，终于等到孩子具有能力带给她温暖的回馈，甚至还奉赠她这一辈子未曾得到的荣耀，但是那份美好韶华却只是短暂的昙花一现。

当我们理解《晚韶华》所展现的李纨人生变化之后，便能够知晓其判词最后的两句"如冰水好空相妒，枉与他人作笑谈"究竟是何意义。要知道，无论是家族的盛衰起伏，还是个人的生死荣枯，都唯有自己点滴在心、冷暖自知，无论再何等地刻骨铭心，对他人而言，也只是一则乡野传奇中的小小一页，是他者在茶余饭后用来下酒助兴的谈笑之资。纵然人与人之间尽量以推己及人的方式相处，但始终还是会存在着隔阂，无法真正做到感同身受，自己的悲哀或幸福终究只是"枉与他人作笑谈"而已。如同辛弃疾在《丑奴儿·书博山道中壁》中所说的：

> 少年不识愁滋味，爱上层楼，爱上层楼。为赋新词强说愁。
>
> 而今识尽愁滋味，欲说还休，欲说还休。却道天凉好个秋。

诗人为什么"欲说还休"呢？这是因为他深深明白，即使自己找人倾诉烦忧、苦闷，对方也未曾真正关心自己，并没有认真把心思放在自己的身上专注聆听，自己的刻骨铭心对别人而言本质上只不过是不足挂齿的小事，那又何必多再承受这样的失望？所以最终还是选择把想说的话吞咽下去，独自默默承受苦痛。

至于第三句"如冰水好空相妒"应该是与死亡相关，有学者认为此句乃化用自唐朝诗僧寒山的《无题》诗：

欲识生死譬，且将冰水比。水结即成冰，冰消返成水。

已死必应生，出生还复死。冰水不相伤，生死还双美。

诗中运用水与冰来比喻生与死的关系，而水与冰属于同一个本质的不同形态变化，当水遇冷凝结以后就变成冰，冰遇热融化以后又回到水的状态，换言之，两者本来即是一体的两面，而生与死亦是如此，所以我们不必把生死视为天堂和地狱的两极，二者实际上是彼此循环相依的，即所谓"已死必应生，出生还复死"。在佛教的轮回观念中，任何存在物都处于生死轮回里，出生的人一方面领受到生命诞生的喜悦,但另一方面同时不要忘记死亡乃必然的终点,而已死的生命也必然会重生,所以生与死乃是一个存在体的外在变化,两者属于"双美"的存在,并非势不两立的敌对状态。

总的来说,诗人借由水与冰对生死进行譬喻,就是要告诉我们应该以坦然的心态面对生死,生命真正的圆满是有生亦有死的,这才是一种完美的生命形态。因此,只求生而不死非但是逆天之行,而且还会为世界招来毁灭性的灾祸,因为每个人都想活下去的话,必定会排挤别人的生存空间,到最后整个世界一定会陷入相互残杀的混乱境地。

虽然无法确定曹雪芹用"如冰水好空相妒"是否在回应寒山的《无题》诗,但从字面上的表述方式来看确实是非常接近的。单用"死亡"之意而言,"如冰水好空相妒"乃喻指李纨无论是作为寡妇的悲哀寂寞,还是儿子功成名就所带来的荣华富贵,一旦在死亡来临之后都只是"枉与他人作笑谈",令人叹惋。如此一来,其中的"妒"字又是何意呢?"空相妒"显然是对"如冰水好"的否定,那么这就意味着对一般人而言,还是难以把生死视为两全其美的状态,"死亡"仍然具备了极为负面的意义,换句话说,命运不愿意给苦尽甘来的李纨太多的福分,便以"死亡"横加剥夺。此外,"如冰水好空相妒"或许也意味着一切都会面临生死循环,那些嫉妒李纨"晚韶华"的眼红者其实是白白费心,当事人也无须洋洋得意,毕竟最终都只是"枉与他人作笑谈"罢了。

简而言之,虽然李纨一生守寡,但是她却为贾家培养出一位担当得起复兴家业的佳子弟贾兰。李纨与贾兰母子俩相依为命,幸而她教子有成,贾兰长大以后的功成名就便是对李纨最好的回馈,使得她

"人生莫受老来贫",不必在贾府败落之后贫困以终。而贾兰之所以拥有优良的才学品行,并在贾府被抄家之后,凭借着自身的努力获得了功名富贵,《晚韶华》则将之解释为是由李纨所积的"阴鸷"庇佑所致。基于小说后四十回的佚失,我们无从得知李纨是否还有积德的相关情节,不过至少李纨能够年轻守节,充分实践了贤良的妇德,已经足以得到善报的资格,并且毋庸置疑的是,贾兰的成就必然少不了李纨的苦心教导和贾家的门风熏陶,如此一来,他才得以成长为家庭的栋梁支柱,则李纨的辛勤课子也功不可没。

这就是李纨的一生,她所行的是一条与《红楼梦》中所有女性都截然不同的人生道路。曹雪芹让我们看到每一位金钗皆有各自独特的命运,而这些命运乃是她们不可取代的性格、遭遇和处境所形成的一个个独立的声部和旋律。曹雪芹丰富的知识阅历以及敏锐的观察力,使得他对每一种人生都把握得精细入微且合情合理,这正是一位伟大的小说家应该展现的能力。

第三章

妙玉

李纨之"镜像"？

接下来，我们要通过李纨延伸到另外一位金钗身上，即妙玉。何以会将这两位看似不相干的年轻女子放在一起比较呢？理由是李纨和妙玉其实在处境、性格上有着异曲同工但又对立互斥的关系，各自都呈现出一种既矛盾却又统一的特别状态。

如前文所言，李纨的两种代表花分别为"白梅"和"红杏"，前者乃隐喻她"竹篱茅舍自甘心"的素朴生活与恬淡心境，而后者则是象征其人性底层不可能完全根除的七情六欲，如贪、嗔、痴、爱。从书中的描述可知，虽然身为寡妇的李纨活得宛如槁木死灰，仿佛对身边的一切都无见无闻，但是她却对与金钱相关的事物十分敏感，其吝啬的程度堪比守财奴，可以说是大观园里唯一的沉默大财主。在贾家的仆人眼中，除了教导姑娘们看书写字、学针线、学道理之外，一概"问事不知，说事不管"（第六十五回）的李纨简直与菩萨无异，而这也是多数读者留在脑海中的固有印象。但是经由她对王熙凤猛烈的言辞反击以及对妙玉之为人的厌恶不满，我们可以了解到，李纨实际上也如同一般人那样有着七情六欲的情绪波澜。换言之，单就这个独特的立体人物来看，白梅与红杏分别构成了礼教与自然的象征，并由此形成矛盾统一的关系。

而这种矛盾统一的形象又被曹雪芹特别加以平行转化，在《红楼

第三章 妙玉

梦》中同步呈现于妙玉身上。也就是说，李纨和妙玉之间存在着一种同质却对立的关系。在李纨身上，我们既能够看到礼教的规范和塑造，也可以发现人性本能中不可能被根除的部分，这是一种矛盾并存的状态，巧合的是妙玉方面亦然。最发人深省的是，李纨唯一一次公然流露出厌恶的情绪便是针对妙玉而发的，其中的奥妙之处实在值得深究，总结而言，她们双方之所以产生此等的紧张关系，实际上乃源于同类的比较意识。

所谓的"同类"并非指性格相近之辈，而是指在身份、处境上具有类似状况的人。当人与人之间存在着类似情况的时候，就很容易会产生比较心理，而这也是嫉妒或怨恨的根源。换言之，当一个人认定彼此之间具有同级性、同类性的关系时，便非常容易对该对象产生比较意识，而嫉妒之情也由此而生，否则也不会出现"美女入室，恶女之仇"（《史记·外戚世家》）这一类有名的谚语了。

那么，何以妙玉会被李纨在有意或无意的心理作用下认定为"同类"呢？两人之间的同质关系究竟体现于何处？

第一，她们皆有着类似而相近的身份处境，妙玉是出家人，被规定要六根清净、与世隔绝；李纨则是寡妇，以礼教的标准来说，也必须压抑七情六欲，所以她才会活得"如槁木死灰一般，一概无见无闻"（第四回）。固然她们被迫离开红尘的原因分别源自宗教和礼教，看似截然不同，实则两者同样具备了一个代表强制性的"教"字，属于一种至高无上的神圣命令。在"教"的强制之下，妙玉和李纨均成为红尘中的旁观者，被规定不应该逾越世俗的界限，混迹红尘时所沾染的种种色彩都要被漂白或洗净，因此虽然她们在身份上还是有所区别，但事实上却是伦理位置以及身心处境最为相似的同道者。

第二，梅花是妙玉和李纨共同的代表花，妙玉的是如胭脂一般的红梅，而李纨的则是褪尽风华的老梅。在源远流长的中国文化传统里，梅花所形成的文化积淀及其崇高的道德象征意义是非常明确的，它无惧于寒冷彻骨的冰雪，在大地的一切生机都被冰雪封冻之际，依然在干枯的枝头上绽放出美丽的风姿。对古人而言，这便代表着一种"贫贱不能移，威武不能屈"的君子节操，即使处于艰困潦倒、怀才不遇的环境里，仍然可以贞正自守、孤标傲世，在寂寞中坚持自己的顽强意志和生命力，也使得梅花与松树、竹子并称为"岁寒三友"。

有意思的是，松、竹、梅被赋予道德象征，成为中国人尤其是儒家所信仰的人格节操的投射，又是在哪个时代产生的呢？要知道，历史与个人一样，都在时间的发展中起起伏伏，其内在属性也会发生变化，而关于岁寒三友是在何时被赋予道德象征的问题，答案即是宋代。唐朝的国花乃举国上下均趋之若鹜的牡丹，这与唐文化积极进取、奋发入世的特质密切相关。唐代士子认为人生的意义在于建功立业，不仅应该尽力展现才能，还必须被社会所承认，而此乃文化精英共同的信仰。譬如李白、杜甫，虽然他们分别被称为诗仙、诗圣，但却并非对世俗事务毫无欲求的神仙，其实他们与当时所有的读书人一样，视经世济民为终极理想与最高价值，在宦途上也常常会毛遂自荐，向权贵人士展露自身的诗才，冀望获得提拔开拓出路，而非一般的矜持之辈羞于自我推销。

因此，当我们评论他人的某个行为时，必须回到其时代环境中进行分析，不能孤立地、片段地看待，否则很可能会导致判断错误。如果从整个唐代的背景来观察，便会发现实际上李白、杜甫等文人的所作所为根本是正常的，毛遂自荐并非一种可耻的负面行为。对他们的时代来说,既然有高才大能,为什么要衣锦夜行?既然付出了努力,为什么不让大家看到自己的光芒?只要自身拥有才华,又可以让别人了解,而促使个人的能力得到充分实践,这既是对自我的肯定,同时也是对世界的贡献,李白、杜甫等文人均抱持着如此的信念,却全然无碍于他们的杰出甚至伟大。所以说,只要人们心态健全,不自私自利,不汲汲营营于个人的得失利害甚或流于不择手段,事实上很多事情都有中性乃至美好的一面,而一旦人心扭曲,发展至狭隘、病态的境地,再正常的事情皆会显得丑恶不堪。归根究底,人品才是至关重要的关键,对唐人而言,只要有才能,本来就应该努力找到最好的实践机会,把自己贡献给社会和国家,浪费才能反倒对任何人都没有意义。在这般积极向上、奋力向前的兴盛时代之下,外形艳丽夺目的"牡丹"才会成为唐朝的国花,荣登百花之王,它非但一点都不俗气,反而呈现出一种雍容华贵、丰美堂皇的优异品质。

　　宋代备受推崇的花品则与唐代截然不同。从外放转向内敛,宋人更为欣赏带有孤高清傲、遗世独立之意的植物,例如周敦颐《爱莲说》所谓的"濯清涟而不妖""可远观而不可亵玩",便是以莲花的出淤泥不染隐喻君子高洁的品格;而源自北宋处士林和靖"梅妻鹤子"的典故,更是反映了以梅花象征隐士恬然自适的隐逸生活和清高情态。换言之,从宋代开始,人们对于梅花的寓意才高度一致地关涉于"贫贱不能移,威武不能屈"的高尚道德情操。

　　如此一来,基于妙玉和李纨分别是尼姑和寡妇,我们也不难理解,何以曹雪芹会安排"梅花"作为她们共同的代表花,毕竟两人都具有必须断尘绝俗的伦理身份。但颇为奇妙的是,妙玉的梅花不同于李纨那淡雅无华的白梅、老梅,而是色彩明艳的红梅。"红"字不仅显得非常入世，而且与青春少女之美密切相关，譬如贾宝玉便有爱红的毛病，喜欢吃少女嘴上红色的胭脂。可想而知，红梅花隐喻了妙玉是个复杂的人物，梅花既代表其出世的宗教身份，但红色的花瓣却同时意味着妙玉并未脱离红尘的入世性格。

基于梅花的属性，李纨看待栊翠庵的红梅基本上是抱着欣赏的心态，这不仅来自对于梅花同类的移情作用，也包括红梅本身美丽动人的审美意趣，所以单就红梅花而言，其青春之美以及遗世独立的脱俗气质，都是李纨所欣爱欢赏的。毕竟李纨也只是一位二十多岁的年轻女子，她既然能够带领众少女运作诗社，成为海棠诗社之掌坛者，必然不乏欣赏青春之美的眼光。进一步来看，妙玉与李纨均以梅花作为代表花，说明她们皆属于出世的局外人，在此一同质性的影响之下，李纨原本可以欣赏妙玉这位与自己同类的少女。正是因为曹雪芹运用如此鲜明而具体的意象来呈现人物，所以《红楼梦》才会那般传神生动、感人肺腑，如果他宛如写论文一般把抽象的概念直接表述出来，则可想而知，《红楼梦》将会变得难以卒读，这部小说也不会成为传承后世的经典著作。

第三，李纨所住宿的稻香村以及妙玉所寄居的栊翠庵，实际上也是同质同构、彼此平行的具象展现。而这两处作为同质同构的面向有哪些呢？其一，无论是稻香村还是栊翠庵，在抵达住所之前都有一道阻隔的山脉。根据第十七回的记述，贾政带领众人游大观园之际，途中有一段叙说道：

> 一面走，一面说，倏尔青山斜阻。转过山怀中，隐隐露出一带黄泥筑就矮墙，墙头皆用稻茎掩护。

换句话说，唯有绕转进入山怀才可以看到稻香村的全貌，显示这个地方是与世隔绝的。栊翠庵也是如此，于第四十九回一个大雪纷飞的冬日，宝玉在雪停之后打算前往芦雪庵与众姐妹一起赏雪：

> （他）出了院门，四顾一望，并无二色，远远的是青松翠竹，自己却如装在玻璃盒内一般。于是走至山坡之下，顺着山脚刚转过去，已闻得一股寒香拂鼻。回头一看，恰是妙玉门前栊翠庵中有十数株红梅如胭脂一般，映着雪色，分外显得精神，好不有趣！

此段描写说明了栊翠庵附近也有一道山坡阻隔，其设计与稻香村简直如出一辙。实际上，这也具体反映出礼教和宗教使得两位青春年华的女性不得不远离世俗尘嚣的生活形态。

其二，稻香村和栊翠庵的建筑整体皆呈现单一、单调的色彩。作者在第十七回提及落成后的稻香村，便如此描述道：

> 转过山怀中，隐隐露出**一带黄泥筑就矮墙**，墙头皆用**稻茎掩护**。有几百株杏花，如喷火蒸霞一般。里面数楹茅屋。外面却是桑、榆、槿、柘，**各色树稚新条，随其曲折，编就两溜青篱**。篱外山坡之下，有一土井，旁有桔槔辘轳之属。下面分畦列亩，佳蔬菜花，漫然无际。

据之可见，稻香村以乡村田野风光的泥黄色为主调，无论是墙头有稻茎掩护，还是周围种植的"佳蔬菜花"，都是极其简素的田舍景致，洗尽铅华回归到大地的原色，呈现出质朴寡淡的农家气息，可以说少有艺术美感可言，而这般单一的色彩也出现在栊翠庵中。

　　从现实逻辑上可以合理推测，随着四季的更迭变化，栊翠庵当然也会出现青松翠竹、黄叶斑斓、冬雪皑皑的各种景观，但是当作家仅仅凸显该建筑于某个时期的片刻场景时，则其背后必然寓有特定的意涵。整体以观之，于《红楼梦》前八十回里，曹雪芹只在第四十九回描绘了栊翠庵的景致，他让读者唯一看到的是周遭四顾一望并无二色，整个世界全在冰雪的笼罩下，抽离掉所有色彩，宛如置身于洁白透明、粉妆玉琢的玻璃盒内。值得注意的是，除了此处，曹雪芹并没有在其他章节叙及栊翠庵的秋天黄叶飘零，或是夏天的绿意盎然，所以栊翠庵给予读者的强烈印象就是一座被纯白冰雪所笼罩的院落。

　　其三，两处屋舍均采取高反差的色调设计，即稻香村是被几百株"如喷火蒸霞一般"的红杏所围绕，而栊翠庵则是种植了十数株"如胭脂一般"的红梅。原本色泽单调素朴的泥黄色和纯白色画面，分别以红杏和红梅这类色彩绚丽明艳的花卉加以衬托，不仅在视觉上显得格外抢眼，同时还凸显了稻香村和栊翠庵的女主人都呈现出一种矛盾却又统一的状态。换言之，李纨和妙玉两人是具有同质性的，她们的生命处境受到礼教或宗教的限制，进入一个与世隔绝的封闭环境，也使得她们必须成为世俗的局外人，虽然如此的结果也是她们甘心乐意的，唯其人性底层的波动仍然暗暗活跃着。

　　妙玉和李纨的伦理身份类似，也都以梅花作为代表花，还有她们所居住的屋舍形态相近，在在反映出两人之间一定存在着同质关系。依照这个思路继续延伸，我们还可以看到她们的第四个同质之处，即居所色彩的高反差事实上隐含着人性内在最基本的情感表现，而她们的心理本能正是通过鲜艳的红色花卉曲折地展露出来。无论是李纨的红杏,还是妙玉的红梅,既可以说是她们的人性本能,也可以说是她们隐藏的青春之心。这种人性本能是与生命俱在的,不可能被根除,而其中便包含了七情六欲,换言之,人有各式各样的心理需求,渴望被需要、被喜爱、被安慰、被肯定,所以人们会去寻求能够接纳自己、帮助自己、实现自我的对象或团体,也因此难免出现互斥与敌对的负面反应。

红梅:青春少女的心怀

李纨和妙玉单调的居处背景皆是以红色的鲜花作为反衬,这说明了其中必定具有象征意义。稻香村内的红杏,可以说是李纨对于礼教的本能反叛,她内在的贪、嗔、痴、爱通过红杏曲曲折折地流泻出来,犹如休火山偶尔喷发出的熔岩,在那槁木死灰的余烬里,李纨依然有着一缕跃动不安的灵魂。李纨的花签是"老梅",反映出她在自我德性要求上的自觉,以及"竹篱茅舍自甘心"的旁观心态,这是她的成长背景和教养所带来的必然结果。可是,毕竟人性中不可能完全免于好恶,故而她对于王熙凤的激烈反击,对于妙玉的强烈厌恶,便属于任何人都无法抹除的真实本能。因此,在一片泥黄色的稻香村内,我们可以从红杏花感受到李纨尚且依稀闪烁的浮动心性,同样地,栊翠庵内十数株如胭脂般的红梅,则直接彰显出妙玉内心强旺的少女情怀。

李纨身为人妻、人媳、人母、人嫂,种种伦理关系的限制和调节多多少少会让她更加安于现状，相较之下，妙玉虽然是名尼姑，但她毕竟还是处于单身状态的妙龄女性，所以心中难免还葆有某种自我的伸张昂扬。许多读者都忽略了，其实栊翠庵乃是一处备受保护与礼遇的宗教圣地，人们皆是带着虔诚、礼敬之心前来的，连贾母莅临此处也是小心翼翼以免冲犯了神明，而妙玉正是沾了佛陀、菩萨的光，使得其高傲个性在这里受到强大的庇护，从某种意义上把栊翠庵转化成为她的个人王国。再者，不同于身为寡妇的李纨，妙玉完全不必面对身边各种妯娌、婆媳、母子等多重关系的人际纠葛，并且以住持的身份成为该场域的领导者，在完全孤立的状况之下，更容易充分地自我扩张和率意发展。这正是栊翠庵与稻香村截然不同的地方，可见其屋主的处境也同中有异，导致妙玉和李纨之间虽然存在着同质性，但是她们的性格却朝往相异甚至相反的方向发展。

  在深入探讨妙玉和李纨的对立状况之前，我们先把目光聚焦于红梅的"红"字来分析，既然李纨的红杏象征着她不能够免除的爱憎之情，则妙玉的红梅便代表了青春少女的心怀。试看第五回罗列的人物判词中，妙玉的部分提到"欲洁何曾洁，云空未必空"，显然这是指妙玉那极度孤傲高洁的性格，然而世界上真的有人可以做到绝对的高洁、绝对地睥睨众生吗？如果有可能，那么一定得要有环境的充分配合，换言之，妙玉的"太高""过洁"正是通过客观环境条件的辅助才得以发展出来的。所以，妙玉的高洁并不等于她的人格价值、品德成就，一旦剥离了该环境背景之后，她的高洁是否还能够维持下去便是个很大的未知数，而根据脂砚斋所提供的线索，答案是根本无法维持。由此足证妙玉之所以有着强烈的自我、个性化的一面，完全是周遭人等所纵容出来的，整个环境允许她呈现出孤高自许、万人不入眼中的姿态,可以说,她是一个被宠坏的少女。

  大家务必谨记的是,我们实在不应该孤立地看待人物,而是要将之置放于所身处的大环境里,观察他如何与环境互动,而他在互动中又如何逐渐形成自己的性格。其实,一个人不必因为自己"很有个性"而感到自傲、自豪,原因是:那在很大比例上并非出于个人的努力所达到的人格优点,而是依靠时代、依靠环境、依靠他人的包容和帮助,才养成了那般的个性。也就是说,妙玉"欲洁何曾洁"的"欲洁"并非真正来自内在的品德追求,因为她的人格力量不是在千锤百炼的考验中锻铸出来的,一旦环境发生变异,让她保持高洁的客观条件消失之后,我们便会发现她"何曾洁""未必空",所以妙玉的内心其实是世俗的。从而可以发现,虽然她寄居在世外的尼姑庵中,但是内心却充满了世俗性的执着,而这种执着又在虚矫的掩盖之下,形成了时而令人啼笑皆非的矫揉作态。

  清代评点家姜祺便捕捉到红梅花这个意象,在《红楼梦诗·缀锦十二梦》为妙玉赋一绝句云:

> 芳洁情怀入定中,浓春色相未全空。本来人较梅花淡,一着东风便染红。

所谓"芳洁情怀入定中"意指读者对于妙玉的最初印象乃一芳美高洁的出家人,并且已经进入了禅定的境界,可是接下来却发现她"浓春色相未全空",本来应该断尘绝俗的尼姑却情根尚存、尘心未断。按照常理而言,身为出家人的妙玉理应"人较梅花淡",比洁白的梅花更加淡泊,然而竟然"一着东风便染红",一旦感应到春风吹拂的气息,她便芳心萌动,原本内心纯净的白色也立刻转变为鲜艳的红色。姜祺在这首绝句下又自注曰:"芳洁中别饶春色,雪里红梅,正是中意。"这恰恰呼应清代评点家周澍《红楼新咏·笑妙玉》所说的:

> 一般涸迹在红尘,何事偏称槛外人?泥湿未沾风里絮,梅开已逗意中春。

由此可见,无论是"春色中意"还是"意中春",都说明了妙玉依然心系俗世的朦胧儿女情愫,而红梅正是外露的醒目表征。

"槛外人"是化用自宋诗的名词,意即世俗之外的人。既然妙玉已经混迹于红尘之中,又为何偏偏要自称为槛外之人呢?这是因为妙玉认为自己清高脱俗,不愿意与沦陷在世俗中的"槛内"庸人相提并论,所以便划清界限,以"槛外人"自称。周澍觉得妙玉实在是太虚假了,因此说她"泥湿未沾风里絮,梅开已逗意中春",表面上凌空高飞,未被地上的湿泥所沾黏,实际上却是尘心藕断丝连,与凡夫并无二致。其中的"泥絮"是宋诗的常用意象,指柳絮在空中自由不羁地飘翔,可是只要一沾到潮湿的地面,便会被紧紧黏住而动弹不得,深深困在泥泞里无法脱身。也就是说,虽然妙玉看似脱俗出尘、逍遥如风的柳絮,不屑与那些被地心引力束缚在尘土中的俗众为伍,然而一旦来到春暖花开的时节,她依然免不了涌现出对俗世生活情趣的向往,而她内心的春意也借由红梅意象给逗漏出来。两位评点家确实善解红梅的弦外之音,并以精准的方式把握到红梅的深刻意涵。

我们通过稻香村的红杏觉察了李纨本性中的贪嗔痴爱,并从小说的情节里了解到她吝啬爱财、愤怒嫉妒等等鲜活的情感,那么妙玉所植红梅的"红"字,即所谓的"浓春色相""意中春",究竟又是指什么呢?倘若笼统而言,此乃意指李纨和妙玉矛盾统一之性格中入世的那一面,虽然她们都是红尘的局外人,可是她们的内心仍然还牵缠着俗世人间。不过这只是抽象层次的描述,一旦再进一步深入辨析,则又可以区分出两个人物南辕北辙的性格特质,亦即虽然李纨和妙玉在大体架构上彼此相似,然而在具体细节或表现方向上却又截然有别。这是因为每一个人皆有其独特的生命史,不同的际遇、不同的环境等诸多因素均会对个人产生影响,因此再雷同的人也还是会走上不同的道路。

所以,当我们在阅读文学作品的时候,必须努力避免抽象地思考问题,譬如认定寡妇应该就会怎样,出家人又一定是怎样,这便是所谓抽象地想问题。我们的分析应该回到个别的、具体的人身上,仔细追踪他的成长脉络,观察他生命中掺和进来的各种要素,以及这些不同的要素如何组合、激荡并发挥作用,最后才形成其独特的个性。

回到妙玉的文本地基

我们必须随时谨记在心:倘若想要真正了解一个人,就应该先深入把握其出身背景、生活轨迹、人格特质究竟是在何种的具体状况中形成的,务必避免囫囵吞枣。妙玉和李纨两人同中有异,而相异的部分又让妙玉偏向于黛玉的性情特色,这是一般读者很容易辨识出来的部分,也往往以重像的关系将二人相提并论,但其实两位少女彼此之间当然有所区别，各自独立为不同的个体，绝不可直接等同类推。所以我们必须以小说内容为基础，更为具体地、就事论事地看待妙玉此一人物。

　　栊翠庵的"红梅"是隐喻妙玉性格的重要意象。梅花既是隐逸出世的文化象征，也代表了高度的道德情操，但红色却带有入世的寓意，所以红梅是一个矛盾统一的独特意象。可以说，与李纨"竹篱茅舍自甘心"的白梅不同，妙玉的红梅反映了她刻意的自我追求以及个性实践。一般来看，大多数人都是在先天禀赋和后天环境等各种因素交相作用所形成的驱力中，顺其自然地呈现自己的性格，无论是好是坏，其中很少有一种心理学所谓的主体能动性在主导。而根据小说所铺陈的内容细节加以揣摩，妙玉则似乎是带着自觉意识去发展自己的独特个性，虽然这并不意味着她可以完全不受环境的影响，但是她在主观意识以及客观环境的相互配合之下，自己也确实有意地模糊出世与入世的界限，塑造并强化了独树一帜的人格倾向。

　　那么，妙玉的人格特质是如何在相关因素交相加乘的作用下形成的呢？这就不得不回归《红楼梦》的文本去发掘其中所隐藏的蛛丝马迹。在此必须再次强调，无论是要了解现实生活中的个人，还是分析小说人物的性格，我们都应该抱持"知人论世"的原则，并且认真执行法国文学家纪德（André Paul Guillaume Gide, 1869—1951）所提醒的：切莫用一个人的一瞬间来判断他的一生。因为人类是复杂的、多面的、流动的，我们不应该只专注于某些经典的、具有鲜明人格特性的单一片段，导致扩充性的过度诠释，而是必须全面观察并仔细考虑对方所展现出来的整体面貌，才能够给予客观又深入的评量。可惜此一理念乃是多数人所鲜有，相关的思维训练更是一般读者所缺乏，但既然小说乃是隐含了作家意欲表达之所有信息的完整作品，则我们务必全力关注作者究竟为其笔下人物提供了哪些重要的资讯。

虽然妙玉在整部小说中的出场次数并不多，按理并不难周延地把握全景，然而值得警惕的是，不少读者往往也和看待其他人物一样，对她时有自觉或不自觉的取舍或者偏颇之处，如此一来，在针对人物的个性进行分析的时候，难免会出现判断上的误差。为了避免这种情况发生，我们对于小说人物的文本地基更应该打得越稳固、越全面，才是最佳的做法。

并非一般的出家人

妙玉的首次登场是在第十八回元妃省亲的情节中。由于皇妃省亲实为关系重大的家国仪典，过程中必然少不了祭祀、祈福之类的宗教仪式，所以贾府的女管家林之孝家的事先便受命"采访聘买得十个小尼姑、小道姑"，甚至连道袍皆一并裁制完成，以便她们在正式的仪典场合上穿用。值得注意的是，除了二十位尼姑和道姑，"外有一个带发修行的"，此人即是妙玉。对于出家人，从宗教乃至凡俗的眼光来看，都会希望他们是由里而外、彻彻底底的六根清净，但妙玉却是"带发修行"，一开始便已经模糊了出世和入世的界限，这种明显昭示着尘缘未断的醒目形象也令她在出家人之中显得特别突兀。

当然，妙玉并非一般的出家人，根据林之孝家的所转述：

（她）本是苏州人氏，祖上也是读书仕宦之家。因生了这位姑娘自小多病，买了许多替身儿皆不中用，足的这位姑娘亲自入了空门，方才好了，所以带发修行，今年才十八岁，法名妙玉。

由此可见，妙玉的籍贯与"本贯姑苏人氏"（第二回）的黛玉相同，她们均来自苏州。而《红楼梦》寓有非常鲜明的城市情结，这些城市在小说里搭建了重要的叙事舞台，其中就包括了贾府所属的京城，即现今的北京，然而与贾府并称的史、王、薛三大家，加上贾家的老宅则都位于金陵，即南京，甚至金陵在《红楼梦》中的心理地位恐怕还比北京更为重要。众所周知，这也和曹雪芹的家世背景有关，其祖上担任了几代的江宁织造，"江宁"即金陵，其中必然蕴蓄着家族最辉煌的黄金记忆以及最惨痛的沦亡之悲。

除了很容易察知的金陵情结，我认为《红楼梦》的另一个城市情结便是苏州情结，苏州即姑苏，除妙玉和黛玉以外，擅长刺绣工艺的慧娘也是姑苏人，而贾府里的十二个女伶同样是从姑苏采买来的。值得注意的是，作者特别安排"苏州"作为这些才华、美貌都高人一等的年轻、优秀女性的共同故乡，其中究竟是否寄托了特殊的含义呢？答案当然是肯定的。历史上，自宋朝以来便流传着"上有天堂，下有苏杭"的谚语，源自范成大《吴郡志》所说的"天上天堂，地下苏杭"，这说明了苏州、杭州乃是江南佳丽之地，但凡提及优秀美丽的女子就极易联想到苏杭，因为它们本身即是与优美精致的高雅文化、秀丽悦目的自然风光结合在一起的。所以妙玉的籍贯与出生地点被安排在苏州，当地钟灵毓秀的山水草木、艺术人文对她的气质必然发挥一定的影响，并起到关键的塑造作用，故而她基本上不大可能是四大皆空的女子。

除此之外，妙玉也并非出身于一般的平凡家庭，其"祖上也是读书仕宦之家",所以毋庸置疑,她乃是自幼便接受良好诗书教养的大家闺秀。现代人很容易忽略的是,其实贵族世家并不一定意味着对低下阶层的权力宰制和劳动剥削,他们的"贵"不仅是指高级的身份地位,更体现在与礼法、教养密切相关的精神内涵上。《红楼梦》中所赞扬的读书仕宦之家本质上与有钱有势的暴发户截然不同,两者于传统社会中的认知与评价也存在着巨大的差异,曹雪芹与脂砚斋更是致力于划清界线,然而现代人却因为缺乏相关概念以至于往往将两者混淆为一,譬如不少读者便经常把《金瓶梅》的西门庆与《红楼梦》的贾宝玉相提并论。实际上,这两部小说的主要区别并不在于前者流于淫秽,后者偏向纯情,而是书中人物的出身背景、成长环境构成了截然判分的思维内涵和言行举止,这才是关键性的、本质上的隔阂。最重要的是,《金瓶梅》所描写的是暴发户的一生,身为主角的西门庆自小便父母双亡,根本是无亲无故的孤儿,所以他无法如同生长于贾府这等庞大世家的宝玉般,从小到大都接受贵族门风的熏陶,以致流入市俗而过度失控。再者,虽然西门庆的妻妾皆容貌美艳,但她们全是言行作风极为粗鄙的市井女子乃至青楼娼妓,毫无一丝受过诗书教养的影子。虽然清代评点家张竹坡认为《金瓶梅》绝非只有表面上的淫秽放荡,其中还蕴含着非常深刻的人性洞察、世道沧桑,可是连他都承认:"盖写月娘,为一知学好而不知礼之妇人也。"西门庆的正妻吴月娘虽则算是娴顺,但确实并非具备文化涵养、知书达礼的女子,所以便不可能成为合格的当家主妇。

如此一来,当《红楼梦》特别提到某人来自读书仕宦之家时,即是在暗示此人必然与众不同,绝非单单因为高级的身份地位而得以享受权力和财富,实际上作者在人格塑造、言行举止的规范,乃至于精神的陶冶、性灵的提升各方面均有着非比寻常的标准。有趣的是，书中并非出身于诗书簪缨之族的暴发户，全数都在曹雪芹的笔下遭到冷嘲热讽，因为他们多是势利刻薄、粗浅庸俗，譬如迎春的丈夫孙绍祖"并非诗礼名族之裔"（第七十九回），其骄奢荒淫又残忍霸道的性格不仅为贾母和贾政所不喜，最后他甚至把新婚才一年的迎春折磨至死；而成为薛蟠正妻的夏金桂虽然也系出门当户对的大族，却因为寡母一味溺爱纵容导致失教无德，全无闺秀风范，其近乎暴发之家的刁蛮行径居然闹得薛家几乎家破人亡。这些暴发户人物所欠缺的就是诗礼簪缨之族、读书仕宦之家所追求的深厚文化知识以及高度精神性灵的内在修养，正如宝钗所说的"不拿学问提着，便都流入市俗去了"（第五十六回），无怪乎孙绍祖、西门庆之流都非常容易落入肤浅和鄙俗，也为书香世家之辈所鄙夷。

黛玉的翻版

妙玉高雅讲究的生活品味以及非比寻常的性格表现，实际上都与她独特的家世背景和经济财力密切相关，正是种种环境条件的相互作用才足以支撑其极端性格的充分发展。妙玉自幼体弱多病，为了根治宿疾，父母为她"买了许多替身儿皆不中用"，所以她必须亲自入了空门才能够痊愈。而这岂非等同于林黛玉的翻版？以家世背景来看，黛玉同样"祖上也是读书仕宦之家"，父亲林如海之祖曾袭过列侯，"起初时，只封袭三世，因当今隆恩盛德，远迈前代，额外加恩，至如海之父，又袭了一代；至如海，便从科第出身"（第二回）。由此可见，林家其实与贾府不相上下，两大家族既同为钟鼎之家，也都是书香之族，门当户对。另外，从小多病也是黛玉的宿命，而且必须以遁入空门的方式才能疗治与生俱来的痼疾，双方的情况有如镜像般折射对映，只是二玉的差别在于：妙玉最终还是进入空门，身上的病症也确实痊愈了；黛玉则是由于父母完全舍不得，以致唯有沉沦在红尘之中，为内心的多愁善感和深情苦思所折磨耗损，最终泪尽而亡。

必须注意的是，妙玉和黛玉因为遁入空门与否而走向截然不同的人生终局，探本溯源，她们各自的家长选择了相异的处置方式最是关键所在。纵观整部小说，作者并没有提及林如海夫妇为了女儿的体弱多病试图给予更大程度的扭转和改变，仅仅是依循一般延医用药的常法，以至于爱之虽切、忧之甚深，却始终以汤药为饮食而一筹莫展；但妙玉的双亲却愿意采取非常手段，先是花钱买了许多替身，可见内心毕竟还是舍不得自己的骨肉亲自出家，不忍掌上明珠进入空门终身过着枯寂、单调、辛苦的生活，所以便采取间接收买的方式，找几个年轻少女代替女儿修行。毋庸置疑，妙玉的父母为了维护她的正常人生不仅费尽苦心，也额外承受了巨大的财务开销，无不证明妙玉乃是备受疼惜的天之骄女。我之所以强调这一点，是因为妙玉的性格养成除了天性使然，此外也深受后天成长环境的影响。总的来说，凡是《红楼梦》里很有个性的人物，他们基本上皆具备一个共通的后天条件，即都是在至亲的宠爱中长大。

这也进一步说明了妙玉的凡心无法以常规的方式去调节，只能通过空门清寂的环境力量来压制、束缚，始得以化解那颗非常胶着固执的凡心，于是便如林之孝家的所言，"足的这位姑娘亲自入了空门，方才好了"，据此也清楚可见，妙玉之所以遁入空门，并非出于看清世界虚空的本质，洞察尘俗凡间有如镜花水月、梦幻泡影，然后大彻大悟。其实包括妙玉、惜春在内，《红楼梦》中并没有任何一位女性真正实现了心智的彻悟超脱而到达宗教的彼岸，能够企及该等智慧境界的只有男性，而女性则是注定终身沉沦。

除了优越的身世背景及备受宠爱的成长经历之外，妙玉大约在及笄之年便成为孤儿，这一点也与林黛玉相当接近。有趣的是，妙玉和黛玉来到贾府时的情况几乎如出一辙，第三回描写黛玉于母亲逝世之后前往贾府依亲，"只带了两个人来：一个是自幼奶娘王嬷嬷，一个是十岁的小丫头，亦是自幼随身的，名唤作雪雁"，而妙玉则是：

> 如今父母俱已亡故，身边只有两个老嬷嬷、一个小丫头服侍。（第十八回）

由此可见，妙玉和黛玉都是形单影只的孤独女孩，身边没有庞大的伦理关系给予约束或规范，以至于她们比较容易纯然地随势成长，也依顺着自己的天性发展出极端的性格。这种既是孤儿又是宠儿的人，实际上还包括了丫鬟晴雯。虽然晴雯是个被买卖的奴婢，家庭状况判若霄壤，但是因为"生得伶俐标致"而深得贾母的喜爱，加上宝玉对她格外纵容，导致其处境一反底层的常态，竟然如宝玉所说的，她"自幼上来娇生惯养，何尝受过一日委屈"（第七十七回），则可想而知，晴雯之所以骄纵易怒，宛如爆炭般的性格能够不受束缚地恣意伸张，其优渥舒适的生活环境显然提供了巨大的条件。

既然妙玉出身于读书仕宦之家，而父母对她又是爱若至宝，她理所当然也得到良好的教育层级和充足的文化资源，所以妙玉"文墨也

第三章 妙玉

极通,经文也不用学了",不仅如此,她还遗传了优良基因"模样儿又极好",可谓兼具全部女性所向往、所追求的最佳条件。但可惜的是,妙玉出家以后不久父母也亡故了,孤零零的她唯有追随师父一起生活,直到十七岁,师徒二人乃相伴来到了北京:

> 因听见"长安"都中有观音遗迹并贝叶遗文,去岁随了师父上来,现在西门外牟尼院住着。他师父极精演先天神数,于去冬圆寂了。妙玉本欲扶灵回乡的,他师父临寂遗言,说他"衣食起居不宜回乡,在此静居,后来自然有你的结果"。所以他竟未回乡。

根据林之孝家的介绍,妙玉的师父获悉北京(此处以隋唐的都城长安作为代称)"有观音遗迹并贝叶遗文",即非常重要的佛教文物,便带着她前往该处寻访,因而与贾府产生了交集。由此可见,妙玉进入空门来到师父身边之后,一方面调养身体并终于痊愈,另一方面则跟着师父潜心修道,有如得到再生父母,不幸的是,这位善于卜卦、算命的师父不久也撒手人寰,客死异乡。而师父以其演算之神通预见了妙玉实非能够终老于牟尼院的女子,所以在圆寂之前留下遗言,指示妙玉"衣食起居不宜回乡,在此静居,后来自然有你的结果"。

看起来,妙玉师父的这番预言不仅暗示了她未来命运的发展,还包含她的生活实质状况。试想:妙玉回乡之后,她能够依靠的经济支持就只有自己仅剩的一些家产,加上失去师父的庇荫,势必难免仰人鼻息的委屈,以其个性来看,这种处境恐怕是无法支撑太久的,所以作者便刻意安排贾府接走妙玉,而宽柔待下的贾家将妙玉安顿在大观园中，从此她的日子过得更加悠闲自在，毕竟园内的栊翠庵乃是一处出世离尘、自成天地的绝佳环境。最重要的是，贾府自然不会在妙玉的衣食起居上有所怠慢，平常也给予很大的尊重礼遇而不加以干扰，如此一来，她便可以极大程度地摒除外在红尘的许多人情束缚，尽情地伸展自我的个性。

妙玉似僧非僧的俗性纠葛，明显表现于对物质品味的极端讲究上。第四十一回刘姥姥逛大观园的情节里，作者描述道：

> 只见妙玉亲自捧了一个海棠花式雕漆填金云龙献寿的小茶盘，里面放一个成窑五彩小盖钟，捧与贾母。

由此可见，妙玉简直过着宛如社会上层名流的优雅生活，所使用的茶杯还是故宫博物院典藏级别的，这般的生活品质绝非一般的出家人所可以享有。再者，栊翠庵内必然有许多嬷嬷、小尼姑侍候着，小说中还明确提到，院子脏了便派几个仆人提水洒扫干净，完全不用她亲自打扫整理，可见此处简直有如妙玉的个人王国，她就是栊翠庵的女王。如此一来，便使得其性格往更畸零的方向发展，和尼姑的身份形成更为极端的矛盾统一。

必须注意到，《红楼梦》从不浪费任何一个字句，书中所提到的事物，都必然与此人的人格特质、心性发展甚至未来命运都有直接的关联，这也是曹雪芹最伟大的地方，他从来不抽象地阐明价值、表达褒贬，而是细腻、具体、深刻地告诉读者：某个人是这般独特的样貌，其个性又是如何合情合理地发展出来。妙玉因为师父的交待而选择不回乡，等候命运所要带给她的礼物。当然，这份礼物是变

第三章 妙玉

幻多端而无常不定的，有时满怀希望，一打开却发现它实际上是潘多拉的盒子，所释放的妖魔也为自己带来了各种灾祸；有时觉得不幸厄运当头，谁知一拆开礼物的包装，结果竟然看到上帝又另外打开了一扇窗，自己得以绝处逢生。妙玉所等到的礼物正是曲折又复杂，一言难尽。

通过林之孝家的详细介绍，我们感到妙玉是非比一般、与众不同的少女，而王夫人也对她抱着欣赏、包容的态度，所以未等林之孝家的把话说完，就立刻打断她，下达指令说"既这样，我们何不接了他来"，这种反应显然与一般读者对王夫人的成见截然不同。在此，我们可以特别补充说明一个关于人物分析常见的重大误区，即不少读者经常是抽象地思考问题，并根据主观好恶以跳跃式的思维进行推论，王夫人便是深受此害的人物。比如第七十四回中王夫人听了王善保家的谗言，便问凤姐道：

> 上次我们跟了老太太进园逛去，有一个水蛇腰、削肩膀、眉眼又有些像你林妹妹的，正在那里骂小丫头。我的心里很看不上那个狂样子，因同老太太走，我不曾说得。后来要问是谁，又偏忘了。今日对了坎儿，这丫头想必就是他了。

从这番话可以得知，王夫人显然对晴雯的印象极为恶劣，然而很多读者却仅单凭这一点便自动延伸，直接断定：既然王夫人讨厌晴雯，而晴雯的性情、长相又近似于林黛玉，则王夫人一定也不喜欢林黛玉。但是这种跳跃式的推论方式是非常危险的，不仅过于想当然耳，而且以偏概全、逻辑十分松散，导致其结论往往是错误的。

如果可以这般推断的话，同样也能得出王夫人很喜欢林黛玉的结论，毕竟王夫人颇为欣赏妙玉，而既然妙玉的出身背景各方面都与黛玉如出一辙，则她又怎么不会喜欢黛玉呢？这一个反向示范提醒我们，有些推论看似合情合理，但其实十分粗疏，根据同样的思考方式，只要另外取材进行推断，却会得到截然相反的结果，清楚说明了跳跃式的推理方法是经不起严格考验的，其间的逻辑必然大有问题，也显示思维的训练确实非常重要。所以我们在做判断的时候，务必秉持着"大胆假设，小心求证"的态度，尤其应该以"小心求证"为优先，避免"大胆假设"所造成的先入为主之成见，才不会误入歧途。

关于王夫人对黛玉的心态，确实可以补充很有力的证据。单以双方的第一次见面为例，第三回描写黛玉初入贾府，当她展开拜望长辈之礼而来到王夫人的住处时，原本黛玉是按晚辈身份"向椅上坐了"，然而王夫人却"再四携他上炕"，执意将她提高到和自己同等级的尊位上，两人挨在一起并肩坐着聊天，就像对待宝玉一样，可见王夫人显然是把黛玉当作自己的女儿一样看待。书中之例子还所在多有，只要我们放下粗略阅读所产生的成见，以客观的角度去分析所有的情节描述，便会发现其实王夫人是非常疼爱黛玉的，这也证明了"王夫人不喜欢晴雯，因此也讨厌与之相似的黛玉"之类的推论无法成立。

回到妙玉来看，林之孝家的作为贾府里资历最深的女管家，对于贾家的门风以及当家者的仁厚显然了若指掌，所以她事先便揣摩到王夫人会愿意把妙玉接进贾府，于是早已经先一步提出邀请，也才有了如下的回话："接他，他说'侯门公府，必以贵势压人，我再不

第三章 妙玉

去的'。"

一个管家敢于擅自做主直接决策行事,恰恰证明了是揣摩上意,所以不但毫无违逆甚且完全合乎君心,成为有效推动家务的得力下属。而从小说中许多点点滴滴的描写也可以看出,王夫人确实为人慈善,并且对于优秀、独特的少女更带有包容态度,衷心愿意帮助她们,因此虽然林之孝家的在高傲的妙玉面前吃了闭门羹,然而王夫人却毫不介意,反倒笑道:"他既是官宦小姐,自然骄傲些,就下个帖子请他何妨。"

此一做法正足以显示王夫人的宽和大度,可惜现代社会已经欠缺相关知识,因而无法看出其中的奥妙,原来下帖子是非常隆重的礼数,等同于王夫人亲自上门邀请的意思,对一般身份较低的人来说,那甚至是承受不起的极高待遇。举一段书中的情节作为参考,在第十回秦可卿生病之际,宁国府的贾珍从冯紫英处听闻一位名为张友士的先生"学问最渊博的,更兼医理极深,且能断人的生死",便立刻差遣仆人送名帖过去,邀请对方过来为媳妇秦可卿看病,没想到帖子被退了回来,理由是张友士感到"大人的名帖实不敢当",而自己一定会受命登门诊视。可见下帖子确实是高度礼遇的表现,否则张友士不会不敢接受帖子,并说自己担当不起。

最重要的是,不仅王夫人亲口命下帖子邀请妙玉,并且贾府还"遣人备车轿去接"。学者的研究成果指出,在具有等级之分的传统社会里,车轿本身与重要的身份相关,尤其到了明清时期,轿子更代表着权力和地位,并非有钱即可以乘坐,所以贾府派出轿子去接请妙玉,那真的是天大的礼遇。此外,轿子属于非常特别的社会象征,这一点也反映于婚俗上。古代的妻妾身份贵贱差别十分巨大,妾室死后并不能进入祠堂接受祭祀，但正妻是三媒六聘迎娶过来的，其身份地位是天地、神明、祖先以及时人所共同承认的，夫家不可以单凭个人好恶轻易加以剥夺，因此举行正式的婚礼时，迎娶的过程中必然要以八人大轿去抬新妇进门，等于是昭告天下，而当夫妻之间发生争吵，妻子也会理直气壮地宣称"我是八人大轿抬过来的"，用以强调自己的立足稳固。显然轿子在传统社会里是身份、地位等等不可或缺的关键认证。

总括而言，从出身背景以观之，妙玉的籍贯、家世、阶级、多病的体质以及疗救的方式，还有她孤儿的处境，另外最重要的是其名字上也带有"玉"字，种种设计都反映出她是黛玉的翻版，甚至是黛玉的极端化。由全书的叙事手法可以发现，名字带有"玉"字的人物基本上皆是相对偏于个性化的性格取向，他们不仅拥有孤傲的性情，在技艺方面也展现出极高的才华，而妙玉在第七十六回的大观园中秋夜联句一段即大大发挥了她的诗才。

闺塾师妙玉

在生于"读书仕宦之家"而"文墨也极通"的背景之下，妙玉又有哪些诗书文采方面的表现呢？我们可以先看第六十三回宝玉过生日的一段描述。

当时宝玉突然发现收到了妙玉遣人送来的生日贺帖，由于书写形式怪诞失格不合常规，心中实在犯难，不知道应该如何回信才算恰当，于是便拿了帖子去寻黛玉讨教，毕竟黛玉孤高自许的性格与

第三章 妙玉

妙玉极为类似，思考模式可能也比较相近，所以宝玉打算请黛玉帮忙提供建议。刚走过沁芳亭，便遇到了迎面走来的邢岫烟，一问之下，才知对方是要去找妙玉说话，这不免令宝玉感到诧异，随即称赏道：

> 他为人孤癖，不合时宜，万人不入他目。原来他推重姐姐，竟知姐姐不是我们一流的俗人。

以妙玉极端孤僻冷傲、目无下尘的性格，恐怕没有人愿意与她长期相处，可是竟然还会有主动找她聊天而不怕吃闭门羹的访客，并且妙玉也愿意对之敞开心扉，这就让宝玉依据常识逻辑，得出妙玉肯定对岫烟青睐有加的结论。不过，岫烟是个为人实在、通透的好女儿，虽然听到宝玉赞美自己并非普通的俗人，必然如妙玉一般超凡脱俗，却是坦诚地笑说：

> 他也未必真心重我，但我和他做过十年的邻居，只一墙之隔。他在蟠香寺修炼，我家原寒素，赁房居住，就赁的是他庙里的房子，住了十年，无事到他庙里去作伴。我所认的字都是承他所授。我和他又是贫贱之交，又有半师之分。因我们投亲去了，闻得他因不合时宜，权势不容，竟投到这里来。如今又天缘凑合，我们得遇，旧情竟未易。承他青目，更胜当日。

由此可见，岫烟相当了解妙玉，即使妙玉的内心愿意向她开启一道门缝,却未必等同于她可以登堂入室,岫烟自己对此乃是心知肚明。只是基于她们有一段非比寻常的往日交谊,在时间的沉淀和累积中形成了微妙但牢不可破的情分,加上机缘巧合之下,两人又在贾府里重逢且"旧情竟未易",所以妙玉对待岫烟才会表现得益发亲厚。另外,由岫烟的讲述亦可以得见,妙玉并非如我们所想象的那般过着粗茶淡饭、青灯古佛的清苦生活,单单她出家的蟠香寺便是拥有丰厚的庙产,能够把房屋出租给一般百姓作为日常收益的名山大刹。

最关键的是,虽然岫烟与邢夫人有亲戚关系,但她却出身寒素,无法获得良好的教育文化资源,因此她"所认的字"都是由妙玉所教授的。由于岫烟闲来无事便到庙里陪伴妙玉,而出于这份缓解清修的寂寞以及姐妹相伴的情分,妙玉即教导岫烟读书识字,算是一种回报。岫烟来到贾府后之所以受到众人的赞叹,实际上和她认字读书也是关系密切,换言之,妙玉相当于陶冶塑造邢岫烟的关键人物。确实,很多时候虽然父母和家庭可以给人以血肉的生命,但灵魂的生命则往往得要由其他的机缘来启迪,所以妙玉、岫烟两人既有师徒的关系,又有姐妹的契合。

此外,从岫烟之话语中我们还可以提取两个重点:其一,妙玉的才学艺能和她"读书仕宦之家"的出身密不可分。一个人即使先天资质超凡特出,一旦生活环境贫寒也很容易被白白耗损,香菱便是最让人感慨万千的例子,而岫烟则是幸得妙玉教她读书识字,才不至于沦为目不识丁的文盲,辜负了天赋的大好资质;其二,妙玉固然非常孤僻,但是由她对岫烟的付出来看,隐隐然也暗透出这位人物的另一面,原来在她坚硬的冰霜外壳之下,内心实际上蕴含着温情的潜流。

妙玉非但没有瞧不起出身寒素的岫烟，还愿意特别眷顾这名贫穷的女孩，可见妙玉绝非全然高傲冷漠而不近人情之辈，因此我们必须要公正地为她平反，不应该忽略或抹杀其人值得称赞的地方。其三，妙玉能够成为闺塾师，即闺阁中的女教师，即说明了她本身的文化教育、诗书涵养是非常深厚的，而美国当代学者高彦颐（Dorothy Ko）所撰写的《闺塾师》一书探讨了相关问题，有兴趣的读者不妨找来参看。

叫停中秋夜联诗

无论如何，既然妙玉有资格担任闺塾师，则她在诗书文学方面的才能自然也不会逊色，这一点主要展现于第七十六回的情节里。当时正值一年一度的中秋夜，贾府成员汇聚到大观园内阖家赏月，中途湘云和黛玉私下脱队出来，单独往凹晶溪馆和凸碧山庄联句做诗。两人轮流对句至半路之际，黛玉发现池中有黑影，担心是个鬼而暂停下来，湘云却根本不怕，随手捡了一块石头丢向池中，"只听那黑影里嘎然一声，却飞起一个白鹤来，直往藕香榭去了"，而这般情景刚巧促发了湘云的灵感，因联道："窗灯焰已昏。寒塘渡鹤影，"可以说，"寒塘渡鹤影"一句简直是缪斯女神送上门的礼物，既自然天成，又新鲜有趣，黛玉听了也忍不住"又叫好，又跺足"，居然无以为对，几乎搁笔认输，只得全神贯注地搜索枯肠、绞尽脑汁，最终才对出了"冷月葬花魂"这一佳句。

"对句"乃是汉语的文字特性被发挥到极致的一种艺术形态。此处湘、黛的两句诗形成了工对:"冷"对"寒",皆是表示温度的形容词;"月"对"塘",都属于庭园中的景物;"葬"对"渡"则同为动词,"花魂"与"鹤影"亦是最为精美、工整的对仗。而市面上程甲本、程乙本所写的"冷月葬诗魂",这在对偶上算不得精工,因为"诗"乃是抽象的文字组合,但"鹤"却是大自然界实有的动物,二者并非同一范畴,一般是不宜相对的,因此要以"花魂"对"鹤影"才算稳当。最重要的是,"花魂"一词于《红楼梦》乃至清代的诗歌文献里也是出现多次的语汇,甚至早在明末便已经产生,所以"花魂"比"诗魂"更为切合。总而言之,这一对句实在是太精美,而且意境超然、灵感非凡,其中更带有诗谶的意味,一种隐隐然的命运预告,内涵丰富得多。

通过人物诗风来推断其命运走向的叙事手法,即"以诗观运"的"诗谶",在《红楼梦》的情节脉络里格外常见,但必须厘清的是,那绝非用谐音或者拆字之类的字面游戏来进行双关,而是完全采用另外一种方式来表现人格气质。亦即诗家所写的作品无论是悲哀颓丧,或是积极向上,都会流露出其本人内在的性格特质,而性格又会决定命运,"以诗观运"便是用这样的逻辑来操作。所以,《红楼梦》的抒情诗是绝对不可以望文生义、直接拿来对号入座的,和第五回的人物判词中以谐音、拆字等双关用法完全不同。

这一点也可以在此处得到印证。固然湘云对黛玉的"冷月葬花魂"赞不绝口,但她却同时觉得"诗固新奇,只是太颓丧了些",毕竟其中的"冷"尤其是"葬"都属于很不吉利的用字。华人对于祸福吉凶非常敏感,比如过年期间打破东西就得赶紧叨念"岁岁平安""花开富贵"等吉祥话加以化解,实际上都反映

第三章 妙玉

了华人深信文字里隐含着祸福吉凶的力量。在如此的文化传统影响之下,黛玉的对句中既有"冷"字,更有"葬"字,不免令人直接联想到死亡,所以湘云才会说"太颓丧了些"。而颓丧的诗句并非任何人皆适合运用,因为每个人的气质倾向和健康程度不一,有的强壮,有的衰弱,倘若体质欠佳,再偏好那一类过分悲哀的句子,极有可能会导致生命受到严重的损害,因此湘云接着感叹道:"你现病着,不该作此过于清奇诡谲之语。"黛玉既体弱多病,又吟咏出这般不吉利的诗句,更容易让自己的命运被推向悲剧的深渊。其实黛玉自己也清楚知道如此为之并非善法,但是她认为如果不用"冷月葬花魂"就敌不过湘云的佳句了,所以宁可拿命来换取诗歌竞赛上的成功。

可黛玉也只是成功了一半,问题在于联句的竞赛过程中,当一方出了上句之后,对手即必须给予下句相对,而到此只能算作平手,在做出势均力敌的对句之后,接着还必须再提供另一个出句,让对手来对联,这般轮番上阵一对一出,即是文人联句竞赛时的法则。然而黛玉所有的脑力都已经倾注在"冷月葬花魂"上,因此无法再构思下一个出句了,这便意味着现场的联句活动不得不面临中断。有趣的是,此刻作者特别安排了妙玉突然现身,让情节出现新的发展,当时湘云和黛玉两人"一语未了,只见栏外山石后转出一个人来",笑道:

好诗,好诗,果然太悲凉了。不必再往下联,若底下只这样去,反不显这两句了,倒觉得堆砌牵强。

既然不久前才在池边看到类似鬼影的画面，现下忽然又在黑暗中冒出一个人说话的声音，毫无防备的湘云和黛玉自然被吓了一跳，随即定睛细看之下，意外发现那个人影不是别人，居然是整天关在栊翠庵内足不出户的妙玉。这不免让两人感到惊讶，毕竟妙玉乃是名孤僻到极点的女尼，怎么会突然在此时此地现身于眼前？所以忍不住问道："你如何到了这里？"这正是妙玉参与联句的契机，她回答说：

> 我听见你们大家赏月，又吹的好笛，我也出来玩赏这清池皓月。顺脚走到这里，忽听见你两个联诗，更觉清雅异常，故此听住了。只是方才我听见这一首中，有几句虽好，只是过于颓败凄楚。此亦关人之气数而有，所以我出来止住。如今老太太都已早散了，满园的人想俱已睡熟了，你两个的丫头还不知在那里找你们呢。你们也不怕冷了？快同我来，到我那里去吃杯茶，只怕就天亮了。

由此可见，妙玉同样也具有诗谶的观念。她认为湘云和黛玉的联诗中有几句虽好，但却"过于颓败凄楚"，而这又"关人之气数"，为了避免湘、黛二人把命运给葬送了，所以才会现身出言阻止。那么，何谓"此亦关人之气数而有"？这恰恰是传统诗谶的表现，即诗歌内的悲凉意涵暗示着悲惨的命运，此处妙玉所言的"过于颓败凄楚"又恰恰呼应先前湘云所说的"过于清奇诡谲"，都说明了金钗们对于诗歌里所隐含的命运信息的认识，事实上是完全一致的。

毋庸置疑，《红楼梦》是一部植根于源远流长、丰富庞大之文化

第三章 妙玉

传统的小说，所以我们绝对不应该孤立地看待它，以自己想当然耳的观念进行投射或感性发挥，这类率意的阅读方式或许可以制造出短暂的美丽幻影，满足主观的心理需要，但却失去了真正理解小说人物的机会。妙玉之所以出面制止，便是为了对诗谶进行翻转，而类似的做法已经先一步借由第七十回薛宝钗所填写的《临江仙·咏柳絮》清楚地展现出来。该阕《临江仙》历来被许多读者用以证明宝钗追求功名利禄、冀望飞黄腾达的心思，但此种望文生义、以偏概全的解释根本不足以作为呈堂证供。

真正的情况是，宝钗之《临江仙》不仅处处表露出随遇而安的君子胸怀，也蕴含了诗谶系统之下所产生的翻案意图：宝钗认为大家的柳絮词虽然都写得很好，可是"终不免过于丧败"，譬如探春的"也难绾系也难羁，一任东西南北各分离"、黛玉的"飘泊亦如人命薄"、宝琴的"江南江北一般同，偏是离人恨重"，均与柳絮失根无绊的特性相关，其中漂泊零散的悲怆感过于浓厚，所以她觉得需要翻案。谁说柳絮非得要往下坠落？何以不能够往上飞扬？为什么一定要沦入泥泞中忍受污秽，而不可以迎着明媚阳光去展开自由轻快的人生？最终宝钗所填的"韶华休笑本无根，好风频借力，送我上青云"，其中所带有的积极意志果然使得众人拍案叫绝，连连赞叹"果然翻得好气力"，得到了一致的喝彩。

可以说，这种通过翻案来扭转命运的做法一以贯之，妙玉也是一样。由妙玉"玩赏这清池皓月"的回答，显示出她既具有欣赏自然风光的脱俗雅兴，在诗词方面也有高度的领悟和造诣，否则也不会从湘、黛两人清雅异常的联诗里察觉出其中的"颓败凄楚"。

"翻转"凄楚之句

接着,三个人便一同返回栊翠庵,妙玉在唤醒丫鬟去烹茶招待两位贵客之后,立即"取了笔砚纸墨出来,将方才的诗命他二人念着,遂从头写出来"。从这个"命"字可见,妙玉即使面对湘、黛两位贵族千金,她的姿态依然很高,而显然湘云和黛玉也并没有为此感到不满,反倒黛玉眼见妙玉现在兴致高昂,与平常冷若冰霜的模样截然不同,还笑道:

> 从来没见你这样高兴。我也不敢唐突请教,这还可以见教否?若不堪时,便就烧了;若或可改,即请改正改正。

值得注意的是,黛玉此处所说的应酬话极为谦虚、客套,与以往她总是想要把众人压倒的气势天差地别,同步反映出随着年龄的增长,黛玉的心灵与性格也逐渐成熟,所以不再过分地孤高自许、露才扬己,而是变得谦逊合群。不过更应该发现,无论在任何阶段中黛玉只要遇上妙玉,气势上都会矮了一截,这一点于第四十一回刘姥姥逛大观园时,中途两人碰面的那一段便初见端倪。由此也透露出其实黛玉但凡遇到了强中手,当下往往即不会那么敏感骄傲。从人性的常态来看,当一个人生气时,倘若旁边的人立刻百般央求,以千百样的温言软语加以安抚讨好,又不断自责认错,这通常反倒会让动怒的人越发脾气暴躁;但是如果别人并不买账,冷漠以对,生气的人往往只好算了,反正生气也是白费力气。据此而言,黛玉的人品层次实际上与一般人是相近的，她具有相当的娇惯脾性，那是在特定的生活环境之下所形成的某种傲气，我们固然可以理解，甚至也可以欣赏，但是却不应该把它视为高尚的人格价值来给予推崇，以免过誉失当。

到了此刻，既然黛玉这般谦逊求教，妙玉又有怎样的反应呢？在作者的描述下，妙玉笑道：

> 也不敢妄加评赞。只是这才有了二十二韵。我意思想着你二位警句已出，再若续时，恐后力不加。我竟要续貂，又恐有玷。

所谓"二十二韵"即四十四句，偶数句押韵，每两句便构成一副完整的对联；而"警句"又称为"佳句""秀句"，属于一篇作品中最警拔动人的精彩表现，乃是《红楼梦》回应了自六朝以来的一种诗歌欣赏与批评方法，通常当警句出现之后，接下来的诗句就要写得平庸些许，以便在诗篇的节奏安排上更加张弛有度、抑扬顿挫。妙玉所说的警句即是指"寒塘渡鹤影，冷月葬花魂"，这是整首长诗中最突出、最嘹亮、最高亢的佳句，所以"再若续时，恐后力不加"。由于妙玉并未如同湘、黛二人那般经历了联句过程充分澎湃的脑力激荡而导致最后的思绪枯竭，则应该还有余力可以继续联句，可是妙玉仍然非常客气地说"我竟要续貂，又恐有玷"。而众所皆知，黛玉和妙玉原本皆是十分孤傲的少女，现在却都如此地谦虚有礼，堪称出人意表，也确实非常有趣，其中的奥妙颇为耐人寻味。

最值得推敲的是，黛玉过去"从没见妙玉作过诗"，但在不明就里、不知底蕴的情况之下，却说："果然如此，我们的虽不好，亦可以带好了。"既然黛玉完全不清楚妙玉的诗才底蕴,又如何能够确定妙玉所写的续诗足以把她和湘云之前的联句也带着变好呢?于不知对方实力高下的情况下直接送上一顶高帽,可谓应酬场合中的绝佳手腕,因此也普遍常见,反正大多数人皆喜欢听好话,这简直是无往不利的通关妙法。据此可见,黛玉确实在人情的表现上变得更加圆熟,那一类客套褒扬的社交谦辞可不是以往率性、高傲的她会说出口的。这就是小说文本提供给我们的客观事实,理智的读者当然不应该视而不见,反倒必须坦然接受人物的改变,并重新理解大家所深爱的这位少女,她究竟是一个怎样的人?在时间的流动过程中,她是否在性格上也有了多方面的变化?

总而言之,黛玉和湘云显然都有意让妙玉为这篇联句做一完结,而妙玉也回答道:

> 如今收结,到底还该归到本来面目上去。若只管丢了真情真事且去搜奇捡怪,一则失了咱们的闺阁面目,二则也与题目无涉了。

这段话有两个重点:其一,妙玉对于自我身份的认知是和湘、黛同类的闺阁女儿,并非一般的出家人,所以写诗也要回到"闺阁面目"上;其二,诗歌创作最重要的是紧扣题目,如果一味"搜奇捡怪"便与中秋夜毫无关系了,因此作品的结尾最好还是回到主题的本来面目。要知道,文章和诗篇的收尾都很困难,必须拥有大量的创作经验,并且从中归纳出一些法则,在运用时才能够更加娴熟,从而不至于在收尾之处留下败笔。

第三章 妙玉

接着，妙玉立刻"提笔一挥而就"，接着将后半段的联诗递给湘、黛二人观览，并说道：

> 休要见笑。依我必须如此，方翻转过来，虽前头有凄楚之句，亦无甚碍了。

为什么要加以"翻转"呢？原来是因为湘云和黛玉之前的联诗带有"凄楚之句"，而那关乎人的气数，如果一直停留在该等境地，便等于注定会发生悲剧，所以妙玉才会企图挽救这个局面，想要以续诗把前面的清奇诡谲之语都翻转过来。就这点来说，妙玉实在也有着温暖、善意的一面，对于岫烟，她并不嫌弃对方贫穷，还愿意教她读书识字；对于湘云和黛玉，当她感觉到两位少女未来可能会有不祥的遭遇，便借由自己的努力来帮助她们趋吉避凶。换言之，当读者总是不断强调妙玉的孤僻冷傲甚至逾越分际的一面时，也切莫忘记她还葆有一份慈善的好心。

而关于妙玉所续写的诗句，客观来看：第一，与《红楼梦》中的其他抒情诗一样，均不足以称为非常了不起的杰作。即使读者再爱《红楼梦》，都不应该因此而爱屋及乌，为贤者讳；第二，虽然妙玉意欲扭转前面的颓败悲凉，以及和气数有关的不祥预告，但是她的手笔同样流露出凄楚的哀音，所以她并没有翻转成功，这或许是曹雪芹的刻意设计。从某种意义而言，妙玉的诗也依然是在"搜奇捡怪"，只见她续道：

> 香篆销金鼎，脂冰腻玉盆。箫增嫠妇泣，衾倩侍儿温。空

> 帐悬文凤,闲屏掩彩鸳。露浓苔更滑,霜重竹难扪。犹步萦纡沼,还登寂历原。石奇神鬼搏,木怪虎狼蹲。赑屃朝光透,罘罳晓露屯。振林千树鸟,啼谷一声猿。歧熟焉忘径,泉知不问源。钟鸣栊翠寺,鸡唱稻香村。有兴悲何继,无愁意岂烦。芳情只自遣,雅趣向谁言。彻旦休云倦,烹茶更细论。

在这段诗句中,我们可以清楚地看到各种凄楚和颓败的景物。例如,"箫增嫠妇泣"源自苏东坡《前赤壁赋》中的典故,箫声的悲凉让寡妇听了以后不禁触动生情,更添哀伤;"空帐悬文凤"的"空帐"也暗喻了孤单寂寞的处境;"露浓苔更滑,霜重竹难扪"更是一片凄清荒芜的景色,让人行不得也;"石奇神鬼搏,木怪虎狼蹲"甚至展现了鬼影幢幢、令人不寒而栗的惊悚氛围。必须了解的是,猿声在中国文化传统里乃是悲怆入骨的象征,正所谓"巴东三峡巫峡长,猿鸣三声泪沾裳"(郦道元《水经注·江水》),则妙玉续诗中的"振林千树鸟,啼谷一声猿"无疑是哀凄情景的极致展现,猿猴之声声悲鸣使人触动愁肠,不自觉地潸然泪下。如此一来,这段续诗和之前颓败凄楚的笔调可以说是别无二致,又如何谈得上翻转呢?

据此可见,妙玉固然十分关心湘云和黛玉,然而在实际的操作上还是未竟全功,并没有完成她所企图达到的功效,换句话说,悲剧的宿命已经注定无法翻转,当然这也符合曹雪芹对人物的预先安排。

总括而言,此篇《右中秋夜大观园即景联句三十五韵》统共三十五韵、七十句,扣除前面湘、黛共同合作所写的二十二韵、四十四句,妙玉一人便写了十三韵、二十六句,单论句数的话,妙玉确实比湘、黛更胜一筹。再者,黛玉和湘云看了妙玉的联诗之后都赞赏不已,还异口同声把她称作"诗仙",可见妙玉的诗歌艺术水准是可以列于金钗之间的。当然,倘若以整个中国文学里最优秀的诗歌作为标准的话,这篇联句事实上算不得多么高明,但毕竟《红楼梦》中的闺阁少女都才十几岁而已,所以也不应该用最高维度的标准来要求或批评她们的作品。

其实,此处还有一个有趣的细节值得提出来玩味,即在妙玉写诗之前都不曾说话的湘云,乃是真正看过了妙玉的续作以后,于有凭有据的情况下才开口发出赞美,她并未如同黛玉般自始便客套地先给妙玉戴上高帽子,这也反映了史湘云始终葆有她那豪爽坦荡、实事求是的性格。

柔软的君子心性

妙玉欣然接受了湘、黛的赞美,接着笑说:"明日再润色。此时想天明了,到底要歇息歇息才是。"当两位贵客带领各自的丫鬟告辞出来时,妙玉也"送至门外,看他们去远,方掩门进来",由此便显示出她对于湘云、黛玉确实是青眼相看的,不比先前刘姥姥逛大观园而进入庙庵的情况。当时妙玉不仅叫人把姥姥用过的茶杯直接搁在外头别收进来,准备丢掉,嫌弃之意溢于言表,深知妙玉心思的宝玉也迎合其性格,说要叫几个小么儿提水来把地板洗一洗。当客人一走,"妙玉亦不甚留,送出山门,回身便将门闭了",前后两处呈现出鲜明的对比。可见妙玉既懂得看人,也有爱才的心理,在她冷若冰霜的硬壳之下,实际上还隐藏着一颗温暖柔软的心,只是在青白眼之下会因人而异。

妙玉对湘、黛两人的善意也恰恰呼应了她对邢岫烟的关照。从岫烟所说的："我和他又是贫贱之交，又有半师之分。……如今又天缘凑合，我们得遇，旧情竟未易。承他青目，更胜当日"，可知妙玉是十分念旧的人，虽然性情孤僻冷傲，也带着一种青白眼，但却并非一般的势利眼，而念旧本身即是难得的人格情操。念旧之人通常不会是坏人，因为他的内心能够永远记得别人对他的好，怀念双方共同度过的岁月，那便不会沦为忘恩负义者流。妙玉的高傲或许会令人讨厌，毕竟和她相处的时候很辛苦，可是这个人绝对不会是坏人，所以我们必须正面肯定妙玉这位金钗。

所谓"贫贱之知不可忘"（《后汉书·宋弘传》），此乃衡量英雄、君子的标准之一。岫烟和妙玉得以在贾府重逢，曾经半师半友的两人至今"旧情竟未易"，足见她们都是重情且懂得感恩之辈，毕竟世事起伏无常，通常人与人之间经过一段时间的分隔以后，彼此的心灵难免疏离，情感也随之淡化，甚至会怀疑对方之所以又接近自己是否心怀不轨，所以再次相遇的时候便难以如同往昔一般毫无距离感地坦然交流，然而妙玉和岫烟的旧情竟然没有改变，这实在是非常难得的温厚心性。最关键的是，她们不仅还维持着亦师亦友的亲近关系，甚至更有过之，如今岫烟"承他青目，更胜当日"，这也难怪妙玉能够得到曹雪芹的欣赏。如果妙玉只是一味孤高冷傲、彻底贱视别人，肯定会令人反感，幸而在她冷若冰霜的硬壳之下，实际上却隐藏着良善的君子心性，只要能够碰触到她柔软的心，就会感受到这个人的温暖可爱。当然，妙玉并不是那么容易接近的，要打破冰霜的外壳，恐怕是需要愚公移山的力量才能够办到，所以妙玉有其独特的悲剧命运。

第三章 妙玉

其实，除了邢岫烟、史湘云和林黛玉之外，妙玉对薛宝钗也同样给出了惺惺相惜的欣赏。在第四十一回刘姥姥逛大观园的情节里，当妙玉服侍了贾母喝茶之后，"便把宝钗和黛玉的衣襟一拉"，这显然是要另外私底下说悄悄话，所以钗、黛二人一收到暗示便跟着妙玉出去。必须注意的是，作者接着如此描述道：

> 只见妙玉让他二人在耳房内，宝钗坐在榻上，黛玉便坐在妙玉的蒲团上。妙玉自向风炉上扇滚了水，另泡一壶茶。

这壶茶是用梅花上的雪水所烹煮的，可见妙玉确实非常喜欢宝钗和黛玉，因此才会愿意拿出自己以"鬼脸青的花瓮"珍藏多年的雪水，另外泡茶招待她们。更重要的是，以妙玉此等洁癖之人，她竟然会让黛玉坐在自己的蒲团上，而蒲团可是她日常参禅修炼时所使用的个人物品，此举说明了她完全把黛玉当作我辈中人来看待，不以非类视之。同样地，宝钗的"坐在榻上"亦是如此，毕竟榻也属于妙玉的主要活动范围，更是一室之内最高的尊位，同样显示出对宝钗的礼遇。再说，以妙玉的高傲却不惜自我屈尊，亲自当炉煽火烧水冲泡，不假下人之手，诚然是衷心奉钗、黛为上宾。由此可见，妙玉对这几位金钗的亲近也是她的人格结构、性情内涵里不可或缺的一块拼图，否则她便是过分不近人情的冷漠之辈，必须被划归到负面的人物行列去了。总括而言，我们尽量全面地呈现出妙玉的背景、性格，其中最鲜明的即是她身为尼姑，却又过着名流一般的生活，甚至因此形成了不近人情的独特形象，我称之为"尼姑与名流的矛盾综合体"。这样的身份暧昧滑移，乃世所难容，非常容易招致艰难的处境，但是妙玉在贾府的宽容、栊翠庵的庇护之下，反倒继续朝向更极端的道路发展前进。不幸的是，这种充分个人化的率性局面并不可能长久，所以妙玉的命运也会在《红楼梦》的集体悲剧交响曲里演奏出一条独特的旋律线。

尼姑与名流的悖反统一

《红楼梦》之所以能够成为经典，关键之一便是人物形象立体化以后展现出无比的生动鲜明、丰富深刻，曹雪芹在塑造角色时，从不使之落入刻板的扁平状态。而妙玉既然得以进入正十二金钗的行列中，则她的性格绝对不可能极端到令人生厌的地步，我们只要认真挖掘作者在小说里所埋藏的细枝末节，即可以发现妙玉拥有温暖善良的正面心性，尤其是她对岫烟那"贫贱之知不可忘"的情谊更是难能可贵，毕竟人类是极为健忘的，时间和距离足以冲刷一切，然而，妙玉在与岫烟多年未见的情况下仍然旧情未易，足见其人品相当难得。可以说，每个人物的性格都有比较鲜明突出的某些面向，读者据之构成心目中的主要印象，由此所形成的评论固然是建立在若干客观情节的基础上，但是往往不够全面，又同时带着个人的主观好恶或特定成见，因而在人物分析上流于偏颇。为了避免这类情况不断发生，我们更应该一一仔细检验小说的情节。

从而我们便可以发现，妙玉的人格拼图展现出尼姑和名流的悖反统一。虽然她为了疗愈疾病而成为出家人，已经跨出此岸俗世的界限并进入另一个超脱的世外之境，但是她带发修行的外貌容态以及精致讲究的生活形态却又呈现出名流的特质，这种藕断丝连的暧昧状况注定了她横跨出世与入世的矛盾形象。

以外表而言，虽然恰到好处的妆容确实能够更加凸显女性的美貌，以至于多数人会认为，素颜的尼姑、道姑即便面容清丽也难以吸引异性，实则不然，尤其是带发的尼姑反倒会呈现出别具一格的美感和诱惑力。举例来说，在第四十四回王熙凤庆生的那一天，贾琏居然大胆地趁机与鲍二家的偷腥，却被王熙凤意外撞见，随即两人闹得天翻地覆，贾琏甚至一不做二不休，过去的积怨也一次性爆发，发狠撒泼拿着剑追杀妻子，直闹到了贾母跟前，最终贾母出面调停，在仲裁双方的时候让贾琏先向王熙凤道歉。这时作者描写道："贾琏听如此说，又见凤姐儿站在那边，也不盛妆，哭的眼睛肿着，也不施脂粉，黄黄脸儿，比往常更觉可怜可爱。"于是态度软化，重归于好。由此可见，因为面对丈夫的出轨以及恶劣的态度而情绪失控、装扮尽失的王熙凤，虽则没有了平常的浓妆艳抹，但是看在贾琏的眼里反倒别有一番楚楚动人的风姿，比起严妆时的艳丽夺目，更添天然清新的动人气质。同样的道理，一个出家人穿着素淡的道袍，却和青春少女一样长发披肩或松挽发髻，其姿态自然别有风韵。所以，妙玉带发修行本身就构成了非常奇特的自我悖反，塑造出一种矛盾统一的独特形象。

此外，虽然妙玉并非在大彻大悟的情况之下出家，但是她对于宗教世界依然能够应对自如，否则她的师父也不会特别带着她远赴长安，一同去寻找观音遗迹和贝叶遗文，换言之，妙玉在跟随师父修行的过程中必然获得很高的肯定，其聪慧颖悟的资质不言可喻。当师父亡故之后，奉命留在京师的妙玉又恰好遇到贾府出于元妃省亲的仪式所需而下帖邀聘，最终进入门风宽柔的贵族世家里，得以于大观园中的栊翠庵安顿下来。毋庸置疑，妙玉无论是在入住贾府之前或之后，都一直过着顺遂、安稳的生活，因此也难怪其孤僻冷傲的性格能够得到持续的发展。

妙玉来到贾府以后，不仅备受贾家的礼遇包容，她所居住的栊翠庵更是处于大观园这一座皇家禁地之内，加上基于尼姑的宗教身份而获得神佛的庇荫，使得她能够以"壁立万仞，有天子不臣，诸侯不友之概"（清代涂瀛《红楼梦论赞》）睥睨众生，非但不向眼前的"天子"表示臣服，甚至连"诸侯"也不视为同道，强烈地以一种孤高超然的优越感来傲视群伦，堪称是在佛寺围墙和藏经袈裟的围限之下过着随心所欲的生活。栊翠庵作为菩萨坐镇的宗教圣地，藏身于山下林中，与世隔绝的偏远地理位置导致它比起大观园区其他的建筑院落更加僻静幽隐，所以妙玉得以极大程度地豁免于人与人之间的往来烦扰，在栊翠庵内以唯我独尊的态势主宰一切。第十八回叙写元妃回府省亲，当一切正规礼仪与正式游幸结束之后，元妃"将未到之处复又游顽。忽见山环佛寺，忙另盥手进去焚香拜佛，又题一匾云：'苦海慈航'"，甚至还"额外加恩与一般幽尼女道"。由此可见，即使身份地位至高无上的皇妃，在神佛的面前也必须以虔诚谦卑的低姿态行礼致敬，正如第四十一回刘姥姥逛大观园来到此处时，贾母所说的：

> 我们才都吃了酒肉，你这里头有菩萨，冲了罪过。我们这里坐坐，把你的好茶拿来，我们吃一杯就去了。

这段话清楚反映出栊翠庵以其供奉菩萨的神圣空间，无形中为妙玉提供了高度的遮护，使得世俗权威反倒得要纡尊降贵迁就于她。而曹雪芹之所以在元妃省亲之际没有描绘妙玉面对皇妃驾临时的应对场面，就是为了回避妙玉在皇妃面前卑躬屈膝的姿态，以便让她一直维持着"壁立万仞，有天子不臣，诸侯不友之概"。

不过很有意思的是，作者并未为了塑造妙玉傲视群伦的形象而完全避开她与世俗权威人士互动的情况，第四十一回即刻意叙及，当位于贾府金字塔尖的当权者贾母来到栊翠庵之后，妙玉是以怎样的方式来回应和接待贵客，所谓：

> 当下贾母等吃过茶，又带了刘姥姥至栊翠庵来。妙玉忙接了进去。至院中见花木繁盛，贾母笑道："到底是他们修行的人，没事常常修理，比别处越发好看。"一面说，一面便往东禅堂来。妙玉笑往里让，贾母道："我们才都吃了酒肉，你这里头有菩萨，冲了罪过。我们这里坐坐，把你的好茶拿来，我们吃一杯就去了。"妙玉听了，忙去烹了茶来。

妙玉身为栊翠庵的住持，由于等同于菩萨的分身而备受礼遇，即便是贾母都自贬为肮脏的凡夫，表示只要喝一杯茶坐坐"就去了"，免得酒肉之气污染了圣地。然而从妙玉接待贾母的诸般举动，包括"忙接了进去""笑往里让""忙去烹了茶来"等，足见此时的妙玉非常谦逊殷勤，对贾府的主人更是表现出应有的礼节和高度的尊重，甚至连对黛玉那种毫不掩饰、不打折扣的高傲，在这里也全部收敛无遗，丝毫不露锋芒。

由此便证明了一个恒常的道理，即人与人之间的相处往来必定是复杂多变的，任何人都不可能长期处于强势的一方，正如在贾府里辈分、地位最高的贾母，一旦到了栊翠庵时也得退让一步，不敢贸然亵渎神佛。同样的道理，虽然妙玉生活在受到宗教保护的栊翠庵内，获得贾府的礼遇和包容,但是从她亲自接待和烹茶给贾母的那般殷勤侍候,种种举止都与其平常的高傲截然不同,完全没有了那种把他人视为下等子民的优越姿态。足见人的性格确实是在和环境的互动中逐渐形成的,而妙玉的冷傲孤僻也并非一成不变。

精致优雅的名流日常

值得注意的是,当妙玉奉命去准备烹茶并进行各项程序的时候,旁边有一个人专注地留意她的一举一动,此即宝玉,书中说道:

> 宝玉留神看他是怎么行事。只见妙玉亲自捧了一个海棠花式雕漆填金云龙献寿的小茶盘,里面放一个成窑五彩小盖钟,捧与贾母。贾母道:"我不吃六安茶。"妙玉笑说:"知道。这是老君眉。"贾母接了,又问是什么水。妙玉笑回"是旧年蠲的雨水。"

何以宝玉要留神细看妙玉如何行事呢?推敲起来,他应该是深感好奇,平常"天子不臣,诸侯不友"的妙玉到底会怎样应对贾母的莅临,素日目无下尘的千金小姐在处理一群人的到访时,又会呈现出何等的面貌。当然,宝玉的观察究竟是单纯出于对人性变化的好奇,抑或有意窥看孤僻高傲的妙玉露怯的"坏心",从文本中都无从得知,但是无论如何,通过他的留神观察,我们却清楚了解到妙玉的另外一面。要知道,"海棠花式雕漆填金云龙献寿的小茶盘""成窑五彩小盖钟"皆系故宫博物院典藏级别的珍贵物品，而妙玉使用如此精美雅致的高级茶具招待贾母，并亲自捧茶奉呈给对方，并没有打发下人来代劳，可见她对贾母的极度尊重。

另外，妙玉也深知贾母对茶的品味喜恶，在对方表示不饮六安茶的时候，便淡定了然地回应说："知道。这是老君眉。"由此更说明妙玉并非完全与世俗毫不相涉的世外隐士，才会细心入微地事先掌握到贾母的偏好，并以此进行招待。换言之，一个人在与别人的互动中绝不可能全然以自我为中心，不仅不可能，而且也不应该。

此外还可以注意的是，六安茶乃是相当名贵的品类，但是它还不符合贾母的口味，可想而知，贾家的物质等级和开销程度确实非一般平民所能够想象，而贾母正是因为生活在这种充满精致高雅用品的贵族世家里，日积月累，长期下来便培养出高度的审美能力，成为她自我气质的一部分。最重要的是，当贾母接过了老君眉之后，并没有直接品尝，而是又进一步追问"是什么水"，其中的讲究即大有学问。而必须指出的一点是，贾母对于烹茶用水的讲究并非刻意炫富，盖六安茶、老君眉都蕴含着深厚优雅的茶道，其感官享受绝对不是用钱财就能够买来。正因为如此，当贾母喝了半杯之后递给刘姥姥，让她也趁机尝尝时，刘姥姥却觉得味道太淡，认为再熬浓一些会更好，这显然是因为她并不懂得该种茶汤必须清淡方有韵味，乃茶道中很高雅的层次。所以说，一般人经常描述富贵人家吃香喝辣，事实上这是不精确的误解，他们更加倾向于在淡雅中领略到一般品味所感受不到的美感。所以当妙玉笑回她是以"旧年蠲的雨水"烹煮的，贾母才会觉得够格，并吃了半盏。

由此可见，曹雪芹撰写《红楼梦》的目的绝非为了批判贵族，相反地,他处处都在告诉读者,真正的贵族人家经由历代的诗书教育与生活环境的熏陶与累积,他们的审美品味不断得到了提升,从而令身处底层社会的贩夫走卒及一般阶层的文人都难以企及,一则没有机会,二则纵使有机会也无法自幼长期培养。所以,固然贾母的高雅品味必须要有雄厚的财力作为基础,但却并非仅靠金钱便能够堆砌出来,譬如《金瓶梅》中的暴发户西门庆即毫无审美意识可言。

最值得注意的是,贾母这一行人浩浩荡荡至少有十来位,而除了贾母之外,余众所接手的"都是一色官窑脱胎填白盖碗",既是出自"官窑"的高档茶杯,可见皆属精品。如此一来,从品质、数量上而言,栊翠庵即收藏着不少故宫博物院级别的珍宝,足以证明妙玉确实生活在富贵非凡的名流世界里。

在贾母品茗的段落之后,接下来则是描述妙玉悄悄邀请黛玉、宝钗到耳房内喝梯己茶的情节,"梯己"即"体己",所谓"梯己茶"意指好姐妹、好朋友之间私下共饮、相互分享的佳茗好茶。此时妙玉不仅让宝钗坐在榻上,那是整个房间内的最尊位,还把自己的蒲团给黛玉就座,显然不分彼此,她自己则亲自煽火滚水烹煮,更是以客为尊,此情此景确实堪称"梯己"。不过,妙玉的高傲仍然还是暴露了出来,譬如以下这段描述:

> 又见妙玉另拿出两只杯来。一个旁边有一耳,杯上镌着"瓟斝"三个隶字,后有一行小真字是"晋王恺珍玩",又有"宋元丰五年四月眉山苏轼见于秘府"一行小字。妙玉便斟了一斝,递与宝钗。那一只形似钵而小,也有三个垂珠篆字,镌着"点犀䀉"。妙玉斟了一䀉与黛玉。仍将前番自己常

第三章 妙玉

日吃茶的那只绿玉斗来斟与宝玉。宝玉笑道:"常言'世法平等',他两个就用那样古玩奇珍,我就是个俗器了。"妙玉道:"这是俗器?不是我说狂话,只怕你家里未必找的出这么一个俗器来呢。"

至此已显示出,妙玉的待客规格比起先前面对贾母、刘姥姥一行人还更胜一筹。要知道,王恺乃是西晋时期身份显贵的外戚富豪,其财力几可敌国,是唯一可以与石崇斗富之劲敌,《世说新语》便记载了不少相关的精彩故事,石崇的财富每次都压过王恺,王恺为此怀恨在心,后来甚至为了拼一口气而弄权陷害石崇,使之付出了生命代价。而妙玉用来斟茶给宝钗的"瓟斝"既然是王恺的珍玩,即意味着那是极为珍贵的用品,甚至比成窑所出者更加高级。再者,杯上那行"宋元丰五年四月眉山苏轼见于秘府"的小字,越发证明了这只杯子在流传的过程中一直得到国家级的珍藏,妥善安放于秘府中,也获得很多优秀杰出文士的认证,因此它的珍贵程度可见一斑。

而妙玉用来斟茶给黛玉的"点犀盉"则是以稀有的犀牛角制成,对着光线看会呈现出半透明的杏黄色彩,极为罕见,显然此一器皿也绝非凡品。至于被宝玉笑称为"俗器"的"绿玉斗"又是如何呢?由于这只绿玉斗乃是妙玉日常吃茶时所使用的,带上了平凡的生活气息以后便似乎贬值了,宝玉因此觉得受到差别待遇,而不平地说:"常言'世法平等',他两个就用那样古玩奇珍,我就是个俗器了。"两三句话当下便触怒了妙玉,认为宝玉这个家伙有眼无珠,所以她动气说道:"这是俗器?不是我说狂话,只怕你家里未必找的出这么一个俗器来呢。"毋庸置疑,妙玉此言无异于藐视贾府,她认为,纵使是贾府这等的贵族世家也未必能够找出如同绿玉斗般名贵的品物，又岂可称之为"俗器"！而宝玉果然是非常伶俐乖觉之辈，一看妙玉迸发出火气，立刻见风转舵、投其所好，巧言笑道："俗说'随乡入乡'，到了你这里，自然把那金玉珠宝一概贬为俗器了。"意指妙玉所居住的栊翠庵乃是超凡之境，一旦来到此一不染烟火的脱俗之地，世间再贵重的精品都必然流于庸俗的器物了。宝玉此说乃是以一种另类的方式来褒扬妙玉，果然妙玉听了以后芳心大悦，表现得十分欢喜。

对宝玉的幽微情愫

那么，妙玉是否已经对世事万物毫无差别心呢？她真的毫不在乎世间的褒贬荣辱，到达逍遥自得的境界了？这些问题的答案都是否定的，恰如那带发修行所凸显的形象，事实上其人其心和人世间尚有高度的重叠，纠葛不分，否则她就不会如此在意宝玉那番关于"俗器"的言论了。尤其是妙玉让宝玉喝的茶更是令他觉得"轻浮无比，赏赞不绝"，此处所谓的"轻浮"乃是指茶的口感不会过于苦涩滞重，而非常轻盈入口，所以才会令自小含着金汤匙诞生，尝过不少好茶的宝玉赞赏不已。由此可见，身为尼姑的妙玉，在日常的物质享受上非但并不亚于宝玉这种贵族少爷，反倒更称得上十分精致、讲究。有趣的是，妙玉这次烹茶的用水并非之前给贾母吃的"旧年的雨水"，而是她五年前在玄墓山蟠香寺所收的梅花上的雪，当黛玉分辨不出来的时候，她竟然还说了实话："隔年蠲的雨水那有这样轻浮，如何吃得。"从妙玉面对不同的人就采取不同等级的水这一点，清楚证明了妙玉的差别心实际上还是很强烈的。

不仅如此，妙玉之所以把自己日常使用的茶杯借给宝玉，乃是因为内心深处暗暗对宝玉存有少女爱恋的情愫，所以才会作出这般违反她素来洁癖习性的举动。试想：如果同学们到家里来玩，需要拿出各种杯子倒茶招待时，相信多数的女同学都不会愿意把自己的茶杯给男同学使用，即使对方是相熟的异性，也还是难免有所介意。关于这一点，我们可以根据自己愿意把私人物品与何人共享而区分出情感的层次，譬如是否愿意把自己的茶杯给父母或是兄弟姊妹使用，便可以反映出成长过程的相处状况中彼此关系的亲疏远近；倘若愿意和同班同学共享物品，比方在运动场上轮流喝同一瓶矿泉水，这显然是源于彼此之间有着合力拼斗的革命情谊，人我有如一体所致。在妙玉的例子上，从女性心理而言，把自己的杯子给一个男子吃茶，一般还是会有些心理障碍，何况传统男女之防的性别禁忌更有如鸿沟，尤其妙玉连对刘姥姥都那般不屑，嫌弃她饮过的水杯已经遭受污染，所以宁可丢掉。从常理加以推测，除了性别的隔阂之外，妙玉的高傲性格和对凡俗之辈的睥睨，也必定会使她不肯把自己的私人物品与他人共享，然而此刻却毫不犹豫，直接以自己的日常杯具斟给平素罕有接触的少年，则其中所蕴含的意思非常明显：妙玉喜欢宝玉，而且已经达到视之如己、不拿他当外人的亲近程度。

令人莞尔的是，妙玉分明确实喜欢宝玉，却仍然故作姿态地当众宣告说："你这遭吃的茶是托他两个福，独你来了，我是不给你吃的。"这种撇清反倒颇有一种此地无银三百两的矫情意味了，毕竟比起单独招待，把自己的茶杯借给宝玉难免引人产生口唇间接相触的遐想，岂非更加触犯禁忌！因而她对宝玉的心思简直是昭然若揭。不过，伶俐乖觉的宝玉也领略到妙玉的隐秘心思，所以立刻迎合妙玉的心理，笑着说："我深知道的，我也不领你的情，只谢他二人便是了。"整体以观之，作者通过刘姥姥到栊翠庵一游的一段情节，巧妙绽露出妙玉这位尼姑对宝玉的少女心事与幽微情愫。

除此之外，接下来妙玉和黛玉的一番对话还更加令人玩味，作者把两名个人主义比较极端的少女同步放在一处，呈现出素来孤高自许、嘴上不让人的黛玉一旦在妙玉面前反倒一反常态，变得十分客气沉稳。书中描述道：

> 黛玉因问："这也是旧年的雨水？"妙玉冷笑道："你这么个人，竟是大俗人，连水也尝不出来。这是五年前我在玄墓蟠香寺住着，收的梅花上的雪，共得了那一鬼脸青的花瓮一瓮，总舍不得吃，埋在地下，今年夏天才开了。我只吃过一回，这是第二回了。你怎么尝不出来？隔年蠲的雨水那有这样轻浮，如何吃得。"黛玉知他天性怪僻，不好多话，亦不好多坐，吃完茶，便约着宝钗走了出来。

在此必须补充说明的，是其用水的来历。固然古代的空气与环境并非现今这般受到严重污染，但雨水经过一或数年的沉淀也绝不是便会变得非常精纯、毫无杂质，通常都会腐臭混浊，根本不能入口，遑论烹茶。这段情节中所谓"旧年的雨水"乃有其特殊出处，即苏州特有的"梅水"，根据清朝顾禄《清嘉录》所记载：

第三章 妙玉

> 居人于梅雨时，备缸瓮，收蓄雨水，以供烹茶之需，名曰梅水。

地方志又称"水味经年不变""以其甘滑胜山泉，嗜茶者所珍也"，正因此水非同一般，所以妙玉才会取以煮茶，而先前贾母听说是用这种雨水冲泡出来的老君眉，也才会愿意饮上半杯。不过，此处妙玉私下特别招待黛玉、宝钗和宝玉时所用的"梅花上的雪"，乃是花瓣上经过冷凝的结晶物，然后再融化成水的，比起"隔年蠲的雨水"越发芳美精粹，品尝起来的滋味会更为轻浮入口。可是没想到，黛玉随口的一句询问却引起妙玉的不屑，直接狠呛她是个茶水都分辨不出高下的大俗人！这简直是当众的羞辱，连一般人都会感到脸上过不去而困窘甚至动怒，遑论敏感多心之辈，倘若依照平常大家所熟知的林黛玉心性，必然会以尖言利语加以反击，或者悲愤地潸然泪下，届时场面的尴尬、宝玉的为难可想而知。

然而大大出人意料的是，黛玉居然毫不以为意，表现出相当成熟大度的一面，书中说她了解妙玉"天性怪僻"，所以"不好多话，亦不好多坐，吃完茶，便约着宝钗走了出来"，一场可能的风波瞬间消弭于无形，结果竟是一片云淡风轻。这一段妙玉和黛玉之间的互动状况再度清楚证明了，即使是把自己置于世界中心的极端自我性格，也是在所处环境里人际关系的相对情况下形成的，一旦出现制约力量的时候，此辈就会有所收敛而不再过于放纵个性，无论是妙玉面对贾母，还是黛玉面对妙玉，皆然。

总括而言，妙玉身处栊翠庵的居住环境中毋须刻意压抑脾气，甚至还可以在贾府的纵容之下极端地发展个人性情。本质上，妙玉的日常显然不属于一般的隐逸生活,无论是烹茶、吟诗,还是赏月、品笛等等,都反映着精致优雅的名流格调,由世俗的目光来看,身为尼姑却过得这般风雅闲适,以至于妙玉处在众女儿之中反倒更加展露出突兀的形象。

"读书仕宦之家"

可以进一步探问的是:为什么妙玉在出家进入宗教世界以后,还依然能够维持名流般的生活呢?其答案与妙玉出身"读书仕宦之家"的成长背景密切相关。原来这种富贵人家不仅拥有优越的经济条件,还充分具备了一般平民百姓所缺乏的文化资源,在此等环境的熏陶之下,其成员才会被培养出高雅的生活品味。

自德国社会学家马克斯·韦伯(Max Weber, 1864—1920)以来的社会学传统,即认为经济阶级(economic class)的贫富之别并不是社会分层化(social stratification)的唯一衡量标准,其实更重要的区隔在于文化品味。韦伯认为,传统的社会分层化下,通过教育或文化建立起威望而形成地位群体(status group),他们的地位绝非依靠财力便能够获得,因为唯有经过教育和文化的洗礼,才能够成为传承精英文化的人才、推动社会发展的栋梁以及肩负国家大任的支柱,从而对传统社会来说,"士农工商"的阶级排序中才会以"士"为最高,至于垫底的商人纵使富可敌国,但是他们的社会地位却很低。最关键的是,这种群体的特权主要体现在法律和文化上,绝非仅凭雄厚的财力而已,所以当我们要评价他们的时候,也必须专注于教育、文化和法律的层面。——如果只是通过经商致富，则会被视为文化底蕴不足的暴发户，最终便无法建立起社会威望，也无法得到真正的尊荣地位。由此再度提醒了我们，实在不应该总是以现今人人平等的价值观去看待或理解过去的时代，毕竟在传统社会里，他们也有属于自己的一套天经地义的运行逻辑，不仅同样有其价值，甚至对于文化的维系与提升更有帮助。

那么，该类的地位群体具有哪些特点呢？单以物质层面而言，千万别把这些具有社会威望的群体等同于只懂得汲汲营营于名牌物品的暴发户，实际上，他们往往有自己特殊的消费行为模式，自成一格，而他们的消费品味与格调当然有赖于背后的钱财来支撑，但是这并不意味着仅仅依靠雄厚的财富便足以形成精致的品味与高雅的格调。比方说，一个暴发户采用黄金来打造水龙头，由此虽然彰显了庞大的财力，但是却无法得到人们的尊敬，甚至还可能招致鄙夷。因此，这种地位群体一方面固然有着经济上的某种特权、特殊的行为模式，然而另一方面也必须具备不同于流俗的审美能力，以之区分、凸显并建立自己的社会地位。他们的消费形态同样成为社会分层化和阶级区分的象征，所以购买最昂贵、价格最高的商品者并不代表拥有了社会地位和名望，而是消费得最有品味的人才能成为上层精英。因而必须厘清的是，我们一般经常连用"富贵"二字，固然是源于"贵"与"富"往往不能断然二分，没有"富"基本上就无法达到"贵"，殊不知，其实单单拥有"富"的条件仍不足以臻及"贵"的层次，因为"贵"是一种精神修养，一种心灵品质，必定与高雅文化息息相关。

欧丽娟红楼梦公开课（四）：镜像六钗

炫耀式消费

美国社会学家凡勃伦（Thorstein B. Veblen, 1857—1929）撰写过一部题为《有闲阶级论》（*The Theory of the Leisure Class*）的经典著作，其中分析了所谓的"有闲阶级"（leisure class）究竟是如何建立起自己的阶级特点，让我们清楚了解到：处于社会最高阶层的尊贵地位者并非徒有可供大肆挥霍的庞大财富，他们看似享有为所欲为的特权，实际上却肩负着此一身份等级所必须善尽的义务和责任。1899年出版的《有闲阶级论》提出许多影响深远的重要观念，其中最知名的即"炫耀式消费"（conspicuous conception），顾名思义，意指那些并非实用性的消费，但却所费不赀，而其原理同样适用于现代社会常见的名牌心理，当然层次还是有所差别。这部书籍可以帮助我们深入理解妙玉乃至贾府的生活品味背后究竟存在着怎样的意义。应该指出，妙玉那"天子不臣，诸侯不友"的高傲固然属于一种内在心性的流露，但是这种心性又往往与日常的生活用品以及消费方式相互关联，譬如她所拥有的"故宫博物院典藏级"的物件便是一种社会分层化的象征。

在此必须澄清的是，很多人经常以"吃香喝辣"形容贵族世家的饮食状态，这种说法事实上并不精准，因为比起官能性、低层次的刺激感，他们更加倾向于品尝滋味较为平淡温和而醇厚精巧的饮馔小品，比如宝玉挨打之后想要喝的莲叶羹或曰荷叶汤，其口味清淡得只是"借点新荷叶的清香"（第三十五回），可是制作过程却非常烦琐，极为消耗人力和时间，还得搭配十分精巧的各色模具，难怪无法成为家常之物,只在元妃省亲时做过一回供膳。再者,贾家老少都秉持着限量而食的习惯,即使面对自己喜欢的菜肴也只是吃一两口,绝不会任性地胡吃海塞,所以刘姥姥看了以后便忍不住说:"亏你们也不饿,怪只道风儿都吹的倒。"(第四十回)可想而知,这也是清代贵族王府的规矩,身为末代睿亲王之子的金寄水于《王府生活实录》一书中就提及,自己从小在睿亲王府成长,用餐时同样是如贾府般限量而食。

由此可见,炫耀式消费并非只是满足官能性或生理性的物质欲望而已,在传统的社会分层结构里,它最重要的一个功能即是阻止社会的流动,把之前已经上升到社会上层的少数地位群体加以巩固化、制度化。从负面角度来看,阻止社会流动不外乎是使贵贱之别得以世袭,不仅最初的上位者"日边红杏倚云栽",也让世世代代的子弟都能够不断地享受天赋特权,而平民却永远不得翻身,无法跻身更高的身份阶级,这种不平等也是我们现在之所以努力打破社会阶层之间的屏障,并希望借此促进社会流动的根本原因。不过必须注意的是,固然如今的社会走向是非常好的发展,尽量让每一个人皆有上升的机会,但是这并不意味着以前的一切制度全是错的、不好的,因为任何一个时代都是同时既有优点,也有缺点;既有正面的价值,也有负面的意义,所以千万不要一看到不符合自身时代取向的思想或制度便急着批评或反对,而应该是先去了解其整套运作背后的基本观念及合情合理的地方。倘若单从现今的价值观来说,我们当然对于那种借由炫耀式消费以巩固社会上层少数群体之崇高地位的制度非常不以为然,甚至不少红学家还以此批评贾府是腐败社会的寄生虫,然而我们并不应该只站在自己的角度去看待贾府的生活和消费状态,否则便会有失偏颇，忽略了其背后的深层道理和正面原因。

尊贵者的义务

根据凡勃伦的理论，妙玉所收藏的各种茶具以及十分讲究的用水便是一种炫耀式消费的展现，固然那些茶杯非常精致，可是它们的实用功能未必比普通的茶杯更好，则身为尼姑的妙玉何以会建立起如此的生活习惯呢？

其实，无论是属于诗礼簪缨之族的贾家，还是生长在"读书仕宦之家"的妙玉，他们作为社会上层的少数群体，虽然获得了国家的保障，但却并非只是纯粹享受等级制度所赋予的特权，其实也承受着必须履行的所谓"尊贵者的义务"（obligation of the noble）。纵使这等人家拥有一般平民百姓所无法享有的物质生活和文化乐趣，但是他们同时也会受到社会的监督与控制，并非如我们所想象的那般借着权力肆意地作威作福，毕竟世间的道理都是一体两面，要享受权利就必须尽到责任。贾府这种人家是皇帝赐封爵位的，所以对国家也肩负着相应的义务，包括他们出门时不能骑着一台小小的自行车，对于某些势利眼而言，很可能就会嘲讽之为"穷酸"；而从另一方面来看，骑自行车的人拥有很大的自由，根本不必顾忌贵族世家所谓的"体面"和"排场"，省下了很多的时间力气。因此，贵族世家的那些规矩并不全然是为了向别人炫耀自己的经济财富，更是要履行社会要求他们的义务，无论喜欢与否，他们都非做不可！

这种非如此不可的情况往往隐含着很大的无奈。试看第五十五回

第三章　妙玉

探春刚刚上任协理大观园之后，王熙凤便对探春非凡的治家能力赞叹不已，而关于贾府"出去的多，进来的少"的财务状况，她则表示"我这几年生了多少省俭的法子"，显然早已看在眼里也殚精竭虑，并未辜负身为理家者的职责。只是虽然用心良苦，却又不能够省俭太过，其原因有三：一则"外人又笑话"，二则"老太太、太太也受委屈"，三则"家下人也抱怨刻薄"，以至于整个家族的财务缺口永远填补不满，甚至越来越巨大，更是让她耗尽心血。由此可见，贾府日用的盛大排场并非一般所谓的奢靡浪费。

首先，宁、荣二公以九死一生的出兵征战挣得了八旗世爵最高级别的一等公，而今已经世袭三代，分别传至宁国府的贾珍和荣国府的贾赦，既然贾家承袭着朝廷所给予的爵位，所以他们绝对不可以辱没这种身份，倘若一味省俭而穿戴得不符合等级规范，失去了贵族世家应有的体面，那便会被外人所耻笑，此即是身为尊贵者的贾府必须承受的一种社会监督。接着，基于必须对长辈恪尽孝道的缘故，王熙凤不可能为了让贾府的财务状况达到收支平衡，而在贾母、王夫人的日用排场上缩减费用，导致曾经受过大荣华富贵的她们感到委屈。最后，贾家素来秉持着宽柔待下的门风，一众仆役都能够获得优渥的待遇，如果王熙凤为了缓解贾府入不敷出的窘迫程度，而剥夺了下人们原即享有的福利，大家必然会心生怨怼，如此一来，不仅凤姐理家时会失去仆众的支持，而在处理事务上处处受到掣肘，贾府也会蒙受外界的非议。总的来说，贵族人家的"炫耀式消费"很多时候是不得不然的消费状态，否则他们即等同于没有尽到"尊贵者的义务"。

除此之外，宝钗在代理家务伊始的商讨过程中也对探春的改革表示赞同，点出整顿大观园的结果一年可以节省四百两，两年则是八百两,如此一来,"取租的房子也能看得了几间,薄地也可添几亩"。不过,最关键的是宝钗又说"虽是兴利节用为纲,然亦不可太啬。纵再省上二三百银子,失了大体统也不像",换言之,整顿大观园的主要目的是为了创造更多的收益,以便维持既有生活的优渥程度或悠闲状态,却又可以减少开支,但贾府并不应该为了省俭用度而过于压榨大观园的生活方式,否则就会"失了大体统",这也正属于"尊贵者的义务"。

还有在第五十一回里,袭人因为母亲重病而要回家探望,身为理家者的王熙凤特别交代说:"袭人是个省事的,……临走时,叫他先来我瞧瞧。"所谓"省事的"即指袭人不喜欢铺张而往往因陋就简,其实乃是一种简约低调的美德,然而王熙凤认为袭人属于贾家的大丫鬟,加上她还是潜在的宝二姨娘,一旦到了外头便代表贾家,所以在着装打扮上绝对不可以过于朴素,以免有失体面。从凤姐处事的考虑清楚可知,掌管荣府一家上上下下确实并非易事,不仅府内事务样样都得要料理周全,还必须顾及外面许多羡慕甚至是嫉妒的目光,因为门外的大众会监督贾家各方面是否符合上层阶级应该展现的风范,所以时刻都不能够马虎。

所以说,宝玉有时候不想严谨地遵守一些礼仪规矩,这其实反倒显示出贾家人对外承担了很多的责任,比如他们凡是见客便必须穿上礼服,倘若一天内要在家或出门见几位客人,加上温清定省之类的日常礼数,那甚至就得更换十几次衣服,简直是烦琐又累人。因此,第六十三回宝玉在他私下的生日夜宴上,才会主张:"天热,咱们都脱了大衣裳才好。"在怡红院内的全是自己人,不必过于拘泥礼数,所以宝玉便让大家脱了正式的大衣裳,比较轻松自在。必须说,宝玉此举并非意在反封建礼教，反倒是告诉大家，他们处于私人空间里可以相对自由随意些，然而对外之际"必是要还出正经礼数来的"（第五十六回）。简言之，每一种现象的发生实际上均蕴含了复杂的来龙去脉，我们实在不应该单单专注于某一个面向，否则绝对会以偏概全，从而对《红楼梦》推论出错误的撰作宗旨。

通过凡勃伦的理论，我们更加了解到"每一个人都有他的地狱"，每一种生活皆有幸与不幸，正如俄国作家列夫·托尔斯泰（Lev Nikolayevich Tolstoy, 1828—1910）在《战争与和平》一书中所说："没有一种生活，当人生活在其间是完全的幸福快乐的，也没有一种生活，当人生活在其间是完全的不幸福不快乐的。"我们这个时代固然有其优点，然而也同时在付出其他的代价，比如整体的文化环境越来越浅俗甚至低俗，反正投票表决时两个小人一定赢过一名君子，在流量优先的情况下，谁还要忍受孤独，辛苦地做君子、做学问？这么一来，最终便导致"劣币驱逐良币"的结果，国家社会被那些歪门邪道所主宰。因此，我们不要总是持自己这个时代的、主观认为史上最好的标准去衡量过去的制度和规范，反倒应该学会摒弃这类无谓的傲慢与偏见，并调整自己的心态，逐步开阔自己的眼界和心胸去看待以往的人事物。

文化品味造就阶层区隔

进一步来看，妙玉身为出家人，本来就不必如贾家般背负起"尊贵者的义务"，甚至反而还进一步被要求应该完全超离物质的牵绊，身无长物，但在此等情况之下，其日常生活却依然过得宛如上层阶级的名流人士，显然是另有其他的特殊原因。如前文所言，社会分层不仅关乎经济物质的消费能力，此外又会涉及文化艺术的美学生产，因为这些少数的"地位群体"是通过教育和文化建立起社会威望的，换句话说，教育和文化才是建构整个社会分层背后最根源的力量。

　　法国知名的杰出社会学家布尔迪厄（Pierre Bourdieu, 1930—2002）指出，文化消费如同破译、解码的活动，而拥有编码能力的人才能够鉴赏高雅文化。所谓"解码"意指人们唯有经过教育才能够培养出深厚的文化涵养，并破解出被消费的物品中所蕴含的美学意义、精致技术或深刻道理；而"编码"则是指去创造文化，不仅是让既有的文化得以延续传承，甚至还进一步加深兼扩大文化的内涵。在这种前提之下，我们就必须学习解码的能力，才能够鉴赏并参与到文化活动中，以便产生编码的乐趣与成就。举个例子，一个经受诗书教育熏陶的人，他能够理解唐诗的意涵，由此获得心灵上的升华，同时也建立起和一般社会大众截然不同的审美品味。据此而言，炫耀式消费实际上是一种文化质量的呈现，包括购买什么书籍、聆听什么演讲、观赏什么表演，甚至是各级博物馆、音乐厅的建立等等，其背后都牵动到人们各种各样的复杂分类，乃至于不同的价值追求，打个比方，贾母所喜爱的"老君眉"即属于一种高度的文化消费。

　　因此，艺术文化的鉴赏能力，天生就倾向于具有让阶层区分合法化的社会功能，这样一来，唯有通过教育才能够促进社会的流动，正如现今时代，如果无法到大学念书，便极可能终身滞留在社会下层。固然在传统社会的运作中，文化的品味鉴赏能力已经被法律制度化，并形成了阶级的世袭特权，然而值得省思的是，即使到了今天，我们的社会也还是隐隐然存在着"世袭"的现象,包括来自中产阶级的学生占比越来越高,因为他们的家庭环境更有经济能力让孩子补习,并学习各种才艺、外语等等,从某种意义来说,目前的整套入学制度,恐怕多多少少带有一点教育世袭的意味了。那么,这种情况又应该如何打破呢?情况很复杂,城乡差距便是国家需要积极面对和解决的一大问题。由此可见,当我们在批评传统社会,抨击贵贱分层延伸到经济文化而造成各种区隔之余,其实现今社会也还是有很多地方在重复类似的状况,只是换成了不同的方式,而唯有具备了这种认知之后,我们才能够真正察觉到那些不公的现象及其成因,然后得以为真正的平等去努力。

借由凡勃伦和布尔迪厄的研究,我们可以了解到妙玉之所以过着名流般的生活,实际上与她的出身等级密切相关,作为诞生于"读书仕宦之家"的千金闺秀,必然也如贾府的少爷小姐般有着与出身相应的经济条件和文化品味。从妙玉在栊翠庵内收藏的大量古董精品,包括成窑五彩小盖钟、官窑脱胎填白盖碗、瓟斝、点犀䀉、绿玉斗等,加上她以旧年蠲的雨水、梅花上的雪来烹茶,确实证明了妙玉具有高雅的品味和格调,这显然只有"读书仕宦之家"才培养得出来。

总括而言,诗礼簪缨之族最主要是通过教育和文化建立起社会威望,在享受着特权身份所带来的各种资源之际,他们同时也培养出高度的艺术与文化的品味鉴赏能力,如此一来,这些特殊阶级便能够固守在社会上层,成为一种少数的地位群体。虽然造成这个事实的原因在于传统社会的认知中,人类是有贵贱之分的,而从我们的角度来看,那的确是一种不公平的制度,但无可否认的是,贵族在高雅、精英文化的传承发展上扛起了重要的责任,六朝的文学发展最能体现这一点,遑论他们还必须承担尊贵者的义务。所以,我们只有在了解历史的种种现象及其成因之后,才能够发现原来许多事情并没有想象中的那么简单,绝不可轻易地妄下断言。

别号"槛外人"

妙玉身为一名尼姑,按照常理应该六根清净、返璞归真,然而"读书仕宦之家"的出身,使她能够过着属于少数"地位群体"的有闲阶级才得以享有的名流生活,这便与其宗教身份形成了鲜明的矛盾。不仅如此,妙玉还极度追求个人伸张的自我实践,在自觉的情况下积极主动地打破俗世的身份界限,刻意制造出一种模糊跨界的暧昧性,所以妙玉堪称是尼姑和名流的复杂综合体。

妙玉这种执拗于建立起人我区隔、高下之别的高傲心态,在第六十三回宝玉庆生的时候最是展露得淋漓尽致。当时妙玉派人送给宝玉一张生日贺帖,被收取的丫环随手压在砚台下:

> 晴雯忙启砚拿了出来,却是一张字帖儿,递与宝玉看时,原来是一张粉笺子,上面写着"槛外人妙玉恭肃遥叩芳辰"。宝玉看毕,直跳了起来,忙问:"这是谁接了来的?也不告诉。"……宝玉忙命:"快拿纸来。"当时拿了纸,研了墨,看他下着"槛外人"三字,自己竟不知回帖上回个什么字样才相敌。只管提笔出神,半天仍没主意。因又想:"若问宝钗去,他必又批评怪诞,不如问黛玉去。"

第三章 妙玉

在传统社会里,名帖、拜帖都是代表本人的正式文书,必须签署正式名姓以示郑重,而在帖子上使用别号、外号则属于离经叛道的非正式做法,因此从一般的社会礼俗来看,妙玉以"槛外人"这个别号来自称,确实十分突兀怪诞甚至轻慢无礼,所以宝玉准备提笔回帖时才会对着"槛外人"三个字毫无主意,不知如何下笔。

作为出身于读书仕宦之家的千金小姐,妙玉自然对精英阶层的礼数极其熟悉,则在名帖上采用别号的诡异行为绝不可能是基于无知或是糊涂出错,加上当初王夫人就是以下名帖的方式才邀请得到妙玉前来贾府的,显见妙玉完全了解名帖的正式规格,更证明了她的怪诞作风必然是刻意为之。妙玉故意以"槛外人"自称,其中多少带有一些不想被尼姑身份所拘束的意念,以及被某种人生界限所左右的心理,而宝玉之所以没有感到此举轻慢无礼,乃因为在他的认知里,妙玉"原不在这些人中算,他原是世人意外之人",因此对于妙玉在拜帖上下别号的另类行径不以为忤,还努力让回帖可以符合妙玉的风格,毕竟如果规规矩矩地以平常的名帖回复,形式上必然会不一致,对于发帖人而言,也会觉得对方实在不识抬举、不解用心。

妙玉怪诞的做法自然是不会为正统派的宝钗所认可,相比之下黛玉则比较能够接受,于是为了回帖而苦恼不已的宝玉打算前往潇湘馆求助。不料在路途中恰好遇到邢岫烟,才获悉她与妙玉是亦师亦友的贫贱之交,非常了解彼此的脾性,因此宝玉在意外的惊喜之余,也趁机向对方寻求指点。当岫烟听了宝玉的一番纠结之后,便笑着说道:

怪道俗语说的"闻名不如见面",又怪不得妙玉竟下这帖子给你，又怪不得上年竟给你那些梅花。既连他这样，少不得我告诉你原故。他常说：'古人中自汉晋五代唐宋以来皆无好诗，只有两句好，说道：纵有千年铁门槛，终须一个土馒头。'所以他自称"槛外之人"。又常赞文是庄子的好，故又或称为"畸人"。他若帖子上是自称"畸人"的，你就还他个"世人"。畸人者，他自称是畸零之人；你谦自己乃世中扰扰之人，他便喜了。如今他自称"槛外之人"，是自谓蹈于铁槛之外了；故你如今只下"槛内人"，便合了他的心了。

自岫烟的这番话可以得知，妙玉竟然一笔就把古今所有的诗人全部抹倒，无论是汉晋五代的陶渊明、谢灵运，还是唐宋时期的李白、杜甫、王维，这些历史风流人物在她的眼中均不值一文，果然是"天子不臣"的极致表现。唯独"纵有千年铁门槛，终须一个土馒头"被妙玉标举为好诗，此联出自南宋范成大《重九日行营寿藏之地》（上句原作"纵有千年铁门限"），意即人生犹如虚空的梦幻泡影、短暂的昙花一现，最终都只有一座坟墓等着人填进去做里面的馅料。而二句中的主要意象包括"千年铁门限"的拒死意志及"土馒头"的坟墓比喻，则是源于初唐王梵志用来表达佛理的诗偈：

- 世无百年人，强作千年调。打铁作门限，鬼见拍手笑。
- 城外土馒头，馅草在城里。一人吃一个，莫嫌没滋味。

这两首短诗皆在警醒读者，千万别太执着于尘世。人们为了求得

第三章 妙玉

长寿而不断汲汲营营、煞费苦心，建造坚固的铁门槛以便保护自己不受死亡的威胁，殊不知，实际上生命的本质就是短暂脆弱，终究得走入那宛如土馒头般的坟墓里，结束自己的一生。很显然，妙玉独钟"纵有千年铁门槛，终须一个土馒头"这两句诗，绝非基于文学修辞上字句雕琢锻炼的美感，而是纯粹看重其思想上破除对生命的执着、尘世的眷恋，并获得宗教性的解悟，但是客观言之，此种哲理内涵既不见得高深莫测，也谈不上让人醍醐灌顶，无论是从文学艺术或是宗教思想的角度来看，该联诗句都难以担当得起"自汉晋五代唐宋以来"之"唯一好诗"的评价。

既然作者借岫烟之口表示妙玉唯独钟爱那两句诗，显然是为了用以塑造妙玉的性格，因此读者必须接受她的喜好，并尽量去理解何以她会做出这等判断。就妙玉自称为"槛外人"而言，关键明显在"纵有千年铁门槛"一句上，并且与生死之隔的概念无关，主要是以"铁门槛"将世外之人与尘俗之人划分出泾渭分明的界限，而妙玉则自居于"槛外"来标榜自己的超凡脱俗、与众不同，通过此一高傲的姿态把其他人贬低为槛内的俗人，甚至连宝玉、黛玉之类的性灵人物都被她蔑称为"大俗人"。由此可见，妙玉把这两句诗的原意创造性地转化为主观偏好之下的个性展示，所以真正的关键并不在于生命的终点是土馒头，而在于人生过程上的铁门槛，再借由尼姑的宗教身份来树立自己与众不同的高度。

至于妙玉对庄子文章的赞美，与"纵有千年铁门槛，终须一个土馒头"相较起来，则不算过分怪异，毕竟从各方面而言，庄子的影响力并不下于儒家，但是若深入探究，妙玉对于庄子文章的诠释以及自称为"畸人"，也同样必须根据妙玉自己的表述脉络才能够得到正确的理解。《庄子》一书中确实记载了不少奇形怪状的畸人，比如缺了门牙的啮缺、脑袋长在肩膀之下的支离疏等等，而庄子便是用这种形体不全的形象来寄寓"形残而神全"的隐喻，以反讽凡俗之辈"形全而神残"的颠倒，世人都只是执着于表象的差异比较，却忽略了精神智慧的修养，以致内心扭曲破损犹如生了疾病，外表健全却反倒成为实质病态的心灵患者。

不过，妙玉自称的"畸人"仍然又是另外经过她个人选择性的主观诠释，倘若按照庄子所描述的"畸人"，其形象乃是残缺不全的，然而妙玉的外貌非但并不畸形，她带发修行的清秀模样可不比其他的金钗逊色，换言之，此一用语与"千年铁门槛"一样，均是妙玉通过转化词汇的原意并形成特殊的指涉来标定、塑造自己与众不同的独特性。岫烟完全洞悉妙玉此一词汇偏好中所隐含的个性，于是她便建议宝玉道："他若帖子上是自称'畸人'的，你就还他个'世人'。"据此也清楚证明了妙玉所谓的"畸人"并非《庄子》中奇形怪状的殊异人物，而是与"世人"，即"世中扰扰之人"呈现对立关系的"出世者"，恰恰与"槛外人"对立于"槛内人"的用法完全一致，重点都在于突出妙玉超脱世俗的清高不凡。由此便提供了一个研究的良好案例，即倘若要真正了解一个人，分析的重点并非对方引用了什么典故，而是观察他如何运用那个典故。

无论是源自《庄子》的"畸人"，还是被妙玉评价为千古以来唯一好诗的"纵有千年铁门槛"，皆是为了凸显妙玉的个性，反复强调自身的超凡脱俗。其实，这和"纵有千年铁门槛"所蕴含的人事无常、梦幻泡影之理，以及庄子以"畸人"作为道体实现的特殊形式，都是毫无关系的,自幼在读书仕宦之家成长的妙玉不可能不了解《庄子》原文的含义,也不会对名帖的正式规格一无所知,由此可见,妙玉的姿态确实是刻意的、矫揉造作的。同样地,基于读书仕宦之家所提供的优渥物质条件,妙玉这种自我标榜的骄矜姿态也呈现在文化消费上,譬如她所使用的茶具,便是连贾家也未必找得出一个来的珍品古玩,当然此举倒未必是为了炫耀财富,而是要用与众不同的鉴赏能力来凸显自我,即使是门第相当的贾府也未必被她放在眼里。可想而知,妙玉这般为了彰显自己的超俗独特而贬低他人的高傲姿态已经达到了极端的程度。

不仅是对于宝玉的暧昧情愫,实际上妙玉的内在心性已经模糊了性别、阶级、身份的各种界限,正如岫烟看了她给宝玉的帖子之后所批评的"他这脾气竟不能改,竟是生成这等放诞诡僻了"。其中,"脾气竟不能改"一句所隐含的言外之意,即妙玉从小脾气就是如此,并且直到今天不仅都没有改变,甚至"生成这等放诞诡僻了",特别是"生成"二字说明了她自我中心的性格非但在成长过程里不断持续发展,甚至还有变本加厉的放大情况,以致"放诞诡僻"。值得注意的是,接下来岫烟又说"从来没见拜帖上下别号的",既然岫烟乃是妙玉一手栽培起来的,连受教的学生都知道在拜帖上使用外号是完全逾越常轨的做法,何况是能够担负启导任务的闺塾师?可见妙玉此举并非不明伦理规范所导致的无心之过,而显然是自觉地刻意为之,所以岫烟便对此下了一个结论:"这可是俗语说的'僧不僧,俗不俗,女不女,男不男',成个什么道理。"

"天生成孤癖人皆罕"

何以妙玉会形成这般的性情？我们敢于提出此一疑问，乃因《红楼梦》最了不起的地方，是曹雪芹不但非常复杂细腻、合情合理地呈现出小说人物的个性，甚至还借由一些细节的安排和描写，让读者了解到该人物之所以会形成某种成长轨迹或产生变化，实际上都具有特定的先天或后天等因素。

倘若以正常的社会眼光去看待妙玉赠予宝玉的拜帖，其独树一格的写法，即属于与妙玉具有十几年旧交谊的岫烟所判断的"放诞诡僻"，同样地，宝玉也认为如果把帖子拿给宝钗看的话，对方必定会批之曰"怪诞"，如此看来，此种不受既有规范所局限的突破甚至是逾越，堪称为妙玉这名少女的独特性，也是她一直深受读者喜爱的原因。然而，这一点只不过是妙玉之整体存在的一个面向而已，人是活在群体之中的，是在群体之中诞生、成长，不断与环境互动，乃塑造成为现在的个体，则所谓"自我"的内容究竟是什么？是否具有专属的内容与截然的界限？其实，任何的主体本身都并非一个固定不变的事实，而是永远处在动态发展中的存在，我们实在不应该想当然耳地以"与生俱来"四字去轻易定义"自我"的概念。

以社会群体的眼光来看，妙玉"僧不僧，俗不俗，女不女，男不男"的心性与作为，乃是属于传统伦理所不容的身份越界与性别越界，造成了一种横跨两个世界的模糊暧昧的逾越与破坏，那么，其他人又是如何看待妙玉这样一位具有强烈的个人主义，以致处处都在逾越分际的女尼呢？要知道，社会中存在着许多界限，在各种群体之间

第三章 妙玉

构成了各自的运作秩序,既然人们活在如此复杂的社会里,即必须不断学习去适应并融入身边的社会框架,同时还能够葆有自我的自由和发展,这才是我们真正应该努力的方向,而不是为了所谓的"自我"去破坏原有的伦理结构,此一普遍流行的俗见绝对不是所谓"自我发展"真正的定义。

英国人类学家玛丽·道格拉斯在其《洁净与危险》一书中指出,当一个人越过了社会所设立的事物之间的界限(boundaries),比如性别、年龄、身份等等,就会被定义为"不纯"(impurity)的"异常物"(abnormalities)。根据此一观念来看,妙玉确实属于不纯的异常物,因为她既是尼姑,却形同名流;既出身豪门,又遁入空门,横跨于原本应该毫无交集的两个世界之间,正如岫烟所描述的"僧不僧,俗不俗,女不女,男不男"的状态。如此一来,势必不能够被既有的社会所容纳,也往往会被别人以异样的目光看待。而这样一个处在暧昧不明的状态下,无法获得明确定位与归属的人,又可以如何安顿自我呢?事实上,这种人的现实处境往往会比一般人更加艰辛,一旦面对实际的生存问题,他们通常必须调整个性,然而妙玉最为独特之处就是她依然故我,从未改变作风以适应周遭环境,甚至还变本加厉,这又是有何缘故?

《红楼梦》中的人物活色生香、传神写照,凡一颦一笑皆如同活生生般地真实有趣,往往可以牵动读者的喜怒哀乐,乃因为他们的性格行为非常合乎人性的逻辑,其成长变化的情态与现实世界里的我们非常贴近,所以才会那般引人入胜,阅众沉浸于其中,根本不觉得他们只是一个个被作者塑造出来的空洞符号。因此,阅读《红楼梦》时,我们更应该关注的是那些人物到底是如何形成的,每一个角色的家世背景与生活条件都截然不同，这正是在进行分析之前必须先下苦功的地方，而不是急着为每个人物贴上标签：谁代表进步，谁代表落后；谁能够突破时代，谁一味封建保守，此等粗略简化的做法不仅无法掌握到人物的性格，甚至还会使得我们对小说宗旨的理解完全背道而驰，可谓本末倒置。

严格说来，每一个人的性格都是由先天和后天的因素综合而成，倘若要真正认识一个人，这两个范畴皆不可或缺，而妙玉也是如此，只是每个人的先天、后天因素各有不同，所以我们必须抱持客观、周延的态度去处理每一项独特的个案，千万不可以囫囵吞枣、混为一谈。关于妙玉畸零突兀的性格成因，早在第五回的《红楼梦曲·世难容》中便已提供了破解其奥秘的基本密码，所谓：

> 气质美如兰，才华阜比仙。天生成孤癖人皆罕。你道是啖肉食腥膻，视绮罗俗厌；却不知太高人愈妒，过洁世同嫌。可叹这，青灯古殿人将老；辜负了，红粉朱楼春色阑。到头来，依旧是风尘肮脏违心愿。好一似，无瑕白玉遭泥陷；又何须，王孙公子叹无缘。

由曲名所标示的《世难容》即可以看出，妙玉那"孤癖""太高""过洁"的人格特质使之难为世界所容。而妙玉的脾性之所以会走到"世难容"的极端境地，关键之一在于她的先天特质，即"天生成孤癖人皆罕"。

在第四十一回刘姥姥游逛大观园的过程中，作者通过林黛玉的观察和判断，指出妙玉确实天性怪僻，当时黛玉只是随口一句询问妙玉烹茶所用的是否为"旧年的雨水",竟被她当面冷笑呛说"竟是大俗人,连水也尝不出来",十分有趣的是,与妙玉性情雷同的黛玉并未因此而恼怒或哭泣,反倒丝毫不以为忤,平静地吃完茶后便约着宝钗走了出去。由此可见,即使两人与生俱来的天赋气性非常相近,但各自还是拥有不同的后天际遇,而这也就导致她们走上了相异的道路。不同于黛玉逐渐长大成熟以后变得容污从众、懂得虚礼周旋,妙玉的孤僻、高傲则是因为宗教身份以及贾府的纵容而得到了更大的发展、强化。

百年以来,在复杂的历史、政治、社会思潮之下,自然形成了反传统、反封建、反对社会对个人的压迫,并高扬个人主义旗帜的时代风气,人们理所当然地认为一个人必定要有专属的"自我",甚至现在的教育概念都是环绕着"肯定自我""发展自我"的核心而展开,这便导致大家极其容易地站在个人的立场去崇扬那一类自我中心的个性。如果该种个性在进入世俗以后没有受到挫折,并且还能够获得持续和充分的发展,则最终的结果就是变成妙玉那样的性情。许多人认为,此等与众不同的自然天性乃一种极其宝贵的心理资质,因为他们没有被社会污染而产生质变,并形成性格的模糊灰色地带,所以一直被赋予很高的评价,譬如清末评点家陈其泰曾云:

> 《红楼梦》中所传宝玉、黛玉、晴雯、妙玉诸人,虽非中道,而率其天真,皭然泥而不滓。所谓不屑不洁之士者非耶。

从中可见,一般都把宝玉、黛玉、晴雯、妙玉四人"率其天真"、不被社会所污染的个性视为"本真"之代表,是对"不洁"的反动,并对此给予高度的赞扬。虽然陈其泰采取疑问的句法，也承认他们并非"中道"而流于偏锋，但其实是偏向肯定的立场，即赞美他们很有自我、坚守天性，拒绝被社会污染以至于把自我给折损和扭曲；相反地，一个人社会化以后固然能够适应生存，甚至取得成功，可是却失去了本来面目，成为"不洁之士"（语本出《孟子·尽心下》）。所谓"本真"（authenticity）乃是西方思想界发展出来的词汇，与中国传统文化中所言"真"的概念内涵具有若干相通之处，意即真诚、纯然自我，并没有外在的遮饰与干扰。"本真"通常被认为一定会和"正统"，即权威的社会主流产生龃龉甚至对抗，也必须通过反对正统、打破规范来争取自己的存在权和价值性。然而，所谓"本真"实际上是一个非常抽象的概念，它无法含括人性中具体且复杂的诸多内容，所以不应该被单独抽离出来，成为人性的重要价值。

孤高：妙玉的主动选择

虽然"天生成孤癖"确实成为妙玉自诞生以后，引导她在人世间发展自我的主要力量，但必须注意的是，此一性格发展之所以没有受阻甚且还得到持续的助长，后天的环境因素也起着至关重要的作用，毕竟个体在进行种种的行为实践时，亦会随着具体情况调整本身的认知力，此之谓"挑战与回应"。

何谓挑战与回应？以最简单的模式为例，一条蚯蚓在泥土里往前蠕动爬行的时候，遇到一块挡住去路的石头，它回应的方式若非往左转、往右转，就是向下钻或者冲破土层被太阳晒死，简而言之，蚯蚓所处的环境决定了它的选择。类似地,人在接受外部环境的各种刺激或压力所带来的挑战时,也会想方设法加以应对,此刻所采用的方式便决定了接下来的道路,结果有可能是成功,也有可能是失败,或许另有出路等等,人生正是在挑战与回应的运作之中形成的。

但是,这套挑战与回应的理论很容易会让人类的存在变成被动的反应,仿佛唯有受到环境的压力或他人的挑战,人们才会去寻求突破、去思考解决问题的办法,在这种"环境决定论"的逻辑下,人类将有如动物般只能察知或处理眼前的表面问题,谈不上真正的创造与超越,也不具备真正的主体性。与之不同,主体心理学(subjective psychology)便对人的主体能动性给予高度的肯定,此一学派主张人的存在样态并非完全由环境所决定,也不只是所谓的挑战与回应的结果,而是具有一定的自主空间可以决定本身要成为怎样的人。

主体心理学指出,在人类的成长过程中,"主体能动性"是影响主体心理发展的重要因素之一,与教育、环境一同构成主体心理发展的三维结构模式,而主体能动性即是个人自觉且努力想要自主的一种内在力量。当然,主体心理学并没有否定环境与教育对人格特质的重大影响,但特别强调它们绝对不是构成性格内涵的全部因素,至少还有三分之一的空间应该是由自己负责,甚至必须说,主体能动性作为主体与世界相互作用的主导潜能,恐怕才是形成人格意志的核心力量。

因此,无论是分析小说人物,抑或在了解现实个体的时候,我们都应该采用这种态度,切莫把人物的优缺点与其生活事业的成败一概归因于环境,譬如来自单亲家庭的小孩未必不能学好,而家境殷实富裕、生活顺顺利利的成功者也不意味着他一定是个经得起考验的好人，这类斑斑可见的事实都足以证明，在人性范畴上外部的因素绝非一切。主体能动性是根植于人类内心的基本潜能，而个体的天赋特质有些是与生俱来，有些则是经由后天的认知而自觉地发展所获致，因此，固然人的性格品质难免会受到环境、教育的影响，但主要还是仰赖于个体的选择与实践，换言之，"主体能动性"实为超越教育之局限、环境之束缚的最终力量。而这种对于主体能动性的肯定，才足以真正建立起身为一个人的尊严。也因此，无论我们成为怎样的人，首先务必反求诸己，扪心自问自己究竟为目标付出了多少的努力与血汗，切莫总是怨天尤人，怪罪家境不好、时运不济，把责任全部归诸外在环境，毕竟这个时代已经提供了许许多多的选择，为什么偏偏要沉沦走上岔路？

所以，就主体能动性的概念以观之，妙玉除了无以名之的孤僻天性外，更具有使得这种天性充分发展的心理因素，并通过主体能动性把天性的孤僻极力开展。犹如波兰学者简·斯特里劳（Jan Strelau, 1931—2020）的气质心理学所指出："如果一个人经常不断地选择一定情境或活动，一段时间之后就会产生一定的习惯，一定的行为模式，把它们泛化到一定的情境与行为中，就可以成为人格结构的成分。"换句话说，主体能动性让一个人刻意选择某些情境，而这些情境又反过来塑造了个性，越是频繁地处于特定的情境中，其性格也会越来越适应那样的情境，形成了循环加强的模式。譬如林黛玉创作诗篇时便沉浸在残缺的、感伤的意境内，她只关注到枯萎凋零的落花秋叶、无根漂泊的浮萍柳絮，字里行间弥漫着一片哀音，而诗篇作为人为的艺术产物，反过来也强化她多愁善感的气质，以至于她所处的潇湘馆根本是其人格倾向的具体投射，使得她悲情的禀性越来越鲜明。

第三章 妙玉

　　从这个角度而言，自我的人格是可以有所改变的，只是一般人并不知道这一点，或者即使知道也不够努力甚至无意改变，妙玉便是如此。其放诞诡僻的性情之所以得到自由的伸张，就是因为她在强大的自我力量之下，不断选择某一种情境、活动，甚至是行为模式、概念体系，使得天赋的怪诞人格内涵获得进一步强化，以至于她的孤高比黛玉更甚，而妙玉用以进行选择的核心则是建立在高贵的优越感上。

　　很明显地，妙玉的高贵优越感体现于身份和阶级的范畴上。正如岫烟针对如何恰当响应妙玉之询问所提示的，如果妙玉自称为"畸人"，便以"世人"还她；倘若妙玉自命为"槛外人"，则以"槛内人"回应，很显然，这两组概念各自都形成鲜明的对立关系，重点在于凸显妙玉超脱凡俗的高贵身份，并与人世间的凡夫俗子划清界限。对妙玉而言，她所有的姿态都只是为了一个目的，即将自己以及少数知交以外的其他人全贬为卑贱低下之辈，以便衬托她的高雅与优越。这一点在第四十一回刘姥姥游逛大观园之际尤其显著，当时妙玉把昂贵的成窑茶杯给贾母使用，而贾母吃了半盏之后，便把茶递给刘姥姥分享，只因为杯子沾上了刘姥姥的口唇，她就嫌脏不要了。妙玉之所以如此不近人情，除了一般皆知的极端洁癖之外，更是因为一旦刘姥姥使用那只茶杯的时候，即意味着逾越了原本严明的阶级分层，模糊了妙玉高贵和刘姥姥低贱的上下界限，这无疑亵渎了她执拗地坚守的雅俗差距，破坏了她全心全意巩固的位阶区隔，所以宁愿丢弃那只"故宫博物院典藏级别"的成窑茶杯，也不愿清洗干净以后继续使用。

　　总括而言，妙玉实际上全然不是陈其泰所谓的"率其天真，嚼然泥而不滓"，毕竟种种情节都受到了非常浓厚的贵贱雅俗观念的渗透，形成了一种二元对立的等差局面，绝非"天真"所致。

生命史四阶段

妙玉究竟是如何利用自己不断选择的情境、活动，以形成并固化其人格结构的各个成分，由此展现出个人的主体能动性呢？必须说，读者唯有厘清妙玉之生命史的发展轨迹，充分掌握她在后天身处的环境和遭受的待遇等景况，才足以真正了解其性格何以能够得到持续的极端化发展，以致让内在的主体能动性建构出冷傲怪诞的气质。

根据第十八回的记述，妙玉在移居贾府之前，已经度过了十八年的人生，而这段生命过程正是性格养成的关键时期，此后又接着在大观园得到几年的延续。因此，倘若想要了解她的人格特质，便必须仔细发掘期间之经历对妙玉所造成的影响。

于前八十回中，妙玉的人生主要可以分为四个阶段：

第一个阶段。通过林之孝家的描述，可知妙玉乃是一位诞生在苏州读书仕宦之家的千金小姐，而王夫人根据阶级出身对个人心性内化而成的影响，给出了"既是官宦小姐，自然骄傲些"的推论。妙玉之精英阶级的出身，意味着她拥有更多的经济资源和文化条件，不仅能够获得绝佳的诗书教育，还可以凌驾于他人之上，不必看人脸色，处于此等个性不受磨耗的优越生活环境之下，妙玉的天生孤僻便自然而然地被保存下来，甚且受到了持续的助长。再者，妙玉的父母视之为掌上明珠，呵护备至，为了救治宝贝女儿与生俱来的疾病，不惜花费巨资买了许多替身来代替她出家，可想而知，妙玉确实是天之骄子。

第二个阶段。不过，"替身"的"诡计"终究是"不中用"，妙玉这位备受宠爱的女孩依然体弱多病，父母纵使万般不舍，为了留住性命也只好让她亲自出家。或许正因为如此，妙玉并未如一般出家人那

第三章　妙玉

样真正地完全剃度,而是"带发修行",由此可以葆有原本的女性形象甚至更增添一种特殊的美感,同时也意味着依旧维持尘世的联系,这或许是源自父母的不舍心理,不愿意真正断绝亲子之间的血浓情深。当然,如此一来便开启了妙玉横跨二界的特殊生涯,埋下了异端的种子,在日后环境不断的灌溉、培养之下,逐渐生根发芽、成长茁壮,终于演变成邢岫烟所谓"僧不僧,俗不俗,女不女,男不男"的境地。

尤其是,妙玉出家以后的修行之地乃名闻天下的玄墓山蟠香寺,虽说是宗教场所,其实更接近于隐逸山林,为妙玉提供了助长天赋性情的外力。玄墓山位于今天的苏州吴中区,确为名胜古迹,不过蟠香寺则是虚构的,而经过考察,玄墓山上有一座圣恩寺,所以蟠香寺极有可能是以圣恩寺为蓝本的再创造。清代顾禄引《府志》描述道:"元墓之西为弹山,……山不甚高,四面皆树海。康熙中,巡抚宋荦题'香雪海'三字于崖壁,其名遂著。"并指出玄墓山以多梅闻名,每到二月冬春之际梅花盛开的时节,眼前一片白茫茫的花海如同积雪般,满山遍野散发出浮动的清香,便形成了"香雪海"的赏梅胜景,毋庸置疑,妙玉出家时期的栖身之所可谓既优美高雅又清静惬意。值得注意的是,妙玉出生于苏州,而玄墓山位在今日的苏州郊区,由此可见,其父母确实是费尽心思,刻意就近找了一座风景如画的名门古刹来让女儿安顿。

那么,妙玉究竟在蟠香寺待了多久呢?根据第六十三回岫烟对宝玉所说:

但我和他做过十年的邻居,只一墙之隔。他在蟠香寺修炼，我家原寒素，赁房居住，就赁的是他庙里的房子，住了十年，无事到他庙里去作伴。

从中可见，妙玉到蟠香寺出家的时间至少有十年之久，这也是她与岫烟两位少女建立深厚情谊的交会岁月。而她在十八岁时获得贾家礼遇，此前则是先跟随师父到长安一段时日，还跨越了年度，参照第十八回"去岁随了师父上来"这句话，可以推估妙玉离开蟠香寺的时候约略十七岁，如此算来，她出家的年龄大约是七岁。既然岫烟一家的居所属于蟠香寺租赁给平民的庙产，由此便证明了该佛门圣地必定香火鼎盛、资源富饶，所以妙玉在生存条件上是很优渥的，不必亲自种菜裁缝甚至托钵乞讨，过着苦修的生活。

再说，就妙玉本身的优越资质而言，从她能够单独跟随师父进京探访观音遗迹并贝叶遗文，为了求道更上一层楼，可见她是师父认可足以传其衣钵的爱徒，也显示出妙玉在出家之后依然备受肯定和尊重，甚至还可能得到师父的鼓励去发展自我，因此妙玉一直到十八岁，都可以在主体能动性的主导之下，不断按照自己所选择的特定情境、活动，去建构并发展自我的优越感。如此一来，在这最初的两个阶段中，妙玉的生活环境都是使之放纵天性、不断发展自我的助缘，她作为千金小姐的骄傲性情，也没有因为出家而汰除干净，反倒一以贯之。

第三个阶段。十七岁的妙玉在师父圆寂之后，本来应该扶柩回乡，但是由于师父临终前的交代，所以她继续留在长安即清朝的北京，独自生活并等待命运给予她的下一步指令。而她身处异地他乡，虽则有随侍的老妈妈、小丫头陪同，可是在父母双亡、举目无亲的情况下仍然是孤立无援的。倘若打算长期在长安如此的首善之都安顿下来，势必得要接受其他人的资助，这便难免会遇到尊严上的抵触与碰撞。此时的妙玉在失去了师父的照拂之后，终于开始感受到社会对其脾性的反扑，并面临一些现实压力，即岫烟所说的"不合时宜，权势不容"。不知是幸还是不幸，从师父入冬圆寂一直到王夫人礼聘妙玉入府，其间为时大约半年，换言之，这段为"权势不容"的压力阶段非常短暂，不足以对妙玉的性格产生巨大的影响，所以她才能够依旧葆有"侯门公府，必以贵势压人，我再不去的"之孤僻冷傲。

第四个阶段。妙玉在王夫人的盛情邀请之下来到了贾府，并且还比所有的金钗们更早地入住大观园，不得不说妙玉确实很有点运气，但这番际遇究竟是好是坏却难以定论，毕竟人生的本质乃如老子所言的"祸兮福之所倚，福兮祸之所伏"。不过，就衣食起居而言，妙玉在迁进大观园内的栊翠庵之后，依然维持着名流般高度讲究的精致生活，甚至连贾母偶一莅临此地时都因为不敢冒犯神佛的缘故，而对受到宗教庇佑的妙玉礼遇有加，这也导致她独特的天性得以继续充分开显，甚且还有变本加厉的趋势。

要知道，妙玉住在大观园中根本是三重的与世隔绝，非但完全不必面对贾府之外的现实世界，即使贾府内部的家庭伦理要求也是彻底豁免，不比其他的金钗们日日都得到贾母、王夫人等长辈面前晨昏定省，尤其栊翠庵属于宗教性的特殊空间，所以和园里的其他人又进一步形成了隔离。例如怡红院的群婢基于妙玉出家人的身份，平常与之毫无来往互动，因此对她即抱着"非我族类，懒得理会"的心态，第六十三回中，当宝玉在庆生宴酒醒之后一眼瞥见妙玉遣人送来的贺帖，因丫鬟没有及时回报而惊慌失色并有所责怪时，大家顿时大感紧张起来，急忙追问来龙去脉，还以为对方是什么不可怠慢的要紧人物，可一旦看清致赠粉笺的来历是妙玉时，顿时便放松下来，纷纷表示不值什么，何必大惊小怪，显然根本不把此事放在心上。由此可见，因为府外、府内、园中的三重隔绝，妙玉乃是处在游离于群众之外的、完全自我的生活空间里，即使是心思细腻敏感、受不得丝毫委屈的黛玉，对她也是采取容忍甚至退让的态度，一旦面对她尖锐的冷呛时只是觉得此人"不好多话，亦不好多坐"，随后便找个时机告辞出来，并未掀起任何冲突，种种境况无疑都助长了妙玉孤僻怪诞的天性。

宝玉曾形容妙玉"为人孤癖，不合时宜，万人不入他目"，但这般描述只是单就当前所目睹的性格风貌而做出的平面描述，至于岫烟所谓的"他这脾气竟不能改，竟是生成这等放诞诡僻了"，则明确地勾勒出妙玉的性情于进入大观园之前、之后所呈现的动态变化，即妙玉纵使在长安一度遭遇到"不合时宜，权势不容"的困境，但她的脾性依然没有任何改变，反倒于迁居贾府以后更进入极端化的发展，因此贾府的礼遇可以说是纵容其兀傲脾性的关键助力。

另外，在"他这脾气竟不能改，竟是生成这等放诞诡僻了"的说辞中，"竟"字接连用了两次，可见其违背常情、违背既有认知的程度令人备感意外，而"生成"一词则清楚表明妙玉那超乎想象的极端个性，乃是在动态发展的时间过程中趋近于难以理解的程度。换言之，岫烟以十多年的长期观察留意到，先前一起做邻居的时候，妙玉的脾性已经十分怪僻，多年之后有缘重逢，固然她并未忘记贫贱之交，但妙玉自十八岁进入贾府之后又过了几年，如今已届二十出头之龄，个性却是越发孤僻怪诞，看在故人眼里不禁有所微词。可想而知，大观园确实是一座令少爷千金们的个性得以欢快发展的乐园，妙玉也同样能够以其主体能动性尽情地开显自己的独特禀气，并形成极其特异的人格结构，所以才会导致"僧不僧，俗不俗，女不女，男不男"的双重越界。

如此看来，在妙玉二十多岁以前的人生中，无论是先天还是后天，都存在着以其个人为中心的环境，由她完全主宰自己的人格发展方向，将孤僻之天性以最充分、最完全、最彻底的方式绽露出来，并呈现出"万人不入他目"的孤高姿态。简而言之，第四阶段的生活环境堪称是妙玉树立"壁立万仞，有天子不臣，诸侯不友之概"的最重要条件。

如何看待妙玉的兀傲性格

妙玉的性情在第四个阶段已经形塑成鲜明无比的、最典型的样貌，而小说家或者其他人对此又有何判断呢？他们是否如同清末评点家陈其泰所谓的"虽非中道，而率其天真，皭然泥而不滓"，认为妙玉的个性是一种"珍贵自我"之人格价值的充分实现，抑或洞察到这般的人格特质实际上蕴含着一些问题，只是被现今主张应该尽量追求和肯定个人主义的时代所忽略？我之所以主张应该将妙玉与李纨进行对照，乃因为两者在年纪、处境上彼此相近，也皆有共同的代表花——梅花，可见曹雪芹把她们视为可供比较的同类，加上李纨是《红楼梦》里唯一对妙玉公开表示厌恶的人，如此特殊的现象背后必然隐含着复杂的心理因素。借此，我们可以了解他人究竟如何看待妙玉的兀傲性格。

必须郑重厘清的是，唯有好的、有意义的、值得所有人追求的，才能够称之为"价值"。此前对于妙玉的认识，我们所谈论的都是她的"特质"，而非"价值"，亦即先不论其品格之优劣好坏，只如实地看待她的特殊样态及其形成的原因，而单就层次而言，妙玉的"率其天真"仅仅是一种人格特质，并非值得所有人都去追求、崇尚的人格价值。

那么，书中的人物对妙玉又有何评价呢？一般读者都只注意到宝玉对于李纨和妙玉不同的价值判断，主要是经由这两人分别代表着礼教和宗教的居处，即稻香村与栊翠庵，明确地表达出他主观的强烈好恶。在第十七回众人初游大观园的时候，宝玉对于将来李纨所居的稻香村，所给予的评价是：

> 此处置一田庄，分明见得人力穿凿扭捏而成。远无邻村，近不负郭，背山山无脉，临水水无源，高无隐寺之塔，下无通市之桥，峭然孤出，似非大观。争似先处有自然之理，得自然之气，虽种竹引泉，亦不伤于穿凿。

宝玉认为，以整座大观园来看，稻香村的设计属于"人力穿凿扭捏而成"，此说双关了对李纨槁木死灰之寡妇心态的不赞成，觉得这是一种不符合人性的妇德规范。宝玉甚至以"先处"的潇湘馆作为比较，批评稻香村的"峭然孤出，似非大观"，比不上潇湘馆的"有自然之理，得自然之气，虽种竹引泉，亦不伤于穿凿"。由此可见，宝玉的褒贬是建立在"自然"和"人为"的对立上，他所喜欢的是陈其泰

第三章 妙玉

所谓的"率其天真",而不喜欢后天由各种人工雕琢所形成的人格类型,所以才会生出这番批评,只不过还没有畅所欲言就被贾政一声喝断了。由于宝玉乃是一个畏父如畏虎的孩子,一听到老爷叫他便仿佛晴天霹雳,害怕得一步挪不了两寸,而在此竟然提出这么一段空前绝后、独一无二的长篇大论来回答父亲的提问,显然是具有特殊用意的,作者正是借以带出宝玉欣赏自然、反对人力穿凿的价值观。

另一方面,宝玉对于栊翠庵则是欣赏有加。第四十九回描写大雪纷飞的冬天,宝玉在雪停之后启程到芦雪庵与众姐妹一起赏雪,一出了院门,望见天光雪色相互交映,自己仿佛装在玻璃盒内一般,于是他便顺着山脚走了一段路:

> 回头一看,恰是妙玉门前栊翠庵中有十数株红梅如胭脂一般,映着雪色,分外显得精神,好不有趣!宝玉便立住,细细的赏玩一回方走。

除此之外,书中再也没有涉及宝玉对栊翠庵的任何评论,所以这一段应该可以代表宝玉对于栊翠庵及其主人妙玉的评价。其实,这番描述不仅呈现出栊翠庵被雪中红梅所映衬的美景,宝玉对此情此景倾心赏玩的态度,也意味着他主张人性就应该尽量活泼地释放自我,由之才显得精神且有趣。

不过在此必须进一步指出,固然前述的两段情节充分体现出宝玉的好恶设定,但那并不等同于作者的价值观和立场。西方的叙事理论不断地提醒读者,好的小说家不应该把他笔下的主人翁当作自己的代言人,因此主人翁的想法和小说家本身的理念是有所区别的,甚至有可能背道而驰。根据《红楼梦》全书的文本证据来看，曹雪芹对于李纨、妙玉的看法与宝玉的其实截然不同，而这再度印证了西方叙事理论所说的道理。

创作者和他笔下的人物既不可能也不应该完全重叠，譬如贾宝玉乃是一个有限的个体，尤其他又年纪尚轻，基于人生经历与知识学养的不足，对于人性、社会的了解必然有所局限，看待事物的视野也较为片面，在这样的情况下所领略到的价值便是管窥蠡测。第十七回游园过程中对于稻香村、潇湘馆的褒贬比较即为代表性的案例之一，当下贾政直接批评宝玉对稻香村之所论正是"管窥蠡测"，最值得注意的是，事后宝玉果然感到心悦诚服，当他的心智越来越成长，才醒悟到父亲贾政确实看清了他的局限，因此于第三十六回中感叹道："怪道老爷说我是'管窥蠡测'。"而小说家凭借自身更为宏大的视野，对丰富的人性、复杂的社会具有更加深入而透彻的认识，他所看到的人性价值实际上必然远远高于宝玉的看法，何况宝玉只是一个小孩子，至多到了少年阶段，距离成年和心智成熟还有一大段时间，所以读者实在不应该把他的价值观直接等同于小说家所推崇的人性最高境界。

欲洁何曾洁，云空未必空

接下来，我们要进一步探讨作者本身对于妙玉的塑造，除了极端高傲、孤僻以致"人皆罕""世难容"的程度之外，是否还隐含着其他价值上的论断？

第三章　妙玉

根据第五回的"金陵十二钗正册",妙玉的图谶上画了一块美玉,落在泥垢之中,而她的人物判词则是:

欲洁何曾洁,云空未必空。可怜金玉质,终陷淖泥中。

其中便隐含了作者所提供的命运发展以及性格内涵的重要信息。所谓"欲洁何曾洁,云空未必空",意指妙玉身为出家人,她不仅尘心未断,内心还留存着朦胧依稀的情爱意念,更凸显出对于他人的鄙视和固守阶级地位的姿态,终究还是要面临"可怜金玉质,终陷淖泥中"的人间现实。换言之,纵使妙玉的姿态高高在上,却是爬得越高就摔得越重,之前越是骄傲,其结局便越发难堪。

当然,曹雪芹并非以此对妙玉的遭遇给予冷嘲热讽,毕竟抱着这种刻薄心态的小说家应该也无法写出好作品,因为伟大的作家最不可或缺的重要条件即是"悲悯",唯有在怀着悲天悯人之心的作家笔下所诞生的小说,才会具有感动读者的力量,例如雨果的《悲惨世界》、杜甫的诗篇等等均是如此。现代文学批评家唐文标曾在美国的一场演讲中提及:张爱玲不可能会获得诺贝尔文学奖,因为她还不是伟大的小说家。为什么会有此一说呢?原因在于他把握到一大关键,即张爱玲的小说固然具有许多优点,包括高度的文字驾驭能力、对某些人性鞭辟入里的细腻观察等等,都是无有出其右者,然而她却缺乏悲悯之心,对人类是冷漠甚至冷酷的,也唯其如此,才能够格外逼近人性的丑陋,把人心的阴暗面纤毫毕现地展示出来,其中完全看不到任何人情味。毋庸置疑,张爱玲是一位异常冷静的小说家,她仿佛绝顶天才的外科医生,握着冰冷尖锐的手术刀,每一刀划下去都是精准地直指病灶，可惜我们却无法从刀锋上看出任何同情，于是脓血四溢的画面只剩下怵目惊心。所以说，要形成宏大的人格，进而成为伟大的文学家、伟大的小说家、伟大的科学家等等，其背后最重要的因素就是具有悲天悯人的胸襟气度和心理素质。人作为一个有限的存在物，有的时候确实无法完全避免一些小小的罪恶，如果连对于他们都可以用怜悯的眼光去看待，便能够切切实实地触探到更深层次的人性。——不过务必注意的是，所谓"怜悯"当然并非意指原谅那些罪恶。

妙玉之判词最后两句"可怜金玉质，终陷淖泥中"乃是大有文章。从前文对她所梳理的人生轨迹中，我们了解到妙玉不仅备受父母的宠爱、师父的青睐，还深得贾府的礼遇、包容，她的命非常好，好到可以去践踏别人，虽然这只是心理层次的表现，但实在并不可爱。而曹雪芹既然用了"可怜"二字，即说明了妙玉还是受到他的肯定，只不过既然地球不可能只环绕某个人而运转，当一个人过分膨胀自己，无形中便必然会变成一个霸王，纵使没有作出任何侵害别人的实际行为，但心态上的绝对自我势必会使之进入偏颇失衡的不健全状态，最后步入"终陷淖泥中"的结局。除非妙玉一辈子都生活在顺遂的环境里，否则她终究一定要学会收敛自我，而贾家最后的覆亡，便意味着妙玉将彻彻底底失去唯一的保护伞。

正所谓"树倒猢狲散""覆巢之下无完卵"，贾家的败落使得失去庇荫的妙玉只能够赤裸裸地暴露在旷野上，风吹雨打都得由她自己去领受，所以残酷的打击也随之而来，而《世难容》一曲便道尽了妙玉的下场：

> 气质美如兰，才华阜比仙。天生成孤癖人皆罕。你道是啖肉食腥膻，视绮罗俗厌；却不知太高人愈妒，过洁世同嫌。可叹这，青灯古殿人将老；辜负了，红粉朱楼春色阑。到头来，依旧是风尘肮脏违心愿。好一似，无瑕白玉遭泥陷；又何须，王孙公子叹无缘。

曲词和判词是互相补充的，而发挥得更充分，最必须注意的是，所谓"太高人愈妒，过洁世同嫌"的关键在于"太"和"过"，这才是引起嫉妒、怨恨以致"世难容"的真正原因。"高"和"洁"当然都是很好的精神境界，值得追求，问题在于过犹不及，一旦过于极端便会变成虚矫，从而成为另外一种不平衡的状态，所以"到头来，依旧是风尘肮脏违心愿"，这就和判词的"可怜金玉质，终陷淖泥中"相互呼应。进一步来说，"好一似，无瑕白玉遭泥陷；又何须，王孙公子叹无缘"意即宝玉将来会错失此一红颜，妙玉这块无瑕白玉终究会流落到充满险恶、难堪的人间，沾染上肮脏污秽的尘埃。

"屈从枯骨"：人生第五阶段

妙玉的人生走到这里，便进入第五个阶段，而主要是在八十回以后的叙事中呈现。如今虽然只能根据脂砚斋所留下来的线索来推敲，但曹雪芹精心安排的草蛇灰线早已闪现于前八十回中，为她的性格改变埋下了合理的脉络。

对于"风尘肮脏违心愿"的"肮脏"二字，一直以来有另外一种解释，即妙玉在沦落风尘的时候，依然维持着她的高洁。此一说法采取的是训诂的思路，指"肮脏"如同"抗脏"，含有高亢不屈之意，传统文献上可见诸《后汉书·文苑传下·赵壹》曰："伊优北堂上，抗脏倚门边。"李贤注云："抗脏，高亢婞直之貌也。"据此解释为妙玉即使处于"违心愿"的状况，仍然保持着高亢不屈的脾性，从而维护妙玉性格的一致性。不过，一方面"肮脏"是否可以直接等于"抗脏"，恐怕还有斟酌的余地，必须持保留态度；另一方面，即使单纯只就"肮脏"一词所可能的指涉而言并没有问题，然而一旦回归全书的文本地基并结合上下文的脉络来看，"抗脏"的这种主张便明显无法成立了，无论是"无瑕白玉遭泥陷"或是"终陷淖泥中"，都说明妙玉确实"违心愿"地陷进了现实人间的污泥里，至于届时她的心态是否高亢不屈，而在"违心愿"的风尘泥垢中又要如何"抗脏"，都缺乏其他的证据可以支持，更有待合理的安排。

再者，从妙玉未曾对现实世界采取激烈对抗的反应方式来看，包括她在"权势不容"的难堪处境下也只是消极地避开压力，投向宽大为怀的贾府，显然也不能将"肮脏"解释为高亢不屈。最大的根据是，靖藏本第四十一回有一段颠倒错乱的脂批，周汝昌加以重新校读后，暂时理顺拟订如下：

> 他日瓜州渡口，各示劝惩，红颜固不能不屈从枯骨，岂不哀哉！

以脂批的高度参考价值，倘若我们接受这条校正的文字，则事情的真相是：在贾家被抄没以后，妙玉失去了庇护，和其他金钗们一样沦散于现实人间,她收藏在栊翠庵的高级精品或许也都被抄没不存,导致她完全失去了以往过着名流生活所必需的昂贵物资,孑然一身流落到人来人往的瓜州渡口,不知何去何从。

此前生活顺遂的妙玉并不知道人生有多么艰难,所以无法理解那些处在低下阶层的劳苦大众,是因为全力奋斗挣扎而不得已变得粗鄙肮脏,他们的身上之所以会沾上尘埃,都是为了继续生存下去,如果我们去厌弃这种肮脏,真的是一种"何不食肉糜"的无知。有的时候,我看到一些同学为了活下去而不得不辛苦拼搏,甚至必须割舍心中所热爱的文学,实在感到心痛不已,所以那般只因为命太好,便轻易蔑视别人在艰难求生中迫不得已的委曲求全,确实是可恶至极的无知与傲慢。而脂批所谓的"他日瓜州渡口,各示劝惩"意指天道好还,天理始终是平衡的、公正的,人格层次毕竟还是有高下之分,因此有些人会受到奖励,有些人会受到惩罚,譬如过去因为命太好而蔑视他人者,现在上天就使之了解命可以有多么不好,并借此让他懂得悲悯,懂得虚心,懂得谦卑。

至于"红颜固不能不屈从枯骨"的"枯骨"二字同样可以有不同的解释,最合理的说法是指妙玉嫁给一个年老的男人,盖古人认为,人类的骨髓津液会随着年龄、体力、健康程度而盈枯变化,髓液干枯者即为体力衰退的老人,在这个解释之下,则意谓妙玉可能当上某位年老官员的续弦,也有可能是委身做妾。无论是哪一种身份,对于极度高傲、洁癖的妙玉而言,必然都是难以忍受的灾难,然而纵使万般不愿,为了活下去都只好"屈从枯骨"。难堪的是,在贾府里唯有宝玉才能够获得妙玉的青睐,而一个老男人把她纳入自己的"后宫"之中,恐怕也不过是贪图美色,对妙玉来说,这无疑是非常惨烈的悲哀处境。当然，我们不会对此冷嘲热讽，毕竟面对一个人从云端坠落到泥泞里的惨痛，是绝对不应该幸灾乐祸、拍手叫好的，曹雪芹也只是借着妙玉的下场告诫读者，为人处世应该要学会宽厚与悲悯。但是，如果暂且跳脱出对个人悲剧的怜悯和同情，只就一般人性的角度来看的话，妙玉的遭遇确实让我们得到更大的启发：当命很好的时候，千万不要以为这是天经地义，而是必须懂得节制自己、体贴下情，懂得把自己多余的福祉分享给别人，绝不应该去轻视那些不如我们的人。这便是"各示劝惩"的意义所在。

妙玉很不幸地必须"屈从枯骨"，但是明显地，她依然在肮脏的污泥中苟活下来，并没有用一死了之的激烈方式去杜绝一切，好比第四十六回鸳鸯抗婚时所展现出不惜一死的坚决意志，因之谈不上"抗脏"，而此刻此际也再没有"太高"和"过洁"可言。当现实的浪涛扑面打过来的时候，我们才会知道，原来高洁的价值是在于一个人愿意为高洁付出多少的努力和代价，这才是定义高洁的真正关键。所以必须指出，妙玉的"率其天真"只是在顺遂情况之下的放纵自我，并非经过千锤百炼之后"造次必于是，颠沛必于是"（《论语·里仁》）的坚持，例如屈原、杜甫、苏轼等在历史上熠熠生辉的人物才是真正高洁的代表。妙玉的高洁只是因为得到命运的眷顾，能够尽情发展高傲的天性而已，因此她的"率其天真"称不上是人性的崇高价值。我们看不到她追求价值的努力，没有看到她为了坚守价值而付出代价和血汗，一旦环境不顺利，她也很快就屈从了，则那真的是一种值得歌颂和仿效的高洁吗？

更进一步来看，妙玉最后会以委曲求全的方式活下去，其实是有前迹可循的。第四十一回中，贾母带领刘姥姥和众人来到了栊翠庵，

第三章　妙玉

由妙玉迎接贾母的言行举止、表情动作，便反映出她在不得已的时候也很能够入境问俗、配合别人，所谓：

> 当下贾母等吃过茶，又带了刘姥姥至栊翠庵来。**妙玉忙接了进去**。至院中见花木繁盛，贾母笑道："到底是他们修行的人，没事常常修理，比别处越发好看。"一面说，一面便往东禅堂来。**妙玉笑往里让**，贾母道："我们才都吃了酒肉，你这里头有菩萨，冲了罪过。我们这里坐坐，把你的好茶拿来，我们吃一杯就去了。"**妙玉听了，忙去烹了茶来**。宝玉留神看他是怎么行事。只见妙玉**亲自**捧了一个海棠花式雕漆填金云龙献寿的小茶盘，里面放一个成窑五彩小盖钟，捧与贾母。贾母道："我不吃六安茶。"**妙玉笑说**："知道。这是老君眉。"贾母接了，又问是什么水。**妙玉笑回**"是旧年蠲的雨水。"

从这段情节可以看出，妙玉对于贾母的大驾光临一共"忙"了两次，显然是殷勤侍候，丝毫不敢怠慢；又一共"笑"了三次，也绝非她平素常见的冷笑，可见对贾府最高权威的老祖宗极为谦卑有礼，此外，她不仅对贾母品茶的口味了若指掌，还亲自捧着茶盘奉与贾母，礼数十足。尤其值得注意的是，妙玉在贾母表达出自己对茶品的偏好之前，便已经投其所好，事先烹煮了老君眉恭敬呈上，由此可见，妙玉简直是洞烛机先，早已掌握到情资做好准备，足证她从不缺乏在现实人间中生存的能力，一旦遇到很有权力的对象时，亦不是不能投其所好、行礼得宜。值得注意的是，妙玉对贾母体贴入微的招待过程中并未展露出丝毫的傲气，与王熙凤讨好老祖宗的奉承表现如出一辙，本质上毫无差别。试想：身为一名出家人却对至尊权贵者的癖好如此了然于心，则妙玉真的可以算是蔑视权贵吗？

曹雪芹安排了这些耐人寻味的细节，旨在告诉读者，妙玉也是个复杂的人物。固然妙玉的命很好，在环境的支持鼓励之下，她的高傲天性可以极端发展到连黛玉都倒退一步的程度，但是她的性格内也有务实的那一面，所以一旦进入其人生的第五个阶段，"屈从枯骨"便成为她想要顺利活下去时愿意接受的选择。简而言之，妙玉的苟且偷生是有迹可循的，只是得要等到她失去了一切庇荫，必须独自面对现实的严酷考验时，才不得不放弃自己的高洁，此消彼长，都来自她原有的性格成分，而并非突如其来的脱胎换骨般完全改变了个性。因此更提醒我们，千万不要把小说中的人物狭隘化、简约化、单一化。

总结而言，妙玉之所以能够如此高傲，并非因为她比别人更加卓越，所以就应该享有心理上践踏别人的特权，而只是因为她的命太好，得到了周围人的顺任支持和环境的包容乃至纵容，所以才能够享受到那般的特权。譬如很多人在自己家中的状况也与之类似，你可以和父母唱反调，甚至有时候父母还得对你小心翼翼，那全都是因为他们爱你，并不是他们怕你，只可惜，我们往往只能在成长的过程中才逐渐理解到这一点，从此之后开始学会尊重父母，懂得以应对别人的礼貌方式去善待自己的至亲。一般来说，我们最容易对亲近的人恶语相向、态度不逊，本质上就是仗着他们的宠爱而有恃无恐，但世界上真正爱我们的人其实屈指可数，其他的人甚至连我们的生死都漠不关心，则我们岂不是更应该去珍惜前者才对吗？

此外更应该理解到，妙玉式的"个人主义"是缺乏自主性的，是在宽松的大环境之下才能够形成的一种自我张扬，因此非常单薄脆弱。世事多艰，人生难料，一个人能够率直任性，往往只是因为他很幸运，并非他在能力、品德上都超越其他人。最重要的是，一个人之所以命很好并非源于自己的功劳，所以根本没道理反过来践踏别人，也因此对自己要多一点自我控制的要求，对世人也应多一点慈悲和宽容，这即是"可怜金玉质，终陷淖泥中"所提供的启示，也是对脂批"各示劝惩"应该给予的理解。

"率其天真"新解

就本质而言，所谓的"率其天真"乃是非常抽象的性格描述，并不足以作为一种人格价值的衡量标准。事实上，非但《红楼梦》借由虚构人物如妙玉、黛玉、晴雯等来说明这个道理，历史中的真实人物也有一个绝佳的真率典范，即陶渊明，他和朋友畅饮之后醺醺然不胜酒力，便直接下逐客令，说"我醉欲眠卿可去"，一般都引以为真率性情的例证。

然而，日本汉学家冈村繁在考察陶渊明诗文中与"真"相关的文本之后发现，陶渊明所谓的"真"并非一种哲学思考的精确概念，也不是"造次必于是，颠沛必于是"的道德坚持，而是带有情绪性的理念。那么，陶渊明选择挂冠辞官，不愿意和诈伪的人世间虚与委蛇，真的是在抨击社会或者贬低人群吗？冈村繁指出，事实上陶渊明的"真"需要身心都保持在太古时代那种纯粹素朴的自然境界始能达到，可是如此一来，便必须要求这个人完全从现实世界中脱离而出，才有可能获得所谓的"完全自由"，那显然是不可能的。

因此，陶渊明的"真"是一种超现实的浪漫化理想，这也决定了他在追求"真"的过程中，必然只能以一种不彻底的方式进行，不可能百分之百地处于"真"的状态，有的时候还是需要入境问俗、调整自己，而这其实也是陶渊明在决定隐遁之初便已经预料到的。陶渊明作为一名文化精英，其自身的哲理涵养之深，恐怕是妙玉不能相比的，然而连他的"真"都是带有情绪性的理念，是在概念上与实际行为上打了双重折扣的，则《红楼梦》中"玉"字辈人物的性格特质即使是如此，比如当贾母莅临栊翠庵之际，妙玉也并没有固执地去实践她的真率，可见在面对现实社会的时候，她同样是以一种不彻底的方式去"率其天真"。

由此问题便产生了：为什么我们对人性总是用一种很简单的二分法来给予褒贬？并且常常把率意任性当作高度的人格价值并为之鼓掌叫好，甚至把反对社会视为代表自我伸张的理想状态，然而这种思维背后的逻辑是极不严谨的，以至于产生许多盲点和疏漏的推论，不幸多数人都对此一谬误习以为常。客观而言，妙玉、晴雯、黛玉之类所谓的"率其天真"只是一种人生初期未加雕琢的天然样态，在后天环境的纵容之下顺其自然地发展，事实上并没有经过考验与锻炼，也完全谈不上是一种"造次必于是，颠沛必于是"的品德坚持。一旦面临环境的巨变，失去了放纵自我的外在条件以后，她们很快就变成与别人一样适应环境的生存者。所以，我们不应该把那些人物身上一般性的人格特质，标高为具有人性论意涵的人格价值，甚至赞扬为反正统的本真代表。

事实上，曹雪芹对于妙玉并没有任何个人的褒贬，他只是充分呈现每一位人物在特定状态之下所形成的风貌，通过他深刻的洞察力和卓越的表现力，将人性的多样性和复杂性充分地展示出来，也把构成种种样态的成因合情合理地加以演绎，最终塑造出形形色色传神写照的人物造型。

但进一步来说，倘若一定要回答褒贬的问题，我的答案会和一般人完全相反。多数读者总认为曹雪芹是在褒扬那种原始自然的本真性，然而《红楼梦》作为精英分子所书写的一部百科全书，它不可能脱离经过高度反思的文化大传统，而构成中国文化最重要的思想核心包括了儒、释、道三家，它们都主张人的无限性是建立在对个人的超越之上的，因此我们不应该偏执地以个人为核心的现代式思考框架去判断作者的思维模式。儒家主张正心、诚意、修身、齐家、治国、平天下，进而参天地、赞化育，最终达到一种内圣外王的境界，以此超越个人并最大程度地开拓自我，其进行超越的起点包括《论语·子罕》中所提出的"绝四"，即"毋意，毋必，毋固，毋我"，致力于断绝四种阻碍成长超越的障蔽，而"意、必、固、我"的情况无不源自个人的有限性。

佛家则主张断舍离，《大乘起信论》所谓"一切邪执，皆依我见，若离于我，则无邪执"同样是指示凡众应该超离自我，即"人我"，那是比较低层次的情绪性感受，该层次所形成的"我见"便落入"邪执"，有待主体加以超越才能达到更高的境界，这相当于道家"吾丧我"的修炼概念，然后便可以"身心相离，理事俱如，则何往而不适"（王维《与魏居士书》）。"吾丧我"三字出自《庄子·齐物论》，其中的"我"指的正是比较低层次的自己，类同于佛学所说的"人我"，而更高的自我以及真正的主体性，即"吾"的层次，则必得通过"丧我"的方式才能达到，可见佛、道相通之处。另外，道家也主张"齐物",而"齐物"的前提即是心斋坐忘,同样要超越自我。显见无论是儒家、佛家、道家,任何一种宏大人格的塑造都是从超越自我而展开的。

就此而言,妙玉、黛玉、晴雯等"率其天真"的人物,真的足以代表崇高的人格价值吗?她们会不会只是"有小才而未见君子之大道",会不会只是《庄子》中的学鸠、斥鷃?虽然在小丛林、小草地上可以率性自适地随意跳跃,却无法展翅高飞,在辽阔的苍穹中翱翔万里,看到真正宏大的天地。《老子》曾说"下士闻道,大笑之",则那些率性任情的人是否仅仅称得上"下士"?同样地,《庄子·逍遥游》所谓"小知不及大知,小年不及大年",会不会意味着"率其天真"的人也只是小知、小年而已?以个人感觉为主的率性而为,又岂能和庖丁解牛十九年的游刃有余一概而论?

总的来说,虽然妙玉自喻为"畸人",但这实际上是一种"小知"的表现,只是聪明人的沾沾自喜,因此流于贡高我慢,并没有达到真正的君子之道。多数人会因为妙玉、黛玉、晴雯的天真率性而欣赏她们、喜欢她们,却很可能只是出于自己的"人我"层次而不自知。然而人本来就应该面对成长之必须,理应开阔眼界并看到除了个人以外更为宏大的风景,如此一来,我们才能够拥有智者的伟大和深沉,也更加懂得"悲悯"究竟是何等地温暖而宽厚。

第四章

秦可卿

才情与情色兼具

秦可卿、晴雯和袭人诸钗都引起了很多的争议,但秦可卿的争议却是其中最大的,因为她确实非常特别。先看几张有关秦可卿之想象再现的图片:

戴敦邦《红楼梦群芳图谱·仙客来秦可卿》

第四章　秦可卿

戴敦邦这幅人物图以"仙客来"搭配秦可卿，显然是将她的代表花设定为仙客来。

再看另一张由白伯骅所绘的秦可卿：

白伯骅《金陵十二钗·秦可卿》

这张图分明是一位成熟女性，与黛玉、宝钗等未婚少女的画法有些不同。因为秦可卿属于已婚女子,而且涉及乱伦事件,所以她的身上被投射了非常浓厚的女性风情,甚至是情色内涵。

接下来的这幅画非常知名,是由刘旦宅绘制的,标题为《可卿春困》:

刘旦宅《可卿春困》

有趣的是，由吕丁所绘的秦可卿画像也是称作《可卿春困》：

吕丁《金陵十二钗·可卿春困》

耐人寻味的是，何谓"春困"？其实这个词在既有的用法里，便已经包含了情色意味。所谓的"春"，即"春情""怀春"之"春"，加上"困"字，代表陷入其内，由此显示出一般人对于秦可卿的认识：她深陷于情色之纠葛中。此种纠葛到底是来自她的性格，还是其身处的环境？是她与生俱来的禀赋里即带有对情色的耽溺，又或者是受到环境的压迫而逼不得已走入不堪的泥沼？这些设问都是在秦可卿的相关研究中可以看到的，尤其以"外归因"的环境说最为常见。然而，它们究竟是有所凭据的周延推论，还是多少带有读者的主观投射，则必须以小说文本为基础才能够作出准确的解答。

如同所有的人物论一样，对于秦可卿的分析，理应也要遵循两项不可或缺的基本原则：第一，全面性的把握，研究时必须涵盖从她出生到死亡的所有一切；第二，在探本溯源的过程中，应该留意到先天因素与后天因素。如此一来，我们将会发现可卿的身上同时并存着两个非常重要的特质，即"才情"与"情色"。

事实上，秦可卿是一位才情很高、非常完美却又暧昧混沌的女性，我们唯有进入其完整的生命史，才能够充分了解她无与伦比的特点，而其中的独树一帜之处，则是曹雪芹面对其他未婚金钗时极力回避的面向，即情色。曹雪芹对于秦可卿的安排，可以说是集各种矛盾于一身。他开展了一项非常复杂的事业，让我们明白，原来一个人可以由如此风马牛不相及的各种元素汇集而成，而越是认识这一点，就越发体悟到原来人性的组构并没有所谓的一致性，唯有察觉其间的落差、彼此的冲突可以巨大至何种程度，对于人性的诠释也才能够越来越深刻。所以，我对秦可卿这个人物的结论是：她是一个亦正亦邪，既崇高又下流，可谓才情与情色兼并的独特女子——虽然这两个词汇共有一"情"字，但却分别代表两种截然不同的人格素质，却又如此统合于一人之身，令人大开眼界。

代表花：海棠？

秦可卿的复杂性到底体现于何处？

第四章　秦可卿

首先，比照以往展现人物的模式加以说明，从秦可卿有没有代表花谈起。《红楼梦》中的女性角色大多数皆配有专属的花品，而每一种都积淀了长久的人文内涵，也很有助于人物的性格呈现。清末的传统文人或评点家早已将其想象中可以相互吻合的代表花进行对应，而市面上也可见《红楼梦群芳谱》之类的图书，譬如前文举例的秦可卿画像，戴敦邦便是配以"仙客来"，然而种种主张却都很待商榷。曹雪芹诚然在书中多处赋予金钗们各自的代表花，此即属于文本内确切可证者，毫无疑义，但是有些金钗却并非以那么明确的方式去塑造，所以我们必须严格、精密地考察，曹雪芹是否在小说的字里行间隐而未显地安排了某位金钗的代表花，不宜想当然耳。

著名的清末评点家王希廉于道光十二年（1832）刊行的《新评绣像红楼梦全传》中，所绘制的六十四幅女性肖像各自附带了相应的花卉，而与秦可卿搭配的乃是"海棠"。不过，这六十四个人物所对应的花品，整体来说，大半以上都难以成立，因为脱离文本、缺乏证据，仅仅出于王希廉的个人联想，甚至完全不切合作者的原意。当然，每个人都有他对小说人物的自由想象，我们也理应给予尊重，然而，如果想要挖掘出金钗所属的真正代表花，则还是必得回到《红楼梦》本身，以文本情节进行考察。那么，王希廉为何以海棠作为秦可卿的代表花？显然应该是根据秦可卿房内墙上悬挂的《海棠春睡图》所得来的灵感。

必须注意的是，"海棠春睡"并不只是一般的花鸟画，其中乃是蕴含着明确的情色关联，这是因为海棠在风中摇曳的姿态，宛如一幅香梦沉酣之状，所以被用来模拟美丽女子在酣睡中的娇态，甚至还暗示了女性的性诱惑力。而在秦可卿身上是否具有此种意义的延伸呢？

答案是当然有，综观她整间卧室的布置，便处处充满了色情暗示，譬如"武则天当日镜室中设的宝镜""飞燕立着舞过的金盘""安禄山掷过伤了太真乳的木瓜"，皆是如此。

但是如此一来，便产生一个重大问题：根据第六十三回众金钗掣花签的情节，史湘云所抽到的花签正是海棠花，所配之签诗为宋朝苏东坡所写的"只恐夜深花睡去"，加上第六十二回"憨湘云醉眠芍药裀"的描述里，作者为湘云的醉态给予一段极其优美浪漫的特写：

> 湘云卧于山石僻处一个石凳子上，业经香梦沉酣，四面芍药花飞了一身，满头脸衣襟上皆是红香散乱，手中的扇子在地下，也半被落花埋了，一群蜂蝶闹穰穰的围着他，又用鲛帕包了一包芍药花瓣枕着。

这般动人的场面显然正是一幅《海棠春睡图》，换言之，秦可卿和史湘云确实共享了同一种代表花，只不过失之毫厘、差之千里，此处"一花二用"的情境与其说是重叠，不如说是冲突，毕竟她们的性格内涵和人物形象堪称天差地别。其实，固然黛玉和晴雯之共享芙蓉确实更强化了双方高度的重像关系，但如果统合整部小说的细枝末节仔细观察，便可以发现她们相异的地方更大于相似之处，所以实在不应该仅仅基于若干共通点就直接将两人画上等号，而同样的原则也适用于秦可卿和史湘云的情况。毕竟史湘云乃是一位光风霁月、胸怀洒脱的纯真少女，以至于她的春睡都展现出宛如李白一般豪迈爽朗、不拘小节的舒放自在，由此即根本和秦可卿之春困所含有的情色意蕴不可等量齐观。

第四章　秦可卿

其实，要真正做到理解一部经典并不简单，因为我们必须面面俱到，关照到每个细节，纵使某些人物之间有着若干成分、不同程度上的相近，但也千万别忽略他们各自都是非常完整、独立、复杂的个体，绝不可以单凭某些相通之处便直接画上等号，譬如把晴雯对袭人的态度等同于黛玉对宝钗的心态，此种类推是非常危险的跳跃式等同法，必然流于以偏概全，何况关于晴雯对袭人的态度也缺乏正确的把握，以致注定歧路亡羊。事实上，纵使是两个模样、基因都相同的双胞胎，他们对于事情的反应都不可能完全一样，而彼此的人生际遇更往往截然不同。因此，无论是重像叠影的关系，还是共享代表花的情况，我们都应该以谨慎保留的眼光来看待。

尤其秦可卿房内墙上挂着的《海棠春睡图》乃是由唐伯虎所绘的春宫画，非同一般。唐伯虎的春画极为有名，作者之所以特别点出此图的画家，正是为了表明秦氏的海棠春睡具有女性风情的意涵。既然如此，秦可卿这名人物的呈现确实是带有情色面向的，与湘云的情况迥然有别，然而由于曹雪芹对与她相关的情节进行了多次的修改、删削，加上她出场的时间非常短暂，以至于与其他金钗相比之下，她的形象始终是朦朦胧胧甚至魅影幢幢。秦可卿的人物拼图非但并不完整，更缺少太多的关键区块，当我们尝试去填补出一个完整、饱满的立体人物造型时，很容易因为左支右绌的关系而拼凑错误，导致人物走样却不自知。

与秦可卿相关的种种线索，其启人疑窦之处所在多有，从而众多学者在展开自己的联想时，所得出的结论往往大相径庭。足证研究秦可卿这位人物乃是一项重大的工程，充满了挑战，也唯有尽量回归到文本与脂批去寻找线索，才最能够探测到较多可靠的、更加符合曹雪芹原意的内涵。秦可卿作为《红楼梦》中最早离开叙事舞台的金钗，她所留下的线索当然屈指可数，在为数不多的线索中又存在着不少奇怪的现象——当现代人不去研究清朝的历史环境或社会制度时，就会感到费解的现象，倘若不回到当时的知识背景，而是以自己想当然耳的见解对小说人物进行投射，我们对秦可卿的掌握便会越来越脱离曹雪芹的手笔。因此，在分析秦可卿之前，必须先了解曹雪芹何以会给予她种种奇怪的安排。

可卿初登场

秦可卿于小说的第五回首次登场之际，便充任了宝玉性启蒙的引路人。当时贾母带着众人到宁府赏花宴聚，不久，倦怠的宝玉想睡中觉，秦可卿原本是引领他到上房内间歇息，只因房中贴着的《燃藜图》带有劝人勤学苦读的意涵，令宝玉心生厌恶，于是他拒绝进入这间充满道德训诫气息的空间。而此处小说家的笔墨也都符合全书一贯的定调，同样都是在贬抑宝玉的不思进取，并非所谓的"贬中褒"。

既然宝玉坚持要到别处午休，秦可卿便提议道：

"这里还不好，可往那里去呢？不然往我屋里去吧。"宝玉点头微笑。有一个嬷嬷说道："那里有个叔叔往侄儿房里睡觉的理？"秦氏笑道："嗳哟哟，不怕他恼。他能多大呢，就忌讳这些个！上月你没看见我那个兄弟来了，虽然与宝叔同年，两个人若站在一处，只怕那个还高些呢。"

第四章 秦可卿

要知道，宝玉虽然年纪小，但他的辈分却比秦可卿来得高，因为秦氏是其侄子贾蓉的妻子，所以宝玉午睡之处即是侄媳的卧房，不免带有伦理上的疑虑。果然，一个随侍的嬷嬷便对此发出异议，当下质疑道，哪有一个小叔、一个长辈，去晚辈的房中歇息的，毕竟男女授受不亲，这可是违背伦理法则的做法，可见并不赞同这样的安排。如此一来，该怎样合理化这个状况呢？秦可卿随即提出解释，说宝玉不仅年纪小，与她的弟弟秦钟站在一起，恐怕对方还比宝玉来得更高，所以根本不必有所忌讳。这番话确实是有道理的，因为那时宝玉算来尚不到十岁，在生理、心理各方面都还是一个非常纯洁的小男孩，对于"色情"没有确切的概念，因此就超越了性别之分而不存在伦理禁忌。正如宝玉可以和黛玉"日则同行同坐，夜则同息同止"（第五回），两人跟着贾母同住一室，一个在外床，一个在里床，一起亲密地生活长大，二人之所以能够如此日夜共处，皆是因为他们年纪尚小，还没有性别的概念，由此可以证明秦可卿的这套说法是合乎道理的。于是，提出异议的嬷嬷才没有再坚持反对。接下来，在秦可卿床上午眠的宝玉做了一场非常重要的梦，那段梦境几乎占满整个第五回的篇幅，其中便包含了所有重要女性的命运预告。

但最有意思的是，除了金钗们的命运预告之外，宝玉也在这场梦境里得到了性启蒙，而他的启蒙导师恰好也叫作"可卿"，与宝玉在现实中的侄媳"秦可卿"同名，于是被很多读者混为一谈，误以为宝玉与秦可卿也存在着不当的联结。于此必须郑重指出，这两个可卿之间绝不可以直接画上等号，虽然在现实世界内，秦可卿所提供的充满情色氛围的寝室确实是促使宝玉入梦的关键，而在梦境里引导宝玉生理成熟的导师又恰好与她同名，但这只是一种象征上的关联，并不等于秦可卿与宝玉发生了不正当的关系。读者不可以因为秦可卿乃小说人物，她的品格与自己无关，就任意败坏人家的名节。固然秦可卿诚有其他严重的道德问题，然而根据小说所呈现的细节逻辑，足以证明她未曾和宝玉做出任何苟且之事，他们叔侄之间乃是完全清白的。

试看于宝玉进入梦境之前，秦可卿正在房间外面吩咐小丫鬟们"好生在廊檐下看着猫儿狗儿打架"，而当宝玉经历了漫长的梦境以后，最终与梦中的可卿来到一处名为"迷津"的黑溪深渊，各种妖魔鬼怪纷纷要抓住他拖入水中，吓得他失声大叫"可卿救我"。此时此刻现实世界中的秦可卿又在做什么呢？作者记述道：

> 秦氏正在房外嘱咐小丫头们好生看着猫儿狗儿打架，忽听宝玉在梦中唤他的小名，因纳闷道："我的小名这里从没人知道的，他如何知道，在梦里叫出来？"

由此可见，秦可卿还是维持在宝玉入睡前叮嘱小丫头们的状态，如此一来，便足以证明她与宝玉之间确实没有发生任何不伦关系，因为宝玉从入梦到梦醒，秦可卿都还处在三五秒钟的状态里。虽然梦境的过程很漫长，可是实际上发生的时间却很短暂，这和以往的梦文学如出一辙，例如《枕中记》的"黄粱一梦"、《南柯太守传》的"南柯一梦"等等，做梦者经历了整个人生的富贵大梦，醒来之后发现正在蒸煮的饭还未熟成，即说明做梦的时间其实很短。从梦文学的传统套式，乃至于西方心理学对梦的形成机制所进行的分析，都可以合理解释秦可卿并没有参与宝玉梦里梦外的任何旅程，也才会在宝玉失声喊出"可卿"一名时备感纳闷："我的小名这里从没人知道的，他如何

第四章　秦可卿

知道,在梦里叫出来?"再说,宝玉入睡前身边留有"袭人、媚人、晴雯、麝月四个丫鬟为伴",最后从恶梦中惊醒时,还吓得袭人辈众丫头忙上来搂住,叫:"宝玉别怕,我们在这里!"可见其周遭始终围绕着好几名丫鬟,如此一来,又如何可能发生苟且之事?足证她与梦中的兼美可卿是截然不同的两个人。

但是,为什么两人却有着相同的名字呢?这是源于"象征"的缘故。梦中的性爱女神——乳名兼美的可卿,她负责带领宝玉的性启蒙,以性爱导师的角色在象征意义上指引了一条通向秦可卿的道路,也就是说,秦可卿性格中"情色"的一面是绝不能够为贤者讳的。所谓"为贤者讳",意指对方是具有贤德的人,只不过每个人多少都难免有一些缺点,甚至若干小小的邪恶,一旦他做错的时候,我们便不必去张扬他的这一面,因为整体上他的人格懿行对文化、对社会群体的贡献更大,瑕不掩瑜,所以大可不必吹毛求疵。当然确切地说,秦可卿并不足以被称为"贤者",然而其所具备的优长之处却也很令人击节赞赏,只因大多数的读者对这位人物感到讳莫如深,因此纵使看到对她有利的地方,却又往往以偏概全,反倒没有把握到其品行中真正的优点。最客观的态度是,当小说家明明白白赋予她情色的一面时,我们不应该为了维持她的完美形象而刻意避讳,也不需要去批判、践踏或曲解她,而是必须如实地加以看待。

接下来涉及秦可卿的故事章节,包含了第六回、第七回、第八回、第十回、第十一回,以及第十三回,而第十三回一开始即是她死前托梦给王熙凤,之后凤姐听到二门上传事云板接连敲了四下,立刻就清醒过来,接着下人们便回报说"东府蓉大奶奶没了"。由于钟鸣鼎食之家的府邸占地广阔、人口众多,在传递重大信息的时候,会通过洪亮的声音来发送布告，而在云板上敲击四下之所以被称为"丧音"，是因为"四"谐音"死"，用以表示府内有要员逝世了。从第十三回开始一直到第十五回，虽然都涉及秦可卿丧礼的情节，但基本上并不属于她的故事内容，因为其中已经不是由秦可卿亲自演出了。不仅如此，纵使在秦可卿出场的章回里，往往她也只是短暂串场，与之相关的篇幅并不多，加上她的死因魅影幢幢，所以要仔细研究此一人物的成长轨迹，确实比其他金钗来得更加困难而棘手。

回归文本研究

众所周知，小说中的秦可卿是一名弃婴，而弃婴又如何能够与国勋门第的贾府联姻？毕竟身份上的贵贱悬殊过于巨大，一般人从常识上无法理解，为了合理化此一阶级差距，于是有研究者创造出虚构的清宫秘史，以此证明秦可卿真正的出身非常尊贵。然而，严格的文学分析要求一切对于人物的解释都应该以文本为范围，切勿在文本之外编造一个无法验证的故事，否则便会出现"公说公有理，婆说婆有理"这种各执一词的纷纭乱象，对于知识的进展毫无帮助。我感兴趣的是，单就文本而言，曹雪芹究竟是如何安排秦可卿这位女性，导致她能够凭着弃婴的出身又可以合理地与贾府联姻。这种内缘的角度才是我们在面对似乎不合理之处时，应该持有的精神和态度，而若以"增字解经"的方式去诠释小说所缺少的部分，则只会得出牵强且错误的结果。

所谓"增字解经"，意即经书的写法言简意赅，所以古人在诠释

第四章 秦可卿

经书的时候，往往需要加以补充完整，再进行各种阐释加以深化。但是如果训练不够或心态不端，解释者便会随意增加额外的资料去扩张经书的内容，而如此一来，"增字解经"即意味着穿凿附会，因为添加了原本并不存在的文字意义，看起来虽然解释得通，但却是建立在很不严谨的文本基础上，所以让经书失去了原貌，该主张也即缺乏根本的说服力。其实，增字解经的情况在研究者之间十分普遍，尤其是文本很明显让人感到有矛盾或落差之际，读者往往会开始自行填补，并作出许多创造性的解释。

但必须注意的是，让读者觉得矛盾和落差巨大的现象，确实是文本内部的缺失遗漏所导致的吗？抑或实际上是因为自身知识浅薄、研究不足，看不到其中的合情合理所在，才造成了落差与矛盾的错误认知？如果我们努力回到清朝，深入了解当时的社会文化、各种制度的运作方式，说不定那些所谓的矛盾、落差就都不成立了。其实，只要掌握了清代的历史文化和社会背景，我们便会发现，纵使秦可卿是从养生堂抱来的弃婴，她能够嫁入贾家也全然有其合理之处，所以完全不必另外创造某种被隐藏的尊贵身份去给予解释。

秦可卿作为《红楼梦》人物长廊中的一个特殊个案，恰恰为我们提供了一种绝佳的分析态度：在文学批评上，一切论证的根据都必须回到文本本身。即使这个文本已经经过小说家的增删更改，但还是要用现有的面貌加以分析，毕竟那是作者最后所认可的定稿，是他确立下来的终极形态。当然，还原小说家的增删过程未尝不是一项研究议题，但是那已经不属于"文本分析"，而是"作者成书考"，即追踪作者是如何写完这本书，他在创作期间经过怎样不同的美学考虑、价值观变化，然后对该名人物作出修改。可是，这种研究的焦点在于作者撰述过程的心态考察，而文学批评者所关注的则并非曹雪芹到底经过怎样的心理变化，在全书底定前对人物、情节有何想法上的改变，而是曹雪芹最后为全书的终极设定究竟是什么，因为终极设定本身才属于作者给予秦可卿的完整定案。

简要地说，"文本研究"所必须严守的原则有两点：其一，按照文本现有的原貌，将它当作一个完整的整体加以分析；其二，切勿在文本之外创造一个无法验证的可能性，既然那些凭空揣测永远都没有办法验证，还不如好好回到文本中努力，在小说的内部找到最完善的解答，而避免看到矛盾与缺漏便增字解经！

增字解经的结果无论再好，毕竟还是脱离了文本，宛如一个经过整容的人，纵然变得更加漂亮，但终究不是原来的那个人，所以，我们唯一该做的工作就是纯粹的文本分析，而不是毫无根据的额外想象与内容增补。以小说研究而言，一切都应该回归文本世界，因为除了文本之外，便没有什么可靠的依据可以提供确证，告诉我们这段情节、这位人物到底要表达什么含义。何况就算曹雪芹再世，他恐怕也不一定能够给出完善的解答，这是文学理论中非常重要的一个概念，请参看第一卷的相关说明。

养生堂弃婴

《红楼梦》里绝大多数的金钗们，无论贵贱，从出生以后至书中第八十回的整个叙事现场，其身份地位始终都是一致的，譬如贵族少女黛玉、宝钗、元春等等，少数的变化情况则是晴雯、袭人之类，最

第四章　秦可卿

初为一般的平民百姓，后来因为各种缘故诸如人口贩卖，才辗转来到贾府成为婢女。而最剧烈的身份阶级变化发生于两位金钗身上，即秦可卿和香菱。

固然传统社会中阶级森严，在等级制度下想要改变身份并不容易，却还是有所谓"阶级流动"的特例存在。古代阶级流动最常见的方式即科举考试，富裕的平民百姓或是稍有家世背景的举子，可以通过科举使得整个家族向上层阶级迁移，毋庸置疑，"科举"是许多古人改善未来人生的唯一机会。而现代社会基于自由平等的价值观念，阶级流动则比古代相对容易得多，但是同样地，借由读书考试来获得高学历并进行向上的阶级提升，仍然属于最为常见的一种方式。教育界的研究证明，社会下层的家庭倘若要从贫穷的宿命解脱出来，唯一的方法就是考入大学，获得高等学历。既然在现今社会中，这种阶级的改变方式依然适用，遑论以科举为重的传统中国。只不过古代的阶级流动相对停滞，所以能够突破固有阶级的特例屈指可数，然而秦可卿这个人物却示范了一种绝无仅有却又合情合理的阶级上升模式。

值得注意的是，与秦可卿一样经历过阶级变化的金钗——香菱，乃是和她具有重像关系的人物。在第七回里，周瑞家的称赞笑容可掬的香菱"倒好个模样儿，竟有些像咱们东府里蓉大奶奶的品格儿"，丫鬟金钏儿也附和说"我也是这们说呢"。"蓉大奶奶"便是嫁给了贾蓉的秦可卿，由此可见，两人在容貌气质上确实有着重叠的共同性。不过，秦可卿和香菱除了相像的外形之外，其他则几乎没有任何近似的地方，唯独在阶级流动上有着异曲同工之妙，方向却是恰恰颠倒，即秦可卿是向上流动，香菱则是向下流动，两人背道而驰。香菱本来是乡绅官宦甄士隐的独女,却不幸被拐走而度过至少八年充满暴力阴影的可怕生活,最后才被卖到薛家。那时的香菱已经失去千金小姐的身份,沦为黑户,所以她只能够先做丫鬟再做妾室,而妾与丫鬟同样都属于社会底层的贱民,因此,纵使薛家对她再好,都无法改变她的贱民身份。简而言之,香菱的阶级流动与秦可卿截然相反,她是从地方望族、读书人家的闺秀出身,不幸沦落至为奴为婢的贱民身份,这两人恰好呈现出当时阶级流动的不同方式。

那么,秦可卿的向上阶级流动,一旦回到当时的历史环境、社会运作之常态,又该如何给予正确的理解呢?在第八回里,对于秦可卿的出身来历有一段清楚的说明:

> 他父亲秦业现任营缮郎,年近七十,夫人早亡。因当年无儿女,便向养生堂抱了一个儿子并一个女儿。谁知儿子又死了,只剩女儿,小名唤可儿,长大时,生的形容袅娜,性格风流。因素与贾家有些瓜葛,故结了亲,许与贾蓉为妻。

单单这番身世背景的描述,便隐含了许多的信息密码,只有回到传统社会的文化背景才能够确切掌握,也才足以合理疏通其中之情理,所以,实际上我们并不需要为了破解乍看之下所感到的奇怪之处,而另外创造一套超出《红楼梦》本身的清宫秘史来解释秦可卿的身世。

首先,何谓"养生堂"?养生堂即清初以来,在许多地方普遍设立的育婴堂,乃是专门收容弃婴的社会慈善机构,尤其以女婴占了大多数,而这就为弃婴提供了一个活命的机会。当时有一些社会中坚分

第四章 秦可卿

子——士人，出于道德意识和内心追求的理想社会秩序，尽己所能地在所涉足的乡野或城市设立并资助育婴堂，以此作为解决弃婴、溺婴问题的方式。很显然，这种救济事业背后隐藏着设立者悲天悯人的胸怀，因为收容弃婴并不只是提供弃婴得以享有正常人生的机会，也是为了避免无处容身的幼儿落入惨绝人寰的死亡下场。

根据学者梁其姿的研究，绝大部分的育婴堂是由邑绅、邑商以及地方官所私办，以长江下游人口密集、富庶繁华的大市镇诸如南京、扬州、苏州等最为稠密。他们愿意担负保障社会秩序、维系弱势生命的责任，所以才广设育婴堂。根据《红楼梦》的叙事，贾、史、王、薛四大家族最早的根源是在金陵，正是位于长江下游，而无子的秦业到养生堂收养儿女，看起来似乎是顺理成章，但是传统社会对于男女性别的差异对待却为此举背后的意义留下了玄机。

关键在于收养的需求何以会产生？自西周的宗法制度以来，收养的目的从"为宗"到"为家"，均是出于子嗣承继或宗祧延续的需求，因此绝大多数的抱养者都会选择男婴，而收养女婴的少之又少。这是父系社会必然导致的结果，因为养育女婴不仅花销庞大，女儿未来也不能够成为家族的顶梁柱，毕竟女儿必将出嫁冠以夫姓，死后在别家的宗祠受祀，基于这种情况，生养女儿便等于是为他人做嫁，根本属于赔本的投资。因而在确保香火延续的传统观念之下，尤其是在穷困的家庭里，无法负起传承宗祧任务的女婴便可能会遭到弃杀的厄运，其杀害的方式通常是被放入水中溺死。

而"溺女"习俗是历代皆然，因为男女不平等的观念与现象自古便是如此，早在先秦时代，《诗经·小雅·斯干》即有"乃生男子，载寝之床，载衣之裳，载弄之璋"以及"乃生女子，载寝之地，载衣之裼，载弄之瓦"等说法，以珍贵的玉器（"璋"）祝贺得子，而以陶制纺锤（"瓦"）指称生女，其中的差别待遇不言可喻。《韩非子·内储说·六反》也提到"父母之于子也，产男则相贺，产女则杀之"，倘若生出儿子便相互庆贺，若是女儿就把她杀害，这更是证明了战国时期已经存在着溺杀女婴的现象，自此以后，历史中溺婴的悲剧不绝如缕。无怪乎到了宋代，司马光也表示"世俗生男则喜，生女则戚，至有不举其女者"，所谓"不举其女"即不抚养他们新诞生的女婴，换言之，当一个家庭遇到经济压力或是香火存续的问题，而必须有所取舍之时，女婴基本上都是最早也是最容易被牺牲的对象，一直到清代仍然如此，当时便有浮世绘图像展现出溺死女婴的残忍画面，而江南地区如江苏、江西、浙江、福建、安徽等地方弃杀女婴的风气最盛，甚至还包含了苏州、金陵。

一般来说，民间因为贫困人口众多，所以比较容易出现弃婴的社会问题，但是，美国汉学家李中清（James Lee）等学者对《玉牒》里所记载的清代皇室人口资料进行统计之后，赫然发现不仅民间如此，实际上连宗室，即爱新觉罗的皇族相关人等亦然，固然出生的女儿基本上和男婴的人数相当，然而成活率却仅有男性宗室的八分之一！那么，另外的八分之七究竟到哪里去了？学者们认为，这很可能是贫寒宗室为生计所迫而不得已溺婴的结果。虽然没有确凿的证据，却提供了对于旗人女性数量较少的一种解释，即除了人口有意无意的漏报之外，宗室男女性别悬殊的情况也可能源于人为的抛弃或虐待，加上当饥荒、瘟疫来临的时候，人们的重点保护对象都是以男婴为优先，因此宗室女子的人数与男子相比起来才会如此之少。既然旗人皇族也存在着这种情况，遑论具有两三千年源远流长的历史风气的汉族社会，理应更是屡见不鲜。

如此一来,奥妙的地方便出现了,从历史上追溯清代的社会状况,可见不仅平民百姓,甚至是旗人宗室都有溺女的常态,显示出在讲究血缘关系的文化之下,一旦在家族遇到重大危机的时候,亲生女儿尚且会被选择为牺牲的对象,则何以秦业还要收养一名来历不明的女婴,平白增加自己的家庭负担?虽则收养女婴的情况未必完全阙如,但是在传统注重香火存续的社会风气之下,从一般情况而言,那些长大以后便必须出嫁而离开本家的女婴显然绝非收养者的首选,甚至应该说是几乎不选。比较特别的是在一些地方,尤其是农村乡下存有一种习俗,即收养童养媳,这是收养女婴的一个原因,而主要是因为她们具有实际的利用价值,包括成为家里的劳动力,将来更可以直接纳娶作为养父母的儿媳,为家族传宗接代,这显然并不同于直接从慈善机构抱回女婴抚养。

总而言之,除非带有实用功能,否则收养女婴确实是很少有的情况,本质上是极端违背常理的现象,由此便凸显出像秦业这般专程到养生堂收养女婴的案例,实属罕见。所以,我才会一再强调"秦业收养女婴"一事背后必然有着更深层的原因。

掩人耳目的私生女

当然,秦业不可能是为了需要童养媳而收养秦可卿,毕竟他早年并没有生儿育女,并且以他身为朝廷官员的身份,也没有这样的必要。既然女婴没有任何的利用价值,则唯一的可能性,即彼此存在着某种不得已的特殊关联，而最合理的逻辑是秦可卿乃是他掩人耳目的私生女，相较于声称秦可卿具有皇室尊贵血统的主张，此种推论显得更加合情合理，因为该女婴毕竟是秦业自己的亲骨肉，所以他才会愿意收养一个毫无实用功能的女婴。以下便一一说明其中的缘由。

要知道，秦业作为一名朝廷官员，私生女的出现会牵涉到诸多问题，基于害怕妻子和他人的非议，又舍不得骨肉流落在外，便唯有先把秦可卿寄放在养生堂，然后再办理认养手续，最终让她能够以合法的方式回归自己的家庭并受到良好的照顾。这个推论不仅是建立在秦业收养女婴的罕见操作上，还包括他为女婴所取的小名——"可儿"，其典故来自《世说新语·赏誉》：

> 桓温行经王敦墓边过，望之云："可儿！可儿！"

所谓"可儿"，意即"可人""可人儿"，在这则故事中原本并非指温柔可爱的女孩，而是别有特定的含义。桓温是很有权势的大将军，当他经过同为将军的王敦之墓时，忍不住说："可儿！可儿！"实际上这是对性情可取或是有才德之人的赞美，所以才会收入《赏誉》篇。根据此一取名的涵义，即显示出秦业非常喜欢这名可爱的女婴，倘若再加上私生女的可能性，秦业的破例收养更是十分合情合理。

除此之外，私生女的推论还有哪些依据呢？我们可以注意到秦可卿与其弟秦钟的来历与长相均十分雷同。根据第八回的记述：秦业"年近七十，夫人早亡。因当年无儿女，便向养生堂抱了一个儿子并一个女儿。……那秦业至五旬之上方得了秦钟"。由此可见，秦钟乃

第四章　秦可卿

秦业到了五十多岁时才生的儿子，显然也非早亡的原配所出，同样是来历不明。而秦可卿与秦钟都长得秀丽出众，可卿是"形容袅娜，性格风流"，秦钟则可以说是她的翻版，根据第七回的描写：

> 果然出去带进一个小后生来，较宝玉略瘦些，眉清目秀，粉面朱唇，身材俊俏，举止风流，似在宝玉之上，只是怯怯羞羞，有女儿之态，腼腆含糊，慢向凤姐作揖问好。凤姐喜的先推宝玉，笑道："比下去了！"

单就这些外貌、气质的描述来看，这对姊弟有如同胞所出，抑或为同父异母，至少血缘上同出一源的可能性非常高，由此更可以推断出可卿应该是秦业的私生女。

总而言之，从秦业为可卿取名"可儿"，以及她与弟弟秦钟有着高度相似的形貌来看，都能够为可卿的身份定位提供一个合乎常理的解释。既然收养女婴属于罕见的社会现象，则秦业抱养可卿之举便极有可能受到他人的侧目、非议与揣测，那么，只有同时收养一名男婴作为掩护以产生遮蔽效应，才能够让他收养女婴的特殊行为不显得突兀，毕竟男婴长大之后可以继承家业、绵延子嗣。如此一来，秦业便得以在不引起社会质疑的情况下，把私生女名正言顺地带回秦家，而且应该是在婴儿出生不久便办理相关手续，可卿待在养生堂的时间恐怕不过短短几日而已。

综观历来的人物论，不少读者一直偏执于秦可卿的"弃婴出身"，将她这位宁国府的嫡派正妻想象成一个可怜的小媳妇，宣称她因为身份卑微之故而产生了心理自卑，以至于在嫁入贾府以后不得不步步为营,这类说法都是在"弃婴出身"的基础上所作出的扩展性延伸,但是却属于无稽之谈。按照当时社会的法律制度,固然秦可卿最初的来历是弃婴,然而在完成收继的程序之后,她就不再是一个无名的弃儿,而是以养子女的身份比照亲子女,从养家即秦家之姓,与养家发生拟制的血亲关系,成为一位堂堂正正的朝廷官员之女,所以根本不应该用"弃婴"的身份去诠释秦可卿的心境与处境。换言之,无论秦可卿是什么来历,一旦经过收继的程序,她在国家的法律制度上即是营缮郎秦业之女。

五品官秦业

"营缮郎"实际上是曹雪芹虚拟的官衔,乃是为了衬托秦可卿这个人物而设的,在清代的官职系统里并不存在。根据脂砚斋所言,此一官衔与秦业的姓名同样是别有寄托,他在第八回批云:

> 业者,孽也,盖云情因孽而生也。
> 官职更妙,设云因情孽而缮此一书之意。

既然秦可卿这个人物是为了呈现"情"的复杂辩证性而创造出来的,所以她的名字必须带有"情"的暗示,故而作者用谐音的"秦"字作为她的姓氏。那么,何以她的父亲名为"秦业"呢?正如脂砚斋所言,"业"乃谐音"孽","秦业"意即"情孽",暗指秦可卿系秦业因不正当的情欲关系所生的"孽障",显然与其私生女的来历吻合。

第四章　秦可卿

当然，并非所有的"情"都属于"孽"，但是如果放任"情"的肆虐而不加以克制，它确实很容易变成一种罪恶，千万不要以为凡事只要冠以"情"字便是至高无上、神圣不可侵犯！非也，非也，大谬不然。曹雪芹之所以创造出秦可卿，正是为了通过其身上的"情"来破除一般人把"情"简单化、极端化，甚至与"欲"混为一谈的诸多迷妄。他认为，一般人都使情流于"情欲"，即一种低层次的生物本能而不自知，可是又惑于一个"情"字，把"情欲"提高到神圣的地位。曹雪芹对此十分不以为然，所以他借由秦可卿这位金钗来思考"情"的意义，把一切相关的复杂内涵都集中在她的身上，以便让读者不断地进行反思，清楚认识到"情"真正可贵的一面。

更必须注意的是，虽然许多人认为，《红楼梦》乃"大旨谈情"，秦可卿则是代表"情"的女神，因此便对她褒扬有加，然而两者的"情"是否能够画上等号，实在必须经过仔细的辩证与分析，绝不可抽象地、粗略地囫囵吞枣。譬如秦可卿的弟弟——秦钟，虽然其姓名谐音"情种"，但这并不意味着秦钟就是一个值得被褒扬的真情之人，从他对智能儿的所作所为以及脂砚斋的批语来看，所谓"情种"乃百分之百的反讽（irony），并非正面意义的歌颂。

进一步来看，为何以情为孽的秦业，他的官职叫作"营缮郎"呢？根据脂砚斋的批语，作者刻意给予这般的安排，目的是"设云因情孽而缮此一书之意"，而"营"乃营造、追求之意，"缮"有修缮、修补的意思，所以脂批指出秦业之所以担任营缮郎，乃是要传达出他所体现的情实为一种罪恶的隐喻。固然《红楼梦》是一部大旨谈情的著作，但却并不意味着"情"是个不容置疑且不可撼动的神圣存在，其中很有可能隐含了小说家对于情的深刻思考，包括情对人所产生的负面影响。简而言之，无论是秦业姓名之谐音，还是他的官职被设定为营缮郎，都是基于"情"字而产生。

《红楼梦》作为一部遵照写实逻辑的小说，即使是虚构的细节也不会脱离当代的职官系统，其实包括超现实的魔幻小说亦然。例如，第二回叙及林黛玉之父林如海"乃是前科的探花，今已升至兰台寺大夫"，脂砚斋便批云：

> 官制半遵古名亦好。余最喜此等半有半无，半古半今，事之所无，理之必有，极玄极幻，荒唐不经之处。

何谓"事之所无"？意指"兰台寺大夫"实际上与"营缮郎"一样，都是清朝官制里并不存在的职衔，但是这种虚拟的官名乃"理之必有"，足以借由职称传达出相应的身份地位、人格内涵，换句话说，秦业的营缮郎也蕴含着重要的意义。

明清两代的工部都设有营缮清吏司，主管皇家宫廷、陵寝的建造修理等工事。营缮清吏司设有正五品郎中、从五品员外郎等等，所以营缮郎应该相当于"五品官"。而五品官可不是一般人所认为的清贫小吏，作为国勋门第的贾家，由于世袭官爵是由贾赦，即贾政的兄长继承，因此贾政便必须从科举考试或其他管道获得官职，他如今所担任的"工部员外郎"也属于五品官。换言之，秦业的官职等级与贾府现在当家理事的贾政是相当的，既然如此，被秦业所收养的秦可卿，其社会身份就不可能是一般的孤女，而是朝廷五品官员的千金，所以秦家绝对称不上官小位卑、宦囊羞涩。

固然在第七回宝玉和秦钟初见时，有一段描述表现出双方家世悬

第四章 秦可卿

殊的心理独白，所谓：

> 那宝玉自见了秦钟的人品出众，心中似有所失，痴了半日，自己心中又起了呆意，乃自思道："天下竟有这等人物！如今看来，我竟成了泥猪癞狗了。可恨我为什么生在这侯门公府之家，若也生在寒门薄宦之家，早得与他交结，也不枉生了一世。我虽如此比他尊贵，可知锦绣纱罗，也不过裹了我这根死木头；美酒羊羔，也不过填了我这粪窟泥沟。'富贵'二字，不料遭我荼毒了！"

而秦钟见宝玉"形容出众，举止不凡，更兼金冠绣服，娇婢侈童"，心中也起了呆意，想道：

> 果然这宝玉怨不得人溺爱他。可恨我偏生于清寒之家，不能与他耳鬓交接，可知"贫窭"二字限人，亦世间之大不快事。

其中关于秦家的认知，无论是宝玉的"寒门薄宦之家"，还是秦钟的"清寒之家"，这般的差距实际上是相较于贾府雄厚的家世财力所得出的感觉，并不足以证明秦家的家境寒素贫贱。要知道，宝玉和秦钟两人都只是天真的少年，一旦遇到相见恨晚的情况，有时便会情绪性地归咎于外在因素，从而不自觉地夸大两人之间的阶级差距，而我们当然要把这种心理因素考虑进来。譬如在第二十六回里，晴雯和其他的丫鬟拌嘴，正受了一肚子的气，恰好宝钗来到怡红院，她立刻抱怨道:"有事没事跑了来坐着,叫我们三更半夜的不得睡觉!"但实际上那时是晚饭之后,接续来访的黛玉在半路上还停下脚步欣赏鸟禽浴水,可见天色未暗,更谈不上三更半夜,显然晴雯的这等说法只不过是人在迁怒时言过其实的夸大其词。当我们在看小说人物的心理独白或是自我定位之际,也必须注意他们当时的心理状态,因为其中或许会掺杂一些与现实客观状况有所出入的主观臆想。

再者,在第八回提到秦业思虑秦钟的课业问题时,作者如此描述道:

> 因去岁业师亡故,未暇延请高明之士,只得暂时在家温习旧课。正思要和亲家去商议送往他家塾中,暂且不致荒废,可巧遇见了宝玉这个机会。……只是宦囊羞涩,那贾家上上下下都是一双富贵眼睛,赘见礼必须丰厚,容易拿不出来,为儿子的终身大事,说不得东拼西凑的恭恭敬敬封了二十四两赘见礼,亲自带了秦钟,来代儒家拜见了。

这番描述看起来似乎提供了秦家属于穷酸门户的证据,但是秦业所谓的"宦囊羞涩",应该也是相较于贾府的荣耀显赫而言:以经济收入来说,贾家拥有好几处的庄田、房产和地租,其中所获得的乃是常人无法想象的庞大收入,根据第五十三回的说法,单单庄头乌进孝的年贡即应有五千两;以身份地位来看,贾府作为国勋门第之尊贵,当然更是秦家难以企及的,因此两相对照之下,自然会产生荣枯高下的差异。但是一如前文所言,既然秦业的职位级别和贾政相当,而且逝世之后"还有留积下的三四千两银子"(见第十六回),

便绝对不是清寒贫窭之家，毕竟第三十九回刘姥姥曾说二十多两足以让庄稼人过一年，则这笔遗产乃是能够让刘姥姥一家人过上一百多年安稳生活的庞大数目。如此一来，又怎么可以认定秦家为贫寒门户呢？

因此，家境并不妨碍秦家与贾家之间具有亲近的关系，他们有所瓜葛也并非稀奇事件，譬如第三十五回提及的通判傅试，便是通过巴结、钻门路而与贾家建立关系的：

> 那傅试原是贾政的门生，历年来都赖贾家的名势得意，贾政也着实看待，故与别个门生不同，他那里常遣人来走动。……宝玉闻得傅试有个妹子，名唤傅秋芳，也是个琼闺秀玉，常闻人传说才貌俱全，……那傅试原是暴发的，因傅秋芳有几分姿色，聪明过人，那傅试安心仗着妹妹要与豪门贵族结姻，不肯轻意许人，所以耽误到如今。目今傅秋芳年已二十三岁，尚未许人。争奈那些豪门贵族又嫌他穷酸，根基浅薄，不肯求配。

清代的通判为正六品，比起秦业的营缮郎更低上一个等级，然而，被贵族嫌弃为穷酸且根基浅薄的傅试却依然能够与贾政有所联系，甚至得以密切往来，则身居朝廷五品官的秦业与宁国府有所瓜葛，也就不足为奇了。

再看真正是家境背景悬殊，却因为某些往来而缔造出善缘的另一个案例——刘姥姥。作者在第六回说得非常清楚，刘姥姥只不过是小小一户人家，因为与荣府略有些瓜葛，所以才会前往荣府打秋风，对此连凤姐都称："俗语说，'朝廷还有三门子穷亲戚'呢，何况你我。"换言之，要和贾家产生特殊关联并非奇闻逸事，读者大可不必另外创编一个神奇、隐秘的故事来解释秦家与贾家之间的关系。至于秦业究竟如何与贾家产生"瓜葛"，小说中并未交代，因此我们也不必穿凿附会，毕竟它只是一种常见的家族社交关系。

更进一步来说，秦可卿在嫁给宁府嫡长孙的贾蓉之后，她的身份又向上升级，成为"世袭宁国公冢孙妇"（第十三回榜文），即嫡系的孙媳妇，从一般的官宦之女晋升为贵族成员，其身份地位之非比寻常更加不应该再以"弃婴"的角度去理解。在第十三回秦可卿出殡时，小说家便特别提及，贾蓉只是江南江宁府江宁县的一个监生，为了让出殡的名衔比较好看，贾珍还破费为他买官，如此来看，贾蓉身为一介没有任何官衔的监生，而秦可卿以五品朝廷官员之女的身份嫁给他，确实是合理且正常的联姻。虽然贾家属于历代有爵位承袭的贵族，但他们是随代降等承袭的，第一代的宁、荣二公由出兵征战而挣得世职爵位，宁府的世袭以"一等宁国公"贾演为始，第二代的贾代化已经降等为"一等神威将军"，接下来则由贾珍替代父亲承袭"三品爵威烈将军"，由此可见，仅仅三代之后爵位便会逐渐归零。到了贾蓉这一辈，贾家已经不堪再用宁荣二公的权势地位来设想，他与朝廷五品官的女儿秦可卿联姻，并没有违背门当户对的婚姻规范。

不少学者在研究秦可卿时，经常会犯上述的错误，即过分夸大贾家与秦家之间的差异，甚至借由另创诡奇之说来解释他们所认为的叙事不通之处，却忽略了文本本身所提供的细节证据，可谓本末倒置。

第四章 秦可卿

身为正册金钗

再看太虚幻境薄命司中的命运簿册，清楚区分为正册、副册、又副册三类，其分类既非根据人物在小说中的重要性，也不是她们与贾宝玉的关系亲疏，而是完全按照金钗的阶级身份以安排归属，基于贵贱等级决定各自的分册，以及橱柜上下的摆放位置，所以上等的正册中所收录的都是贵族女性，例如黛玉、宝钗、探春、妙玉等等。宝玉在神游太虚幻境之时，最初看到的"又副册"即是预言晴雯与袭人的图谶判词。为何与宝玉关联颇深的晴雯、袭人是放入又副册里，而不是收录于正册呢？清代评点家周春于《阅红楼梦随笔》中指出"婢女贱流，例入又副册"，所言甚确，而晴雯、袭人恰恰是身份卑贱的女婢，可见簿册的分类显然是依照古代的身份等级制。

如此一来，秦可卿又被列在哪一册呢？答案是"正册"。秦可卿嫁入宁国府之后，皆是以"秦氏"之名活动，而"可卿"则属于她的闺名、小名，所谓既嫁从夫，意指女性通过婚姻的门槛，被纳入新的伦理体系，于是婚礼实际上便等同于法国人类学家范·热内普（Arnold van Gennep）所提出的"过渡礼仪"（rites of passage）。根据范·热内普的研究，每个人的一生中，在各式各样的经验和场合都会经历若干的"过渡礼仪"，即让自己的身份地位以及内在心灵产生变化的重大关卡，其中包括了婚姻、生子、成年礼等等。对于古代女性来说，她们所会面临的过渡礼仪的次数或机会相较于男性则是少得多，生命中最鲜明的一道分水岭自然就是"婚礼"，而这也体现于秦可卿的身上。

秦可卿的闺名在她嫁入贾府之后便被抹除，只剩下她的姓氏，犹如宝玉的生母王夫人，以及可卿的婆婆尤氏，都是没有名字的，因为她们已经纳入新家庭的体系内，所以作为少女时期身份标志的闺名便不应该被别人所知晓。在第五回里，秦可卿对宝玉于梦中呼唤其闺名的反应即可以证明一二，她心中疑惑："我的小名这里从没人知道的，他如何知道，在梦里叫出来。"总括而言，秦可卿虽然最初出身低微，但是经由秦业的收养以及贾府的迎娶，她不但自幼即已经属于高华清雅的朝廷官员之女，随后更完全进入贵族的阶层，因此才能够被列入"正册"中。

倘若我们一味强调秦可卿的"弃婴"出身，便会忽略了社会阶级可以流动、变化的性质，以至于对秦可卿在宁府中的种种举止作为和心理状态作出错误的判断，从而歧途亡羊，所以我才会着重梳理秦可卿独特的出身来历和身份改变。

再者也应该探究的是，固然秦可卿最初系来自养生堂的弃婴，然而此一出身是否在她的成长过程中留下阴影，甚至是心理上的扭曲，至少小说文本内并未提供相关的细节或线索。最重要的是，秦业抱养女婴本来就是一反常态的行为，加上女婴乃其私生的极大可能性，他更加不可能在秦可卿面前强调她的出身来历，甚至还会尽力回避相关的话题，如此一来，秦可卿又怎么可能会产生所谓的"弃婴情结"呢？

按理来说，秦可卿被收养之后，她对养生堂幼婴时期的日子已全数不复记忆，毕竟小孩子是十分健忘的，何况婴儿。一般而言，那些还能够留在脑海里的早期记忆，大概的年龄是五岁，而三岁以前的记忆基本都已经荡然无存，除非父母不断提醒，才会在脑海里创造出一

第四章　秦可卿

个已经遗忘的记忆。根据一位法国思想家的分析，人类一大半的童年记忆乃是亲友在其成长过程中反复提醒，才得以巩固下来的，否则必定早已抛诸脑后，遑论稚幼的婴孩。基于秦可卿是秦业私生女的缘故，他必定舍不得让女儿在养生堂久住，因此秦可卿被抱养之时绝对不会超过一岁，甚至只有短短几天，在这样的情况之下，可以合理推测，秦可卿确实没有养生堂的生活记忆，所以她并不会因为出身问题而受到负面的心理影响。

必须说，固然秦可卿的"发源地"是在育婴堂，但是水流的源头与后来河水流经的风景和地理环境是截然不同的，更何况秦可卿的人生早就已经远远脱离源头，完全没有留下丝毫记忆，而解读者若一直以源头的短暂状态来理解她后来的主要人生，这便是混淆了不同的人生阶段与心理状况。另外，小说里也完全没有涉及秦可卿的成长过程，所以我们更不应该增字解经、无中生有，凭空创造出秦可卿因为弃婴的出身而受到欺负的情节。事实上恰恰相反，可卿作为官员的女儿，在备受秦业疼爱的情况之下，必然受到良好的教育，使得她能够把天赋的优异才能发展出来，并于出嫁以后，在人际关系复杂的贾家充分发挥，进而获得府内上上下下的宠爱。

曹雪芹在《红楼梦》里写得非常清楚，上自贾母，下至仆人，都很喜欢秦可卿，这不仅说明了秦可卿拥有优秀的才德，她的性情也是被众人所认可。若非秦可卿性情可取，又岂能得到贾家上下一致的肯定？因此，如果我们一再偏重秦可卿的美貌与弃婴来历，势必会失落这个人物更重要的性格内涵。

好模样与好人缘

在分析秦可卿的出众才德之前便可以断定的是，身为"金陵十二钗正册"内的女性，其容貌自然是极为美丽的。曹雪芹在书中再三地重复强调，秦可卿"生的袅娜纤巧"（第五回）、"长大时，生的形容袅娜"（第八回），甚至第七回里还出现了一段描述：

> 只见香菱笑嘻嘻的走来。周瑞家的便拉了他的手，细细的看了一会，因向金钏儿笑道："倒好个模样儿，竟有些像咱们东府里蓉大奶奶的品格儿。"金钏儿笑道："我也是这们说呢。"

可见无论是管家周瑞家的，还是王夫人所倚重的大丫鬟金钏儿，都一致认为香菱与秦可卿（蓉大奶奶）的模样、品格有些相近，显示两人之外貌类似乃众人的共识。作者借由"生得不俗"（第四回）而间接导致人命公案的香菱来给予烘托，其笔法正如脂砚斋所提示的"一击两鸣法，二人之美，并可知矣"，运用以彼喻此、此呼彼应的方式凸显出秦可卿的美丽非常。

最重要的是，作者还通过仙界女神兼美——太虚幻境中与秦可卿同名的仙子，将可卿的美貌仙化至超凡脱俗的程度，第五回记述道：

> 警幻便命撤去残席，送宝玉至一香闺绣阁之中，其间铺陈之盛，乃素所未见之物。更可骇者，早有一位女子在内，其鲜

第四章 秦可卿

艳妩媚,有似乎宝钗,风流袅娜,则又如黛玉。正不知何意,忽警幻道:"……再将吾妹一人,乳名兼美字可卿者,许配于汝。今夕良时,即可成姻。"

仙界中的兼美也名唤"可卿",虽然她绝不可与现实人间中的秦可卿直接画上等号,但是两人之间确实存在着象征性的重像关系,由此可以参照兼美的造型与功能了解到秦可卿的外貌气质。所谓"兼美"即是指融合钗、黛二人之美,兼具宝钗"鲜艳妩媚"和黛玉"风流袅娜"的形貌特点,而秦可卿比起仙界兼美更略胜一筹的是,她还拥有宝钗的性格优点。于第五回秦可卿安顿宝玉睡中觉的情节里,作者这般描写道:

> 贾蓉之妻秦氏便忙笑回道:"我们这里有给宝叔收拾下的屋子,老祖宗放心,只管交与我就是了。"又向宝玉的奶娘丫鬟等道:"嬷嬷、姐姐们,请宝叔随我这里来。"贾母素知秦氏是个极妥当的人,生的袅娜纤巧,行事又温柔和平,乃重孙媳中第一个得意之人,见他去安置宝玉,自是安稳的。

其中所谓的"袅娜纤巧"是取何人之美?答案显然是林黛玉;而"行事又温柔和平"又是谁的性格优点?毋庸置疑是薛宝钗,恰恰与第二十二回所记述的"贾母自见宝钗来了,喜他稳重和平"相互呼应。不仅如此,宝钗还因为"行为豁达,随分从时"(第五回),所以深得下人之心,甚至连小丫头子们都喜欢和她玩,而这一点在秦可卿身上也可以找到明确的对应,第八回写道:"众人因素爱秦氏,今见了秦钟是这般人品，也都欢喜，临去时都有表礼。"这种热诚照顾的情况属于爱屋及乌的移情反映，正是因为秦可卿拥有好人缘，所以大家也很喜欢她的弟弟秦钟。

　　当秦可卿生病的时候，贾府上下所表现的忧心和关切，同样证明了她的极佳人缘，第十回她的婆婆尤氏便对儿子贾蓉说道：

> 你不许累掯他，不许招他生气，叫他静静的养养就好了。他要想什么吃，只管到我这里取来。倘或我这里没有，只管望你琏二婶子那里要去。倘或他有个好和歹，你再要娶这么一个媳妇，这么个模样儿，这么个性情的人儿，打着灯笼也没地方找去。

由此可见，秦可卿的模样、性情皆深得贾家长辈的欢心，因此婆婆尤氏在可卿罹病时才会对贾蓉千叮万嘱，让他好好照顾妻子。再者，尤氏还对族中的旁系女眷金氏赞叹可卿的为人：

> 他这为人行事，那个亲戚，那个一家的长辈不喜欢他？所以我这两日好不烦心，焦的我了不得。

如此种种，无疑清楚表明长辈们对秦可卿的疼惜之情。随着可卿的病势越来越沉重，众人的焦虑也越来越深，到了第十一回，贾母还不舍地说："可是呢，好个孩子，要是有些原故，可不叫人疼死。"说着，一阵心酸，便叮嘱凤姐道：

> 你们娘儿两个也好了一场,明日大初一,过了明日,你后日再去看一看他去。你细细的瞧瞧他那光景,倘或好些儿,你回来告诉我,我也喜欢喜欢。那孩子素日爱吃的,你也常叫人做些给他送过去。

凤姐都一一答应了。虽然贾母、王夫人、尤氏等长辈一直关注着可卿的体况,但是病重的她也心知肚明,自己已经来日无多,在面对宛如挚友知己般的凤姐时,忍不住坦然表白道:

> 这都是我没福。这样人家,公公婆婆当自己的女孩儿似的待。婶娘的侄儿虽说年轻,却也是他敬我,我敬他,从来没有红过脸儿。就是一家子的长辈同辈之中,除了婶子倒不用说了,别人也从无不疼我的,也无不和我好的。这如今得了这个病,把我那要强的心一分也没了。公婆跟前未得孝顺一天;就是婶娘这样疼我,我就有十分孝顺的心,如今也不能够了。我自想着,未必熬的过年去呢。

以至于她最终不敌病魔,与世长辞之际,整个贾府上下顿时陷入一片哀戚悲情,第十三回记述道:

> 那长一辈的想他素日孝顺,平一辈的想他素日和睦亲密,下一辈的想他素日慈爱,以及家中仆从老小想他素日怜贫惜贱、慈老爱幼之恩,莫不悲嚎痛哭者。

作者在短短几句的描述中连续重复了四次"素日",不惜再四强调的用意,显然是要确切证明秦可卿一直以来都是对上孝顺、平辈和睦、对下慈爱、对仆怜惜,其为人之温柔体恤不言而喻,同时确认了她性情可取、深具才德的优点,衡诸其名所根据的《世说新语》的典故,可以说,她完全没有辱没"可儿"这个小名。

重孙媳中第一个得意之人

在贾府这种注重伦理的诗礼簪缨之族里,秦可卿能够获得上下一致的喜爱,并成为贾母眼中的"重孙媳中第一个得意之人",必然具备了超凡出众的才能和聪慧敏锐的心性,并不亚于王熙凤。第十四回描写王熙凤为秦可卿筹办丧礼的卓越表现,作者特别宣扬道:

> 合族中虽有许多妯娌,但或有羞口的,或有羞脚的,或有不惯见人的,或有惧贵怯官的,种种之类,俱不及凤姐举止舒徐,言语慷慨,珍贵宽大。

由此可见,凤姐在合族即贾家以及其他分支族人的妯娌中,乃是出类拔萃的优秀媳妇,同样地,深得贾母青睐的重孙媳妇秦可卿也是如此。第十三回于秦可卿的葬礼前夕便提及:

> 贾珍哭的泪人一般,正和贾代儒等说道:"合家大小,远近亲友,谁不知我这媳妇比儿子还强十倍。如今伸腿去了,可

第四章 秦可卿

见这长房内绝灭无人了。"

此处贾珍代表合家亲族对其才干的肯定，也证明了秦可卿兼具凤姐之长，犹如第二回冷子兴所言：贾琏"自娶了他令夫人之后，倒上下无一人不称颂他夫人的，琏爷倒退了一射之地。"如此一来，秦可卿比起兼美确实还要更胜数筹，毕竟仙界的兼美只是兼具钗、黛的形貌之美，而俗界的可卿却是综合了数人的内外之长。

值得注意的是，有不少人认为，贾母的重孙媳只有可卿一位，在没有同辈的比较之下，她自然成为那一辈的"第一个得意之人"，如此一来，根本就是胜之不武，谈不上构成赞美。然而这种质疑正是读者在没有清楚掌握贾府究竟是何等人家，单纯以为贾家仅有宁、荣二府的情况下，所产生的严重误解。

固然《红楼梦》里的贾府是以宁、荣二府为主，然而这并不意味着整个贾族只有宁、荣二府的成员，它其实还涵盖了其他的嫡派与旁支，嫡派即贾家的正宗。第九回在介绍家塾的时候，作者便提及贾家的子孙还有贾蔷、贾菌。贾蔷是"宁府中之正派玄孙，父母早亡，从小儿跟着贾珍过活，如今长了十六岁，比贾蓉生的还风流俊俏"，换言之，虽然他并非贾珍所出，但是在血统上仍然属于嫡系；而贾菌则是"荣国府近派的重孙"，"近派"意指血脉相近，虽然不如嫡派的正宗，于血缘距离上还是相当接近。

除此之外，在第九回中大闹学堂的金荣，他的姑妈嫁给了"贾家玉字辈的嫡派，名唤贾璜"，可他们夫妻俩只是"守着些小的产业"，有时甚至还需要凤姐、尤氏的资助方能够度日。由此可见，贾家确实是一个庞大的宗族，正派、嫡派便有好几支，所以我们不应该想当然耳,误以为唯有宁、荣二府才是贾家的嫡系子孙。最重要的是,在成员众多的世家大族内,有些分支虽然属于纯正血统的嫡派,但因为各自的发展不同,仍然会产生贫富悬殊的巨大落差,贾璜、贾蔷便是最佳例子。

恰恰因为贾家并非仅有宁、荣二府,无论是玉字辈,抑或是草字辈,都包含了正派、嫡派、近派的诸多后裔,他们全属于贾氏子孙,如此一来,贾家全族所设的义塾才会有众多子弟来此附学读书。贾家始祖设立义学的目的,正是为了尽量培养人才,让"族中子弟有贫穷不能请师者"也得以受到免费的教育,而族中有官爵之人便供给银两,作为支应学堂开销的费用,让其他子孙皆能够读书。

而这才是贾家全族的真正风貌,所以我们才会在第十三回中见识到秦可卿丧礼上的盛况,当时前来吊唁、参与仪式的人,甚至达到族繁不及备载的程度:"代"字辈的有贾代儒、贾代修,"攵"字辈的是贾敕、贾效、贾敦、贾赦、贾政,下一代的"玉"字辈则有贾琮、贾璜、贾珩、贾珖、贾琛、贾琼、贾璘;接着最小的"草"字辈乃是人数最多的,包括贾蔷、贾菖、贾菱、贾芸、贾芹、贾蓁、贾萍、贾藻、贾蘅、贾芬、贾芳、贾兰、贾菌、贾芝等等,可以说是越往下越枝繁叶茂。既然新生代的"草"字辈阵容如此壮大,其中应该也有如贾蓉一般可以娶妻的男性,则贾族里当然并非只有可卿一位重孙媳妇,因此,所谓秦可卿乃贾母"重孙媳中第一个得意之人"便不是胜之不武的夸大之词,而确实是对其才能的客观肯定。

必须补充说明的是,前述的嫡派、正派、近派,这些词汇实际上大有玄机。我曾经请教中国传统伦理方面的礼俗专家,于宗族制度里,所谓的"嫡派""正派"究竟是何意,令人料想不到的是,对方

第四章 秦可卿

听了竟然一头雾水,并指出"嫡派"乃嫡长子一系相承下来的,唯有一支,而且也没有"正派"这种说法。"近派"则是血缘上相近的旁支。

倘若从这般的定义来看,毋庸置疑,贾璜并不属于宁、荣二府的子弟,却又被称为"贾家玉字辈的嫡派",如此一来,只能推论出宁、荣二公并非贾氏嫡长子,而是嫡长子之外亦为嫡母所生的同胞兄弟,但是基于他们俩太过优秀,通过彪炳战功挣得一等国公的勋爵,所以其房系之家境比其他的支脉都更加荣盛。至于嫡长子那支一路下来,可能即嫡派子孙贾璜,相较起来反倒没落而显得寒酸。单以传统宗法社会对于"嫡"的观念来看,我们对于宁、荣二府在整族中的定位便需要调整。此外,既然并无"正派"一说,则所谓贾蔷乃"宁府中之正派玄孙"的"正派"一词,究竟又指涉什么意义?由此或许可以合理推测,该词汇并不是伦理或血统关系上的专有术语,两相参照之下,"嫡派"一词恐怕也不能够完全依据传统定义来使用。

"嫡派"与"正派"等用语,似乎只能理解为曹雪芹乃是根据自己的需要,为了描述小说人物的血统远近关系而使用的特殊词汇,所以我们不应该以过于拘泥的用法来看待。曹雪芹所要传达的是,贾家是一个非常庞大的宗族,族中有很多的成员血脉同出一源,甚至是血缘关系非常相近的子弟们。因此,对于整个贾氏家族的运作,读者必须开阔格局,不宜只是聚焦于宁、荣二府。

总的来说,秦可卿作为贾母的"重孙媳中第一个得意之人"确实属于正面的赞美,而脂砚斋甚至针对"贾母素知秦氏是个极妥当的人"一句批道:"借贾母心中定评。"由此也说明了贾母的看法正是曹雪芹对秦可卿的评价。

"不犯"原则

不过,关于秦可卿的才干,书中具体的着墨之处并不多,而这又有何缘故呢?原来那是为了遵循"不犯"的原则。在一众金钗中,王熙凤的精明能干是得到所有人的一致肯定的,作者经常通过许多处理琐碎家务的情节来展现她"帐也清楚,理也公道"(第三十六回)的治事才干,而秦可卿的出类拔萃便是借由杰出的王熙凤作为参照以烘托出来的。

脂砚斋在其批语中再三提到"犯"的概念,所谓"犯"即是重复的意思。《红楼梦》极力展示出对种种人情事理的深刻把握,又采用极为丰富、细腻的语汇或刻画手法来加以呈现,而仅仅前八十回的内容就有六七十万言之多,但是文中连语词本身却都很少重复使用,足见作者驾驭驱遣文字的功力是何等惊人。当作者在塑造人物、铺陈场面、刻画情境时,尤其注意避免使用重复的笔墨,否则将显得小说家腹笥甚窘,才会无法以不同的方式来表达相同的意思或其间的差别,所以曹雪芹在《红楼梦》的写作上皆尽量严守"不犯"原则。

所谓"不犯"即写法不重复,为了避免内容冗赘繁杂,曹雪芹便经常借由另一相关人物或场景来呈现目前所书写、聚焦的情节要点,他只需择处简要提醒,读者即可自然而然填补他并未涉及的相关部分。既然《红楼梦》把女性治家干才的特长全心全力放在王熙凤身上充分展示,使之于整部小说情节中绽放万丈光芒,则与她比肩并列却必须良早退场的秦可卿,在这一方面就必须相应地减省笔墨。

以第六十四回关于贾敬丧礼的情节为例,不同于秦可卿那空前绝

第四章 秦可卿

后、大费笔墨的铺陈夸叙,小说家只是以一小段的寥寥数行文字轻轻带过,所谓:

> 是日,丧仪焜耀,宾客如云,自铁槛寺至宁府,夹路看的何止数万人。内中有嗟叹的,也有羡慕的,又有一等半瓶醋的读书人,说是"丧礼与其奢易莫若俭戚"的,一路纷纷议论不一。至未申时方到,将灵柩停放在正堂之内。供奠举哀已毕,亲友渐次散回,只剩族中人分理迎宾送客等事。

据此,有不少的读者感到疑惑,贾敬毕竟是贾家地位崇高的重要长辈,他的丧礼理应郑重其事,然而曹雪芹对于相关的描写篇幅却比身为孙媳妇的秦可卿丧礼减少许多,显得过于简略,于是便有人推测,秦可卿应该具有极其尊贵且非比寻常的家世来历,以至于其丧礼较诸贾府的正宗长辈更为铺张。不过,如此之演绎却存在着严重的疏失:第一,我们不应该增字解经,在文本之外创造一个任何人都无法验证的想象空间,这是在严格的学术研究中必须遵守的界限;第二,这种揣度忽略了《红楼梦》的"不犯"原则。

要知道,丧礼就是照章行事、行礼如仪,而同一个社会阶层的规格准则乃是相差无几,既然作者在第十三回已经通过秦可卿的丧礼展现了贾府盛大的仪轨排场,便没有必要在贾敬的丧礼中重复叙述,否则只会让读者感到乏味无趣。再者,读者也可以秦可卿的丧礼作为参照坐标,对贾敬的丧礼同理类推、举一反三。最重要的是,该段文字描写虽然只有短短的数行,但已经清楚点出丧仪排场之盛大,以致夹道观望的平民百姓多达数万人,甚至一些读书人还以仇富的酸葡萄心态议论"丧礼与其奢易莫若俭戚",可见贾敬之丧仪极尽奢靡的程度,绝对不亚于秦可卿,只是为了避免重复,才大刀阔斧地减省其中庞杂的细枝末节。由此更提醒了读者,唯有把握《红楼梦》中"不犯"的写作原则,才不会在某些不疑之处作出无中生有的穿凿附会。

同样地,曹雪芹之所以没有仔细地、具体地着墨于秦可卿的才干,便是因为要保留到王熙凤身上来刻画,加上整部作品如此之庞大,倘若在细节上再多做发挥,势必会落于烦琐,从而造成败笔。

王熙凤真正的密友

就可卿的内在心性而言,正如第十回尤氏对贾璜之妻金氏所说的:

> 婶子,你是知道那媳妇的:虽则见了人有说有笑,会行事儿,**他可心细,心又重**,不拘听见个什么话儿,都要度量个三日五夜才罢。这病就是打这个秉性上头思虑出来的。

再参照张友士的诊断:

> 据我看这脉息:大奶奶是个**心性高强聪明不过的人**;聪明忒过,则不如意事常有;不如意事常有,则**思虑太过**。此病是忧虑伤脾,肝木忒旺,经血所以不能按时而至。

第四章　秦可卿

从两人雷同的各自一番话可以看出，固然秦可卿为人思虑周密、善于察言观色，凡事面面俱到，但这却是一种耗尽心神的性格，以至于伤损了身体的元气，导致她患上致命的妇科病。关键在于"心性高强聪明不过"这个特点同样也是王熙凤的脾性，正因为她"本性要强，不肯落人褒贬"（第十九回），在长期为家务操心劳神之下损害了身体，所以后来也罹患不治之恶疾。因此，以王熙凤为参照来看，与其把秦可卿心细心重、思虑太过视为自卑的表现，不如说是好强，毕竟好强是一种充分的自我实践，好强者总是努力在个人实践的过程中得到高度的自我肯定，同时也让处事趋近完美，这种诠释角度应该更符合秦可卿的资质能力和身份地位。既然她希望自己各方面的优点能够在贾家充分发挥，所以尽量把心思放在种种的斟酌考虑上，于是产生了所谓"心细，心又重"的情况。

果然秦可卿于病重之时曾明确表达说："这如今得了这个病，把我那要强的心一分也没了。"而凤姐在此之前也感叹道："我说他不是十分支持不住，今日这样的日子，再也不肯不扎挣着上来。"（第十一回）无论是直接还是间接的证据，都表明秦可卿的心性高强并非源自弃婴出身的自卑，而是出于一种要强之心。

当然，要强未必只是因为好胜，也可能是基于完美主义或高度的责任感。这就是人文现象的复杂之处，即使同一个"要强"，导致要强的原因则很可能大不相同：有的人特别喜欢独占鳌头，享受他人羡慕的目光，这种要强是来自虚荣心作祟；有的人认为凡事皆应该做到极致的完善，这便属于完美主义者；还有的人觉得自己具有某种身份与权力，所以理当把相应的任务尽到最称职的标准，此则偏重一种高度的责任感。由此可见，单单"要强"一词应该如何理解，都必须具体而精细地逐个区别，以免囫囵吞枣，面对人物的复杂性就更应该如此。

再比如第三十六回中，薛姨妈也称赞袭人"他的那一种行事大方，说话见人和气里头带着刚硬要强，这个实在难得"，综上所述，足见"要强"是指性格上追求尽善完美，而秦可卿的思虑周全、心思细腻沉重则类似于王熙凤的"少说些有一万个心眼子"（第六回）。除此之外，《红楼梦》中还有一位心细多虑的女子，即林黛玉，作者在第三回便说她"心较比干多一窍"，这岂非和王熙凤的"一万个心眼子"如出一辙？如此看来，我们在了解秦可卿或任何人的时候，千万不可以断章取义、孤证引义，只紧紧抓住单一说辞便发挥其意义，而是应该先全面统合多方证据，之后再谨慎而严格地进行推论，才不会流于以偏概全、断章取义。

同为贾家媳妇的凤姐和可卿，她们不仅皆是性格要强、思虑太过，还都具备出类拔萃的治事才能，无怪乎双方会成为知交密友。要知道，平儿是王熙凤在贾府内的心腹兼知己，她们一起从王家来到贾家，主仆两人在个性等方面均非常互补，彼此的情谊有如姊妹，但是在贾府新获得的人际关系中，唯有秦可卿一人称得上是王熙凤真正的密友，第七回便提到"平儿知道凤姐与秦氏厚密"，而第十一回甚至浓墨重彩地描绘了具体的情景，秦可卿的婆婆尤氏对王熙凤说道：

"你是初三日在这里见他（可卿）的，他强扎挣了半天，也是因你们娘儿两个好的上头，他才恋恋的舍不得去。"凤姐儿听了，眼圈儿红了半天，半日方说道："真是'天有不测风云，人有旦夕祸福'。这个年纪，倘或就因这个病上怎么样

第四章　秦可卿

了，人还活着有甚么趣儿！"……这里凤姐儿又劝解了秦氏一番，又低低的说了许多衷肠话儿。

正是因为两人关系亲厚，所以可卿极为珍惜与凤姐聊天相处的时光，纵使身体因病重而疲乏不堪，也还是要强行挣扎起来。所谓"衷肠话儿"，意即内心话，这可是姐妹淘、闺中知己之间才会有的亲密交谈。对于病重的秦可卿，王熙凤不仅时常亲自去探望，还不断开导对方要放宽心、勿忧虑，因此连贾母都说"你们娘儿两个也好了一场"。尤其最后到了第十三回秦可卿死前托梦，她所说的还是"因娘儿们素日相好，我舍不得婶子，故来别你一别"，可见两人的感情格外深厚。在整个贾府中，如果说探春是因为具有高度的聪明才智而获得凤姐的"畏他五分"（见第五十五回），则能够同时得到凤姐的敬畏与真情的，便只有秦可卿了。

临终托梦

虽然秦可卿推崇凤姐是个"脂粉队里的英雄"，即便那些束带顶冠的男子也比不过她，但就可卿死前托梦所说的内容而言，她的胸襟见识恐怕还是略胜王熙凤一筹。可卿的幽魂向王熙凤告别时，提及自己尚有一桩未了的心愿，而在托付可以让贾家长保不败的锦囊遗策之前，她先引述许多世间无常的道理：

常言"月满则亏，水满则溢"；又道是"登高必跌重"。

> 如今我们家赫赫扬扬，已将百载，一日倘或乐极悲生，若应了那句"树倒猢狲散"的俗语，岂不虚称了一世的诗书旧族了！

确实，人生的常态就是不断遇到挫折或失败，我们应该学会的不只是在跌倒之后如何努力继续往上爬，而是即使面临跌倒的当下，也要以优雅的姿态、坦然的心胸，好好地重新站起来，去迎接人生的另一番风雨或成就。万事万物均脱离不开无常的规范，贾家亦然，即使再赫赫扬扬、风光无限，也必有"月满则亏，水满则溢"的时候，为了不让贾家落得一败涂地的下场，所以秦可卿才会托梦给王熙凤，指引几帖苦心谋划的良方善策。

所谓"诗书旧族"指的是贵族世家，"诗书"二字即说明了贵族之所以"贵"，不仅因为他们拥有历史悠久的家族背景，还包括充满学问、涵养的优美家风，这便是诗书旧族与暴发新荣之家的最大不同之处。"新"与"旧"在《红楼梦》中是非常重要的关键语词，多数读者经常忽略这一点，而误认为贾家是那种奢靡挥霍的暴发户，但"贵族"与"暴发户"是截然不同的两个概念，只要转换阅读的切入点，即会清楚看到《红楼梦》处处都在宣扬贾家是那种家世深厚、家风良好，而且具有诗书涵养和高度审美品味的优秀贵族！所以秦可卿才会感慨，倘若贾家最终沦落至"树倒猢狲散"的悲惨下场，那可真是辜负了先祖们创建家族的苦心，也枉费了祖宗辛苦挣下的这片家业。最有趣的是，《红楼梦》中凡是做出伤天害理、丧尽天良之事的，几乎全是暴发户，虽然贾家也有做坏事的人，但不可忽略的是，他们皆系末世子孙，家族已经渐趋没落以至于后代晚辈行事败德，并且即使如此，他们的败德行为相比于那些暴发户之所作所为，其实还

第四章　秦可卿

差得很远。

由秦可卿告诉凤姐的一番道理，足见其胸襟眼界并不只是局限于眼前的荣枯，而这种深谋远虑的长远思维让凤姐听了"心胸大快，十分敬畏"，连忙询问有什么能够让家族永保无虞的方法，可卿接着便举出很具体可行的根本之道：

> 目今祖茔虽四时祭祀，只是无一定的钱粮；第二，家塾虽立，无一定的供给。依我想来，如今盛时固不缺祭祀供给，但将来败落之时，此二项有何出处？莫若依我定见，趁今日富贵，将祖茔附近多置田庄房舍地亩，以备祭祀供给之费皆出自此处，将家塾亦设于此。合同族中长幼，大家定了则例，日后按房掌管这一年的地亩、钱粮、祭祀、供给之事。如此周流，又无争竞，亦不有典卖诸弊。便是有了罪，凡物可入官，这祭祀产业连官也不入的。便败落下来，子孙回家读书务农，也有个退步，祭祀又可永继。若目今以为荣华不绝，不思后日，终非长策。眼见不日又有一件非常喜事，真是烈火烹油、鲜花着锦之盛。要知道，也不过是瞬息的繁华，一时的欢乐，万不可忘了那"盛筵必散"的俗语。此时若不早为后虑，临期只恐后悔无益了。

可卿点出了贾家必须面对的问题，其一是用来维持祖宗祭祀香火不绝的钱粮并不稳定，其二是家塾的设立也没有固定的供给，二者都攸关家族的延续与复兴，倘若以后家族败落，这两项经费应该如何解决？唯一的办法便是预先厚植根底、保留希望，因为有资源才能有办法存活,稳定的产业就是最重要的基础,所以秦可卿建议趁着今日富贵之际,于祖茔附近多购置一些田庄、房舍、地亩,这类产业当时称为"祭田",以提供祭祀所需的开销。根据宗室富勋《宗人府堂稿来文》所言,大族的祖坟占地宽广,其中并不全是埋葬先人骸骨的坟座,如果茔区留有余地,可以安置一些坟丁耕种祭田,并按季交租,以作为祭品供物的用费。此外,贾家还可以把家塾直接设立在自己添置的地亩上,而有了土地便能够耕种甚至进行建设,由此提供各式各样所需的物资,子孙也能够继续上学。祭田的收入确实足以供应修葺坟茔、建造家祠等等之用度,这番思虑充分证明秦可卿的着眼处非常实际且切中根本,堪称高瞻远瞩。

至于这些产业的掌管,则是联合族中长幼定下则例,以后大家按照规定,各房轮流掌管一年的地亩、钱粮、祭祀、供给之事,如此既能够起到良好的监督作用,也可以避免各房相互竞争的内讧之弊,或是某房因为长期掌权而发生私自典卖窃盗等事。更重要的是,将来如果贾家有罪而被查抄,所有的财物包含奴婢都必须全数没收归公,但祭祀产业却是不入官的恒产,因为古代传统社会十分注重孝道,祭祀祖宗的相关产业并不在抄没之列,以鼓励族人能够尽孝。如此一来,子孙们即拥有一处根据地,可以回去读书务农,确保家族立于"退可守,进可取"的不败之地。

据此看来,秦可卿的深谋远虑主要体现在两方面:

一、"祖茔"的祭祀永继。在中国传统观念中,祖茔为先人的埋骨之处,是全族的血脉根源,倘若祖坟尚在,购置祭田便可以作为子孙聚集、传承的据点。贾家最重要的精神中心就设在宁国府的祠堂,每月初一、十五以及除夕等重要节日的祭祀,都要由贾珍以现任族长的身份主持敬拜仪式，除夕的祭祖更是全体到齐，足见祠堂是凝聚家族成员的一大神圣空间。一般而言，一旦家族面临败落的局面，稍有不慎便会风流云散，倘若没有地方可以让散居各处的子孙安身立命，彼此团聚互助，则整个家族很容易化整为零，彻底走向支离破碎。可卿的这番考虑是基于传统社会极其重视家族之承续所产生的，因此，祖茔及其关联的祭田有两个非常重要的功能：首先，长期提供实质收入，可作为恒产支应祭祀上的经济所需；其次，确保家族子弟的凝聚、团结，香火得以绵延。

二、"家塾"的迁立。除了凝聚家族子弟团结互助之外，家族的永续发展还得依靠提供教育功能的家塾来积极提升存在的层次。教育是一种高成本的投资，例如由于当局大力补助，台大学生每个学期所缴交的学费为两三万台币，医学院、理工科大概是四五万台币，而私立学校则高达五六万台币；相较之下，香港大学的一年学费，不包含住宿、用餐、杂费等等，就得十万港币（相当于四十万台币），至于美国的常春藤名校，还更要跳升好几倍，足以显示各级教育都是成本高昂。加上受教育的过程专致于读书，因此没有社会生产力，资源只出无进，等于双重的损失，因此，古代尤其在物资有限的情况下，便只能够把教育资源集中于少数人，即族中最优秀的子弟，倾尽全力供他读书，以求未来高中进士，而带领家族向上阶级流动，由此反映出从古至今乃至全世界的教育都是所费不赀。

回观贾家，即使设有全族性的义学，相关的经费来源还是只能依靠官爵之辈的俸禄支应（见第九回），但是，一旦领有俸禄之人退休，或是全家被查抄，供给的银两就此断绝，则后续的挹注又将从何而来？因此，秦可卿建议把家塾迁立到祭田上，借由祭田的稳定收入来维持家塾的运作，正所谓"子孙回家读书务农，也有个退步"，除了务农为生，子孙还可以进一步通过科举入仕为家族创造东山再起的机会，诚为面面俱到的解决之道。

秦可卿的献策不仅可为贾家提供经济上的自保，更关键的是让家族得以保存香火、绵延子嗣，并创造复兴重振的机会，无怪乎凤姐这位"脂粉队里的英雄，连那些束带顶冠的男子也不能过"（第十三回）的优秀女性，一听便感到"心胸大快，十分敬畏"。其实，纵然贾家没有遇到抄家的毁灭性悲剧，也会面临一个严重的宿命问题，即随代降等承袭制度使得贾家势必逐渐步入没落的境地，所以家族若要延续下去，子孙都一定得参加科举考试，借由获取功名来复兴家业。贾政之所以对宝玉格外严厉，正是希望他能够肩负沉重的使命，成为撑起贾家未来的中流砥柱，然而如今的读者却总是批评贾政的迂腐，而把宝玉歌颂为孙悟空一般反封建、反礼教的革命英雄，这是现代人忽略贵族世家的阶级特性所产生的严重误会。

事实上，小说中清楚反映了此等家族无论抄家与否都一定会面临转型的问题，而对于家族败落之必然，他们又应该如何扭转乾坤、力挽狂澜，曹雪芹也提供了一个具体典范，即孕育出林黛玉的林如海。在第二回里，作者借由贾雨村的视角带出林如海的家世：

> 这林如海姓林名海，表字如海，乃是前科的探花，今已升至兰台寺大夫，本贯姑苏人氏，今钦点出为巡盐御史，到任方一月有余。原来这林如海之祖，曾袭过列侯，今到如海，业经五世。起初时，只封袭三世，因当今隆恩盛德，远迈前代，额外加恩，至如海之父，又袭了一代；至如海，便从科第出身。

第四章 秦可卿

> 虽系钟鼎之家,却亦是书香之族。只可惜这林家支庶不盛,子孙有限,虽有几门,却与如海俱是堂族而已,没甚亲支嫡派的。

由此可见,林家比贾家更早面临随代降等承袭、三代而终的问题,虽然到了林如海的父亲又加袭一代,然而此乃皇恩浩荡的额外加恩,可遇而不可求,更不可能再多赐予一代,于是第五代的林如海便只能从科第出身,而考上探花并由皇帝钦点为朝廷命官的林如海,也借此让林家转型成功,延续了富贵世家。必须强调的是,林如海所担任的"巡盐御史"一职可不是一般的地方盐务官,而是深受朝廷信赖,由皇帝委派至各省管理盐政税务的钦差大臣,由于清朝时期江淮一带广袤地区的盐政存在着诸多弊病,譬如私盐贩卖的问题始终非常严重,而相关税收又攸关国本,所以非常需要廉能兼备的股肱之臣负责处理。这也证明了林如海绝非出身普通的中等士大夫家庭,而是来自钟鼎之族的门第世家,并且是直接上达天听的君王亲信,非同小可。

其实,无论是祖茔的祭祀永继,抑或是家塾的迁立,两者都是以香火绵延的目标为主,可见在传统社会中,家族传承的重要性绝对超乎个人之上,我们唯有理解到这一点,不再以现代的个人主义穿凿附会,才能够真正体会作者蕴蓄于荒唐言之中的辛酸泪。

此外,不少读者针对可卿托梦的这段说辞,往往直接把"败落"与"有罪"相互联系,然而只要仔细推敲,便可以注意到这番话其实分为两个层次:第一层,"便是有了罪"乃是采取假设语句意指最极端的情况,即抄家,可是这种情况毕竟很不常见,而可卿之所以要用最极端的例子进行说明,便是为了凸显祭田是唯一能够让贾家未来永保无虞的重要护身符;第二层,所谓"便败落下来"并非表示秦可卿预知贾家未来会面临抄家的悲剧,而是因为随代降等的制度本来就会让贾家逐渐走向没落。有些读者以鬼魂具有通灵预知的能力来解释这一段托梦的内容,虽也可以成为一说,但毕竟是脱离现实常理的悠谬之见。简而言之,秦可卿的深谋远虑不在于提前预测到贾家未来会被查抄,而在于她看透了此等家族终将面临的必然命运。

必须说,秦可卿的建议弥补了凤姐理家时未及设想的疏漏之处,无怪乎凤姐对她心生敬畏,而曹雪芹在第十三回的回末诗也以"金紫万千谁治国,裙钗一二可齐家"给予极度的赞美。反倒被宁、荣二公寄予厚望的宝玉只顾安富尊荣、耽溺于温柔乡,宁府的贾珍等人更是在守丧期间仍然与姬妾笙歌达旦(见第七十五回),使得宁、荣二公死不瞑目,两度还魂,而这等的不肖子孙又怎么会用心齐家呢?于传统社会中,齐家、治国、平天下乃文人君子的最高理想,但是在贾家里真正做到"齐家"的却不是那些束带顶冠的男子,而是穿裙戴钗的女性,这才是令作者感慨万千的失望之处。换言之,所谓"裙钗一二可齐家"即是对杰出的、善于治家的、具有干才的女性们的莫大推崇,其中便包含了临终托梦的秦可卿,以及在可卿死后协理宁国府的王熙凤,甚至未来替代凤姐的贾探春。

其实,第十三回的这两句回末诗所传达的观点,已经直接反映出曹雪芹并不等同于贾宝玉。一般读者单单依据宝玉那著名的少女崇拜论,所谓"女孩儿未出嫁,是颗无价之宝珠;出了嫁,不知怎么就变出许多的不好的毛病来,虽是颗珠子,却没有光彩宝色,是颗死珠了;再老了,更变的不是珠子,竟是鱼眼睛了"(第五十九回),便认为《红楼梦》和曹雪芹是在贬低已婚女性,那可就大错特错了,毕竟宝玉身为一名还在成长中尚待雕琢的孩子，不仅见识谈不上成熟周延，也欠缺对女性价值的全面了解。女性的人生景观可以无限开阔，谁说只有年轻貌美、心智单纯的少女才能够体现出女性价值？很多人都忽略了，在传统社会中，少女根本不具有理家的能力或权力，真正有资格达到齐家境界的一定是已婚女性，再结合第十三回回末诗来看，曹雪芹于整体作品中所提出的价值观，实际上恰恰与贾宝玉的主张相互抵触。

何况根据叙事学理论，我们也绝不可以把小说人物直接等同于作者。从本质而言，小说家本身与他的创作层面根本是两回事，一个只能写自传的作者恐怕很难成为伟大的小说家，因为缺乏广博的知识眼界与创造性的想象力，所以切勿把小说人物的价值观、思想行为、意识形态与作家本身混为一谈，两者是否能够画上等号，必须要仔细严谨地研究，才能够进行推论，也因此读者绝对不可以把宝玉的少女崇拜情结视为衡量女性价值的唯一尺度，并粗疏地贸然断定曹雪芹与他的价值观是相同的。毋宁说，曹雪芹是要通过贾宝玉这一人物，呈现出不成熟的小男孩对于女性的认知是有限甚至无知的，他仅仅看到年轻女孩的貌美纯真，却忽略了生命的进展与开拓，以及不同阶段的人生风貌都各有其价值，因而宝玉那著名的女性价值毁灭三部曲，实际上是小说家所要反讽的一种浅薄观念。

十二金钗里排行最末

第七回中，脂砚斋为秦可卿所题的回首诗"十二花容色最新"，应该是指可卿在正十二金钗中属于最新颖、最特别的一位,她的容貌可以与仙界的兼美比肩,而为人之和平可靠、心智之深谋远虑、才干之出类拔萃,又堪称是集黛玉、宝钗、凤姐三人之大成,再加上香菱的灵慧,因此她成为正十二金钗中最完美、最优秀的冠军。

然而,这般完美的秦可卿于十二金钗里却是排行垫底,个中究竟有什么原因?在这一点上,小说家对于这位人物简直是用心良苦,固然赋予她如此完美的所有优点,但同时又给她一种让人难以联想在一起的致命缺陷,即她具有放纵情欲、悖德乱伦的一面。

有趣的是,秦可卿是名聪慧明智的女子,不可能不知道悖德乱伦之事一旦东窗事发,自己势必陷入万劫不复的悲惨境地,然则何以她又会犯下此等重大错误?这正是小说家最了不起的地方,他要借此提示读者,世间实在是无奇不有,每个人都存在着独特的性格组合,即便该性格组合看起来非常矛盾,但是只要赋形于此人身上,它就是一个活生生的、调动无数复杂因素所形成的独一无二的个体。如果希望深入了解这个个体,便必须以客观的视角将其所有的内涵全部整合,再进一步进行观察,然后将会忍不住由衷赞叹上天造人确实奥妙无比。毋庸置疑,作为一位艺术家、小说家,曹雪芹当之无愧是其中最伟大的。

总的来说,曹雪芹以文学家所实践并达到的对人性的高度认识,诚然如同身为世界级伟大作家的歌德所说的:"人是一个整体,一个多方面的内在联系着的各种能力的统一体。艺术作品必须向人这个整体说话,必须适应人的这种丰富的统一体,这种单一的杂多。"这段话非常重要,它告诉我们,每个个体的内在都包含着多方面向,而面对此等的存在,无论是艺术作品本身,抑或是其背后操觚的艺术家,皆必须适应并掌握人作为一个矛盾统一的整体,并以此来进行表述。另外,他也

第四章　秦可卿

必须贴近人的丰富的统一性，固然每个个体都是孤立而渺小的存在，但只要深入任何单一存在的内部，均能够发现其中具有多方面联系的种种能力，有如复杂的小宇宙。至于该名人物的杂多与丰富究竟包含哪些面向，则必须以个案的形式逐一地具体考察，而非单凭感觉笼统地套用常识性的一般概念，这种普遍的做法只能注定误入歧途。

秦可卿这位齐家的能手，集众美之长于一身，但同时又是促成末世的败家之源，真可谓矛盾并存的极致，最大程度地呈现出世事的吊诡与人性的复杂。而相较于可卿的理家才干，一般读者恐怕对其乱伦的一面更为津津乐道，毕竟人性本能大多偏爱那些涉及腥膻色情的故事传闻，于是这个特点就变得更具有传播力，即使没有翻阅过《红楼梦》的读者，只要提到"爬灰"一词，往往会立刻联想到"秦可卿"。

固然俗世的可卿与仙界的兼美乃截然不同的两位个体，然而她们确实有着象征意义上的共通之处：一则都在外貌上兼钗、黛之美，二则皆代表了爱欲。曹雪芹不断地告诉我们，每个人均具有与生俱来的秉赋，但是天赋的具体成型和实际展露的各种表现，则必定与其后天环境深切相关，毕竟生存环境不仅会塑造人的个性，同时也会激发个性中的某些部分并加以扩展或强化。秦可卿如此一位才貌气质堪称为完美的女子，何以会开启并放纵情欲的一面？关于这个问题的答案，首要在于她自幼成长的家庭环境，其次也与其所归属的宁国府密不可分，原来宁国府纲纪败坏、秩序混乱，可以说是导致整个贾家精神腐烂的源头。倘若秦可卿是在荣国府生活，恐怕即不至于落入沦为败家之根本的可怕后果。诸多读者一味坚持《红楼梦》的主旨就是反封建、反礼教，但却忽略了法纪才是维系人性于不坠的重要力量，一旦礼教、法度崩溃瓦解，便会出现秦可卿与贾珍这类乱伦越轨的情况，而曹雪芹正是借由宁国府的堕落来告诫读者关于维护礼法的重要性。

宁府纲纪松散

从第七十五回贾珍的妻子尤氏主仆等人来到稻香村,趁便洗脸净面的一段情节可以得知,宁府内部的纲纪松散,甚至沦丧至连基本礼法都无以维持的地步:

> (尤氏)一面说,一面盘膝坐在炕沿上。银蝶上来忙代为卸去腕镯戒指,又将一大袱手巾盖在下截,将衣裳护严。小丫鬟炒豆儿捧了一大盆温水走至尤氏跟前,只弯腰捧着。李纨道:"怎么这样没规矩?"银蝶笑道:"说一个个没机变的,说一个葫芦就是一个瓢。**奶奶不过待咱们宽些,在家里不管怎样罢了,你就得了意,不管在家出外,当着亲戚也只随着便了。**"尤氏道:"你随他去罢,横竖洗了就完事了。"炒豆儿忙赶着跪下。

多数的现代读者恐怕会对这段描写不以为然,认为那只不过是小丫鬟服侍不周的普通情况,但正所谓的见微知著,通过炒豆儿散漫轻忽的仪节,便反映出宁府废弛的管理状况,以至于看在李纨的眼中,都忍不住批评"怎么这样没规矩"。要知道,李纨的好脾气让她获得了"大菩萨"的浑名,"未免逞纵了下人"的宽厚作风也使得不少奴仆认为她"素日原是个厚道多恩无罚的,自然比凤姐儿好搪塞"(第五十五回），而抱着敷衍偷懒的心态做事。由此说明了李纨并非很严厉地一板一眼执行法规的主子，既然连素来好脾气的她都发话指责，可见丫鬟只是弯腰捧着水盆侍候主子洗脸，确实是一种严重的失礼行为。

根据丫鬟银蝶的抱怨，这般仪节失度的情况在宁国府里已经属于司空见惯的普遍现象，由于尤氏平日对待下人过度宽厚，所以大家在日常礼节上就变得随意敷衍，以至于习惯成自然，下人来到荣国府以后也比照办理，岂知看在荣府成员的眼里，炒豆儿并未采取跪姿捧着水盆的举动实在是格外逾矩失礼。没想到，当银蝶委婉地提醒并斥责炒豆儿的不懂规矩之后，身为宁府当家者的尤氏竟然表示："你随他去罢，横竖洗了就完事了。"她不仅没有以身作则，遵循伦理规范并执行规矩法度，甚至还纵容下人的失礼行为，正所谓"上梁不正下梁歪"，如此一来只会导致全家人更加无法无天。这段情节也透露出贾家此等大族之所以要讲究规矩礼法，不仅是出于现实上确保家族运作的必要，更是将之作为一种主要的外在力量，以维持所有成员内在心性的纯正。

当然，以现代人生而平等的意识形态来看，读者或许会对之不以为然，但我们千万不能用现今所认可的思想理念去衡量其他的时代、社会和民族，否则便会落入"六经皆我注脚"的自我中心，每部小说分析到最后都是维护或赞美眼前世界的价值观，如此即沦为德国思想家卡西尔所定义的"乡下佬"。在面对《红楼梦》时，我们一定要理解小说人物本身所认为的天经地义的信念，然后深入把握到决定其言行、思想的依据，唯有如此，才能够真正了解到丫鬟炒豆儿出现失礼节的行为，其实已经意味着宁国府逐渐走入无法维系的脱序局面，最终成为爬灰之乱伦事件得以发生并加以容纳的渊薮。

或许有些读者会感到疑惑，既然秦可卿的治家才干与王熙凤旗鼓相当，何以她未曾从旁协助婆婆尤氏去管束下人的行为？推敲起来，这是因为秦可卿作为尤氏的子媳，在伦理上必须选择顺从与配合的立场，自然不应该越俎代庖，采取凤姐的严厉治家手法而与婆婆公然唱反调，不比凤姐是得到贾母、王夫人的授权与支持，在治家层面上并不存在婆媳问题，可以直接对症下药。如此一来，宁府的脱序程度只会越来越严重，甚至达到难以控制的地步。即便尤氏本身的人品并没有问题，却如同第四十三回脂砚斋所感叹的：

> 尤氏亦可谓有才矣。论有德比阿凤高十倍，惜乎不能谏夫治家，所谓人各有当也。

凡事有得必有失，虽然尤氏为人比凤姐更有德性，也不缺乏才能，但却无法做到"谏夫治家"，从而导致宁府家风松弛、道德败坏，甚至发生翁媳乱伦的不堪之事。

当然，此处情节所展现的只是宁府纲纪败坏的冰山一角，在第五回《红楼梦曲·好事终》的歌词中，曹雪芹已经明示宁府堕落的源头：

> 箕裘颓堕皆从敬，家事消亡首罪宁。宿孽总因情。

所谓的"箕裘颓堕皆从敬"，意指贾珍与秦可卿之间会发生可怕的乱伦事件，并为贾府带来致命性的毁灭，其真正的罪魁祸首实际上乃是贾珍之父—贾敬。乍看之下，实在让所有的读者都一头雾水，根本一

第四章　秦可卿

直不在现场的贾敬又怎么会成为可卿败德的罪魁祸首？原来，固然贾敬本身并没有做任何伤天害理的坏事，只不过是"一味好道，只爱烧丹炼汞，余者一概不在心上"，并让儿子贾珍代他袭了官爵，然而正因为他抛弃了教养儿孙克绍箕裘的义务，没有善尽为父者的责任，纵容不肖子孙的劣化，才致使贾珍敢于胡作非为，"把宁国府竟翻了过来，也没有人敢来管他"（第二回），以至于最终还产生了翁媳乱伦的悖德事件。贾敬身为宁府的长辈、贾珍的父亲，理应提供良好的父教，确保子孙相互监督扶持，同时在立身处世上树立良好的典范，运用父亲以身作则的力量让晚辈的心性、做为踏上正途，共同维系门风于不坠，然而他并未完成这些身为家长的重责大任，由此才成为家族溃散的根源。

以第三十三回贾政执行父教，而笞挞宝玉的情节为例，倘若从现代的价值观出发，许多读者总是一味抨击贾政下重手毒打儿子实非慈父之所为，但是在古代社会里，父亲本来就应该要严厉教育孩子。当然，我们并非认同贾政把儿子打死，而是要清楚了解到这段情节的真正寓意并不在于父子之间的价值冲突，反倒是旨在凸显父教的重要性。可惜的是，当贾政在执行父教的时候，却因为受到贾母的干预而不得不中断、撤退，毕竟贾母作为他的母亲，在母权高张的情况下，他唯有选择退让，从此以后不再插手。由此可见，祖母的溺爱确实导致子孙的不肖，也就是说，这段情节真正所要表达的恐怕是：一旦父教不能伸张，便是不肖子孙诞生之时。

接下来，"家事消亡首罪宁。宿孽总因情"两句直接道出宁国府乃贾家罪恶的渊薮，而形成罪恶的根本原因，则是"宿孽总因情"。然而，何以"情"会成为败坏一个人的力量？明明宝、黛之情的缠绵悱恻令众多读者感动得泫然欲泣,但是曹雪芹却希望借由秦可卿的遭遇,让我们了解"情"也可能会导致宿孽、造成破坏,甚至带来严重的毁灭。

香艳骀荡的欲望空间

那么,在宁国府的这种环境里,秦可卿究竟如何不加节制地把本性中的"情欲"展现出来呢?《红楼梦曲·好事终》的歌词记述道:

擅风情,秉月貌,便是败家的根本。

对女性之美的欣赏,可谓举世皆然,但是美丽如果涉及诱惑性,却是要特别警省加以注意,毕竟它极易使人逾越道德雷池,产生败德行为,最终一失足成千古恨,换言之,女性之美应该尽量避免与性诱惑相关。偏偏秦可卿的风情月貌是充满性诱惑力的,第八回说她长大后"生的形容袅娜,性格风流",而脂砚斋针对"性格风流"一句批曰:"四字便有隐意。春秋字法。"此即暗示了女性风情确实是秦可卿的性格特质,其越轨并非纯然由外界胁迫或影响所致。这一点也清楚反映在她的闺房布置上,根据第五回的描述:

大家来至秦氏房中。刚至房门,便有一股细细的甜香袭人而来。宝玉觉得眼饧骨软,连说:"好香!"入房向壁上看时,有唐伯虎画的《海棠春睡图》,两边有宋学士秦太虚写的一副对联,其联云:

第四章 秦可卿

嫩寒锁梦因春冷,芳气笼人是酒香。

案上设着武则天当日镜室中设的宝镜,一边摆着飞燕立着舞过的金盘,盘内盛着安禄山掷过伤了太真乳的木瓜。上面设着寿昌公主于含章殿下卧的榻,悬的是同昌公主制的联珠帐。宝玉含笑连说:"这里好!"秦氏笑道:"我这屋子大约神仙也可以住得了。"说着亲自展开了西子浣过的纱衾,移了红娘抱过的鸳枕。

卧室作为一个人内在的自我投射,就相当于一种主体的延伸,瑞士心理学家荣格在关于无意识的讨论中便指出"房子象征了我的人格及其意识层面的兴趣",而意识层面的兴趣极有可能还包含了不为道德礼教所容的事物,因此秦可卿的卧室即是她最真实的内在自我的投影。一方面,其中香艳、精致的摆设物件都并非一般人家所能够拥有的,那些古董宝物的珍稀价值恰恰反映出宁府的豪奢,因此"大约神仙也可以住得了",此处的各种描写不仅显示了秦氏嫁入贾家之后所获得的高级物质待遇,也展现出她的审美品味。

另一方面有趣的是,何以秦可卿房内摆设的物件又与武则天、赵飞燕、杨贵妃、寿昌公主、同昌公主等等相关呢?其实,这些陈设真正的意义是铺陈人物性格以及生活面向的"爱欲细节"(erotic details),关键在于所有物品都与历史上的知名女性密切联结,而她们更大多具有情色爱欲的面向,即便寿昌公主、同昌公主的故事里并没有情色元素,但是至少皆以床榻寝具和女性睡姿而间接关涉,由此秦氏的卧房确实形成了一个香艳骀荡的欲望空间。

首先,秦可卿就寝的卧床是"寿昌公主于含章殿下卧的榻"

（案：寿昌公主应作寿阳公主），根据《杂五行书》的记载：南朝宋武帝的女儿寿阳公主，在"人日"即农历大年初七的那一天睡卧于含章殿，檐下梅花飘落在公主的额头上，印出了五瓣梅花之状，无论如何都擦拂不去，于是皇后便决定留下这副由大自然所赐予的罕见巧妆，谁知三天过后却被清洗脱落了，宫女们感到十分奇异，便纷纷效仿，最终形成了一种新的时尚——梅花妆。曹雪芹之所以拈取此一典故为说，一则源于寿阳公主乃身份尊贵的美丽女性，二则在于寿阳公主躺卧于含章殿的睡姿，乃是女性最妩媚、最性感的一种姿态。

接下来，可卿的床帐则是"同昌公主制的联珠帐"，当然这并非真实存在的古董，只是为了烘托物品的精致、珍贵，以及与女性的寝息空间相关，因而刻意采用的象征物件。根据唐代苏鹗《杜阳杂编》的记载，同昌公主乃唐懿宗的女儿，于咸通九年出嫁，因备受宠爱，所以皇帝赐"宅于广化里，赐钱五百万贯"，甚至把国库里最珍贵的宝物都运送到公主新宅，使她的宅邸金碧辉煌、珍宝充实，而堂中设置的联珠帐乃是以一颗颗珍珠串联而成的稀世奇珍。单单一颗珍珠便已经所费不赀，遑论整面的联珠帐，由此衬显出秦可卿的寝具是何等昂贵。

红娘抱过的鸳枕

虽然"寿阳公主于含章殿下卧的榻""同昌公主制的联珠帐"这二则典故与"情色"无涉，两件物品仍然都属于女性闺房内的起居陈设，至于其他的几件物品，则明确是与女性风情密切相关，譬如"西子浣过的纱衾""红娘抱过的鸳枕"。固然西施以体弱多病的特质而成为黛玉的历史重像,但在此处描述的关键是以她浣纱制成的衾被为主,故其重点应该转为强调西施作为红颜亡国的祸水身份。从男权中心的角度来看,美人计的女主角绝对蕴含着情色的意味,毕竟是她导致一国的最高权力者耽溺于温柔乡,进而终日乐不思蜀、荒怠政事,因此更容易被灭国的祸首。

至于"红娘抱过的鸳枕",其情色意味更是十分确切。红娘是《莺莺传》里为张生和崔莺莺居间牵线的丫环,男女主角双方实际上素不相识,莺莺只是在崔母的强迫之下才与张生有过一面之缘,当场张生便对莺莺一见钟情。在男女授受不亲的状况中,张生难以更进一步接触到莺莺,尤其莺莺一开始以礼自守,坚持拒绝张生的亲近,张生眼见此路不通便另辟蹊径,求助于随身服侍莺莺的丫鬟红娘,以打通关节。而红娘先是对张生提出质疑,既然他想亲近莺莺,以他对崔家的救命之恩以及彼此的亲戚关系,大可直接开口提亲,与崔母商议婚事,老太太必定会欣然答应。然而张生却认为,正式的婚礼包括纳采问名,其中的繁文缛节必须耗时数月之久,等到那个时候,就只能"索我于枯鱼之肆矣",所以恳求红娘提供其他更有效的方法,这段说辞于话里话外无不透露出张生之所以想要接近崔莺莺,根本只是为了满足自己的欲望,而并非真的爱上对方,显然张生乃是一个为人无行、轻薄不良之辈。

最值得注意的是,既然红娘已经看到张生的真正面目,竟然还主动向张生提供唯一可以达到目的之方法,她知道自家小姐最喜欢诗,唯有写诗才能够打动其芳心,于是建议道:"君试为喻情诗以乱之,不然则无由也。"果然也因此攻破莺莺的道德防线,促成了两人双宿双飞的后续发展,红娘也协助携衾抱枕的工作,将西厢布置成洞房。所以,"红娘抱过的鸳枕"一词显然与情色范畴直接相关。

在此可以特别说明的是,一般读者往往忽略的疑点在于:红娘作为小姐身边的丫鬟,居然把小姐的秘密如此轻易地透露给心怀不轨的陌生人!如果她真的爱护主人,衷心替她设想,岂非应该以主人未来的幸福安全为重,并拒绝张生的请托吗?又怎么能够授人以柄,让一个陌生男子有机会与闺阁小姐产生进一步的接触呢?尤其红娘的话语中也出现了"乱"这个字眼,正呼应了一开始莺莺对张生企图不轨的心态所点出的"以乱易乱"之"乱",以及崔、张二人发生性关系之后,张生去京城赴考也开始有意抛弃莺莺时,莺莺所说道:"始乱之,终弃之,固其宜矣。"这个"乱"字精准地点出了张生的目的、心态,而红娘理应保护小姐免于陌生男人的纠缠,却竟然帮助这样心怀不轨之人利用情诗来扰乱小姐的芳心,如此一来,红娘反倒是与张生站在同一阵线,成为一同导致莺莺最终身败名裂的共犯。因此,莺莺以正当的态度重新审视这位贴身丫鬟的时候,才会批评红娘是"不令之婢",即不好的婢女。

果然,莺莺如她自己所预见的,最终还是被张生抛弃了。而红娘真的对此等后果一无所知吗?如果她不知道自己对张生的建议会将莺莺陷入不义之中,那可就愚蠢到匪夷所思的地步了。由此可见,在一般的情况下,没有知识才能的人最好不要做事,否则做起事来破坏性最大。有才之人应该做好事,而无才之人做事只会让旁边的人承担收拾善后的各种风险。不过话说回来,从红娘一开始乃是建议张生直接求亲,显然她完全明白明媒正娶才是正道,由此便证明了她并非无知之辈,则她之所以热心促成崔、张关系的内在动机,恐怕是出于不足为外人道的阴暗面。

何以红娘会如此积极地撮合崔、张二人？崔、张好合对她又有什么好处？红娘的行为真的是出于热血的性格吗？然而她的行为让莺莺掉入地狱永世沉沦，根本谈不上热血；抑或是红娘无知，并不知道自己的撮合会导致小姐身败名裂？这就更加不合逻辑了，毕竟红娘曾经质疑张生何以不直接提亲，可见她完全了解明媒正娶才是正道，要知道，在这种不正当的爱情关系里，莺莺其实是唯一的受害者，在与张生发生性关系之后便只能够依靠对方的怜悯和忠诚，同时又得承担被抛弃的巨大风险，所以在本质上处于非常脆弱的位置。再者，在古代性别不平等的双重标准之下，男人几乎可以全身而退，如同与秦可卿发生可怕乱伦事件的贾珍，他始终不曾付出任何代价。但是红娘却帮助张生这种不怀好意的男人私下与小姐相会，指出一条直取小姐芳心的捷径，显然其居心也大有可议之处。如此看来，红娘积极撮合两人的行径理应是别有意图。

就这一点而言，荷兰汉学家伊维德（Wilt L. Idema）从现实的角度推论道：红娘在崔、张关系中并非纯粹的局外人或旁观者，而是有着攸关切身利益的当事人，之所以热心成全两人之好事，恐怕是有意通过莺莺来为自己找到合适的主人，以便脱离奴婢地位。这种怀疑乃是有理有据的有力论证，并非以小人之心度君子之腹，回到传统社会的婚姻制度和家庭运作方式来看，如果张生迎娶了崔莺莺，身为贴身丫鬟的红娘便可以一起陪嫁过去，类似于王熙凤身边的平儿，而成为妾室、姨娘、房里人，这就比一般丫鬟的身份来得高，也是丫鬟最好的出路。即使最后的发展不如期望，张生对莺莺始乱终弃，真正受害的也唯有身为良家妇女的崔莺莺，红娘始终都是安全无虞的，换言之，红娘积极撮合崔、张之事正是抱着赌博般的牟利心态：如果成功，便能够成为小姐的陪嫁，进一步实现身份提高的目标；倘若失败，她也毫无损失，仍旧是随侍莺莺身旁的贴身丫鬟。由此才能够合理解释为何红娘不顾及莺莺的幸福，也说明了红娘恐怕并非如戏曲研究者所宣扬的那般热心助人的正面角色。

总而言之，无论红娘是否意识到莺莺在其推动之下会有身败名裂的巨大可能，她的为人品行确实都有问题。然而一直以来，戏曲研究凡是涉及《西厢记》《莺莺传》的故事，均把红娘歌颂为热血热情、仗义相助，一心想要撮合有情人的正面形象，殊不知，这一普遍说法很有待商榷。如果我们回归红娘最初出现的文本，即元稹的《莺莺传》来看，此人恐怕是大有问题的，实在难以把她当成热心助人的典范，实际上恰恰相反。或许有些读者一开始不大能够接受这种推论，但是当有人提出一种新的可能性，并且更加符合文本脉络以及社会语境时，我们应该努力做的是调整自身的理解，而非死守成见。红娘究竟是为人歌颂的热心助人的推手，抑或是借势谋利的黑手？这个问题非常值得反思，我们绝不应该放弃批判能力，只以既定的成见进行判断或推论。批判不是为反对而反对，而是真正地、具体地从各个角度反思常见的说法。

从而也必须指出，《红楼梦》与才子佳人小说的关系是个长期以来积非成是的大问题，许多读者都认为《红楼梦》吸收并继承了才子佳人小说的创造主旨和手法，所以大多主张书中必然支持婚恋自由自主。但是事实刚好颠倒，尤其从书中对于"红娘"的角色定位及批判态度来看，作者更显然反对才子佳人小说的思想内涵。

第四章　秦可卿

红娘面面观

很值得注意的是,红娘正是曹雪芹批判才子佳人小说时具体点名的对象之一,于整部《红楼梦》中总共被提到五次。于第一回的开宗明义里,曹雪芹便大力反驳才子佳人小说的落于陈腐俗套,"那些胡牵乱扯,忽离忽遇,满纸才人淑女、子建文君红娘小玉等通共熟套之旧稿"(第一回),明确是把红娘的角色定位为那类作品陈腔滥调、千篇一律的结构因素之一。最重要的是,第五十一回薛宝琴的《蒲东寺怀古》一诗道:

> 小红骨贱最身轻,私掖偷携强撮成。虽被夫人时吊起,已经勾引彼同行。

由此可见,曹雪芹对才子佳人小说的批判并不仅限于其形式上的审美缺陷,他还认为这类小说里的角色都存有严重败德、莫大罪愆的问题,以至于《蒲东寺怀古》这首诗的题材虽则是出于张生与崔莺莺,却始终聚焦在为两人穿针引线的丫鬟红娘身上。

首句"骨贱最身轻"先对红娘的为人个性盖棺定论,指出此人打从骨子里就低贱,不仅不懂大局,甚至不为主人设想,竟然积极地促成一段使之沦落的孽缘。要知道,在这种非法悖礼的男女关系中,未婚的闺阁女子必然是最大的受害者,因为她缺乏婚姻的保障,越轨的行为也得不到法律的支持,最后只会遭到社会的唾弃而付出惨重代价。

宝琴接下来分别以"私掖偷携""勾引"来表述红娘不合法、不合理的行为，更以"强撮成"点出她积极参与促成莺莺和张生一事的主导性地位，这般不以正大光明的方式推动崔、张之间的交往，只会导致两人的关系更加不见容于社会。于是东窗事发之后，红娘自然是被崔母吊起来毒打惩罚，但是即便亡羊补牢也为时已晚，毕竟莺莺已经与张生私下苟合，真是一失足成千古恨！这种种细节都表明红娘绝对不是一个局外人或旁观者，如前所言，她在崔、张二人的"浪漫韵事"里所扮演的角色，肯定并非多数读者所认为的事不关己、纯粹出于热血助人而已。

倘若再仔细去考察《红楼梦》，作者是否设计过这一类扮演着色情媒介的贴身丫鬟呢？实际上由于曹雪芹反对红娘，所以他的小说中只要是正派人物，便都没有红娘般的作为。例如第三十四回宝玉对黛玉唯一的传情表示，便是派出晴雯送去两块旧手帕，然而晴雯并不了解宝玉的葫芦里究竟卖的什么药，因此质疑道：

"这又奇了。他要这半新不旧的两条手帕子？他又要恼了，说你打趣他。"宝玉笑道："你放心，他自然知道。"晴雯听了，只得拿了帕子往潇湘馆来。……晴雯道："二爷送手帕子来给姑娘。"黛玉听了，心中发闷："做什么送手帕子来给我？"因问："这帕子是谁送他的？必是上好的，叫他留着送别人罢，我这会子不用这个。"晴雯笑道："不是新的，就是家常旧的。"林黛玉听见，越发闷住，着实细心搜求，思忖一时，方大悟过来，连忙说："放下，去罢。"晴雯听了，只得放下，抽身回去，**一路盘算，不解何意**。

第四章 秦可卿

从这番描述可以得知,晴雯始终都不清楚宝玉送半新不旧的手帕给黛玉是何用意,在她的认知里,黛玉为人敏感多虑,而宝玉莫名其妙地送去旧手帕,肯定会惹恼了这位小姐,但有趣的是,最终黛玉不仅收下了手帕,甚至并没有生气,于是成功全身而退的晴雯便一路盘算,可是任凭她绞尽脑汁,依旧是不解何意。何以如此呢?原来宝玉送旧手帕给黛玉的举动是在模仿才子佳人小说的定情环节,黛玉之所以这般撼动,乃源于曾经与宝玉共读西厢(见第二十三回)并明白了对方的用心,而晴雯则根本对此毫无概念,所以才会想不通个中的来龙去脉。

此处的晴雯几乎担任了红娘传帕递简的功能,然而这位莫名其妙成为"红娘"的丫鬟,是否主动地存心要撮合宝、黛之恋呢?答案是丝毫没有。这说明了两点:第一,晴雯并不算是宝玉的知己,她根本不明白宝玉到底是在做什么。宝玉之所以不想找袭人去送手帕,就是担心袭人猜得出其中的用意,如此一来便不能达成心愿,因为一定会受到劝阻,毕竟那是不正当的行为,据此而言,真正了解宝玉的是袭人,而非晴雯;第二,晴雯素来粗枝大叶、不大用心,"是个使力不使心的"(第五十三回),因此,她无法细腻体贴到足以明白这番隐秘的心思。既然书中在唯一的传帕定情事件上,穿梭于两方的媒介人物却对其意义毫无概念,所以晴雯根本不属于一般所熟知的红娘角色。

当然,《红楼梦》里确实还有一名丫鬟直接介入了宝、黛之恋,但并未像晴雯那般搞不清楚状况,她就是一心向着黛玉的紫鹃。值得注意的是,虽然紫鹃有着积极参与的举动,却不曾做出任何像红娘一样的"非法"行为,而且其动机都是为了黛玉在未来能够过得安稳幸福,一片无私。必须说,倘若真的希望对方好,那么就一定要考虑其现实处境,否则便会像红娘那般坑害了当事人。

试看第五十七回"慧紫鹃情辞试忙玉"的一段故事，宝玉因为听紫鹃谎称黛玉要回苏州而急得痴傻失魂了，在宝玉的情绪得到安抚之后，紫鹃便私下道出她之所以说谎的动机：

> 你知道，我并不是林家的人，我也和袭人鸳鸯是一伙的，偏把我给了林姑娘使。偏生他又和我极好，比他苏州带来的还好十倍，一时一刻我们两个离不开。我如今心里却愁，他倘或要去了，我必要跟了他去的。我是合家在这里，我若不去，辜负了我们素日的情常；若去，又弃了本家。所以我疑惑，故设出这谎话来问你，谁知你就傻闹起来。

由此可见，紫鹃与黛玉确实姐妹情深，她考虑到如果黛玉因为出嫁而离开贾府，自己"必要跟了他去"，以便能够贴身侍候对方，但是，毕竟紫鹃是"合家在这里"，属于所谓的家生子，倘若黛玉远嫁他方，她就不得不与骨肉分离。为了既不辜负与黛玉的情常，又不至于抛弃了本家，宝玉可以说是黛玉共结连理的最佳对象，因此她便打算先用迂回的言辞来测试宝玉的心意。

最重要的是，紫鹃另外又私下对黛玉的未来给予剖白分析，更是句句在理，她说：

> 倒不是白嚼蛆，**我倒是一片真心为姑娘**。替你愁了这几年了，无父母兄弟，谁是知疼着热的人？趁早儿老太太还明白硬朗的时节，作定了大事要紧。俗语说，"老健春寒秋后热"，倘或老太太一时有个好歹，那时虽也完事，只怕耽误了时光，

第四章　秦可卿

还不得趁心如意呢。公子王孙虽多，那一个不是三房五妾，今儿朝东，明儿朝西？要一个天仙来，也不过三夜五夕，也丢在脖子后头了，甚至于为妾为丫头反目成仇的。若娘家有人有势的还好些，若是姑娘这样的人，有老太太一日还好一日，若没了老太太，也只是凭人去欺负了。所以说，拿主意要紧。姑娘是个明白人，岂不闻俗语说："万两黄金容易得，知心一个也难求。"

无论是"知疼着热"的夫婿选择，或是"无父母兄弟"的娘家背景，紫鹃都是站在黛玉的处境上做出的考虑，倘若黛玉嫁给其他的公子王孙，任何人都无法保证对方肯定疼爱黛玉，万一她在夫家受了委屈，而贾母又已经去世了，她就只能任凭别人欺负，所以紫鹃才希望"趁早儿老太太还明白硬朗的时节"作定了宝、黛的婚姻大事。必须强调的是，紫鹃的考虑完全正大堂皇，让贾母出面定下婚姻的诉求也符合父母之命的礼教原则，她并没有做出任何私掖偷携、让小姐与男子待月西厢的不正当行为。

紫鹃介入宝、黛之间的举动，最多只不过是"情辞试忙玉"，而她的主要目的是为了确定宝玉对黛玉的真正心意。她认为"最难得的是从小儿一处长大，脾气性情都彼此知道的了"，况且宝玉对黛玉心实情真，绝非一般纨绔子弟如张生那样存心玩弄女性，所以当她试探出宝玉的真心之后，便暗暗筹划让贾母为黛玉的婚事趁早拿定主意。在第五十七回里，薛姨妈因为受贾母之托，便直接住进潇湘馆以就近照顾黛玉，当薛姨妈、宝钗、黛玉三人正在闲聊之际，薛姨妈提出心内的想法，说："我想着，你宝兄弟老太太那样疼他，他又生的那样,若要外头说去,断不中意。不如竟把你林妹妹定与他,岂不四角俱全?"在这般近水楼台的情况下,紫鹃忍不住趁机向薛姨妈催促道:"姨太太既有这主意,为什么不和太太说去?"薛姨妈听了以后则哈哈大笑,打趣道:"你这孩子,急什么,想必催着你姑娘出了阁,你也要早些寻一个小女婿去了。"

看到这里,许多读者都认为薛姨妈的反应是在故作姿态,蓄意说些虚情假意的话敷衍紫鹃,并且带有讽刺之意,但这都属于绝大的误解,因为事实上她非如此反应不可。因为在贾家这等诗书簪缨之族里,未婚少女是绝对不可以涉及婚恋话题的,那可是女孩家严重的禁忌,她们如果主动谈到恋爱、提亲一类的,便是非常没有教养的行为,而《红楼梦》里即经常描述未婚少女一旦涉及这个话题,几乎都是面红耳赤,譬如此时黛玉一听到薛姨妈说想把她定与宝玉,在怔怔地呆了一会儿之后就立刻红了脸。而薛姨妈之所以在紫鹃贸然提议时让她碰了软钉子,原因有二:第一,身为丫鬟的紫鹃不应该介入主子小姐的婚姻抉择,这属于逾越分际、不合主仆伦理规范的行为;第二,紫鹃作为一个未婚的丫头,主动涉及这种话题实在有失礼法的界限。

归根究底,紫鹃撮合宝、黛之恋的初衷始终都是以"父母之命,媒妁之言"为依归,完全没有涉及任何私情,而一点都不迂腐守旧,因为这的确是保护黛玉的唯一做法。其实,《红楼梦》里不少情节都反映了视"私情"为禁忌的信息,即使只是言语上的表达亦是如此,譬如第三十二回中,宝玉想要向黛玉倾诉衷情时,黛玉也是连连打断加以阻止,甚至转身就走了,退出即将表述私情的尴尬处境,只不过宝玉因为处于激情的状态,所以并未发现黛玉已经离开现场,在

第四章　秦可卿

没有意识到眼前人乃赶来送扇子的袭人之下,他竟然拉住对方坦露说道:

> 好妹妹,我的这心事,从来也不敢说,今儿我大胆说出来,死也甘心!我为你也弄了一身的病在这里,又不敢告诉人,只好掩着。只等你的病好了,只怕我的病才得好呢。睡里梦里也忘不了你!

面对宝玉如此大胆的倾吐,袭人当然是吓得魂飞魄散,因为这极有可能会演化为性丑闻,所以后来她才会向王夫人建议把宝玉从大观园迁出来,便是为了避免将来发生"不才之事"。虽然黛玉守身如玉,并未与宝玉陷入不正当的情欲关系里,但是宝玉之倾诉衷肠已经是触碰了禁忌,这是现代读者往往忽略的一大重点。

每个人都活在现实之中,《红楼梦》并不是在创造一个历史或社会真空的爱情神话,它非常清楚地展现出社会里的任何活动,包含浪漫动人的"爱情",皆是在制度、环境之下,由各种复杂的因素组构而成的,没有任何人可以回避自己身处的社会环境。再者,如果仔细比对明清时期的淫词艳曲、色情小说,可以发现,在这些诉诸感官刺激以取得市场利益的作品内,作为男女双方中介的角色经常是由丫鬟、邻居、闺中密友所担任的,因为这些人最轻易接近到小姐本身,而《莺莺传》《西厢记》也全然符合同一套式,可见红娘所扮演的实际上是淫媒的角色,则秦可卿房内"红娘抱过的鸳枕"便隐约带有色情媒介的意味。

"艳极,淫极"的卧房摆设

接下来的分析将一步步更接近情色的核心。可卿房间墙壁上挂着的《海棠春睡图》描画的是杨贵妃的醉态,典出宋朝《杨妃外传》的记载:

> 明皇登沉香亭,诏妃子,妃子时卯酒未醒,命力士从侍儿扶掖而至。妃子醉颜残妆,钗横鬓乱,不能再拜。明皇笑曰:是岂妃子醉邪?海棠睡未足耳。

杨贵妃这种喝醉以后的慵懒之态,实际上是一种非常具有诱惑力的女性媚姿。面对风情万种的妃子,唐明皇便忍不住笑说:"是岂妃子醉邪?海棠睡未足耳。"将杨贵妃的醉态比喻为春睡未足的海棠花,可以说是相当具有诗意的双关联想。这是一段非常美妙的帝妃浪漫之爱,两人不仅都具有高度的文艺修养,还是彼此的灵魂伴侣,简直是极端罕见。

至于"武则天当日镜室中设的宝镜"更是一种色情装置,源于"春画",明朝沈德符《万历野获编》记载道:

> 春画之起,当始于汉广川王。……唐高宗镜殿成,刘仁轨惊下殿,谓一时乃有数天子。至武后时,则用以宣淫。杨铁厓诗云:"镜殿青春秘戏多,玉肌相照影相摹。六郎酣战明空笑,队队鸳鸯浴锦波。"而秘戏之能事毕矣。

第四章 秦可卿

"秘戏"即隐秘的男女之事,从这段记载可以看出,在唐高宗时期建成的镜殿,到了武后之时,竟被作为一种色情装置来使用。又晚唐李商隐有《镜槛》一诗,根据清代诗评家朱鹤龄的题解:"高宗时,武后作镜殿,四壁皆安镜,为白昼秘戏之须。镜槛当是镜殿中栏槛耳。"恰恰回应了此段记载,说明了镜子乃武则天白天宣淫时所用的陈设。既然秦可卿房中也有这样的摆设,可见恣情纵欲确属其人物形象的内涵之一。

再看一边放置的金盘,选的是"飞燕立着舞过的金盘",而并非汉武帝的金铜仙人捧露盘。中唐李贺的《金铜仙人辞汉歌》曾吟咏此物,乃武帝时为了求仙而打造的金铜仙人,其掌中所托的捧露盘必须安置于极高之处,高到超出云表,如此一来,所承接的露水才不会被红尘所污染,然后将纯净的露水与磨成粉末的玉屑掺杂调和,每日饮用,以此改变内在体质而轻身成仙,达到永生的目的。那么,何以秦氏卧房内置放的是赵飞燕立着舞过的金盘呢?这点确实引人遐想,毕竟赵飞燕在史上诚然是以淫乱著称的,再加上"盘内盛着安禄山掷过伤了太真乳的木瓜",便可以确定是情色意涵无疑。

唐明皇的帝妃旷古之恋在后续的历史中受人艳称,到了明朝时期,却开始风行杨贵妃与安禄山有染的流言,传说安禄山与杨贵妃私通时,在她的胸口上留下爪痕,而杨贵妃为了掩盖痕迹,便把本来粘贴在额头之上装饰用的花黄,改贴在胸口上以遮丑避嫌,令人意想不到的是,宫中妃嫔宫女居然纷纷效仿,所以它和梅花妆一样成为流行的时尚妆扮。另外还有一则典故说:"贵妃之乳服诃子,为禄山之爪所伤。"意指女性的内衣是起源于上述故事,同样是用来掩盖爪痕,由此也衍生出"禄山之爪"这一成语,代指色狼侵犯女性的不安分之手。其实,无论是把花黄改贴于胸口而创造出一时风尚,还是发明肚兜以掩盖爪痕的说法,都是后人穿凿附会的无稽之谈,毕竟关于古人的传闻即使并非事实,反正也无人能够挺身控诉诽谤、污蔑,所以后人便越发肆意胡编乱造,在人云亦云的情况之下,便逐渐形成了典故。从这些十分流行的杂谈来看,"安禄山掷过伤了太真乳的木瓜"显然暗含着情色意味,而小说家又巧妙地增加了"木瓜"作为道具,更是强化了相关的形象联想。

当然,上述种种的摆设用品都是脂砚斋所说的"一路设譬之文""设譬调侃",即安排譬喻以表达象征意义,传统文学评论中所谓的"设譬"即用以进行隐微委婉的讽谏,相关物件并非真正在历史中传承下来的古董,而其主要寄寓的调侃意义,即脂批所谓的"艳极,淫极"。有一种说法认为,这些香艳旖旎的氛围来自宝玉的幻想,而非秦可卿本人的安排布置,甚至还有另一种推论,主张可卿房内的设备是被好色的公公贾珍所强迫布设的。但事实上,这两种说法根本不可能成立,因为秦可卿的房间是与丈夫贾蓉共有的,如果公公介入房间的布置,便完全违背了男主外、女主内此一空间阻隔的规矩。即使有人对秦氏房间的安排有意见,那也应当是尤氏而非贾珍。最重要的是,小说中并没有任何证据表明秦可卿的房间布置是由他人所左右安排的,所以我们理应实事求是,切勿为小说捏造不存在的情节内容。

可卿的性格投射

挪威红学家艾皓德认为:"宝玉可能是在梦幻般的状态中看到那

些极不真实的物品的,那些物品与过去的或虚构的美女相联系,并且充满情欲色彩,宝玉则在踏进房间的那一刻而不是睡着以后才进入那种梦幻般状态的,因而,在此情况下那些物品更可能是宝玉情欲的投射而不是可卿淫荡本质的表现。"虽然这也是一种常见的说法,但却过于想当然耳。从文本来看,宝玉进房之时,丝毫看不出他是在迷梦恍惚的状态,所以那些物品及其种种特征,都是宝玉入睡之前清醒所见,或者应该说,是作者刻意安排以提供了解秦可卿的线索。更重要的是,此时的宝玉年纪尚小,还处于天真无邪,完全不懂男女之事的心智状态,而他在梦中受到警幻仙子指派的兼美秘授云雨之事,是在见到可卿房内的摆设之后才发生的。在此之前,宝玉根本不可能有相关的联想。

其实,曹雪芹安排兼美给予宝玉性启蒙的情节,正是为了阐明"性欲"并不完全是与生俱来的本能,而是需要后天受到潜移默化的教育或影响,才会知道男女云雨究竟是怎么回事。虽然"爱欲"是源于身体,而"爱情"是出于心理,但实际上这两者都不全然出自与生俱来的生命本能。自五四时期迄今一直认为,情欲、爱情皆属人类天生的重要本能,只要承认并发挥这些本能,便可以使人确立自我,从而实现个体觉醒,促使个人得以解放,包括所谓的"性解放"。可是,这根本是把不同的概念尤其是通俗成见混为一谈,实乃严重的误会。

美国当代爱学专家欧文·辛格(Irving Singer)已经通过研究而指出,所谓"坠入爱河"(fall in love),与其说是属于本能的范畴,不如说是属于概念的范畴,而概念是需要后天学习的;与其说是本能的偏好或是受到荷尔蒙的驱使,倒不如说是在当时社会和艺术影响之下所形成的某种倾向。每个社会和时代会怎样认知爱情，使得社会中的成员以何种方式追求爱情，或以特定的方式实践爱欲，其实是受到当时社会的影响。从而每个时代对于"爱"的看法，以及闺房之内的活动，实际情况乃各不相同，也绝非与生俱来。

女性主义的先驱大师西蒙·德·波伏娃（Simone de Beauvoir）在《第二性》中便提到，有些女孩会在结婚当天受到严重惊吓，甚至导致内心创伤，便是因为她无法接受竟然要洞房花烛夜，纯洁的女孩甚至无法理解，何以会有像野兽交合一般可怕的事情发生。波伏娃考察了众多案例，最终得出结论：关于性的行为是要通过学习才会得知的，唯有先接受了相关的概念，才会知道怎么去进行。一些社会学研究也发现，在中国古代社会里，尤其是大家族的良家少女，甚至是上层精英闺秀，她们的母亲会在婚前私下教导她们婚后会发生什么状况，让女儿先有心理准备，否则她们对于洞房花烛夜根本就懵懵懂懂、毫无概念。

中西各方的相关研究都可以证明，欧文·辛格的说法是正确的，"爱"确实是受到当时社会、艺术的影响而产生的某些知识或某种倾向，并非本能的偏好或荷尔蒙的驱使；把"性爱"看作人人皆具有的强烈本能，是五四以来非常严重的错误认知。吊诡的是，在强调个体觉醒时往往会提到的"性解放"，其实反倒导致另一种对人性的扭曲与压迫，也就是把人尤其是女性更加地物化，从而加重了女性作为工具的悲哀地位。

由曹雪芹安排宝玉在接受了兼美的性启蒙之后才了解何谓"性欲"这一点来看，确实是与现代学者的研究成果完全吻合，可见他绝非以一般常识来看待人的问题，而是已经达到真正的、深刻的

第四章 秦可卿

知识高度。如此一来,既然初踏入可卿房内的宝玉还完全不懂男女之事,又怎么会对眼前的物品产生露骨的情欲投射呢?更重要的是,倘若缺乏相关的文化知识,又岂能从这些日常生活的平常摆设中看出色情意味?毕竟把那些名物前面的描述性修辞去除之后,便只剩下镜子、金盘、木瓜、卧榻、联珠帐、纱衾、枕头而已,属于珍贵却单纯的一般日常用品,再正常不过。而让宝玉储备了相关知识的时间点,实际上是到第二十三回搬进大观园以后才发生的,所谓:

> 宝玉自进花园以来,心满意足,再无别项可生贪求之心。每日只和姊妹丫头们一处,或读书,或写字,或弹琴下棋,作画吟诗,以至描鸾刺凤,斗草簪花,低吟悄唱,拆字猜枚,无所不至,倒也十分快乐。……那宝玉心内不自在,便懒在园内,只在外头鬼混,却又痴痴的。茗烟见他这样,因想与他开心,左思右想,皆是宝玉顽奈烦了的,不能开心,惟有这件,宝玉不曾看见过。想毕,便走去到书坊内,把那古今小说并那飞燕、合德、武则天、杨贵妃的外传与那传奇角本买了许多来,引宝玉看。宝玉何曾见过这些书,一看见了便如得了珍宝。

由此可见,虽然宝玉住进大观园之后过得十分舒适惬意、心满意足,但是因为各式各样的东西全玩遍了,他反倒觉得空虚无聊,贴身服侍的小厮茗烟见状,便偷偷买了一些书坊里的禁书,诸如"古今小说并那飞燕、合德、武则天、杨贵妃的外传与那传奇角本"给他见识见识。其中的"飞燕""武则天""杨贵妃"即出现在秦可卿卧房物品的描写上。那么,第二十三回时的宝玉究竟是几岁呢?该回中说得很清楚,是"荣国府十二三岁的公子"。由此反推回去,第五回的宝玉必须再减掉几岁,则无论是从年龄还是生活经验来看,都纯粹是个天真的小孩子,纵然到了生理开始发育的阶段,也完全没有接触过相关的知识,只是处于朦胧而不明所以的状态,所以警幻才会在宝玉梦游太虚幻境之际安排兼美秘授云雨之事。既然此时的宝玉不可能会产生性幻想,也就不可能对那些普通的日常物件进行强烈大胆的色情投射,由此可见,秦氏卧房中的摆设只能说是其性格的真实展现,而这是曹雪芹运用小说家的特权,结合许多相关的知识、物件、形象,为其笔下角色所呈现的人格特质。

进一步而言,即使秦可卿房间的种种摆设均与情色无关,却也不符合贾府这种贵族世家的品味要求。根据出身于睿亲王府的末代王爷之子金寄水所言:"因母亲房中布置淡雅,案头陈设,多属文玩,架上图书,无非古籍。由于耳濡目染,故对于纸笔墨砚,有了一些鉴别能力。"当时虽是民国初年,但是小朝廷犹存,所以睿亲王府仍然维持旧制,延续过去的生活形态以及运作方式,因此在一定程度上反映出王府贵族的常态。同样地,荣府的当家女主王夫人起居坐卧的陈设亦然,第三回借由初进荣国府的黛玉之眼描述道:

> 临窗大炕上铺着猩红洋罽,正面设着大红金钱蟒靠背,石青金钱蟒引枕,秋香色金钱蟒大条褥。两边设一对梅花式洋漆小几。左边几上文王鼎匙箸香盒;右边几上汝窑美人觚——觚内插着时鲜花卉,并茗碗痰盒等物。地下面西一溜四张椅上,

第四章　秦可卿

都搭着银红撒花椅搭，底下四副脚踏。椅之两边，也有一对高几，几上茗碗瓶花俱备。

整个房中的家具摆设、时鲜花卉，均显露出稳重贵气的氛围。其中会有"金钱蟒靠背""石青金钱蟒引枕"这等物品，乃因为他们是国公爷的后裔，如同皇帝用品上面的图案必然绣着金龙。另外，王夫人接见黛玉的东廊三间小正房，更展现出一种文人气息，其"正面炕上横设一张炕桌，桌上磊着书籍茶具，靠东壁面西设着半旧的青缎靠背引枕。王夫人却坐在西边下首，亦是半旧的青缎靠背坐褥"，东边是男主人贾政的位置，王夫人则坐在西边，可见这才是贵族妇女的真正面貌。

再看第四十回里一一展示的少女房间布置：黛玉的潇湘馆不仅窗下案上设着笔砚，书架上还磊着满满的书，连刘姥姥看了都忍不住惊叹"竟比那上等的书房还好"。而探春那"三间屋子并不曾隔断"的秋爽斋，则是：

当地放着一张花梨大理石大案，案上磊着各种名人法帖，并数十方宝砚，各色笔筒，笔海内插的笔如树林一般。那一边设着斗大的一个汝窑花囊，插着满满的一囊水晶球儿的白菊。西墙上当中挂着一大幅米襄阳《烟雨图》，左右挂着一副对联，乃是颜鲁公墨迹，其词云：

烟霞闲骨格，泉石野生涯。

案上设着大鼎。左边紫檀架上放着一个大观窑的大盘，盘内盛着数十个娇黄玲珑大佛手。右边洋漆架上悬着一个白玉比目磬，旁边挂着小锤。

无论是空间格局还是物品摆设，皆充满了文人雅士的大器风范，从挂图、对联、陈设来看，都与秦可卿的房间风格截然不同。

或许有人会质疑，王夫人已经是年近五十的中老年妇女，而黛玉、探春均是未婚少女，她们在年龄、身份上都和秦可卿这种年轻少妇不可同日而语，所以秦可卿的房间布置并不算是奇特。话虽如此，其实仍然不能成立，我们可以进一步参照与秦可卿交好且同为少妇的王熙凤，小说家唯一提到王熙凤的房间内部，是在第六回刘姥姥初进荣国府之时，所谓：

门外錾铜钩上悬着大红撒花软帘，南窗下是炕，炕上大红毡条，靠东边板壁立着一个锁子锦靠背与一个引枕，铺着金心绿闪缎大坐褥，旁边有雕漆痰盒。

虽然只是寥寥几句的简单描写，但是显然也看不到任何与秦可卿房间类似的香艳风格，由此足以证明，可卿的房间陈设确实是其性格的直接投射。

毋庸置疑，秦可卿的寝室与她自己的性格紧密相连，是她内在自我的延伸与具体化。而既然"这屋子大约神仙也可以住得了"，则身为屋主的可卿岂不正类同于太虚幻境里，那位处在"香闺绣阁之中，其间铺陈之盛，乃素所未见之物"（第五回）的兼美吗？必须说，俗世的可卿与仙界的兼美彼此的共通性就是建立在情色上，她们都是所谓的爱欲（Eros）女神。

第四章 秦可卿

"情种"之反讽

那么,何以仙界的可卿来到了俗界之后,要多冠上"秦"这个姓氏?其实,"秦"字所谐音影射的即可卿所体现的"情",并且它并非形而上或精神层面的纯情,而是形而下的或肉体层次的情欲。

脂砚斋在第七回回前总批中题了一篇回首诗,内容云:

> 题曰:十二花容色最新,不知谁是惜花人?相逢若问名何氏,家住江南姓本秦。

所谓"十二花容色最新"即指秦可卿在十二正金钗里是最美丽、最独特的,但非常可惜,虽然她嫁入宁府之后备受府内上下各方人等的喜爱,其结褵的丈夫贾蓉却不是她的"惜花人"。换言之,贾蓉与秦可卿之间的关系并非爱情或者夫妻恩情,而是"门当户对"的空壳婚姻,这便意味着两位结发仅短短数年的少年夫妻并无真情,由此也暗示了倘若有一个惜花人出现,便极有可能吸引秦可卿的寂寞芳心。

小说家之所以安排可卿这名孤女被收继于秦业家,完全是为了"秦"字所谐音的"情",而根据脂砚斋的批语,她的父亲"秦业"之名乃谐音"情孽"。按照当时的风俗制度和人性常理来推测,秦可卿应该是秦业的私生女,并且是不见容于法律、社会的不正当情欲关系的产物,与"情孽"的指涉相吻合。如此一来,秦家从秦业开始即充斥着悖德的氛围,除了秦可卿出现公媳乱伦的严重问题之外,她的弟弟秦钟也是深陷于情欲的泥潭中,其全名虽然谐音于"情种",但却并不是宝玉之类生于公侯富贵之家的"情痴情种"（第二回），只要我们从脂批与小说描写仔细推敲，便会发现秦钟姓名之谐音实际上是一种反讽。

试看第十五回秦钟在其姊可卿的大殡过程中，于中途打尖休息的地方偶然遇到一个大约十七八岁的村庄丫头，居然便暗拉宝玉笑道："此卿大有意趣。"其心术之不正简直是昭然若揭，甚至连素来颇为喜欢他的宝玉都感到不堪，于是一把推开他，然后严正抗议道："该死的！再胡说，我就打了。"更有甚者，在接下来的"得趣馒头庵"一段里，秦钟还强拉小尼姑智能儿就范，所谓：

> 谁想秦钟趁黑无人，来寻智能。刚至后面房中，只见智能独在房中洗茶碗，秦钟跑来便搂着亲嘴。智能急的跺脚说："这算什么！再这么我就叫唤。"秦钟求道："好人，我已急死了。你今儿再不依，我就死在这里。"智能道："你想怎样？除非等我出了这牢坑，离了这些人，才依你。"秦钟道："这也容易，只是远水救不得近渴。"说着，一口吹了灯，满屋漆黑，将智能抱到炕上，就云雨起来。那智能百般的挣挫不起，又不好叫的，少不得依他了。

由此可见，虽然身处空门必须戒断各种欲望，这对于智能儿来说是一种压迫，然而她依然尊重自己作为尼姑的身份与处境，在面对秦钟过分的亲昵之举时，不仅以行动反抗拒绝，还表示自己不应该犯戒、破戒，没想到秦钟听了之后，非但没有停止自己的急色行为，还用"我已急死了。你今儿再不依，我就死在这里"和"远水救不得近渴"作

第四章 秦可卿

为理由，强拉小尼姑智能儿遂行云雨之事。其实，他的这几句话和《莺莺传》中张生所说的"索我于枯鱼之肆矣"如出一辙，本质上都是有欲而无情。

可叹此时智能儿年纪尚轻，涉世未深，同样在第十五回里，作者又提到凤姐"见智能儿越发长高了"，显然她还在发育成长的阶段，也因为年少无知且主体力量不够稳固，所以在面对心上人的不断哀求索讨时，即使脑中犹且存有一点理性，无奈确实对秦钟怀有好感，于是那仅有的一点薄弱理智也随之崩溃瓦解了。可悲的是，一旦发生性关系之后，智能儿又会有什么下场？尼姑直接犯戒可不是还俗就能够解决的问题，因为种种不堪的烙痕已经变成她个人丑陋污秽的印记，一般人是无法接受的，所以智能儿以后必定不能见容于社会，最终的下场很可能是流落街头。最重要的是，大凡会到寺庙里当尼姑的小女孩，除去妙玉这一类的特殊案例，通常是身世单薄贫穷、没有良好的家庭背景作为成长资源的孤女，一旦发生犯戒之事，往往注定无路可走，很难善了。

必须说，智能儿不懂得爱惜自己，她本身当然要负上一部分责任，但是秦钟作为主导者、强迫者，又可曾替她着想过？答案是显然没有，所以他的所作所为岂能够称之为"爱"？真正的爱会让一个人把自己转向对方，以对方的幸福、安全、快乐作为最高的原则，而不是片面追求自我的欲望满足，全然不顾对方所将遭遇的风险。就此来说，秦钟为了一时的快意，却陷智能儿于终身不义，这确实并非懂得爱的人所会出现的行为，更何况他还是在佛门之地强拉智能儿就范，如此之亵渎宗教的罪孽实属不堪，也只有《金瓶梅》的世界才会发生。纵观这一段送殡的路途上，无论是见到年轻的陌生少女即意欲染指,还是强迫小尼姑满足自己的性欲,都意味着秦钟这个名字所谐音的"情种",实在并非正面褒义之词。

再说,于可卿大殡的整个过程中,秦钟对于唯一的姊姊之死也完全没有流露出丝毫的哀戚之情,他未曾因为从此将与姊姊阴阳两隔而感到伤心不舍,则身为亲手足却居然无动于衷,反倒借机专注于猎取女色,如此之凉薄、无情的人,又怎么配称为"情种"?足证这真是莫大的反讽。虽然不少读者基于秦钟是宝玉的好友,不自觉地产生了爱屋及乌的心理,而把这个人物视为正派角色,以之大书特书"情"的价值,完全忽视秦钟极端不堪的作为;一旦被提醒这一点,面临如铁一般无法否认的证据时,甚至还有人非理性地罔顾事实,以"秦钟年纪太小,所以不懂得悲伤"来加以辩护,显然是无知或不管秦钟与宝玉同龄,而宝玉都已经几度为可卿的病与死伤恸不已,何况秦钟都已经很热衷于玩女人了,又岂可以说是年纪太小?可见一厢情愿地抱着根深蒂固的成见去读书,只会让自己越来越偏离其中所要呈现的真正主旨,甚至颠倒了是非善恶,更证明我们实在必须以客观的态度分析小说人物。

其实,文本里处处的细节都显示出秦钟之谐音"情种"乃是大有反讽意味的。尤其值得注意的是,脂砚斋对"秦钟"的解释,其意义与"情孽"也是出于一贯,他在第七回批云:

> 设云秦钟(有正本作"情种")。古诗云:"未嫁先名玉,来时本姓秦",二语便是此书大纲目、大比托、大讽刺处。

其中所引述的两句诗出自南朝梁刘缓《敬酬刘长史咏名士悦倾城》一

第四章 秦可卿

诗，源于秦穆公女儿弄玉的典故：弄玉在嫁给萧史之后，两人夫唱妇随，于城头上吹箫，所吹奏出来的乐曲非常动听，甚至还吸引了天上的凤凰纷纷降落，聚集聆听。但是这两句诗后来被转化为借由谐音以暗示香艳浪漫的男女关系，由此便构成秦业、秦钟、秦可卿一家人都姓"秦"的根据和来源。

脂砚斋正是借由此一修辞策略上的巧妙转换，以"未嫁先名欲（玉），来时本姓情（秦）"进行谐音双关，即"未嫁"前乃是以"欲"为名，"来时"则以"情"为姓，综合来看，便意指嫁来之前就已经以"情欲"为"姓名"了。这确实与秦业"以情为孽"的特质相互呼应，所谓"上梁不正下梁歪"，身为父亲的秦业毁坏了门风，并没有以身作则，为可卿、秦钟两姊弟树立良好的榜样，以至于他们以情欲为姓名，等同于抛父忘母般缺乏家教。据此也完全合乎第五十四回中，贾母批判才子佳人故事时所提到的："只一见了一个清俊的男人，不管是亲是友，便想起终身大事来，父母也忘了，书礼也忘了，鬼不成鬼，贼不成贼。"可谓对秦氏一家不正当的情欲行为给予最严厉的批判。

秦钟在姊姊丧礼上种种胡作非为的纵欲表现，足以证明其姓名之谐音"情种"实乃莫大的讽刺，脂砚斋批之为全书之"大讽刺处"，所言最确，也所以他在第十六回临死前幡然醒悟，对宝玉留下最后的遗言，说道："以前你我见识自为高过世人，我今日才知自误了。以后还该立志功名，以荣耀显达为是。"可见秦钟到了临终时刻回顾前尘，终于意识到自己之前的所做所为并非正道，才会借着最后与宝玉倾诉衷肠的机会，向他提出一番规引入正的诤言。

综上所述，秦可卿、秦钟一家人身上所体现的"情"都是形而下、低层次、悖德且违反礼教的。既然对于"非正"之情的批判乃是《红楼梦》小说的"大纲目、大比托、大讽刺处",则水晶《秦可卿的争议》一文所说的:作者尽量把秦氏一家抽象化、象征化,秦可卿代表了欲情,她的职守就是欲神大司命,这个说法显然是可以成立的。"司命"来自《楚辞》,属于掌管命运的天神,而"欲神"即所谓的爱欲女神,恰好与可卿在仙界的投影——兼美相互呼应,所以兼美负责宝玉的性启蒙,显示两者之间确实在"情欲"方面有着相通之处。

与宝玉清白无瑕

可卿固然是一位爱欲女神,然而冤有头、债有主,我们实在不应该就此随意臆测她有很多外遇对象,否则对她来说是非常不公道的。以秦可卿和宝玉的关系为例,不少读者基于她的情色面向及宝玉的若干强烈反应,而误解这两人也有不正当的情欲关系,但必须澄清的是,他们之间绝对是清白无瑕的,只要细读文本便可以确认这一点。

先看第五回宝玉跟随贾母到宁国府赏梅,一时倦怠,欲睡中觉,贾母便把他交由秦可卿安置。由于第一间上房挂着展示道德训诫的《燃藜图》和一副"世事洞明皆学问,人情练达即文章"的对联,所以被宝玉拒绝了,于是秦氏笑道:"这里不好,可往那里去呢?不然往我屋里去吧。"宝玉点头微笑。此刻有个嬷嬷提出异议:"那里有个叔叔往侄儿房里睡觉的理?"乍听之下,这一说法颇有道理,也令不少读者认为秦可卿与宝玉之间隐藏了启人疑窦的暧昧。不过,接下来秦氏的回应却也合乎逻辑,她笑道:"嗳哟哟,不怕他恼。他能多

第四章 秦可卿

大呢,就忌讳这些个!上月你没看见我那个兄弟来了,虽然与宝叔同年,两个人若站在一处,只怕那个还高些呢。"据此而言,秦氏的说法并非强词夺理,确实宝玉此时的年龄尚小,大概为七至九岁,犹且处于"无性"的状态,所以也才可以和黛玉一起留在贾母身边"一桌吃,一床睡"(第二十回),当然这一床是有内外之隔的。

宝、黛一直到第七回才分房,作者在该回以"此时黛玉不在自己房中,却在宝玉房中大家解九连环顽呢"带出宝、黛二人已经分房而睡的状况,脂砚斋于此处也有一句夹批,特别提示读者:"此时二玉已隔房矣。"如此一来,参照宝玉和黛玉从小一起长大的生活形态,可以很清楚地说明,第五回秦氏安排宝玉在她自己的卧室午休是完全合理的,因为当时宝玉根本没有两性之间的忌讳,连带地也不用考虑辈分的讲究。

再看宝玉神游太虚幻境的时候,警幻仙姑先是通过饮馔声色的幻觉让宝玉有所觉悟,在接连失败之后,便把仙界的兼美许配给宝玉,为宝玉提供了性启蒙的仪式。她对宝玉说道:

> 今既遇令祖宁荣二公剖腹深嘱,吾不忍君独为我闺阁增光,见弃于世道,是以特引前来,醉以灵酒,沁以仙茗,警以妙曲,再将吾妹一人,乳名兼美字可卿者,许配于汝。今夕良时,即可成姻。不过令汝领略此仙闺幻境之风光尚如此,何况尘境之情景哉?而今后万万解释,改悟前情,留意于孔孟之间,委身于经济之道。

警幻的目的是希望宝玉经历仙界的各种超凡享受,在回到人间之后,便可以不再迷恋尘世中的种种欲望包括女色，从此"万万解释"，即完全解除、放下陷溺执着，转为留意孔孟之道，学习经世济民之法，以肩负起家国重担。警幻说完这段话随即秘授以云雨之事，接着推宝玉入房内，并将门掩上而去。

几乎所有的读者都不曾看出这一段描述的奥妙之处，其精彩、深刻便在于曹雪芹经由对人情事理的细腻观察，清楚知道所谓与生俱来的"生物本能"也并非完全源自本能，而其实是必须经过后天的学习，因此，未婚的闺女杜丽娘在不认识柳梦梅的情况之下爱上对方，甚至还做了内容细腻翔实的春梦，这一点令人不禁心生疑惑，毕竟那是没有经验的人不可能会产生的梦境。曹雪芹则不然，他为宝玉安排的梦境，是让他通过具体的指导去了解那些需要经由后天学习的过程。有趣的是，宝玉在与仙界兼美柔情缱绻、软语温存之后，两人一起携手来到一处"深有万丈，遥亘千里"的迷津河流，不料"竟有许多夜叉海鬼将宝玉拖将下去"，吓得他失声惊叫："可卿救我！"这使得原本在户外嘱咐小丫头们好生看着猫儿狗儿打架的秦可卿感到纳闷，何以没人知道的娘家小名，却会由宝玉在梦里呼唤出来。

很明显，仙、俗两界的可卿同时于宝玉的梦里梦外出现，必然是存在着某种关联，但必须强调的是，她们之间只有象征关系，绝不能够直接画上等号。从这段情节可以看出，宝玉神游太虚幻境的时间总共只有短短数秒，无论是他入梦之前还是梦醒之后，秦可卿都置身于房间外面吩咐小丫头们要好生看着猫狗打架。

如此一来，可卿在如此短暂的时间以及宝玉被几个丫鬟围绕的情况下，又怎么可能会有偷情的机会呢？可见只要我们不戴着有色眼镜

第四章 秦可卿

去看待这段情节，便可以清楚看到其间并没有任何蹊跷，而且完全合乎情理。清代评点家王希廉认为："秦氏房中，是宝玉初试云雨，与袭人偷试，却是重演，读者勿被瞒过。"然而必须仔细分辨的是，之前呈现的种种细节都证明了宝玉于可卿房中的初试云雨，乃是以梦境中的仙界女神为对象，而宝玉与袭人的重演乃是在有了理论之后才真正实践，并且这种情况被作者清楚定义为"贾宝玉初试云雨情"，成为第六回的回目，足证与秦可卿毫无关系。

固然后来宝玉在面对可卿的病与死之时，都表现出非常强烈的反应，但是也没有任何证据透露他们具有特殊关系。先看第十一回秦氏对凤姐诉说衷肠，宝玉则在旁边聆听，秦氏说道：

"这如今得了这个病，把我那要强的心一分也没了。公婆跟前未得孝顺一天；就是婶娘这样疼我，我就有十分孝顺的心，如今也不能够了。我自想着，未必熬的过年去呢。"宝玉正眼瞅着那《海棠春睡图》并那秦太虚写的"嫩寒锁梦因春冷，芳气笼人是酒香"的对联，不觉想起在这里睡晌觉梦到"太虚幻境"的事来。正自出神，听得秦氏说了这些话，如万箭攒心，那眼泪不知不觉就流下来了。

其实，宝玉听了秦氏的话之后悲痛得掉下眼泪，这种反应并不奇怪，因为他在面临自己珍爱的女性遭遇死亡的课题时，其情绪都会如此强烈。最奇特的是，第十三回当可卿的死讯传来，宝玉更是悲伤入骨以至吐血，巨大的哀恸直破胸臆：

> 如今从梦中听见说秦氏死了，连忙翻身爬起来，只觉心中似戳了一刀的不忍，哇的一声，直喷出一口血来。袭人等慌慌忙忙上来搊扶，问是怎么样，又要回贾母来请大夫。宝玉笑道："不用忙，不相干，这是急火攻心，血不归经。"说着便爬起来，要衣服换了，来见贾母，即时要过去。

万箭攒心、眼中落泪，心如刀戳、口内吐血，这种种强烈的反应实际上仅次于失去黛玉而失魂落魄、宛若痴傻的程度。值得注意的是，对于秦可卿之死，宝玉的反应竟然还强过晴雯之身亡。在第七十七回私下去看望被赶出来的晴雯时，宝玉虽然很伤心，不过当他看到素来挑衣拣食的晴雯，病重之际竟然连毫无清香茶味兼有油膻之气的茶汤，都宛如得了甘露一般直灌入口，不禁心中感慨："可知古人说的'饱饫烹宰，饥餍糟糠'，又道是'饭饱弄粥'，可见都不错了。"从人性常理来说，倘若由衷挚爱的人即将生死永别了，万般伤痛不舍的人陷入惊心动魄的状态中，又岂会有闲情逸致从对方身上反省人性的弱点？所以，宝玉在关系更为亲近的晴雯临终前，其悲哀激动的程度却没有面对可卿之死那般强烈，也难怪会启人疑窦。

就此而言，虽则秦可卿乃虚构人物，但是事关女子名节，更涉及精确的文本诠释，所以身为读者的我们依然必须谨慎分析，清末评点家野鹤所采取的态度便很值得赞同："人亦有言警幻仙子即可卿，故后来视疾如万箭攒心。野鹤曰：此却是全书关键，不可随意穿凿，存而不论为是。"意指即使有疑问，也不该妄下断言，这种谨慎的推论态度才是值得我们学习的。

那么，关于宝玉激动吐血的反应，是否能够以更加合理且不违背人物品格的角度来解释呢？脂砚斋即提出了很好的观点：

> 宝玉早已看定可继家务事者，可卿也，今闻死了，大失所望。急火攻心，焉得不有此血。为玉一叹。

此中指出，宝玉的强烈反应根本与情欲无关，他之所以为可卿之死悲痛万分，纯然是出于失去了"可继家务事者"而急火攻心。据此说来，宝玉明明无比关心家族的命运，一颗心非同贾珍、贾蓉之类真正的不肖子孙般置家族的命运于不顾，然而却又控制不住自己的天赋邪气，陷溺于温柔乡中不愿自拔，可见宝玉的内心是何等地煎熬。试想：如果宝玉真的是完全对家族不负责任的人，大概也不会成为读者喜爱的男主角了，则他一心一意流连于温柔乡，原来是因为早已看出秦可卿是"可继家务事者"，既然头上青天有人顶着，所以才会有恃无恐，但令人惋惜的是，可卿却带着这份齐家能才香消玉殒了，难怪宝玉会如此地痛彻心扉。

或许有些读者会认为，固然脂砚斋的说法具有颇高的可信度，但是也并非百分之百正确，殊不知，文本里已经提供了一个有效的证据，反映出脂砚斋关于"宝玉早已看定可继家务事者"的说法是对的。要知道，世家大族成员的丧礼涉及许多繁文缛节，如果没有非凡才干，绝对会处理得一塌糊涂，而当可卿死后，积弊已深的宁国府陷入了混乱，加上"尤氏又犯了旧疾，不能料理事务"（第十三回），所以贾珍非常忧虑烦恼，宝玉见状便私下推荐王熙凤协理宁国府，而贾珍听了也喜不自禁，觉得必定妥当，于是立刻起身去请示王夫人。何以要请示王夫人呢？这是因为宁府要向荣府借将过来帮忙办事，自然得获取荣府当家女主王夫人的同意。

　　果然，王熙凤也很希望承揽此事，这正是她自我实践的大好机会，并且其后续的指挥若定甚至赢得了曹雪芹以回末诗"裙钗一二可齐家"给予最高的赞美，而单就她把宁府的家务整治得妥妥贴贴、井然有序来看，宝玉确实具有高度的知人之明，他洞视凤姐乃是治世的干才，可以作为家族的栋梁。相较之下，第十三回可卿在临终之际特地托梦给王熙凤，一一具体指点可以让家族"常保永全"之策，令"凤姐听了此话，心胸大快，十分敬畏"，从这点而言，可卿比起凤姐还要更胜一筹。则宝玉对于秦可卿之死会产生十分激烈的反应，正是因为痛感家族丧失了能够扭转乾坤的中流砥柱，显示脂砚斋的判断完全是正确的。据此可见，宝玉绝非天真无邪的一张白纸，他对凤姐、可卿的知人之明以及寄望之深，恰恰体现出对家族命运的无上关心。

　　总的来说，宝玉与秦可卿的"情孽"确实无关，不过却仍然牵涉到她身为爱欲女神的一面，所以，将宝玉规引入正的性启蒙仪式才会被安排于可卿的房中，并由秦氏来担任引梦人。正如脂砚斋在第五回所批云：

> 　　此梦文情固佳，然必用秦氏引梦，又用秦氏出梦，竟不知立意何属。惟批书人知之。

也就是说，批书人对此一安排所洞悉的立意即在于此，宝玉确实触及了可卿作为爱欲女神的面向。

第四章　秦可卿

若隐若现的爬灰事件

　　从秦家所有成员姓名的象征意义来看，"秦可卿"的谐音应该对应哪些文字、取用哪一种含义呢？喜欢且维护可卿之人，会认定为"情可亲"，因为他们主张可卿是个完美的正面人物，所以她的"情"是亲切动人的，甚至有人为了彰显可卿"爱欲"女神的地位，而主张其名字的谐音乃"情可钦"，歌颂她勇于冲破礼教束缚的情欲自主表现。但是，综合秦家三人的性格行事，"情可轻"才是最符合秦可卿的形象塑造，因为她的"情"是落入形而下的、无法控制的生物本能，何况她又是最极端的乱伦败德的一分子。单就这点来看，秦可卿的"情"便绝对不可能值得敬佩，也称不上温暖亲切，而是应该被检讨并用以警世，甚至给予应有的批判。

　　自古以来，桃色事件总是多数人在茶余饭后之际最感兴趣的话题，即便没有读过《红楼梦》的读者，可能都对"爬灰"一事略有耳闻，因而"爬灰"自然即变成了宁国府纲纪败坏的鲜明标志。第七回描写宁国公贾演的旧仆焦大恃功而骄，由于不满夜间还被指派任务而借酒发疯：

　　众小厮见他太撒野了，只得上来几个，揪翻捆倒，拖往马圈里去。焦大越发连贾珍都说出来，乱嚷乱叫说："我要往祠堂里哭太爷去。那里承望到如今生下这些畜生来！每日家偷狗戏鸡，爬灰的爬灰，养小叔子的养小叔子，我什么不知道？咱们'胳膊折了往袖子里藏'！"众小厮听他说出这些没天日的话来,唬的魂飞魄散,也不顾别的了,便把他捆起来,用土和马粪满满的填了他一嘴。凤姐和贾蓉等也遥遥的闻得,便都装作没听见。宝玉在车上见这般醉闹,倒也有趣,因问凤姐道:"姐姐,你听他说'爬灰的爬灰',什么是'爬灰'?"凤姐听了,连忙立眉嗔目断喝道:"少胡说!那是醉汉嘴里混吣,你是什么样的人,不说没听见,还倒细问!等我回去回了太太,仔细捶你不捶你!"唬的宝玉忙央告道:"好姐姐,我再不敢了。"

所谓的"爬灰"意指公媳通奸的乱伦行为,但是何以会采"爬灰"一词来指涉呢?有学者采取类似于歇后语的做法,运用情境状态、谐音等等的双关想象,以表达延伸之义,例如"肉包子打狗——有去无回",是因为狗被肉包子打到之后,反倒会很开心地咬着包子跑掉了;"棺材里伸手——死要钱",则是基于躺在棺材内的必然是死人,他伸手出来,显然是要拿取某样东西,而钱财是人维持日常生活运转的根本条件,也是大多数人高度需索贪婪之物,既然人都死了还要挣扎着伸手拿取,所以其延伸的意思即为"死要钱"。但是,伸手出来实际上具有很多的可能性,对于不知道该情境寓意的人而言,是无法正确掌握到其延伸义的。由此可见,歇后语的题面与意旨之间具有某种预先被规范的强制性,彼此已经塑造出特定的含义,很多时候得要从其用意去反推并塑造出相关的情境或事件,再通过揣摩联想来增加其中的乐趣,所以很难运用严格的逻辑进行推论。同样地,将"爬灰"视为一种歇后语,而设想在满地灰烬中爬行肯定会脏污了膝盖,即"污膝",以之谐音"污媳",即污染媳妇,由此暗示公媳之

第四章　秦可卿

间乱伦。不过，这恐怕是望文生义的揣测，真正有凭有据的典故来自清代王有光《吴下谚联》所言："翁私其媳，俗称扒灰。鲜知其义。按昔有神庙，香火特盛，锡箔镪焚炉中，灰积日多，淘出其锡，市得厚利。庙邻知之，扒取其灰，盗淘其锡以为常。扒灰，偷锡也。锡、媳同音，以为隐语。"则"爬灰"本是指为了"偷锡"取利，而以此谐音双关"偷媳"，是为正解。既然焦大醉骂时"越发连贾珍都说出来"，则身为贾珍之子媳的秦可卿自然最具有嫌疑。

有趣的是，到了第四代的贾珍担任族长的时候，宁国公的旧仆竟然还活着。难道是小说家为了让焦大这一角色来揭发宁府惊世骇俗的乱伦事件，才蓄意安排他如此长寿吗？非也，曹雪芹可不是一般平庸的二流作家，焦大的登场确实有其合理性。试看第二十九回里，贾母带领全家到清虚观打醮，张道士作为当日荣国公的替身，从宝玉身上看到了国公的影子，而与贾母共同追忆起故人：

（张道士）又叹道："我看见哥儿的这个形容身段，言谈举动，怎么就同当日国公爷一个稿子！"说着两眼流下泪来。贾母听说，也由不得满脸泪痕，说道："正是呢，我养这些儿子孙子，也没一个像他爷爷的，就只这玉儿像他爷爷。"

要知道，《红楼梦》固然是在写实逻辑上展开叙事，但确实也会有某些地方故弄玄虚，并非完全一板一眼地符合事实，譬如根据随代降等承袭的制度，第一代的贾源才是荣国公，即所谓的"国公爷"，不过此处的"国公爷"所指的并不是他，而应该是贾母的夫婿贾代善，贾母才会一听到亡夫的名字便"由不得满脸泪痕"。由张道士接下来对贾珍所说的"当日国公爷的模样儿,爷们一辈的不用说,自然没赶上,大约连大老爷、二老爷也记不清楚了"这一点来看,贾代善大约在大老爷贾赦、二老爷贾政这两个儿子年纪尚小之时便撒手人寰,才导致两人都记不清楚其长相,至于孙子辈的贾珍等人更是未曾见过了。

无论如何,这段对话反映出贾母丈夫的替身迄今仍然活得好好的,并且在清虚观主持整座道观,如此一来,当初从死人堆里把太爷背出来,让他有机会为贾家打下勋爵世代基业的焦大也未尝不可,只是他毕竟比第二代的贾代善高上一辈,则关于其年龄我们可以合理推测,他立下汗马功劳之际应当才十几岁,正值年轻少壮的时期,所以如今还能够留在宁府为仆为奴,便不足为奇。

至于秦可卿与贾珍之间的爬灰事件,因相关的具体情节遭到删除,最后的版本疑云重重,令人频生猜测,而第十三回脂砚斋的回前总批则提供了极其珍贵的补充数据,说云:

"秦可卿淫丧天香楼",作者用史笔也。老朽因有魂托凤姐贾家后事二件,岂是安富尊荣坐享人能想得到者,其言其意,令人悲切感服,姑赦之,因命芹溪删去"遗簪""更衣"诸文。是以此回只十页,删去天香楼一节,少去四五页也。

这段评语透露出"爬灰"确有其事,"淫丧天香楼""遗簪""更衣"等均系原定的相关情节。然而如此伤风败俗之丑行却发生在如此美丽优秀的女子身上,使得小说家、评点家都于心不忍,脂砚斋便介入创作,下令曹雪芹把"遗簪""更衣"这些明确显眼的暧昧情节直接删掉,所以少了四五页,如今的第十三回内容才只剩下十页原稿,由此造成了断裂错歧的情况,成为诸多争议的根源。但十分值得注意的是,脂砚斋只提到删除,并没有涉及修改,这代表如今可见的所有内容,包括可卿因慢性病致死,都是原本存在的情节,并非曹雪芹为了维护秦可卿的名声,才把她的"淫丧天香楼"改写为慢性病消耗致死。作者在第十一回描述秦氏的病况,提及她"脸上身上的肉全瘦干了",唯有贾母赏的枣泥馅的山药糕还能够"克化的动",可见此时的可卿已经出现病入膏肓的征兆,而慢性病消耗致死的这个部分实际上与"淫丧天香楼"的情节是同时并存的。

贾珍逼奸说

其实,对于秦可卿身上出现的伤风败俗之行,不仅秉持刀斧史笔的小说家、评点家都为之不忍,许多读者也是难以接受,所以便努力为秦可卿辩护,让她成为被逼迫的受害者,最常见的观点即贾珍以他的贵族地位和家长权威,对出身寒微的秦可卿片面强逼,而可卿乃弃婴出身,无力反抗,唯有屈从苟合,以便维护自己的蓉大奶奶地位。至于具体状况,有人推测"遗簪"是指秦可卿掉落的发簪被贾珍捡到,当他送还给秦氏的时候恰好遇到秦氏正在"更衣",于是贾珍便借机侵犯了可卿。

然而,这种推测却有很多不合理之处:

其一,秦可卿是以朝廷五品官之女的身份嫁入宁国府,所以主张她因为出身寒微而被逼迫的说法并不成立,何况在嫁入宁国府之后,她已是"世袭宁国公冢孙妇",即嫡长孙之妻,其身份地位受到贵族世家礼法的保障,因此不应该再以一般平民来理解她的处境。正因为如此,从一般官宦千金晋升为贵族成员的可卿理所当然能够享有一切贵族排场,包括生病时有一群大夫"三四个人一日轮流着倒有四五遍来看脉……倒弄得一日换四五遍衣裳"(第十回)。

必须强调的是,这并非暗示秦可卿拥有尊贵的皇家血统,而是贵族排场本来便是那等庞大而烦琐,参照第五十五回凤姐流产以后,也是"天天两三个太医用药",再以第四十二回贾母生病时太医前来看诊的状况为例,所谓:

> 因贾母欠安,众人都过来请安,出去传请大夫。一时婆子回大夫来了。老妈妈请贾母进幔子去坐。贾母道:"我也老了,那里养不出那阿物儿来,还怕他不成!不要放幔子,就这样瞧罢。"众婆子听了,便拿过一张小桌来,放下一个小枕头,便命人请。……只见贾母穿着青皱绸一斗珠的羊皮褂子,端坐在榻上,两边四个未留头的小丫鬟都拿着蝇帚漱盂等物;又有五六个老嬷嬷雁翅摆在两旁,碧纱橱后隐隐约约有许多穿红着绿戴宝簪珠的人。王太医便不敢抬头,忙上来请了安。

此种诊病视疾的现场规模可谓令人大开眼界;同样地,秦可卿死后的丧礼也才会那般铺张豪奢,不仅八公均来送殡,郡王等皆设路奠,甚至连北静王都亲自到场吊唁,这与第六十四回描写贾敬的丧礼,"是日,丧仪焜耀,宾客如云,自铁槛寺至宁府,夹路看的何止数万人"

第四章 秦可卿

一样,全然是基于贾府的地位所致。

其二,秦可卿作为贾母眼里的"重孙媳中第一个得意之人",深受老祖宗的喜爱,在注重孝道、母权高张的贾府里,又有何人胆敢加以侵犯?凡是老祖宗贾母所喜欢、信任的人,几乎便拥有"一人之下,万人之上"的特权,宝玉、黛玉、鸳鸯皆然。有趣的是,即使只是一个粗使的大脚小丫头傻大姐,由于说话做事的呆傻模样很引人发笑,因而得到贾母的欢心,以至于"他纵有失礼之处,见贾母喜欢他,众人也就不去苛责"(第七十三回),既然连一个身份卑微的三等小丫头都尚且如此,更何况是身为贾母的"重孙媳中第一个得意之人",一旦初病之际,贾母即不时关心叮嘱,每天差人去看望的秦可卿呢?贾珍哪里还敢强迫她?

试想:第四十六回中,当贾赦意欲收纳贴身伺候贾母的大丫鬟鸳鸯为妾时,贾母便大发雷霆,甚至连无辜的王夫人也遭受池鱼之殃,平白挨了一顿痛骂,却没有人敢吭声,最终使得贾赦在府中的地位更显得疏离尴尬。难怪第六十三回林之孝家的表明"便是老太太、太太屋里的猫儿狗儿,轻易也伤他不的"。同样的道理,只要秦可卿有一点口头或态度上的暗示,贾珍必然吃不完兜着走,所以他不可能片面压迫秦可卿,因为这违反了贾家尊崇贾母、崇尚孝道的家风。

其三,读者经常忽略了贾府这等世家大族的生活形态,即他们人口众多,各种人际关系紧密相连。贵族成员的日夜起坐都是在各等丫鬟、嬷嬷们的围绕伺候下进行的,单看第五回宝玉歇个午觉,床边便至少伴随着袭人、媚人、晴雯、麝月四个大丫鬟,周遭外围还有一些小丫头,所以他们相当于活在"楚门的世界"中,毫无隐私可言。在这样的情况之下，严重的侵犯事件简直难以隐藏或持续，毕竟贾府里人多口杂，任何事都极易走漏风声，连边缘老仆焦大不也听闻了爬灰之事？如此一来，唯有双方合意、彼此配合的和奸才能够合理解决上述的种种问题。

简而言之，可卿并非被贾珍所强迫，相反，她与贾珍之间的乱伦是有真情为基础的。但是，只因具有真情就可以做出如此逆天的行为吗？当然不可以，儒家不断强调"发乎情，止乎礼"，一个拥有文明教养的人，便不应该放任不正当的情感恣意肆虐，而败坏品格、逾越道德界线，让"情"堕落至"淫"的层次，否则即罪无可逭。

"情既相逢必主淫"

那么，秦可卿与贾珍的乱伦关系乃两情相悦所致的证据又在哪里呢？其实，在第五回太虚幻境的人物判词中已经清楚明示：

> 情天情海幻情身，情既相逢必主淫。漫言不肖皆荣出，造衅开端实在宁。

所谓"情既相逢"即是指两情相悦，可见这对公媳确实彼此有情，是在"情既相逢"的前提之下走入"淫"的结果，两人之间严重道德败坏的乱伦情欲导致"宿孽"的产生。证据俱在，如此一来，一般常见的贾珍逼奸之说便无法成立。

有些学者之所以主张"贾珍逼奸说"，是因为他们认为贾珍既然

第四章　秦可卿

是秦可卿的公公，两人的年龄差距必定极大，而秦可卿不可能会爱上一个年纪五六十岁的"老"公公，所以她肯定是被逼就范的。但是，这只不过是现代人以如今晚婚晚育的主流婚姻现象去臆测古人，并非以小说文本所提供的细节证据为基准。事实是，婚恋的情况乃古今大不同，传统社会通常早婚，则贾珍在与可卿发生不伦关系之时究竟是多大岁数呢？参照第七十六回贾珍之妻尤氏对贾母所言："我们虽然年轻，已经是十来年的夫妻，也奔四十岁的人了。"可见当时夫妻俩年仅三十多岁、未到四十，据此推算回去，爬灰事件又必定发生于可卿病发的第十回之前，所以秦氏在世之时，贾珍应该为三十五岁左右，这可是盛茂的壮年时期。至于可卿当时又是几岁呢？要知道，古人十五六岁即可以娶亲，如果顺利的话，婚后第二年便生儿育女了，犹如贾珠是"不到二十岁就娶了妻生了子"（第二回），果然在贾珍大约三十五岁的时候，他的儿子贾蓉正值十七八岁（第六回），所娶的秦可卿也理应是年龄相当，据此，公公与媳妇的岁数差距不到二十，两人之互相吸引完全是合情合理的情况。

换言之，贾珍虽然已做人父且娶了儿媳，但是在早婚的传统社会里年纪尚轻，他与可卿的年纪差距并不大，加上作为富贵之家的后代，他的长相应该具有相当的异性吸引力。毕竟贵族世家拥有绝佳的择偶条件，他们能够通过联姻纳娶娇妻美妾，以此进行基因的筛选与改良，所以后代子孙的模样通常会端正俊美，如同第五十六回贾母所说的："大家子孩子们再养的娇嫩，除了脸上有残疾十分黑丑的，大概看去都是一样的齐整。"因而贾蓉是"一个十七八岁的少年，面目清秀，身材俊俏，轻裘宝带，美服华冠"（第六回），贾蔷这位宁府中的正派玄孙也是"如今长了十六岁，比贾蓉生的还风流俊俏"（第九回）。既然最晚一代的草字辈都长得这般出众，则上一代的玉字辈必然亦是如此，宝玉之"神彩飘逸，秀色夺人"（第二十三回）自然无须多言，作为同辈的贾珍恐怕也相去不远，无怪乎正值豆蔻年华的秦可卿会被他所吸引，毕竟对方是名成熟俊秀的男性，他们两情相悦确实合乎常理。

不过，一个女人甘愿冒着致命的风险做出乱伦的行为，男方仅凭外在的容貌恐怕还不足以让女方付出如此沉重的代价。应该进一步考虑到，男性往往会因为财富、权位、经验、见识等等而更增加他的魅力，就此来说，贾珍既然是"宁府长孙，又现袭职，凡族中事，自有他掌管"，作为贾家的现任族长，不仅数年以来承担起家族的种种重大决策，还拥有一定程度的人生阅历和处世经验，使得他这位三十多岁的青壮之士更加焕发出一种权威、魄力以及成熟的仪表风采。学者瞿同祖指出："族即是家的综合体，族居的大家族自更需一人来统治全族的人口，此即我们所谓族长。便是不族居的团体，族只代表一种亲属关系时，族长仍是需要的，一则有许多属于家族的事务，须他处理，例如族祭、祖墓、族产管理一类事务，再则每一个家虽已有家长负统治之责，但家际之间必有一共同的法律，一最高主权，来调整家际之间的社会关系，尤其是在有冲突时。没有族长，家际之间的凝固完整，以及家际之间的社会秩序是无法维持的。族长权在族内的行使实可以说是父权的延伸。"如此一来，贾珍自然会带有一言九鼎的族长风范，与十七八岁稚嫩年少兼且只知玩乐好色的纨绔子弟相比，毋庸置疑，贾珍肯定比儿子贾蓉更加具有异性吸引力。

在第五十三回贾珍、贾蓉等发放年例的情节中，便反映出贾珍作为族长的处事能力，所谓：

第四章　秦可卿

因见贾芹亦来领物，贾珍叫他过来，说道："你作什么也来了？谁叫你来的？"贾芹垂手回说："听见大爷这里叫我们领东西，我没等人去就来了。"贾珍道："我这东西，原是给你那些闲着无事的无进益的小叔叔兄弟们的。那二年你闲着，我也给过你的。你如今在那府里管事，家庙里管和尚道士们，一月又有你的分例外，这些和尚的分例银子都从你手里过，你还来取这个，太也贪了！你自己瞧瞧，你穿的像个手里使钱办事的？先前说你没进益，如今又怎么了？比先倒不像了。"贾芹道："我家里原人口多，费用大。"贾珍冷笑道："你还支吾我。你在家庙里干的事，打谅我不知道呢。你到了那里自然是爷了，没人敢违拗你。你手里又有了钱，离着我们又远，你就为王称霸起来，夜夜招聚匪类赌钱，养老婆小子。这会子花的这个形象，你还敢领东西来？领不成东西，领一顿驮水棍去才罢。等过了年，我必和你琏二叔说，换回你来。"贾芹红了脸，不敢答应。

可见贾家为了照顾弱势、穷困的家族成员，对于诸如贾蔷、贾璜之类的子弟，会按照等级比例发放一些补贴品和救济金给他们，所谓"我这东西，原是给你那些闲着无事的无进益的小叔叔兄弟们的"，没想到已经负责管理家庙之务且从中捞了不少油水的贾芹竟然也前来领取，这就未免过于得寸进尺、贪得无厌了。因此，贾珍一看到贾芹厚着脸皮来领年物，便很不客气地把他给骂了回去，由此维系了济弱扶倾的公平原则，此刻的大义凛然甚是威风八面。当然，贾珍也有处理不当的时候，第四十五回里赖嬷嬷即批评道："那珍大爷管儿子倒也像当日老祖宗的规矩,只是管的到三不着两的。他自己也不管一管自己,这些兄弟侄儿怎么怨的不怕他?"不过,固然他在教养家族子弟的做法上有很多缺失,但就事论事,仅仅以照顾族中贫穷子弟这件事来看,他的处理方式确实十分公道而令人心服口服,据此也反映出他具有统筹管理、指挥决策的领袖气魄,无怪乎他也是营造大观园的主事者。

或许有人会质疑,贾珍、贾蓉这对父子的为人性格根本是一丘之貉,上述贾珍种种的男性魅力并不足以令秦可卿为其付出真情,甚至不惜以生命作为代价来通奸,但这可就忽略了贾珍的另一致命特点,即他深谙女人心,懂得用手腕、下功夫来攻掠女子的芳心,甚至连和他沆瀣一气的薛蟠都曾经对他特别小心提防。第二十五回中,宝玉和王熙凤遭受马道婆的魔法作祟,当时全家为此急得一团混乱,人来人往,男女之别也顾不得了,有趣的是,"别人慌张自不必讲,独有薛蟠更比诸人忙到十分去:又恐薛姨妈被人挤倒,又恐薛宝钗被人瞧见,又恐香菱被人臊皮"。为什么呢?这是因为:

> (薛蟠)知道贾珍等是在女人身上做功夫的,因此忙的不堪。

由此便显示出薛蟠非常了解这位贾家族长乃是一位猎艳高手,对女子具有高度的侵略性和危险性,为了避免宝钗和香菱被贾珍看上并受到染指,因此拼命保护她们,以杜绝她们与贾珍面对面接触的机会。这说明了贾珍要对可卿动情是非常容易的,更何况可卿"擅风情,秉月貌"(第五回),公媳之间唯一而薄弱的那道防线,就只是抽象的礼教伦理，他只要把公公看媳妇的伦理眼光，转化为男人看女人的情欲视线（male gaze）即可，所以贾珍要跨越道德的障碍并不困难，反倒是秦可卿的心态值得探究。

毕竟公媳通奸这种乱伦关系堪称罪大恶极，即便在风气开放的现代社会都难以接受，遑论注重礼教风纪的传统社会，只要女方有一丝道德败坏的苗头或迹象，往往便必须付出致命代价，因此，脂砚斋才会感叹道："一步行来错，回头已百年。请观风月鉴，多少泣黄泉。"（第十三回回前总批）若非有强大的驱动力，一般人恐怕难以跨出这充满风险的一步。然而可卿竟愿意踏入这万劫不复的深渊，毋庸置疑，贾珍在年龄、外貌、权势、见识上皆具有吸引可卿的条件，但是能够让可卿不顾结果且甘愿接受这段禁忌的恋情，其关键问题恐怕更出在可卿与贾蓉的夫妻关系上。

"心灵"是最微妙的小宇宙，情之所钟可以心比金坚，可以抵过海枯石烂；但是如果情意淡薄或无情可言，从旁边飞过的蜜蜂蝴蝶都可能轻易撩动春心，纵使再有缘分，也还是会劳燕分飞、各奔东西。古人的婚姻乃"父母之命，媒妁之言"，除非婚后二人具有共同兴趣，也愿意付出关心、慢慢培养感情，否则相敬如宾就是最理想的婚姻状态。那么，可卿作为已婚妇女，她和丈夫贾蓉到底关系如何？脂砚斋于第七回回前总批所题的"十二花容色最新，不知谁是惜花人"，已经指出可卿并未受到丈夫的疼惜怜爱，年纪轻轻的贾蓉纵使家有貌如天仙的娇妻，却依然四处猎艳，对其他女子饥不择食，可见他并非可卿的惜花人。

根据第十一回缠绵病榻的可卿对凤姐所说："婶娘的侄儿虽说年轻，却也是他敬我，我敬他，从来没有红过脸儿。"可见贾蓉与可卿之间的相处乃礼貌客气的相敬如宾，缺乏一种浓烈的男女之爱，比不上宝、黛之间"既熟惯，则更觉亲密；既亲密，则不免一时有求全之毁，不虞之隙"（第五回）的热烈碰撞，所以他们的婚姻应该是情感薄弱的。对于宝、黛于早期阶段的经常争吵呕气，贾母便曾说两人乃"不是冤家不聚头"（第二十九回），有位汉学家在译介《红楼梦》到西方世界时，即把此处的"冤家"解释为"甜蜜的仇人"，也就是说，彼此之间虽则偶尔有争吵，但都是基于甜蜜的情感。当然，有一种相敬如宾是源自返璞归真、归于平淡的如水深情，宝、黛之间到了后期阶段便属于这一种，然而在可卿夫妻身上却也看不出来。

最值得注意的是，可卿自罹病至离世的半年多历程里，贾府成员包括贾母、王夫人、尤氏、凤姐等都深为她的病情忧心忡忡，但是身为丈夫的贾蓉，其心情反应却是最为淡漠的。当凤姐问及"你媳妇今日到底是怎么着"的时候，他也只是皱皱眉头说道："不好么！婶子回来瞧瞧去就知道了。"说完便出去了，其皱眉的反应再搭配说话的语气，即隐约透露出一股不耐烦，这恐怕说明了他对可卿并无真爱。另外，贾蓉从未主动表达对可卿的关怀，仅有的一次担心忧虑，乃第十一回作者一笔带过的"秦氏也有几日好些，也有几日仍是那样。贾珍、尤氏、贾蓉好不焦心"这般简略空泛的描述。由此可以合理推测，他对可卿并没有真情。

一个人只要意志坚强，即完全可以做自己的主人，如果内心纯净坚强且毫无缝隙，纵使外界的诱引再强烈，都是无法乘虚而入的。所谓"肉必自腐而后虫生"，唯有自身出现问题，才会让外界的勾引或污染有机可乘。正值豆蔻年华的可卿无法从丈夫贾蓉的身上得到爱意，寂寞的芳心自然渴望爱情的抚慰，她与贾珍是为媳妇与公公的关系，在家务等正式场合里难免会经常碰面，在这种近水楼台的情况下，倘若贾珍以温柔的惜花人身份出现，对于渴望爱情的可卿而言，其体贴入微必然令人倾心。再者，贾珍"本是风月场中耍惯的"（第六十五回），对于攻掠女子芳心更是颇有手腕，恰好一需一求，自然两相契合。

"张太医论病细穷源"

再进一步深入探究，固然可卿有其情感上的需求，但是她必然知道自己与贾珍的爬灰关系一旦东窗事发，自己肯定会身败名裂，甚至令家族蒙羞，何以她还是放纵了自身情欲，甘冒天下之大不韪也要与贾珍通奸呢？除了外在诱因之外，是否还存在着内在的特殊因素？其实，小说家在塑造可卿这一号人物时，便赋予她一个与众不同的特点，即她具有性饥渴的倾向。在第十回"张太医论病细穷源"里，张友士的一段诊断非常值得注意，他说：

> 大奶奶这个症候，可是那众位耽搁了。要在初次行经的日期就用药治起来，不但断无今日之患，而且此时已全愈了。如今既是把病耽误到这个地位，也是应有此灾。……从前若能够以养心调经之药服之，何至于此。

由此可见，秦可卿的病主要与"行经"有关，而这是任何一个女孩进入性成熟的必经过程,却竟然在"初次行经"之际即种下病根,如果不用药治疗,以后将会持续恶化,所谓"人病到这个地位,非一朝一夕的症候",不到几年便会致命。如此一来,这种疾病犹如隐形的杀手,而且是对所有女性的共同威胁,岂非太恐怖了吗?它是否真的存在,确实是一个值得考察的问题,毕竟行经是女性正常的生理现象,在毫无病征的情况下,又有哪位大夫能够及时诊断出"这个症候"并"用药治起来"?因此,这恐怕并非真实妇科疾病的写实叙事。以黛玉的体弱多病为例,作者便安排她必须以出家的方式来根治,见第三回癞头和尚所言:"若要好时,除非从此以后总不许见哭声;除父母之外,凡有外姓亲友之人,一概不见,方可平安了此一世。"然而以实务上的医学概念来看,这种解方根本无法治好身体上的疾病,反倒更属于一种文学上的象征表现。

同样地,秦可卿的病也应该是运用类似的象征手法。倘若结合所有的人物特质与故事情节整体以观之,可卿的病显然是从性成熟开始的,并因为性放纵而逐步恶化,唯有"以养心调经之药服之",才能够加以调节并降低其性欲旺盛的程度,只要不让她有放纵的可能,她的病自然也就迎刃而解了。可惜的是,正如张友士所说的"如今既是把病耽误到这个地位,也是应有此灾",可卿因为没有及早对治此症而病情不断恶化,并最终致命。因此,"性"是一切问题的根源所在,秦可卿确实是一位爱欲女神。

最重要的是,纵观可卿自登场至落幕的时段,即第五回至第十三回,有一个人物也同时、同样经历了情欲、疾病与死亡,此乃对王熙凤图谋不轨的贾瑞。虽然可卿与贾瑞看似两条毫无交集的平行线,但是两者的发病过程以及症状却几乎完全重叠,亦皆属于乱伦性质,如此高度的同步性显示出他们具有互相补充的映照关系。首先，贾瑞的病因与可卿相同，也是一种形而下的色欲满足。其次，贾瑞对王熙凤起淫心之后，乃是"诸如此症，不上一年都添全了。……百般请医疗治，诸如肉桂、附子、鳖甲、麦冬、玉竹等药，吃了有几十斤下去，也不见个动静。倏又腊尽春回，这病更又沉重"（第十二回），这般药石罔效、缠绵病榻的情况和可卿亦大略相当。

再进一步考察两者的病况，除了男女性别的基本差异之外，其他的生理现象堪称如出一辙，具有高度的近似性，恰恰说明了可卿与贾瑞的疾病存在着相互对应的共通性。试看第十回张友士为可卿诊脉之后，说道：

> 左寸沉数，左关沉伏；右寸细而无力，右关需而无神。其左寸沉数者，乃心气虚而生火；左关沉伏者，乃肝家气滞血亏。右寸细而无力者，乃肺经气分太虚；右关需而无神者，乃脾土被肝木克制。心气虚而生火者，应现**经期不调，夜间不寐**。肝家血亏气滞者，必然肋下疼胀，月信过期，**心中发热**。肺经气分太虚者，头目不时眩晕，寅卯间必然自汗，如坐舟中。脾土被肝木克制者，必然**不思饮食，精神倦怠，四肢酸软**。

一个贴身伏侍可卿的婆子听了之后，也表示"先生说的如神，倒不用我们告诉了"，可见张友士之所言完全切合事实。至于贾瑞的病症，作者于第十二回描述道：

心内发膨胀，口中无滋味，脚下如绵，眼中似醋，**黑夜作烧，白昼常倦，下溺连精**，嗽痰带血。诸如此症，不上一年都添全了。于是不能支持，一头睡倒，合上眼还只梦魂颠倒，满口乱说胡话，惊怖异常。

由此可见，除却性别专属的症状即可卿的"经期不调"以及贾瑞的"下溺连精"之外，其他的表征都一模一样，诸如"夜间不寐／黑夜作烧""心中发热／心内发膨胀""如坐舟中，四肢酸软／脚下如棉""不思饮食／口中无滋味""精神倦怠／白昼常倦"，贾瑞的病症为可卿的疾病提供了最好的文本内部参照系，两者以时间重叠、病症类似而形成了一致性，这足以证明他们皆是因为过度纵欲而酿成重症。

再者，秦可卿的卧室里有"武则天当日镜室中设的宝镜"，而贾瑞则有道士送来为他救命的"风月宝鉴"，此镜正面显示风流袅娜的王熙凤招手勾魂，背面则照出红粉骷髅，换言之，道士要让贾瑞透过观想的方式，对原来所执着渴望的对象打消欲念，可惜的是，贾瑞不听对方的劝诫，一味照看正面，最终因为纵欲过度而送命。其实，道士的疗法与张友士为可卿诊病时所说的"在初次行经的日期就用药治起来"有着异曲同工之妙，因为两者的目的均在"去性"，即去掉对于"性"这方面的欲求，如此一来便不会陷入可怕的乱伦中。既然这两面镜子都是以正面照出冶荡的春色欲景，两人也都是因为没有去除性放纵的一面而重病致死，可以说，可卿和贾瑞同病同命的状况简直是昭然若揭。从两者的病症对照中，我们了解到秦可卿的半年慢性病症是来自长期纵欲所造成的精气耗损，则她与贾珍的乱伦爬灰事件乃

第四章　秦可卿

是导致其死亡的起因。

不过，由于曹雪芹删改的缘故，秦可卿与贾珍的互动情况被刻意淡化，其中的实情过程不得而知，但是从保留下来的若干情节，仍然能够看出双方的情感关系非比寻常，尤其在可卿死后，贾珍的表现已经达到过分失格、失态的程度，譬如"贾珍哭的泪人一般""恨不能代秦氏之死""过于悲痛了，因拄个拐踱了进来"，其哀恸比起身为丈夫的贾蓉实在是有过之而无不及。当众人劝他节哀，大家一起商议接下来要如何料理丧事的时候，贾珍竟然拍手说道："如何料理，不过尽我所有罢了！"为了子媳而不惜倾家荡产，此种反应已经超出一般常理的公媳关系，所以脂砚斋就此批云：

> "尽我所有"为媳妇，是非礼之谈，父母又将何以待之。故前此有恶奴酒后狂言，及今复见此语，含而不露，吾不能为贾珍隐讳。

贾珍愿意为可卿"尽我所有"，其中当然抱有很深的情感以及自我赎罪的意向，但是这种强烈的愧疚感和补偿方式已经大大逾越分际，不免令人心生疑惑，再加上刁奴焦大的酒后狂言提及爬灰一事，与此情此景两相对照，无不证明贾珍与可卿的翁媳乱伦关系。非仅如此，因父亲贾敬撒手不管而"亦发恣意奢华"（第十三回）的贾珍，还为秦可卿准备了材质过于珍贵的棺木：

> 可巧薛蟠来吊问，因见贾珍寻好板，便说道："我们木店里有一副板，叫作什么樯木，出在潢海铁网山上，作了棺材，

万年不坏。这还是当年先父带来，原系义忠亲王老千岁要的，因他坏了事，就不曾拿去。现在还封在店内，也没有人出价敢买。你若要，就抬来使罢。"贾珍听说，喜之不尽，即命人抬来。大家看时，只见帮底皆厚八寸，纹若槟榔，味若檀麝，以手扣之，玎珰如金玉。大家都奇异称赞。贾珍笑问："价值几何？"薛蟠笑道："拿一千两银子来，只怕也没处买去。什么价不价，赏他们几两工钱就是了。"贾珍听说，忙谢不尽，即命解锯糊漆。贾政因劝道："此物恐非常人可享者，殓以上等杉木也就是了。"此时贾珍恨不能代秦氏之死，这话如何肯听。

棺木是随死者入土的，不见天日，实际上用什么材质根本没有太大的差别，然而贾珍还是不惜成本，遑论在展演于社会公众面前的丧礼上势必力求铺张醒目，甚至还在名号上做足功夫，抬高可卿的头衔：

贾珍因想着贾蓉不过是个黉门监，灵幡经榜上写时不好看，便是执事也不多，因此心下甚不自在。可巧这日正是首七第四日，早有大明宫掌宫内相戴权，先备了祭礼遣人来，次后坐了大轿，打伞鸣锣，亲来上祭。贾珍忙接着，让至逗蜂轩献茶。贾珍心中打算定了主意，因而趁便就说要与贾蓉捐个前程的话。戴权会意，因笑道："想是为丧礼上风光些。"贾珍忙笑道："老内相所见不差。"戴权道："事倒凑巧，正有个美缺。如今三百员龙禁尉短了两员……既是咱们的孩子要捐，快写个履历来。……起一张五品龙禁尉的票，再给个执照，就把

第四章 秦可卿

这履历填上……不如平准一千二百银子,送到我家就完了。"贾珍感谢不尽。

借由向太监戴权买官,贾蓉从一个小小的黉门监生升为五品龙禁尉,妻以夫贵,可卿丧礼上的身份地位也得到了提升,所以回目上才会拟为"秦可卿死封龙禁尉"。脂砚斋还针对"戴权"二字提醒读者,此乃谐音"大权",即拥有巨大的权力,所以贾珍才会对其百般殷勤。

值得注意的是,既然龙禁尉是五品官,灵前供用执事等物也都按照五品的等级进行陈设,但是可卿的灵牌疏和榜文上却写着四品官员之妻才能称谓的"恭人",而非五品官员之妻所采用的"宜人",所谓:

> 贾珍命贾蓉次日换了吉服,领凭回来。灵前供用执事等物,俱按五品职例。灵牌疏上皆写"天朝诰授贾门秦氏恭人之灵位"。会芳园临街大门洞开,旋在两边起了鼓乐厅,两班青衣按时奏乐,一对对执事摆的刀斩斧齐。更有两面朱红销金大字牌对竖在门外,上面大书:"防护内廷紫禁道御前侍卫龙禁尉。"对面高起着宣坛,僧道对坛榜文,榜上大书:"世袭宁国公冢孙妇、防护内廷御前侍卫龙禁尉贾门秦氏恭人之丧。"

实际上,可卿之名衔采用了"恭人"并不蹊跷,因为中国传统文化秉持着"死者为大"的观念,社会人情对于死者总带有尊敬和怜惜,纵使死者再有百般罪恶，往往基于逝者已矣，应当入土为安，所以对之较为宽厚、宽容。因此，旧有的习俗在丧礼上可以将亡者的身份品级提高一级，于是秦可卿的职衔便由五品宜人变成四品恭人，道理在此。

第十三回少去四五页

仔细推敲脂砚斋于第七回回前总批所题的两句诗：

十二花容色最新，不知谁是惜花人？

其中的"惜花人"所指的应该就是贾珍。贾珍为秦氏如此倾家荡产式的治丧手笔，除了带有一种内疚赎罪的意味，理应也是出于由衷的挚爱，毕竟唯有在深情的前提下才可能会产生自责之心，既然无法"善其生"，便必得"善其死"，尽量让可卿风光走完最终的一里路，这未尝不是惜花人的一番真挚心意。

不过，从真正爱情的角度来说，贾珍实在不配称为"惜花人"，因为所谓的"惜"不仅是给予女子所需要的情感满足，还必须和对方一起走向正确的道路，能够健全地活着，安享生命的福祉，而贾珍只达到前者的标准，关于后者却完全零分，甚至成为谋杀所爱者的刽子手。倘若贾珍对可卿的真情足够深厚，他一定会考虑女方的处境与未来，绝对不会因为彼此具有真感情便一起做出违法悖德之事，从而让可卿付出惨烈的代价。因为任何拥有真情的人，必然会把对方人生的幸福、完善放在比自己更高的位置，以之为优先设想。

第四章　秦可卿

就此，法国作家圣·埃克苏佩里（Antoine de Saint-Exupéry, 1900—1944）在《风沙星辰》一书里有一段十分动人的说法：

> 生命教给我们，爱并非存于相互的凝视，而是两个人一起望向外在的同一个方向。

真正的爱情是彼此在才德、心灵上一起成长，携手并进，迎向无限的宇宙，而非一味互相凝视，无视于礼法，陷溺在封闭的小世界里为所欲为。单单只有两人的相互凝视非但不会产生丰富的"爱"，反倒容易让彼此互相捆绑、束缚，最后窒息、萎缩，甚至共同毁灭，因此，未曾为秦氏的境况深思熟虑的贾珍，根本不配称为真正的"惜花人"。

其实，"爱"是无比复杂的心理反应，本质上也直接与品格相关，绝非源自本能的强烈爱意即可以叫作"真情"，同样地，并不是有了"真情"，便可以凡事都正当无误、所向无敌，因为"爱"乃是要不断思考、体察、反复辩证的一项课题，"感觉"仅仅只是最初的基础或开端。心理学家弗洛姆（Erich Fromm, 1900—1980）在《爱的艺术》一书中便强调，"爱"不仅需要努力学习，而且与"人格"息息相关。爱会有怎样的价值，必定来自人格有多少的内涵。

秦可卿此一人物最大的争议点，乃是出于"淫丧天香楼"这段被大幅删减的失落情节，以致无法完整考察，幸而在此介入创作的脂砚斋同时也留下一段批语，提供了重要的线索，于第十三回的回前总批云：

"秦可卿淫丧天香楼"，作者用史笔也。……姑赦之，因命芹溪删去"遗簪""更衣"诸文。是以此回只十页，删去天香楼一节，少去四五页也。

所谓"作者用史笔"，即说明曹雪芹是以客观公正、是非分明的态度去撰写这部分的情节，不因为偏爱或同情可卿而减轻、抵消其罪过，所以我们不应该再以中国社会"以情为优先"的观念去回护可卿堕落的一面。在欠缺"法"的节制的情况下，秦可卿的"情"果然流于泛滥乃至走向罪恶的歧途，由脂批所谓"姑赦之"的"赦"字，也清楚证明了可卿之举确属败德秽行，曹雪芹才会打算以"淫丧天香楼"作为她的人生结局，只是基于可卿的心性确实具有高瞻远瞩的一面，因此，脂砚斋便要求曹雪芹删去"遗簪""更衣"诸文，刻意淡化可卿与贾珍之间的乱伦丑事。由这段批语可知，"天香楼"乃可卿上吊自尽的淫丧之处，是她以死清洗罪孽的终焉之地，同时也是被删掉的四五页中的重要场所，并且应该与"遗簪""更衣"的情节相关，而饶富深意的是，在她去世之后，道士设坛念经超度的地点正是天香楼。

遗簪和更衣

那么，"遗簪"和"更衣"的具体情况究竟该如何理解？目前大概有两种说法：

第一种是认为贾珍捡到可卿遗落的发簪，在送还给可卿之际刚好遇到她正在更衣，于是发生了侵犯事件。但是在一般的情况下，贵族

第四章　秦可卿

成员更衣时都会有四五个丫鬟贴身伺候，所以这类偶发的事件不太可能会发生，除非附加了其他条件。

第二种解释则是以维护可卿为出发点而编撰的巧妙情节，尤其以华视版《红楼梦》连续剧最为精彩。固然这部连续剧较大比例地符合《红楼梦》的原意，却仍有好几处情节曲解了小说的文思，譬如同样以一般成见贬低了林黛玉在贾家的地位。虽则此版连续剧对可卿"遗簪""更衣"的编法违背了曹雪芹的宗旨，但不可否认，其情节安排确实极富想象力，并且有其自圆其说的合理之处。首先，编剧把贾珍原本是公公对媳妇的伦理目光直接转变为情欲的男性凝视，观众可以轻易从贾珍的眼神、举止上意识到其色心蠢动，他为了撩拨、挑逗子媳，想尽各种办法制造机会，而可卿何等聪明，又岂会感受不到？

于是，编剧便如此发展剧情：有一次，贾珍派人把可卿叫到天香楼，可卿身为媳妇必然是谨遵公公的吩咐，而当来到现场的可卿垂目询问有何要事时，对方却半天没有任何动静，心生疑惑的可卿抬头一看，却发现贾珍正以一双色眯眯的眼睛打量着她，可卿立刻意识到情况不妙。接着，可卿便严正表明自己的立场，即倘若公公有事嘱托，媳妇理当遵守，但为免瓜田李下之嫌，所以烦请公公以后在大厅上吩咐，说完便大义凛然转身离去，留下未能得逞的贾珍在原地失魂落魄。贾珍眼看天鹅飞走自然失落不已，正在懊丧之际，却发现可卿掉落在地上的发簪，当即如获至宝，捡拾起来拿回书房并收在一卷书轴里珍而藏之。然而，这支发簪后来却被贾珍的妻子尤氏在翻找东西时偶然瞧见，尤氏立刻认出此乃可卿之物，毕竟那是子媳整天簪在发髻上的饰品。一个男人的书房中珍藏着另一个女人的贴身物品，不免令人往情色关系上浮想联翩，所以当下尤氏怒发冲冠，拿着发簪直捣可卿的闺房，恰巧可卿不在，只有丫鬟出来迎接，等候了一段时间，未见可卿身影的尤氏便留下发簪，面色不善地拂袖而去。

不久之后，回到寝室的可卿看到桌上竟然出现了遗失已久的发簪，于是询问丫鬟，丫鬟回说刚刚太太来过，而且不知为何看起来充满怒气，一语未发便离去了，冰雪聪明的可卿即刻揣摩出整个情况的来龙去脉，也知晓显然婆婆尤氏对她产生严重的误会，以为她与公公贾珍发生了乱伦苟且之事。但很不幸的是，以秦可卿的处境根本是百口莫辩，跳进黄河也洗不清，即使她到婆婆面前解释是公公对她心怀不轨，对方也可能不相信，甚至会认定她在砌词狡辩、污蔑尊长，毕竟"疏不间亲"，关系疏远者不适合去介入关系亲近者之间的是非，此乃人情之大忌，例如朋友正在抱怨父母或伴侣的不是，身为挚友的我们若在此时加以附和甚至一起批评对方，那可就大大不妥，势必弄巧成拙。而《红楼梦》也引述过此语，即"亲不间疏，先不僭后"（第二十回），虽则文字叙述的顺序不同，其意思却是一样的。如此一来，可卿唯有默默忍受冤屈，但是对婆婆尤氏而言，可卿的不辩白却也等同于默认她与公公贾珍存在着不可告人之事，尤氏自然不会给可卿好脸色，处在这种憋屈的情况里，身为媳妇的可卿又怎么活得下去？可见无论辩白与否都是死路一条，受困于此等无解的两难局面中，可卿便忧思成疾。

华视版《红楼梦》编剧的高明之处在于，他在"遗簪"之后又巧妙地融合了"更衣"的情节。要知道，古人的沐浴习惯与现代人截然不同，他们是直接在房间内进行的，并非如今所采用的空间区隔、干湿分离。譬如第三十一回晴雯打趣宝玉，说他有次洗完澡后居然"地下的水淹着床腿，连席子上都汪着水"，可见他是在房内洗浴的。因

第四章 秦可卿

此,编剧乃如此安排"更衣"的情节:可卿正在寝室中洗澡,脱下的衣服披挂在竖立展开以遮蔽视线的屏风上,孰料此前在天香楼未能得逞所愿的贾珍凑巧闯入房里,结果一进门即看到如此撩人遐想的画面,不免心痒难搔,正当天人交战之际,身处屏风里侧更衣的可卿误以为进来的是丫鬟宝珠或瑞珠,随即出声叫唤,但因为没有听到回应,感到奇怪的她便探头一看,赫然发现竟然是公公站在那里。可卿大感惊慌之下赶忙拉扯衣服遮住身体,却由于动作仓促反倒拖垮了屏风,于是更加手足慌乱失措,贾珍见状,不禁向前走近两步企图安抚对方并给予解释,反倒让可卿越发惶恐躲避。值此一进一退、慌张混乱的千钧一发之际,捧着水盆的贴身丫鬟又刚好进来而撞见了这一幕,面对令人想入非非的画面,受到惊吓的丫鬟不觉松手翻跌了水盆,而落地撞击所发出的巨响也当下惊醒了可卿与贾珍,现场的氛围一瞬间陷入凝固。最终,惊愕不已的丫鬟立刻为自己澄清,说自己什么都没看见,随即转身往外逃跑,甚至还因为过于慌张而从台阶上跌下来,摔了跟头,从此重伤卧床不起。

如此一来,除了"遗簪"之外,又再添加"更衣"的这层误会,而可卿并没有任何过失,却得承受哑巴吃黄连的冤屈,面对公公之欲望与婆婆之误解的双重压力,致使可卿的病势越来越沉重,后来在不堪负荷的情况下便自尽而亡。

此一剧情之编法的精彩处在于,秦可卿始终都是纯洁无瑕,但是人生却充满种种不可思议的巧合,使得无辜的她落入冤枉难解却百口莫辩的处境。这般巧思以及对可卿的一番好意确实值得赞赏,但是必须说,该种编法并不符合曹雪芹的原意,即使情节再精妙,也只属于电视剧的改写,我们还是必须回归小说文本以及脂砚斋的批语,以寻求更为合理的诠释。

天香楼：幽会地点

需要强调的是，曹雪芹在多处皆暗示了可卿与贾珍之间确实具有爬灰关系，而他们的乱伦则明确是出于彼此的两情相悦。值得注意的是，在可卿死后，她的丫鬟瑞珠触柱而亡的举动也堪称非常离奇，毕竟随着主子之离世而殉死的婢女世所罕见，脂砚斋对此批云：

> 补天香楼未删之文。

由此可见，瑞珠之死也与曹雪芹所删除的"天香楼"相关，而从情理上可以合理推测，该处极有可能正是可卿和贾珍幽会的地点，因为她不可能在自己的房间内进行，毕竟丈夫贾蓉也一同生活于其中，事迹败露的风险太大，如此一来，贴身丫鬟更是不可或缺的助手。

单就"遗簪"而言，无论是无心掉失或是刻意遗落，被贾珍捡拾之后，这支发簪便成为他与可卿之间的私情信物，符合传统社会中男女建立情欲关系的行为模式，譬如红玉的遗帕惹相思、宝玉送旧手帕给黛玉，即《红楼梦》里的最佳案例。在才子佳人的故事中，双方都是通过丫鬟协助"传书递简，或寄丝帕，或投诗笺"，间接地暗通款曲，第三十二回更叙写宝玉基于史湘云有一只金麒麟，所以他在道士们赠送的法器内也刻意拣了一只，而看在眼里的黛玉"因此心下忖度着，近日宝玉弄来的外传野史，多半才子佳人都因小巧玩物上撮合，或有鸳鸯，或有凤凰，或玉环金佩，或蛟帕鸾绦，皆由小物而遂终身。今忽见宝玉亦有麒麟，便恐借此生隙，同史湘云也做出那些风流佳事来"，则可卿的发簪应该就属于这种"遂终身"的小巧玩物。再参照第六十四回"浪荡子情遗九龙佩"，描述贾琏与尤二姐之间彼此试探，呈现他们心思暧昧的情节，同样属于家族内部的情色乱伦，也都是借由贴身物件以建立双方的不轨关系，从中可以看到重叠的类似模式，不妨作为爬灰过程之具体内容的合理补充。

另外，可卿的发簪乃是"更衣"的先导。众所周知，古人尤其是贵族人士的衣裳层层叠叠，着装的过程很是繁复，譬如接受了唐代文化的日本，他们的和服即是基于唐代的服饰改造而来，倘若无人帮忙，穿戴的时候耗时费力，也不容易端庄整齐。何况贵族成员日常的出入移动，均必须因应各种不同的场合而换装，尤其男性医生深入内闱直接进行对女眷的诊疗，更基于性别顾虑而越发讲究，因此第十回可卿卧病时，才会因为三四个医生轮番看诊而"弄得一日换四五遍衣裳"，不但麻烦冗杂又过度消耗可卿的宝贵体力。每次的换穿皆需要几个丫鬟从旁服侍，包括准备好替换衣物、协助穿戴、处理换下的衣服送去浆洗等等，而"更衣"很可能便是直接涉及幽会的情节。至于"更衣"的所在地，理应不是可卿的上房，毕竟那是她与贾蓉夫妻同住的场所，而是坐落在宁府会芳园内的天香楼，因为花园既浪漫又隐秘，是个更适合偷情的幽会地点。

学者黄克武在《暗通款曲：明清艳情小说中的情欲与空间》一文中指出："以偷情来说，此一活动的进行几乎都要先刻意布置一隐蔽的空间场景，此一领域依男女关系、偷情时机的不同，可以从房内延伸到房外。值得注意的是艳情小说中私密空间的打造多由女子负责，再引导男子进入。……而主人丫鬟、奴婢所形成本尊、分身的关系，则提供了私领域之内情欲分享的社会基础。"据此背景来看，更加可以确定天香楼乃可卿和贾珍的不伦所在，也是她后来悔悟自责之后以死赎罪的场所。所谓"淫丧天香楼"，不仅指天香楼乃可卿上吊自尽的"丧命"之处，同时也是她和贾珍"淫乱"的地方，正因为可卿死于此地，所以冤业最深，才必须特别在这里举办隆重的法事来消冤解孽。

瑞珠之死

至于把天香楼打造成情色空间的布置工作，当然是由可卿的贴身丫鬟瑞珠所担任，所以在爬灰事件中，她是无法置身事外的当事人。如此一来，比起主张丫鬟因为撞见可卿与贾珍不伦而被迫自尽的此一说法，丫鬟作为乱伦事件的参与者反倒更能够合理解释她触柱而亡的离奇行径。

在第五十四回"史太君破陈腐旧套"中，贾母便清楚指出一般平民对世家大族生活特点的无知，并深刻批判了才子佳人小说里种种不合理的情节，所谓：

> 既说是世宦书香大家小姐都知礼读书，连夫人都知书识礼，便是告老还家，自然这样大家人口不少，奶母丫鬟伏侍小姐的人也不少，怎么这些书上，凡有这样的事，就只小姐和紧跟的一个丫鬟？你们白想想，那些人都是管什么的，可是前言

第四章 秦可卿

不答后语?

确实,即使身为少爷的宝玉在可卿的房内午休,周围都伴随着袭人、媚人、晴雯、麝月四个大丫鬟,以及几名小丫头,更何况是身为贾家嫡系冢孙媳妇的秦可卿?所以,要在贾府这种人口众多的环境中片面用强逼奸是非常困难的,即使是双方配合,也并非容易的事,必得有贴身丫鬟的参与及协助才有可能瞒天过海。

因此,固然贾母指出才子佳人小说中"凡有这样的事,就只小姐和紧跟的一个丫鬟"的不合理,然而这"紧跟的一个丫鬟"确实是不可或缺,尤其在古代的闺房性事里,参与者往往不只是当事的男女二人,有时也包含了贴身丫头。荷兰汉学家高罗佩(R.H. Van Gulik, 1910—1967)在其著作《中国古代房内考》里,针对十二本约三百幅明代春宫版画进行了研究,发现东西方对于闺内性事的理解和运行情况各有不同。他指出:"这些版画之中约有一半只描绘一对男女,另有一半则除了一对男女之外,还有一个或几个女人在观察或协助他们。"由于这类版画是因应性消费市场而制作的情色产品,多少反映出当时的社会现象,也揭露了时人比较隐秘的、不被张扬的面向,而《红楼梦》也对这种现象提供一个案例。第七回"送宫花贾琏戏熙凤"一段描写周瑞家的受薛姨妈的委托,将宫纱堆制的新巧假花分送给贾家的奶奶小姐们,当她到达凤姐院中时,却只见小丫头丰儿坐在屋外的门槛上,对方见她来了,连忙摆手叫她往东屋里去,于是看到奶娘正哄着大姐儿睡觉,周瑞家的便悄悄问道:

"姐儿睡中觉呢?也该清醒了。"奶子摇头儿。正说着,

> 只听那边一阵笑声,却有贾琏的声音。接着房门响处,平儿拿着大铜盆出来,叫丰儿舀水进去。平儿便到这边来,一见了周瑞家的便问:"你老人家又跑了来作什么?"周瑞家的忙起身,拿匣子与他,说送花儿一事。

可想而知,凤姐室内传来的笑声以及贾琏的声音,是暗示这对夫妻正在行房,而平儿从房中出来吩咐丰儿舀水进去,则说明了她显然也是身处现场。

既然贾琏、凤姐这对合法夫妇的闺闱秘戏都有贴身丫鬟平儿的参与,遑论那种不合礼法的偷情幽会,为了避人耳目,更是需要第三者如贴身丫鬟、书童、家奴等的协助,否则很难顺利进行。他们作为最亲近主子的成员,当然最宜于担当媒合双方的中间人,因为既方便差遣又能够居中联系,而在明清时期低俗的一般艳情小说里,还有其他人选可以充任类似的工作,即家外的邻居、朋友与三姑六婆。由于三姑六婆可以深入闺阁内部,和小姐当面接触、直接对话,一旦她们心怀不轨,便很容易勾引小姐做出败德的行为,因此对大家族而言,三姑六婆其实是一大禁忌,很不欢迎她们上门走动,复以大家闺秀基本是"大门不出,二门不迈",涉世未深,对外面的世界了解甚少,为了避免那些单纯少女被有心人士诱拐,世家大族都是尽力杜绝三姑六婆与千金小姐接触。

宋代以来,很多的家训都明文规诫,家中女眷千万不可与三姑六婆来往频密,最好是禁止她们串门以避免接触,因为女眷一旦被三姑六婆引诱去犯下败德之事,那对家族和当事人而言都是极其可怕且具有毁灭性的丑闻。有趣的是,从这种角度来看《红楼梦》,情况却大有出入，贾府似乎并不禁绝与三姑六婆的往来，书中时而出现尼姑道婆到贾家问安闲聊的场景，所以赵姨娘才得以借马道婆之力图谋不轨，并且贾府还会请来女先儿，即女说书人到家内说书（见第五十四回）。何以贾府违背一般世家大族的常规，未曾极度厌恶和严厉禁止三姑六婆上门，此乃值得再三思考及推敲的问题。

无论如何，这些中间人在性事运作上是不可或缺的要件，尤其于不法关系中更是如此，以贾珍、可卿的案例而言，可卿的丫鬟瑞珠、宝珠即是最佳人选，换言之，她们正是扮演着红娘般的淫媒角色。如此一来，再回顾秦氏房中的色情装置，之所以包含了"红娘抱过的鸳枕"，恐怕并非只是因为"红娘"这个人物涉及"淫"的范畴，用作间接的暗示，而是直接与可卿的丫鬟瑞珠、宝珠共享了象征性的关联，加上"安禄山掷过伤了太真乳的木瓜"此一意象，整体来看，便可以得出"红娘＝瑞珠、宝珠""安禄山＝贾珍""太真＝杨贵妃＝秦可卿"的参照模式。由此可见，小说家的种种设计非常严密，各个意象之间不断地互相平行对应，最终呈现出非法乱伦的隐秘关系。

因而可卿死后，她的丫鬟之所以会出现如此强烈且超乎寻常的反应，恐怕是基于她们乃当事人的缘故。第十三回记述道：

> 因忽又听得秦氏之丫鬟名唤瑞珠者，见秦氏死了，他也触柱而亡。此事可罕，合族人也都称叹。贾珍遂以孙女之礼殓殡，一并停灵于会芳园中之登仙阁。小丫鬟名宝珠者，因见秦氏身无所出，乃甘心愿为义女，誓任摔丧驾灵之任。贾珍喜之不尽，即时传下，从此皆呼宝珠为小姐。那宝珠按未嫁女之丧，在灵前哀哀欲绝。

不仅瑞珠触柱而亡的殉主之举令人震惊,宝珠年纪轻轻却愿意为秦氏长期守墓的行为也同样"可罕"。以续书中的林黛玉之死作为参考,与其情感深厚的紫鹃把她的遗体送回苏州安葬之后便出家了,此等赤胆忠心的程度已经令人非常感动,因为出家相当于葬送一生,但是连素来与黛玉情同亲姊妹的紫鹃都未选择以死殉主,则瑞珠为主赴死的行为岂非充满了蹊跷?难道可卿与瑞珠之间具有更强烈的感情与道义束缚,才导致她愿意以如此极端的方式回报主子?同样地,宝珠虽然没有以命相殉,却是通过守墓的方式常伴秦氏,执意不肯回家的她也是等同于牺牲了自己的青春年华。

固然可卿对待下人极好,也深得下人的爱戴,但是瑞珠与宝珠的过激反应还是不免令人感到非比寻常,唯有脂砚斋针对瑞珠触柱而亡所写的批语"补天香楼未删之文"可以比较合理地解释她的动机。瑞珠作为贴身伺候可卿的丫鬟,在伤风败俗的隐秘过程中必然担任了心腹角色,甚至非自主地参与乱伦事件,所以一旦可卿自尽,她就变成最关键的证人,而以贾珍的性格,恐怕不会给予善待。因此,瑞珠身为最核心、介入最深的大丫鬟,不如此时自尽,反倒能够博得义名与厚葬,否则只能提心吊胆地活着,甚至生不如死,这恐怕也是瑞珠仔细盘算以后所作出的无奈选择。

至于宝珠,她的反应之所以没有那般极端,应该是因为她属于比较外围、比较低层的丫鬟,不至于需要以死避祸,因此,不如用义女的身份守墓,形同出家,如此便可以终身脱离宁国府的是非圈,免于后续其他的纷扰。这种辛酸无奈具体地补充了丫鬟此类人物的另一生存面向,即一旦被主子猜忌、讨厌,纵使曾经再受宠、再得力,仍然会遭受悲惨的对待。总括而言,通过小说文本与脂批所提供的种种线索，我们应该可以把天香楼、遗簪、更衣的相关要素，以及宝珠、瑞珠之类的相关人等相互整合，形成彼此紧密相连的有机整体，并得出一番以文本为基础而又合情合理的结论。

暧昧的死亡

关于秦可卿之死，现存的小说文本似乎已经清楚表明，她是因为慢性病长期消耗体质而自然致死的。虽然在相关的叙事过程中并未提及可卿乃上吊自尽，但是第五回的判词却明确点出"美人悬梁自缢"的结局，由此导致了很大的落差，如此模棱暧昧的死亡方式，也往往令一般读者感到混淆。那么，可卿究竟是病殁，还是自缢而亡呢？实际上，倘若仔细翻查所有的相关文献，便能够发现这两种看似互相矛盾的内容原本就是并存的，而且曹雪芹还通过小说各处的细节，为读者解释了可卿身心变化的缘由与历程。

这位身兼钗、黛之美的优秀女子，其下场终究是死路一条，因为她逾越了非常严重的道德界限，公媳乱伦此等重大的伦理犯罪确实罪无可逭。一旦进一步结合小说和脂批共同考虑，可以发现可卿之死应该只有一个版本，而上吊自缢和慢性病消耗致死并非相互排斥、只能二选其一的扞格关系，其实反倒是同时并存的完整组合。

当第五回宝玉神游太虚幻境时，可卿的图谶便清楚预告：

后面又画着高楼大厦，有一美人悬梁自缢。

由此可见，小说家的创作原意是让可卿悬梁自尽，而所谓"高楼大厦"即指天香楼。除了人物判词之外，属于可卿的《红楼梦曲·好事终》里的"画梁春尽落香尘"一句，其所反映的上吊时因牵动绳子而导致梁上尘埃纷纷飘落的场景，也完全与判词相互对应。

最值得注意的是，可卿的丫鬟瑞珠随之触柱而亡时，脂批指出这是"补天香楼未删之文"，显然同样与天香楼事件有关，并导致她以这般过激的方式终结自己的生命。此外，天香楼作为可卿自尽之地，还是一处贾家为逝去的可卿进行盛大法事的场所。第十三回写道：

> 这四十九日，单请一百单八众禅僧在大厅上拜大悲忏，超度前亡后化诸魂，以免亡者之罪；另设一坛于天香楼上，是九十九位全真道士，打四十九日解冤洗业醮。

在大厅上拜大悲忏是法事中必然而正常的一环，但是何以要特别在位于花园内的天香楼上另设一坛？尤其更启人疑窦的关键在于，道士们在此打的是解冤洗业醮。所谓"解冤洗业"，意指该地存在着冤孽业障，因此才要化解、洗清。一般的凶案场所往往需要进行法事去抵消冤业以使之超生，属于相当合理的现象，然而为何天香楼会有冤业？由此我们可以合理推测，其原因便在于天香楼乃可卿自尽之处，阴气最盛，所以必须在此打解冤洗业醮。再者，脂砚斋又针对"另设一坛于天香楼上"一句批云：

> 删却，是未删之笔。

这就确切点出在天香楼另设法事的描写,是原本应该一并删掉却漏删的部分。这些疑云重重的细节,都说明了可卿之死并不简单,并非现存文本仅见的慢性消耗致死。

分析至此,可见天香楼确实是可卿的死亡地点,所以才会需要特别安排与大厅几乎同等规模的正式法事,其冤业之本质昭然若揭。再者,出殡当天的阵仗非常盛大,曹雪芹于第十四回这般描写道:

> 至天明,吉时已到,一般六十四名青衣请灵,前面铭旌上大书:"奉天洪建兆年不易之朝诰封一等宁国公冢孙妇防护内廷紫禁道御前侍卫龙禁尉享强寿贾门秦氏恭人之灵柩"。一应执事陈设,皆系现赶着新做出来的,一色光艳夺目。

文中的"青衣"代指丫鬟,此一称呼是由她们所穿的衣服颜色而来,反映出身份等级。必须注意的是,铭旌上所写的一长串文书里,所谓的"享强寿"三字尤为奇特,固然《公孙龙子·通变论》云:"其有(若)君臣之于国焉,故强寿矣。"所谓"强寿"指国家强盛、国祚恒久,属于吉祥用语,但一方面是否能施诸个人,不免是个疑问,一方面又有另一典故出自先秦《左传·文公十年》,其中有一预言说:

> 初楚范巫矞似,谓成王与子玉、子西,曰:三君皆将强死。

唐代孔颖达对"强死"二字的疏解道:

> 强,健也。无病而死,谓被杀也。

简而言之,"强死"意指健康而死,并非寿终正寝,不是自然而然的生命终结。既然无病而死,那么便是被杀而亡,据此而言,"享强寿"意指逝者所享有的乃意外而死之寿命。令人疑惑不解的是,即使可卿确实是意外横死,但这一点是否能够在丧礼大殡的正式文书上写明并昭告天下,当时的丧葬习俗是否容许如此为之,则缺乏相关研究,故先存而不论。毕竟以一般逻辑而言,在铭旌上注明死者乃非正常死亡实在怪异,也不合乎人情,但就小说家此处写的"享强寿",所传递出可卿之死绝非自然而亡的信息,却是值得加以探究的。

总的来说,天香楼特殊的场所性质以及丧礼上的种种奇特迹象,譬如在天香楼举行盛大的解冤洗业醮和铭旌上的"享强寿"字眼,都一再证明了秦可卿之死必须要综合两种情况,把文本所保留的与所删掉的情节一并纳入考虑。

从小说第五回的判词及《红楼梦曲·好事终》的曲文可以确定,可卿死于自缢是毋庸置疑的事实,但是在后续的相关描写中,她又罹患慢性病症,病体拖了很久,以致和贾瑞得病的情节几乎同时展开,两人的发病时间与病因相当接近,至少都持续了半年多。有些学者曾经针对"慢性病"这一点进行推敲,认为可卿是因为被众人发现乱伦一事而羞愤自尽,不过,既然贾珍与可卿爬灰之事甚至连仆人焦大都有所听闻,显然这起事件已是公开的秘密,众人皆知,按理来说,可卿不至于为了此事东窗事发而寻死。有位挪威红学家则推论,可卿应该是因为怀孕,如此一来将导致血统上产生混乱,这般罪恶的后果最不容于世家大族,所以才会因愧疚而选择自缢。

第四章 秦可卿

此一推论固然有其一般性的道理，但按照第十回的描述来看，则明确不能成立。当可卿发病以后，贾家请来好几位太医轮流看诊，大家莫衷一是，有人即认为是怀孕。可是，最终由医术高明的张友士拍板定案，清楚断言道："或以这个脉为喜脉，则小弟不敢从其教也。"由此可见，我们显然不能以"怀孕"来理解可卿之病与死。最重要的是，上述的说法均与"慢性病"没有必然关联，而贾家众人都察觉出可卿的身体状态每况愈下，从第十一回尤氏和王熙凤之间的对话便可看出一二：

> 尤氏道："你冷眼瞧媳妇是怎么样？"凤姐儿低了半日头，说道："这实在没法儿了。你也该将一应的后事用的东西给他料理料理，冲一冲也好。"尤氏道："我也叫人暗暗的预备了。就是那件东西不得好木头，暂且慢慢的办罢。"于是凤姐儿吃了茶，说了一会子话儿，说道："我要快回去回老太太的话去呢。"尤氏道："你可缓缓的说，别吓着老太太。"凤姐儿道："我知道。"

尤氏话中的"那件东西"即是指棺木，而可卿尚未去世就得暗中预备好棺材，足见大家都对于可卿的死已经有了心理准备，后续的描写也确实反映出这一点。

可卿乃是自尽而亡

可卿之死的突兀性，在小说里仍旧没有被删掉，并存于作品之中，由此造成冲突和不一致，从而导致可卿之死聚讼纷纭，但是，这两者其实未必冲突，甚至属于一体的两个部分。关键在于第十三回的脂砚斋总批云：

"秦可卿淫丧天香楼"，作者用史笔也。老朽因有魂托凤姐贾家后事二件，岂是安富尊荣坐享人能想得到者，其事虽未漏，其言其意，令人悲切感服，姑赦之，因命芹溪删去"遗簪""更衣"诸文。是以此回只十页，删去天香楼一节，少去四五页也。

一般都忽略了，这段文字清楚表明，其实相关的情节只有"删"而没有"改"，所以慢性病致死并非后来改写的部分以替代删除者，而是原本就存在的内容；至于脂砚斋所删去的情节占了四五页，可以归纳出被删的重点总共有三段，分别为"遗簪""更衣"以及"天香楼一节"。前两段已无从考察，因此后人发挥想象力，作出了各式各样的具体填补：有的很有意思，但并不符合曹雪芹的设定，如前所述；有的另外虚构故事，这类做法实在令人难以苟同，毕竟其创意发想已然脱离了《红楼梦》的文本范围，所以那两段情节理应存而不论，最多只能说，"遗簪""更衣"与可卿、贾珍之间的乱伦过程是有关的。

至于被删去的天香楼一节，参照脂砚斋于第十三回的回末总批所言：

通回将可卿如何死故隐去，是大发慈悲之心也，叹叹。

第四章 秦可卿

由此可知，关于可卿如何死去的来龙去脉已经被删掉，论者只能够断言其死应该与天香楼有关，这又证明了第五回的判词准确无误。曹雪芹和脂砚斋之所以决定把可卿"淫丧天香楼"这段情节删去，以至于"少去四五页"，正是要让她的死亡变得比较暧昧，不会直接与其重大罪行发生关联，而避免人格的重大损害，因此脂砚斋认为此举乃大发慈悲之心。

如果将脂砚斋所删之处重新加以补入，再与目前所见的版本内容整合起来，便可以重现秦可卿故事之全貌：可卿身患重病，日渐消瘦憔悴，而这是一种慢性消耗病症——"恶体质"或曰"恶病质"（Cachexia）的展现。所谓"恶病质"是指病人的消化和吸收能力变弱，无法如常饮食，即使吃了下去，也无法吸收营养。于是，身体机能为了维护生命运作，只好一直消耗既有的肌肉，因此人会变得越来越消瘦。确实，第十一回通过王熙凤的目光，转述秦氏"那脸上身上的肉全瘦干了"，那种宛如骷髅般皮包骨的枯瘦模样，令人一望便知是病态的。

但有趣的是，当可卿去世时，众人的反应却十分耐人寻味。曹雪芹这般描写道：

> 只听二门上传事云板连叩四下，将凤姐惊醒。人回："东府蓉大奶奶没了！"……彼时合家皆知，无不纳罕，都有些疑心。

如果可卿纯粹是慢性消耗致死的恶体质，则她的死已经都在大家意料之中，又为什么还会令人感到疑心呢？既然可卿的死亡必须结合慢性病消耗和自缢而死才算是一个完整的整体，如此一来，我们不妨再从临终托梦这方面进行思考。

　　仔细比对，可卿的临终托梦与其弟秦钟的死前遗言具有高度的共通点，即两姊弟同步走向了临终改悔的模式。在第十六回秦钟死前，他挣扎了半天，最后终于等来了宝玉。当时捉拿秦钟的鬼差害怕这位鸿运当头的国公爷之孙，于是暂且拖延，让秦钟多了一些时间与宝玉话别，而他对宝玉说道："以前你我见识自为高过世人，我今日才知自误了。以后还该立志功名，以荣耀显达为是。"语毕便长叹一声，溘然长逝。不得不说，人之将死，其言也善、其言也真。从秦钟的遗言可以看出，他在临终时，才真正悔悟自己过去所犯的错误，包含对自身情欲的放纵以及自以为是的堕落。

　　倘若把秦钟的悔悟一同参照，则本就心性高强、聪明不过的秦可卿，她对王熙凤的托梦是否也意味着是一种痛定思痛的改悔？可卿托梦应该不是福至心灵而突发的事件，可以合理推测，她对王熙凤的各种嘱托和提醒，皆系她在病势沉重那半年多的过程里，内心所酝酿的种种沉淀与思考。因为可卿没有足够的气力，多数时候只能够躺卧在床上，突然之间发现时间过分充裕，又不能如同健康的正常人一般从事许多日常活动，于漫漫长日中便思前想后，把过去的种种前尘往事重新在脑海中映现一遍，进而内心产生了不同的认知。她开始反省个人和家族的种种问题，在这样的阶段里，她既对过往的失格深深忏悔，也对家族的弊病拟订出起死回生的良策，而这亦是她对家族的一种赎罪。尤其以秦钟参照而言，他们都在人生的最后一刻，对自己的罪孽实现了清偿和救赎。

　　就在此时，以可卿的心性，在做了她所能做的一切之后，她的生命状态已经是必死无疑，但是这种悔恨导致她良心发现，一方面对家族进行救赎，一方面也对自己的生命进行悔过。而这份救赎与悔过，便是与其自然地随着慢性病消耗而死，不如以自尽的方式了结一生情孽，如此一来，更能够体现出她的良知。在《红楼梦抉隐》中，清末评点家洪秋蕃即认为：

> 间尝论之，秦氏秀外慧中，上和下睦，若守妇道，自是可儿。无如滥情而淫，不审所处，墙茨莫扫，贻中冓之羞；戚施是从，冒新台之丑。

可卿若能谨守妇道，必是完美无缺的可人儿，可叹她的"情"没有受到必需的节制，未曾做到发乎情、止乎礼，在罔顾自身的处境与身份之下，最终逾越了界限，才会出现乱伦的丑闻，致使身败名裂。洪秋蕃对此分析道：

> 盖由袅娜纤巧，既类冶容；而又温柔和平，不为峻拒：遂使一时艳质，堕为千古罪人，不亦重可惜乎？

意指可卿因为外在袅娜纤巧，加上性格又温柔和平，不懂得严词拒绝，所以才导致悲惨的结局。她明明是其时代里最完美的女子，具有绝妙的艳质，但却堕落成为千古罪人，实在可惜！不过，秦可卿的可贵之处就在于她尚有廉耻之心，正如洪秋蕃接着所言：

> 虽然，纵欲渎伦，固为闺闱之辱，而因而投缳殒命，尚有羞恶之良，核其情罪，似可轻于乃翁，故曰秦可卿。

由此可见，可卿亵渎人伦的罪孽实则轻于乃翁，即她的公公贾珍。贾珍自始至终都从未认为自己犯了错，何况在古代性别不平等的社会结构中，他也始终没有付出任何代价，而只有身为女性的秦可卿背负了最多的惨痛折磨。因此，投缳殒命的自尽情节，实际上意义重大，会使可卿所犯的大错略减一二分，毕竟她还有羞恶之心，还有道德的标准，只是并未充分做到。就她的内心来说，可以看到尚且存有羞恶和良知，是故可以宽贷几分。

　　说明至此，我们已经可以确认，可卿乃是自尽而亡。至于大家之所以对可卿的死产生疑心，真正的关键在于死亡的方式和地点。当深夜的丧音传来之前，小说家并未描写可卿临终的状况，这会不会就是被删掉而"少去四五页"的天香楼一节？脂砚斋所说的"删去天香楼一节"，极有可能便是秦可卿上吊自尽的相关内容，以至于造成了文本叙事上的空白，而这个空白正是源于小说家和脂砚斋的菩萨之心，尽量不在可卿之死上附加过多的罪孽，乃刻意加以模糊，让大家不会直抵她所犯的罪行。

　　倘若我们把天香楼一节的"四五页"加入，则可能是如下的具体情况：可卿自缢于天香楼，自缢之后必定还有遗体被发现、移置、处理的过程，把这个过程填补进来，便可以发现大家诚然会感到疑心纳罕，这个病人怎么会到天香楼上吊？秦可卿的病症，渊源于性成熟，恶化于性放纵，致命于性丑闻。她半年多的慢性病，即是来自长期纵欲所造成的精气耗损，后来病况越来越严重，全家人都有了心理准备，但这并不妨碍她在良知的折磨之下，毅然决定拖着消瘦虚弱的身子，挣扎着缓步走向天香楼。

　　其实，恶体质的病患还是具有若干行动能力的。以下是我亲身的

第四章　秦可卿

所见所闻：

　　曾经我有位同学罹患了癌症，后来听闻某位师长转述，那时她身上的肌肉真的已经全瘦干了，但是她还可以骑着自行车去看望老师，也就是说，她依旧具备基本的行动能力。老师当然心里非常难过，甚至有一种预感，觉得这位同学，也是她的学生，这一趟是来向她告别的。虽然本人依旧谈笑风生，但真的让老师心中产生强烈的悲哀。果然没几个月，便传来这位同学的死讯，我们都十分伤感，毕竟她还在盛年，留下无限遗憾。除此之外，在几年前，我也曾经目睹一位邻居呈现恶体质的状况。他是一名长得高高瘦瘦的男性，可是那极端消瘦的模样明显不同于一般，一望便知并非正常的身体状态，然而他仍然行动自如，和家人一起生活。我出门时，偶尔会和他擦身而过。过了一段时间之后，却再也没有看到他的踪影了。

　　这两个现实的例证让我非常清楚地了解到，恶体质的人还是有若干行动能力的。如果读者认为秦可卿病倒在床，必然完全没有力气起身，那便过于想当然耳了。以曹雪芹对于种种人生百态的敏锐观察与深刻了解，他所写的均是合情合理，倘若读者不具备与他同等的认识和智慧，就会用无知去理解，如此一来即无法明白，原来可卿确实可以在这种状况之下，独自一人走向天香楼上吊自尽。

　　通过层层的抽丝剥茧，秦可卿之死的唯一真相，恐怕是如下场景：身患慢性疾病的她经过了半年多的苦苦挣扎，最后在良知与罪恶感的谴责之下，以其恶体质所仍然拥有的活动能力，慢慢走向天香楼，于是"画梁春尽落香尘"（《红楼梦曲·好事终》）。秦可卿这一朵孽海情花，终于枯萎凋零，在死亡中获得净化，以死亡来了结她在人生歧路上所犯下的罪孽。

必须说，秦可卿是非常特殊的人性个案。此人内外皆备，基本上兼具了书中所有重要女性人物的优点，但可惜的是，她却带有"淫乱"此一致命的缺点，从而构成了矛盾并存于一身的独特案例。当然，由一般情况而言这是十分罕见的，她却正巧是发生了稀有状况的那一位。据此再度证明了《红楼梦》里每个人都是独一无二的，因此才必须逐个仔细而严谨地进行个案研究，不可以想当然耳地套用一般人性去推论。

德国学问家恩斯特·海克尔（Ernst Haeckel, 1834—1919）有一句至理名言，即"人与人的距离，有时比起原人和类人猿之间的距离还要来得远"。要知道，类人猿是人类最早的祖先，根本还是半猿猴、半人类的形态，而从类人猿演化到原人需要长达数万年的时间，两者之间的差异肯定是相距甚远，但是如果我们就此认为，只要是朝夕相处或者同处一个时空的人类必然会彼此接近而相似，那恐怕就大错特错了。其实，人与人之间更加天差地别，毕竟每个人基于成长背景、人生经历的不同，都会形塑出各异的性格，何况一个人的性格还可能会随着年岁的增长与经历的变化而流动迁改，所以我们又怎能轻易地以为自己能够完全了解曹雪芹和他笔下的人物？

打个比方，我们不一定了解身边的老师、同学乃至亲人。这种感慨古已然，所谓"白头如新，倾盖如故"（汉代邹阳《狱中上梁王书》），有的人即使相处到老，还是对彼此很陌生；有的人频率相合，路上停车交谈便一见如故，突然体会到屈原所说的"乐莫乐兮新相知"（《九歌·少司命》），这种经验偶尔会出现，可以说是天上掉下来的礼物，值得庆幸，而且应该好好珍惜。可是，我们同时也有"白头如新"的人生感慨，有些亲友可能认识了几十年，从少年、中年到老年，自青青子衿至白发苍苍，但却一直未必相互了解。只因两人都基于念旧之心，或是一些外在机缘，使双方有机会一直处在持续互动的状态，但是他们真的比一个陌生人更了解对方的心灵吗？答案是未必。这是因为人们相处的状况各式各样，倘若只局限于生活的浅层或特定的某些片面，那就碰触不到内心的深沉面与复杂性，而永远只能看到很表面或很单一的层次，此即所谓的"白头如新"。因此，大家千万不要认为老朋友就是最了解自己的人，也切莫为了了解某个人，而去探问他多年的好友，如此一来往往反倒会歧路亡羊，以讹传讹。

对此，我有过一些亲身经历，终于才明白，原来人世间非常丰富而复杂，每个个案都可以有很大的不同，因此绝不可以用一个普通常理套用在每个个体之上，否则将会很容易犯错。当然，也许有百分之八九十的泛泛之辈可以套用一个通则，然而其他还是很可能有一两成是完全不合乎通则的，由此构成其独特性，所以在对某个人、某个现象下判断的时候，一定要非常谨慎小心，必须先好好下功夫、做研究，倘若并未费心思、花时间去探索，便千万不要妄下断言。随口断言是人们面对人、事、物时常见的一种直觉反应，但这种反应会让我们在误解中制造许多无谓的伤害。这正是我由秦可卿的案例而感受良深之处。

正册十二钗之尾

《红楼梦》对于等级制的赞同，向来都是读者极易忽略甚至强烈反对的一点。实际上，小说中的许多处情节自然而然地透露出"等级制"乃天经地义之社会结构的信息,但是读者们却拒绝看到与承认。然则,这种一味认定作者追求平等的想法和心态未免过于想当然耳,毕竟即使在如今平等自由的世界里,依然存在着贫富悬殊、有权无权的阶级差异,遑论以清代贵族阶层作为故事背景的《红楼梦》。

以"太虚幻境"此一脱离尘俗的仙境为例,曹雪芹依然并未豁免人世间的等级制,其中薄命司的正册、副册、又副册完全是以身份阶级为标准来划分的:正册的黛玉、宝钗、探春、王熙凤等人皆为贵族女性,而副册里只出现香菱一位,因为她的情况非常特殊,如果以地方乡绅之女的出身而论,她应该被归类为正册,可惜的是,香菱五岁时便被拐卖,沦为黑户,这般向下的阶级流动导致身份归属的暧昧不清,置于上、下哪一册都似不妥,于是曹雪芹便将她放在中间的副册。至于又副册,书中明确提及的是袭人和晴雯,而无论读者的观感好恶如何,这两名人物清清楚楚地同时被列入又副册,显然两者的共同点在于她们皆系出身贱籍的婢女。在等级制的世界里,婢女、丫鬟和戏子均属于"贱民",是不受法律保障的社会底层之辈。据此已足以证明《红楼梦》确实是肯定、支持以及维护等级制社会。

倘若读者拒绝调整自己的意识形态,坚持以本身既有的成见去解析《红楼梦》,必然会在阅读过程中误入歧途,而与《红楼梦》的距离越来越远。关乎此义,有一个著名的案例可供参考:于珍珠港事件发生之前,美国明明已经拦截并获取很多信息,只要认真地仔细看待就能够知道珍珠港将被偷袭,并预作防范,但是何以最终还是发生了那般惨烈的事件?后来有评论者指出,答案在于人性都是如此,"因为相信,所以才看到"。换言之,人并非因为亲眼目睹才相信,而是人在相信之后,才看到自己所相信的东西;相反地,人只要不相信,

第四章　秦可卿

便会完全无视于该事物的存在。同样地,《红楼梦》的社会背景本就是以等级制为核心,第一回开宗明义即再三表明,被丢弃的畸零玉石确切地指定要到富贵场去受享荣耀繁华,并对之流露出无比的渴慕之情,而那正是等级制的社会顶层,也是整部小说开展的场域所在。如果读者们不接受或不相信这一观念,又如何能够从文本中看到完整的内容与其真正的寓意?

必须说,阅读时不应该把自己看得太过重要,不应该把现代世界认为天经地义的价值观视作理所当然,并一概将之套用在其他时代或社会的价值观上进行褒贬而造成扭曲。单就这点来说,人与人之间的距离,确实比起原人与类人猿之间的距离还要来得远,因此,唯有放下个人主观的成见,才能够拉近彼此的距离,促进彼此真正的了解,包括对《红楼梦》的深入诠释。

那么,"生的袅娜纤巧,行事又温柔和平"(第五回)的秦可卿被放在哪一册?答案毋庸置疑是"正册",但值得注意的是,她的位序却是殿后的。对于此一现象,红学大师俞平伯在《读〈红楼梦〉随笔》中指出:

> 既兼钗黛之美,即为钗黛二人之合影,(书中秦氏从不与钗黛对话办交涉,这点很可注意)其当为十二钗之首,实无可疑者。此诗以可卿名氏领十二花容即此意耳。

虽然他敏锐地注意到,秦可卿从未和宝钗、黛玉有过任何直接接触的这个有趣现象,不过他接下来的推论,却是尚有可商榷之处。一般而言,秦可卿兼具钗、黛二人之美,理应为正册十二钗之首,然而在第五回宝玉神游太虚幻境时，无论是正册十二钗的图册排序，还是《红楼梦曲》的演奏顺序，秦可卿都位列于十二钗之末。这明确与俞平伯的推论并不一致。

就第七回回前总批所题的"十二花容色最新"来说，可卿之所以未能在正册十二钗中独占鳌头，最关键的原因即在于落入淫滥，这正是女性最致命的污点。在古代社会里，女性只要落入淫滥，基本上便等同于身败名裂，其严重性可想而知。美国汉学家曼素恩（Susan Mann, 1943—）指出，在精英阶层士族家庭里，他们从女儿一诞生开始，便会对她投注各式各样的努力，其用心程度并不亚于培养儿子用功读书，以便将来能够入仕为官，成为家族与社会的栋梁。不过，对于两者的努力方向和重点是截然不同的，与养育儿子相比，父母对女儿的照顾更多是处于一种紧张状态，因为必须避免女儿在出嫁之前的成长过程中出现任何一丁点被玷污的可能性，以免影响到终身归宿。由此可见，秦可卿在正册十二金钗中的排序显然并非作为压轴而是殿后，不是赞美而是批判。

"有了一个'淫'字，凭他有甚好处也不算了"

只要在小说文本中仔细挖掘，我们便可以发现，曹雪芹绝不可能接受一名女性，尤其是良家妇女具有淫滥的污点。于第六十五回贾琏偷娶尤二姐的相关情节中，曹雪芹清楚表示道：

二姐倒是个多情人，……若论起温柔和顺，凡事必商必议,不敢恃才自专,实较凤姐高十倍;若论标致,言谈行事,也胜五分。虽然如今改过,但已经失了脚,有了一个"淫"字,凭他有甚好处也不算了。

由尤二姐"温柔和顺"这一点来看,可见是与行事"温柔和平"的可卿作为平行对照的,而既然她的温柔和顺比凤姐高出十倍,且"言谈行事,也胜五分",则性情与之相近的可卿于死前托梦的表现,更充分展露出她的才德之高确实胜于凤姐。但是,对于尤二姐这位与可卿类似的女子,小说家通过旁白的方式,直接表示女性只要烙上一个"淫"字,无论有什么好处或优点都不算数,同步说明了可卿亦然。就此,清末评点家洪秋蕃在《红楼梦抉隐》一书里对于秦可卿的评论,便非常值得参考,他认为:

不如反求诸己。一己贤,与物无忤,则虽有不贤者,亦与我式好无尤矣。秦氏殆操此术欤!惜犯"淫"字,有乖妇道,纵有令德,未足盖愆。

这番话的意思是指任何人遇到问题时,皆应该先反求诸己,把自身做好,然后很自然地会转化于人际关系的相处上,虽然外面仍然免不了党同伐异的不善者,但是只要自己为贤为德,时时刻刻都先自我要求,如此一来,他人也就可以"与我式好无尤",与我和好相安无所怨尤。而秦可卿正是擅长此道之人,为人处事稳重和平,各方面面俱到,以至于从上到下所有的人均对她赞叹有加,没有任何嫌隙,可惜的是她犯了"淫"字,违背了妇道,纵然具有万般美德,也无法掩盖或抵消其罪愆。

无论是参照尤二姐的案例，还是与《红楼梦》之创作本身无关的评点家洪秋蕃的看法，两者都异口同声地表露出传统女性落入淫滥则无可挽救的意识形态。即使秦可卿与贾珍之间具有情感基础，其证据源自第五回"情既相逢必主淫"的判词，但也不可以因此便为所欲为，而理应"发乎情，止乎礼"，毕竟爱之适足以害之，真正的爱一定会努力避免造成伤害。

可叹一般人在思考这类的问题时皆忽略了，人世间的道理，岂有因为出于"我是为你好"之心便必然保证"我的所做所为就是对的"？这是一种极其普遍，但实在既粗糙素朴又完全不符合逻辑的看法。真相是，"问心无愧"并不能够解决问题，因为一个人除非努力达到君子的境界，否则其"心"必然是很有限度的，也可能被嫉妒、怨恨等等负面感觉所蒙蔽和扭曲，则出于此心的所做所为又如何能够确保合乎正道？如此一来，凭什么任何一个人只要问心无愧，于是他的所做所为便都是正确的？倘若世事确实如此，何以世人还会争执不休？何以圣人君子都还要"吾日三省吾身"？必须说，凡事都没有那么简单，绝非只要出自真情，一个人的所做所为便可以变得正当、合理，或是值得同情、赞美。因此，单就感情基础的层面而言，秦可卿和贾珍之间的两情相悦还不算大问题，只是他们放纵该种不正当的感情，陷入败德至极的公媳乱伦，这才成为根本不能被接受的罪恶。所以在思考问题时应该把范畴分清楚，认识到一个人的出发点无论多么纯粹真挚，都必须和其接下来的所做所为分开对待。简而言之，目的、动机完全不能够作为合理化不正当之手段和行为的理由。

尤其是，当一个人放任不正当的感情时，便意味着其精神力量已经进入到薄弱、堕落的状态，因为此际他已经丧失了自我控制的意志和努力，这对一个人的人格来说乃是最大的问题。人应该学会自我控制，并汲汲于自我提升，犹如儒家致力于成为君子，而构成了读书人的终身职志。孰料如今宣扬的是人只要放任自我就行，那不是最快乐、最轻松的事吗？然而快乐与轻松是借由放任而达到，失去了心灵的高度与意志的抉择，实际上形同主体层次的降低，这真的是现代个人主义所形成的奇怪误导。

《红楼梦》则是在告诉读者，贵族文化所继承的乃是正统儒家精神，那是一种高度的文明。爱尔兰诗人叶芝对于文明的定义堪称切中肯綮：文明乃是一种对于保持自我控制的挣扎（A civilization is a struggle to keep self-control）。换言之，人类最有价值的精神文明就在于力图自我控制，不滥用感觉和情绪，不放任本能支配自我，不让自己陷入狭隘的偏颇。这岂非正是任何一个知识分子、正人君子每天都要做的努力和训练吗？所以又怎么能说，只要发自真心便可以为所欲为，不用理会外在规范和道德标准？

秦可卿"漫言不肖皆荣出，造衅开端实在宁"的判词，其实已经清楚显示了曹雪芹的真正态度：即使是"情既相逢"，但却不在人格上做出更大的努力，以至于让"情"不受节制而逾越道德界限，就会成为堕落腐烂的开端。秦可卿与贾珍之间的乱伦关系正透露出贾府来到末世时的精神颓靡，他们再也无法维系正统的儒家精神与贵族世家的文化高度，因此作者才会判定秦可卿是导致家事消亡的"败家的根本"。

秦可卿与其弟弟秦钟走上了同样的道路，他们都做出逾越道德界限的不伦行径，而评点家洪秋蕃在《红楼梦抉隐》里便对这对姐弟的"淫"解释道：

> 女中秦可卿，男中秦鲸卿，皆滥情而淫，皆首先授命。言情之书，深寓戒淫之意。善哉书乎！

小说中最早死亡的便包括这两个"滥情而淫"的人物，很显然《红楼梦》绝未歌颂那些逾越"法"的"情"。其实一般人都大大误会了，法（包括道德）并不是用来压抑情的，法是使情变得更加纯净美妙，使情成为体验人生的珍贵资产，而不是让人性堕落的一种糖衣毒药。换言之，"法"与"情"并非对立不相容的两极互斥。很常看到的一种流俗说法却宣称：人只应该用情来感受世界，而法会让人无法真实地感应，清代评点家涂瀛《红楼梦问答》、野鹤《读红楼梦札记》即认为："《红楼梦》只可言情，不可言法。若言法，则《红楼梦》可不作矣。"此等逻辑非常奇怪，难道所有的人都只管顺从感性地一意滥情，不需要法的调节和指引，这般的情就是"好"的情吗？何以读者不愿意谨慎而严格地去思考问题？其实只要越了解这个世界，便越能够发现道理的复杂性，世事绝非那么简单。

"叹世人不识情字"

如此一来，重新仔细分析被津津乐道的一句脂批："作者是欲天下人共来哭此情字"，将可以发现，其真正的意义并不是对于情的歌颂和哀惋，并非歌颂美好纯真的情惨遭现实的压抑和损害。虽然这是多数读者所理解的意思，但若从这句话的针对性及其整段上下文的陈述脉络来看，显然其意旨绝非如此，该种说法实乃断章取义的误解。

第四章　秦可卿

回到第八回中,脂砚斋对"只剩女儿,小名唤可儿"所写的完整批语是:

> 出名秦氏,究竟不知系出何氏,所谓寓褒贬别善恶是也。秉刀斧之笔,具菩萨之心,亦甚难矣。　如此写出,可见来历亦甚苦矣。又知作者是欲天下人共来哭此情字。

意指可卿本是育婴堂抱来的弃儿,血统不明,所以把她取名为秦氏,此举本身就有褒贬善恶的含义在内。而此一区别褒贬善恶的关键便在于:"情"不应该落入让人失去道德伦理界限的原始本能状态,否则只会缔造出不见容于世的阴暗私生女。因此读者一旦把"情"字捧得太高,恐怕即违背了脂砚斋或曹雪芹的真正用意。只可惜,如今多数人往往偏执地认定一个"情"字,凡事牵涉到"情"都自动觉得它浪漫伟大,以至于只要一提及"情"字就丧失理性,一味盲目地歌颂、赞美。然而,"情"只是个抽象的字眼,可以包含形形色色、各式各样的不同情感,又存在着诸多的不同层次,岂能一概而论!若问可卿与贾珍之间有没有真情?答案是当然有。但他们的情是否值得歌颂?是该褒还是该贬?实际上脂砚斋的批语已经清楚表明,结论是否定的。

脂批所说的"情"即是指秦氏的"情",但何以天下人要为"此情"而哭?他们所哭的"情"又是怎样的状态?脂砚斋认为,对于秦可卿这位极具争议的女性人物,曹雪芹是用史家的理性、严格的立场加以批判,但同时又具有菩萨之心,能够悲悯人的堕落与丑陋,并非仅仅大加挞伐地极力声讨,那样便缺乏宽厚的胸襟。也只有伟大的人格胸襟可以拉开距离来看待人世间的一切，带着一种既洞明其丑陋与黑暗的眼光，又不采用尖锐、犬儒的方式猛烈抨击，因而葆有一种悲悯情怀。曹雪芹既能够以菩萨之心使得可卿的死变得暧昧不明，并借由临终托梦而焕发出庄严的光辉，以模糊、稀释了她"滥情而淫"的致命污点，但其刀斧之笔也毫不含混地给予她应有的惩罚和批判，换句话说，曹雪芹在这里完成了兼具刀斧之笔、菩萨之心的高难度挑战。因此，"作者是欲天下人共来哭此情字"绝不是对情的正面歌颂与哀惋，句中的"此情"更不能囫囵地、随意地等同于宝、黛之恋的情，也绝非《红楼梦》"大旨谈情"的创作主旨；相反，"哭此情字"是悲叹于情被滥用、被误导、被用来遮蔽种种悖德的行为。不少人误以为只要有情就可以为所欲为，导致情变质为淫欲的掩护，而对于此种现象，曹雪芹早在第一回便借由石头的言说批判才子佳人故事，指出其本质乃是：

　　假拟妄称，一味淫邀艳约、私订偷盟。

他认为，才子佳人即使没有落入淫欲的层次，但是他们已经在情的层次上逾越了分际，因为以他们世家大族、精英阶层的观念而言，男女之间只能够在父母之命、媒妁之言的基础上，才可以合法发展夫妻之情。如果在未婚状态之下，女子就和男人两心相许、私订偷盟，纵使没有行为上的越轨，在心灵的层次上也已经逾越礼教。在古人的观念里，这就是一种失格、一种败德，所以说是"淫邀艳约"，仍然属于"淫滥"之举。并且，只要我们撤除成见，便可以发现《红楼梦》的每处情节其实都在展现这种意识形态。

第四章　秦可卿

先举个《红楼梦》以外的例子。由清代文人蒋坦所撰作的《秋灯琐忆》，记载了他与妻子关秋芙之间种种琐碎的生活情事，非常感人，其中有一段描述道：在秋雨萧瑟的某个秋日，蒋坦听着窗外的秋雨霖霖，心情无比低落，于是步入庭院，在芭蕉叶上留下两句诗："是谁多事种芭蕉，早也潇潇，晚也潇潇"，意指芭蕉害得他心绪不宁，加上潇潇的秋风、秋雨，无形中让人更觉凄凉悲哀。到了第二天，他走到院子里，却发现芭蕉叶的原句旁多了一行娟秀的字迹，定睛一瞧，原来是妻子关秋芙的手笔，她对仗写道："是君心绪太无聊，种了芭蕉，又怨芭蕉。"由此可见，两人拥有一致的心智高度，彼此的相处不仅和谐美好，且极具诗情画意。事实上，他们是从小认识的青梅竹马，一旦双方家长觉得这两个孩子挺相配的，于是说定亲事，但是在此之后两人便罕能相见。在婚前，只要尚未举行婚礼，一对未婚男女之间就不容许有任何接触，即使已经订婚亦是如此。这是他们这种知识圈、文化阶层所采行的婚恋观念与相处形式，而蒋坦其实是一般的文人，他尚且如此，更何况是作为世家大族的贾府成员？

可想而知，贾家在婚恋这一范畴上，绝对是非常严格避免违反道德规范的，因此他们对才子佳人故事必然抱持着批判的态度。因为才子佳人故事都是未婚之前一见钟情，这种情被第一回的石头言说明确定义为"淫滥"，所以他们一定是反对那一类私订终身的故事。可是，这个结论就与大多数读者对于才子佳人小说的评价相互抵触了，今人总认为才子佳人故事主张争取恋爱自由、婚姻自主，提倡反对礼教、反对包办婚姻，属于当时"进步"的象征，然而这种看法的错误在于：现在所认定的才子佳人的价值，是以现代的价值观去看待的，也过度膨胀了才子佳人故事的意识形态，忽略了那类作品乃出于一种投合市场口味的商业操作，让读者以超越现实的幻想以取得短暂的心理满足，因此大量生产，其中并不具备严肃的思想性。倘若我们一直抱持想当然耳的思路去套入《红楼梦》对于才子佳人小说的看法，势必会产生理解、分析上的偏差。既然未婚之前的男女连有了私情都算在禁忌范畴之内，而被称为"淫滥"，曹雪芹又怎么可能容许"主淫"的"情"呢？

关于这一点，脂砚斋在第六十六回的回前总批中清楚说道：

> 余叹世人不识情字，常把淫字当作情字；殊不知淫里无情，情里无淫，淫必伤情，情必戒淫，情断处淫生，淫断处情生。……再看他书，则全是淫，不是情了。

据此可见，脂砚斋为世人混淆了"情"与"淫"的不同本质而感慨万分，所以他又怎么会颂扬那种纵容自身肉欲、违背伦理道德的情感呢？后来道光、咸丰年间的诗评家、文学理论家刘熙载于《艺概》一书里也同样感叹道：

> 流俗误以欲为情，欲长情消，患在世道。

原来从乾隆时代开始，整个社会便已经出现以欲为情的谬误，经常把淫字当作情字，成为世道沦丧的流俗。显然这些心智高超的文人们清楚认识到，"情"的真正意蕴和"欲"是截然不同的，但却被诸多别有居心的无知庸俗之辈混为一谈，因此他们才这般愤慨万千。

值得参考的是，德国哲学家布鲁格（Walter Brugger, 1904—1990）通过本质的分析，提出一种深入明辨的真正认识，他指出：爱（Love）乃是心灵的整体状态，"尤其不应该把爱与纯本能的冲动（即使是升华的冲动）视为一事"，千万不可以将爱、欲二者画上等号，因为"冲动本身原以满足其嗜欲为能事，而把对方视为满足嗜欲的方法，爱则是以肯定价值及创造价值的态度把自己转向对方"，换言之，冲动的本质是要满足自身的嗜欲，与爱的本质恰恰相反。当人产生欲望的时候，其实只会想得到满足，比如干渴的时候只想赶快找一杯水解渴，饥饿的时候就找点饮食果腹，否则欲望本身使人非常难受，如此一来，那些饮水食物都只是被用来满足肉体需要的外在工具而已。非但饥渴如是，任何本能都一样，"冲动本身原以满足其嗜欲为能事"，因而把对方视为满足嗜欲的方法，也就是说，对方只是一种工具。可是，这种性欲并不是"爱"，"爱"乃是以肯定价值及创造价值的态度把自己转向对方，所以一定会把对方放在高于自己的位置，而不是以满足自我为要务。这个区隔从本质上把爱与欲断然二分，让人们在面对情与欲之际，得以作出更清楚的判断和良好的决定。

借由上述古今文人、中西学者对于"情"与"欲"的解析，充分证明了曹雪芹、脂砚斋、刘熙载等人早已察觉到两者本质上的不同，只是并未采取现在所习惯的思辨语言把相关的道理言明说出，但他们的确把握到了本质上的区别，与西方思想家的洞察合拍。

爱情作为一种文化构建

接下来，可以再分享一种自五四以来，无论在意识形态、文学批评、社会改革等种种的文化讨论中，或于分析人性的面向时，常常出现的混淆。许多学者，尤其是以现代意识形态为绝对价值的现代学者，他们往往不自觉地采取这样的态度：把爱情看成是一种内在心灵与情感的象征，代表一种永恒的社会性改革动力。他们认为只要有爱，就能够依靠这种本能冲动来打破社会的僵化，如此便可以推动社会的进步。而被混同于爱情的爱欲也被视为一种生命能量，因为与生俱来，所以强大而无可遏抑，不是任何人为的束缚所能压抑，由此被当成一种足以推动终极革命之轮的生命力量，从而对这种生命的原欲大加歌颂。这种说法可谓随处可见，许多现代小说也是在此等逻辑之下创作出来的。

学界中从事小说研究的学者，也经常不自觉地采用该等逻辑进行推论，所以往往会歌颂古典小说中一些非法且不合礼教的越轨行为，而这种追求情欲解放的推论甚至被当成进步性的表征。可见直到现在，今人仍落入脂砚斋所感慨的"世人"群中，甚至还把该种混淆了"欲"的"情"当作社会改革的动力，实在匪夷所思。必须说，这是五四以来极为常见的一种信念，因此很多人的创作就走向大量铺陈欲望的书写，而对于古代的创作也以相同的逻辑去进行褒贬。

再者，这种看法不仅逐渐膨胀为一种价值判断，甚至还被认为理所当然，而部分学者已经注意到这种思考逻辑的问题。大陆学者徐艳蕊指出，把爱欲等同于启蒙，并以此为某一部文学经典的合法性进行解释和辩护，这是传统文学经典化过程中常见的一种惯有思路。比如《聊斋志异》被视作文学经典，是因为其中描写了许多女鬼之类的艳情行为或内容，据此便主张《聊斋志异》具有超越时代的进步性。可是，这样的思路全然局限在把爱欲过于本质化、绝对化。爱欲或许是

第四章 秦可卿

人的本能之一,但却不应该成为人的本质,甚至成为用以判断人性的绝对标准。以"爱欲"来确认一部文学经典是否进步、是否有启蒙意义、是否反封建礼教,根本上是一种错误的逻辑,因为爱情和欲望都并非一种均质的存在,亦即不是每个人的爱情和欲望均处于一样的程度、一样的性质。事实上,只要把所有不同的女性加进来一起思考,就会发现到此等逻辑必须要批判的错误是:想当然耳地认为每个人皆对爱情具有强大的渴望,并且每个人均会把爱情和爱欲相等同的范畴混淆。但事实确然是如此吗?

何谓"爱情"?何谓"欲望"?观乎前文所引述的诸般说法,已经清楚证明了情与欲是截然不同的,人们岂能理所当然地认为人人都有同样的爱与欲,且又将二者画上等号?殊不知,爱情和欲望本身就是一个个被权力不断塑造和规范的动态领域,并非人人皆有的、固定的、相同的东西,它们实际上皆是通过后天各种外在的影响,如权力或社会价值观而产生并不断变化的概念。何况一个人在不同年龄阶段所形成的爱情和欲望也会有所不同:根据许多世界知名女性的传记,可以赫然发现这些优秀女子,在二三十岁会倾慕的男性,和她们五十岁以后会选择的、一同共度后半生的男性,根本是很不相同的类型。她们二三十岁时会选择的夫婿,基本上都是才华洋溢、光芒万丈,站在他的身边能够互相辉映而带来光荣感的耀眼男性;但是等到她们五十岁之后,比如奥黛丽·赫本、费雯丽、杰奎琳等等,真正与她们度过人生最后阶段的伴侣,往往并非具有权位的男性,而是温和有礼、体贴入微的绅士,因为她们在这个生命阶段更加需要的是心灵的抚慰与平静的互相扶持。所以,我们又怎么能说,五十岁时的爱和二十五岁时的爱是一样的呢?一直把爱情与欲望当作是固定不变的东西,而且认为每个人都具有相同的内涵,这真是个天大的误会,属于把人类一概压平的本质主义。尤其是,一部文学经典是否肯定爱欲,更不能作为其是否体现了自由平等或民主启蒙精神的绝对指标。

不幸的是,《红楼梦》的诠释确实也出现了这种常有的偏执或偏误,以至于"滥情而淫"的可卿被视为爱欲(Eros)之神,而曹雪芹作为《红楼梦》的创作者,也被认定为应该很"进步",有的红学家便为了证明作者不被礼教吃掉等等预设的成见,竟以这种逻辑思路来解析情节发展,断言宝、黛将来一定要发生性关系,读来不禁悚然。实际上,与生俱来的"食、色,性也"只不过是最初阶的生物本能,而这些初阶的生物本能如何发展成为个人的一部分,其实是后天在文化环境中逐渐形成的,包含性格的塑造、周围所遇到的各种具体要素等等,因此每个人都是迥然不同的个体,既有智愚之分,更有贤不肖之别,人品才更是决定性的因素。

西方知识界的人类学家、哲学家、社会学家早已经注意到这一点,开始不再把"情"与"法"当作对立的、不相兼容的对错两极。美国人类学家霍尔(E. T. Hall, 1914—2009)即指出,文化深深地、持久地制约着人类的行为,许多时候,这种制约是不知不觉中进行的,因而个人并未意识到,却认为那是自我的体现,殊不知并非如此,实际上乃是后天的文化制约所造成的。那些始终被视为人性之体现的行为,例如欲望、本能等等,其实是特别复杂多样的习得行为。所谓"习得行为"即是指后天学到的事物,只是因其复杂多样而不容易被察觉,致使人们误以为那是人性的直接体现,也错认了人性中存在着所谓本来固有的、与生俱来的东西。但那些深刻体验到这一点的思想家,同时也感慨"文化"的概念难以被人接受,令人备觉无奈。

问题就在于，人们总是认为有一个与生俱来的"自我"，而不愿意接受以下的这个观念：原来自我也是文化所塑造出来的。因为若是如此，即似乎消解了个人独一无二的主体身份。

必须说，此乃今人自身的某种偏执所致，霍尔也感受到大部分的人确实抱有这种思维，因此他觉得把"文化"这个概念纳入对于人性的思考，是难以被人接受的，其原因之一也许是：它对许多既定的信念提出了疑问。既定的信念包含了将爱欲、爱情视为与生俱来的本能，认定每个人都有这种强大的憧憬，它是一种永恒的力量，是一种伟大的生命能量，它是推动社会改革的关键，这是往常所坚信的观念。如果一个人一味相信：爱欲是本能，爱欲就是爱情，是一种不可磨灭的强大内在力量，它的伟大浪漫甚至可以改造世界天地，则他必然难以接受人类所表现出来的"人性"实际上是文化的结果。

然而法国哲学家福柯（Michel Foucault, 1926—1984）的研究早已证明，所谓的"主体"并非与生俱来，也不是固定不变，反倒是因为权力的操作而形成的。这正是前文所引述之学者提到的观念：爱欲或爱情，其实也是一个不断被权力塑造和规范的动态领域，以至于人们固然终生都抱持"自我"乃有别于他者的主体的想法，不断去追求自我的觉醒，殊不知所谓的"自我"也处在变化之中，而且这个变化还是来自权力操作、周遭文化力量的影响等等，并不断地重塑改变。

简单来说，事实上并没有存在于真空状态的、恒久不变的、固定的主体，同时也没有能够被用以证明人的主体性，以及人具有内在自我的那种象征性质的爱情和爱欲。它们存在着因人、因时、因地而异的复杂内涵，而且即便同样是爱情和爱欲，人与人之间的歧异性也高于同质性，它们并非均质的存在，所以绝不能将爱情与爱欲的抽象概念套用在所有现象上。

如今常见的推论逻辑是：无论文本的创作宗旨是什么，都把现今个人主义的身体观生搬硬套在所有的文本上，尤其是古代作品更是深受其害，于是便产生了以身体解放、情欲自主等等作为女性个体觉醒和自我实践之象征的文本解析，并以此判断传统文学是否具有进步价值。如此一来，女性的身体就会被性欲化，进而把女性的主体与性欲挂钩，可奇怪的是，人类的主体为什么要用生物本能来界定？毕竟人性具有许多层次，既有屈原崇高的精神，有贝多芬的博爱，有杜甫宏大的悲悯，也有李白"大鹏一日同风起，扶摇直上九万里"（《上李邕》）的宽阔视野，那么又何必总是揪着"本能"不放，还以此来确认一个人是否拥有主体？

霍尔的感慨正和我现在的体验完全一致。何以许多读者无法接受曹雪芹本即具有其时代与文化带给他的价值观和意识形态？何以他就一定得用今人的价值观和意识形态去创作，才足以叫作伟大？这岂不是强人所难吗？从百年以前直至现在，整个社会究竟出现了怎样的价值观问题，使得人们常常不自觉地遵循这种充满自我中心的错误的判断逻辑？其中必然有着非常复杂的缘由，虽然在此无暇说明清楚，但是我们仍然可以借此学习到不该把感觉过分膨胀，亦不该把本能当作是自我内在永恒不变的伟大象征，相反地，文明是一种自我控制的努力和追求，往往必须超越本能才能达到。两千多年前儒家文化制礼作乐，已经清楚彰显出文明的内涵，而以儒家正统精神作为文化内涵的贵族阶层，在弘扬贵族价值之时，一定是站在这种文明的立场上来呈现的。

据此言之，秦可卿的"滥情而淫"，其实质非但不是自由的体现,而是深受本能的奴役而不自知。关于这一点,可以参照十七世纪荷兰哲学家斯宾诺莎(Baruch de Spinoza, 1632—1677)的看法:

> 人类的限制就是受这种欲望(appetites)或激情(passions)——我们较低的本性——所奴役。人类的自由——道德自由——乃在于以理性控制这种激情,以伦理美德束缚住这种激情,以后天获得的习惯性倾向去做正确的选择。

诚如霍尔所说的,我们在思考人性问题时,必须把文化的概念纳入考虑。那些在后天文化中习得的种种良好、升华、有价值的东西,不仅能够帮助人去做出正确的抉择,甚至还可以束缚那些较低的本性,而这种道德自由才是人类真正的自由,也即真正建立自我主体的力量所在。换言之,真正的自由并非率性随心、为所欲为,反倒应当学会自我控制。因为放纵自我、放任欲望实在易如反掌,而以理性控制这种低层次的本性才是最为困难,却也最能彰显出人性的高贵价值,所以我们不该用放纵自我来肯定自我,否则便会掉入常见的偏误思维里。

因此,秦可卿这个人物专题,主要是为了表明:第一,曹雪芹绝不同情或赞成秦可卿的"滥情而淫",反倒是给予她死亡的结局作为应该付出的代价;第二,秦可卿与贾珍之间虽有真情为基础,但是她的情又与欲混淆,以至于她得病于性成熟,恶化于性放纵,最终致命于性丑闻。情与欲的混淆真是一个重大的问题,从脂砚斋开始,已经感慨世人经常出现这种谬误,至今为祸愈烈,因此非常希望借此机会郑重提醒,一个人的真正主体是要不断塑造并加以千锤百炼才能成就的,自己希望获得怎样的人格,就要通过自身大量的努力去达到目标。而这个努力的过程，其实甚至必须与自我的某些天赋本能进行搏斗，与让人趋于低下的生物本能相对抗，只有在超越它之后，最终获得的才是人类真正的自由。

此一观点与社会的主流看法不同，但我甘冒大不韪，将自己所认识到的，关于如何真正建立一个人的尊严和价值的看法贡献出来，作为思考与选择上的参考。要堕落和下坠，实在太过容易，但是我们不应该让自己变得那般不优美。人可以活得高贵而优雅，而这是要经过努力才能达到的生命成就。

小结秦可卿

对于秦可卿，首先一般都会注意到的现象是她的出身，纠结之处在于其养生堂弃婴的身份，但重点其实并非在此，而是秦业主动到养生堂收养她的行为，可能暗指两人具有血缘关系，毕竟秦业的行为非常违反常理和当时的社会风气。无论就抱养女婴的特殊性，还是秦可卿与秦钟的样貌相似程度来看，她都极有可能是秦业的私生女。因为秦钟是秦业的亲生骨肉，而可卿与秦钟之间高度相近，这更加证明了她应该是基于这样的原因才来到秦家，由此说明可卿这位人物本非泛泛之辈，她确实具有良好的血统。

良好的血统和家族遗传是《红楼梦》中非常重要的观念，作者尤其关注人物精神、心灵的基因遗传，而非外表容貌。秦可卿天生资质即非常优异，具有几乎是其他女性难以望其项背的才性特质——兼美。而必须注意的是，这等"兼美"是在秦家所给予的良好教育之下

第四章　秦可卿

才得以充分发展出来，否则先天资质再好都毫无用处，注定会流入市俗，秦可卿正是因为受到了良好的教育，所以才能身兼各方之美而成为"十二花容色最新"的优秀女性。

万分可惜的是，可卿最独特的一点，便是在如此完美的状态之下，她竟然有一个致命缺陷：她带有一种与生俱来的淫欲。这个"淫欲"不仅与她的血脉出身密切相关，也和将来她的病因脱离不了关系。单就家族遗传这一点来看，秦家的三名成员都犯了"淫"字：秦业谐音"情孽"，可卿作为私生女的出身便是他未能控制本能欲望而以情造孽的结果；秦钟被作者反讽为"情种"，只因他为了自身之淫欲而毁了智能儿的一生，并赔上父亲与自己的性命；秦可卿谐音"情可轻"，理由也在于她"滥情而淫"，即使她与贾珍之间确实存在着真情，仍然是会被他人轻视。可以说，这一家人的遗传已经扩大为一种家风，说明了家庭环境必定会对人们造成耳濡目染的高度熏陶，倘若家风败坏，便很容易产生致命的伤害。

总而言之，秦可卿与贾珍之间的爬灰情事，是导致可卿万劫不复的关键因素，也是使得她身体状况恶化的病因，而最初致病的原因则应按照张友士的论断来理解。张太医所诊断的一切，包含可卿并非怀孕，不是一般有喜也非一般的其他病症，由其言外之意多少能够推论出其疾患应与生理上的性成熟有关。再加上小说文本另一处的重要设计：可卿的故事中同步穿插了贾瑞的故事，而两者的情节高度雷同，不仅都有乱伦嫌疑，同时皆属于非法的情欲，最后均是因过度纵欲而亡。将这些相关的证据综合来看，爬灰是个确定的事实，并且是出于两情相悦，于是可以合理推测致病的原因，应是恶化于性放纵。

至于可卿最终的死亡虽然疑云重重，但真相可能只有一个：她确实有慢性病症，以致脸上身上的肉都瘦干了，这是因为她纵欲过度，导致精气耗损，最后她基于良心谴责而上吊自尽，两种情况并存，并不矛盾。再者，上吊自尽还可以解释何以当其死讯传来时，会让大家感到突兀和疑心，此处应与天香楼被删的情节有关。天香楼很可能是爬灰情事的发生地，毕竟它属于花园中的隐蔽空间，较能避人耳目，而被删掉的天香楼情节，包含遗簪、更衣，恐怕便是在爬灰情事中出现的幽会细节，从这种故事所回应的明清艳情叙事的基本模式加以思考，以天香楼作为一个淫欲场合堪称最为合理。同时，天香楼也是可卿的死亡地点，因此可卿死后才要另外在天香楼特别安排一场盛大的法事。

如此一来，关于秦可卿的各种争议应该都可以得到完善的解释，而曹雪芹对于人性万花筒的辨识能力与人物塑造的摹写功力又添加一笔辉煌，令人大开眼界并赞叹不已。

第五章

香菱

谐音"真应怜"

在第七回周瑞家的送宫花一段情节里，当她看到香菱的外貌时，与丫鬟金钏儿展开一番颇有意思的对话：

> 只见香菱笑嘻嘻的走来。周瑞家的便拉了他的手，细细的看了一会，因向金钏儿笑道："倒好个模样儿，竟有些像咱们东府里蓉大奶奶的品格儿。"金钏儿笑道："我也是这们说呢。"

由此可见，香菱与蓉大奶奶——秦可卿具有重像关系，她不仅容貌美丽超俗，性格也是如可卿般"温柔和平"（第五回）。除了这两个共通性之外，双方的第三点联系是都出现身份阶级的巨大流动，分别经历了贵、贱不同的等级转换，而这是书中其他人物所没有的特点；第四项则是二人皆被特别凸显出家庭的遗传基因，并且在她们的人生发展道路上发挥了不容忽视的关键作用，曹雪芹显然要借此告诉我们，一个人的才性禀赋与其家庭教育密切相关，成长环境可以带给人一种无论面临怎样的遭遇都不会被消磨掉的人格特质，而这一点在香菱身上尤其展现得淋漓尽致。饶有意趣的是，"金陵十二钗正册"的最后一位是秦可卿，等而下之的"金陵十二钗副册"中唯一被提及的人物则

第五章 香菱

是香菱。从排列顺序而言，二人分别为正册之末以及副册之首，可以说恰恰隐含着首尾连贯的关系。

众所周知，《红楼梦》是一阕庞大的女性集体悲剧交响曲，而在构成复调的诸多主旋律中，每一条旋律固然都是平等并存的，彼此不分轩轾，但具体来看，它们各自所配给的象征着厄运、灾难之不谐和音，于轻重、比例上仍然大有不同。因此必须澄清的是，虽然读者最容易关注并为之感动的是林黛玉这一角色，作家也不吝惜笔墨，在她身上极力渲染出楚楚可怜、感伤自怜的独特抒情气质，并且赋予她一个"还泪"的浪漫神话，但是如果我们站在客观批评者的立场上，排除感性直觉的主观好恶加以仔细比较，便会发现：黛玉于香消玉殒之前，都一直住在"比别处更觉幽静"（第二十三回）的潇湘馆内吟诗作词，她的生活相当舒适悠闲，所以才能完全活在自己的个人世界里，最重要的是，潇湘馆作为元妃省亲时的"第一处行幸之处"（第十七回），也是大观园中元妃最喜欢的两大建筑之一，足见此地的居住环境最为优胜。当宝玉与众金钗迁入大观园的前夕，黛玉即享有优先的屋舍选择权，而其他众姝则全没有如此的特权，遑论香菱，她连住进园子的资格都没有。

倘若以相同的标准来衡量，我们理应承认，黛玉在贾家确实是个炙手可热的宠儿，她既有贵族千金的出身，处于贾家又有长辈的疼爱、姐妹的相伴、丫鬟的服侍，单就这些生活条件而言，香菱如何能够望其项背？简直是望尘莫及。当然，每位金钗都有自己的烦恼困扰要费心费神，但正册中的女性均是贵族千金，她们从未处于社会底层，遭受现实生存上残酷的折磨与贫穷的压迫，除却未来流落为平民的巧姐儿以及下场悲惨的妙玉、迎春，在小说叙事现场的刻画中，真正遭遇惨无人道之生活重压的少女只有位列副册的香菱。或许有人会质疑，袭人、晴雯等人也曾经过着贫困的生活，所以才会经由买卖进入贾家为奴为婢，但是千万不可忽略，她们来到贾家以后，作为千金小姐之外的"副小姐"和"二层主子"，"吃穿和主子一样，又不朝打暮骂"（第十九回），所受到的待遇堪比天堂，所以自始至终严格来看，香菱恐怕才是整部小说里最不幸、最值得哀惋的金钗。

当我把香菱的故事全部看完之后，甚至会有一种无语问苍天的感慨：为什么一位如此美好的女性来到人间，竟然要莫名地承受许多苦难，而这些苦难还是没有任何价值与意义的？据此以观之，香菱这名人物所提供的很可能是一种神学式的反省，引发一些根本的探问：人类的存在价值究竟在哪里？生命的本质到底是什么？既然没有救赎，没有许诺，也没有未来公道的审判与补偿，一个无辜的人又何以要遭受那些苦难？如此种种，都是通过香菱这个角色可以进一步去思考的问题。

香菱不仅蒙受的苦难最多、最深，甚至连受苦的意义都别具一格，而曹雪芹也同意这一点。香菱原名"甄英莲"，是整部《红楼梦》中首位出现的金钗，脂砚斋提醒其原名乃谐音"真应怜"（第一回夹批），也就是说，香菱才是读者最应该悲悯、同情并给予更多疼惜的对象。可叹黛玉因为多愁善感、弱柳扶风的楚楚形象而赢得最多的怜惜与赞美，大家反倒忽视了真正身世悲惨、遭遇堪悯的香菱，这种被感性直觉所引导的阅读反应，是否也属于一种不公道的体现？此一问题确实值得我们反思。

甄英莲后来改名为"香菱"，脂砚斋也再次阐明，此"二字仍从莲上起来，盖英莲者应怜也，香菱者亦相怜之意"（第七回批语），两个名字之所以同义，其原因有二：第一，"菱"和"莲"都属于水生植物，有些传统文献甚至认为二者虽然有别，却是可以同等看待的类似品；第二，"英莲"谐音"应怜"，而"香菱"则是谐音"相怜"，语意相通。可以补充说明的是，在古文里，相怜的"相"字具有两种用法，一种是表示双方面互相的关系，例如相亲相爱、面面相觑；另一种也很常见的用法是指单方面的向度，包括拔刀相助、暴力相向等成语皆属之，而此处"相怜"的"相"则属于单方面，"相怜"意即香菱这个少女值得人们去怜惜她。由香菱命名的谐音暗示便可以看出小说家对她深深怀有的一腔悲悯，实为其他金钗所不及，清代评点家话石主人《红楼梦本义约编》一书中的相关评论，也肯定了我以叙事结构、命名更改、处境变化等方面对香菱所做的分析，所谓：

> 开首借英莲失散说起，……归薛氏曰香菱，香菱读作相怜，后改名秋菱，谓始如并蒂相怜，终似深秋零落也。全部之节目，以英莲起，以英莲结，英莲为群芳中薄命之尤者也，此书之始末也。

宝钗替英莲取名为"香菱"，实属非常诗意的美好祝福，因为"香"字意指芬芳，从象征意义来说也暗示着幸福之意。但到了第八十回，"香菱"又被薛蟠的正配夫人夏金桂改作"秋菱"，香菱的命运也从菱花的芳香转入秋天的萧瑟，死亡的气息笼罩了下来，接着可想而知，香菱的厄运已经所在不远，她的性命将很快地步入终曲，所以话石主人才会说"始如并蒂相怜，终似深秋零落也"。可见香菱命运坎坷，其起伏之巨大、曲折,也是《红楼梦》里相当罕见的案例。

同时,话石主人还从整体的结构布局上注意到"全部之节目,以英莲起,以英莲结",姑且不论香菱难产而亡乃后四十回的续作,单就"以英莲起"而言,则确实是曹雪芹寄托深刻的安排,以千金小姐与家人失散的情节揭开故事的帷幕,为这一阕澎湃激荡的女性集体悲剧交响曲吹出了序奏,其悲剧可以说是《红楼梦》所有女性中最尖锐、最惨烈的强高音。所谓"英莲为群芳中薄命之尤者",堪称是对香菱人生最为客观的定论。

苏州望族出身

既然香菱构成了"此书之始末",正说明她的地位非常重要。作为《红楼梦》中第一位出现的金钗,她原本出身良好,乃苏州望族甄士隐的独生女,除了她之外再没有别的子女可以继承家业,更是万千宠爱在一身。当第一回开始正式转入人间故事时,作者即介绍甄士隐和甄英莲的背景,记述道:

> 当日地陷东南,这东南一隅有处曰姑苏,有城曰阊门者,最是红尘中一二等富贵风流之地。这阊门外有个十里街,街内有个仁清巷,巷内有个古庙,因地方窄狭,人皆呼作葫芦庙。

这段描述中的"十里街"乃是谐音"势利","仁清巷"则谐音"人情",用以暗示世间之道理都是同时蕴含着错综复杂的势利与人情,

第五章　香菱

两者并非纯粹的二元对立，而是彼此交错、相融甚至互补的，读者唯有认识到此一复杂性，才能够真正了解小说家所要展现的深刻道理。倘若执意以为曹雪芹只是借此感慨世间只有"假"没有"真"，"真"既难得但又容易被摧毁，便会陷入非黑即白的二元对立观，从而限制了自己认知思考的框架。其实，人性之复杂程度绝无法以简单的"二元对立"框架提供完善的诠释，如果一直以无知、天真的方式去面对世间的势利、人情，便意味着这颗心灵多多少少是单薄而不够成熟的。接下来，作者继续描述道：

> 庙旁住着一家乡宦，姓甄，名费，字士隐。嫡妻封氏，情性贤淑，深明礼义。家中虽不甚富贵，然本地便也推他为望族了。因这甄士隐禀性恬淡，不以功名为念，每日只以观花修竹、酌酒吟诗为乐，倒是神仙一流人品。只是一件不足：如今年已半百，膝下无儿，只有一女，乳名唤作英莲，年方三岁。

由曹雪芹赞美甄士隐乃"神仙一流人品"，可知他的秉性非常正面，足以叠映于宝玉、黛玉、妙玉之类所谓的"神性人物"序列中，而一般读者也很容易据此便把褒贬判断简单地套在他们身上，以为该等人物所表现的人格特质即为曹雪芹所推崇的价值所在，并把世俗化的人物如薛宝钗、袭人等视为蒙尘的"死珠"或"鱼眼睛"，一概加以贬低。但是，对人性、事理之复杂性洞若烛火的曹雪芹，又怎么会以一种无知小儿的天真思维来进行对整个宏大世界的理解呢？

实际上，人性世间的道理犹如《庄子》所说的"有成有毁"，在某个地方有所成就，也必定会在另一处有所毁损，凡事不可能两全其美,而必然是各有得失。无论是《庄子·齐物论》的"彼亦一是非,此亦一是非",抑或是《圣经》的"恺撒的归恺撒,上帝的归上帝",这些箴言均在告诫人们不应该产生鱼和熊掌兼得的贪念,毕竟任何价值都不可能是完善的,其中定然隐含着某种缺陷。当"道"落入可以言说的地步时,便一定会受限,这就是"日凿一窍,七日而浑沌死"(《庄子·应帝王》)的原因。

既然人世间的道理如此复杂,同样地,"神仙一流人品"的人物当然也有自己的不足,譬如他们都很狭隘,既不能和光同尘,也难以达到丰富与复杂的深度,而只是偏嗜于一端,拥有某种干净纯粹却也因此非常囿限的性格内涵以及生活状态。这种人无力改造世界,也无法负荷地球的运转,因为他们无法走入世俗,所以一旦将"神仙一流人品"的甄士隐放在"大我"的群体世界来看,就会如脂砚斋所挑明的,其姓名"甄费"乃是用以谐音"真废",原来曹雪芹同时认为他们在现实世界里根本是无用之徒!换言之,虽然他们能够独善其身,却无法兼济天下,甚至连自己的苦难都无法承担,所以甄士隐在接连遭受打击之后无以为生,唯有投靠他人,贾宝玉也只能够成为补天事业中那一块被遗弃的畸零石头。

而在自足的个人世界里,甄士隐人生中的美中不足之处,则在于无子,所谓"如今年已半百,膝下无儿,只有一女,乳名唤作英莲,年方三岁",可毕竟是唯一的骨肉,当他"见女儿越发生得粉妆玉琢,乖觉可喜"时,便忍不住抱在怀中逗弄哄耍,一派其乐融融,而英莲的"乖觉可喜"显然与秦可卿的"可儿"性质相近。可以说,关于甄士隐的背景描述看似平淡无奇,却是寓意深刻,其中展现出曹雪芹对于人之才性、禀赋的深刻认识,即一个人的模样与他的遗传密切相关，甚至连精神心性、人格特质都会通过基因进行传承，而这一点也已经由现代心理学家的研究所证实。

试看小说家介绍甄士隐之妻封氏"情性贤淑，深明礼义"时，脂砚斋夹批云：

八字正是写日后之香菱，见其根源不凡。

这两句传达出两项信息：第一，香菱遗传了母亲"情性贤淑，深明礼义"的人品心性；第二，她们母女之间的一贯性是源自与生俱来的家族基因，所以脂砚斋才说香菱"根源不凡"。

"差不多的主子姑娘也跟他不上"

《红楼梦》文本以及脂批常常会运用"天性"与"根源"之类的词语，综合来看，这些用法都反映出曹雪芹与脂砚斋相信人类会存有与生俱来的某些特质，除了第二回所阐释的先天"正邪两赋"说，曹雪芹还强调一个人的家族遗传、成长环境甚至占据了其品性塑造的大半因素，这种人性观可以说带有宿命论的成分在内，从这一点而言，《红楼梦》的思想主旨显然非常传统，也其实十分进步——这是借由目前各种专业领域的学问才能认识到的。如今的读者因为活在现代社会，总习惯于把一些通俗的"现代意识"作为超越时代的进步价值投射在经典上，进行许多增字解经的附加式解读，如此一来，反倒曲解了经典作品所要传达的真正寓意和思想，可谓本末倒置。如果我们放弃把自己秉持的价值观直接套入《红楼梦》，便会发现它到处都是处在传统文化的范畴中，然而却隐含着真正的进步性，也丝毫不妨碍它的伟大。

接着，书中又谈到"甄士隐禀性恬淡，不以功名为念，每日只以观花修竹、酌酒吟诗为乐"一段，于此脂砚斋又再次强调：

总写香菱根基，原与正十二钗无异。

"根基"即"根源"，这段批语表明香菱的家族遗传基因实际上"与正十二钗无异"，而正十二钗的共同条件便是她们皆为贵族女性，换言之，身为当地望族的乡绅甄士隐并非一般平民，而是属于精英阶层的上位者。单以这点来说，曹雪芹当然是承认甚至支持阶级观念的，因为只有这等的家世背景，才能够作为孕育出如此独特之金钗的根基，让他们的子弟后代成为精英文化的体现者、优雅品格的承继者。

到了第十六回，凤姐也高度评价香菱道：

模样儿好还是末则，其为人行事，却又比别的女孩子不同，温柔安静，差不多的主子姑娘也跟他不上呢。

要知道，王熙凤可是具有穿心透肺之识力的明眼人，对方在动什么脑筋，心里在打什么盘算，她都一目了然，看得透彻明白，对于宝玉、黛玉等金钗的品格能力更是了若指掌，既然曹雪芹借由她来为香菱这位少女拍板定案，可见香菱的为人性情确实有着过人之处。除了美丽的容貌之外，香菱最重要的特质就是"温柔安静"，这又与可卿的

"行事又温柔和平"（第五回）相似，至于"差不多的主子姑娘也跟他不上"一句更是对香菱的高度赞美。在等级制社会中，世家大族对闺秀的礼仪训练程度远胜于一般中上家庭的小姐，而香菱的母亲封氏"深明礼义"即是贵族女性的基本教养之一，所以凤姐说一般的主子姑娘都比不上香菱，实际上即暗示着只有真正的阀阅大族所熏陶出来的优秀主子姑娘才足以与香菱比肩。脂批在这里也清楚说道：

> 何曾不是主子姑娘，盖卿不知来历也。作者必用阿凤一赞，方知莲卿尊重不虚。

王熙凤作为书中人物，当然不会知道香菱原本出身望族，但是单从香菱的行事作风便看出她具有精英上流阶级才能够培养出来的主子姑娘的风范，可见家世背景对于天生禀气的影响至为深切，也证明了凤姐确实眼力非凡。

另外，脂砚斋于第四十八回批云：

> 细想香菱之为人也，根基不让迎探，容貌不让凤秦，端雅不让纨钗，风流不让湘黛，贤惠不让袭平，所惜者青（幼）年罹祸，命运乖蹇，足（至）为侧室。且虽曾读书，不能与林湘辈并驰于海棠之社耳。然此一人岂可不入园哉。

也就是说，香菱在"根基""容貌""端雅""风流"上都不亚于世家大族的千金，包括迎春、探春、凤姐、可卿、李纨、宝钗、湘云、黛玉，而"贤惠"这一点也毫不逊色于身为超级大丫鬟的袭人、平儿。

综合以上的种种说辞，足见香菱兼具众人之长，然而可惜的是，如此完美的少女却因为"青（幼）年罹祸，命运乖蹇"，最终竟然只能陷入贱籍成为妾室，沦落至与其原本出身全不相称的委屈境地。虽然香菱在第四十八回住进大观园之后，迫切地请求黛玉教她读书、写字、学诗，但是却开始得太迟，以至于无论再怎么努力，她的学识才思注定永远比不上黛玉、湘云之辈。原来，读书的重要性关键还在于时机，唯有当一个孩子的心智刚刚启蒙之时，便通过教育将其潜能全部开发出来，始得以成为日后个人发展的良好基础，因此一个人倘若在成长过程中缺乏及时的良好教育，则纵使拥有再卓越的资质也是徒然，香菱即是一个例子。她在因缘际会之下入居大观园并拜金钗们为师的时候，芳龄大概十八九岁，原有的天赋能力已经遭到长久的蹉跎与荒废，那是以后投入十倍的用功和努力都追赶不了而无法弥补的，所以我们应该要对自己能够六岁就入学接受义务教育而心怀感激。

《红楼梦》在许多地方都不断告诉读者，一个人的性格特质、才华表现，甚至是人生所能达到的心灵境界，均须通过后天的助力才能够展示出来，仅仅依靠与生俱来的某些天赋根本无法给予最大程度的发展。因而，我们实在不应该仅凭本能来思考自己生命的价值，决定自己人格的内涵。近一百年来所提倡的"个人主义""人人都一票"的民主思想，正好与此处所说的道理相反，这些现代意识形态皆认定"每一个人本来就很重要"，甚至"一样重要"，然而一个人是否"重要"，很大程度上得要依靠后天的努力所实践出来的价值，而非诉诸先天的本然样态，《红楼梦》便是注意到，及早读书对于智慧的开发、各方面能力的开拓与提升都至关紧要。香菱因为命运多舛，无法自年幼时期即得到良好的诗书教育，所以才无法达到湘、黛之辈的诗

第五章　香菱

才层次，此一缺憾实属无奈之至，令人感慨万千。

至于脂批中所谓的"根基""根源"恰恰涉及"家世阶级"与"天生禀赋"，它显示出家族血统遗传的基因保证，以及不被环境所消磨的一种心灵素质，这是在人类幼小之际耳濡目染所获得的。香菱虚龄五岁的时候便被拐卖，而一个实际上只有四岁的小女孩是否可能受到家风深刻的影响呢？答案是非常有可能。现代心理学、社会学对此进行过各种实验和研究，甚至有一种说法主张一个人乃"六岁定终身"，即人在六岁以后，用以感应、认知世界的心智模式基本上就固定下来，以后无法再改变了，所以林黛玉无论如何努力，永远都不可能变成第二位薛宝钗。当然，这并非绝对的论断，我们还是可以通过后天的努力慢慢去修正、调整，而打造出更好的自我，但毋庸置疑，我们自出生之后便受到许多家庭因素的无形影响，一旦成长到开始有意识去进行判断、取舍，此时的自我其实已经被它所影响而塑造成型了，也注定终身不可能脱胎换骨。如此一来，一个人的内在性格既有着先天的决定性因素即家族遗传，而其后天的发展又与家庭的塑造深度关联，并且都是在他拥有判断力和自觉能力之前便已经大致完成了，所以从这个角度来说，曹雪芹认为，一个人会是什么模样，基本上是被家庭所决定的。虽然我们不一定要接受这个结论，但是应该客观地去研究曹雪芹和脂砚斋究竟是如何看待"人性是怎么形成的"此一问题，也必须说，曹雪芹确实具备了现代人性研究所证实的洞见。

总括而言，《红楼梦》与脂批所说的"根基""根源"，与香菱本来的身份阶级、作为主子姑娘的地位直接相关，这些信息无不指出香菱出身于注重品德教养的书香世家，并不亚于正十二钗，原本可以被列入正册，只是令人悲叹惋惜的是，自小被拐卖的香菱，在完全缺乏教育的恶劣环境中，失去了与钗、黛之辈并列为正十二金钗的资格。不过，正因为香菱"根源不凡"，所以在经历被拐卖的惨痛遭遇之后，她依然能够焕发出非比寻常的娴雅气质，而鹤立鸡群，令人注目。可想而知，曹雪芹和脂砚斋认为，精神素质也可以通过家族基因遗传给子女，一个人的家世背景、阶级归属也会成为一种独特的人品保证。

"东府里蓉大奶奶的品格儿"

香菱作为书中与秦可卿一样经历了身份巨变的金钗，两人确实具有重像关系，这一点在第七回描述得很清楚：

> 只见香菱笑嘻嘻的走来。周瑞家的便拉了他的手，细细的看了一会，因向金钏儿笑道："倒好个模样儿，竟有些像咱们东府里蓉大奶奶的品格儿。"金钏儿笑道："我也是这们说呢。"

由此可见，香菱长得像秦可卿乃是贾家的共识。值得注意的是，这段描写出现于薛蟠为了争夺香菱而闹出人命官司之后，香菱在小说里的第一次出场，可谓意义重大。自从香菱被薛蟠带走便不知所踪，门子乃说她"如今也不知死活"（第四回），单看不明不白的这一句，其中又带上了"死活"一词，读者或许很容易会想当然耳地认为：香菱被薛蟠这个粗鲁的野蛮人霸占去了，从此落入了魔掌，实际上也有不少说法就是这般论断的。然而，"不知死活"只是门子在不清楚香菱之

第五章 香菱

去向和处境的情况下自然产生的空泛描述,读者不应该偏信,更不可以望文生义,看到"不知死活"中有个"死"字便断定香菱的下场堪忧。让我们仔细推敲,香菱在拐卖事件发生之后,首次出场便是"笑嘻嘻的走来",这显然证明了香菱在薛家的生活其实过得幸福快乐,否则在如此一个日常的、不需要迎合别人的场合上,又岂会满面笑容呢?此处的"笑嘻嘻"只能是一种心情欢快洋溢的自然流露。

至于"东府里蓉大奶奶的品格儿"中的"品格儿"一词,最主要的意涵应该是指出色的容貌与气质。香菱自幼即生得"粉妆玉琢,乖觉可喜"(第一回),惹得父亲百般怜爱,而长到十二三岁的时候,薛蟠偶然一见便非要她不可,甚至闹出了人命官司,正是因为她"生得不俗"(第四回)。拐子之所以把香菱同时卖给薛蟠和冯渊两人,当然也是基于香菱的美貌可以卖出高价。再者,香菱跟随薛家到了贾府以后,贾琏第一次见到她也感到惊艳不已,回来和王熙凤聊天时谈及:

> 方才我见姨妈去,不防和一个年轻的小媳妇子撞了个对面,生的好齐整模样。我疑惑咱家并无此人,说话时因问姨妈,谁知就是上京来买的那小丫头,名叫香菱的,竟与薛大傻子作了房里人,开了脸,越发出挑的标致了。(第十六回)

"齐整"在《红楼梦》中通常是用来形容人的外表,尤其指女性的相貌漂亮。"开了脸"则是指被纳为侍妾,随之改变了梳妆形式,此际也"越发出挑的标致了",可见香菱随着年龄的增长和身份的转变越来越有魅力。在第七十九回中,薛蟠娶进一门媳妇,即可怕的母夜叉夏金桂,这时香菱大概已经二十岁(据宝钗称呼香菱为"菱姐姐",

说明香菱比宝钗年长，由此推算所得）。夏金桂作为薛蟠的正妻，本来就颇有树立威信统领下人的权威意识，再加上她"又见有香菱这等一个才貌俱全的爱妾在室"，便更加不安，故而百般折磨香菱至死。值得注意的是，此处曹雪芹以"才貌俱全"四字评价香菱，显示他随着人物的成长变化而相应地换用了精准贴切的词汇来进行描述，在此乃多了个"才"字。宝钗于第五十六回中说"不拿学问提着，便都流入市俗去了"，此一道理在香菱身上同样非常适用，读书写字、拥有学问、不流于世俗，这几者之间具有内在的一致性。香菱于第四十八回之前不曾读书识字，自然不可能有学问，于是无论多么聪慧都只算得上"市俗"的层次，而她自第四十八回后慢慢地接近学问的世界，也随之发生了惊人的变化，令宝玉等人感慨老天"不虚赋情性"，终于在第七十九回中得到了曹雪芹"才貌俱全"的评价，可见曹雪芹在说明人性事理时遣词造句的贴切性。这也再度印证一个道理：社会提供我们整套的文字表达系统，此一系统中蕴含着过去长期积累而来的无数智慧与知识的文化结晶，这些都在帮助我们成长壮大，因此伦理道德和学问知识绝非只是在压抑个人的赤子之心而已。

香菱"品格儿"的美好并不仅限于外在，也体现于她的内在。第十六回中，凤姐评价香菱"模样儿好还是末则，其为人行事，却又比别的女孩子不同，温柔安静"，薛姨妈之所以同意让薛蟠纳香菱为妾，正是着眼于她令人赞赏的性情作风，而个性"温柔安静"同样也是秦可卿的特点。第六十二回提到"香菱之为人，无人不怜爱的"，恰与秦可卿的"小名唤可儿"（第八回）、"别人也从无不疼我的"（第十一回）互相呼应，彼此存在着异曲同工之妙，由此更强化了两人之间所构成的重像关系。

第五章　香菱

但是，构成重像关系的双方并非就此画上等号，因此不可以简单地将其他别的特点直接套用过来。譬如有人认为，晴雯对袭人的态度即等于黛玉对宝钗的态度，这根本是无稽之谈，实际上该类的读者对于晴雯、袭人的认识本身已经充满了成见，再将之直接套用在黛玉和宝钗身上更属于跳跃式的谬误推论。同样地，纵然香菱和秦可卿之间构成了由里到外的重像关系，她们的命运和性格却还是有很大的差异。要知道，建立重像关系的方式还包括"分割复制"一类，即两个重像于外貌、性格等若干方面雷同，而另一些方面如命运等即各异。在此，香菱即为"分割复制"，她有很多方面完全和秦可卿重叠，但关于命运及人格特质中很重要的部分，则恰恰与秦可卿是对立的，即灵与肉的互补。如果说秦可卿偏于滥情而淫、形而下的肉欲层次，那么香菱则倾向于灵的飞升，她的爱诗、学诗正展露出其极欲进入形而上的、精神世界的努力。香菱和秦可卿之间分割复制的情况符合了文学批评中的重像概念，乃是彼此重像关系建立的关键基础。

落入薛蟠"魔爪"？

一般读者往往认为，落入拐子魔掌多年的英莲如果能够顺利跟随第一段缘分即乡绅之子冯渊，尚可算是否极泰来，步入人生的正轨，毕竟根据第四回门子向贾雨村报告时，提到他"一眼看上了这丫头，立意买来作妾，立誓再不交结男子，也不再娶第二个了，所以郑重其事，必待三日后方过门"，可见冯渊对英莲是既多情又钟情，决心用全部的生命和感情给予疼爱，并非把她当作物品，而是视为终其一生的人生伴侣。但很不幸,后来发生了拐子一人二卖的事件,最终香菱阴差阳错地跟随薛蟠上京去了。而多数读者对薛蟠的印象欠佳,最主要是薛、冯两人争夺香菱的结果乃薛蟠手下的豪奴失手打死了冯渊,加上与"绝风流人品"(第四回)的冯渊相比,薛蟠的言行举止简直与一般大老粗无异,譬如第二十六回中,薛蟠错把春宫画之作者唐寅的落款认为"庚黄"而在宝玉面前见绌蒙羞,被纠正之后只能讪讪地说"谁知他'糖银''果银'的",显然他不学无术、胸无点墨。如此一个流连花丛、粗鄙好色的不堪男子,读者自然会认为他与香菱这般美好的女孩并不相称,他也不可能会去珍惜香菱。

但事实真的是这样吗?当我们想当然耳地顺任一般感觉去进行推理时,便很容易会产生错误,这也正是我不赞同把《红楼梦》的解读生活化的缘故。因为把作为经典的《红楼梦》改造成现代人能够轻易理解的方式进行衍释,此一做法固然可以让绝大多数的读者包括年轻人产生兴趣,但所获取的认知恐怕不过是以讹传讹,注定流入市俗。必须注意的是,对经典和知识的态度应当是要抛弃自己的主观成见,尝试去跨越隔阂与鸿沟并进入经典的世界中,才得以更加接近古人真正的价值观,否则便会导致各种与真相背道而驰的误解,其结果也无益于自我的成长,只是更加巩固既有的知识藩篱。据此平心而论,薛蟠当然有很多缺点,但如果以当时的标准仔细考察的话,将可以发现其缺点实际上并无伤大雅,倘若要指出他真正的缺点,那便是他未能背负起家族使命,辜负了家族对他的期望与要求。

单就情感而言,香菱被卖给薛蟠之后的婚姻际遇当然比不上与冯渊在一起,毕竟冯渊作为乡绅之子,其物质生活水平自然不虞匮乏,最重要的是,英莲嫁给冯渊之后可以成为备受尊重和宠爱的对象,获

第五章 香菱

得平等的地位，反观薛蟠虽则十分富裕，但是该等人家必定"一妻多妾"，香菱不可能独享一人之专宠。当然需要注意的是，"一妻多妾"这种状况和薛蟠之个人性格无关，而是传统社会必然发生的结果，即使将来黛玉果真与宝玉结褵，宝玉也势必拥有多名姨妾，此乃当时的意识形态下必须要接受的正常现象，所以读者不应该以现代人"一夫一妻"的形式和"独一无二"的爱情观来评价古人的婚姻状态。实际上，黛玉同样是把宝玉纳妾视为理所当然的事情，并没有例外，试看第三十一回晴雯跌折了扇子，却反唇相讥而与宝玉闹得不可开交，处在气头上的宝玉甚至执意把晴雯给撵逐出去，袭人听了连忙跪下劝阻，就在此一暴风雨的间歇时刻黛玉正好走了进来，还很幽默地问道："大节下怎么好好的哭起来？难道是为争粽子吃争恼了不成？"关键在于，随后黛玉称呼袭人为"嫂子"，袭人一听急忙推辞，不敢僭越，毕竟刚才的不愉快便是因为她的地位招晴雯嫉妒而起，但是黛玉仍固执地进一步说道："你说你是丫头，我只拿你当嫂子待。"单就这一处情节即足以证明，读者实在不应该用现今的价值观套用在《红楼梦》上，曹雪芹以黛玉为例正是要告诉大家，在那个时代中，和其他妻妾共享一个男性不见得完全不幸福，也并非反对者才具有真爱。倘若我们无法接受当时的社会价值观，便根本无法进入《红楼梦》的世界，或者说，要先用自己的价值观加以扭曲之后才走得进去，而错误的阅读方式唯一的意义只在于满足自身的心理快感，读者的认识始终都仅停留在原地，未免浪费了经典的价值。

当然，如今我们要求伴侣必须始终如一的恋爱观不仅没有问题，甚至更值得推崇，作为现代人也应该遵守，但是传统社会的爱情内涵却与之截然不同，所以读者绝不可秉持如今的爱情观而否定前人在"一妻多妾"的情况下,仍对真心相待的妻子抱有深沉爱恋的可能性。须知读书是为了更体察事理、洞明世界,只有我们了解并接受种种丰富奥妙甚至是矛盾复杂的人性,自己的心胸才会扩大。以现在的价值观来看,香菱嫁给冯渊当然比跟随薛蟠更好,但在当时却未必尽然。所谓"未必"表示并非全盘否定之意,是指香菱在嫁给薛蟠之后,也可能享受到一定程度甚至是更高程度的幸福。

试看第四回中,贾雨村感慨道:

> 这英莲受了拐子这几年折磨,才得了个头路,且又是个多情的,若能聚合了,倒是件美事,偏又生出这段事来。这薛家纵比冯家富贵,想其为人,自然姬妾众多,淫佚无度,未必及冯渊定情于一人者。

此番推测确实不无道理,但是从文本的描述来看,英莲以"香菱"之名在薛家生活的这一阶段,实际上还是相对幸福的。由此我们可以重估第一回所记述,和尚对于甄英莲之未来提出的四句谶语:

> 惯养娇生笑你痴,菱花空对雪澌澌。
> 好防佳节元宵后,便是烟消火灭时。

其中后半的"好防佳节元宵后,便是烟消火灭时"二句,意指被拐子偷盗之后的英莲所遭遇的重大命运转折,这段坎坷其实与薛蟠并无关系,而与薛蟠相关的乃是"菱花空对雪澌澌"一句,冰雪纷飞之景确实隐喻着厄运,然而必须注意的是,固然香菱嫁进薛家的最终结局是被折磨致死，但此一结果乃是在蛮横的夏金桂登场之后才导致的短暂现象，并不能就此推断她来到薛家后所经历的整个过程都贯穿着不幸。换言之，"过程"和"结果"是两个不同的范畴，需要加以仔细分辨，两者不应该混为一谈。可叹现实情况却是社会心理学家所发现的，人们在日常生活中经常会出现一种推论谬误，即由结果去反推过程而往往导致"错误归因"，所以一旦我们尝试进行严谨的逻辑推论时，即必须对这一点具备足够的自觉并加以规避，而香菱的生命历程便是个绝佳案例，它告诉读者：结果的幸与不幸是不可以反推而直接与过程画上等号的。

其实，香菱自失踪及被转卖而发生人命官司的情况，在书中皆有着明确交代。根据第四回门子的描述，薛蟠把冯渊"打了个落花流水"，并且"生拖死拽，把个英莲拖去，如今也不知死活"，香菱此后的遭遇如何并不明晰。所谓"生拖死拽""不知死活"都出现了"死"此一强烈且负面的用字，使得读者很自然地对英莲此后的遭遇进行消极的想象，但是具有批判性意识的读者不会把主观直觉视为客观定论，而必定是逐一认真考察该事件之后的一系列描述。

"明堂正道的与他作了妾"

英莲跟随薛家离开金陵以后的第一次出场，是在第七回：

> 周瑞家的听说，便转出东角门至东院，往梨香院来。刚至院门前，只见王夫人的丫鬟金钏儿，和一个才留了头的小女孩

欧丽娟红楼梦公开课（四）：镜像六钗

儿站在台阶坡上顽。

从后文可知，此段描述中"才留了头的小女孩儿"即是香菱。而周瑞家的办完事走出院门，又向金钏儿问起适才所见的那个人，随即"只见香菱笑嘻嘻的走来"。试想：香菱一出场便是笑容可掬的模样，已经提供了重大的信息，清楚传达事情的真相所在，倘若她来到薛家的遭遇是"空对雪澌澌"的话，又何以会有如此明朗活泼的神态呢？很明显地，此际的香菱与被拐时的忧愁苦闷全然不同，甚至看不出丝毫的创伤阴影。这反映出曹雪芹已经运用落在实处的描写向读者证明，香菱在薛家过的是幸福生活，身边的人都怜惜、喜爱她，也正因如此，周瑞家的向香菱问起父母、年岁、家乡的时候，看到香菱摇头说都记不得了，她和金钏儿都"反为叹息伤感一回"，为这样一位"倒好个模样儿，竟有些像咱们东府里蓉大奶奶的品格儿"之姑娘的遭遇而感慨万千。

香菱不仅获得贾家成员的喜爱与帮助，薛家作为香菱的归宿，更是对香菱极为照护。固然薛蟠对香菱一开始的情意和宝、黛之间的爱深情浓并非同一层次，但已经算是薛蟠所能够达到的最深切的情感，只可惜其表现往往被读者忽视。第十六回中，贾琏与王熙凤谈话时提起自己遇到香菱，赞美她"生的好齐整模样"，王熙凤便借由这一话头稍微描述了香菱到薛家之后的情况：

那薛老大也是"吃着碗里看着锅里"的，这一年来的光景，他为要香菱不能到手，和姨妈打了多少饥荒。也因姨妈看着香菱模样儿好还是末则，其为人行事，却又比别的女孩子不同，温柔安静，差不多的主子姑娘也跟他不上呢，故此摆酒请客的费事，明堂正道的与他作了妾。过了没半月，也看的马棚风一般了，我倒心里可惜了的。

从"和姨妈打了多少饥荒"可知，薛蟠一年以来一直苦求薛姨妈，非要纳香菱为妾不可，而薛姨妈被磨缠了一年，觉得香菱长得漂亮还是其次，重要的是其为人行事方面所表现的温柔安静，连那些中上人家受到家风熏染的主子小姐都比不上，因此才同意了薛蟠的要求。

此处必须注意的有几点：

第一，薛蟠当初明明已经拖着香菱一起上京了，又何以会在此之后的一年"为要香菱不能到手，和姨妈打了多少饥荒"？要知道，当贾雨村纳娇杏为妾时，"乘夜只用一乘小轿，便把娇杏送进去了"（第二回），既没有三媒六聘，也并未举行正式的仪典，为何薛蟠想要纳香菱为妾却经历了如此之波折？

第二，薛姨妈不仅最终同意了薛蟠纳妾的请求，而且还"摆酒请客的费事，明堂正道的与他作了妾"，可见整个程序相当郑重其事，这表明了香菱固然是妾，但其地位仅次于妻，与娇杏那种只一顶轿子便送进去的情况有着高下之别。薛姨妈的决定显示出她对香菱的疼爱，而这种疼爱贯彻始终，例如第八十回薛蟠娶回夏金桂这个可怕的母夜叉，把家中搅得鸡犬不宁，于某次的夫妻勃谿时，薛蟠因为被夏金桂挑起火来却不敢直接对她动手，便迁怒到香菱身上，不容分说就要追打她，此时出面维护香菱并斥责薛蟠的正是薛姨妈。在薛家的亲子互动中，薛姨妈总是把薛蟠视为唯一的根苗而百般溺爱，因此薛蟠才被惯坏，而在整部书的情节里，姨妈唯有两次对薛蟠动怒，其中一次发生于第三十四回,当时薛蟠受到冤枉却因理屈而无所反驳,随即在一心相抗的情绪下说出不分轻重的话,歪派宝钗是有心维护宝玉:

> 好妹妹,你不用和我闹,我早知道你的心了。从先妈和我说,你这金要拣有玉的才可正配,你留了心,见宝玉有那劳什骨子,你自然如今行动护着他。

这几句简单的话,宝钗听后却气怔了,当场泪下,随之哭了一整晚,第二天一听薛姨妈提到哥哥时又哭了,薛姨妈甚至还陪她哭了一场,并劝道:

> 我的儿,你别委曲了,你等我处分他。你要有个好歹,我指望那一个来!(第三十五回)

所谓"好歹"即是指生死,足见薛蟠几句轻描淡写的话语对宝钗产生了多么大的杀伤力。有的读者认为,宝钗听了薛蟠的话之所以会愣住、哭了一整晚,正是因为自己对宝玉隐晦的心事被挑明了,所以才恼羞成怒,并且据此认定宝钗明明喜欢宝玉却要故意撇清,所以她是个伪君子。但必须注意的是,薛姨妈在这件事上也"气的乱战",既担心宝钗的悲苦,还痛骂薛蟠为"孽障";薛蟠事后也非常后悔,他当时只是想把宝钗所说的合情合理的话给堵住,一时没顾上话语的轻重因此,第二天他立刻向宝钗作揖赔罪,自责是醉酒回来路上"撞客"(即遇到鬼,被鬼附身)了才会说出没天理的话。

换言之,薛蟠单单几句话便引起了薛家人各式各样的强烈反应,

第五章 香菱

造成了很严重的后果,这必须从当时的意识形态出发才能理解,而一个伪君子的心事被揭发出来时,也不可能是那般的反应吧?宝钗和薛姨妈的反应都绝非恼羞成怒,而是悲愤心痛。所以该类讥讽宝钗的说法不仅缺乏对传统精英家庭与千金闺秀的认识,也欠缺对一般人性的常识。至于薛姨妈的第二次动怒,即是在第八十回中对香菱的维护,从这个现象可知,香菱在薛家备受疼惜。

有趣的是,第二十九回关于贾府的女眷们到清虚观打醮时有一处描写,即"薛姨妈的丫头同喜、同贵,外带着香菱、香菱的丫头臻儿",换言之,身为姨妾的香菱身边也配有一名小丫头伺候,可见她作为"明堂正道"被收纳进来的妾,地位绝对不算低下。以香菱"黑户"的身份而言,这已经是她在薛家所能够达到的最佳生活样态了。参照第四十六回贾赦意欲纳娶鸳鸯的事件发生时,几位身份上半主半奴的准姨娘、二层主子包括袭人和平儿之间发生了一场对话,后来加入了鸳鸯的嫂嫂负责劝服就范,气急败坏的鸳鸯乃对其嫂抨击指控说,丫鬟们只要做了妾室,其家人便可以跟着"横行霸道",足见对于身份上毫无保障的丫鬟而言,成为姨娘确实是她们最好的出路,所以大家才会抢着去攀附争取。如此一来,香菱到了薛家所获得的已经是她被拐之后的最佳待遇了,恐怕冯渊所能给予的也未必过之,因此,读者又怎么可以仅凭成见而把香菱视为可怜的灰姑娘呢?

第三,薛蟠本就不是可以定情于一人的男子,虽然他花了一年时间和母亲打饥荒才满足了自己的心愿,但是"过了没半月,也看的马棚风一般了",所以王熙凤也为香菱感到可惜。所谓"马棚风"指的是吹过即逝、稀松平常之物,但我们是否可以据此即认定香菱从此被打入冷宫,受到厌弃作践呢?这可得仔细考察香菱和薛蟠之间的互动关系才可以进行判断。真相是，此处的"马棚风"形容的是薛蟠已经视香菱为自家人了，感情便由最初的浓情蜜意归于日常平淡。

由上述的几段描述可知，香菱被卖给薛蟠之后的际遇显然不是一般读者想当然耳地糟糕，她并非刚被薛蟠抢走便被据为己有，而是经历了一年的光景才缔结姻缘。第八十回中香菱向夏金桂说明自己的情况时，曾提及：

> 当日买了我来时，原是老奶奶（薛姨妈）使唤的，故此姑娘（薛宝钗）起得名字。后来我自服侍了爷，就与姑娘无涉了。如今又有了奶奶，益发不与姑娘相干。况且姑娘又是极明白的人，如何恼得这些呢。

当日薛蟠抢夺香菱虽是源于她"生得不俗"（第四回），但他并非一开始就打算据为己有，而是准备孝敬给母亲，于是薛姨妈便让宝钗给香菱取了名字，这反映出薛蟠确实是个孝顺母亲、爱护妹妹的男子，不仅让好的丫鬟服侍母亲，在说错话并惹得薛家母女二人生气痛哭的时候，也会惭愧得流下眼泪，并反省道："如今父亲没了，我不能多孝顺妈多疼妹妹，反教娘生气妹妹烦恼，真连个畜生也不如了。"（第三十五回）后来香菱去服侍了薛蟠，离开薛姨妈身边，夏金桂要给她更改名字之际才不需要顾忌宝钗。根据上文引述的那段话可见，原来的英莲来到薛家以后经历了两个阶段：在成为薛蟠的妾之前，她先在薛姨妈身边服侍了一年。

由此足证薛蟠固然有他的缺点，但是读者不应该以偏概全而彻底否定其品格，他身上所体现出的孝道，乃是从他降生呼吸第一口空气以来便耳濡目染形成的,这种微妙的教育环境与现代社会截然不同。即使薛蟠一心想收纳貌美的香菱为妾,却也没有直接占有,反倒是不断请求母亲批准,并且在薛姨妈的安排之下,以明堂正道、合乎伦理的形式完成纳妾仪式。既然薛蟠在这一年的时间里并没有染指香菱,也恰恰说明了他并不是一个完全由下半身控制脑袋的人,其心中尚有纲常伦理的存在。

另外,值得注意的是,第二回提到贾雨村纳娇杏为二房时的做法,则与薛家截然不同,乃甄士隐的岳丈封肃直接在夜晚用一乘小轿将娇杏送到贾雨村居处,而雨村作为一个祖宗父母根基已尽的末世子弟,"在家乡无益,因进京求取功名,再整基业",最终通过科举考试才有了飞黄腾达的机会,因此脂砚斋曾批曰"雨村等一干新荣暴发之家"(第一回)。由《红楼梦》后来的故事发展可以发现,贾雨村确实是个做出不少荒唐坏事的小人儒,与"并非诗礼名族之裔"(第七十九回)兼欺压迎春的孙绍祖同类,符合作者曹雪芹与评点家脂砚斋对于多数暴发户的印象。虽然贾雨村纳妾的方式合乎一般人家的常态,但对于贵族世家来说,则是一种暴发户的行为,相比之下,薛蟠的做法反倒体现出世家子弟的教养。虽然我们并不清楚当时薛蟠的内心究竟打着什么算盘,但从香菱的身份在薛家经历了两个阶段这一事实来看,薛蟠不仅仅是为了纳妾而已,恐怕对香菱也是真心存有爱护之意。再者,薛姨妈因为认同香菱的人格品貌,因此以最高规格的明公正道纳了香菱作妾,颇有视为一家人之意。可以说,薛蟠等于为当时身为女奴的香菱提供了最好的归宿,之所以后来视香菱如马棚风一般,事实上只是绚烂归于平淡,但"平淡"并不见得是男女之情的淡化。

可以说，激情中的男女爱恋若想天长地久，终归要转化为亲情。现代人的价值观往往认为爱情转化为亲情之后，爱意便会消退，这实在是严重的误解。真正的爱情不可能总是停留在烛光晚餐、花前月下或是强烈的感情迸发这类短暂的浪漫面向上，而是应该经过沉淀以后渐渐内化成为自己生活和生命的一部分，即以亲情的样态把爱加以升华与深化。所谓"马棚风"阶段的开始即是男女之爱的深化，香菱正是以亲人、家人的形态被薛蟠所爱护。以第二十五回中，宝玉和王熙凤因遭受马道婆施魔法作祟而中邪几乎致死的情节为例，彼时的贾府上下一片混乱，大家无暇顾及男女之防，贾珍、贾琏等人都进入了大观园，在这种男女杂处的情况下，薛蟠显得尤为忙碌，所谓：

> 独有薛蟠更比诸人忙到十分去：又恐薛姨妈被人挤倒，又恐薛宝钗被人瞧见，又恐香菱被人臊皮，——知道贾珍等是在女人身上做功夫的，因此忙的不堪。

薛蟠护卫母亲、妹妹的行为不仅体现出他确实是个好儿子、好哥哥，同时亦是他身为世家子弟努力守住男女之防的展现，而"又恐香菱被人臊皮"这一点更万般精彩，作者正是借此告诉读者：原来香菱是被薛蟠视为与薛姨妈、薛宝钗同等重要的至亲，他必须如同保护母亲、妹妹那般，全力避免香菱被其他男人占了便宜。

其实，人与人之间的"真情"可以通过许多种不同的形态来表现。现代人受到浪漫爱情观的影响，往往倾向于用感情强烈的程度来评价某段"感情"是否真挚，然而烟火的绚烂转瞬即逝，表面五彩缤纷的泡泡往往内部空洞容易破灭，如果我们一味追求那些炫目的短暂瞬间，便会误失永恒发光的星辰。譬诸广为读者所称道的宝、黛之恋，正是渗透在日常生活中点点滴滴的关心，且历久不衰，宝玉几番遇到黛玉时会询问她昨夜咳嗽几回、醒几次、吃了多少饭，看似婆婆妈妈、啰啰嗦嗦，但真正的爱正是如此。

在薛家的待遇

在第七十九回中，夏金桂百般折磨香菱的原因即源于她乃薛蟠身边"才貌俱全的爱妾"，否则夏金桂作为新嫁入门的正配夫人，又何必对身为妾室的香菱猜忌万分？薛蟠娶进如此泼辣到斯文扫地的嫡妻正室，简直是家门不幸，香菱甚至还成了薛、夏矛盾之下首当其冲的受害者。夏金桂"心中的丘壑经纬，颇步熙凤之后尘"，但她的心思又不似王熙凤般用于治家正道上，而是在闺中百般言语挤兑、挑拨离间、嫁祸栽赃。薛蟠本就是一个不动脑筋且又脾气暴躁的人，被激怒之后即"赶着香菱踢打了两下"（第八十回）。不少读者看到这里便断章取义，认为香菱到了薛家始终惨遭暴力对待，诚然落入严重的以偏概全。仔细玩味书中完整的描写如下：

> 薛蟠……赶着香菱踢打了两下。**香菱虽未受过这气苦**，既到此时，也说不得了，只好自悲自怨，各自走开。

由"香菱虽未受过这气苦"的叙述可知，她在薛家从未受过这类的委屈，可见只有在夏金桂到来之后才发生巨变。当薛姨妈终于明白夏金桂闹得家中鸡犬不宁，主要都是冲着香菱而来时，一气之下遂动起了卖掉香菱的念头，而宝钗立刻劝阻道"咱们家从来只知买人，并不知卖人之说"，意即薛家待下人宽厚，从不把他们当作物品贩卖谋利，尤其女孩子一旦被卖了出去，究竟会流落到哪种环境根本属于未知数，因此宝钗才表示可以留下香菱跟随自己，这是唯一能够真正保护香菱不再受到其他伤害的方法。

　　从人性逻辑而言，倘若香菱是一直被薛蟠欺压而吃苦受罪，则当她听到自己要被带出去时，应该是感到深深庆幸且迫不及待想要远离深渊才是，但情况却恰恰相反，她跟随宝钗而去，"把前面路径竟一心断绝"，即与薛蟠断绝关系之后，却出现了"对月伤悲，挑灯自叹"之情景，正如同传统闺怨文学所勾勒的独守空闺、等待夫君归来的思妇形象。香菱这种悲伤哀怨的表现颠覆了一般人的想当然耳，清楚说明她是深爱着薛蟠的，薛蟠也确实待她很好。试想：香菱又怎么可能会爱上一个时常暴打自己的男人呢？大家切莫忘记，自最初进入薛家直到后来的香菱可都是整天笑嘻嘻的，她不仅受到薛姨妈的疼爱，宝钗甚至在薛蟠出外做生意时，特地带她住进心心念念的大观园内生活，可惜的是，她最后却是因为离开了薛蟠而开始伤悲自叹，自此进入不幸的结局。

　　宝钗为这位女孩所取的"香菱"一名寓意非常美好，第八十回中香菱解释道：

> 不独菱花，就连荷叶莲蓬，都是有一股清香的。但他那原不是花香可比，若静日静夜或清早半夜细领略了去，那一股清香比是花儿都好闻呢。

只有具备审美眼光的文人雅士方能在恬静中领略菱花的清香之美,则香菱在此处所展示的出众领悟和审美能力恐怕不仅是出于天赋,应该也是受到宝钗的指导影响所致。考察"香菱"一词在书中曾经出现过一次,第三十八回提及,大观园内藕香榭廊柱上的对联写道:

> 芙蓉影破归兰桨,菱藕香深写竹桥。

"菱藕香深"即是指菱花和莲藕都具有幽雅的清香,恰好对应了香菱的名字。另外,第七十六回中黛玉回顾了大观园各处屋舍的命名过程,乃是:

> 因那年试宝玉,因他拟了几处,也有存的,也有删改的,也有尚未拟的。这是后来我们大家把这没有名色的也都拟出来了,注了出处,写了这房屋的坐落,一并带进去与大姐姐(元春)瞧了。他又带出来,命给舅舅(贾政)瞧过。谁知舅舅倒喜欢起来,又说:"早知这样,那日该就叫他姊妹一并拟了,岂不有趣。"所以凡我拟的,一字不改都用了。

可见大观园各处屋舍的命名虽然一开始主要是由宝玉负责,但后续的过程中又经过了一系列的修改或增补,而园内各处景致的命名权实以皇权(元春)为优先,其次则为父权(贾政),一众参与拟题的少年男女只是在授权之下的代行者而已。值得注意的是,贾政看了大观园各处的题称之后,大多表示赞赏并加以采用,而且欢喜道:"早知这样,那日该就叫他姊妹一并拟了。"可见他绝非一般读者眼中的"假正经"，恰恰相反，甚至还颇具审美情趣。据此以观之，"藕香榭"之类非重点建筑的题撰应该是由众姐妹一起分别拟订的，加上此处对联中出现了"菱藕香深"之语，与香菱的名字可谓同步的构思，因此这副对联应当是宝钗所贡献。由此可知，"香菱"二字一点也不庸俗，宝钗正是出于对香菱的爱惜，才给了她一个配得上大观园此一皇家园囿的名字。以上的种种细节，无不证明了香菱来到薛家之后受到众人的疼爱和照顾，与此前在拐子手下的孤苦无依形成强烈的对比，而这般的际遇同时构成了她会爱上薛蟠的心理背景。

　　不过，务必注意的是，一般读者往往会把《红楼梦》中的女性神化，着重从精神的层面去刻画她们的美好，但曹雪芹实际上是以非常写实的方式塑造这些人物，香菱也不例外，她之所以会认同薛家，除了心灵精神的因素之外，薛家优厚的物质条件亦是不容忽视的关键原因。香菱陷入拐子的魔掌时，其物质条件必然十分贫乏，甚至可能经常衣不蔽体、挨饿受冻，一个长期生活在匮缺情况下的女孩子突然之间来到富裕的薛家，这种转换势必会对她形成巨大的心理抚慰。以同样从贫困转进富饶生活环境的袭人为例，她很庆幸自己是被卖到贾府，"吃穿和主子一样，又不朝打暮骂"，因而"至死也不回去"（第十九回），也正是因为丫鬟的命运一般都是相当悲惨的，所以作为贾家大丫鬟的袭人简直是极少数的幸运儿。

　　香菱作为明公正道收纳的妾，所受到的待遇当然不遑多让，可以说是高于二层主子的等级。第六十二回述及香菱身穿的石榴红绫裙时，她解释道：

> 这是前儿琴姑娘带了来的。姑娘做了一条，我做了一条，

第五章　香菱

今儿才上身。

"琴姑娘"即之前来到薛家准备发嫁的薛宝琴，她千里迢迢、费时费事带来的必定不是普通的物品，而宝钗和香菱都用同一块红色绫罗布料做了裙子，可见香菱享用的衣物和宝钗同一等级。这条香菱当天才穿上身的昂贵裙子却在玩闹中不慎被污水弄脏，而红绫裙又是最不经染的，所以香菱才会如此懊恼。于是，袭人便把自己一模一样的红绫裙送给了香菱，以便把这件事搪塞过去，避免薛姨妈追究。同样地，既然袭人拥有和香菱身上同等价值不菲的红绫裙，即表明她在贾家也享受着很好的待遇。最重要的是，香菱还说道：

> 我虽有几条新裙子，都不和这一样的，若有一样的，赶着换了，也就好了。过后再说。

据此反映出香菱的衣箱非常充盈，并且随时都有新裙子，而这些衣服应该大多是薛蟠送的，毕竟薛蟠每次得罪了妹妹宝钗，他都会提出给她做新衣裳、置办首饰作为赔罪，与之同时应该也会给香菱一道准备，日常生活中更有随手相赠的礼物，这正是薛蟠对香菱宠爱的表现，是以第七十九回香菱才被称为"爱妾"。

当然，冯渊独钟于香菱一人的专情是薛蟠永远都给不了的，不过冯渊"自幼父母早亡，又无兄弟"（第四回），只剩下他一人守着薄产过日子，而薛家却还有母亲一般的薛姨妈、情同姊妹的薛宝钗，她们的保护与疼爱给了香菱"家"的温暖，何况皇商之家优越的物质条件也不是冯渊这种小乡绅之子所比得上的。倘若从一般层次来看，香菱来到薛家之后获得了安全、保护、温暖和富足，此等处境并不一定会亚于嫁给冯渊。正因为如此，当夏金桂恶意挤兑、排斥香菱，导致她无法再留在薛蟠身边时，香菱会"跑到薛姨妈跟前痛哭哀求，只不愿出去，情愿跟着姑娘"（第八十回）。可见对于香菱来说，薛家就是她生命中最珍贵而坚固的堡垒，她愿意永远留在这里。

简而言之，香菱的种种反应均表明了她在薛家并未饱受欺凌，恰恰相反，甚至可以说是幼年英莲时期的延续，果然其名字中的"菱"和"莲"是同义词，"香"和"英"也全是与花卉相关而寓意美好的词汇，二者彼此一致。香菱人生曲折起伏的不同阶段，即是以"英莲""无名氏""香菱""秋菱"四个不同的名字来对应表示的，每一次的改名都代表着一次命运的转折，而"香菱"阶段既是她的人生主场，也是最为幸福的一段时光，可谓上天对她的补偿。

自从夏金桂到来之后，香菱的命运才真正印证了谶语中的那一句"菱花空对雪澌澌"，其中"空"意指"白白地""徒然地"，一般人对此句的解释是：香菱这朵美好的菱花即莲花，到了薛家以后遭遇到薛蟠"雪澌澌"般的残暴对待，致令其性命白白地被葬送，然而我的诠释恰好相反，根据文本的所有事实，其意应指：香菱在薛家获得了情感与物质两方面的丰沛滋养，只可惜徒劳白费，因为最终她还是要面对薛家主妇夏金桂"雪澌澌"的折磨，以致丧命。但是值得追问的是，既然夏家与薛家乃门当户对的联姻，何以如此的书香世家却培养出一个脾气暴烈骄横到匪夷所思的女儿呢？答案是，因为夏家只有一位老奶奶，她守着夏金桂这唯一的女儿，以至于娇养、溺爱太过，才酿出她这般自私凶残的盗跖之性。当然，曹雪芹并非责怪贵族世家的不是，而是感慨他们到了末世时对子女教育的失当，使得后代儿孙品行欠佳、心志沦丧，加上没有子嗣继承家业，最终便导致家族的毁灭。夏金桂正是在寡母的溺爱之下，没有受到正规教育以致败坏家族的可怕不肖子。

香菱与薛蟠关系之真相

关于香菱与薛蟠的关系，至此可以总结出几个要点，包括：

第一，第五回"金陵十二钗副册"中唯一出现的人物判词便是属于香菱的，卷册上的描述都集中在暗示她作为"秋菱"时的不幸遭遇：

> 只见画着一株桂花，下面有一池沼，其中水涸泥干，莲枯藕败。后面书云：
> 根并荷花一茎香，平生遭际实堪伤。
> 自从两地生孤木，致使香魂返故乡。

所谓"莲枯藕败"即是指香菱的命运以枯萎告终的阶段，但"藕败"并不完全等同于"莲枯"，在传统诗词中，"藕"经常用来谐音双关配偶的"偶"字，即夫妻成双，因此"藕败"意味着夫妻的恩爱最终面临毁灭。必须澄清的是，判词中的"平生遭际实堪伤"一句并不包括香菱到薛家后和薛蟠相处的那段时间，而主要指涉她此前幼年被拐和最终受到夏金桂折磨的两个时期。一个女孩子单是经历这两种事件之一便已经足够产生心理阴影了，更何况二者同时降临在香菱一人身上，因此，她的确是"实堪伤"的不幸女子。而"两地生孤木"一句则是把一个字拆开以后再进行重组，乃暗示"桂"字，呼应了图中的桂花，换言之，夏金桂的到来"致使香魂返故乡"，即导致香菱走向了香消玉殒的悲惨结局。

　　第二，到第六十三回时，凄厉的命运警钟再度敲响。当时大家在怡红院中为宝玉庆生，一边喝酒一边行酒令，众人想出了掣花签的娱乐形式，而香菱抽到的签诗便是"连理枝头花正开"。虽然这句诗隐喻着香菱与薛蟠之间的恩爱，但是此处应该遵循海明威的"冰山原则"，即八分之七的真相仍然沉没在水面底下的方式给予解析，实际上，香菱真正而完整的命运预告隐藏在此一诗句所属全诗的其他部分，即由宋代朱淑真所写的《落花》，全诗内容为：

　　　　连理枝头花正开，妒花风雨便相催。愿教青帝常为主，莫遣纷纷点翠苔。

"连理枝"象征夫妻和谐美满，显示香菱与薛蟠之间确实恩爱，但是残暴的风雨亦即夏金桂，由于嫉妒香菱这朵连理花的幸福乃将其摧毁，所以可怜的连理花唯有祈求"青帝"也即春神为她做主，因为只要春天常在，花卉便会常开，换言之，"青帝"于此处被比喻为能够真正保护香菱的薛蟠，毕竟在传统社会里，丈夫即为妻子的天，是一家之主。遗憾的是，薛蟠并没有达成这个愿望，因此香菱终究"纷纷点翠苔"，最终成为零落于青苔泥土里的残花。曹雪芹非常巧妙地利用了冰山原则，花签上彰显出来的诗句虽为正面隐喻，但是人物真正的命运发展却隐藏在该首诗的其他部分，对此我称之为"冰山一角式的引诗法"。

第五章　香菱

第三，第八十回描写香菱在种种的身心压力下，"酿成干血之症，日渐羸瘦作烧，饮食懒进，请医诊视服药亦不效验"。换言之，香菱是因为失去了深爱的丈夫乃枯萎至死，这才是曹雪芹真正为香菱安排的结局，而高鹗续书的写法并不符合前八十回的预设。由此一角度来看，夏金桂把"香菱"改为"秋菱"，正呼应了秋天"水涸泥干"的悲剧暗示，这个新名字不仅成为香菱最后的名字，还为她的生命史画下了最后的句点。

读者们可能会感到疑惑，曹雪芹既然如此赞美和哀怜这些女性，则何以他却把香菱如此细致美丽的女子匹配给薛蟠这位"呆霸王"？究竟这个男人有什么优点能够让香菱对他产生爱意？关于此等问题，必须从人性相当幽微的地方去进行考察。确实，如今多数的女生绝不会欣赏薛蟠这种人，即使真的嫁给了他也会觉得自己终身不幸，但是切勿忘记，香菱并未受过正规的诗书教育，在来到薛家之前的七八年时间里都活在非常可怕的处境中，孤立无援、一无所有。读者应当尝试站在香菱孤苦无依的立场上，设身处地想象她来到薛家、享有种种的优渥待遇之后会产生的心理反应，只有从这样的角度切入，才能够体会到香菱演绎了一种与林黛玉、薛宝钗、贾探春之类在贵族世家顺利成长的大家闺秀完全不同的爱情类型。

夫妻蕙

关于香菱来到薛家生活之后，其心中所产生的各种真切反应，我们绝对不能以一般人的想象来理解，尤其是多数读者乃过着正常的生活,甚至接受了良好的教育,一旦以自身的经历投射到香菱的身上,便极大可能会造成对人物性格思维的误判,毕竟香菱的成长背景与我们截然不同。每个人都活在他自己的生命史之中,所以读者务必要回到香菱的处境去观察其人格建构的情况与成因。

其实,香菱来到薛家以后过得很幸福,不仅得到衣食住行上的丰足庇护,还获得了可贵的亲情,因此她把薛家视为归宿,宁死也不愿离开,而她是在真正离开薛蟠之后,才进入消瘦憔悴以至于最后送命的怨妇状态。

倘若我们抛开对薛蟠的固有成见与鄙视,或许能够更加准确地掌握他们二人的关系。一般读者会认为,香菱如此一位才貌俱全、资质优异的女子,不应该会爱上性格骄奢淫逸的薛蟠,毕竟钟灵毓秀的香菱与素有"呆霸王"之称的薛蟠实在不相称。即便是小说里的其他人物也抱有相同的看法,譬如第六十二回宝玉在心下暗暗感叹:"可惜这么一个人,没父母,连自己本姓都忘了,被人拐出来,偏又卖与了这个霸王。"此话之中的"偏"字暗含着其厄运竟还一直持续的意思,换言之,在宝玉看来,香菱到了薛蟠身边仍是她厄运的延续。此外,贾琏作为一个饥不择食、脏的臭的都拉进屋里的好色之徒,第十六回述及,当他第一次见到香菱的时候,同样发出了"那薛大傻子真玷辱了他"的惋惜。宝玉和贾琏背地里称薛蟠为"霸王""大傻子",显示出他们对薛蟠之人格形象最为由衷的评价,因为一般人性往往不会在他人面前直言不讳,唯有私下议论才会吐露真言。必须注意的是,宝玉、贾琏与薛蟠皆有亲属关系,竟然连他们都认为薛蟠是"霸王""大傻子",可见其"呆霸王"的绰号名不虚传,而"呆"字则说明了薛蟠是个有点傻气、算不上聪明的人,因此才令人觉得玷辱

第五章 香菱

了香菱这般才貌俱全的绝佳女性。

耐人寻味的是，我多年来看到各式各样的新闻报道，并借以见识了这个光怪陆离的世界，对于该类"一个资质平凡的男人匹配到一位大家都喜爱的女神"的情况，赫然发现相关的评论者往往蕴含着一种微妙的心理，即自己又不比那个男人差，何以自己却娶不到女神？此种"吃不到葡萄说葡萄酸"的不平心理，甚至引发更多的尖刻抨击，而其发声者往往是男性。由此反映出社会上面对男女关系时极易出现的一种性别倾斜，有趣的是，在书中感慨香菱和薛蟠的匹配关系不均衡、不平等的人恰好也都是男性，甚至连清末评点家二知道人《红楼梦说梦》里也替香菱喊冤：

仆为香菱悲者，尚不在此，独恨无知月老，何竟以吟风弄月之美人，配一目不识丁之傻子耶？玉碗金盆贮以狗矢，冤乎哉！

固然他为香菱感到悲哀的地方有不少，但是对其姻缘配对最为悲愤，或许其中同样隐含着同性比较的微妙心理，想必现代读者也是以类似的心理看待香菱与薛蟠之间的关系。

此外，袁枚在《随园诗话》中记载了明朝谢肇淛的一首诗，其中著名的两句是"痴汉偏骑骏马走，巧妻常伴拙夫眠"，即反映了自古至今许多夫妻、情侣的微妙组合。如同唐代王维曾经作诗感慨道，一个卖饼者的妻子生得纤白明媚，宁王从王府出门时一眼便注意到那名女子，于是出了很大一笔钱买下了对方，给予百般宠爱，可叹的是，绝色的妻子并不嫌弃贫穷低微的卖饼丈夫，愿意与他共贫贱患难，却没想到丈夫负心薄幸，轻易就把自己转手卖给宁王，此即"巧妻常伴拙夫眠"的鲜明例子。同样地，照理来说骏马应该与英雄匹配方能相得益彰，却偏偏受制于一个蠢笨的痴汉，不仅无法发挥骏马的才能，甚至还埋没了良材。诗句中的"偏""常"二字恰恰表明了这种世间的不平实际上并不罕见，所以一般读者对于香菱和薛蟠的关系很容易也会产生类似的感觉。

不过，我们暂且不论二人之间在才性上的客观差异，而是回到香菱独特且具体的处境去看，此际便需要从文本中获得更多的信息以推敲香菱究竟爱不爱薛蟠。如果答案是肯定的，则这种爱又是建立在怎样的感觉或条件上？只要摒弃种种蒙蔽真相的成见，便会发现香菱确实真心爱着薛蟠。要知道，薛蟠作为薛家唯一的男主人，乃是把香菱当作和薛姨妈、薛宝钗一般的至亲家人来对待和保护，加上第七十九回香菱又被冠以"爱妾"的称呼，可见在旁人眼中，香菱确实深受薛蟠的疼爱。此外，作者在书中还不断地用夫妻恩爱的譬喻来表述香菱与薛蟠之间的关系，例如第六十二回芳官、蕊官、藕官等人在园中斗草，香菱拿出的花草叫作"夫妻蕙"，并且解释道：

> 一箭一花为兰，一箭数花为蕙。凡蕙有两枝，上下结花者为兄弟蕙，有并头结花者为夫妻蕙。我这枝并头的，怎么不是夫妻蕙。

兰、蕙往往被笼统地一概并称，但实际上二者存在着细微的差别，一箭数花者为"蕙"，而香菱取出来的乃是蕙中"并头结花"的"夫妻蕙"。当大家都拿不出可与之匹敌的花草后，不服输的荳官随即借着

第五章 香菱

这种花卉类型调侃道："你汉子去了大半年，你想夫妻了？便扯上蕙也有夫妻，好不害羞！"再度点明了并蒂花带有夫妻恩爱的隐喻。同样地，第六十三回描写怡红院庆生时众人掣花签为戏，作者以冰山一角式的引诗法暗示抽签者的未来命运，而香菱的花签诗"连理枝头花正开"再次提到了象征夫妻恩爱的"连理枝"，由此可见，作者不断地反复强调香菱和薛蟠拥有幸福的婚姻。

至于这种恩爱是以怎样的方式展现，还得要从香菱的角度，继续寻找其他有关两人之间互动情况的证据。第四十七回"呆霸王调情遭苦打"即是一个绝佳的例证，薛蟠惯于流连花丛，甚至越过性别，此刻则想要沾染柳湘莲，没想到却被对方骗到郊外毒打了一顿。当时他被打得鼻青脸肿，狼狈地倒在泥泞中爬不起来，有如泥猪癞狗一般，薛家当然为此感到忿忿不平。有趣的是，薛府每个成员的反应各不相同，皆非常吻合各自的人格特质：薛姨妈作为母亲，当然是既心疼又愤怒，当下意欲遣人寻拿柳湘莲，给对方一点颜色瞧瞧，但是被冷静沉稳的宝钗劝住了，因为她认为这件事是哥哥自己不对，所以不应该采用强硬的手段解决，事情闹大了只会为薛家带来仗势欺人的坏名声。唯独香菱并没有询问对错，只是为受伤的薛蟠深深地感到心痛，"哭得眼睛肿了"，这正是爱的真正展现。真正爱你的人不会和你讲道理、论是非，只会关心你痛不痛、是否幸福快乐。譬如说，即使自己的孩子冲上去便可以争得整个世界的公平正义，但是只要孩子可能会受到一丝一毫的损害，父母都一定会死命拉住孩子不让他们往前冲刺。当然，一旦这样的心意太过流于狭隘，则会变为沆瀣一气的两人份的自私，因此这类情况也是不应该笼统一概地进行评价的。

必须强调的是，香菱为薛蟠的受伤而"哭得眼睛肿了"，这绝对是发自内心的彻骨伤痛，毕竟第三十四回宝玉挨了父亲的笞挞以致卧床不起，当他从梦中惊醒而抬起头时，看到床边正在哽咽的黛玉"两个眼睛肿的桃儿一般，满面泪光"，即是最佳的情景参照，把这两段情节放在一起，便足以清楚地证明，香菱正如黛玉爱着宝玉一般地爱着薛蟠，所以书中各处提到的"夫妻蕙""连理枝"等夫妻恩爱的比喻，诚为完全可以成立的客观真相。由此更足以解释，何以夏金桂挑拨离间导致香菱离开薛蟠之后，这位最初"笑嘻嘻"的女子会失去快乐、日渐枯萎乃至丧失生命，因为她失去了薛蟠对她的爱。

斯德哥尔摩征候群

既然香菱深爱薛蟠乃是文本所提供的既成事实，接下来要进一步深究的问题是：香菱对薛蟠的爱情为什么会发生？这个问题乍看起来有点奇怪，毕竟人间的情感很多时候都是不知所起、毫无道理可言。当事人不一定是基于对方所具备的某种条件才爱上他，否则便会成为建立在功利条件上的爱情，而爱情应该是多种因素掺杂在一起、加以微妙的化学作用才产生的。不过发人深省的是，法国哲学家帕斯卡（Blaise Pascal, 1623—1662）的《沉思录》指出，爱其实不可能毫无条件。他说：

> 总而言之，我们爱的不是人，而是他的素质。我们不必嘲笑有些人老是要求别人尊重他们的地位和官职，因为我们爱一个人也都是爱他不过占有一时的那些素质。

第五章 香菱

换言之,"爱一个人"时所爱的并非那个人本身,而是存在于对方身上的某些品质,以至于一旦该短暂存在的人格品质消失之后,我们可能就无法再对那个人产生爱意了,例如有的人非常幽默,但或许二十年后他的幽默感丧失了,因此夫妻到了中年便觉得对方乏味无趣。实际上,一旦时过境迁,发现自己曾经深爱的人变得不再是以前所认知的模样,这种情况也相当常见,所以帕斯卡进一步说,我们不必去嘲笑那些总是提醒我们去注意他的地位、官职和财富的人,因为那些也确确实实属于他的一部分,尤其是在这些财富和地位乃通过他个人之努力和才能获得的时候,毕竟把社会成功作为自我价值、个人魅力的构成部分是完全正当的。

不得不说,帕斯卡的观点真的让人感到醍醐灌顶。当我们爱一个人时,爱对方的整体才是对的,我们不应该事先算好对方有何优点才产生情感,而在我们喜欢上一个人以后,于相处过程中则往往会思考这个人到底哪里可爱,答案或许是幽默,抑或是宽厚,也许是体贴——这些当然都是对方人格特质的一部分。但是,倘若这般设想:一旦发现自己所喜欢的那个人竟然是双面人,甚或是一名盗窃惯犯,此时是否还能够继续爱他呢?或许有人可以,因为物以类聚;而无法接受的人或许起初还会尝试与对方沟通,企图让他改变,可是久而久之依然一成不变的话,恐怕便无法再和他相处下去了。我认为,人格才是最重要的,虽然它的内涵不断在变动之中,无法以僵硬和绝对的标准来看,但我们对人格仍然应该坚守着一条不可逾越的底线,如果一个人不能够再如往昔那般,让我们感受到其人格高度,我们便极有可能会难以继续忍受相处中的琐碎平凡,而丧失爱的感觉。

因此,倘若我们学会放下某些对浪漫的偏执,便会发现自己爱的是某个人身上的若干特质,只不过这些特质统合在同一个人身上,从而构成了一副独特的心灵面貌,并形成对我们来说无法解释的吸引力,最终两个人便在爱情中一同努力,共度漫长又平凡琐碎却不断前进创造的人生。正因如此,法国作家圣-埃克苏佩里才会表示:"爱并非存在于相互的凝视,而是两个人一起望向外在的同一方向。"即两个人需要一起成长、携手共进,彼此之间的爱情才得以持久,而不会只停留在两个人互相凝视的狭窄世界里,成为弗洛姆所谓的"两人份的自私"。总而言之,"爱"很难一概而论,但是我们仍然可以借由一些基本原理来开启对爱的认识。如果我们承认爱并非完全没有条件,种种条件只不过是隐含在对某个人直观的整体感知之中,则我们在后设的分析中便多少能够找出一些自己之所以会爱上某人的理由。

那么,香菱何以会爱上薛蟠?这个问题的答案就需要回到她的生命史去设身处地进行感受。香菱遇到薛蟠时所感觉到的这个人的优点,和作为局外人的读者对薛蟠的人格特质的感受是截然不同的,因为对读者而言,香菱和薛蟠都只不过是自己生命中陌生的"过客",匆匆一瞥,无关紧要,但是对于香菱来说,她人生的全部价值和意义全然维系于薛蟠身上,所以薛蟠在她心目中自然有着举足轻重的分量。

要知道,香菱在脱离拐子的魔掌之后,便直接进入薛家的独特际遇,二者必然在她的心中形成了极端的反差,倘若只是作为参酌以帮助理解的话,或许能够以"斯德哥尔摩征候群"(Stockholm syndrome)的角度来诠释香菱的心理。当然,斯德哥尔摩征候群用在香菱的处境里并不完全适当,而且虚构人物并非活生生的人,研究者无法对其进行临床上的各种追问以获得全面性的探测,因此利用心理学来解释小说人物的做法其实存在着一定风险。不过我认为，援引斯德哥尔摩征候群来解释香菱爱上薛蟠的原因，仍然有一定程度上的适用性，毕竟人类的心理非常奥妙，却又存在着相通之处，以至于我们甚至不知道自己心中可能潜藏着某种反应和心态，而可以借由学术探讨抉发出来。

斯德哥尔摩征候群的命名是源自1973年瑞典的首都斯德哥尔摩所发生的一桩知名案件，当时有两名歹徒抢劫银行，绑架了四位银行职员，并与警方僵持了130个小时，最终他们才放弃投降。当受害人被挟持时，内心一定度日如年，因此这五六天的时间足以让他们的心理产生巨大的变化，于是奥妙的情况发生了，四名受害者事后皆表明并不痛恨那两位歹徒，而且对他们这几天的"照顾"深表感激，最终所有的人质都不愿追究歹徒的罪行，反倒对警察报以敌对态度，拒绝配合问案。最匪夷所思的是，被绑架的一名女性克里斯汀（Christian）竟然爱上了歹徒之一的欧罗森（Olsson）并与之订婚。受害者们的种种反应根本就与常理的认知背道而驰，所以这一现象从此吸引了犯罪学、被害人心理学等多方面的研究。心理学领域因此逐渐认识到人的心理存在着一种所谓的"角色认同防卫机制"，即处于某一种特殊状况下会对此一情况产生认同的意识，这也被称为"人质情结"，意指受害者对犯罪者产生感情，并反过来帮助犯罪者的一种情结。

斯德哥尔摩征候群的出现通常需要具备几点条件：第一，受害者面临着巨大的危机，正如此一案件中人质们被绑架、自己的性命被掌握在别人手中。在这般巨大的危机之下，受害者自然会变得非常恐慌不安而不能自处。第二，加害者对受害者略施小惠，例如歹徒把人质独自囚禁起来，但是三餐俱全，甚至附赠报纸和玩具供其打发时间。

虽然都是些微不足道的小恩小惠，可是对于处在孤立无援之恐惧中的受害者来说，那无疑是加害者对自己的"好"，对于这种特殊处境下的"好"，其感受程度当然与一般情况下的迥然有别。第三，受害者被困于封闭的环境，无法与外界接触以获得正常的坐标来进行判断，从而认识到加害者实质上对自己并不好。在封闭的情况下，受害者除了歹徒对自己的态度之外即没有任何依靠，所以一旦歹徒的态度比较友善时，受害者就会自然而然地认同对方，如同现在的许多诈骗犯往往会要求通话者在执行自己的各种指令时，绝对不可以和别人通电话，这便是在制造一种孤立的境地，使得受害者无法获得外界的信息以做出准确的判断，最终唯有受制于对方。第四个条件则是受害者在长期的囚禁中感到绝望而屈服。简而言之，斯德哥尔摩征候群是被害人处于与世隔绝、孤立无援的极端状况下，对加害人略施小惠的行为予以合理化的心理状态。

虽然以加害者与受害者的关系比附薛蟠和香菱，实际上不尽相符，但其中仍然存在若干切合之处，值得引起思考。薛蟠本身并非香菱悲惨遭遇的加害者，而是出价购买香菱的人，既然是他买下了香菱，则把对方带走也是理所应当的，一般读者认定薛蟠"强取豪夺"的指控并不公正。单就这一点来看，香菱和薛蟠的关系并不符合产生斯德哥尔摩征候群的"受害者和加害人"此一基本条件。不过，倘若尝试进行不完全的比附，则会发现香菱的若干心理状态与斯德哥尔摩征候群所产生的认同体验有着相通之处，即二者都是以不平等的权力关系作为基础。从基本定义来说，斯德哥尔摩征候群可以不仅限于犯罪学的范畴，而扩展去解释一些在不平等权力关系之下所产生的认同体验的其他案例。

第五章 香菱

香菱自小便经历了被拐子"打怕了"（第四回）的恐怖处境，这对于一个成长中的女孩子而言，必然会造成极大的心理创伤与压力。纵使万幸的是香菱的人格仍然健全没有扭曲，然而她从被掠夺到被贩卖出去的七八年期间，确实是一名不折不扣的受害者，没有亲人、朋友，甚至没有正常的人际关系，日夜承受着囚禁和暴力的对待，可以说是与"斯德哥尔摩征候群"的触发条件类似。这时，薛蟠把香菱买走的行为恰好是对受害处境中的香菱施以恩惠，使她脱离了绝境并拥有一个富裕、温暖的家，在强烈的前后对照之下，香菱对薛蟠产生感激之情是非常合理的。其次，在传统社会尤其是大户人家男女有别、男外女内的性别隔绝之下，香菱不大能够与外界接触，基本上也符合"封闭环境"的情况。不过，香菱的情况与斯德哥尔摩征候群产生条件最不吻合的一点，即香菱并未感到绝望、屈服，而是过得非常幸福，并因此高度认同薛家作为她唯一的归宿。

关于这一点，斯德哥尔摩征候群仍然可以提供很好的解释。固然斯德哥尔摩征候群多数发生在成年人身上，但心理学家在进一步探究之后发现，其背后有着更为原初的心理根据，即处于不能自理之无助状态的新生婴儿，极为容易对身边最强而有力的成年人产生依附情绪，其效应在于使得其周边的成人照顾自己，让自己生存下去的可能性达到最大化，越是试图提高这种可能性，便越会强化对此一有力者的情绪依附。据此，在在证明了斯德哥尔摩征候群并不仅仅出现于犯罪学范畴里的极端处境，同时也普遍存在于人与人之间不平等的权力关系之中，并且可以进一步追溯到新生婴儿的心理状态。由此看来，用"斯德哥尔摩征候群"来解释香菱的案例具备了一定合理性。

那么，香菱的情况是否确实符合这种心理解释呢？试看刚从拐子魔掌脱离出来的香菱诚然如同新生儿一般，处于一种"社会真空"状态，即没有任何人、事、物可供依靠的境遇，而此时出现的薛蟠正是一位强大的成人，给了她完足的亲情、富裕的生活，使她立刻彻底安定下来，正因如此，香菱才会对薛蟠产生强烈的依附感并发展出真挚的爱情。

薛蟠的优点

当然，在极端处境下，受害者的斯德哥尔摩征候群包括认可意识、依附感只不过是短暂的现象，它要进一步发展为真正爱情的地步还需要其他后续的支持力量，所以我们必须尝试去思考的是，薛蟠究竟拥有什么优点？客观算来，第一，薛蟠确实是个孝顺长辈、爱护家人的男子。当他得到一名很好的丫头时，首先想到的并非占为己有而是献给母亲；在过生日时获得了许多礼物，他便将其中最难得的孝敬给了薛姨妈，第二十六回说："只因明儿五月初三日是我的生日，谁知古董行的程日兴，他不知那里寻了来的这么粗、这么长粉脆的鲜藕，这么大的大西瓜，这么长一尾新鲜的鲟鱼，这么大的一个暹罗国进贡的灵柏香熏的暹猪。你说，他这四样礼可难得不难得？那鱼、猪不过贵而难得，这藕和瓜亏他怎么种出来的。我连忙孝敬了母亲"；第三十五回中，他冤枉妹妹宝钗对宝玉有私心，导致宝钗和薛姨妈哭了一天一夜，自己也为此感到十分懊悔，说："何苦来，为我一个人，娘儿两个天天操心！妈为我生气还有可恕，若只管叫妹妹为我操心，我更不是人了。如今父亲没了，我不能多孝顺妈多疼妹妹，反教娘生气、妹妹烦恼,真连个畜生也不如了!"口里说着,眼睛里禁不起也滚下泪来。由此可见,薛蟠对家人有着深厚真挚的感情。

第二,薛蟠固然非常冲动,但其冲动却造就了率直坦诚的本性。在这一点上,书中有一个人物与薛蟠如出一辙,但却从未有读者将二人放到一起看待,那人便是晴雯。晴雯是个"使力不使心"(第五十三回)、心直口快,而屡次在主子面前出言不逊的丫鬟,如同自走炮一般瞻前不顾后,明明晴雯的这些品质与薛蟠非常相近,可是同样的人格特质出现在不同的人身上却造成了读者天差地别的反应,由此说明了一般读者并不进行批判性阅读,而是单靠感觉读书,所以才会喜欢一个人即美化他的一切,不喜欢一个人便忽略其身上的所有优点,甚至不惜曲解而导致是非不分。不过,一旦我们放下成见,客观理性地从文本中寻找证据,便会意识到我们把豪奢霸道、仗势欺人、荒淫奢靡等负面的字眼全部丢在以薛蟠为代表的贾、史、王、薛四大家族的子孙身上,实在是极不公道。

身为读者必须铭记的是,曹雪芹在《红楼梦》中展现的知识体系及价值信念当然与现代人的有所区别,我们绝对不应该想当然耳地把现代的价值观作为唯一准则,而直接套用在曹雪芹及小说人物身上,否则将注定误入歧途。

薛蟠样貌如何

薛蟠的第三个优点,关乎其外观条件。薛蟠此人究竟是何等的形貌呢?多数读者往往会从自己对他的固有印象来进行推论,认为他既然个性粗鲁好色又拙于言辞，其长相必定也如大老粗一般。然而只要仔细考察书中细节，便会发现事实全然并非如此。

在第四十七回"呆霸王调情遭苦打"一段里，柳湘莲因为"年纪又轻，生得又美"，所以被薛蟠"误认作优伶一类"而百般垂涎乃至纠缠。对于薛蟠把自己看作风月子弟兼同性恋者一事，柳湘莲虽然感到厌恶，却碍于世故情面，不便于贾家众兄弟面前给对方难堪，于是把他诱骗到郊外教训一番。作者这般描写薛蟠骑马赶来的情状：

张着嘴，瞪着眼，头似拨浪鼓一般不住左右乱瞧。

可以说，这副模样相当不堪，读者甚至都可以想象或许他下一秒嘴角便会滴下口涎，活生生如同一头好色到极致的蠢驴，然而我们不应该只停留在此段描写上。虽然薛蟠的气质确实粗鲁不文，不仅与娴雅端庄的宝钗根本不像是一母同胞所出，也远不如宝玉长得斯文俊俏，不过倘若单就相貌来说，他应当还是魁梧端正、充满男子气概的。

试看第七十九回交代薛蟠和夏金桂联姻的来龙去脉，其中便涉及薛蟠的长相。当时宝玉非常好奇，何以前几天薛蟠还只有香菱这名爱妾，突然之间就把婚事谈妥了，于是询问香菱以了解事情缘由，她随即说明道：

因你哥哥上次出门贸易时，在顺路到了个亲戚家去。这门亲原是老亲，且又和我们是同在户部挂名行商，也是数一数二的大门户。前日说起来，你们两府都也知道的。合长安城中，上至王侯，下至买卖人，都称他家是"桂花夏家"。

第五章 香菱

由此可见，薛家和夏家乃门当户对的"行商"。"行商"一词是指清代开通国际通商口岸之后的广州十三洋行，绝非一般的普通商人，而十三行商中有一两个最有权力的总理者即称为"皇商"，系由内务府出任且与皇帝关系密切，因此也被视为"皇帝的商人"。由此可见，薛家担任皇商的富贵必须放在时代背景中才足以正确理解，否则便会以一般商人的势利市侩来认识薛家，甚至把宝钗"会做人"的举止言行诠释为商家出身的世俗虚伪，如此种种都是非常严重却很常见的谬误。

另外，香菱还指出京师城里城外的桂花局均由夏家供应，显然夏家属于垄断性的庞大商业家族，迥非一般的商铺店家可比，而他们那源于和皇室关系密切的富贵家世背景，实际上类似的还包括了王家。第十六回描写元妃即将回来省亲时，众人讨论到皇帝在南巡之际，银子花得如流水一般，王熙凤便说道：

> 我们王府也预备过一次。那时我爷爷单管各国进贡朝贺的事，凡有的外国人来，都是我们家养活。粤、闽、滇、浙所有的洋船货物都是我们家的。

虽然《红楼梦》里并没有明确提到王家、贾家也属于所谓的行商或皇商，但作者于行文中确实把十三行商的影子投射到这两大家族上，王家主管外国使节、洋人买卖的所有事务，可见并非一般的世袭贵族。而贾家祖宗作为国公爷，乃八旗世爵中最高级的一等公，同样在第十六回中赵嬷嬷也提及：

> 那时候我才记事儿，咱们贾府正在姑苏扬州一带监造海舫，修理海塘，只预备接驾一次，把银子都花的淌海水似的！

其中说明了贾府所承揽的朝廷业务还包括沿海地区的海事项目，通过监造海舫、修理海塘，似乎也与船只贸易有关。这或许是因为小说的虚构特质，所以作者才可以把各类尊贵的家世背景糅合在一起，并加诸某些家族上，但无论是虚构的创作还是现实的反映，贾、史、王、薛四大家族都或多或少地带有广州十三行的痕迹。

既然薛家和夏家门当户对，则毋庸置疑，薛蟠和夏金桂两名当事人在其他方面也具有相当的条件。对于薛蟠极为钟情于夏金桂，甚至还为此缠着薛姨妈下聘联姻，香菱如此解释道：

> 一则是天缘，二则是"情人眼里出西施"。当年又是通家来往，从小儿都一处厮混过。叙起亲是姑舅兄妹，又没嫌疑。虽离开了这几年，前儿一到他家，夏奶奶又是没儿子的，一见了你哥哥出落的这样，又是哭，又是笑，竟比见了儿子的还胜。

这番话表明了夏、薛两家不仅同是行商，两家亦属世交的亲戚关系，可谓亲上加亲，只是后来二人各自长大之后，基于男女有别而没有再通音讯，但是薛蟠出门做买卖时，路过夏家之际还会前去登门探望。值得注意的是，夏金桂的母亲夏奶奶一见了薛蟠"出落的这样，又是哭，又是笑，竟比见了儿子的还胜"，由此可知，薛蟠一定长得很体面好看，才会让夏奶奶忍不住想把他变成自己的儿子。虽然薛蟠的相

第五章　香菱

貌应该不属于俊秀小生型，但绝对担当得起男性相貌的高度评价。于是，夏奶奶相中了薛蟠，便让他和夏金桂兄妹相见，"谁知这姑娘出落得花朵似的了，在家里也读书写字，所以你哥哥当时就一心看准了"，因此薛蟠执意要娶，殊不知，夏金桂在光鲜的外表和读书写字的基本教养之下，却是"爱自己尊若菩萨，窥他人秒如粪土；外具花柳之姿，内秉风雷之性"，她在嫁到薛家之后便把家里搅得一塌糊涂。虽然薛蟠为此苦恼不已，但既然已经明媒正娶，便不能够轻易"退货"，唯有暗自悔恨，由此证明了一见钟情确实充满风险，人与人之间往往需要一段长时间的相知相处才得以了解彼此，绝非见一面便可看出来的。因此，不少人在一见钟情的热切情感冷却之后，会因为发现对方并非佳偶而后悔不及，毕竟"请神容易送神难"，为了了却一桩孽缘往往被迫付出惨重的代价。

其实，第七十九回中还有另一个人可以作为薛蟠长相的参照，即迎春婚嫁的对象——孙绍祖，他身为暴发户孙家的子弟，"生得相貌魁梧，体格健壮"，比较符合男性的审美标准，倘若把二人放在一起来看，则薛蟠的样貌从五官端正、体格健壮等标准来说，应该是相当符合此一条件的，可惜的是他气质不佳。不过，外貌虽然对个人形象而言颇为重要，实则性格才是真正的重中之重，许多读者总是因为自己不喜欢薛蟠这个人物，讨厌占据了政治经济特权的世家大族，而把所有的负面品质都丢在薛蟠的身上，但根据那个时代的标准来看，他并未做过什么罪大恶极的坏事，最关键的是，其为人表里如一、毫不掩饰自己的缺点，比起那些真小人或伪君子，反倒存在着不少优点。

世家子弟的"堕落"

当然,不可否认的是,薛蟠确实是个好色之徒,这正是许多读者讨厌他的原因之一,但如果可以克服自己双重标准的倾向并用统一的准绳来衡量一切的人、事、物,则会发现:薛蟠虽然好色,却从来没有哄骗或者强迫过别人。例如,第二十八回中有一个名叫云儿的妓女,受命参加他的宴席并且一起唱曲儿、行酒令取乐。这种关系属于各取所需的金钱交易,薛蟠不仅未曾威逼过她,反倒对她多有怜惜之情,当他听到云儿唱到"女儿愁,妈妈打骂何时休"一句时,随即说道:"前儿我见了你妈,还吩咐他不叫他打你呢。"可见云儿虽为妓女,薛蟠却并未因为这层建立于金钱交易的男女关系而刻薄、轻视对方,反倒由衷对这般遭遇的女子表示疼惜。又譬如,第九回描写薛蟠在学堂中到处结交契弟,很多少年由于贪图他的好处甚至做出了极尽谄媚阿谀的丑态,但必须注意的是,薛蟠同样从未胁迫他们,反而非常大方地给他们银钱。此外,薛蟠固然垂涎柳湘莲,以致沾惹调情不成反遭苦打,可是切莫忽略,他在这个过程中从未威迫对方,只是展露出纠缠不休的举动。因此,当时被柳湘莲毒打的薛蟠便抗议道:

> 原是两家情愿,你不依,只好说,为什么哄出我来打我?

薛蟠的不平在于:即使是同性恋也属于两相情愿的事情,既然你不愿意,大可明说,我肯定不再苦苦纠缠,何以偏要把人骗出来毒打一顿呢?以某种意义而言,薛蟠确实是个光明坦荡的人,他并不会强取豪夺,这与强迫或诈骗女性就范的恶劣之辈是截然不同的。毕竟,无论多么崇高伟大的理由都不足以让我们去伤害别人,从这个一贯的标准去看待薛蟠的话,则他只不过是个呆傻粗鲁的可爱之人而已。

关于争抢香菱的这件事,由于香菱是他付钱买的,本来就应当归他所有,从本质而言谈不上强取豪夺,虽则最后闹出了人命官司的确有可议之处,但如果仔细考察文本便会发现,薛蟠并非有意要置冯渊于死地。他只是不理解何以自己买了香菱,冯渊却执意要和自己抢夺,等于是侵犯自己的权益,在双方都毫不退让的情况之下,薛蟠才叫手下教训冯渊,但意想不到的是,底下的豪奴下手过重导致冯渊伤重而死。就此必须辨明的是,"过失杀人"和"谋杀"的罪责在法律上是完全不同的概念,薛蟠固然对自己的手下有失督责,没有严加约束,以至于纵容家奴把人家打成重伤致死,但是他并非存心施暴,更无意杀人。

此外,在第四回中还有一段描述使得许多读者对薛蟠的评价更加负面,即在他夺了香菱上京,被贾府挽留住下来之后,所发生的近墨者黑的劣化发展。当时薛蟠本以为自己住在贾府会处处受到姨父贾政的管约拘禁,却未料到贾府收拾了梨香院出来给薛家独自居住,因此,出入自如的薛蟠便与贾珍、贾琏、贾蓉等人混在一起,如鱼得水,所谓:

> 谁知自从(薛蟠)在此住了不上一月的光景,贾宅族中凡有的子侄,俱已认熟了一半,凡是那些纨袴气习者,莫不喜与他来往,今日会酒,明日观花,甚至聚赌嫖娼,渐渐无所不至,引诱的薛蟠比当日更坏了十倍。

多数读者在提及薛蟠的"坏"时通常多会引述这一段描写,尤其是看到薛蟠"比当日更坏了十倍"之后,立即在脑海中把他打入了十八层地狱,然而却未曾仔细考察,"比当日更坏了十倍"的薛蟠究竟有多坏呢?单就这一段来看,他们做了"今日会酒,明日观花,甚至聚赌嫖娼"等等事情,但是对纨袴子弟而言,那些根本不算什么要紧的坏事。即使是宝玉也同样有类似的行为,作者于第二十六回便写到他和贾芸闲谈时,"又说道谁家的戏子好,谁家的花园好,又告诉他谁家的丫头标致"等等,这显然是宝玉纨袴气息的体现,但是读者往往都忽略宝玉的此一面向。简而言之,所谓"今日会酒,明日观花"并不算过分,甚至还带有几分风雅的气息,而常见于一般文人的交游形态中;至于"聚赌嫖娼"这一点的确糟糕,可是柳湘莲的"赌博吃酒,以至眠花卧柳"(第四十七回)也殊无二致,其实没有更加高明,尤其薛蟠在整个过程中并未伤害到别人,反倒是害了他自己,毕竟在赌博嫖娼上,他这位"呆霸王"永远只有送钱的份。这样看来,薛蟠"比当日更坏了十倍"也不过如此。

所以说,小说家之所以称薛蟠"坏",事实上是依据贵族子弟的高度标准而言的。贵族对子弟后裔的要求主要体现在教养和品德上,其次要有经史学术和文艺方面的修养,而六朝时期的王、谢等大家族的运作恰恰印证了这一点,他们一直对家族子弟秉持着严格的诗书教育,以便培养出优秀的子孙并将家族一代代传承下去。要知道,贵族世家所追求的不仅是经济背景上的"富",更包括了精神心灵上的"贵",他们具备贵族的责任感,对上要敬重长辈、实践孝道,对下则要成为各方面的典范来指引下一代,由此也对社会起到示范作用的榜样,并非普通人能够轻易做到的。根据这般的高标准来看,薛蟠当然

第五章 香菱

"坏",他确实被母亲薛姨妈惯坏并沾染上放逸豪奢的弊病,但即便是书中"比当日更坏了十倍"的评价,也无非是在同样的高标准之下恨铁不成钢的感慨。因此,读者不应该以如今的语感望文生义,认为薛蟠的"坏"是杀人掳掠、作奸犯科的罪恶。

现代读者对于贵族的教养和文化标准实际上非常陌生,这和现在讲究自由平等的社会风气脱离不了关系,以至于多数人都以想当然耳的成见去看待《红楼梦》里的贵族子弟,只要他们出现某种缺点便猛烈地进行抨击与贬低,甚至忽略了他们身上的一些优点。

以贾琏为例,他作为引诱薛蟠沾染纨袴气息的贾家子侄之一,固然料理家务的能力与其妻子王熙凤相比乃"倒退了一射之地"(第二回),但除了为人好色之外,实际上其他方面都很良好。从办事能力的角度来说,贾政在外做官,王夫人虽然是家中的女家长,但是具有诰命身份的她也经常有官场公务要办而分身乏术,因此家务事多数都交由贾琏和王熙凤夫妇处理。王熙凤对贾家当然功大于过,而贾琏对贾府家务运作的贡献又是如何呢?第二十二回提及,王熙凤为了宝钗过生日一事询问贾琏的想法,贾琏认为宝钗的生日庆典规模比照黛玉的即可,脂砚斋于此处便批曰:"此例引的极是,无怪贾政委以家务也。"可见非常认可贾琏是一名合格的家务担当者,他处理家务恰如其分、井井有条,不负贾政的委托。另外,贾琏与贾珍等人还共同参与了筹建大观园的工作,并且将园子整顿得井然有序,使得省亲大典顺利完成。

由内在修养品德的角度来看,也有一个很好的例子证明贾琏的人品并不差。在第四十八回里,平儿前来找宝钗索讨丸药,而与宝钗有一段对话:

平儿笑道:"老爷(贾赦)把二爷(贾琏)打了个动不得,难道姑娘就没听见?"宝钗道:"早起恍惚听见了一句,也信不真。我也正要瞧你奶奶(王熙凤)去呢,不想你来了。又是为了什么打他?"平儿咬牙骂道:"都是那贾雨村什么风村,半路途中那里来的饿不死的野杂种!认了不到十年,生了多少事出来!今年春天,老爷不知在那个地方看见了几把旧扇子,回家看家里所有收着的这些好扇子都不中用了,立刻叫人各处搜求。谁知就有一个不知死的冤家,混号儿世人叫他作石呆子,穷的连饭也没的吃,偏他家就有二十把旧扇子,死也不肯拿出大门来。二爷好容易烦了多少情,见了这个人,说之再三,把二爷请到他家里坐着,拿出这扇子略瞧了一瞧。据二爷说,原是不能再有的,全是湘妃、棕竹、麋鹿、玉竹的,皆是古人写画真迹,因来告诉了老爷。老爷便叫买他的,要多少银子给他多少。偏那石呆子说:'我饿死冻死,一千两银子一把我也不卖!'老爷没法子,天天骂二爷没能为。已经许了他五百两,先兑银子后拿扇子。他只是不卖,只说:'要扇子,先要我的命。'姑娘想想,这有什么法子?谁知雨村那没天理的听见了,便设了个法子,讹他拖欠了官银,拿他到衙门里去,说所欠官银,变卖家产赔补,把这扇子抄了来,作了官价送了来。那石呆子如今不知是死是活。"

也就是说,贾琏的父亲贾赦极欲购买石呆子珍藏的扇子,可是对方表示扇子乃自家祖传的宝物,所以死也不卖,贾琏对此也无计可施,后续毫无任何不当的作为。并且由此可见,即使是非正面人物如贾赦,

第五章 香菱

他不仅具有高度的审美品味，面对喜爱之物也并不会仗势欺人、强取豪夺，而是命儿子去用钱购买，这说明了他至少守住贵族的基本分寸，不料最后贾雨村却以诬陷石呆子的方式，将其扇子都抄了来送给贾赦。当然，贾赦本身并不是具有同情心的君子，固然没有主动迫害他人，然而别人通过陷害所得来的礼物他却高高兴兴地收下了，这即是所谓的"我不杀伯仁，伯仁因我而死"。不过持平而论，贾赦毕竟没有亲自害人，也从未教唆贾雨村作出如此伤天害理之事，甚至可以说，这是因为他的内心始终不存在害人的意念，真正生出害人心思的实际上是贾雨村，他为了讨好更有权势的贾家而诬陷无辜者的行径才是坏到了极致。无怪乎贾家上下对贾雨村的印象大多不好，不仅平儿骂他是"野杂种""没天理的"，即使是贾琏也不喜贾雨村的为人。

试看贾雨村送来扇子之后，贾赦父子便为此事起了争执，平儿描述道：

> 老爷拿着扇子问着二爷说："人家怎么弄了来？"二爷只说了一句："为这点子小事，弄得人坑家败业，也不算什么能为！"老爷听了就生了气，说二爷拿话堵老爷。

简而言之，贾琏对于贾雨村只因为几把扇子就把人抄了家之举感到十分不以为然，认为这不仅算不上能干，甚至是伤天害理的恶行。但是在贾赦看来，虽然贾雨村确实心地险恶，扇子这件事到底还是源于儿子未能尽孝，而别人却做到了，因此，当贾琏批评雨村的时候，贾赦即当下大怒，再加上近日的几件小事凑在一起，便把贾琏打了个皮开肉绽，躺在床上多天都无法起身。

　　此一事件从各个面向上皆表明，贾家纵使是贾赦这等品德不算良好的人，在贵族门风的教养熏陶之下，做事仍然是具有一定分寸的，而真正的坏人是贾雨村。换言之，所谓"引诱的薛蟠比当日更坏了十倍"的贾琏，都尚且经得起法律和道德的要求，则可想而知，薛蟠的"坏"绝非如读者们想象的那般十恶不赦。《红楼梦》中凡是被贾家人批评、真正做出伤天害理之事的人，绝大多数都属于"暴发户"，而贾雨村也被脂砚斋评为"新荣暴发之家"（第一回），做出了很多诸如勾结、滥权等失控的不义行为。小说文本和脂批均显示出贾家属于门风正派的贵族，因此才会有累积数代的道德与品位，这才是《红楼梦》所要彰显的重要价值观。

　　至于贾琏"好色"的问题，也是贾家第四代玉字辈中普遍出现的情况。第四十四回贾琏于王熙凤过生日时趁机和鲍二家的幽会偷情，被临时回房休息的王熙凤逮个正着，而性格要强的凤姐当然无法接受，于是大肆撒泼哭闹，贾琏在经不起她的强势催逼之下，索性不顾一切地拿起剑来追杀对方，闹得场面一塌糊涂。贾母当场斥责贾琏道："成日家偷鸡摸狗，脏的臭的，都拉了你屋里去。为这起淫妇打老婆，又打屋里的人，你还亏是大家子的公子出身，活打了嘴了。"此事最后基于贾母的居间调解而告终，其后续发展同样很值得关注。试看第四十七回贾母、王熙凤等人正在一处，不久之前贾赦想要纳娶鸳鸯一事才惹得贾母非常生气，余怒犹存，而此时贾琏恰好奉父亲的命令前来找邢夫人谈事情，也只敢在外面探头探脑，却被贾母发现并识破其借口，乃瞬间勾起了贾母对于先前之事的怒火，将父子二事合并一起发泄，当场忍不住把贾琏痛骂了一顿，其中便谈及："提起这些事来，不由我不生气！我进了这门子作重孙子媳妇起，到如今我也有了重孙子媳妇了，连头带尾五十四年，凭着大惊大险千奇百怪的事，也经了些，从没经过这些事。"整段话隐含着一则信息：贾府百年以来都是门风良好的贵族世家，直到现在的子弟才出现了不堪的情况，有失大家公子的风范。然而相较之下，如今社会光怪陆离之事比起传统社会的实际上更多、更严重，倘若以一般标准来对照贵族世家进入末世阶段的劣化子弟，他们的品性已经算是相当不错了，只不过相较于之前更加严格培养出来的优秀子弟，无法维持在最高的标准而已。

　　总而言之，薛蟠和贾琏这两个人物作为贵族末世子弟的代表，都从未做过仗势欺人之事，以一般的道德标准加以衡量也并无大过。单就这一点来看，读者对贾家的男性应当要认真地通过文本仔细分析，而不可以简单地把成见套用在他们身上，最重要的是，以上的种种证据皆表明，曹雪芹虽然感伤贾家来到末世之际，子弟出现了一些堕落的情况，但这种"堕落"却是与过去的前辈相较所得出的结论，并不能与一般人所认为的罪恶相提并论。《红楼梦》始终都在告诉读者，四大家族优良的教养与门风使得他们的子弟即使到了末世，也只是出现一些不算太过分的缺失，因此读者也不应对那些子弟过于求全责备。正因为如此，没有太大缺点而又兼具其他优点的薛蟠，的确能够吸引香菱这样一位处于社会真空状态下，没有受过教育且饱经沧桑的女子。

先读诗，再学写字

　　一般人难免会感到疑惑的问题是：香菱竟然在学会写字之前便懂

得读诗，这种情况是否不大合理？答案是，正因如此才更证明了曹雪芹对于生活的观察入微，他深刻明白"读"和"写"实际上属于两种截然不同的能力，《红楼梦》中还另外提供了两个例子。首先是第二十八回，王熙凤叫宝玉顺道帮忙写几个字的情节，她所说的"你只管写上，横竖我自己明白就罢了"，明确反映出凤姐虽然不会写字，因此只好找宝玉代笔，然而实际上她却是认得字的。

再看第七十四回抄检大观园的过程中，众人一路来到迎春居住的紫菱洲，在大丫鬟司棋的箱子内搜检到她私下偷情的证物，其中一项重要的证据即潘又安写给司棋的情书。当时作者描述道："凤姐因当家理事，每每看开帖并账目，也颇识得几个字了。"所以她在看完字帖之后"不怒而反乐"，因为唆使王夫人掀起这场抄检风波的罪魁祸首，正是司棋的外婆王善保家的，司棋乃是她的外孙女。王熙凤本来便对王善保家的兴风作浪不以为然，关键在于她所提出的抄检方式势必会激化家族内部的不和，绝非治家之道，可叹身为贾府女家长的王夫人一时不察而采纳了王善保家的建议，凤姐乃不得不执行此次任务，但内心其实是很不赞成的。可笑的是，此番抄检到的赃物却恰恰出自王善保家的外孙女，告贼的反倒成了贼，简直是现世报，所以凤姐才会"不怒而反乐"。接下来，书中还提及"别人并不识字"，而认得字的凤姐便把字帖内容念给众人听，令王善保家的顿时感到无比难堪。

由上述的两处来看，可以清楚地发现，确实有人能够识别文字但却不会书写，此乃因为文字的书写和辨认所需要的是不同的能力。中国汉字的最大特点即单音、单形、单义，一个字在形体上如同一幅图案，在认识某个图案、了解其所代表的意思之后，久而久之便能够辨认出来。可书写却截然不同，当我们在学写字的时候，从握笔到掌握每道笔画的位置、顺序与整体呈现，都需要经过专门的操作训练及反复练习，如此种种，并非单凭眼睛观摩即可以处理的，好比人人都认得出图画中的松竹梅，却绘不出来一样。只因我们从小识字和写字的训练是同步进行的，所以才会误以为二者为一，其实两者并不等于彼此连带的同一技能，是故唯有抛开各种想当然耳的直觉反应，我们才能够超越本能反应而拓展认知。如果小说里出现了与自身认知有所落差的描写，读者理应先好好地反思：究竟是自己无知，还是书中的情节内容确实不合常理？有趣的是，最终的答案往往是前者。而王熙凤的例子恰恰可以证明，香菱是可以先读诗，之后再学写字的。

其实，每个人都会有多种不同的经验，这些经验又多多少少地塑造此人的某些性格特质和反应模式，因此对他进行考察时必须结合其具体的生命经验，而非笼统地管中窥豹、以偏概全，否则一定会做出错误的分析。以第六十三回宝玉庆生的情节为例，当时众人想要开展一些有趣的活动，宝玉提议行酒令，袭人却说道："斯文些的才好，别大呼小叫，惹人听见。二则我们不识字，可不要那些文的。"此处清楚地说明了袭人、晴雯、麝月等丫鬟都不识字，这与她们的出身经历密切相关，香菱却属于不同的个案，显然不可一概而论。《红楼梦》作为一部写实细腻、遵照现实逻辑的经典小说，其中的字字句句皆应该被给予同等的尊重，倘若读者只是一味关注自己喜欢的几位人物和某些场面，并且单凭直觉或一般常识给予理解，便会错失许多宝贵的精髓。

新诗的先天缺陷

　　我认为,香菱之所以非常渴望学诗,是因为诗歌乃经过千锤百炼的艺术精华,属于对人生体验、生活感受的优美表达,因此,即使书写对象是痛苦、悲哀、丑陋的,也会折射出一种超越凡俗的灿烂光辉。那么,此处的"诗"是否包括现代的白话新诗?当然不包含在内,毕竟新诗于《红楼梦》的时代还未出现,但即使如此,仍然不妨碍我们进一步思考一个问题:如果曹雪芹也能够接触到新诗,他是否会认为,新诗同样可以被当成灵魂呼吸的窗口,让人离开现实的泥泞与粗糙而进入升华的心灵世界呢?这属于一种开放性的问题,答案可以有很多种,也无所谓对或错。如今,许多文艺青年把写新诗当作自己的爱好,但是他们可能并未意识到,此种文类创作实际上存在一个重大的先天问题,即它并没有格律。格律奠定了诗的基本形式,包含了字数的要求、音乐性的节奏或韵律的安排等各方面有形无形的讲究,不可或缺,欧洲的十四行诗亦然。纵使宋词有几百副词牌名,其形式之多样性和自由度较高,然而每一阕词牌仍然具有各自的格律规范,不可违背,包括汉赋这种动辄四五千字、篇幅限制没有诗词那般严格的文体,其实也是需要押韵的,以便在诵读的过程中创造出音乐性的美感体验。然而,新诗对于形式等于完全没有要求,基本上就是把散文的语句拆解再进行分行排列,因此门槛极低,如此一来,文类的内涵便难以提升。

　　大家往往以为"形式"是对个人才华与能力的束缚,但其实这是二元对立框架之下非常严重的误解,世间的道理并非只有非黑即白、非对即错的二元对立，反倒更多是相辅相成、相互成就的局面。形式绝非用以压抑创作者的才华与灵感，恰恰相反，其本质更是在帮助创作者锤炼和打磨那些仅凭灵感绝对无法获得的东西，同样地，一般人常常以为礼教、法律是在压抑人的个性和性情，然而美国人类学家鲁思·本尼迪克特（Ruth Benedict, 1887—1948）在几十年前便已指出，这种将社会与个人对立起来的二分法乃是西方18世纪以来根深蒂固的错误认知。

许多受过严格训练的文学批评家也深刻地体会到：文字的形式是在帮助一个创作者更加精炼地把深刻的思想情感呈现出来。一位俄国形式主义文学批评家便曾经提到，每一类有其独特规律的艺术、每一种作为特殊结构课题的诗歌体裁（form），虽则严格限制着艺术成果的机会，但是对于诗人都保持着它的意义，这种意义并非束缚，而是激励着诗人的创造性劳动。倘若艺术是一种人为的、具有创造性内涵的、经过头脑精密活动的努力，"形式"便是在帮助创作者以一种更精确、更有意义、更有感染效力的方式来呈现出灵感。同时，形式的规范也提供了一个庞大的思考系统，使得我们的各种灵感不只是如蜻蜓点水般的偶然闪现，而能够获取其背后所具有的浩瀚资源作为支撑。所以真正的事实是：形式即内容。

譬如五言诗，作为中国传统文学里支配古典诗创作主流的体裁，其格律的形成经历了自汉末以迄初唐至少三四百年的时间洪流，无数优秀的诗人投入到此一实验中做出尝试和努力，最终才奠定了律诗的格律，从而开始诞生许多优美的佳篇甚至伟大的杰作，由此可见，这一形式规定的产生是多么难能可贵且贡献良多。要知道，历史是非常残酷的，毫无用处的东西便会被迅速淘汰，然而五言律诗却成功支配了此后直至清末一千多年的诗歌发展，显然它在文学创作中无可撼动的地位并不是没有缘由的。相较之下，新诗自诞生以来至今只有一百年左右，倘若没有人意识到新诗因为缺少格律而无法带来内容上的高度淬炼与升华，或是对此一问题视而不见、放任不管，新诗将永远无法进步。固然有些非常突出的才华所形成的灵感、意象也可以通过新诗呈现出来，但仅凭这些元素尚不足以创造出杰作。我在文艺少女时代也写过几首新诗，可是在构思的过程中却发现越来越不知道该如何落笔，内心觉得虚无空洞而无从着手，毕竟其写法毫无形式、规范可循，因此很早便搁置不顾。当然，每个人都有不同的看法，或许可以各自给出答案来进行解释。简而言之，以上对新诗应该找出格律的讨论，是从新诗自身作为艺术形式需要实现精进与提升的角度出发的。

除此之外，一位台湾现代文艺批评家则由现实传播的角度，指出新诗缺少格律可能会带来的另一个问题，即作品传播上的有利条件乃是方便记诵，至少"押韵"是最基本的关键要求，因而缺少格律导致新诗难以让人牢记于脑海中，即使是最有名的新诗篇章，我们也鲜少能够将全篇背诵下来，仅能够记住个别耳熟能详的句子。然而我们从幼儿园开始，许多唐诗便已经朗朗上口，甚至还可以学以致用，由此可见，大家不大能够背诵下来的文类，其存在与发展必定会受限。如此一来，新诗于内部缺乏形式帮助它提升，于外部又少有人能够记诵，可谓陷入了内外交攻的不利境况，也大大局限其进化的空间。文类的发展和提升是一个很重大的课题，奠定格律也是非常艰难的挑战，往往需要经过许多精英费时数百年的集体努力，所以我们并不苛求新诗，只是将此一深入而本质性的问题提供给有心人思考，希望对新诗的未来有所帮助。

第五章　香菱

据此可以推断，即使曹雪芹的时代能够看到新诗，那恐怕也不会成为香菱热爱的文类，因为它的形式实在太简单，无法让香菱在学诗的过程中产生宛如入了魔一般的沉浸式体验。试看第四十八回描叙香菱作诗的情况，当时黛玉指定了一个关于月的咏物主题让她尝试，她便不断写诗给黛玉改正：

> 香菱自为这首妙绝，听如此说，自己扫了兴，不肯丢开手，便要思索起来。因见他姊妹们说笑，便自己走至阶前竹下闲步，挖心搜胆，耳不旁听，目不别视。一时探春隔窗笑说道："菱姑娘，你闲闲罢。"香菱怔怔答道："'闲'字是十五删的，你错了韵了。"众人听了，不觉大笑起来。宝钗道："可真是诗魔了。都是颦儿引的他！"

香菱反复斟酌该韵部里有哪些字最适合融入整首诗之有机结构，整副模样便是一种创造性劳动，倘若没有这段过程，灵感便难以得到千锤百炼的锻造与升华。一个如此费心苦思、沉浸于写诗情境中的侍妾，着实令人刮目相看，毕竟其他丫鬟诸如袭人、晴雯、紫鹃等都没有这种意念和热忱，致使香菱的诗意形象特别突出而耀眼。

至于构成此一差别的原因何在，我们可别忘记，香菱原本的出身乃是苏州望族甄士隐的独生女，那份镌刻于基因深处的禀赋气质，使得她具有一股非常人所及的诗性向往。可惜的是，从小被拐抢的惨痛经历，导致她无法获得正统而系统的诗书教育，以至于其优秀天赋大都被辜负了，至多只能以一种不充分的方式实践其性灵，委实令人浩叹。

欧丽娟红楼梦公开课（四）：镜像六钗

在泥泞中活出优雅

香菱"根源不凡"，承继了脱俗的家族基因，故而在年幼时期惨遭偷拐之后，可以不被灰暗的阴霾所渗透，可是那段惨痛的经历仍然导致她的人生出现一个无法弥补的顿挫，即在最关键的启蒙时期缺乏诗书教育的熏陶，以至于其心灵与精神层面无法真正达到飞跃性的进展。"教育"作为人类最重要的生命向度之一，乃是培养个人之学识、能力、品性的主导力量，足以影响一生，可惜的是，香菱大约于十八九岁时才开始读书识字，这对于主体的智能开发与心志提升已经为时晚矣，因此对于其诗才的培养发挥不了最大的效用。

不过，既然曹雪芹和脂砚斋都认为，精神素质可以通过家族基因遗传给子女，成为一种独特的人品保证，则除了封氏的"情性贤淑，深明礼义"之外，香菱身上是否还具备其他独特的先天禀赋呢？香菱在年仅五岁的时候便惨遭拐走，从此沦落于"被拐子打怕了"（第四回）这种暴力笼罩、战战兢兢随时准备挨打的恶劣环境中，相较于袭人、晴雯、平儿等一般的穷户子女，她的成长处境实际上更为凄惨痛苦，但极为特别的是，香菱始终都存有一股不被现实世界所磨损、摧残的诗性心灵，使得她在缺乏教育的生活环境里，依然显得与其他奴婢截然不同。

试想，一般人如果在与香菱年龄相仿的时期被拐抢囚禁，整天活在被拐子打骂的阴影之下，处于地狱中面对前途不明的迷茫未来，是否还能够对世界心存美好的向往？即便最终能够如香菱那般脱离拐子的魔掌，随着薛家来到贾府此等门风宽厚仁慈的世家大族中生活，恐

第五章　香菱

怕心灵深处也难免会残留些许灰暗的痕迹吧？可独特的是，香菱并未因为惨无人道的过往而变得心灵扭曲、丑陋，反倒处处焕发出非比寻常的娴雅气质，这真的是非常难能可贵。第十六回王熙凤转述薛姨妈的评价道：

> 香菱模样儿好还是末则，其为人行事，却又比别的女孩子不同，温柔安静，差不多的主子姑娘也跟他不上呢。

既然香菱小小年纪便被拐走，拐子又不可能为这些小孩提供良好的教育资源，那么，香菱深明礼义的教养和温柔安静的气质究竟是从何而来？其实，我们可以合理推论，香菱的性灵乃与生俱来的先天禀赋，加上她在被拐之前，甄家的家风以及封氏的母教所给予潜移默化的影响和塑造，使得她拥有了足以与暴力生活相抗衡而不被消磨的精神特质，故曰"根源不凡"。倘若换作其他的小孩，恐怕即无法产生这样的奇迹。

与那"差不多的主子姑娘也跟他不上"的为人行事相比，香菱在众金钗中显得尤为独特之处，是她对周遭事物的诗性向往，纵使她未曾读书识字，却可以用诗人的眼光去欣赏身边经常被世人忽略的美好风景，这是与她身份地位相当的丫鬟如袭人、晴雯、平儿等所不曾具备的优异天赋，无不证明了后天成长条件显然比她们更加不如的香菱之所以拥有诗性的审美心眼，乃源于那根植在先天禀赋内的一段性灵，使她能够在浅俗、粗糙的生活中处处领略一份诗意，并且与诗歌相互印证，简直是不可思议。

跟闺塾师林黛玉学诗

第四十八回"慕雅女雅集苦吟诗"堪称是由香菱担纲主演的一段情节,由于薛蟠出远门行商贸易,于是薛姨妈打算让香菱挪到她屋里一同作伴,而宝钗深知香菱对大观园内诗情画意的生活极为向往,所以当下向母亲提议,让香菱跟随自己到蘅芜苑居住,借此满足她的愿望。香菱也了解到宝钗的体贴用心,便说道:

> "我原要和奶奶说的,大爷去了,我和姑娘作伴儿去。又恐怕奶奶多心,说我贪着园里来顽;谁知你竟说了。"宝钗笑道:"我知道你心里羡慕这园子不是一日两日了,只是没个空儿。就每日来一趟,慌慌张张的,也没趣儿。所以趁着机会,越性住上一年,我也多个作伴的,你也遂了心。"香菱笑道:"好姑娘,你趁着这个工夫,教给我作诗罢。"

要知道,作为侍妾兼丫鬟的香菱,即便因为跑腿、送东西、传达命令等种种事务而经常进出大观园,但过程中总是匆匆忙忙、蜻蜓点水,并无余暇去欣赏园内的好风光,倘若她与宝钗同住于蘅芜苑,正好可以弥补这份遗憾。由此可见,宝钗确实温柔体贴、善解人意,还尽己所能去帮助别人,香菱也借此机会在大观园里度过了人生中最快乐、最美好的时光,因为她可以读书、写字、学诗,尽情沉浸于古人的智慧结晶与艺术美感中。

关于"作诗"这方面,除了薛宝钗之外,读者第一个会联想到的

第五章 香菱

人物必然是林黛玉，果然香菱在见过众人之后，便前往潇湘馆恳求黛玉教她写诗。香菱笑道：

"我这一进来了，也得了空儿，好歹教给我作诗，就是我的造化了！"黛玉笑道："既要作诗，你就拜我作师。我虽不通，大略也还教得起你。"香菱笑道："果然这样，我就拜你作师。你可不许腻烦的。"黛玉道："什么难事，也值得去学！不过是起承转合，当中承转是两副对子，平声对仄声，虚的对实的，实的对虚的，若是果有了奇句，连平仄虚实不对都使得的。"

既然香菱拜了黛玉为师，则黛玉自然必须以正统的学诗方式给予指点，提醒她写诗千万别剑走偏锋，譬如当黛玉一听到香菱说她"只爱陆放翁的诗'重帘不卷留香久，古砚微凹聚墨多'"，当下便严正指示道：

"断不可学这样的诗。你们因不知诗，所以见了这浅近的就爱，一入了这个格局，再学不出来的。你只听我说，你若真心要学，我这里有《王摩诘全集》，你且把他的五言律读一百首，细心揣摩透熟了，然后再读一二百首老杜的七言律，次再李青莲的七言绝句读一二百首。肚子里先有了这三个人作了底子，然后再把陶渊明、应玚、谢、阮、庾、鲍等人的一看。你又是一个极聪敏伶俐的人，不用一年的工夫，不愁不是诗翁了！"香菱听了，笑道："既这样，好姑娘，你就把这书给我拿出来，我带回去夜里念几首也是好的。"黛玉听说，便命紫鹃将王右丞的五言律拿来，递与香菱，又道："你只看有红圈的都是我选的，有一首念一首。不明白的问你姑娘，或者遇见我，我讲与你就是了。"

其中的道理在于，固然"重帘不卷留香久，古砚微凹聚墨多"二句确实展现出诗人细腻的观察，尤其是长久使用的古砚，其表面因不断磨损而产生略微的凹陷，因此它所积聚的墨汁自然变得比较多，这类细节是唯有在沉静的生活样态中才能够注意到的小小生活体验。虽则观察细腻，乍看起来颇为有趣，可是却不值得学习，因为该等在琐碎小地方下功夫的视野不够宏大，很容易让人落入浅狭的格局，从而流于浅俗，再也无法提升。

因此，黛玉建议香菱先从王维、杜甫、李白的诗篇开始读起，毕竟"取法乎上，得乎其中"，这些顶尖之作才是学诗的指南针，也才是最好的入门基础，由此也反映出《红楼梦》绝对是在古代正统里所涵养出来的精英文化。然后，香菱便回到蘅芜苑认真做功课，"诸事不顾，只向灯下一首一首的读起来"，纵使到了夜晚，宝钗连连催促她赶紧就寝，她也坚持不睡，可见香菱学诗已经达到废寝忘食的地步。

那么，熟读了王维五言律诗的香菱又产生怎样的领悟呢？她在与闺塾师林黛玉的讨论中又获得哪些学诗方面的进展？接下来，香菱与黛玉之间的对谈不仅展现出《红楼梦》的诗学脉络，另一方面也进一步塑造香菱的人格内涵，所谓：

第五章 香菱

一日，黛玉方梳洗完了，只见香菱笑吟吟的送了书来，又要换杜律。黛玉笑道："共记得多少首？"香菱笑道："凡红圈选的我尽读了。"黛玉道："可领略了些滋味没有？"香菱笑道："领略了些滋味，不知可是不是，说与你听听。"黛玉笑道："正要讲究讨论，方能长进。你且说来我听。"香菱笑道："据我看来，诗的好处，有口里说不出来的意思，想去却是逼真的。有似乎无理的，想去竟是有理有情的。"黛玉笑道："这话有了些意思，但不知你从何处见得？"

其实，"诗歌"这种文体颇为玄妙，有的时候并不是用知识学问、逻辑条理就能够创造出来，反倒必须凭借一种缪斯所赐予的灵感才足以产生出灵动的趣味，因此纵然饱读诗书也未必能够写出佳作。当然，这并非意指人们不必努力读书便能够创作出好诗，只是说明"写出好诗"还有不依靠学历经验、学识能力也能够达到的妙处，亦即天赋所赐予的艺术妙想所带来的灵光，而香菱先是以王维的《塞上》诗举例：

我看他《塞上》一首，那一联云："大漠孤烟直，长河落日圆。"想来烟如何直？日自然是圆的：这"直"字似无理，"圆"字似太俗。合上书一想，倒像是见了这景的。若说再找两个字换这两个，竟再找不出两个字来。再还有"日落江湖白，潮来天地青"：这"白""青"两个字也似无理。想来，必得这两个字才形容得尽，念在嘴里倒像有几千斤重的一个橄榄。还有"渡头余落日，墟里上孤烟"：这'余'字和'上'

字,难为他怎么想来!我们那年上京来,那日下晚便湾住船,岸上又没有人,只有几棵树,远远的几家人家作晚饭,那个烟竟是碧青,连云直上。谁知我昨日晚上读了这两句,倒像我又到了那个地方去了。

由香菱的一番感言中,我们也可以感受到王维诗作的妙处,大自然界本来即纷繁驳杂,形形色色的线条色彩,构成一个难以通过简单意象去涵盖的整体,结果王维却以"孤烟直""落日圆"两个语词便把那幅黄昏落日、炊烟袅袅的自然景色化约为简单的几何线条图,却又十分耐人寻味。然而,根据常理来思考,烟又怎么会是"直"的?王维为何以如此"无理"的字来形容孤烟?倘若我们据此贬低王维的诗歌造诣,那可就大错特错了。

王维作为一名艺术家,乃是个全方位的天才,无论诗画、书法、音乐全属盛唐时期的一流之选,甚至连李白、杜甫都难以望其项背。既然王维在各方面的文艺修养及他个人所体现出来的优雅风范,才是被公认为最符合京城审美标准的体现,其诗作的遣词用字又怎么可能会是毫无理据的胡诌乱编?果然,正如香菱所言,虽然单看"这'直'字似无理,'圆'字似太俗",然而一旦"合上书一想,倒像是见了这景的",甚至找不到更好的两个字来代替,足见王维诗词造诣之深厚高妙,对于自然风光的描写既简洁又精准,并且传神写照,寥寥数字便能够让读者印象深刻,犹如身临其境。

接着,香菱举例的"日落江湖白,潮来天地青"也是同样的道理,依据客观逻辑来思考,江河、湖水怎么会是白色的?整片天地又怎么会只有青色呢?然而只要我们再仔细想想,便会承认"必得这两个字才形容得尽"。譬如"江湖白"所指的正是湖面折射并倒映出天光云影，所以王维才会以"白"字来涵盖整个画面，无怪乎香菱认为他的诗句"念在嘴里倒像有几千斤重的一个橄榄"，而橄榄的特色即是其滋味在反复咀嚼之下可以长久回甘，可见香菱是以"橄榄"来比喻王维的诗歌意蕴确实值得读者回味无穷，细思之下令人不禁拍案叫绝。

有意思的是，曹雪芹借由香菱对王维"渡头余落日，墟里上孤烟"的感悟，间接带出香菱随同薛家来到贾府的过程。从"我们那年上京来，那日下晚便湾住船"可知，薛家从金陵出发前往北京走的是水路，而他们的船只所行的是哪一条水路呢？那便是得到联合国教科文组织认证的世界文化遗产的宏伟工程——京杭大运河，起自北京通州五河交汇处，南至杭州，初入贾府的黛玉也是走同样的水路而来，见第三回。

则我们还可以进一步追问，香菱是在何时随同薛家上京的？根据第四回衙门里出身于葫芦庙沙弥的门子所述，香菱口中"我们那年上京来"的"那年"乃是指薛蟠倚财仗势，派众豪奴打死冯渊的那一年。原本是冯渊先看上英莲也即香菱，立意买来作妾，但是贪得无厌的拐子却重卖英莲，而恰好准备动身上京的薛蟠见到英莲生得不俗，也决定把她买下，然后竟演变成薛家与冯家两方相互争抢并发生了命案，最终薛蟠便把英莲给带走了。

根据陈宏谋在乾隆二十三年（1758）七月从苏州呈递的报告中所述："苏城五方杂处，烟户稠密，拐窃之案，向所不免。……更有一种外来拐犯，以药迷人，凡遇幼孩，用药一弹，饵以药饼，幼孩心迷，跟随而行，不复返顾。拐到子女，凌虐残忍，最为惨毒。"由此可见，英莲所在的苏州乃拐卖盛行的地区，她的遭遇显然是在此种背景之下的事实反映。如果根据当时人口贩卖的运作常态，拐子会把诱抢回来的女孩带往乡间抚养在自己家中，等她们长大之后再送到城市分级贩卖，通常长相标致的漂亮女孩被卖为小妾，而平庸拙笨的女孩则充当奴婢处理粗活杂务。配合门子所说的："这一种拐子单管偷拐五六岁的儿女，养在一个僻静之处，到十一二岁，度其容貌，带至他乡转卖。当日这英莲，我们天天哄他顽耍；虽隔了七八年，如今十二三岁的光景。"据此而言，英莲在五岁被拐后，是直到十二三岁才被带到金陵转卖，所以她大约有八年的时光都生活在拐子淫威之下的恐怖梦魇里。但正是身世如此可怜的女孩，才刚刚脱离拐子的魔掌不久，却已经可以用诗人的眼光去观看世界，于千里迢迢的旅途奔波中泊船于荒凉的河湾之际，注目并欣赏到岸上点缀着几棵树木、几户人家做饭时炊烟袅袅的如画意境，并把这一幕景象深深烙印在脑海里。

值得注意的是，唯独香菱发现了这种黄昏落日的萧瑟之美，倘若换作薛蟠，便不可能会留意到宛如水墨画般平淡且悠远的自然景观，也势必对之毫无印象，甚且香菱经过三四年之后，竟然在第四十八回中与黛玉谈论王维诗句时，还依旧记忆犹新。这种非平常人所能拥有的"艺术发现"，正是作家对外界事物进行细腻的观察和认识所得到的独特感知和领悟。然而，香菱欠缺后天基本艺术修养的熏陶，甚至在年幼时还历经了长达八年的心灵折磨与损害，却仍然一直葆有欣赏世界的目光，若非与生俱来的审美灵魂，又岂能够达到此等境界？正如艺术大师罗丹所言："世界并不缺少美，而是缺少发现美的眼睛。"香菱便堪称天赋一双敏于发现美的慧眼！

第五章　香菱

为什么如此喜爱诗

必须说，香菱比起黛玉其实更具有诗人的气质以及诗性的心灵。何以见得？首先，以教育背景而言，黛玉自幼即是父母爱如珍宝的掌上明珠，"且又见他聪明清秀，便也欲使他读书识得几个字"（第二回），于是林如海礼聘贾雨村作为女儿的私塾老师，专门教导她读书，换言之，黛玉年方五岁便开始与诗书为伍，长年不断累积深厚的文化教养，所以其才学、识力都得到充分且彻底的开发。再者，就生活环境而言，黛玉的潇湘馆布置得犹如上等的书房，"窗下案上设着笔砚，又见书架上磊着满满的书"（第四十回），可见她一直在古人的智能与优秀作品中耳濡目染，因此，黛玉能够成为大观园内的优秀诗人是非常自然而然的事，可这些恰恰都是香菱所缺乏的成长条件及教育资源，两者的后天基础根本是天差地别。除了先天禀赋之外，香菱确实一无所有，然而她既有的天赋力量却始终没有被恶劣的环境所磨灭。纵观各种客观条件，读者与其一味地盲目赞美黛玉的诗性表现，不如认真地仔细琢磨其他的小说人物，也是因为如此，始得以发现实际上香菱才堪称为真正的天生诗人，毕竟黛玉还依赖后天的优越条件帮助她培养诗灵。

由第四十八回"慕雅女雅集苦吟诗"一段，清楚显示出香菱对于学诗、作诗的渴望，一旦获得学习的机会，她便全力以赴、一心一意地投入其中，作者在这段情节里充分展现了香菱的性灵之美，反倒黛玉、宝钗等等却变成次要的陪衬人物，是为了烘托香菱性灵升华的飞跃性进展而存在的配角。香菱在整个过程中，其好学程度已经达到

"诸事不顾,只向灯下一首一首的读起来""茶饭无心,坐卧不定""挖心搜胆,耳不旁听,目不别视""定要疯了!昨夜嘟嘟哝哝直闹到五更天才睡下"的地步,甚至时时刻刻"满心中还是想诗",即使宝钗连续催促她去歇息,她也坚持不睡,直到凌晨五更天才短暂入眠,所以宝钗忍不住以"诗魔""这诚心都通了仙了"来形容她。因此,香菱成为大观园诗社中唯一非主子小姐的成员,其根源资质可想而知。

那么,何以香菱会如此热衷于诗歌?犹记得学术界有一篇文章,其中认为香菱之所以渴望进入大观园写诗,乃是因为她想要模仿上流社会的生活样态,然而这类推论未免过于贬低香菱的为人品格了。何况香菱本身即处于上流社会中,又何必大费周章去模仿该等偏向文艺的生活样态?再说,倘若香菱纯粹只是想借由学诗、写诗去附庸风雅,她不可能会专注到茶饭不思、诸事不理的地步,唯有真正对诗歌由衷具有高度的审美与共鸣,才足以让人对作诗产生一往无前的执着,这绝非一般装模作样之辈可以轻易做到的。所以,读者万万不应该脱离文本内容,对小说人物进行毫无根据的主观臆测,否则便会曲解该人物的性格,也阻碍我们对美好人性的发掘。

对于香菱的学诗精神,宝玉即赞美道:"老天生人再不虚赋情性的。我们成日叹说可惜他这么个人竟俗了,谁知到底有今日。可见天地至公。"(第四十八回)则香菱天赋情性之"不俗",正是通过对于诗的喜爱与执着始展现出来,因为诗歌是一种经过锤炼的精致文字艺术,其优美之处在于以凝练的语句折射出现实事物所没有的光辉与美丽。有趣的是,在宝玉的认知里,香菱应该是个具有独特资质的少女,不过,由于香菱未曾受过正统的诗书教育,"可惜他这么个人竟俗了",由此可见,宝玉对香菱的评价并不高,所以当她表露出对诗的癖好及追求之后,宝玉才感慨老天依然是很公道的,如今因为意外转折而得以入住大观园的香菱,终于获得机会去追求精神层次的升华,并脱离"俗人"的行列。

另外,宝玉的感慨也清楚地显示一个道理,即关于俗或不俗的判断标准是在于懂不懂得"诗",因为诗本身就是一种性灵脱俗的体现,而我对诗的感受也是如此,儿时读书的时候总会莫名地被唐诗所吸引。纵使诗中书写的是痛苦、悲哀甚至丑陋等负面事物,但都已经是经过升华的艺术结晶,值得反复品味与不断琢磨,从而使心灵获得净化,无怪乎"诗"成为一生困陷于粗糙浅薄的日常生活中,却一直没有被淹没窒息的灵魂,包括香菱,赖以呼吸新鲜空气的窗口。她之所以对写字作诗存有一股顽强不息的由衷喜爱,实际上是出于一种想要超越生存的现实层次,以进入精神层面的渴望,必须说,香菱学诗的例子说明了人性的价值绝对不是建立在本能之上。而这个不被悲惨庸碌的生活所磨灭的一段性灵,正与其家族的不凡精神基因密切相关,第一回脂砚斋夹批云:

> 又夹写士隐实是翰林文苑,非守钱虏也,直灌入"慕雅女雅集苦吟诗"一回。

所谓"翰林文苑"即是指香菱之父甄士隐乃一饱读诗书的文人,出身望族的他拥有"神仙一流人品",有别于酷爱财富权位的暴发户,而香菱对于诗歌的热爱正是继承自家族的精神力量,所以脂砚斋才会说甄士隐的人格特质直灌入"'慕雅女雅集苦吟诗'一回"。

清代评点家周春于《阅红楼梦随笔》中则指出:"案婢女贱流,

例入又副册,香菱以能诗超入副册,鸳鸯贞烈,竟进于十二钗矣。"此处显然认为"能诗"的优异资质和脱俗品味是提升一个人的存在价值与心灵阶级的标准之一,因此身为婢女贱流、应该归属于又副册的香菱才能够超越等级,进入中等的副册内。但周春的看法并不完全准确,香菱之所以在太虚幻境的簿册里名列于"副册",其实并非基于"能诗",而是因为她原本的望族家世。香菱本该与黛玉、宝钗那般归属于"正册",可是她因为被拐卖而沦落到婢女的贱籍,此一身份阶级的降等导致她无法如同其他的主子千金般被列入"正册",但若与晴雯、袭人之流并置于"又副册"也不完全切合,于是最终被放在不上不下的"副册"中。

很耐人寻味的是,第四回写香菱"眉心中原有米粒大小的一点胭脂痣,从胎里带来的",简直宛如观世音的模样,这个与生俱来的独特生理标记,从象征意义来看,应该便是先天家世阶级及禀赋资质的具体表征,乃不可磨灭的"根基""根源"的证明,所以衙门里的门子才会一眼认出这名被囚禁待沽的女孩即是当年甄士隐家失踪的女儿。

总的来说,香菱来自精英门庭的家世与血脉平衡了"婢女贱流"的下等性质,使得她介乎贵贱之间,而香菱所带来的关于人性价值之思考,正是提醒我们切勿止步于本能上,即使成长过程与教育条件不如他人,但依旧要心存一股追求精神超越的坚持。虽然香菱与秦可卿具有高度的重像关系,两者不仅于为人性格上存在着近似之处,贵贱身份阶级的流动变化也是她们有别于其他金钗的经历特点,不同的是,可卿是由贱升为贵,香菱则是由贵沦为贱,但是香菱却因为天生的优美诗性心灵,使得她能够在泥泞中活出优雅,甚至是活出精彩!

第六章

史湘云

在《红楼梦》的人物接受史上,有一个很鲜明的现象:偏爱林黛玉的人不计其数,而且喜爱的程度十分强烈,充满了移情作用和自我投射;相较之下,倾向于薛宝钗的读者则是少数,其赞美之情也完全不同于前者那般浓烈,通常带有客观的距离。面对史湘云,倒是有另外一个很值得注意的情况:几乎没有讨厌她或非常不喜欢她的人,而即便谈不上喜欢她,却也不至于讨厌,一般多持欣赏的心态,可见这种情况与人们对于钗、黛两大女主角的接受状况截然不同。既然读者面对史湘云这位人物有如此一致的心理反应,则我们可以尝试分析一下,她究竟具有哪些能够给予读者启迪的性格特点。

金陵史家千金

书中第四回提及,以往的葫芦庙小沙弥还俗之后在衙门当了门子,恰好遇到应天府的新任长官贾雨村,既然故人重逢,他随即告诉对方,如果想要在一个地方长久当官、宦途顺遂,便必须了解每处都有的"护官符",即一份记载着该地最有权有势、极富极贵之大员的名姓私单,唯有不得罪他们,官位才能够保得长久,而贾、史、王、薛四大家族就在金陵地区的护官符上。有人不免质疑,何以林黛玉之父林如海既已成功转型为钦差大臣,又是当代的探花,其家世背景显

第六章　史湘云

然不亚于贾、史、王、薛四大家，甚至犹有过之，林家却不在护官符上呢？原因在于这一张护官符是属于金陵地区的，而林家的籍贯则在姑苏。林如海身为皇上钦点的巡盐御史，他的官署所在地是扬州，该处与姑苏、金陵乃完全不同的城市，所以很明显而合理的推论是：林家应该会出现在金陵之外的护官符上。

接下来，让我们仔细阅读、推敲关于史家的说明："阿房宫，三百里，住不下金陵一个史。"下面有一段补注，进一步指出"保龄侯尚书令史公之后，房分共十八，都中现住者十房，原籍现居八房"，可见史家的族人数量庞大，与贾家相同的是，他们既在都中即北京有现居的府邸，也在金陵即南京有祖上的老宅。在此需要注意两个重点：第一，追根究底，最早发迹的史家祖先是保龄侯，而且他又担任尚书令，拥有如同宰相一般的崇高地位，因此被称为史公，既然他既封侯又掌握朝政，则可想而知，史家的后嗣当然也过得荣华富贵；第二，进入到小说叙事中，形成贾、史、王、薛四家联络有亲、共存共荣之格局的时程是在第二代，而史家的第二代正包括贾母，她是湘云之祖母等级的长辈。

不过，此处有一个奇怪的地方：史家和其他的世交名门即贾家、王家有所不同，它似乎没有面临随代降等承袭的问题，比如贾府到了贾珍已经降等为三品爵威烈将军，不再是宁国公，然而史家却截然有别。第四十九回提到"保龄侯史鼐又迁委了外省大员，不日要带了家眷去上任。贾母因舍不得湘云，便留下他了，接到家中"，则在此之际，湘云的叔叔、史家的第三代史鼐的头衔仍然是第一代史公的"保龄侯"，据此，似乎史家并没有走上随代降等承袭制度的规范道路。这在现实界当然是不可能的，因为以整个清朝代来看，世袭罔替的

"铁帽子王"都是亲王、郡王的身份等级,总共十三家,绝不包含侯爵一类,故而书中称第三代为"保龄侯史鼐"显然是十分奇怪的,这是否为作者一时的笔误便不敢断言了。毕竟作为一个有责任感的读者,实在不应该轻易地怀疑或者批评小说家写错,切莫轻易地编派作家有疏漏的败笔,那都是非常危险的做法,因为我们所拥有的知识绝不会比身在当时的小说家来得丰富、全面,对于作者的匠心寓意也未必都能够洞察掌握,因此,关于史家的第三代依旧葆有第一代的爵位而没有降等的问题,只能给予保留,存而不论。

既然史家如此荣盛,第三代不但仍然是保龄侯,甚至还迁委了外省大员,可想而知,史家与上层贵族的关系往来必定非常密切,以至于到了第七十一回贾母过八十岁生日时,许多王公贵族包括"南安王太妃、北静王妃并几位世交公侯诰命"皆亲自登门贺寿。值得注意的是,北静王即是世袭罔替的,第十四回中提及,前来吊唁秦可卿的贵客包括东平、南安、西宁、北静四位郡王,其中"惟北静王功高,及今子孙犹袭王爵",此之为"世袭罔替",可见除了北静王之外,其他的三位郡王也都有降等的问题,遑论侯爵。

同时,这段贺寿的情节也表现出南安太妃与史家素有往来,当她来到贾府亲自向贾母贺寿时,还问起了众小姐们,贾母于是命令凤姐去把湘云、宝钗、宝琴、黛玉、探春五位姐妹带来。必须注意的是,她只点名五个人,其他的便不用带了,因为只要挑最出色的顶尖人物即可,所以迎春的嫡母邢夫人就心里不自在了,她觉得贾母偏心、冷落了自己的女儿,即使迎春并非亲生,可毕竟在自己名下,属于同一房的连带关系,因此她后来一方面责骂迎春,一方面非常嫉妒探春。在被带来的五名姐妹中,湘云是因为她本来便与南安王太妃相熟,并且还是贾母自己娘家里的晚辈;而宝钗、黛玉素来深受贾母的喜爱,她们本身也是出类拔萃,因此把她们找来属于理所当然。有趣的是,如今贾母的宠儿名单内"端得上最高台盘"的人又增加了两名:一个是宝琴,既然她一来即把其他所有的金钗都比了下去,则必定会在行列之中;另一位出现在第一等行列里的探春,则是完完全全凭借自身的努力,于第五十五回当家以后表现得有声有色,加上人品又好、才干又高,才让贾母另眼相看,并给予额外的拔擢。在《红楼梦》中,我个人最为佩服的女子便是探春,因为她处于充满诸多障碍的恶劣情况下,不仅能够甘于恬淡,甚至还为贾家发光发热,其胸襟格局确实卓越非凡,直到此刻,终于脱颖而出。

在这五姐妹中,湘云与南安太妃最为熟稔,所以太妃一见到她就笑道:"你在这里,听见我来了还不出来,还只等请去。我明儿和你叔叔算账。"由此反映出她们确实关系亲密,太妃才会如此打趣湘云,而南安太妃的身份地位显然高于贾府,湘云竟然与她如此相熟,其关系还超过了贾府的金钗们,则可想而知,史家的背景理应更非比寻常。要知道,与南安太妃如此身份无比高贵之人亲近相处是相当不容易的,唯有湘云这一类具有大家闺秀门风的千金小姐才能够从容应对,一般的小家碧玉可上不了台盘。另外,因为贾、史、王、薛四家联络有亲,所以湘云小时候也曾经长时间住在贾府,并由袭人服侍,第五十四回贾母提到袭人的时候,便感叹道:"我想着,他从小儿服侍了我一场,又服侍了云儿一场,末后给了一个魔王宝玉,亏他魔了这几年。"可见袭人拥有伺候几位主子的经历,而她在相关经验中则磨练出沉稳平和地应对各种冲突纷扰的处世态度。

除此之外,袭人自己也曾经追忆她与湘云亲密共处的往事,第三十二回中她对湘云说道：

"你还记得十年前，咱们在西边暖阁住着，晚上你同我说的话儿？那会子不害臊，这会子怎么又害臊了？"史湘云笑道："你还说呢。那会子咱们那么好，后来我们太太没了，我家去住了一程子，怎么就把你派了跟二哥哥，我来了，你就不像先待我了。"袭人笑道："你还说呢。先姐姐长姐姐短哄着我替你梳头洗脸，作这个弄那个，如今大了，就拿出小姐的款来。你既拿小姐的款，我怎敢亲近呢？"史湘云道："阿弥陀佛，冤枉冤哉！我要这样，就立刻死了。你瞧瞧，这么大热天，我来了，必定赶来先瞧瞧你。不信你问问缕儿，我在家时时刻刻那一回不念你几声。"

由两人的对话中可以看出，袭人不仅服侍过湘云，并且她们还建立起可以相互打趣、开玩笑的亲密情谊。不过奇妙的是，虽然湘云身为名门闺秀，不仅与南安太妃相熟，而且还能够住在贾家，与一等一的大丫鬟袭人关系亲厚，但是她所过的日子却远不如黛玉的优渥自在。第三十二回里，宝钗与袭人聊起湘云的近况时，便提及"那云丫头在家里竟一点儿作不得主。他们家嫌费用大，竟不用那些针线上的人，差不多的东西多是他们娘儿们动手"，甚至湘云还"在家里做活做到三更天"，其身心有多么疲累，简直是不言而喻。

此所以当我越是了解每一位金钗的生命史及她们所面对的境遇时，便越发认同宝玉所说的，黛玉乃是"自寻烦恼，哭一会子，才算完了这一天的事"（第四十九回）。试想，哭泣变成一种睡前仪式，唯有哭过了才算结束一天的生活,长此以往,自身的心理状态势必偏执于主观所认识的自我,不愿意跳脱出来,从而陷入一种作茧自缚的旋涡之中无法自拔,因此实际上黛玉的眼泪多数是她自己酿造出来的,并非源于她经历了任何苦难,以至于不得不用泪水自我抚慰。必须说,无论是身为千金小姐的湘云、迎春、探春、惜春,抑或是作为侍妾的香菱、平儿,她们都有各自的困境,湘云的艰难也绝对不亚于任何金钗,然而她的个性却从未如黛玉那般自苦自虐,这岂非正是她很值得人们喜爱的地方吗?

本家的"孤儿"

史湘云不仅是出身于贾、史、王、薛四大家族之一的贵族千金,加上史家的保龄侯史鼐又迁委了外省大员,必然与上层贵族的往来密切,因此她与身份地位尊贵无比的南安太妃关系亲密熟稔,这在《红楼梦》的其他大家闺秀中属于颇为罕见的现象。如此看来,湘云理应是一位养尊处优的闺秀小姐,然而一旦仔细探究,便会发现她的处境实际上比林黛玉更加艰难。

正所谓"家家有本难念的经",探春在第七十一回里曾经说道:"我们这样人家人多,外头看着我们不知千金万金小姐,何等快乐,殊不知我们这里说不出来的烦难,更利害。"这并非夸大其辞,毕竟在一个人口众多的大环境中,人情世故、家务琐事之复杂程度也会相应地等比成倍增加,也就是说,固然世家大族在物质层面上确实高人一等,生活优渥,然而此中成员内心的负担可能比平民百姓沉重得多。他们所要挑起的重担、所要解决的难题，有时只能以"挖东墙，补西墙"之类的方式暂缓或者减轻。当然，生活过得简单平凡的平民并不一定就是快乐无忧的，探春所言"倒不如小人家人少，虽然寒素些，倒是欢天喜地，大家快乐"其实是只知其一而不知其二，毕竟小户人家也还是会出现兄弟阋墙、同室操戈之类的冲突矛盾，换言之，无论是世家大族抑或是平民小户，都有各自的难题和困境。也因此，俄国小说家托尔斯泰的名作《安娜·卡列尼娜》开宗明义便表示：幸福的家庭永远只有一种，但是不幸的家庭却有千千万万种。

故而第七十六回湘、黛二人中秋联诗的时候，湘云也曾笑道：

> 说贫穷之家自为富贵之家事事遂心，告诉他说竟不能遂心，他们不肯信的；必得亲历其境，他方知觉了。就如咱们两个，虽父母不在，然却也忝在富贵之乡，只你我竟有许多不遂心的事。

不得不说，确实人们在缺乏相关的亲身经历时，便永远无法了解原来世界上有那么多难以预测、难以揣摩的存在样态，所以黛玉不但附和其言，还进一步笑道：

> 不但你我不能遂心，就连老太太、太太以至宝玉探丫头等人，无论事大事小，有理无理，其不能各遂其心者，同一理也，何况你我旅居客寄之人哉！

由此可见，黛玉绝非一般所以为的天真少女，她其实把一切看在眼

第六章 史湘云

里，心中深知纵使是三代富贵的贾母，有的时候也得遇事忍耐、装聋作哑，甚至是故意被蒙蔽，以避免扩大纷扰，既然老封君都尚且如此，她们这些小辈又岂能事事顺心如意？值得注意的是，黛玉所言"何况你我旅居客寄之人哉"却是大有含义：黛玉孤身一人千里迢迢来到贾府，后来父亲林如海也过世了，从客观处境来说，她确实是举目无亲的"旅居客寄之人"；然而史府家大业大，湘云尚有高官厚禄的叔叔、婶母，为什么黛玉也把对方归为同类呢？

很明显，湘云的处境存在着别有隐衷、不足为外人道也的苦处，而她不像只把眼光聚焦于自己之身世无法释怀的黛玉，乃是一位更倾向于把眼泪往自己肚子里吞，并且进一步发散、化除的胸襟宽宏之人，因此其所面对的困境很容易被大家忽略。可以说，湘云始终没有被客观处境所局限、扭曲，她是一位具有高度"主体能动性"的女子，是故未曾受到成长过程、家庭环境的束缚，而是把个体的主动性牢牢地掌握在自己手中，她可以决定自己要成为怎样的人、要过怎样的生活，又该如何面对这个世界，这正是太过偏执于父母双亡之"孤儿"处境的黛玉所缺乏的面向。湘云性格的难能可贵在于，纵然其处境比黛玉更为艰难，但是她并未画地自限，而是运用主体能动性超越出来，然后发展成"光风霁月"的个性。

那么，湘云究竟面临怎样的身世背景和生存实况，以至于黛玉会把她划分为与自己一样的"旅居客寄之人"呢？要知道，在四大家族的联姻关系里，贾母是从史家嫁到贾家的第一代，目前被称为"史太君"，但她早先也有过青春年华的少女时代。第三十八回众人到大观园中的藕香榭开办螃蟹宴，席上贾母便向薛姨妈说道：

> 我先小时，家里也有这么一个亭子，叫做什么"枕霞阁"。我那时也只像他们这么大年纪，同姊妹们天天顽去。那日谁知我失了脚掉下去，几乎没淹死，好容易救了上来，到底被那木钉把头碰破了。

可想而知，贾母曾经也是位活泼好玩的少女，正因为这段家族典故，使得后来海棠诗社成立时，大家才会据此为湘云取了"枕霞旧友"的别号。既然湘云作为史家第四代的家族成员，则何以她无法如同其他姐妹般受到娇宠？答案便在于她自幼失去了父母，以致在叔父、婶母的苛刻对待之下过着有苦难言的日子。

于第五回太虚幻境薄命司的正册上，湘云的图谶是后面又画着几缕飞云，一湾逝水，其词曰：

> 富贵又何为，襁褓之间父母违。展眼吊斜晖，湘江水逝楚云飞。

所谓"襁褓"乃指一两岁的小婴儿，也就是说，湘云从小便失去双亲的温暖呵护，其幸福只是昙花一现、稍纵即逝，而夹杂在不幸的童年和不幸的成年之间，可能只有短暂的少女时代中，来到贾府之际所获得的蜻蜓点水般的瞬间欢乐，才是老天爷给予她的唯一眷顾。倘若与《红楼梦曲》合并来看，则更加详细：

> 〔乐中悲〕襁褓中，父母叹双亡。纵居那绮罗丛，谁知娇养？幸生来，英豪阔大宽宏量，从未将儿女私情略萦心上。好

第六章 史湘云

一似,霁月光风耀玉堂。厮配得才貌仙郎,博得个地久天长,准折得幼年时坎坷形状。终久是云散高唐,水涸湘江。这是尘寰中消长数应当,何必枉悲伤!

曹雪芹认为,一个人完整性格内涵的构成因素不仅仅在于后天环境的独特性,此外还包含了与生俱来的先天禀赋,而湘云身上与众不同的天赋之一,便是具有"英豪阔大宽宏量"的胸怀,使得她"从未将儿女私情略萦心上"。此处所谓"儿女私情"倒不限于狭隘的男女之情,而是指人与人之间的一种特殊关联,譬如湘云未曾把叔父婶母压榨、苛待她一事放在心上,因而内心毫无阴影,最重要的是她凡事都不斤斤计较,这就与既敏感自卑但又自尊心过强的黛玉截然相反,所以接下来的曲文"好一似,霁月光风耀玉堂",正是对湘云宽阔胸襟的莫大赞美。在金堂玉马的富贵乡里,有史湘云这么一抹让人眼前一亮的霁月光风,她的耀眼光芒仿佛能够让富贵场中的辛酸和不堪一扫而光,如此强大的人格魅力,正是湘云借由主体能动性超越了后天不良环境的束缚和影响,不断超越自我才得以形成的。

这般令人可敬可爱的少女,当然应该"厮配得才貌仙郎",算是老天爷赠予的小小补偿,通过和仙郎天长地久的幸福,以抵消、弥补其幼年时期的坎坷情状,但可惜的是,天道无情,如此佳人的命运"终久是云散高唐,水涸湘江",不得不让人感叹世道不公。太史公司马迁早已质疑:盗跖日杀不辜、肝人之肉,却得以福禄寿考;伯夷、叔齐义不食周粟、清高守节,最终竟是饿死于首阳山,可见道德本来就不是用来换得奖赏的筹码,而是每个人对自己的一种要求、希望自己能够到达的境界。也因为如此，无论是否会获得合理的回馈，我们都应该坚持走上自己肯认的路，所以曹雪芹才会说："这是尘寰中消长数应当，何必枉悲伤！"有人认为自己功德众多，便应该得到相应的好处，然而一旦如此算计，即已经落入功利的交换心理中，失去了为善的本质。实际上世间存在着一种"数"，可能是超越人类所能够理解的衡量方式，所以从另外的角度而言，湘云独特的人生或许仍具有其合理性，也更隐含着积极的意义，曹雪芹希望借由这位金钗的生平告诉读者，人们可以采取正面、积极的态度去应对表面上的不公待遇，而这才是真正的重点。

第五回的预告简略、迅速地为湘云的人生做了交代，从中很足以呈现其生活处境的不易。图谶的"襁褓之间父母违"即《红楼梦曲》的"襁褓中，父母叹双亡"，其"幼年时坎坷形状"则是第三十二回宝钗对袭人所说的一番话所描述的：

> 我近来看着云丫头神情，再风里言风里语的听起来，那云丫头在家里竟一点儿作不得主。他们家嫌费用大，竟不用那些针线上的人，差不多的东西多是他们娘儿们动手。为什么这几次他来了，他和我说话儿，见没人在跟前，他就说家里累的很。我再问他两句家常过日子的话，他就连眼圈儿都红了，口里含含糊糊待说不说的。想其形景来，自然从小儿没爹娘的苦。我看着他，也不觉的伤起心来。……上次他就告诉我，在家里做活做到三更天，若是替别人做一点半点，他家的那些奶奶太太们还不受用呢。

由此可见，湘云在史家过得相当辛酸，她因为没有父母的庇护而遭到叔婶的苛待，甚至蒙受比身份卑微的女仆还不如的劳动剥削，这便呼应了曲中"纵居那绮罗丛，谁知娇养"一段，无怪乎宝钗问起其近况时，一时悲从中来的她瞬间忍不住红了眼眶。湘云在史家不仅要做不少的针线活儿，还可能"做活做到三更天"，而"一更"即晚上七点至九点，九点到十一点为"二更"，如此一来，"三更"相当于深夜十一点至次日凌晨一点，故而袭人把宝玉之贴身物品如扇套、鞋袜等女红委托给湘云帮忙，此一做法无疑是更增加她的工作量，所以体贴入微的宝钗才会责备袭人"怎么一时半刻的就不会体谅人情"。相对而言，备受贾母宠爱的黛玉根本不必做那些针线活儿，第三十二回袭人曾经表示黛玉"旧年好一年的工夫，做了个香袋儿；今年半年，还没见拿针线呢"，但是"饶这么着，老太太还怕他劳碌着了。大夫又说好生静养才好，谁还烦他做"，充分说明了与湘云相比起来，黛玉的生活境况实在是幸福多了。

"霁月光风"的形象

第三十七回叙及湘云风风火火地赶来参加海棠诗社后，晚上与宝钗灯下计议如何设东拟题：

> 宝钗听他说了半日，皆不妥当，因向他说道："既开社，便要作东。……你家里你又作不得主，一个月通共那几串钱，你还不够盘缠呢。这会子又干这没要紧的事，你婶子听见了，

越发抱怨你了。"

换句话说，湘云本身的经济能力简直是捉襟见肘，不仅基本的盘缠都不够，恐怕连日常生活的用度也是因陋就简，根本不可能应付得了诗社宴会的巨额开销，因此宝钗提议以自家的螃蟹举办一场螃蟹宴，在众人享用美食之后，随即可以作诗，如此一来，便减轻了湘云的负担。必须指出，湘云的处境实在与我们所以为的挥金如土之千金小姐相去甚远。而有趣的是，第七十六回描述中秋赏月之际，黛玉见贾府成员众多，贾母却还感叹人少，加上薛家又另去团圆相聚，对照之下，身为孤女的自己未免显得形单影只、凄冷孤寂，所以又为父母双亡的身世感伤起来，这时身边恰好只剩下湘云一人予以宽慰。从客观现实而言，分明湘云才是最需要被安慰的一个，结果反倒是她劝慰黛玉道：

你是个明白人，何必作此形像自苦。我也和你一样，我就不似你这样心窄。何况你又多病，还不自己保养。

然而，黛玉真的和湘云一样吗？其实不然。毕竟黛玉生活优渥，虽然失去了双亲，可是却受到贾家上上下下的包容和宠爱，这如何能够与湘云的处境相提并论呢？从此处的对比，正可以显示出湘云和黛玉二人心胸格局的不同，即前者并不会去计较他人是否比自己的境况更好，后者却一直自寻烦恼，只看得到自己的不幸，不肯偏离自己的眼光去接受宏大的世界，从而忽略了其他更加不幸的人，也忽视了自己的幸运。从这一点来说，黛玉的悲剧有一半是她自己的性格造成的，因为她不愿意突破自己的心胸格局，以至于一直在自虐中消磨自己的生命力；而湘云却愿意抽身出来眺望更宏大的、光明的世界，所以才能够以"霁月光风"的形象在《红楼梦》中处处让人惊艳。

当然，由于湘云在史家非常不快乐，所以一有机会便希望能够来到贾府，此处不仅有贾母的疼爱，还有众多姐妹的关怀，她在大观园里更可以尽情享受生活本身的丰足和喜悦，尤其是充盈真诚的友谊。也因此，一旦面临回家的时刻，简直犹如生离死别般依依不舍，第三十六回描绘道：

> 正说着，忽见史湘云穿的齐齐整整的走来辞，说家里打发人来接他。……那史湘云只是眼泪汪汪的，见有他家人在跟前，又不敢十分委曲。少时薛宝钗赶来，愈觉缱绻难舍。还是宝钗心内明白，他家人若回去告诉了他婶娘，待他家去又恐受气，因此倒催他走了。众人送至二门前，宝玉还要往外送，倒是湘云拦住了。一时，回身又叫宝玉到跟前，悄悄的嘱道："便是老太太想不起我来，你时常提着打发人接我去。"宝玉连连答应了。

此处的"家人"即指家里的仆人，湘云连在自家仆人面前都不敢流露出丝毫不乐意回家的反应，以免他们把自己委屈的模样告知家中婶娘，会令她"吃不完，兜着走"，由此可想而知，湘云平日在史家必然处于忍气吞声、无奈屈从的处境。从贾家回到史家，宛如自天堂落进地狱，所以湘云在离开前才会一脸踌躇不舍，可是她却不敢直接流露自己的难过，因为身边有太多监视的双眼、有太多提供资讯的间谍了。

其实，我们仅由上述的种种情节即可注意到一个非常奇特的反差：湘云是"本家的孤儿"，在史家过得无比辛酸；黛玉则是"他家的宠儿"，于贾府反倒没有寄人篱下的局促。这确实反映出人间万象的微妙复杂，因此，曹雪芹一再警告读者不要想当然耳，不要抽象地思考问题，或是用一般性的通俗概念去推演不同个体的各异处境。湘云除了拥有光明磊落的好品格之外，最可贵的一点，在于她觉察到自己与黛玉之间性格上的关键性差异，即心量宽窄、格局大小的问题：林黛玉过于心窄，以至于作茧自缚、画地自限，因此消耗了自己存在的能量；史湘云"英豪阔大宽宏量"的胸襟，仿佛宽阔到没有边界，如此光风霁月的人格光辉，与前者的"心窄"形成鲜明的对比。湘云懂得客观看待自身并从"自我"中超越出来的可贵人格特质，非常值得学习，毕竟大多数人只把自我当作宇宙中心，把自己的生活圈子当作全世界，把自己的好恶视为衡量一切的标准，正如德国哲学家卡西尔所言，这其实是一种小心眼儿的、乡巴佬式的思考模式。湘云的真诚坦荡之所以为众人所喜爱，正是因为她把自己也客观化，当成是观照、理解、看待的各种人之一，从而不会陷入到"自我"的主观偏执里。

必须说，湘云岂止"不似你（黛玉）这样心窄"，其心量简直宽阔到没有边界，以至于容不下任何阴影。因此，她总是可以毫无嫉妒地赞美所有比自己优秀的人，例如当面对黛玉承认"我算不如你""这一辈子我自然比不上你"（第二十回），对于宝琴的绝色丰姿和受到贾母的非凡宠爱，同样毫无嫉妒羡慕之心，一看到宝琴穿着贾母所赏的稀世珍宝凫靥裘，她会直言："可见老太太疼你了，这样疼宝玉，也没给他穿。"然后瞅了宝琴半日之后，又笑道："这一件衣裳也只配他穿，别人穿了，实在不配。"（第四十九回）湘云话语中所谓的"别人"，便包含了她自己，换言之，她能够客观地看待自己，了解自己的不足，同时欣赏他人的闪耀，如此的点点滴滴无不证明了湘云拥有光风霁月的胸怀。

要知道，多数人在发现他人比自己更好、更优秀的时候，通常内心多少都会有点不是滋味。当然，这是人性的本能，并非罪大恶极，但是如果我们只是停留在本能里，就会变得庸俗褊狭乃至于丑陋罪恶，而湘云能够坦然地接受别人比她更好，乃是因为她明白自己也不过是芸芸众生之一，自然会有比自己更聪明、更优秀、更杰出的人物存在，只不过一般人总是害怕比不上别人，即使心知肚明也不希望别人碰触到这一点，否则便会做出不当的自我防卫，从而造成人与人之间的紧张乃至纷争。这种嫉妒心态的产生实际上是源于过分在乎个人的得失输赢，以至于无法正视并接受"人外有人，天外有天"的事实，如此一来，势必会一直被负面的情绪所裹挟，这又是何苦呢？

"偏是咬舌子爱说话"

每一个人都必有不足之处，而湘云正有一个非常明显的缺点，即咬字不清楚、大舌头。第二十回描写宝、黛二人正说着话，只见湘云走来，笑道：

"爱哥哥，林姐姐，你们天天一处玩，我好容易来了，也不理我一理儿。"黛玉笑道："偏是咬舌子爱说话，连个'二'哥哥也叫不出来,只是'爱'哥哥'爱'哥哥的。回来赶围棋儿,又该你闹'幺爱三四五'了。"……史湘云道:"他再不放人一点儿,专挑人的不好。你自己便比世人好,也不犯着见一个打趣一个。……这一辈子我自然比不上你。我只保佑着明儿得一个咬舌的林姐夫,时时刻刻你可听'爱''厄'去。阿弥陀佛,那才现在我眼里!"说的众人一笑,湘云忙回身跑了。

从中可见,黛玉的"打趣"是出于"专挑人的不好",即专门针对他人的弱点、缺点开玩笑,然而这其实一点都不有趣,若非年少不懂事,必然会沦为夹枪带棒的刻薄嘲讽了,毕竟被打趣的人极大可能会感到心理很不舒服,是故此举一点都不可取。倘若细心观察正在成长中的小孩子或年轻人,便会发现,当他们说话不清楚或者显得与众不同的时候,通常会感到自卑,甚至变得更加敏感多疑、极易受伤害,然后越发孤僻,无形之中在其成长过程里形成了诸多障碍。当一个人极度想要遮蔽自身的缺点而不免欲盖弥彰时,实际上连周围的人都会感到不自在,因而自卑者所在意的缺陷往往会构成人际关系里的地雷,一不小心便会被触发,最终导致双方或多方产生不愉快。

湘云则是极少数的特殊案例,其可贵之处正在于,她并没有因为自己的缺陷而感到自卑,造成欲说还掩、不敢启口的别扭,反倒不以为意、顺其自然,甚至干脆"爱""厄"不分,开怀地大说大笑。一般读者只会把湘云"大说大笑"的特点解读为不守妇德规范,并赞美她具有双性的豪迈,但是这段情节真正反映的是湘云胸襟宽阔的性格特质:她能够客观看待自己、接受自己与生俱来的缺点,加上她所说

第六章 史湘云

的话都是清朗开阔、真诚坦荡的，在谈话交流上也不构成任何障碍，所以听者并不会觉得咬字不清是个缺陷，反倒为湘云创造出一种可爱的憨态，犹如第二十回脂砚斋的批语所言：

> 今见咬舌二字加之湘云，是何大法手眼，敢用此二字哉。不独不见其陋，且更觉轻俏娇媚，俨然一娇憨湘云立于纸上，掩卷合目思之，其爱厄娇音如入耳内。然后将满纸莺啼燕语之字样，填粪窖可也。

如此一来，原是缺点的"咬舌"反而转化成有趣的特点，让湘云这名可爱的少女更加显得鲜活独特了。

开怀地大说大笑确实是湘云形象上的一大特色，更构成突出的性格特征，所谓"湘云虽系闺阁弱女，却素喜谈论"（第二十二回），往往是"大笑大说的"（第二十回）、"人未见形，先已闻声"（第五十二回），不仅"二木头"迎春说她："淘气也罢了，我就嫌他爱说话。也没见睡在那里还是咕咕呱呱，笑一阵，说一阵，也不知那里来的那些话。"（第三十一回）甚至连同住的宝钗也爱怜地抱怨道："我实在聒噪的受不得了。"并称之为"话口袋子""疯湘云之话多"（第四十九回）。可想而知，湘云真的很爱说话，仿佛一个天真烂漫的孩子，既对这个世界充满好奇，又对任何事情都有想法，单以这一点来说，湘云的性格便已经蕴含了超越女性规训的男性文化特征。

传统的妇德以贞静为美，女子理应沉默少言，否则便会被视为逾越妇德的界限，譬如著名的明清话本故事"快嘴李翠莲"即记述了一个名为李翠莲的女孩，非常喜爱说话，一开口就喋喋不休，甚至连父母也难以忍受,当她出嫁时,从出门上花轿、拜堂一直到进洞房都在不停地质疑和抱怨,最终被夫家所休弃。虽然其遭遇以如今的眼光看来是不公平的,但李翠莲的表现确实违背历来传统女教的训诲。唐代宋若华《女论语·立身》中已警示女子必须"行莫回头,语莫掀唇,坐莫动膝,立莫摇裙,喜莫大笑,怒莫高声",明成祖的皇后继承高皇后马氏之遗教,所撰写的《内训》二十篇专立《慎言》一章也指出"多言多失,不如寡言";明代吕得胜的《女小儿语》同样提到"笑休高声,说要低语,下气小心,才是妇女",而明清之际的陆圻于《新妇谱·声音》甚至表示:"妇人贤不贤,全在声音高低、言语多寡中分。声低即是贤,高则不贤;言寡即是贤,多则不贤。"由此可见,"沉默少言"是家族对女子进行妇德教育的重要一环,包括贾府中绝大多数的女性都是如此,因此使得身为"脂粉队里的英雄"的王熙凤忍不住批评道:

> 别像他们扭扭捏捏的蚊子似的。嫂子你不知道,如今除了我随手使的几个丫头老婆之外,我就怕和他们说话。他们必定把一句话拉长了作两三截儿,咬文咬字,拿着腔儿,哼哼唧唧的,急的我冒火,他们那里知道!先时我们平儿也是这么着,我就问着他:难道必定装蚊子哼哼就是美人了?说了几遭才好些儿了。(第二十七回)

虽然读者无法直接领略到贾府女性们的说话声调,但是通过王熙凤的描述,依然可以感受到她们皆是符合妇德女教的,而偏向所谓女性之"贤"的声低言寡,以至于豪爽成性的王熙凤会显得格格不入。从这个角度来看，湘云恐怕是红楼群钗中除了凤姐之外，又一个打破性别界限的独特女子，她以大说大笑的多话习性树立起独一无二的鲜明形象。

"事无不可对人言"

爱说话者往往心直口快、不甘示弱，宝玉对湘云的评价便是："还是这么会说话，不让人。"（第三十一回）与她一起长大的袭人也笑道："云姑娘，你如今大了，越发心直口快了。"（第三十二回）甚至连脂砚斋的批语都指出"写湘云性快的是快性"（第五十二回）。但必须注意的是，湘云的快人快语并非基于发泄好恶情绪的心理快感，更不是信口直言的毫无遮拦，而是如宝钗所谓的"说你没心，却又有心；虽然有心，到底嘴太直了"（第四十九回），换言之，湘云的"心直"绝对不是素朴的本能式反应，而是出于客观无私的观察与理解，其所说所言皆保留着对别人的尊重，并非以自我为中心地放任自己的口舌，所以才会坦率而可爱。

例如第六十二回宝玉生日时，众人发现平儿的生日也在同一天，随后湘云便拉着宝琴、岫烟说道：

"你们四个人对拜寿，直拜一天才是。"……岫烟见湘云直口说出来，少不得要到各房去让让。

在这几位寿星中，岫烟的处境遭遇最为堪怜，她不仅被婶母邢夫人冷漠以待，一个月仅有的二两月银还被对方借口拿走一半，剩下的一两又遭到迎春房中的丫鬟婆子巧取豪夺，甚至造成透支，于是不得不典当衣服才能够度日，而湘云此处的直口宣扬，不仅让大家留意到处境孤寒的岫烟，更让她及时获得众人的祝福，不至于凄凉地默默度过意义重大的一天。由此可见，湘云的"心直"蕴含着温厚的善意，她的"口快"更从不伤害他人，反倒经常带有一种仗义助人的侠气，所以并不会引起他人的厌恶。脂砚斋便针对湘云的这一性格批云：

- 口直心快，无有不可说之事。（第二十二回批语）
- 湘云探春二卿，正事无不可对人言芳性。（第二十二回畸笏叟评语）

所谓"无有不可说之事"并非意指和盘托出别人的隐私、他者的是非，而是带有一个前提，即此人具有君子的胸怀，凡事光明磊落，不发人隐私，不扯人后腿，不踩人痛处；至于"事无不可对人言"的"芳性"则是典出为人顶天立地的君子司马光，《宋史》载其自言："平生所为，未尝有不可对人言者耳。"事实上，每个人难免都会有不足为外人道的小阴暗或小隐私，我们也毋须以小瑕疵去苛责君子，连子夏都说："大德不逾闲，小德出入可也。"（《论语·子张》）因此，古人才会主张应该"为贤者讳"，因而司马光这般"事无不可对人言"的坦荡君子实在是屈指可数。既然脂砚斋运用此一典故同时评价湘云和探春，即说明了她们的人格确实可圈可点，而这种"芳性"使得湘云的"有心"与黛玉的"多心"、晴雯横冲直撞的"使力不使心"截然不同，相比之下，湘云的心直口快更具备权衡公道的正义感，以至于提供了快语不羁的正面条件，让她显得可爱而不可厌。

第四十九回中，湘云好意地主动提醒初来乍到的宝琴如何保护自己，即是最佳的例子，她说道：

> 你除了在老太太跟前，就在园里来，这两处只管顽笑吃喝。到了太太屋里，若太太在屋里，只管和太太说笑，多坐一回无妨；若太太不在屋里，你别进去，那屋里人多心坏，都是要害咱们的。

这番话并没有涉及对任何个人的攻击，而是指出众人都深有体会的客观事实。大家之所以对此缄默不言，乃是因为那毕竟关系到隐微的人际纠葛，然而湘云的直言不讳却能够帮助宝琴在贾府中明哲保身，因此甚至连宝钗也间接认可道："说你没心，却又有心；虽然有心，到底嘴太直了。"显然湘云之所言的确是客观事实，并未掺杂任何主观好恶。除此之外，湘云具有针对性的心直口快在小说里只出现过两次：第一次是第二十回黛玉嘲讽湘云咬舌的毛病，她便忍不住回敬道："你自己便比世人好，也不犯着见一个打趣一个。"这是出于义愤的反击；第二次则在第四十九回湘云和宝玉商量大吃生烤鹿肉时，黛玉讥嘲众人是一群叫花子，湘云随即毫不客气地反击道："你知道什么！'是真名士自风流'，你们都是假清高，最可厌的。"有意思的是，黛玉对于这段极不留情面的回击并未出现任何反应，颇值得读者深思缘由，不过，既然生烤鹿肉无伤大雅，又可以让大家在大观园内领略到不同的生活滋味，又何必强行比出雅俗并给予贬低嘲讽呢？无怪乎湘云认为黛玉的讥笑是假惺惺的清高。再比如第三十二回，湘云因赞美宝钗对人体贴的美德而被宝玉阻止之后,便驳斥道:"提这个便怎么?我知道你的心病,恐怕你的林妹妹听见,又怪嗔我赞了宝姐姐。可是为这个不是?"正因为黛玉的过分多心导致旁人大多选择退让和容忍,甚至宝玉对她小心翼翼的态度已经到了是非不分的地步,才会导致湘云直接了当地指出黛玉不成熟的一面。

唯一一次的真正动怒

湘云唯一一次的真正动怒,则发生在第二十二回宝钗生日宴上唱戏庆生的过程上。当时贾母深爱主演的小旦和一个作小丑的,于是便命人把这两名戏子带进来:

> 细看时益发可怜见。因问年纪,那小旦才十一岁,小丑才九岁,大家叹息一回。贾母令人另拿些肉果与他两个,又另外赏钱两串。凤姐笑道:"这个孩子扮上活像一个人,你们再看不出来。"宝钗心里也知道,便只一笑不肯说。宝玉也猜着了,亦不敢说。史湘云接着笑道:"倒像林妹妹的模样儿。"宝玉听了,忙把湘云瞅了一眼,使个眼色。众人却都听了这话,留神细看,都笑起来了,说果然不错。

本来形貌的相似并不涉及好坏褒贬,可是因为黛玉的高傲多心众人皆知,如果直接指出戏子的扮相与她雷同,必然会触犯到她那多出的心灵一窍而徒生风波,于是在场的宝钗"不肯说"、宝玉"不敢说"、

第六章 史湘云

凤姐"没有说",只有湘云直言不讳,毕竟这是一般性的客观事实,为什么不能说呢?宝玉见状赶紧使眼色给予警示,没想到此举却得罪了湘云,她立刻打包行李准备回家,宝玉连忙跟上来解释道:

> "好妹妹,你错怪了我。林妹妹是个多心的人。别人分明知道,不肯说出来,也皆因怕他恼。谁知你不防头就说了出来,他岂不恼你。我是怕你得罪了他,所以才使眼色。你这会子恼我,不但辜负了我,而且反倒委曲了我。……我要有外心,立刻就化成灰,叫万人践踹!"湘云道:"大正月里,少信嘴胡说。这些没要紧的恶誓、散话、歪话,说给那些小性儿、行动爱恼的人、会辖治你的人听去!别叫我啐你。"说着,一径至贾母里间,忿忿的躺着去了。

作为一个光风霁月的人,湘云实在不能够忍受只以自己为世界中心,内心埋藏着各种地雷并迫使周围的人都得小心翼翼的"多心"之人,她认为这种以一人为中心而极度单边倾斜的人际关系失掉了世间的公正,所以才会爆发出如此强烈的义愤。脂砚斋也同意这一点,评论道:

> 此是真恼,非颦儿之恼可比,然错怪宝玉矣。亦不可不恼。

所谓"颦儿之恼",是指黛玉本来就爱生气,其中不少是为了让宝玉对她作出情感的保证或提供心理的慰藉,这些皆是出于某种情绪化的感觉，而非发自内心的某种坚持，因此和湘云的"真恼"截然不同。当然，湘云在这里确实错怪了宝玉，毕竟宝玉是真心为她好，但即便如此，脂砚斋还是认同湘云的"不可不恼"，否则所有人都必须环绕着黛玉而活，甚至因唯恐得罪她而处处小心提防、战战兢兢，这实在不成道理。人与人之间理应互惠平等，不应该放任某一条主旋律作为世界的中心，其他人只能从旁配合着当和声，同样地，在进行人物分析时也必须秉持此一原则，以免陷入"地球中心说"的偏袒，失去了客观裁量的公正性。

由此更显示出湘云的心直口快，往往仅止于人人皆知的客观事实，绝不涉及个人的特定对象，更不会碰触私人的缺陷和伤口，未曾以争强好胜的竞技心理去破坏团体的一致，反而一直葆有与社会协调的和谐状态。即使是少数出现的直言而往，也是因为不平则鸣或者是自卫式的被动反击，连宝玉都注意到这一点，第二十一回在黛玉和湘云发生口角之后，宝玉忍不住介入调停，黛玉又冤枉别人道："你们是一气的，都戏弄我不成！"结果宝玉反驳说："谁敢戏弄你！你不打趣他，他焉敢说你。"此中出现的两个"敢"字充分说明了黛玉在贾府的人际关系里乃是个超级主体，众人对她均是万般顺承，唯恐稍不留神便有所冒犯，然而纵然受尽宠爱，黛玉还抱怨宝玉等人串通一气来戏弄她，无怪乎一直对她千依百顺的宝玉都忍不住加以纠正。从这些情节可以看出，湘云快言快语的对象全是黛玉，这并非源于她讨厌对方，而是因为黛玉的多心所引发的一系列事件让素来豪爽成性的湘云实在难以消受。并且必须指出，湘云即便在反击时，依旧合乎孔子所主张的"以直报怨"（《论语·宪问》），她的直率言语皆是符合君子所该采取的应对之道，既不伤害他人，也不助纣为虐，亦即并未如宝玉那般一味地纵容黛玉。

进一步来看,"心直口快"对有的人来说是优点,但是对某些人而言却是导致人际关系出现问题的缺点,唯有仔细区分并找到造成这两者之不同的关键,才能够从小说里体悟到人性的幽微。精确地说,湘云的"直"是"直而温",带有温厚的善意;其"快"也不具备攻击性和杀伤力以致侵犯到别人,而是"率而无虐"——即使她要批评对方,都只是基于不得已的被动反击,所以会让读者觉得其批评有一种伸张公义的痛快。不过遗憾的是,多数读者经常忽略了湘云此一可爱的特质,却把黛玉式的直率当作一种"真"的"人格价值",这恐怕把问题太过简化了。对于所谓的"真",我们必须要思考它是在何等层次,属于哪个范畴,又具有怎样的程度,并非凡事都可以用"真"字一言以蔽之。难道只要"真",就可以行遍天下为所欲为吗?答案显然是否定的,既然"真"也存在着本质上的差异,"心直口快"的概念同样如此,因而如果面对人性和事况的复杂时不锻炼思考,只一味回避多样的层次和面向,便注定会陷入囫囵吞枣的误区,随之简单素朴地用一些抽象的概念去界定人物的好坏,其结果当然是错误的成见。

麒麟姻缘

湘云作为众金钗中第一位说亲的姑娘,她的婚姻状况早在第五回的《红楼梦曲·乐中悲》中便有所预告,所谓"厮配得才貌仙郎","仙郎"指的应该是卫若兰。

在《红楼梦》里，人物往往会通过一些贴身物品之间的对应或交换而暗示彼此的婚姻关系，而湘云身上的乃是金麒麟。第三十一回描写她与丫鬟翠缕在大观园内一边闲逛，一边谈论阴阳之理，途中翠缕无意间捡到一只看起来比湘云的更大、更有文彩，而且又金晃晃的麒麟，于是她便顺着之前的谈话说"可分出阴阳来了"。这段情节显然是在暗示湘云的婚姻对象：其实，翠缕所捡到的金麒麟乃是宝玉遗落的，先前第二十九回贾母率领众人前往清虚观打醮，张道士把众道士各自传道的诸多法器都拿来献给宝玉，宝玉自然看不上眼，可当他听闻"史大妹妹有一个"金麒麟的时候，便连忙挑出其中的赤金点翠麒麟揣在怀里。男女双方各自拥有相似的贴身物件，其中的含义自然不言而喻，多多少少都带有"情"的意味，难怪一旁的黛玉看在眼里、放在心里，"今忽见宝玉亦有麒麟，便恐借此生隙，同史湘云也做出那些风流佳事来。因而悄悄走来，见机行事"（第三十二回）。

而宝玉拣选金麒麟确实别有用心，但他却不慎把金麒麟遗落在大观园内，恰巧被湘云主仆拾获，在物归原主之后，作者在前八十回中便未再对此事多加着墨了。不过，根据第三十一回《因麒麟伏白首双星》之回末总评所言：

> 后数十回若兰在射圃所佩之麒麟，正此麒麟也。提纲伏于此回中，所谓草蛇灰线在千里之外。

可见宝玉与金麒麟有缘无分，一再地遗失，最终此物则归诸卫若兰所有，而借由物谶的方式，金麒麟便成为牵引湘云和若兰之良缘的关键媒介。这段佚失的故事内容，大约是宝玉等人在卫若兰家的射箭场练习箭术，此时再次不小心掉落了金麒麟，被卫若兰所拾获，虽然卫若兰打算把金麒麟完璧归赵，然而宝玉认为既然由若兰捡去，那应该就是命中注定归属于他，因此金麒麟即成为其贴身之物，如此一来，正呼应了曲中"才貌仙郎"的预示。

再者，经过探佚学的种种考证，湘云应该是许配给了卫家，两人结婚以后也度过一段非常甜蜜的幸福时光，但如同《红楼梦曲》所预告，不久之后，卫家或许随着贾府抄家这类重大的家族打击而败落，卫若兰可能因为承受不起流放的折磨而早逝，于是其妻子湘云便成为寡妇。至于湘云守寡之后有何发展，探佚学又有各式各样的说法：有人认为湘云守寡之后再嫁给宝玉；有人说因为贾、史、王、薛四大家族一起败落，她的生活非常困苦，只好靠拾煤球为生。目前这些推测都没有任何可靠的文本证据可以支持，但不可否认的是，《红楼梦》的集体悲剧交响曲背后隐藏着一个更大的悲剧，即家族败灭以至于覆巢之下无完卵。所谓"云散高唐，水涸湘江"即源自宋玉的《高唐赋》，此赋与巫山神女相关，而"湘江"则典出娥皇女英的传说，用以暗喻这一桩犹如楚王与神女、大舜与皇英的恩爱情状不过是一场短暂的美梦，转瞬间便会化为泡影，也就是说，湘云与若兰最终将会夫妻离散、生离死别。

所谓"表里如一"

很多人都忽略了，日常生活里所谓"直率"的人，常常是在自我中心的状况下与身边的人产生扞格并形成"单边主义"，他们尽情地抒发自我，甚至让周遭的人片面配合与忍耐，但史湘云却并非如此，可见所谓的"直率"蕴含着诸多层次，应该进一步辨析，不应该混为一谈。原来，"直率"只是一种人格特质，而特质乃属于客观现象；至于一个现象能不能成为具有人性价值与文化意义的人格追求，这其实是另一个截然不同的问题，何况任何一种客观现象都还存在着程度上的差异，所以不可简单地一概而论。

一般总认为"直率"至少意味着"表里如一"，不会虚伪不实。问题是，"表里如一"就属于一种人性价值吗？其答案乃是否定的。所谓"里"即"我"的内在，而依据奥地利心理学家弗洛伊德（Sigmund Freud, 1856—1939）所提出的人格结构理论，任何一个人的"我"至少具有三个层次：本我（id）、自我（ego）、超我（super ego），如此一来，"表里如一"所"如一"的"里"究竟是指哪个层次呢？假若"表里如一"的"里"乃低层次的、"食色性也"的"本我"，其结果即会变成《红楼梦》中的薛蟠。他总是非常坦率地表达生物性的欲望本能，从不遮掩自己粗枝大叶、不学无术尤其好色的一面，可以说毫无羞耻概念，岂非正是"表里如一"的体现？但是在低层次的"食色"之性上表里如一，这显然很令人不敢恭维，可见"表里如一"并不必然是一种值得称道的价值。

反过来说，其实"表里不一"同样并非只有虚有其表的负面意义，我们必须仔细分辨其"表"与"里"究竟是如何不同，才能做出精确的判断，因为自我控制（self-control）也是一种"表里不一"的行为。比如助理的有亏职责令人感到非常愤怒，但是当下却选择自我控制而没有让脾气爆发，并在对方严重失职的情况下依然给予其应有的尊重，此时的"里"是充满怒气而"表"则是平静镇定，形态上虽

第六章 史湘云

然符合"表里不一"的定义,但是事过境迁,我却非常满意自己当时的做法,因为那是一种性格的进步、一种文明的表现。倘若彼时的我"表里如一",直接怒斥并数落助理的不是,如此的"直率"之举可以算作值得推崇的人格价值吗?假如答案是否定的,则我们又岂可以任意地采取简单的二分法,对"表里如一"和"表里不一"这两种人格表现进行褒贬?一个人表里不一并不意味着他就是个"伪君子",这才是人性之幽微复杂的真正体示。

记得以前二三十岁的阶段,我和大多数人一样,觉得真小人比伪君子可爱,因为前者真实且直接,没有遮遮掩掩,让人心里早早做好防备,所以不必担心与之相处会被欺骗、被设局、被利用等等;然而到了现在,我却深感真小人比伪君子更可怕——当然,大家可以采取各式各样的角度加以阐释,取舍之间并没有绝对的答案,而我之所以改变看法,是发现到另外一个层面,真小人比伪君子更可怕的原因,在于他连脸面都可以舍弃,也就是说,当他坦率地表达自身的非法悖德,直接袒露出内心的贪婪奸诈、自私自利时,已经连外在的是非标准都不遵守了,这样的人难道不是更加可怕吗?伪君子背后的所做所为固然无异于小人,但至少还要遵守表面上的一套道德标准,起码要符合一些正当的价值——私底下可能是另外一回事,可他至少承认是非,承认好坏,同意在应然层面不做出不好的行为。从这样的角度来看,"真小人"之所以可怖,正是因为他们的"表里如一"相当于豺狼虎豹在横冲直撞。这种流于无耻的"直率"还能够被赞扬为人格价值吗?只要有常识的人都一定不会给出肯定的答案。

与"直率"的问题相同,"心直口快"也代表着个人的内在很真诚,然而关键在于其直率的表达是否会流于粗率呢?这个"率"字所蕴含的逾越分际，会不会侵犯到别人甚至造成对他人的伤害呢？而只因为出自真诚无伪，就可以肆无忌惮地"攻城略地"，破除人与人之间的界线去伤害别人吗？这是关于"心直口快"一直没有被意识到的关键。

古代的哲人则早已洞明了然，在《论语·阳货》一篇中，孔子回应了子贡提出的"君子亦有恶乎"之问后，也以同一个题目反问，此时子贡的回答便非常值得我们深思，他说：

> 恶不孙以为勇者，恶讦以为直者。

从中可见，子贡精确地洞察到世俗常识的重大混淆，而对于"直率"的层次作出显著的区分："勇"固然是一种大无畏，有些人甚至连自己的得失、生死都不放在心上，然而在待人接物上狂放不羁、恃才傲物并"以为勇者"，实则已然"不逊"，即到了逾越分寸、无礼冒犯他人的地步。这般无教养的行为却被合理化并被冠上"勇者"的名号，受到众人的歌颂，岂非颠倒是非？"讦以为直者"则更为可怕，"讦"是一种攻击性的行为，讦者总是信口批评别人的缺点甚至揭露他人的隐私，隐善扬恶，却自以为正直光明，虽然其表达方式的"直接"或许与"直率"是相通的，但在层次上却截然不同："直"要遵守一定的限度而合乎客观道理的分际，而"讦"却越过了"直"的范围，沦为伤害他人的恶行。

如今，许多人经常以"真、率、勇"来合理化自己毫无教养的无礼作为，如此一来，便很容易把明明是刻薄的、不适当的言行视为正道，于是对自己犯下的错误浑然不觉。我们应该学会以更加成熟、客观的思维去看待自己，"是"与"非"是具有一定的标准的，所谓"天行有常，不为尧存，不为桀亡"（《荀子·天论》），世界上的"道"超越于个人的是非之上，并不因为尧舜圣君在世而存在，抑或到了乱世纣桀横行的时候就消亡，而是一体适用的普世标准。一旦认知到这点以后，一个人的性格会变得较为成熟，并意识到原来在大化流行中人与人之间是平等的，一旦大家都要真率的时候，彼此的相处互动应该以什么为分界，这更是不得不思考的一门大功课。一个人要怎样地去中心化，在交互主观中了解到自己理应表现出来的合宜行为，这正是个体在成熟之后一定会触及的层次，届时既可以"直"也可以"勇"，但是绝对不会呈现出"讦"和"不逊"的逾越分际。

　　必须说，现今人们均被灌输了"天生我材必有用"的信念，而这样的信念又过分扩张到把每一个人皆当作世界的中心，导致为所欲为的失控，倘若不加以纠正，便会产生严重的问题。譬如史湘云和林黛玉都有"心直口快"的性格特点，可是两者本质上却大为不同，湘云的"直"是温厚无害的，而黛玉"说出一句话来，比刀子还尖"（第八回）、"嘴里又爱刻薄人"（第二十七回）的"直"却是达到了"讦"的程度，她的打趣往往是建立在对别人之缺陷的嘲讽上，这无异于在他人的伤口上撒盐，让人痛上加痛。同样地，虽然晴雯被冠以"勇"字，然而与别人互动的时候，她大多是"不逊"的状态，不仅平日说话往往"夹枪带棒"（第三十一回），甚至"一句话不投机，他就立起两个骚眼睛来骂人"（第七十四回），相关的描写在小说里比比皆然，历历可证。

湘云的待友之道

湘云以"直"闻名,但是她的率直并未流于"讦"或"不逊"的伤人地步,这不仅表现在言语上的"心直口快""会说话,不让人",还体现于"友直,友谅,友多闻"(《论语·季氏》)的待友之道。平常朋友之间实际上鲜少达到"友直"的境界,多数都是物以类聚而党同伐异、沆瀣一气,即使知道对方的言行是错误的,却只要是"自己人",便一律选择包庇护短。湘云的特别之处在于,她绝非一个以私害公之辈,既能够客观看待自我,也可以坦然接受自己的缺点,因此对朋友往往会以正道来加以要求,例如她对宝玉的前途即是采用正统的立场进行劝说,一再反对他陷溺于温柔乡中不肯自拔。第二十一回描写道:

> (宝玉)因镜台两边俱是妆奁等物,顺手拿起来赏玩,不觉又顺手拈了胭脂,意欲要往口边送,因又怕史湘云说。正犹豫间,湘云果在身后看见,一手掠着辫子,便伸手来"拍"的一下,从手中将胭脂打落,说道:"这不长进的毛病儿,多早晚才改过!"

宝玉的行为看似可爱俏皮,但是三岁小孩所做的事情,如果到了十三岁甚至二十三岁还依旧如故,岂非大有问题?毕竟人的言行举止会依据不同的年龄阶段、人格的成熟程度、身份地位的变化而产生不同的要求,因此绝不可以用"童心"来合理化一切行为,并简单地以此对

第六章 史湘云

立于成人的虚伪。最必须注意的是,所谓的"童心"即代表"童行"吗?非也,"童心"当然不等同于"儿童的行为":第一,童心是指那尚未被世俗歪曲蒙蔽的纯真,但并不表示具有"童心"之人就可以有儿童的行为;第二,童心虽是好的,却不意味着一个人由生到死的过程中时时刻刻都只有童心,正如孟子所言"大人者,不失其赤子之心"(《孟子·离娄下》),而"不失"的意思是指"依然拥有"纯洁之心,但并不表示"只有"这种心态,这些不同的范畴都必须仔细区辨,不可囫囵吞枣,混为一谈。其实,一个只有童心的大人是非常骇人的怪异存在,让人简直不知如何是好,绝对不值得赞扬。

到了第三十二回,湘云又对宝玉直接规谏道:

> 还是这个情性不改。如今大了,你就不愿读书去考举人进士的,也该常常的会会这些为官做宰的人们,谈谈讲讲些仕途经济的学问,也好将来应酬世务,日后也有个朋友。没见你成年家只在我们队里搅些什么!

有意思的是,宝钗也曾经对宝玉说过类似的劝诫之语,却被读者批评得体无完肤,指斥她虚伪、迂腐、世俗,但却鲜少有读者因为湘云的这一番话而加以辱骂,由此显示出一种对待相同事物的双重标准。既然宝钗与湘云之所言所说如出一辙,足见她们俩并不处在对立面,更且可以说,宝钗对宝玉的规劝实际上也是一种"友直"的益友表现。可惜的是,安富尊荣的宝玉却从未把这番劝谏听进耳中,反而出言相讥道:"姑娘请别的姊妹屋里坐坐,我这里仔细污了你知经济学问的。"此处显然暴露出宝玉的自私与不成熟,因为经世济民、克绍箕衷本来就是他成年以后应该承担的责任，没有人可以永远像小孩子一样窝在父母怀里遮风避雨，整天过着逍遥自适的生活。倘若读者坚持以宝玉这般狭小的自我心理作为标准，批评那些对于未来有展望、有远见的人，则不仅证明了自身思维的狭隘，还辜负了好言相劝者的一番良苦用心。

湘云并没有因为宝玉的不成熟所导致的偏执心理而对他顺任放纵，这正是做朋友应该要保持的心性原则，宁愿当面指正缺失，提出批评，只希望使之往正向的方面发展，不应该为了明哲保身而助纣为虐。然而正如俗语所谓的"忠言逆耳"，当面指正必然会有所激怒、有所得罪，甚至需要承受对方的怒火和不满，因此若非真心诚意地为人着想，又何必吃力不讨好，徒然付出如此重大的损失？我便听过几位前辈感慨道："如果学生愿意学习，我很乐意多说一些，假如不肯听就算了，反正又不是我儿子。"这话实在令人惊心动魄，显示出一种爱之深、责之切的道理，为什么说与不说的心态会有本质上的差别呢？原来，坚持要说的原因是害怕自己衷心疼爱的孩子会蒙受更大的损失，那会比自己受伤还要更痛，是故即使他充耳不闻，无论如何都会加以劝导或阻止。

由此可见，倘若一个人真正爱你，只要一见到你误入歧途，必定会给予劝诫，何况个人很多的不足之处也是需要改进的，所以很仰赖身边师友的规劝。可叹人类又天生不喜欢被他人责备，而改变自己也很困难，如此一来，便逐渐形成了非常保留甚至冷漠的人际关系，以至于对方如果不是自己的家人，不是自己挚爱的至亲，反正以后都会分道扬镳，他的得失与我无关，那么便没必要在相处的时候有所得罪，于是最终大部分人都不再当面指正规谏。最糟糕的是，人们在背

第六章 史湘云

后所发出的批评,其话语通常都偏向难听的层面,属于一种相对不负责任而过度负面的情绪发泄,除了制造蜚短流长而加深伤害之外,丝毫没有正面的帮助。是以,我们应该珍惜那些能够当面指正自己缺点的人,他们才是真正的贵人与恩人,而湘云、宝钗对宝玉的规劝,无不反映出她们对宝玉未来前途真挚的关心。

相对地,黛玉对于世俗追求的读书功名、仕途经济诸事的态度,则是完全依据宝玉的需要而来,当宝玉表示不喜仕宦功名的时候,她便不加以劝说,因此被宝玉视为知己。但是,宝玉可以永远待在大观园里吗?他可以终其一生在别人的遮风挡雨之下逍遥度日吗?答案都是不可能,一旦到了承担责任的时刻,他就必须拿出真本事才能够保证百年家业绵延久长,童真、童心、性灵并不足以为其克绍箕裘提供更好的帮助。

黛玉的多心,湘云的"宽心"

一般人都有所不知,《红楼梦》中通过谐音隐含地表达了一些对于"性灵人物""神仙一流人品"的批判态度,多数人单单看到99%的赞扬这一面,却忽略了那1%的警示:第一,关于那一块被丢弃在"青埂峰"下的石头,读者大都仅侧重于"青埂"谐音"情根",据之认为曹雪芹推崇至情至性的观念,实则"至情"只是退而求其次的出路之一,绝非凌驾于补天事业的最高价值,大家可别忘了这块石头之所以会被舍弃,乃是因为其补天无用;第二,甄士隐与贾雨村这两个人物的"真假"对照亦别具深意,甄士隐本名甄费,据脂批所提示的,即谐音"真废",他"不以功名为念,每日只以观花修竹、酌酒吟诗为乐"(第一回),固然生活得逍遥自在宛若神仙,却在经济学问上毫无作为。

由此可见,曹雪芹并未偏执地主张"性灵脱俗"就是世间唯一的价值,毕竟人生活在群体里,对周遭以及相对的他者肩负着层次不同的责任和义务,因此宝玉把认真规劝他致力于仕途功名的湘云给赶出去,无疑显露出他乃是一个"真废"的无用之徒。借由这点可知,湘云担负了与宝钗相同的规谏工作,她们不曾为了维护私情、私谊以至于放弃朋友的责任,是以,湘云的率性、纯真、真诚并非林黛玉式的唯我独尊,其中并未掺杂主观的个人好恶。

由此可知,人文现象的复杂绝非科学那般可以清楚判分,譬如牛顿发现万有引力,推断出地球上所有的东西一定都会往下掉落,这当然是毋庸置疑的定论,但是在人文世界里,人类则可以如鸟儿般翱翔天际,李白不就有"欲上青天览明月"(《宣州谢朓楼饯别校书叔云》)的企图吗?《哈利·波特》中还有各种扫帚满天飞来飞去呢!这恰恰是人文领域既令人困扰但又极富魅力的地方。

以湘云和黛玉的性格特质为例,同样都是率真、率直、真诚,即表里如一,然而两者却有很大的差异。固然"真诚"是指内心既没有扭曲,也没有刻意诈欺或者受到蒙蔽,可是即使单就心理层次上的"真"而言,湘云和黛玉还是有所区别,譬如黛玉的真心蕴含着"多心"(第二十二回、第三十二回、第四十五回),她"心里又细"(第二十七回),更是达到了"心较比干多一窍"(第三回)的钻牛角尖程度,脂砚斋甚至对此评曰:"多一窍固是好事,然未免偏僻了,所谓过犹不及也。"(第三回眉批)因此纵然问心无愧,其无愧也只是缺乏自我省思与自我节制的自以为是。

黛玉的真诚确实值得肯定,但是以人格的境界高下进行比较,湘云坦荡磊落的真心显然更胜一筹,因为黛玉的真心常常伴随着"成心",即成见,对外界的表现常常流于偏执,或者反应太过、无中生有,当她心怀嫉妒或者缺乏安全感的时候,更经常会歪派别人。相较之下,湘云具有"英豪阔大宽宏量"(第五回)的"宽心",故而她的心是比较"平"的,即公平、平坦、均平,所以她的真心从未落入偏执与狭窄,在面对自己的得失和辛酸的时候,都可以超越出来。读者从宝钗和袭人的谈话中了解到,其实湘云在史家居然是过着被劳动剥削的女工生活,但是一来到贾府,便一扫之前的阴霾,充分迎接当下时刻所能够拥有的阳光,正如西方谚语所言:"每一道乌云都镶有金边。"换言之,湘云即使被乌云笼罩,依旧能够从边缘处散发出明媚阳光,因为她总是能够领略到存在的喜悦,所以其"心直"乃超脱个人得失的就事论事,并不会造成别人的负担。

再者,从言语层次的"率"来说,黛玉"对人不对事"的强烈对象针对性,往往蕴含着主动攻击的形式,尤其素来纵容黛玉脾气的宝玉便经常被她歪派,使得宝玉不得不低声下气,不断地软语央告,以某个意义而言,此举固然是满足了黛玉个人的情感需要,但是无论动机和目的为何,这般的做法其实就是对人不对事,加上"小性儿,行动爱恼人"(第二十二回),"嘴里又爱刻薄人"(第二十七回)或"再不放人一点儿,专挑人的不好。……见一个打趣一个"(第二十回),于是便流于在他人伤口上撒盐的人身攻击。湘云的"率"则是客观的"对事不对人",例如第四十九回宝琴初至贾府,她便好意提醒道:"你除了在老太太跟前,就在园里来,这两处只管顽笑吃喝。到了太太屋里，若太太在屋里，只管和太太说笑，多坐一回无妨；若太太不在屋里，你别进去，那屋里人多心坏，都是要害咱们的。"此话固然毫不避讳地道出事实，却并未涉及个别的、特定的对象。

确实从整体来看，湘云的直率都是带有客观性的如实陈述，而不是主观感觉的情绪发泄，最多也只是被动反击，而且全系针对黛玉的嘲讽所致，可谓更加呈现出湘云有心而不多心、口快而不口业、嘴直而不嘴尖的平衡有度。简单来说，第四十九回所谓的"锦心绣口"即是湘云的真精神，由于她的"心直"是"锦心"，因而"口快"相当于"绣口"，不会流于"不逊"或是"讦"的层次，正可以更好地总结她心直口快的特征。

"一半风流一半娇"

除了言谈上的快人快语，湘云的行为举止更是打破了固有的性别框架，在不减女性娇美的基础上，同时展现出豪迈不羁的男子气概，形成了"一半风流一半娇"的双性均衡特质。我愿称之为"玉女英豪的英雄本色"，虽然因性别的缘故而被囿于闺阁之内，但却不影响她展露出豪迈、豪爽、豪放的英雄气概，而她的"英雄本色"又与一般以为的"巾帼英雄"有点差别。第六十二回大家聚在一起为宝玉庆生时，以抽签的方式决定行令的种类，探春又叫袭人拈了一个，却是"拇战"，湘云笑着说：

"这个简断爽利，合了我的脾气。我不行这个'射覆'，没的垂头丧气闷人,我只划拳去了。"探春道:"惟有他乱令,宝姐姐快罚他一钟。"宝钗不容分说,便灌湘云一杯。……湘云等不得,早和宝玉"三""五"乱叫,划起拳来。

"射覆"是一种猜物游戏,即利用器具覆盖某一物品,让对方猜测里面到底是什么,猜中为是,猜错为非,引申出上家隐匿心中所属意的对象,利用名称上的关联加以推演,由此找到谜底。打个比方,倘若出题者心里想到"窗户"的"窗"字,但却不可直说,而必须用"户"字组成"开户"一词,以隐含"窗"字,然后别人就要猜测出题者到底是要"开"字还是"户"字,如果是"开"字,则赶快看看现场的东西是否含有"开"字,若无则意味着关键是"户"字,从而推敲到隐含的"窗"字,最终根据猜到的字再从酒席现场所有的事物中寻找名字里含有"窗"者作为答案,由出题者判断正确与否。由此可见,该类游戏确实麻烦,"没的垂头丧气闷人",因此,湘云便选择"简断爽利"的划拳,毕竟这种游戏不迂回曲折,不温吞迟疑,给人以直接利落的痛快。

除此之外,湘云平常的小动作也尽显俏皮,诸如:

- 湘云那里肯让人,且别人也不如他敏捷,都看他扬眉挺身的说道:……便拿了一支铜火箸击着手炉,笑道:"我击鼓了,若鼓绝不成,又要罚的。"(第五十回)
- 恨的湘云拿筷子敲黛玉的手。(第六十二回)
- 揎拳掳袖的伸手掣了一根出来。(第六十三回)

她甚至连笑法也与众不同，常常是"笑的弯了腰""伏着已笑软了"（第五十回），其中毫无娇柔扭捏之态。最有趣的是，第四十二回刘姥姥离开贾府之后，惜春受命开始绘制大观园图，这就使得仅仅比较擅长写意画的惜春不免犯难，加上缺乏合适的专业画具，于是她便要向诗社请假一年。当众人在讨论准假事宜的时候，黛玉又发挥其打趣的惯技，讥讽刘姥姥为"母蝗虫"，众人听了纷纷哄堂大笑，其中湘云的大笑姿势与肢体动作最为夸张：

> 只听"咕咚"一声响，不知什么倒了，急忙看时，原来是湘云伏在椅子背儿上，那椅子原不曾放稳，被他全身伏着背子大笑，他又不提防，两下里错了劲，向东一歪，连人带椅都歪倒了，幸有板壁挡住，不曾落地。众人一见，越发笑个不住。

必须注意的是，湘云是"伏在椅子背儿上"坐的，换言之，她是反向跨坐在椅子上，身体双手搭扶着椅背，虽则没有如凤姐、黛玉"蹬着门槛子"（第二十八回）那般粗鲁，由于这种大家族的门槛都很高，所以蹬着门槛子的前提是要岔开腿、一脚踩高，又因她们皆为闺秀小姐，并非穿现在的长裤，所以该动作真的是不雅的、不美的。而湘云张腿抱着椅背放怀大笑的姿势，同样悖离了大家闺秀应有的端庄婉约，但整体造型反倒带有一种非常豪爽的男子气概，恐怕连男性都不多见。

不过，读者千万别误会，贾府众人之所以会对刘姥姥的言行发出哄堂大笑，并非因为他们傲慢无礼或是鄙视贫穷老妪，而是基于乡野村庄的粗犷和贵族文化的精致之间差异过于悬殊，使得贾府众人感到

第六章 史湘云

格外新鲜有趣。大家对于黛玉以"母蝗虫"比喻刘姥姥狼吞虎咽的饮食模样必然心有同感，才会一听便笑到前仰后合。由此可以进一步思考，作者之所以在刘姥姥逛大观园以后，一直到第八十回都没有让她再次登场，正是因为刘姥姥之来到荣国府，乃是可一可再而可三，毕竟他们之间的教育、文化、经济落差之巨大，甚至会达到产生冲突的地步。虽然两个世界初次互相照面，各自看到彼此原来所不知道的面向时，当下不免感到新奇有趣，但倘若刘姥姥不断来访，双方因为生活境况、意识形态、价值观念、审美品味的天差地别，则贾府众人必然会觉得厌烦，"趣味"便会变成"恶趣"，所以并不适合经常接触，否则一定会爆发冲突。由此可见，这段情节的描写重点并非在于贵贱悬殊，而是为了凸显出雅俗文化的差异。

当然，从常理来说，在现实的运作上，刘姥姥应该还是会与贾家有所接触，不可能在接下来的好几年中都完全断绝，她受贾家的大恩情而且知恩图报——送来田里面结出来的新鲜瓜果，贾家也非常欢迎她的知恩图报，只是相关情节不宜再写进小说里，否则便是重复而造成冗赘乏味；并且双方之后的互动也不可能和刚开始一样直接密而密切，即刘姥姥进入大观园内住上两三天，否则必然会在小说的叙事过程中减损甚至破坏了曹雪芹所要经营的双方的正面价值。因此读《红楼梦》时一定要注意等级的概念，重点倒不是贵贱，而是文化的差异。读者不需要高估刘姥姥的价值，应该如实地看到曹雪芹为她呈现出来的人性的美好，包含知恩图报、仗义助人，在艰难中承担生命难题的毅力和勇气等等，而身为贵族小姐的湘云也具备了同等的美德。

其实，湘云在不少地方都展示出大无畏的男性气魄，如第五十四回合家过年放烟花炮仗的时候，所谓：

欧丽娟红楼梦公开课（四）：镜像六钗

> 林黛玉禀气柔弱，不禁毕驳之声，贾母便搂他在怀中。薛姨妈搂着湘云。湘云笑道："我不怕。"宝钗等笑道："他专爱自己放大炮仗，还怕这个呢。"王夫人便将宝玉搂入怀内。

在此可以先提醒注意的是，书中有哪几个人会被贾母搂进怀里呢？名单上无疑有宝玉、黛玉，而另外一个则是王熙凤。第四十四回描写贾琏借机私下偷情却被撞破，目睹丑事的王熙凤一气之下极力撒泼，又哭又骂又打，闹得不可开交，贾琏也被激怒了，居然拔出剑来追杀王熙凤，以至于"凤姐跑到贾母跟前，爬在贾母怀里，只说：'老祖宗救我！琏二爷要杀我呢！'"这是前八十回中唯一的一次贾母搂着王熙凤，却是王熙凤直奔进贾母的怀里的，贾母当然挺身障蔽保护她。可想而知，贾母将子孙搂在怀里是一种意义非常重大的举动，如果不在贾府的伦理关系里去认识该等行为的话，便会错失理解相关成员之真正地位的重要信息。故而黛玉根本就是贾家的宠儿，犹如集众人之爱于一身的贾宝玉，是贾母的心肝肉，绝非寄人篱下的灰姑娘。

从前面引述过年节庆活动的描写可见，那些爆竹对于湘云来说属于小儿科，不看在眼里，换言之，她平常偏好的并非秀气美丽的水鸳鸯、仙女棒之类，而是必须在空旷街道或空地燃放的大筒炮，一经点燃，大家立刻就要作鸟兽散，离得越远越好，因为这种大炮仗爆炸时声音响亮贯耳、火花喷飞四溅，非常具有刺激性和危险性。与楚楚可怜的黛玉以及柔弱娇贵的宝玉截然相反，湘云这位大家闺秀对此却毫不畏惧，必须说，她勇敢探险的气势丝毫不逊于"比小厮们还放的好"的王熙凤，而这般水里来、火里去的人物恐怕也只有湘云才能够与之比肩。此外，湘云不怕闪光刺眼、爆破声响的这份胆识，也让她

第六章　史湘云

无惧于阴暗处的鬼魅,第七十六回写中秋节湘云和黛玉二人联句的过程里,黛玉突然停下来指着池中黑影与湘云看,说道:

"你看那河里怎么像个人在黑影里去了,敢是个鬼罢?"湘云笑道:"可是又见鬼了。我是不怕鬼的,等我打他一下。"因弯腰拾了一块小石片向那池中打去,只听打得水响,一个大圆圈将月影荡散复聚者几次。只听那黑影里嘎然一声,却飞起一个白鹤来,直往藕香榭去了。黛玉笑道:"原来是他,猛然想不到,反吓了一跳。"

湘云非但不怕鬼,甚至还勇于面对幽昧暗处的威胁并直接挑战,这种勇往直前的阳刚之气就如孟子所说的"我善养吾浩然之气"(《孟子·公孙丑上》),正是源自心灵的均衡饱满。

因此,湘云总是不能够忍受不公不义,而会路见不平便仗义相助,试看第五十七回中,原本王熙凤比照其他小姐们的分例也给邢岫烟二两月钱,但岫烟身边的小人们却眼馋而趁机剥削她,首先是其姑母邢夫人借口取走了一两,剩下的一两又被下人侵吞,如此一来反倒入不敷出,她不得不依靠典当珍贵的首饰衣裳以度日。后来宝钗在园内遇到她,从其衣衫单薄而察觉有异,出言询问才知如此这般,于是宝钗提议道:"不如把那一两银子明儿也越性给了他们,倒都歇心。你以后也不用白给那些人东西吃,他尖刺让他们去尖刺,很听不过了,各人走开,倘或短了什么,你别存那小家儿女气,只管找我去。"以釜底抽薪之计断绝下人们无止尽的剥削,否则以蚂蚁搬家的蚕食方式反而会超过原本一两的额度,可见宝钗确实是真心在帮助岫烟。

当金钗们获知此事之后，同样身为寄居者的黛玉乃是以"兔死狐悲，物伤其类"的心理感叹起来，但是湘云却动了气，说道：

"等我问着二姐姐去！我骂那起老婆子丫头一顿，给你们出气何如？"说着，便要走。宝钗忙一把拉住，笑道："你又发疯了，还不给我坐着呢。"黛玉笑道："你要是个男人，出去打一个抱不平儿。你又充什么荆轲聂政，真真好笑。"湘云道："既不叫我问他去，明儿也把他接到咱们苑里一处住去，岂不好？"

虽然并非湘云本身受到的苦，但是她却比受苦之人更为义愤填膺，一得知岫烟蒙受委屈，便立即要去质问二姐姐迎春何以让客人沦落到被欺负的地步，然而迎春这个"二木头"乃是懦弱无能的主儿，她自己尚且被奶妈媳妇随意欺侮，又怎么能够保护他人呢？从黛玉的说辞清楚可见，湘云表现出荆轲、聂政的侠士正义精神，而那是逾越性别分际的失格行为，所以立刻被黛玉劝阻；既然无法平反岫烟的处境，湘云便转换思考，想出将岫烟接到蘅芜苑住以脱离苦海的计策，而这种济弱扶倾的侠义胸怀，也使得湘云成为众金钗中最具有平等意识的一位。

最重要的是，湘云的平等意识并非为了争取与上位者比肩的同等权益，而是对下体恤的同伴意识。例如第三十一回她第二次把绛纹戒指带来，便是专程送给袭人、鸳鸯、金钏儿、平儿四位大丫鬟，并且称呼她们时都带上了"姐姐"二字，可见湘云与别人相处的时候，并没有主子贡高我慢的骄气,而是存有坦然以待的平等气息。又第三十一回则是"和丫头们在后院子扑雪人儿去,一跤栽到沟跟前,弄了一身泥水";第三十五回写到"史湘云、平儿、香菱等在山石边掐凤仙花",到了第三十八回螃蟹宴中,也唯有湘云"又让一回袭人等,又招呼山坡下的众人只管放量吃",充分反映出湘云与下人们的关系极为融洽,常常玩在一起。

出格而不失格

可以说,湘云的性格主轴是一种不为世俗框架所限的开放,她没有边界,泯除了贵贱、雅俗、男女之别,因此带有出格而不失格的宽阔,于饮食、衣着上也是如此。单就饮食来看,第六十二回说湘云"忽见碗内有半个鸭头,遂拣了出来吃脑子",这种近乎原始的天然取向,在书中可谓绝无仅有,至于生烤鹿肉的情节更是令园中人口齿留香,让读者回味无穷。

除了饮食上打破生与熟、文明与自然的界限,湘云在衣着上也泯除了性别的男女之隔,她正是众金钗中唯一喜欢女扮男装的少女,小说中对此再三强调,令人印象深刻。首先于第三十一回,作者这般描写道:

> 宝钗一旁笑道:"姨娘不知道,他穿衣裳还更爱穿别人的衣裳。可记得旧年三四月里,他在这里住着,把宝兄弟的袍子穿上,靴子也穿上,额子也勒上,猛一瞧倒像是宝兄弟,就是

多两个坠子。他站在那椅子后边，哄的老太太只是叫'宝玉，你过来，仔细那上头挂的灯穗子招下灰来迷了眼。'他只是笑，也不过去。后来大家撑不住笑了，老太太才笑了，说'倒扮上男人好看了'。"林黛玉道："这算什么。惟有前年正月里接了他来，住了没两日就下起雪来，老太太和舅母那日想是才拜了影回来，老太太的一个新新的大红猩猩毡斗篷放在那里，谁知眼错不见他就披了，又大又长，他就拿了个汗巾子拦腰系上，和丫头们在后院子扑雪人儿去，一跤栽到沟跟前，弄了一身泥水。"说着，大家想着前情，都笑了。

不只是女扮男装，"更爱穿别人的衣裳"也显示出湘云并非黛玉、妙玉这一类的洁癖者，她的人我区隔并不严密，通过穿别人衣裳的行为，即仿佛进入别人的生命里，潜身于和自己不一样的气息、体态、生命色泽之间，去领略不同的行走姿势和活动方式，无形中消除了人与我之间的距离。湘云既不怕鬼，也勇于冒险，她希望能够走出许多世俗所规定的框架，包括生命的框架。而她对男性存在模态的喜爱也体现于第六十三回的女扮男装中，作者这般写道：

湘云素习憨戏异常，他也最喜武扮的，每每自己束銮带，穿折袖。

"武扮"即是指打扮成男人，可见湘云确实不甘于被孤立的、被制约塑造的个体所局限，所以她要逾越包括男女之别、生命个体之间的各种分界等等。当她看到宝玉把芳官打扮成男子，并给芳官取名为"温

第六章 史湘云

都里纳"后，随之也把自己分配到的戏子葵官扮成小子，并改葵官的名字为"大英"，由于葵官本姓韦，新的全名乃"韦大英"，如此便暗合所谓的"惟大英雄能本色"，"本色"即指湘云的直爽豪迈，从而她认为"何必涂朱抹粉，才是男子"，可见连名字本身都可以传达出湘云对于打破性别界限的向往。主仆两人从名字到装扮均成了男生，湘云不甘被性别囿限的开阔，一再通过生活中的种种细节呈现出来。

当然，在此必须特别强调：湘云所凸显的行止作风固然是明清才女文化中比较少见的一面，但还是传统社会可以接受的性别表现，所以湘云的这些做法都是"出格而不失格"，实际上并不具有反抗社会的意识，毋宁说，那只是她不想被约束而因此随机开阔的一种表现，一旦开阔到某种程度时，自然即打破了框架。湘云便是在这一点上为自己塑造出独特的"一半风流一半娇"形态。固然第三十一回贾母笑说"倒扮上男人好看了"，第四十九回众人也都笑道："偏他只爱打扮成个小子的样儿，原比他打扮女儿更俏丽了些。"由此确实创造出湘云独有的美感造型，但这只是在造型变化上无意中获得的效果，并不是为了美或为了反抗而刻意与众不同。值得注意的是第四十九回对"更俏丽"的装扮描写所增加的新元素：

> 一时史湘云来了，穿着贾母与他的一件貂鼠脑袋面子大毛黑灰鼠里子里外发烧大褂子，头上带着一顶挖云鹅黄片金里大红猩猩毡昭君套，又围着大貂鼠风领。黛玉先笑道："你们瞧瞧，孙行者来了。他一般的也拿着雪褂子，故意装出个小骚达子来。"湘云笑道："你们瞧我里头打扮的。"一面说，一面脱了褂子。只见他里头穿着一件半新的靠色三镶领袖秋香色盘

金五色绣龙窄裉小袖掩衿银鼠短袄，里面短短的一件水红装缎狐肷褶子，腰里紧紧束着一条蝴蝶结子长穗五色宫绦，脚下也穿着麂皮小靴，越显的蜂腰猿背，鹤势螂形。

湘云的装扮固然俏丽，但是相关的元素多数都是来自动物，不只披风本来就是以动物皮毛制成，更是源于小说家刻意地将各种动物集中运用到湘云的造型里，以"蜂腰猿背，鹤势螂形"这两句而言，脂砚斋批曰："近之拳谱中有坐马势，便似螂之蹲立。昔人爱轻捷便俏，闲取一螂，观其仰颈叠胸之势。今四字无出处，却写尽矣。"而打拳的姿势中便有所谓"坐马势"，宛如螳螂捕蝉时蹲站在某处屏息静气，伺机而动，最后才能够一击即中；"轻捷便俏"说明了湘云的造型效果非常利落；"写尽"一词则是赞叹曹雪芹的才华，可以推陈出新，描绘得淋漓尽致。倘若仔细观察，在这一段描述中出现了猴子、貂鼠、灰鼠、鹅、猩猩、龙、银鼠、狐、蝴蝶、麂、蜂、猿、鹤、螂，总共十四种动物，在众金钗中唯有湘云一人的外观拥有如此独特的造型。

至于此一手法所隐含的象征意义，可以简单地推论如下：湘云的造型远远不只是超越了男女之别，甚至还跨出人类的范围，破除贵贱的阻隔，把那些被放逐在文明之外的自然生命融合进来，于是，湘云的"英豪阔大"就更加广袤无边了。她的性格及其外在的表征无不彰显着毫无边界的特质，并极力打破"人"自以为是的那种优越界限。湘云这位人物之所以可敬可爱，正是因为小说家集中了许多精密的细节，非常具体具象、合情合理地呈现出她与众不同的生命姿态。湘云的"出格而不失格""口快而不口尖""有心而不多心"等等言行风格，让人在感到舒爽之余又不会担心她会逾越分际、侵犯别人，实为"英豪阔大"的绝佳体现。

"醉眠芍药裀"

关于史湘云的形象构成，实际上还包括一个独一无二的面向，即《红楼梦》中，仅有湘云一人被两次描写到睡姿睡态，甚至连她所掣得的花名签诗，即源自苏东坡诗句的"只恐夜深花睡去"（第六十三回）也与酣睡有关，其他金钗在这方面则几乎都没有特别的点染，可见这是曹雪芹想要强调的人物形象特点，格外值得注意。

第一次的描写出现于第二十一回，当时湘云到荣国府暂住，与黛玉同房睡在一处，此时作者这般描写道：

（宝玉）次日天明时，便披衣靸鞋往黛玉房中来，不见紫鹃、翠缕二人，只见他姊妹两个尚卧在衾内。那林黛玉严严密密裹着一幅杏子红绫被，安稳合目而睡。那史湘云却一把青丝拖于枕畔，被只齐胸，一弯雪白的膀子撂于被外，又带着两个金镯子。宝玉见了，叹道："睡觉还是不老实！回来风吹了，又嚷肩窝疼了。"一面说，一面轻轻的替他盖上。

从中可见，湘云那"青丝拖于枕畔，被只齐胸，一弯雪白的膀子撂于被外"的睡姿更为自然放松，她非但不怕夜晚的寒冷，也没有任何拘束的压力，大而化之，完全不同于在睡眠状态下仍然无意识地保护自己,把绫被裹得严严实实、优雅端正的黛玉。在湘、黛二人的睡态对照中,清楚反映出湘云的内心坦荡开阔、毫无阴影,即便可怕的噩梦、恶鬼都无法惊扰到她。相较之下,黛玉体弱多病,唯恐稍有不慎便遭到风寒入侵,所以纵使处于没有明确意识的睡梦里,她始终维持着一贯的矜持拘谨,丝毫未曾逾越大家闺秀的分际。可见黛玉在早期的前半阶段,平常固然也会有甩手帕、蹬门槛子这类看似颇为豪迈的举止,但实际上睡梦中更能够呈现出她真正的样态,犹如倘若要知晓一个人的品格,即可以观察他喝醉之后的举止情状,因此有些读者将黛玉不符合大家闺秀的小动作直接视为反礼教来看待,恐怕不仅与事实不符,还流于想当然耳的过度诠释。当然,黛玉的睡姿与湘云相比起来显得特别拘束,主要是因为她已经病弱惯了,在第六十五回中,兴儿向尤二姐介绍贾家的太太小姐时,便提及黛玉"这样的天,还穿夹的,出来风儿一吹就倒了",甚至连王熙凤都以"美人灯儿,风吹吹就坏了"(第五十五回)来形容她,充分说明了黛玉的身子骨确实非常单薄脆弱。

第二十一回脂砚斋对湘、黛二人的睡态批曰:

> 又一个睡态。写黛玉之睡态,俨然就是娇弱女子,可怜。湘云之态,则俨然是个娇态女儿,可爱。真是人人俱尽,人人俱尽,个个活跳,吾不知作者胸中埋伏多少裙钗。

曹雪芹仅仅借由描绘两位少女的睡姿,便将她们的性格活脱脱地呈现出来,如此的绝佳笔墨,无怪乎令脂砚斋赞叹不已。其中"人人俱尽"一词重复了两次,意味着曹雪芹把每一个人物皆描写到了穷尽之处,从内到外,包括神采和灵魂的跃动等各方面均毫无遗漏,显然曹雪芹的观察、叙写全很到位,这正是伟大的小说家所必须具备的条件。此前我曾多次提及湘、黛二人的争吵口角,或许有些读者会想当然耳地以为湘云与黛玉彼此之间存有心结,甚至相互对立且充满敌意,但必须注意的是,《红楼梦》里不乏对金钗之间拌嘴、吵架的描写,可实际上这些都是日常生活里无伤大雅的小小摩擦,事后也都和好如初,根本谈不上势不两立、相看两厌。与其把这些偶尔的拌嘴扩大成为一种敌对的心结,以至于在价值观上把她们分成不同的两边,不如将之视作大观园生活中的调味剂,还更贴近事实,因为大观园的生活岁月静好、无忧无虑,除了黛玉会自寻烦恼之外,真的是一处平静无波的乐园,因此小说家写故事时便得在这些琐碎的小地方上进行发挥。

更进一步来看,湘云那种"睡觉还是不老实"的可爱憨态,不只是在闺房内、绣床上的率意自在,还延伸到露天户外,颇有以天为幕、以地为床的意味,第六十二回《憨湘云醉眠芍药裀》一段即给予湘云的娇憨情状一幅特写:

> 湘云卧于山石僻处一个石凳子上,业经香梦沉酣,四面芍药花飞了一身,满头脸衣襟上皆是红香散乱,手中的扇子在地下,也半被落花埋了,一群蜂蝶闹穰穰的围着他,又用鲛帕包了一包芍药花瓣枕着。

当时湘云因不胜酒力而在山石上睡着了,众人迟迟未见其身影,担心是否发生什么意外,于是派了小丫头去寻找,结果小丫头看到湘云的睡态时实在忍俊不禁，便立即唤众人前去瞧瞧，到了湘云面前，映入眼帘的是一幅诗情画意的美景，不亚于黛玉葬花、宝琴立雪，这正是曹雪芹最了不起的地方。暮春时节，落英缤纷，湘云变成了大地上的一小片草丛或是一块山石，落花阵阵飘落在她身上，仿若葬花冢；她手里的扇子掉落在地，仿佛花冢内的一件独特物品，周围还有蜂蝶纷纷围绕，简直是绝美至极的意境。

何以曹雪芹会在他的叙事过程中适时地点染出如此优美的意境呢？这当然是出于他对古典诗词的深造有得。要知道，曹雪芹的祖父曹寅可是"门第国勋"，曹家当时乃深受康熙皇帝宠信的内务府包衣世家，曹寅的才学事实上比起曹雪芹更要卓越得多，他不仅是清代名重一时的才学之士，其诗词创作在当代乃是可以和名流诗人互相切磋的，所以不少著名文人才士都与他有所交往，成为他的座上宾，据说创作《长生殿》的剧作家洪昇即是曹寅的朋友。最重要的是，《全唐诗》作为唐朝诗人的诗篇大集成，收录了将近五万首作品，如此庞大的汇整工程，编者必定是奠基于许多唐人诗集的藏书上且常有接触才能够完成，而《全唐诗》正是由曹寅主持编撰刊刻的，可见他确实深得康熙青睐，是位值得信任的饱读诗书之辈。曹寅从小便以"神童"闻名，许多名动一时的长辈皆对他赞誉有加，相较之下，若非曹雪芹创作出《红楼梦》，加上胡适的仔细考证，我们恐怕无法确知历史上存在过这样的一号人物。

如此看来，我们所学习的文学史不见得能够全然反映文人们在当代的评价与地位，因为随着时间的流逝，后人在"期待视野"（德国接受美学的主要概念之一）之下，会根据自己的审美品味或价值观念而有所取舍，几百年甚至一两千年前的文学作品将被后人逐层筛选并慢慢塑造出高下。比如以现今的眼光来看,唐代最伟大的诗人及盛唐诗的代表人物,毋庸置疑是李白和杜甫,但实际上,盛唐长安文坛上公认最优秀的诗人却是王维,他是诗歌、书法、绘画、音乐全方位的艺术天才,名动一时。固然李白也是非常闻名的诗人,但因为浪子性格,他在长安难有一席之地;而杜甫则根本连边都摸不上,终究只能离开京城。历史确实有一种相当吊诡的发展过程,所以我们不能过于短视近利,最后还是得由历史做出最终的裁判。

简而言之,在这般的家学渊源之下,曹雪芹理应饱读诗书,从小便对诗词耳濡目染,对于《全唐诗》累积了很深的涵养,可以合理推测,他必然对各式各样的唐宋诗词都烂熟于心且了若指掌,所以"憨湘云醉眠芍药裀"这一幕,可能就是他对于那些知识的生动呈现与艺术的再创造。

文学史上的关联

湘云醉眠花丛间的这一场景,便继承了名士派的传统,一般会联想到唐朝的一则故事,见诸约成书于晚唐五代的《开元天宝遗事》所记载:

> 学士许慎选,放旷不拘小节,多与亲友结宴于花圃中,未尝见帷幄、设坐具,使童仆辈聚落花,铺于坐下。慎选曰:"吾自有花裀,何消坐具。"

其中,"放旷不拘小节"六字的确与湘云的性格吻合,而"花裀"一词也同时与回目上的"芍药裀"相符,但真正说来,许慎选聚落花以为裀席而坐之的做法实际上颇为刻意,人为斧凿的痕迹过于明显,杂糅了几分矫揉的姿态,相较之下,台大学生在春天之际,会把收集起来的杜鹃花瓣在草坪上铺排成字体或图像,固然与湘云的率真、自然、活泼的娇憨之态相比,未免有失自然,然而此中可贵的是其祝祷与分享的美好心意,比起聚花而坐更高一筹。最重要的是,湘云并非"坐"于花裀,而是"醉"于花裀,真真正正地与整个春天景色融为一体,她本身也化为一片草地、一块山石,坦然迎接落花,因此纵使回目名称确实与许慎选的故事相对应,但其浑然天成的叙事意境实则另有所本。

追踪蹑迹,湘云"醉眠芍药裀"的诗情画意,所对应的乃是李白《自遣》一诗:"对酒不觉暝,落花盈我衣。"当时的李白正在悠闲饮酒,不知不觉天色暗淡下来,但他丝毫未曾察觉,因为他已经超然于时间之外,所以不会担心天色如何,也没有意识到光阴的流逝,完全处于陶然忘机、浑然忘我的自然状态,于是才能够坦然迎接"落花盈我衣"的物我交融。李白此刻已经化为整个大自然的一部分,这便是他的"宇宙化",即李白化为宇宙万物中的一员,可以与周围的落花、草地、山石毫无距离与间隔地完全结合在一起,呈现出人类超越自我之后的旷达,如此一来,个人才不会把自己看得那么"该死地"重要,不会在自我与外界之间设立森严的障壁,从而可以与万物融为一体。必须说,"对酒不觉暝,落花盈我衣"简直是史湘云这一幕场景的绝佳印证,因为喝了酒醉倒了,所以浑然不觉时间的流逝,而"落花盈我衣"不正是曹雪芹对于湘云"满头脸衣襟上皆是红香散乱"的诗意描绘吗？

当人在清醒状态之际，"我"是有界限的，因此当落花飘落到脸上、身上即意味着太过逼近到了入侵的程度，人的本能反应会下意识地把它拂掉。可是湘云喝醉了，已经没有物我之分的意识，所以便自然而然地化为周遭的一部分。可以说，湘云这种"一半风流一半娇"的豪放并不失女性的娇柔优美，形成了双性的完美结合。此外，"诗鬼"李贺《静女春曙曲》的"锦堆花密藏春睡"一句，其中的娇酣情趣亦是湘云醉眠芍药裀的绝佳写照，比起李白的《自遣》诗更加女性化，可见李贺为曹雪芹提供了一个绝佳的诗意想象。此一溯源可不是随意比附，而是具有可靠的依据：不仅诗句之意象完全吻合，李贺此人更经常被曹雪芹的密友拿来比喻其诗才，甚至在曹雪芹逝世以后，爱新觉罗·敦诚所写的悲悼诗篇《挽曹雪芹》里便有"牛鬼遗文悲李贺"的句子，认为曹雪芹的诗歌表现乃是诗鬼李贺阴悚风格的嫡系，其所留存的冰雪文章则是李贺的牛鬼蛇神流传下来的印迹。

有趣的是，除了《红楼梦》这部小说以外，目前曹雪芹遗留下来的诗唯有一联的七言句，确实颇富李贺风格："白傅诗灵应喜甚，更教蛮素鬼排场。"其中鬼影幢幢，不仅有白居易的魂灵，还包含了他的爱妾小蛮、樊素一起粉墨登场，可见李贺诚为曹雪芹心灵和诗风之最根源、最亲近的血脉所在，他周遭的亲友圈也是如此认证的。况且，李贺二十七岁便英年早逝，留下二百六十多篇作品，看似不多，但每一首诗都有可观之处，以年龄而言，他已经是极具创造力的难得天才了，李白、杜甫都不能比肩，因此可以合理推测，曹雪芹熟读李贺诗，并把《静女春曙曲》作为塑造"憨湘云醉眠芍药裀"的重要来源之一。此外，我们还可以联想到南唐李煜《清平乐》中的"砌下落梅如雪乱，拂了一身还满"一段，他把落梅与白雪相类比，梅花瓣纷纷飘零下来，将坐在树下的诗人堆满掩盖，意境优美雅致。

由湘云作为一位美丽少女的方面来看，李贺的"锦堆花密藏春睡"一句最为吻合；但若只就性格的贴切而言，则李白的"落花盈我衣"一句最为相应，有喝酒、有醉意、有落花，种种元素都齐备，而李白的旷达洒脱更是接近湘云豪迈的性格。李白又有"谪仙人"的别称，作为人间律法所不能够规范的一个超越性存在，他的形象巧妙地与史湘云重叠了，再参照唐人贾耽在《百花谱》里将海棠花评为"花中神仙"，可见小说家乃通过两种文化形象的关联，展现出湘云同样是不拘小节、磊落坦荡的神仙，所以湘云又被模拟为"酣睡的海棠"。应该分辨清楚的是，小说中另一位以"海棠"作为代表花的女性——秦可卿，其房间内的"海棠春睡图"具有明显的情色意涵，这与可卿的性格特征以及她某个被刻意遮掩却呼之欲出的情色面向密切相关。虽然两人共享相同的代表花，但是侧重点却截然相反，湘云之所以被比诸"酣睡的海棠"，乃是为了凸显她娇憨可爱、洒脱自在且英豪阔大的性格，并不存在任何情色的意味。

于是，此一酣睡的主题还继续延伸到当晚举行的庆生宴上，正是在这个众人关系较为亲密的场合实行了"掣花名签"活动，而证明"海棠"确实是湘云的代表花，第六十三回描述道：

湘云笑着，揎拳掳袖的伸手掣了一根出来。大家看时，一面画着一枝海棠，题着"香梦沉酣"四字，那面诗道是：
只恐夜深花睡去。
黛玉笑道："'夜深'两个字，改'石凉'两个字。"众人便知他趣白日间湘云醉卧的事,都笑了。湘云笑指那自行船与黛玉看,又说"快坐上那船家去罢,别多话了。"众人都笑了。因看注云:"既云'香梦沉酣',掣此签者不便饮酒,只令上下二家各饮一杯。"

花名签的"香梦沉酣"岂非正是对湘云白天"醉眠芍药裀"之形象最贴切的形容吗?从题字到签诗,都与酣睡有关,曹雪芹的用心刻画展现出湘云与众不同的潇洒不羁和豪迈旷达,既有诗仙李白的飘逸豪放,又有小儿女的娇柔活泼。这是史湘云最让人耳目一新的双性同体之美。

"诗疯子"

当然,湘云的美还来自她非常热爱诗歌。喜欢诗词通常会为女性的人格魅力加分,比如香菱、黛玉,她们的诗心便渲染出令人悠然神往的优美形象。被称为"诗魔"的香菱,对于"诗"有着与生俱来的渴望和迷恋,以至于她即便没有受过任何教育,也要抓住任何机会恳求人家教导自己写诗;湘云虽然命运不济、父母双亡,但因为毕竟是贵族出身的少女,基本的诗书教育是必不可少的,学习条件比香菱优越得多,相关表现也更加出色。我们可以看到,这两位命运最艰困的少女都如此地热爱诗歌,而诗则给予她们一些对世界的美感平衡,使其内心不至于只专注于周遭环境的泥泞,甚至诗的优美、诗的升华让她们感受到生命的存在仍然是值得的。

以"豪"字作为性格核心的史湘云，我们可以在她身上看到豪迈、豪爽、豪放的风范，但是单用"豪"字来形容一个人很容易出现失之毫厘、差之千里的情况，因为一旦稍有不慎，"豪"便会流于粗犷、粗野、粗率的"粗豪"。而湘云的"豪"字虽然带有男子气概，却丝毫不减女性的娇美，这是因为湘云对诗歌的深刻喜爱，使得她的灵魂与诗歌产生了一种非常密切的交流和共鸣，使她的豪迈不会流于粗率，不仅抵消了"豪"字很可能出现的误差，还展现出一种潇洒的气度。

有趣的是，"潇洒"这一形容词通常是用来表示男性之美，从性别文化的角度来看，确实会产生男女的不同特质，然而除却性别问题之外，"潇洒"实际上还具有形容人格样态的概念内涵，这正是西方社会所没有的，乃独属于中华文化的产物。似乎在中华文化或是东方社会里，并没有一个概念可以与欧美文化或西方社会中的某个词汇所表达的概念完全相互对应，以至于某些文化发展也会产生截然不同的面向。打个比方，在学术研究上，中华文化里并没有和"credit"相应概念的词汇，所以在使用credit的时候，基本上都会译成"功绩""贡献"或者直接运用英文。虽然"credit"有点类似于"荣誉"的意思，但也并非等同"honor"，它更接近于写作过程中获得或接受了某一些人的帮助，抑或是出刊的时候，十分用心的编辑提供了很好的建议，作者便会在论著中一一致谢。良好的大学出版社书籍，作者往往会在前言里感谢许多人，有时还包括助理，因此可以发现一个现象：英文里有许多用来表示"感谢"的词汇，因为根据西方社会的文化观念，他们认为只要受人之恩、得人之惠，甚至包括心理的慰藉，都应该表示感谢——此即是credit。从一个字或词汇的变化发展或横

第六章 史湘云

向比较，可以呈现出不同文化的特质。类似地，"潇洒"这个词汇也是如此，西方文化对于人性的样态显然没有"潇洒"的概念。

试看湘云对于诗歌的爱好，一旦与她的豪迈、豪爽结合在一起，更特别体现出一种潇洒之感，而这种潇洒确实是美丽的，与诗仙李白展现的旷达一致。固然黛玉是多数读者公认的大观园"桂冠诗人"，在众金钗里应属她最具有诗人气质，但这并不意味着她是最爱诗的一位，相较之下，湘云对诗歌的热爱不仅达到废寝忘餐的地步，她甚至是用整个生命来投入，第三十七回宝玉和众金钗成立了海棠诗社之后，他回到怡红院内将此事告诉袭人，袭人便把打发宋妈妈送东西给湘云的话回报给宝玉，宝玉听了，拍手道：

"偏忘了他。我自觉心里有件事，只是想不起来，亏你提起来，正要请他去。这诗社里若少了他还有什么意思。"……宋妈妈已经回来，……又说："问二爷作什么呢，我说和姑娘们起什么诗社作诗呢。史姑娘说，他们作诗也不告诉他去，急的了不的。"宝玉听了立身便往贾母处来，立逼着叫人接去。……史湘云道："你们忘了请我，我还要罚你们呢。就拿韵来，我虽不能，只得勉强出丑。容我入社，扫地焚香我也情愿。"众人见他这般有趣，越发喜欢，都埋怨昨日怎么忘了他，遂忙告诉他韵。史湘云一心兴头，等不得推敲删改，一面只管和人说着话，心内早已和成，即用随便的纸笔录出，先笑说道："我却依韵和了两首，好歹我却不知，不过应命而已。"说着递与众人。众人道："我们四首也算想绝了，再一首也不能了。你倒弄了两首，那里有许多话说，必要重了我们。"……众人看一句，惊讶一句，看到了，赞到了，都说："这个不枉作了海棠诗，真该要起海棠社了。"

这段情节可谓充分表现出湘云突发奇想、另开出路的丰富诗才，她成功地把海棠花的面貌不断翻新，故而众人才会一致感叹合该建立海棠诗社，可想而知，湘云的和诗乃开社的压轴之作。纵使在另外几次的集体创作里，湘云也往往是独占鳌头的一位，包括第七十六回与黛玉的凹晶馆联诗时，以绝佳的警句"寒塘渡鹤影"让黛玉几乎搁笔认输，在绞尽脑汁之后，才勉强对出"冷月葬花魂"，固然此句"新奇"，但是难免"太颓丧了些"，加上黛玉后力不继，最终即意味着湘云夺冠了；第五十回《芦雪庵争联即景诗》中，湘云的联句优胜则更加明显，原本按照联句的规则，每个人都有机会联句，所以诗句的数目相当平均，但是心急的湘云因为抢诗来作，于是形成了"宝钗、宝琴、黛玉三人共战湘云，十分有趣"的情况，她一人便做出十八句诗，多于宝琴的十三句、黛玉的十一句、宝钗的五句，最后湘云起身自我调侃地笑道："我也不是作诗，竟是抢命呢。""抢命"两个字可圈可点，为了诗，她确实可以连命都不顾！

必须说，湘云对诗的热爱程度与"诗魔"香菱的热忱不相上下，甚至有过之而无不及，比起黛玉的临风洒泪、独自感伤，这两位少女对于诗的深爱，可能更建立于诗歌带给她们的艺术美和自我升华的价值上，毕竟她们在坎坷的命运里经历了太多的丑陋、太多的泥泞、太多的黑暗，因此，对她们来说，优美的、光明的、可以升华的、能够让她们感觉到灵魂得到滋养的"诗歌"，乃成为平衡世界消极面向的精神寄托，所以她们才会那么爱诗。湘云欣赏好诗就如同她欣赏所有

第六章 史湘云

比她优秀的人一样,只要提到好诗,便迫不及待地一听为快,例如第五十二回宝琴提到,以前见过一名海外真真国的女孩子也会作诗填词,彼时在宝琴的央求之下还写了一首五言律诗,当宝琴要在众人面前念出来之际,宝钗抢先制止道:

"你且别念,等把云儿叫了来,也叫他听听。"说着,便叫小螺来吩咐道:"你到我那里去,就说我们这里有一个外国美人来了,作的好诗,请你这'诗疯子'来瞧去,再把我们'诗呆子'也带来。"小螺笑着去了。

此处的宝钗颇为俏皮,为了吸引湘云和香菱前来,特别改造了一些事实,竟然说有位外国美人来了,借此勾起她们的好奇心。"诗疯子"毋庸置疑是指湘云,而"诗呆子"即是与湘云一同住在宝钗蘅芜苑内的香菱。湘云被称为"诗疯子",足见她对诗的癖好已近乎疯狂,任何可以触动诗歌兴致的机会,都会令她意兴盎然。这就与黛玉不大相同,黛玉基本上是以诗寄情,每篇诗皆是以自我为中心的个人倾诉,对别人的诗恐怕并没有太大的热情或兴趣,但湘云的"英豪阔大宽宏量"(第五回)使得她对诗歌的热爱并不仅限于自己的作品,而是包含由古至今所有诗人所写的一切好诗,故而宝钗忍不住给予温柔的调侃,第四十九回写道:

那史湘云又是极爱说话的,那里禁得起香菱又请教他谈诗,越发高了兴,没昼没夜高谈阔论起来。宝钗因笑道:"我实在聒噪的受不得了。一个女孩儿家,只管拿着诗作正经事讲起来，叫有学问的人听了，反笑话说不守本分的。一个香菱没闹清，偏又添了你这么个话口袋子，满嘴里说的是什么：怎么是杜工部之沉郁，韦苏州之淡雅，又怎么是温八叉之绮靡，李义山之隐僻。放着两个现成的诗家不知道，提那些死人做什么！"湘云听了，忙笑问道："是那两个？好姐姐，你告诉我。"宝钗笑道："呆香菱之心苦，疯湘云之话多。"湘云香菱听了，都笑起来。

无论是杜甫、韦应物、温庭筠还是李商隐，这些大家耳熟能详的唐代著名诗人，湘云全都视为好友，对于"沉郁""淡雅""绮靡""隐僻"等多元的诗风，湘云皆以开阔的胸襟去接触、了解和欣赏，而非如黛玉那般偏执于缠绵悲戚的诗风。从这种种细节看来，无怪乎宝钗会以"诗疯子"称之，那不仅是源于湘云对诗歌宛如拚命似的热衷，甚至还蕴含着她豪迈之气的直接展现，所以身为姐姐的宝钗，看着妹妹这般既疯狂却又可爱的行径，不免觉得无奈又好笑，随即便笑说："呆香菱之心苦，疯湘云之话多。"

不同于黛玉"缠绵悲戚"的诗风，湘云的诗歌则具有"情致妩媚"（第七十回）的特色，意即她豪迈自得的作品里仍然带有可爱的气息。诗歌不仅是湘云个人性情和才华禀赋的流露，也是她品味人生的美感结晶，所以其"情致妩媚"是来自一种与众不同的热爱人生的心性，属于一种珍惜光阴的胸襟表现。她的诗歌一方面带有无入而不自得的光明正大，一方面则存有珍惜人生、感受人生、品味人生的美好心性，她从不放纵自己陷溺于悲哀、残缺、阴暗的情怀之中，因而诗句情致妩媚，诸如：

第六章　史湘云

・却喜诗人吟不倦，岂令寂寞度朝昏。（第三十七回《白海棠诗二首》之一）

・秋光荏苒休辜负，相对原宜惜寸阴。（第三十八回《对菊》）

・且住，且住！莫使春光别去。（第七十回《如梦令》）

据此可见，湘云的诗句字里行间一直都透露出对美好生命的积极领略，纵使寂寞在所难免，也要不倦吟诗以免虚度光阴；既然春光多娇、秋色明净，更应该尽情去品味、享受，绝对不要以寂寞孤独的感慨去度过难得的每一天。这就和黛玉的伤春悲秋截然不同，黛玉永远只专注于凋零的落花、短暂的夕阳、飘飞的柳絮或萧瑟的秋叶，故而其诗作充满"缠绵悲戚"的氛围，湘云却是以一种开阔、明朗的心态去看待一切事物，固然柳絮无根漂泊，太阳始终会落下西山，但与其为此感到惆怅悲伤，不如抱持"岂令寂寞度朝昏""秋光荏苒休辜负""莫使春光别去"的态度去珍惜每一刻。

人生一定存在着困境，而湘云在"岂令"的心态之下，用自己的心灵转换角度，给予现实完全不同的观照，如此一来，人生的意义便会产生正面的改变。与黛玉相比，明明湘云的人生际遇更为坎坷起伏，但是她自有一种积极面对的坦然，表现出随遇而安的舒朗，所谓"也宜墙角也宜盆"（第三十七回《白海棠诗二首》之二），同一株植物，被种在偏僻的墙角时，即感受那份与世无争的自得其乐，不用担心受到冷落；一旦被种在安稳的花盆里，受到人们的浇灌珍惜，也可以欣然安享那份呵护爱宠，于是无论身在何处，都永远可以领略存在的美好和意义，处处皆能够感受到心安如家的自适，无入而不自得。

一种真正的主体自由

通过品味史湘云的人格特质、欣赏曹雪芹塑造出来的极具魅力的人物塑像,我们可以得到什么启发呢?答案应该是一种真正的主体自由。何谓"自由"?自由并非随心所欲地爱怎样就怎样,因为真正的自由绝非肆意伸张或逾越分际,而是永远做自己的主人,包括可以控制自己。所以此处必须强调的重点是:湘云虽然出格,但是并不失格,她总是无伤大雅地创造出潇洒豪迈之美,从未有破坏性的逾越。清代评点家青山山农在《红楼梦广义》中曾经赞美道:

> 湘云英气勃勃,纯乎豪者也。裀药酣眠,何其豪迈!烧鹿大嚼,何其豪爽!拖青丝于枕畔,撂白臂于床沿,又何其豪放!宝玉须眉而巾帼,湘云巾帼而须眉。倘令易男子装,黄崇嘏不得独擅千古矣。至于与袭人诋宝玉论经济,尤觉豪之又豪,不可以压倒群钗欤?

湘云的英气勃然确实令人感觉到一股澎湃的力量,所以青山山农以"豪"字来赞美她,也堪称是对湘云的一字定评。湘云不仅在"裀药酣眠""烧鹿大嚼""拖青丝于枕畔,撂白臂于床沿"等行为举止上展现出女子鲜有的豪迈、豪爽、豪放,倘若换上男人的衣装,恐怕连历史闻名的女扮男装诗人——黄崇嘏都不能独擅千古了。至于湘云和袭人劝谏宝玉应该经世济民,更是达到孔子所赞美的"友直"境界,因此让人感到"豪之又豪",足以压倒群钗。

第六章 史湘云

最重要的是，湘云的这股豪迈不羁并未减损她女性的娇美，可谓兼具了双性特点的女性。清代评点家二知道人认为："史湘云纯是晋人风味。"而湘云确确实实最具有名士的气概，果然第四十九回中，由于在大观园里"烧鹿大嚼"而被黛玉讥笑为叫花子的时候，她便是以"'是真名士自风流'，你们都是假清高"予以回击。所谓"名士风流"可不是故作姿态就能够做到的，而牟宗三《才性与玄理》一书对"名士"的定义最为准确，也很吻合史湘云出格而不失格的豪迈，所谓：

"名士"者清逸之气也。清则不浊，逸则不俗。……俗者，风之来而凝结于事以成为惯例通套之谓。……顺成规而处事，则为俗。精神溢出通套，使人忘其在通套中，则为逸。逸者离也。离成规通套而不为其所淹没则逸。逸则特显"风神"，故俊。逸则特显"神韵"，故清。故曰清逸，亦曰俊逸。

"清"是指清新、洁净，而"逸"字则表示脱离常轨、摆脱围限，所以逸失、逸离、逸流等相关词汇多少带有逾越既定规范的意味，但是由于同时又很清新纯净，因此那种逸离不会让人产生失格的负面现象，反倒有一种俊逸脱俗之感。湘云便是属于这类"清则不浊，逸则不俗"的名士，当大家都追求俗世的名利权位时，她并不会盲目地随波逐流或依顺成规来处事，而其名士的清逸之气也让她的精神超出通套或惯例的限制。如此清逸的风神韵致正好契合六朝赏鉴人品时经常用于赞美人物的"风流"，所以牟宗三继续阐释道：

> 逸则不固结于成规成矩，故有风。逸则洒脱活泼，故曰流。故总曰风流。风流者，如风之飘，如水之流，不主故常，而以自在适性为主。故不着一字，尽得风流。……是则清逸、俊逸、风流、自在、清言、清谈、玄思、玄智，皆名士一格之特征。

"风流"这个词历经一千多年的发展，真的是每况愈下，本来是一个很好的正面词汇，可以望文生义，即如同风在流动，让人觉得神清气爽，但是到了如今，它反倒被用来表达男人不堪、好色的负面意义。当然，这是语言在发展过程中常常会出现的一种变化，而湘云的性情特质显然是在回应中国历史里六朝文化所创造的人物品鉴中的优美风貌。名士不会落入局限之中、胶着于既有的框架之内，而是自在适性，宛如风在飘、水在流。总而言之，清逸、俊逸、风流、自在等等，都是"名士"这种人格类型的特征。

湘云的性格是"出格"而不"失格"，她"出格"的时候不固结于成规成矩，使得她洒脱活泼、开阔自在，同时她的豪放直爽从未逾越分际以致"失格"，始终葆有品行上的真、善、美，所以她的为人才会显得可爱可喜。毕竟"出格"总得有一个界限，即不可以"失格"，更不可以"破格"，否则便会成为一种罪恶。

从严格的角度来说，湘云并非一般意义下的名士派，因为她始终没有所谓"越名教，任自然"的概念，她未曾如魏晋名士一般发出挑战世俗的宣言或者刻意做出打破礼教的作为，而是很自然地把名教、自然合二为一，以至于她身上时有名士的旷达洒脱，偶尔出现动物的自然纯真，兼又融通男性气质和女性风格，最终形成双性均衡合一的独特美感。她的出格乃不为世俗框架所限的宽阔，乃自然而然地

第六章 史湘云

泯除了文明／自然、人类／动物、生／熟的界限以及差异。法国杰出的人类学家、结构主义大师列维－施特劳斯（Claude Lévi-Strauss, 1908—2009）在他的三部重要经典之一——《生食与熟食》中，阐述了"生"与"熟"是一个非常重要的社会界限，而在湘云身上，透过生与熟之区分的打破，可以看到她的通透自在。此外，她还超越了贵／贱、雅／俗、男／女的各种区隔，一扫各式各样无法避免的界限乃至于乌云浊雾，为这一座充满着脂腻粉香又伤春悲秋的大观园温柔乡带来了沁人心脾的清爽微风。

何以湘云的"名士风流"会令人津津乐道？关键在于：她这种清新的微风使人感到心旷神怡，在她身上，可以感觉到那种逾越常规成套的自由快乐，却毫无破坏性，所以湘云此一人物可以对读者产生很大的启发。以黛玉作为对照，这两位少女各有各的生命重担，也都非常喜欢诗歌，可是表面相似之下实际上存在着莫大的差别，而莎士比亚戏剧《皆大欢喜》（*As You Like It*）中的一句台词"我愁的是自己的忧愁"即有助于说明差别究竟在哪里。每一个人都有他的地狱，然而每个人面对地狱的方式是不同的。林黛玉体弱多病是毋庸置疑的客观事实，但是单就她的多愁而言，"我愁的是自己的忧愁"这句台词堪称为绝佳的阐释，换句话说，不一定是外在的事物让她忧愁，而是她的个性就是"要"这样忧愁。黛玉的眼光总是在形形色色的事物中提炼出让她悲哀的元素，无论她看到什么，所体会到的都是残缺，于是伤春悲秋几乎变成了她的日常心境。她愁的其实不是她的命运、不是她的处境，而是她自己的忧愁。这是黛玉自己所选择的命运，是她所选择的看待人生的方式。

事实上，人并非客观世界的被动反应，真正的命运并不是由客观遭遇所决定的，因此我们应该摒弃"环境决定论"，除了环境因素的影响之外，人还拥有自己的内心，拥有决定如何看待自己人生意义的主导力量。这正是由"主体心理学"（subjective psychology）发展出来的一种看法，其理论认为：在人的成长发展过程中，"主体能动性"是影响主体心理发展的重要因素之一，当然，人并非仅仅借由精神层面便可以战胜一切，教育、环境这两个因素同样是主体心理发展的关键，但是千万不可忽略了"操之在我"的力量，即主体能动性。主体能动性和教育、环境共同构成了人类心理发展的三维结构模式，是与世界相互作用时的主导潜能，引导着自我怎样看世界，用什么方式与环境互动。当世界悲哀不幸的时候，个人的主体能动性可以采取另外一种态度，与周围的厄运相搏斗或者相抵消。

奥地利心理学家维克多·弗兰克（Viktor Emil Frankl, 1905—1997）曾经九死一生，从集中营幸存下来，而这个机遇使他重新反省人类的价值是什么，以及人类的心灵究竟在何种情况之下还可以是自己真正的主人。集中营所剥夺的不只是财产，甚至包括了个体的尊严与生命。维克多·弗兰克把如此惨绝人寰的遭遇与他训练有素的心理学涵养结合在一起，开发出一个新的心理学派，即意义治疗法。他认为，人所拥有的最后的（the last）也是最大的（the greatest）自由，并非毫无束缚的自由，而是可以选择自己的态度，所以他说：

> 人所拥有的任何东西都可以被剥夺，唯独人性最后的自由——也就是在任何境遇中选择自己态度和生活方式的自由，不能被剥夺。

如此一来，便能够"也宜墙角也宜盆"了。史湘云的可爱之处，倒不是因为她的豪爽，而是她在长期的劳动剥削之中都没有放弃最后且最大的自由，就好比即便身在魏晋乱世，她的内心依旧处于世外桃源，这正是维克多·法兰克所说的真正拥有并善于发挥人性之最后自由的人。作为曾经待过集中营的囚房，维克多·弗兰克能够深深体认到这份自由有多么重要，它值得牢牢把握。一旦善于发挥主体能动性，就真正可以做自己的主人，葆有人性最后的自由，决定自己存在的意义和心态。

英国诗人佛雷迪克·朗布里奇（Frederick Langbridge, 1849—1922）所写的《不灭之诗》，其中非常发人深省的两句话恰好提供了一大对照：

> 两个囚犯从同一个铁窗向外眺望，
> 一个看到的是泥泞，
> 一个看到的是星辰。

这意味着什么呢？在狭小、阴暗、潮湿、没有希望的监狱里，只有一扇小小的窗口，视野极其有限，两个处境相同的囚徒向窗外望去，一个抬头仰看天空，所以映入眼帘的是灿烂星光，另外一个执着地低首往下凝视，于是瞧见的是满地泥泞。从客观处境来说，这两个人并没有差别；但是以主观心态而言，他们自己决定了各自世界的样貌，而彼此判若霄壤，此处的关键便在于主体能动性，即维克多·法兰克所说的"人性最后的自由"。因此，以为人生就只有泥泞、绝望和污秽的那位囚犯，其实不必怨天尤人，因为这是他运用自己的自由所看到的世界，即他所要的世界，也正是所谓的"我愁的是自己的忧愁"。

在此，史湘云和林黛玉也恰好呈现出鲜明的对比：湘云善用她最后的、最大的自由，因此她所看到的便是光风霁月；而黛玉分明是个宠儿，却偏偏要去歌咏"一年三百六十日，风刀霜剑严相逼"（第二十七回），这岂非和偏执地关注地上泥泞的囚犯一模一样吗？从中可见，人性是多么复杂，又多么奥妙。至于哪一种可以让人更坦然地迎接、度过短暂的人生，每个人都需要自己去寻找答案。